Georg Engel

Die Herrin und ihr Knecht

☙ Leseklassiker ☙

Georg Engel

Die Herrin und ihr Knecht

ISBN/EAN: 9783955631451

Auflage: 1

Erscheinungsjahr: 2013

Erscheinungsort: Bremen, Deutschland

Leseklassiker

Die Herrin und ihr Knecht

Roman

von

Georg Engel

Sechstes bis zehntes Tausend

Grethlein & Co. G. m. b. H. in Leipzig

Druck von August Pries in Leipzig.

Erstes Buch.

I.

Das Landhaus der Grothes wurde wieder geweißt. Aber der Blutfleck neben dem Fenster, das auf den Hof heraus ging, blieb erhalten. Die Maurer hatten ihn auf strenge Anordnung hin verschonen müssen. Und wenn Johanna Grothe mit ihren Knechten hier vorüberwandelte, dann verzog sich ihr herrischer Mund noch stolzer und selbstbewußter, und ihre hohe Gestalt reckte sich auf, daß ihr Marmorhaupt, wie es Konsul Bark immer genannt hatte, hoch über die geduckten ostpreußischen Landleute herausragte. Das begab sich am Tage. Wenn sie jedoch gegen Abend zurückkehrte, um ihren Sitz auf der Gartenbank hart an der Wiese einzunehmen, dicht an der Stelle, wo unter den hochaufgeschossenen Eichenbäumen die Hermen der drei römischen Cäsaren zerbröckelten, dann warf die Vorüberschreitende manchmal einen langen prüfenden Blick auf das rote Mal, und ihre feste, schmale Hand führte eine Bewegung aus, als ob ein strenger und geordneter Mensch etwas Unwillkommenes, Unerhörtes auszustreichen gedächte. Aus der Dorfkirche von Maritzken läutete dann von dem niedrigen Holzturme das singende Glöckchen, das auch damals in die Fieberträume der Grotheschen Ältesten hinein gewimmert hatte. Und der Wind fächelte über das hart getretene Viereck in dem Kleeacker, das eigentlich ein Grab vorstellte.

Ja, die Nacht mit ihren Schrecken war vorübergerast, und der Morgen wollte für die Heimat und die deutsche Menschheit tagen. Und ebenso, wie Johanna Grothe, so stand ihr ganzes Volk vor der weißen Mauer, die wieder frisch getüncht war, und sah auf das helle Blutmal, das in der Sonne funkelte. Ohne Haß, ohne Rachsucht, nur in dem Bewußtsein, daß die Erinnerung daran nicht wieder fortgelöscht werden könnte, und daß jeder alle Kräfte daransetzen müsse, die Mauern des großen Hauses bis auf den einen Fleck weiß und sauber zu erhalten.

$$* \quad * \quad *$$

Jedem Beschauer bot es einen hellen, einen erfreulichen Anblick, als der leichte, gelbe Jagdwagen, von den beiden wiehernden und schnaubenden Rappen gezogen, in die ersten Straßen der Provinzialhauptstadt einbog. Grüne und blaue Frauenschleier wehten in dem frischen Wind hinter dem Gefährt her, unter den flatternden grauen Staubmänteln blitzten vorüberhuschend weiße und rosa Sommerkleider auf, und zuweilen wurde das Rasseln der Räder durch ein plötzlich auffahrendes Mädchenlachen übertönt, das sich ungeniert und im vollen Genuß des Augenblicks äußerte. Dann streckte mancher kleine Handwerksmeister den Kopf aus seinem Laden heraus, oder in den schrägen Spionenspiegeln, die an die schmalen Fenster der Wohnstuben angeschraubt waren, tauchte das zitternde Konterfei einer nähenden Bürgersfrau auf, die nach einem Blick auf das strahlende Gefährt befriedigt feststellte:

„Aha, die drei Grothe-Marjellen sind wieder da. Hellwig, du bleibst zu Hause, die Älteste kauft nachher ein."

Und nach einer Weile des Herauslugens setzte dann wohl die dicke Vorkosthändlerin in angenehmer Gewißheit hinzu:

„Natürlich, die Grotheschen stellen im Deutschen Hause

8

ein. Da hat es dann Konsul Bark nicht weit. Merkwürdig, sie sollten doch einmal Ernst machen. Aber bei dieser Art Leuten ist das Herumziehen die Hauptsache. Freilich, mich geht's nichts an, ich bin ja nicht die Mutter."

Und unten aus dem tiefen Kellerloch dröhnte eine verquollene Stimme zur Antwort herauf:

„Meines Wissens nicht, Mamachen. Und wehe dir, wenn du nachher Andeutungen machst."

„I wo", wehrte sich die Dicke und wischte an den Fensterscheiben, damit sie dem prächtigen Wagen noch etwas länger folgen könnte. „Ich kümmere mich nicht um die Angelegenheiten fremder Leute. Bloß der Umstand, daß Konsul Bark, dieser feine Herr, auch mit anderen —"

In diesem Moment jedoch wurde die Klapptür des Kellers mit solcher Wucht in ihre Einfassung geschleudert, daß das Häuschen einen Sprung machte und jedes vernünftige Gespräch verstummen mußte.

Das war sehr unrecht, man hätte noch allerlei erfahren.

Unter der Einfahrt des Deutschen Hauses stand Johanna Grothe — „Hans", wie sie sowohl von ihren Schwestern als auch von Freunden genannt wurde — vor dem gelben Jagdwagen, den die Mädchenschar soeben verlassen, und während sich die anderen jungen Damen die Staubmäntel schüttelten und die Toiletten ein wenig in Ordnung brachten, gab die Älteste dem noch auf dem Bock sitzenden halbwüchsigen Kutscherjungen ihre letzten Befehle. Sie sprach sehr nachdrücklich mit ihrer festen, ruhigen Stimme, denn der Bursche da oben war nur schwer seiner polnischen Schläfrigkeit zu entreißen, und er sah auch jetzt aus blöden Augen apathisch einer Rotte von Fliegen zu, die den Rücken seiner Tiere peinigte.

„Stasch, du spannst hier aus."

Der Junge rührte sich nicht, sondern schüttelte nur ein

wenig verwundert das Haupt, weil sich immer mehr
Bremsen einfanden. Die Tiere schlugen hinten aus.

„Ausspannen, Panna?" murmelte er geistesabwesend.

„Ausspannen", rief Hans böse hinauf, und dabei ver=
setzte sie dem Rosselenker einen Ruck gegen den Arm, daß
der Junge beinahe sein Gleichgewicht verloren hätte.

„Oh Jesus, Panna", stöhnte er.

„Und dann soll hier gefuttert werden", bestimmte die
hochgewachsene Blonde weiter.

„Gefuttert?" murmelte Stasch in sich hinein, wobei er
beinahe Miene machte, von neuem in seinen slawischen
Schlaf zu versinken.

Die beiden anderen Schwestern lächelten ein bißchen
und warfen sich verständnisinnige Blicke zu. Es lag
etwas Überlegenes in dieser verhaltenen Heiterkeit, und es
schien fast, als ob die Jüngeren einen heimlichen Bund
miteinander geschlossen hätten. Die Große jedoch hatte
jetzt völlig ihre Geduld verloren. Hochauf reckte sich die
kräftige Gestalt, die Hüften spannten sich, als ob es einen
Gewaltstreich auszuführen gelte, und im nächsten Augen=
blick bereits schoß der weißblonde Pole, einem Zug der
in feinem Glacéleder steckenden Frauenhand folgend, vom
Bock. Jetzt schrien die beiden anderen Mädchen auf. Der
rasche Angriff, sowie das Herbeieilen einiger fremder Men=
schen empörte sie. Die Herrin von Maritzken aber wandte
sich nach ihnen um, und in diesem Augenblick zeigte ihr
Antlitz wieder jene Marmorblässe, die Konsul Bark, als ein
gewählter Frauenkenner, überall so hervorhob.

„Ihr geht in das Gastzimmer", herrschte die Älteste
die Schwestern an, als gäbe es gegen ihren Entscheid
keinerlei Widerspruch. „Ich habe es nicht gern, wenn wir
hier so in Massen auftreten. Und diesem Bengel möchte
ich das Gespann doch nicht unbeaufsichtigt überlassen.

10

Nun dalli, Ihr erwartet mich drin. Ich möchte nachher noch einen Gang machen."

„Einen Gang?" fragte die brünette Marianne, die zwar erheblich jünger war wie ihre befehlshaberische Schwester, ihr aber dennoch im Alter am nächsten kam. „Einen Gang?" forschte sie mit der matten Lässigkeit ihrer Bewegungen, in denen so viel gefährlicher Reiz wirken konnte, „du willst dich gewiß mit Konsul Bark treffen, nicht wahr, Hans?"

Die Große verzog ein wenig die Stirn, denn das vertrauliche Lächeln des Einverständnisses, das die Jüngeren wieder untereinander tauschten, gefiel ihr nicht. Laut aber ließ sie nur mit ihrer dunklen Stimme fallen:

„Ich treffe mich nicht mit ihm, sondern ich suche ihn in seinem Geschäft auf."

„Ah", echoten die anderen.

Und der Rotkopf von ihnen, Isa, ein siebzehnjähriges geschmeidiges Kätzchen, das der mütterlichen Schwester soviel Schwierigkeiten bei der Erziehung bereitete, sie raschelte auffällig mit ihrem rosa Kleid, verzog den Mund und kniff spitzbübisch die großen braunen Augen zu. Die dunkle Marianne aber legte ihren vollen Arm um die schlanke Hüfte der Kleinen und sagte in ihrer müden Art, die gerade wegen ihrer Leidenschaftslosigkeit häufig so sehr zum Zorn zu reizen vermochte:

„Dann wirst du wohl auch nichts dagegen haben, liebster Hans, wenn ich mich drüben in der Konditorei von Klinkowström auf ein paar Minuten mit Fritz Harder treffe. Ich habe es ihm versprochen, denn er ist heute nachmittag dienstfrei."

Damit faßten sich die beiden jüngeren Grothe-Marjellen entschlossen unter den Arm und schritten langsam und furchtlos dem Ausgang zu. Allein sie gelangten nur bis zu dem kurzen runden Prellstein, vor dem ihr hochragender Wächter sich aufgepflanzt hatte. Es fiel eigentlich kein lautes Wort, kein Verbot wurde ausgesprochen und keine hastige Entgegnung vernommen, und doch — die lang= jährige Gewohnheit des Sichfügens, wenn es auch un= gern und widerwillig geschah, die Furcht vor der zufahren= den Härte und dem aufflammenden Zorn der Großen er= stickte all die leichten, flatterhaften Mädchenwünsche im Keim. Ohne daß die Jüngeren recht begriffen, wie es so schnell geschah, hielten sie allerlei Decken und Schirme in den Händen, die ihnen von der großen Blonden energisch übergeben waren, und wie von selbst traten sie mürrisch und bezwungen den Rückzug durch die dunkle Einfahrt an, um noch auf den drei ausgetretenen Steinstufen, die zu dem inneren Flur hinaufleiteten, aufzufangen, wie die ältere Schwester laut und unbekümmert hinter Marianne herrief:

„Es paßt sich nicht, daß du dich jetzt schon mit dem jungen Offizier triffst, so weit halten wir noch nicht. Aber wenn ich zurückkomme, dann werden wir mehr wissen. Und nun benehmt euch dort drinnen nicht zu ausgelassen."

„Ja, ja, wir werden uns Mühe geben", erwiderte die dunkelhaarige Marianne achselzuckend; und dann ver= schwanden die Grothe=Fräulein hinter der Glastür des Gasthauses, ohne der Ältesten noch einen besonderen Gruß gegönnt zu haben.

Johanna aber wartete ruhig ab, bis der halbwüchsige Kutscher die beiden Rappen ausgespannt und in den Stall geführt hatte. Und erst, nachdem sie noch angeordnet, welche Zehrung der Junge zu sich nehmen solle und aus welchen Geschäften Pakete eintreffen würden, da schritt sie endlich mit ihrem festen, sicheren Gang quer über den Marktplatz herüber. Das edle griechische Haupt mit den harten,

12

blauen Augen trug sie wieder hoch aufgerichtet, und unter dem dünnen Schleier leuchtete die weiße Haut, als ob wirklich ein altes Götterbild auf den Einfall geraten wäre, hier auf dem ostpreußischen, schlecht gepflasterten Marktplatz majestätisch dahinzuwandeln. So stolz und selbstsicher mutete das Bild an, daß selbst ein paar schlanke Gymnasiasten, die auf dem Platz eine wichtige Besprechung abhielten, hochachtungsvoll an ihren hellblauen Mützen rückten, um untereinander zu tuscheln:

„Das ist die Älteste von Maritzken, ein feines Weib! Kuck, sie geht in den Goldenen Becher zu Konsul Bark. Donnerwetter, wenn man doch auch — —"

Und dann kam die Hochgewachsene ganz nahe, und die Jungen dienerten und schwenkten ihre Kappen.

*　　*　　*

In dem großen Gewölbe des Goldenen Bechers brannten bereits die Gasflammen. Sie verlöschten niemals unter den gotischen Bogen. Denn obwohl über der alten Stadt das Leuchten und Schimmern eines wolkenlosen Sommertages lag, hier drinnen in den niedrigen Gewölben der ehemaligen Probstei herrschte eine beständige kühle Dämmerung. In dem Raum selbst aber schwirrte und summte und knirschte es durcheinander. Achtzehn junge Leute, alle mit sauberen grünen Schürzen angetan, bedienten die sich drängenden Kunden, und alle Augenblicke sah man das schneeige Weiß des aufgeschütteten Salzes blitzen, graue Staubwolken von Mehl schwebten dahin, der Zucker knirschte, stark gebrannter Kaffee verbreitete seinen aromatischen Duft, aber auch Weinflaschen verließen ihr stauberfülltes Lager und ganze Berge von blechernen Konservenbüchsen verschwanden in den mächtigen Körben der Einholenden. Auf der anderen Seite des hochgewölbten Tor-

weges, dicht vor den tief zurückliegenden dunklen Fensterscheiben, die mit dicken Eisenstäben so eng vergittert waren,
als ob es sich um Gefangenenzellen handele, da hielten
auf dem Marktplatz eisenklirrende Rollwagen, über deren
herabgelassene Leiterbäume blaue Petroleumfässer herunter-
gewälzt wurden. Daneben standen gewaltige Plangefährte.
Unausgesetzt trugen riesige Männer mit Lederschürzen vier-
eckige, mit Sackleinwand und Eisenblech verschnürte Balken heraus. Ein feiner Teegeruch verbreitete sich, als Johanna Grothe dort vorüberschritt. Und an den kleinen,
buntgeschirrten Pferdchen mit den gewaltigen Messing-
kummeten um den Hals erkannte ihr geübter Blick, wie
diese Wagen erst vor kurzem von der nahen russischen
Grenze angelangt seien. Denn Konsul Bark war der größte
Teeimporteur dieser östlichen Provinz, und die kleinen roten
Päckchen mit dem goldenen Becher als Aufdruck galten
durch das ganze Reich als eine Delikatesse.

Durch den Schwarm der unbekümmert weiterschaffenden
Lederschürzen hindurch trat Johanna Grothe durch den
grob gepflasterten Flur, bis sie an der rechten Rundwand
ein paar ausgetretene grüne Marmorstufen erreicht hatte.
Auf der obersten zogen sich altersverwitterte Bronzebuch-
staben hin, die durch ihren griechischen Text die stolze Angabe des Hausherrn bekräftigten, daß diese Steine aus
einem alten moskowitischen Kloster einstmals von der
siegreichen Hanse dem residierenden Probst der Handelsstadt zum Geschenk gemacht worden seien. Vor grauen
Zeiten leiteten jene Quadern auch wirklich in das Refektorium der Probstei. Heute jedoch hatte der Konsul sein
Privatkontor hier aufgeschlagen; es war ein gewaltiger
Raum, von schweren flämischen Möbeln umstellt, während
die weißen, splitternden Dielen von einem einzigen orientalischen Teppich in dunkelbrauner Grundfärbung über-

14

spannt waren. Einen seltsamen Eindruck rief es auf alle hervor, die zuerst hier eintraten, sobald aus den eingebuchteten Mauerwölbungen immer noch die bunten Mosaikgebilde der Evangelisten in verdämmerten Farben herausleuchteten. Einen förmlichen Schrecken aber verursachte es dem Unvorbereiteten, wenn hinter dem umfangreichen Schreibtisch des Großkaufmanns, nur von dem elektrischen Licht der grünbeschirmten Arbeitslampe getroffen, die überlebensgroße, riesenhafte Holzstatue des Apostelfürsten Petrus mit blauem Mantel und goldenem Heiligenschein auftauchte, genau so, wie sie einstmals an dieser Stelle das Ziel für die Verehrung unzähliger Frommer gebildet hatte. Die Holzstatue aber ragte auf ihrem Marmorquader auf, als wolle sie gegen die neue Zeit und gegen alles, was sie in ihr erblicken mußte, Verwahrung einlegen. Den goldenen Hirtenstab, der unten abgebrochen war, hielt sie gegen das zornige, volkstümliche Herz gepreßt und ihren mächtigen verrosteten Eisenschlüssel streckte sie weit von sich, voll Abscheu und grobem Eifer.

Und der Heilige hatte manchen Grund zu seinem Verhalten. Denn obwohl der neue Besitzer der Probstei ein gewisses feinsinniges Kunstinteresse für die bunten Zeichen einer innerlicheren Epoche besaß, und obwohl es ihm schmeichelte, häufig berühmte Sammler und Gelehrte in seinen Räumen zu empfangen, um ihre Bewunderung für seine Besitztümer zu vernehmen, so lehnte er es doch auf der anderen Seite entschieden ab, sein eigenes Leben mit seiner Umgebung in Einklang zu bringen. Dunkle Gerüchte durchflogen die Stadt, es würden in der alten Probstei unter den Augen der Evangelisten und des Himmelspförtners gelegentlich erlesene Feste gefeiert, die weitab von strenger Daseinsführung lagen und die deshalb das Ziel und die Sehnsucht aller unverheirateten Herren der bevorzugten Kreise bildeten. Etwas Genaues indessen vermochten selbst die neugierigsten Damen der Stadt nicht in Erfahrung zu bringen. Man flüsterte wohl hie und da, daß der Konsul, dieser wohlgepflegte Vierziger mit der schlanken eleganten Gestalt und den schwärmerischen, lang bewimperten Augen, die so gar nicht zu den im Grunde kalten Zügen passen wollten, man flüsterte wohl, daß Konsul Bark in seinem weit ausgreifenden Kunstinteresse auch die Damen des Theaters mit seinen Einladungen beehrte, allein von den Beteiligten wurde dies stets mit sonderbarem Lächeln geleugnet. Äußerlich jedoch zeigte der Goldene Becher dauernd die gleiche patrizische Würde, und da der Konsul sogar in den Zirkeln der Frau Regierungspräsidentin sichtbar wurde, wo nur die dreimal Gesiebten verkehrten, so sanken alle unheiligen Vermutungen immer wieder in sich zusammen. Nur ein einziges Wesen lebte, das über den Wandel des Hausherrn genauen Aufschluß hätte geben können. Das war jener merkwürdige Einsasse des Goldenen Bechers, über den in der Stadt infolge seiner erstaunlichen Vielseitigkeit mindestens ebensoviel Erzählungen umliefen, als über den eleganten Großkaufmann selbst. Es war der Kammerdiener des Konsuls, Pawlowitsch, wie er von dem Chef im Scherz wegen seiner russischen Abkunft genannt wurde.

Ja, Pawlowitsch besaß das Ohr des Großkaufmanns. In einem weißen Leinenanzug war er seinem Herrn frühmorgens bei der Toilette behilflich; er rasierte ihn, und kein Friseur hätte das dunkelbraune Haar des Konsuls so korrekt zu scheiteln vermocht, wie dieser Halbrusse. Bei solcher Gelegenheit erfuhr dann der Herr des Goldenen Bechers, was Pawlowitsch für nützlich hielt, ihm zufließen zu lassen.

„Herr Konsuhl," flüsterte der Weißkopf, denn er betonte diesen Titel auf der letzten Silbe und dabei beugte er sich während des Einseifens geschmeidig bis zu dem Ohr des Gebieters herab, „die kleine Schwarz vom Stadttheater hat heute abend ihr Benefiz. — Rosen?"

„Jawohl."

„Vorzüglich —" alle Anordnungen des Chefs beehrte Pawlowitsch mit dieser begeisterten Zensur, „vorzüglich — Teerosen?"

„Gewiß."

Der weiße Kittel verbeugte sich. Es war ja selbstverständlich, daß er diese gelben Blumen hinter die Bühne zu tragen hatte. Dunkelrote schickte sein Gebieter nur beim Beginn einer vielbegehrten Bekanntschaft. Die ruhigere Epoche wurde dann durch die mattere Farbe gekennzeichnet. Und Pawlowitsch wußte ganz genau, wann die weißen an die Reihe kamen, die den Rückzug des Konsuls einläuteten.

„Vorzüglich."

*   *   *

Zu derselben Stunde, als Johanna Grothe in ihrer majestätischen Blondheit über den Markt wandelte, beherbergte Konsul Bark in dem Refektorium, aus dessen Mauerhöhlungen noch immer die Mosaikbilder der Evangelisten hervorschimmerten, einen besonders fröhlichen und lauten Besuch. Zur Seite des großen Schreibtisches, dicht neben der Riesenstatue des heiligen Petrus, dessen deutsches Antlitz noch unwilliger als sonst flammte, lehnte ein gewaltiger, muskulöser Russenoffizier behaglich in dem dunklen Ledersessel und hob eben sein Weinglas prüfend gegen die grünbeschirmte Lampe, so daß der gelbe Trank spiegelte und glitzerte. Die Sporen an den hellgelben Reiterstiefeln, die er vor Vergnügen leise aneinander rieb, ließen dazu einen feinen silbernen Sang ertönen, und das laute Gelächter des Fremden schlug schallend gegen die Decke der Wölbung.

„Ja, was sagen mein bester Freund," rief er wohlgelaunt und stieß den Hausherrn mit dem langen Säbel, den er nicht abgelegt hatte, vertraulich gegen die eleganten schwarzen Lackschuhe, „dumme Tiere von Grenzkosacken haben sich richtig durch Ihren Agenten von Pflicht — wie sagt man? — abwendig machen lassen."

Der Konsul reckte sich und zupfte verärgert an seinem kurzgeschorenen englischen Schnurrbärtchen.

„Der Jude handelte auf sein eigenes Risiko," entgegnete er unmutig, „ich habe ihm nicht geraten, Ihre Leute zu bestechen."

„Bestechen?" Jetzt lachte der Russe noch behaglicher und schüttelte das blondbebartete Haupt. Seine blauen Augen sahen ganz erstaunt aus. „Bestechen?" wiederholte er in seinem gebrochenen Deutsch, „nicht doch. Hat Mann gar nicht beabsichtigt. Ist Gewohnheit bei diesen deutschen Spitzbuben. Pardon — pardon," verbesserte er sich, und die großen Kinderaugen begannen ihm in der Wirkung des Weins oder aus Verlegenheit zu tränen, „sehr ehrenwerte Leute. Versuchen es nur immer wieder. Aber diesmal hat mir heilige Mutter von Kiew beigestanden. Sieben Wagen vor Brücke zurückgehalten, und zweitausend Rubel in meiner Tasche. Was sagen bester Freund?"

Konsul Bark rückte ein wenig mit seinem Stuhl und blickte seinen Gast zweifelnd von der Seite an. Das Gespräch schien ihm durchaus nicht zuzusagen.

„Ich nehme an," begann er endlich nach einem Moment der Überlegung, während sein schmales, feingeschnittenes Gesicht durch nichts irgendeine Bewegung verriet, „ich nehme an, Herr Rittmeister Saffin, daß Sie gekommen sind, um das Geld wieder an mich abzuliefern."

„Oh nein, ist Irrtum. Geld gehört Gossudar, russischen Zaren, unserem allergnädigsten Herrn." Der Russe verbeugte sich, so daß seine Stirn fast die Platte des Schreibtisches berührte.

„Jawohl, ich kann es mir denken," meinte der Konsul mißfällig, „sprechen wir nicht mehr darüber."

„Serr gut, ist ganz meine Ansicht, sind hervorragender Kaufmann. — Händler erster Gilde!"

Jetzt warf der Hausherr seinem Gast von neuem einen scharfen Seitenblick zu. Unwillkürlich faltete sich seine Stirn. Sollte dieser große ungeschlachte Mensch sich etwa über ihn lustig zu machen gedenken, gerade jetzt, da der Fremde ihn um eine erhebliche Summe geschädigt? In diesem Augenblick hatte der kühle Geschäftsmann völlig vergessen, wie oft er jenseits der Grenze in dem kleinen elenden Fabrikstädtchen die reiche und ausgelassene Bewirtung des Grenzoffiziers genossen, eine Gastfreundschaft, die sich manchmal bis zu tobendem Wahnsinn gesteigert hatte. Nein, die Erinnerung hieran war dem Prinzipal des Goldenen Bechers wie in dunklem Rauch aufgegangen. Denn Konsul Bark besaß die Fähigkeit, geschehene Dinge, die ihm nicht mehr behagten, kaltblütig auszustreichen, als wären sie nie gewesen. Seine dunkelgrauen, lang bewimperten Augen blickten noch etwas berechnender drein als gewöhnlich, da er sich auf die Huldigung des Offiziers zu der lässigen Erwiderung anschickte:

„Ich bin Ihnen für Ihre gute Meinung sehr verbunden, Herr Rittmeister. Aber gerade, weil ich ein nüchterner Kaufmann bin, so werden Sie es mir nicht übel deuten, wenn ich mich frage, welche geheime Absicht Sie eben jetzt zu mir leitet, obwohl Sie vielleicht Ursache zu haben glauben, mir wegen dieser unangenehmen Zollaffäre zu zürnen."

Ganz vorsichtig und diplomatisch hatte der Konsul dies vorgebracht, während er unausgesetzt einen großen Elfenbeinfalz zwischen seinen schmalen Fingern hin- und hergleiten ließ. Der Russe jedoch tat seine hellblauen Kinderaugen noch weiter auf, und auf seinen breiten Zügen malte sich vollste Verständnislosigkeit. Ungewiß rieb er sich in seinem stoppligen blonden Kinnbart.

„Nir Zollaffäre, nix zürnen, keine Spur," versicherte er eifrig und verbeugte sich mehrfach in großer Ehrfurcht vor dem Handelsherrn. „Solche Geschichten alle Tage vorkommen. Au contraire, bereiten Spaß, machen schönes Vergnügen. Leo' Konstantinowitsch Sassin bitten Rudolf Bark von Wertschätzung und innigster Freundschaft überzeugt zu sein."

Damit legte er die Linke aufs Herz und hob das Weinglas grüßend zu dem Hausherrn hinüber. Der Konsul aber, der die Gewohnheiten des Nachbarvolkes kannte, nickte gleichfalls mit dem Haupt, ohne jedoch seinen Zweck aus dem Auge zu verlieren.

„Leo Konstantinowitsch, kann ich Ihnen mit irgend etwas anderem dienen?"

Der Russe schluckte noch an seinem Wein und setzte das Glas ziemlich unbekümmert auf die Schreibtischplatte nieder. Dann erhob er lebhaft beide Hände.

„Pas du tout, mein bester Freund, nix dergleichen. Ja, ist wahr, gab traurige Zeiten für Offiziere von Gossudar, namentlich wenn so weit fort von heilige Petersburg. Serr zu kämpfen gegen Einsamkeit, Langweile und Armut. Da ist Rudolf Bark immer hilfreicher Freund gewesen, serr hilfreich, Kavalier —"

„Sehr schön, aber — —"

„Kommt, kommt alles. Armut vorbei, durch Gnade von Väterchen bedeutend besser gestellt. Einnahmen hier,

Einnahmen dort, man kann nicht klagen. Und seit Gouverneur von Wilna Grenzstationen kontrolliert, auch eigene maison — Häuschen."

Bei der Erwähnung dieser kleinen ‚maison‘ flog ein verschmitzter Schein über die eben noch so ernsten Züge des Kaufmanns.

„Ja, ich habe gehört, Leo Konstantinowitsch. Man erzählt, daß Ihnen eine reizende Villa gebaut sei."

„Eben fertig", warf der Russe sehr befriedigt ein.

„Nun gut, nehmen Sie meinen Glückwunsch. Es fehlt nichts hinein als eine junge Frau."

Der Russe fuchtelte wieder mit den Händen und ließ die Sporen klirren.

„Oh, fehlt nicht, fehlt nicht, pas du tout, man weiß sich zu behelfen. Und davon gerade, Rudolf Bark, sollen Sie sich überzeugen. Ich bitte serr, ich bitte inständigst."

„Sie meinen doch nicht — ?"

„Ja, meine ich, ein kleines Fest. Eine Einweihung, intim, serr vornehm. Und wenn Sie mich machen wollen glücklich, dann legen auch ein gutes Wort ein bei die schönen Damen von Maritzken, die ich neulich so bevorzugt war, bei Ihnen zu treffen. Wunderschöne Damen, namentlich die große, üppige, stolze, mit die königliche Gang, und die schwarze mit den roten Lippen. Es wird werden serr amüsant."

So unerwartet traf den Großkaufmann diese letzte Aufforderung, daß er den Elfenbeinfalz hart auf den Tisch fallen ließ und erst einen verlegenen Blick auf das Holzantlitz des Apostels warf, bevor er, sich zusammenraffend, widersprechen konnte:

„Nein, nein, lieber Rittmeister, dieser Mission fühle ich mich nicht gewachsen. Nehmen Sie es mir nicht übel, aber es kommt mir doch höchst zweifelhaft vor, ob sich die jungen Damen von Maritzen, und namentlich die Älteste, in dem eigentümlichen" — der Konsul zögerte einen Augenblick und suchte nach einem Ausdruck — „na sagen wir Junggesellenmilieu wohlfühlen würden."

Der Grenzoffizier jedoch sprang klirrend auf und fegte mit seiner Rechten in sprudelnder Lebhaftigkeit durch die Luft, als müsse er jedes einzelne Wort seines Gegenübers besonders ausstreichen.

„Kein Junggesellenmilieu," schrie er, unbekümmert darum, ob seine Worte nicht etwa jenseits der Diele verstanden werden könnten, „Sie täuschen sich, bester Konsul, wir besitzen Takt, savoir vivre. Sie kränken uns, wenn Sie zweifeln daran. Wir sind junges Volk, harmloses Volk, — aber galant gegen Damen."

Sicherlich gedachte Leo Konstantinowitsch seine nationale Eigenart noch eingehender zu schildern, aber das leisironische Lächeln, das abermals die Lippen seines Zuhörers umspielte, veranlaßte ihn, sich zu unterbrechen, um sich beschwörend die mächtige Faust mitten auf die Brust zu schlagen. Es gab einen dumpfen Widerhall.

„Diesmal nicht so wie sonst," brachte er ganz treuherzig hervor, wobei er immerfort das blonde Haupt schüttelte, „Oberst Geschow aus Mariampol mit seiner jungen Frau gibt gleichfalls die Ehre. Und alle jungen Frauen von Kameraden ebenso. Wir werden trinken nur ein Täßchen Tee, essen dazu ganz dünne Kaviarschnittchen, und die Gattin von Zivilgouverneur — Frau Bobscheff, ferr fromme Dame — wird sein Patronesse von das Ganze. Sie werden sich einlegen Ehre, Rudolf Bark, mit dieser Einladung bei den jungen Fräulein von Maritzen. Und," setzte der Russe sehr ernst und nachdrücklich hinzu, „es ist gut, wenn beide Völker freundschaftlich verkehren. Ich sage, es ist gut."

Noch hatte der Russe nicht völlig seine Erklärungen geschlossen, als die eisenbeschlagene Eichentür sich geräuschlos in ihren Angeln drehte. Vor dem lauten Gespräch hatten die beiden Männer völlig überhört, daß schon zweimal an das harte Holz gepocht wurde. Jetzt stand unter der Wölbung der Tür eine blaue Hausmeistersuniform mit blanken Messingknöpfen, und das kurz geschorene weiße Haupt des berühmten Pawlowitsch neigte sich zu einer demütigen Verbeugung. Beide Arme ließ der Alte dabei weit gestreckt von sich herunterhängen.

„Herr Konsuhl,“ wisperte eine flehentlich-zerknirschte Stimme, „ich störe.“

„Schon gut, was gibt's?“

Der Alte wandte sich halb nach draußen und ließ eine zweite Verbeugung nach der Richtung der Diele hin folgen.

„Das gnädige Fräulein von Maritzken ist soeben angekommen.“

„Heilige Mutter“, sprudelte der Russe und ließ vor Erstaunen den breiten Mund mit den tadellosen Zähnen offen.

Aber auch der Konsul schnellte aus seinem Sessel, und es war sehr merkwürdig, wie er sich bemühte, in aller Eile ein Aschenkörnchen von dem Aufschlag seines eleganten braunen Promenadenanzugs fortzustäuben.

„Ist es das älteste Fräulein?“ warf er rasch hin, und eilfertig schritt er in die Ecke, um selbst die elektrische Leitung aufzudrehen, die die Lichter des schweren lombardischen Kronleuchters an der mittelsten der Wölbungen aufstrahlen ließ. „Ist es die Älteste der Damen?“

Pawlowitsch zwinkerte ein wenig mit den schwarzen Augen. „Fräulein Johanna“ meldete er.

Der Konsul machte ein paar Schritte bis zur Tür.

„Stehe sofort zu Diensten.“ Er sprach so laut, daß man

23

seine Stimme sicherlich draußen auf dem Flur vernehmen mußte. „Lieber Herr Rittmeister — —", fuhr er fort, und ohne daß er noch etwas Weiteres zu äußern brauchte, lag in seiner sprechenden Handbewegung das Bedauern, die Konferenz mit dem Offizier leider schließen zu müssen.

Inzwischen hatte auch Rittmeister Sassin seinen gebogenen Säbel enger an sich gezogen und ergriff nun die breitrandige blaue Mütze. Er schien vollkommen einzusehen, daß er hier überflüssig würde. Ja, in seinen groben, verschwommenen Zügen arbeitete sogar eine starke innere Verlegenheit. Heilige Mutter, diese stolze königliche Deutsche flößte ihm einen Respekt ein, den er sich nicht zu erklären vermochte. Viele der deutschen Weiber besaßen etwas Ähnliches. Nein, zum Teufel, die andere, die Schwarze mit den roten Lippen und der üppigen Lässigkeit war angenehmer, bequemer. Und in seinem kindlichen Verstand stritten sich Zweifel, ob es wirklich möglich sein würde, die Damen von Maritzken zu dem Besuch in der gemütlichen kleinen ‚maison' jenseits der Grenze zu veranlassen. „Rudolf Bark gestatten, daß holder Dame die Hand küsse. Und nicht wahr, nicht vergessen an meine Bitte! Überlasse alles Ihnen, bester Freund, alles Ihnen!"

Da öffnete sich die Tür, die hohe, schlanke Frauengestalt in dem cremefarbenen Bastseidenkostüm ragte unter der Wölbung. Die drei Männer aber verbeugten sich gleichzeitig so tief und ehrfürchtig, daß sie vielleicht gelächelt haben würden, wenn sie ihre gesenkten Häupter selbst hätten beobachten können. Dann reichte der Konsul seinem neuen Gast höflich die Hand, wobei er es jedoch vermied, die schlanken Fingerspitzen an seine Lippen zu führen. Das hatte sich das Landmädchen ein für allemal verbeten. Darauf eine kurze Wendung gegen den russischen Offizier, ein vergebliches Bemühen des Rittmeisters, seine Huldigung auf den weißen Handschuh der Dame zu hauchen und die verabschiedende Beteuerung des Russen, daß sein bester Freund Rudolf Bark holden Dame ein großes Geheimnis mitzuteilen habe. Eine Bitte, ein fußfälliges Flehen, deren Erfüllung armen Leo Konstantinowitsch in einen Taumel des Entzückens versetzen würde.

„Guten Morgen, Rudolf Bark, alle Nothelfer behüten Sie — Gnädigste, der Himmel nehme Sie in seinen Schutz."

Die silbernen Sporen klirrten zusammen, der Säbel rasselte, und die wuchtige Gestalt des Grenzoffiziers schritt tönend über die grünen Marmorstufen.

Die beiden anderen blieben allein.

„Liebes Fräulein Johanna, nehmen Sie Platz," forderte der Konsul auf, indem er sehr diensteifrig einen neuen Ledersessel an den Schreibtisch schob. Und nachdem die Älteste von Maritzken sich wortlos niedergelassen, blieb er geneigt vor ihr stehen, um von neuem zu bitten: „Wollen Sie nicht, lieber Hans, den Schleier ein wenig zurückschlagen? Damit ich erkennen kann, ob Sie etwas Gutes, oder, was ich nicht hoffen will, etwas Schlimmes zu mir führt? Denn leider wird ja der Goldene Becher fast ausschließlich zu geschäftlichen Beratungen aufgesucht, nicht wahr, bester Hans?"

Wie immer, wenn er mit der Ältesten von Maritzken sprach, klang seine Stimme liebenswürdig und vertrauenerweckend und enthielt nichts von jener flatterhaften Galanterie, die dem Landmädchen, das die harte Notwendigkeit zur Arbeit gezwungen hatte, so verleidet war. Gerade diese offene konventionelle Art hatte dem Geschäftsmann das Vertrauen der Vorsichtigen erworben, obwohl auch zu ihr allerlei abfällige Urteile über ihren Freund gedrungen waren. Aber Johanna Grothe verachtete solche heimlich

zugeflüsterten Gerüchte. Ihre unbestechliche Gewissenhaftig=
keit verlangte Beweiskräftiges. Und alles, was sie von
Rudolf Bark während jener drei Jahre erfahren, seitdem
die Mutter dort draußen im Schatten der Kirche von Ma=
ritzken ruhte, und auch den Vater eigenes Verschulden oder
ein unseliges Schicksal aus den Reihen der tätig Wirken=
den entfernt hatten, nein, alles was ihr von dem nüch=
ternen klaren Geschäftsmann in selbstloser Opferwilligkeit
während jener schweren Zeit geboten war, es atmete Sicher=
heit, Ordnung und ein Gefühl für ihr inneres Bedürfnis
nach Sauberkeit. Und so hatte sich zwischen ihnen nach
einer anfänglichen kühlen Geschäftsverbindung das ver=
trauliche Verhältnis von Ratgeber und Schützling gebildet.

Auch heute drängte es die Selbstsichere, ihre Sorgen
gewissermaßen durchrechnen zu lassen, denn sie fühlte sich
entlastet, sobald ihr eigenes Urteil die Unterstützung des
Vielerfahrenen fand. Nicht leicht schien ihr im Augenblick
die Einleitung zu fallen, ja, der Konsul merkte, wie das
große, kräftige Mädchen — die Heroine, wie er sie manch=
mal heimlich nannte — ihre Blicke befangen vor den
seinigen zu dem braunen Teppich heruntersenkte. Endlich
jedoch schlug die Sitzende mit einer raschen Bewegung
ihren Schleier in die Höhe, und wieder entzückte den Groß=
kaufmann jene merkwürdige Blässe, die er schon so häufig
angestaunt hatte. Ganz eigenartig hoben sich die tiefdunklen
blauen Augen von dem matten weißen Grunde ab.

„Hören Sie, Herr Konsul", sprach Johanna endlich,
indem sie mit aller Kraft die Gedanken auf ihr Ziel zu
sammeln versuchte, und dabei schlug sie die dunklen Augen
so fest und ehrlich gegen ihn auf, daß der Mann plötzlich
ein eigenes Schwanken spürte. Es blieb immer dasselbe.
Diese große königliche Erscheinung, die sich über die
Schwächen und Wünsche ihres Geschlechtes sicherlich weit

erhoben hatte, sie machte es ihm manchmal wirklich nicht leicht, die gleichgültige Ruhe des kühlen Geschäftsfreundes zu wahren. Schweigend lehnte er dicht neben ihr gegen die Platte des Schreibtisches und sah sie aufmerksam an.

„Hören Sie, lieber Konsul," begann Johanna von neuem, „ich muß Sie schon wieder einmal mit einer Angelegenheit behelligen, die mir lebhafte Besorgnis einflößt. Sie wollten es damals nicht glauben, aber ich habe doch recht behalten."

„Sie behalten immer recht, lieber Hans", sagte der Konsul verbindlich.

„Nein, nein, scherzen Sie nicht. Diesmal wird es wirklich Ernst. Und da ich ja keine Mutter und leider auch im eigentlichen Sinne keinen Vater besitze," fügte sie mit kurzem Atem an, „so wende ich mich eben an Sie. Ich habe Vertrauen zu Ihnen."

Der Konsul wollte etwas erwidern, aber von ihrem merkwürdig dunklen Blick getroffen, brachte er es nur dazu, ihr warm und zustimmend die Hand entgegenzustrecken. Dann forschte er schnell:

„Also um was handelt es sich, liebster Hans? Spannen Sie mich nicht länger."

Merkwürdig, die Älteste von Maritzken schien keineswegs zu spüren, wie die Hand des Mannes noch immer auf der ihren ruhte. Sie fuhr unbekümmert fort:

„Gestern abend saß ich auf der Wiesenbank vor den drei Statuen der römischen Kaiser —"

„Aha," unterbrach der Zuhörende, „die Stelle muß man sich merken, das ist offenbar Ihr Lieblingsplatz."

„Ja, ich sitze gern dort. Aber gestern wurde mir der Ort auf lange Zeit verleidet. Denken Sie sich, Konsul Bark, — es fällt mir sehr schwer, Ihnen dies alles zu gestehen — als ich meine Blicke ganz absichtslos über die weite grüne

Wiese richtete, auf der gerade ein junger Hase seine komischen Männchen machte, da sah ich ganz hinten am Waldsaum meine Schwester Marianne mit einem Fremden schreiten."

„Weiter", forderte der Konsul interessiert.

„Die Gestalten waren nur zwerghaft klein, aber ich erkannte den Eindringling trotz alledem, obwohl er nicht Uniform angelegt hatte."

Jetzt richtete sich der Kaufmann schnell auf, zog ein wenig an seinem braunen Jakett und bewegte dann abschätzend die flache Hand hin und her.

„Es war natürlich Fritz Harder", äußerte er bestimmt.

Das stolze Weib in dem Sessel nickte. Dann aber schlug sie verstört die Augen nieder, und ihre ganze Gestalt beugte sich zusammen, als ob sie von einer körperlichen Last zu Boden gedrückt würde.

„Lächeln Sie nicht, Herr Konsul," sagte sie matt, „ich bin über das Alter hinaus, als daß ich gegen eine ehrbare Annäherung etwas einzuwenden hätte." Und als der Konsul eine Bewegung machte, wie wenn er sie nicht verstände, stieß sie plötzlich unmutig hervor, und ihre Stimme tönte laut und grollend: „Das war es aber nicht. Gegen diese stürmischen Liebkosungen in der dunklen Stille eines Haselnußhaines muß ich Einsprache erheben. Das kann und will ich nicht dulden. Denn nach dem, was schon einmal bei uns geschehen, muß ich mehr wie jede andere darauf achten, daß unserem Hause der landläufige Respekt entgegengebracht wird."

Die zusammengekauerte Gestalt ließ ihre Arme zwischen die Knie herabsinken und riß sich alles Weitere matt und dumpf von der Seele los, wie wenn sie mit sich selbst zürne, daß sie so Verschwiegenes offenbare.

„Glauben Sie mir, lieber Freund, meine Rolle fällt mir

nicht immer leicht. Ich weiß, die Mädels hassen mich, weil ich ihnen so vieles versagen, und häufig wie ein Polizist vor ihnen auftauchen muß. Aber Sie, Konsul Bark, Sie kennen meine Beweggründe. Ich habe es nun einmal übernommen, aus dem großen Zusammenbruch zu retten, was irgend möglich war, und bin darüber alt geworden."

„Na, na, Hans", schob hier der Konsul lächelnd ein.

Er dachte daran, daß diese Achtundzwanzigjährige in ihrer kalten, abweisenden Schönheit ein Weib sei, das alle Ansprüche aufgegeben habe zu reizen, zu gefallen und zu bestricken, ein Geschöpf, das in klarer Erkenntnis seiner harten Fron allmählich sich selbst vergessen hatte. Und doch — der schlanke Mann in dem eleganten Promenadenanzug warf unbemerkt einen spähenden Blick auf seine Besucherin — ob wirklich alle Wünsche in diesem stolzen Leib erstorben und verlöscht waren? Und in der vorüberhastenden Minute, während seine Augen, die Frauenschönheit so sehr aufzuspüren verstanden, über den gebeugten Mädchennacken glitten, da gestand sich der reife Mann, daß gerade die starke Neugierde, jenes tief verschlossene Geheimnis zu lösen, ihn so dauernd an das frostige, marmorharte Geschöpf da vor ihm fesselte. Und mit einem gewissen Unwillen empfand er auch, wie schwer und unbequem es sei, sich selbst immer in so respektvoller Entfernung zu halten. Ja, es war sehr schwer, denn er erkannte ganz klar, eine einzige unvorsichtige Andeutung, das Verlassen der unverfänglichen und korrekten Beziehungen mußte die Ahnungslose dort sofort empört und enttäuscht von dannen treiben. Und vor diesen Enthüllungen scheute sich der Frauenkenner. Nein, nein, die großen scharfen Augen der Heroine von Maritzken wollte er nicht im Zorn auf sich gerichtet fühlen. Ohne sich darüber Rechenschaft abzulegen, hegte er eine heimliche und ihn doch quälende Abneigung davor, das

Unverdorbene, das Heilig=Jungfräuliche dieses abgeschlossenen Lebens zu stören. So nahm er auch jetzt nur in verborgener Bewunderung die köstliche Weiße ihres Nackens wahr, laut aber sprach er sehr ruhig und überlegt zu der in sich Versunkenen herunter:

„Also, lieber Hans, mir scheint, Sie sehen da wieder etwas zu dunkel. Wenn Sie auf mein Urteil irgendein Gewicht legen, so meine ich, was sich da in der lauschigen Dämmerung des Haselnußhaines abspielte, das waren eben die landläufigen Vorboten einer regelrechten Verlobung. Oder glauben Sie berechtigt zu sein, es anders aufzufassen?"

Auf diese Frage richtete sich Johanna unvermittelt auf und strich sich die spröde Seide über ihrer Brust zurecht. Zum erstenmal lief über ihre immer so schneeigen Wangen ein leichtes Rot.

„Ich weiß nicht," versetzte sie ungewiß, mit sich selbst kämpfend, „ich will es hoffen, obwohl meine Schwester Marianne — ich spreche zu Ihnen ganz rückhaltslos, lieber Konsul — für meinen Geschmack etwas viel zu Nachgiebiges und Entgegenkommendes besitzt. Aber selbst wenn sich Ihre Ansicht bewahrheitete," fuhr sie überlegend fort, „dann halte ich es für schicklich, daß sich der junge Offizier zuerst an mich gewendet hätte."

„Liebe Johanna," begütigte der Konsul, „Sie klammern sich da an eine etwas altmodische Auffassung."

„Nun ja, Sie mögen recht haben, ich bin eben mißtrauisch und wittere hinter allen Menschen zuvörderst irgendeine verborgene Absicht. Das Leben hat mich allmählich so geformt. Sie müssen mir das nicht übel deuten, lieber Freund, Ihnen gegenüber fällt das ja alles fort. Und nun die Hauptsache: Glauben Sie wirklich, daß Fritz Harder der geeignete Mann wäre, um eine so dauernd nach Glück und Glanz verlangende Natur wie Marianne befriedigen zu können?"

Der Konsul zuckte die Achseln.

„Gott, Sie werden nicht leugnen," versetzte er endlich abschätzend, „daß er ein hübscher, flotter Bursche ist und, wie ich annehme, auch ein aussichtsvoller Offizier."

Die Älteste von Maritzken rückte hastig mit ihrem Stuhl.

„Glauben Sie das wirklich?" entgegnete sie mit wenig überzeugtem Ton. „Das gerade möchte ich bezweifeln. Mir gefallen Männer nicht, die nicht vollkommen von ihrem Beruf ausgefüllt werden. Sehen Sie, was hat sich ein junger Leutnant für schweres Geld einen Flügel zu kaufen, um nun halbe Nächte lang auf ihm herumzuphantasieren? Er komponiert ja auch."

„Na, Hans," beruhigte der Konsul, „die Vergnügungen in einer mittleren Garnison sind ja nicht allzu abwechs= lungsreich. Wenn er sich nur mit dieser Art von Spiel be= faßt, so wollen wir ihn deswegen nicht verurteilen."

Aber die Gutsherrin war nicht so leicht abzuweisen.

„Schön," gab sie zu, „aber der junge Mensch hat leider überhaupt etwas Dilettierendes. Wie Sie wissen, versucht er sich auch in der Ölmalerei. Er bringt zwar ganz nette Porträts hervor, aber wie sich dies alles mit seinem eigentlichen Beruf vereint, das begreife ich nicht. Und um wahr zu sein, es erregt mir Mißbehagen."

Hier wagte es der Konsul, der leidenschaftlich Sprechen= den begütigend, fast väterlich die Wange zu streicheln. Aber diesmal wurde es von der Besucherin aufgefaßt. Mit einer herben Bewegung schob sie seine Finger zurück. Dann forderte sie noch einmal:

„Teilen Sie meine Bedenken?"

Inzwischen hatte sich der Konsul in seinen Lederfessel

niedergelassen, und nachdem er seiner Gewohnheit gemäß mit einem Blick, wie um Rat fragend, das Antlitz des Apostels gestreift, da gab er seine Ansicht klug und jedes Wort wägend, zu erkennen.

„Liebes Kind," beschwichtigte er, „mit dem Beruf eines Offiziers ist es ein eigen Ding. Wir vergessen immer so leicht, daß alle Mühen und Anstrengungen, die der höhere Militär aufwendet und die in immer strengerem Maße von ihm gefordert werden, kein in die Augen fallendes Ergebnis zeitigen können. Sie sind die einzige Menschenklasse in unserem Staat, die, solang der Friede dauert, nicht den praktischen Beweis von ihrer Leistungsfähigkeit zu erbringen vermag. Man empfindet ihr ganzes Tun und Treiben hie und da bereits als spielerisch und überflüssig. Und dieses Bewußtsein ist es, was viele Soldaten so rastlos nach Dingen greifen heißt, die jenseits ihres Berufes liegen. Sie suchen sich eben auszufüllen. Nein, Johanna," richtete sich der Konsul plötzlich auf und klopfte ermunternd an die Seitenlehne des anderen Sessels, „daraus wollen wir dem hübschen Bengel keinen Strick drehen. Und daß er sich in die knisternde Schönheit von Marianne vergaffte, Gott —" der Kaufmann zuckte die Achseln — „dieses Los teilt er gewiß mit manchem jugendlichen Schwärmer und außerdem, es läßt keinen üblen Rückschluß auf seine Uneigennützigkeit zu."

Bei diesem letzten Wort glitt ein kaltes Lächeln um die Lippen des Gutsfräuleins. Sie hob ihren Schleier noch etwas mehr, und die blauen festen Augen suchten scharf und bindend den Blick ihres Beraters. Der Konsul rückte ein wenig ungemütlich hin und her.

„Ah, Sie meinen," nahm die Älteste von Maritzken das Wort des Gefährten auf, „Sie meinen, daß der junge Mann Lob und Anerkennung verdiene, weil er sich zu der

Angehörigen einer unbegüterten Familie herabläßt, die ihren Töchtern keine Mitgift auszusetzen vermag?"

„Hans, Hans", mahnte hier der Konsul und hob dämpfend die Hand.

Aber die hohe Blonde fuhr fort: „Ja, ja, man spricht ja so etwas Ähnliches sowohl in der Stadt, wie in der Umgegend. Und es ist mir ganz recht," bestätigte sie sehr ernsthaft, und jener rechnende Schein spielte von neuem auf ihrem weißen Antlitz, „es ist mir ganz recht, wenn sich keine Mitgiftjäger um meine Schwestern bemühen, denn ich kann das Vermögen, das ich uns in achtjähriger Arbeit erworben, noch sehr gut in meinem landwirtschaftlichen Betriebe gebrauchen. Sie aber, lieber Konsul, Sie sind ja der einzige, der genau darüber orientiert ist, wie wenig alle diese Gerüchte der Wahrheit entsprechen. Ja, es ist richtig," sprach sie immer heftiger weiter, „ich habe die zwei großen väterlichen Güter damals in der schweren Zeit aufgeben müssen. Oder besser gesagt, ich habe sie auf Ihren Rat mit Gewalt zur Versteigerung getrieben. Aber das letzte, auf dem ich mich festgesetzt hatte, um mich nicht mehr davon vertreiben zu lassen, unser Maritzken, dieses Stück Erbe, halb Bauernhof, halb Rittergut, das ist doch mit Ihrer Hilfe so bewirtschaftet worden, daß es sich sehen lassen kann. Und die Summen, die ich hier bereits bei Ihnen ablieferte, würden immerhin für eine Mitgift für meine Schwestern genügen, nicht wahr? Lieber Konsul," fügte sie kalt und unempfindlich an, als der Mann eine Bewegung ausführte, als ob ihm das Gespräch peinlich würde, „ich möchte bei dieser Gelegenheit gleich etwas richtig stellen, was mir schon lange Ihnen gegenüber auf dem Herzen liegt. Wenn Sie nämlich von diesen Privatgeldern sprechen, dann pflegen Sie die Summe stets durch drei zu teilen. Es scheint also, als ob Sie auch für mich ein eigenes Konto angelegt hätten.

Das ist ein Irrtum, Konsul Bark. Ich erkläre hiermit ausdrücklich, daß mein Teil restlos auf meine Schwestern übergeht. Sehen Sie mich nicht so erstaunt an, damit beleidigen Sie mich. Ich selbst habe dort draußen in meiner Wirksamkeit vollkommen meine Befriedigung gefunden und werde darin keine Veränderung mehr eintreten lassen."

Ein Augenblick der Ruhe erhob sich zwischen den Beiden. Der Konsul hatte sich zurückgelehnt, und seine lang bewimperten Augen umfaßten das ruhige Frauenbild vor ihm mit unverhohlener Bewunderung. Nie hatte er sie so begehrenswert gefunden, als jetzt, wo er das leidenschaftslose Gelübbe ihrer Entsagung vernommen hatte. Und er glaubte an den unverbrüchlichen Ernst dieses Scheidens von den Freuden und Tänzen der Welt. Nichts Nonnenhaftes lag auf dem edlen Antlitz mit den strengen Marmorzügen, ja, während der Konsul in ihm las, meinte er beinahe, der wohlgeformte Mund, der so gemessen über ein abgeschlossenes Schicksal sprach, auf ihm sei das Lächeln nur eingefroren und es müßte sich herrlich ausnehmen, wenn es sich wieder einstelle.

Das Gutsfräulein jedoch, als ob es fühlte, daß die Gedanken des so auffällig Schweigenden an ihr herumtasteten, schob den Sessel zurück, stand auf und rüstete sich zum Abschied.

„Ich wollte Sie bitten, mit Fritz Harder Rücksprache zu nehmen", schüttelte sie endlich ihren lang aufgesparten Wunsch von sich ab.

Der Konsul verbeugte sich leicht. „Ich war auf diesen Befehl vorbereitet, lieber Hans. Und passen Sie auf, in wenigen Tagen wird der glückliche Freiersmann nach allen Regeln des Herkommens bei Ihnen anhalten. Übrigens," fuhr er fort, „möchte ich doch vorher, wenn Sie gestatten, auch ein paar Worte mit Marianne über diesen Fall wech-

34

feln. Und wissen Sie, Hänschen," lachte er plötzlich ganz unvermutet dazwischen, „da könnten wir eigentlich ein sonderbares Rendezvous verabreden. Sie können sich gewiß nicht denken, wer mir soeben eine Einladung für Sie und die Mädels überbracht hat."

„Nein," gestand die Aufbrechende, indem sie sich bereits den Schleier herabzog, „geht Ihre Vormundschaft über mich schon so weit, daß Sie auch Ihre Zustimmung für unsere Besuche zu erteilen haben?"

„Keineswegs, Hänschen, soweit geht sie unglücklicherweise nicht," scherzte der Kaufmann und strich seinem Besuch das verschobene Jakett ein wenig zurecht, „man überschätzt meinen Einfluß leider bedeutend."

Und nun erfuhr Johanna Grothe die merkwürdige Bitte des russischen Rittmeisters, der die drei Damen zu einem Ausflug jenseits der Grenze veranlassen wollte. Und aus der ganzen Art, wie der Kaufmann diese Einladung wiedergab, wie er die gewählte Zusammensetzung der Gesellschaft hervorhob oder Einzelheiten der Bewirtung schilderte, in allem sprach sich deutlich der Zweifel an der Verwirklichung des Planes aus. Allein es kam anders. Die Älteste von Maritzken warf plötzlich das Haupt in den Nacken, wie sie es immer tat, wenn sie nachdachte, dann schlug sie noch einmal den Schleier zurück und trat an den Schreibtisch, wo sie mit dem Zeigefinger allerlei Figuren auf das rote Tuch malte.

„Sie fahren auch mit, Konsul Bark"? fragte sie rasch.

Der Prinzipal des Goldenen Bechers war sich nicht ganz einig.

„Ja — ja allerdings, gegebenenfalls."

„Dann ist es selbstverständlich, daß wir dort empfangen werden, wie wir es erwarten dürfen."

„Alle Wetter, Hänschen, was machen Sie für Sätze?"

vergaß sich der Kaufmann, und auf seinem hübschen Gesicht malte sich ein offenes Erstaunen.

Die Gutsherrin jedoch wandte ihren klaren Blick nicht von ihm ab; und siehe da, was der Hausherr sich so gewünscht hatte, es erfüllte sich. Um den stolzen Mund der Hochragenden spielte unvermutet ein harmloses, ja verschmitztes Lächeln. Welch ein Wunder! Sie sah plötzlich aus wie eine gutmütige Zwanzigjährige, die einen derben Streich plant.

„Hänschen, was haben Sie vor?"

„Gott, die Sache ist ganz einfach, lieber Freund," lächelte die Gefragte verschämt, „es handelt sich dabei natürlich für mich um ein Geschäft."

„Aha!"

„Sie wissen, ich möchte für die kommende Ernte billigere Landarbeiter mieten, und da dachte ich, daß die Russen von drüben —"

„Hans, Sie wollen doch nicht — ?"

„Doch, doch, es nimmt hier ja auch niemand auf mich Rücksicht, und ich bin keine Wohltäterin. Nur die Grenzstationen drüben machen uns Schwierigkeiten und halten die gedienten Leute zurück."

Jetzt lachte der Konsul hell auf.

„Ah, und Sie meinen," rief er wohlgelaunt, „wenn die drei Damen von Maritzken unseren Nachbarn ein paar hübsche Augen zuwerfen, dann — —"

Das Gutsfräulein hielt seinen Blick aus.

„Das nicht gerade," sprach sie ruhig, „reden Sie keinen solchen Unsinn, Konsul Bark. Aber ein Wort gibt das andere, verstehen Sie? Man gelangt leichter an sein Ziel. Und dann," fügte sie noch überlegt an, „ich brauche auch billige Ackerpferde, und dort drüben verkauft man sie halb umsonst. Man bedarf nur der Protektion."

„Die wird Ihnen nicht fehlen," schloß der Kaufmann, indem er seinen Gast höflich bis zu den vier Marmorstufen geleitete, „verlassen Sie sich darauf, bester Hans. Aber wie gesagt, Sie sind ein kapitaler Rechner. Und über den Ausflug ins Russische reden wir noch. Da ich als Anstands= papa zu fungieren habe, so will ich mich doch noch genauer über alles orientieren. Und nun, lieber Hans, leben Sie wohl, und ich danke Ihnen auch für Ihren lieben Besuch."

Die Blonde reichte ihm über die Stufen hinauf die Rechte. Es war ein Händedruck, wie sie es gewohnt war, fest, kräftig, zupackend. Die wohlgepflegten Finger des eleganten Mannes empfanden die Umklammerung beinahe schmerzlich.

„Wenn ich Sie nur nicht gestört habe", warf sie noch dankbar zurück.

Der Mann aber verbeugte sich leicht und entgegnete nachdrücklich:

„Ich wünschte, Sie kämen öfter."

Dann blieb er unter den geöffneten Türflügeln stehen und sah ihr nach, bis die hohe Gestalt jenseits des Markt= platzes verschwunden war.

II.

Glutrote Abendsonne glitzerte aus allen hochgelegenen Fensterscheiben der Stadt, selbst an dem schwarzen Schiefer= dach der Sankt Sebaldus=Kirche floß es wie von blutigen Strömen hinunter. Hoch oben unter dem First stand in einer engen Mauerhöhlung die bunte Holzstatue des Schutz= heiligen, und auch aus seinem sonst erloschenen Sternen= reif spritzten die roten Lichtflammen. Es sah aus, als wäre das entblößte heilige Haupt von ein paar Säbel= hieben getroffen und heller Lebenssaft zische aus den

Wunden hervor. Immer mehr verbreiteten sich die funkelnden Lachen auf den schwarzen Platten.

Unter dem in Flammengold und angehendem Violett schimmernden Himmel zog gerade über dem Marktplatz eine Schar weißer Tauben ihre Kreise. Eine vereinzelte blauschwarze Nachzüglerin flatterte in geringem Abstand hinter den blitzenden Schwestern her, gleich einem schlimmen Gedanken, den die guten, beseligenden weit hinter sich gelassen. Ein frischer Abendwind surrte durch die Gassen, und von den nahen Feldern, die sich hinter der Stadt in ununterbrochener Weite dehnten, führte er einen süßen Kleeduft mit sich.

Gerade als es in rollenden, schleppenden Tönen von der Sebaldus-Kirche die siebente Stunde schlug, da quoll aus der am Markt liegenden Konditorei von Klinkowström eine kleine Anzahl junger Offiziere heraus, die sich lachend und säbelschleifend über dem schmalen Trottoir verbreitete.

„'n Abend, Harder."

„Abieu, Janick. Ihr bleibt im Kasino, wie?"

„Nirgends anders. Dort soll ja eine kleine Götterberatung stattfinden, was wir mit dem Onkel aus dem Generalstab anstellen sollen, der den Herren Offizieren in einiger Zeit zum Vortrag geschickt wird. A propos, lieber Harder, ist dieses wissenschaftliche Huhn, der Major von Siebel, nicht ein Verwandter von Ihnen?"

Der junge Offizier mit der saloppen, etwas vorgebeugten Haltung und dem scharf geschnittenen, bartlosen Antlitz, von dem seine Kameraden behaupteten, daß es ein Cäsarenkopf wäre, hakte seinen Säbel ein und blies von dem schwarzen Interimsrock achtlos etwas Zigarettenasche hinweg.

„Siebel?", wiederholte er mit einer leisen, wohllautenden Stimme, die gar nichts Militärisches in sich barg und

38

auch den energischen Zügen seines dunklen Gesichts nicht zu entsprechen schien. „Was Sie sagen, Janick, kommt der her? Jawohl, er ist wohl ein Übervetter meiner Mutter. Wir duzen uns gerade noch. Übrigens ein grundgescheiter Herr.“

„Na ja,“ pflichtete der baumlange Janick bei, indem er einen anderen Kameraden bereits unter den Arm faßte, „die Weisheit liegt in Eurer Familie. Na, und Sie, Musikante, ziehen wohl für heute abend wieder zu Mendelssohn und Beethoven ab? Meinen Segen haben Sie. Viel Erbauung!“

Der Schlanke griff nachlässig an seine Mütze und wandte sich, um in eine Seitenstraße einzubiegen:

„Danke für den frommen Wunsch, meine Herren,“ meinte er gleichgültig, „Sie sind sehr gütig.“

Seine Schritte hallten schon in dem engen Gäßchen, als der lange Janick ihm noch nachrief:

„Fritz, vergessen Sie nicht, morgen früh wieder sechs Uhr Schützengrabenübung. Das verdammte Buddeln nimmt kein Ende.“

„Danke,“ schallte es von der anderen Seite zurück, „die Ordonnanz war schon bei mir. Gute Nacht, meine Herren.“

Langsam, mit seiner vorgebeugten Haltung setzte Fritz Harder seinen Weg durch die enge Zeile fort. Vor einem Antiquitätenladen, in dessen dunklem verräucherten Schaufenster neben ein paar Trommeln aus den Freiheitskriegen auch ein Bild in halb vermodertem Rahmen ausgestellt war, verharrte der junge Offizier und hob sein Monokel vor das Auge. Eine kleine Weile betrachtete er die schwärzliche Landschaft. Dann murmelte er etwas Unverständliches und nahm seinen Weg wieder auf, ohne den jungen Mädchen, die hier paarweise promenierten, irgendwelche Beachtung zu schenken. Bald hatte er sein Heim erreicht. Es war ein ganz schmales, spitzgiebliges Häuschen, das sich zwischen zwei anderen altertümlichen Bauten nur schüchtern eingeklemmt hatte. Vor Baufälligkeit schien es sich direkt vorüber zu neigen, und da es außerdem bis zu dem Holzbord des ersten Stockwerks himmelblau angestrichen war, von dort aber bis unter das Dach in rosenroter Färbung prangte, so glich es viel mehr einem Pfefferkuchengebilde vom Weihnachtsmarkt, das man recht lieblich und bunt herausstaffiert. Kaum begreiflich aber war es, wie die Zwei-Fenster-Front des Häuschens noch durch eine rot gepflasterte Diele getrennt sein sollte. Und doch verhielt es sich so. Auf der einen Seite des Flurs ging es nämlich beständig tick-tack, tick-tack. Hier hauste der Besitzer des blauen und rosenroten Pfefferkuchens, Herr Nikolaus Abameit, der ehrsame Zunftmeister der Uhrmachergilde. Ja, hier nistete der alte struwelige Mann, hochgeehrt und bewundert von der ganzen Handelsstadt, denn es haftete wohl im Gedenken seiner Mitbürger, daß es ihm allein von allen seinen Handwerksgenossen vor reichlich vierzig Jahren gelungen war, das verstummte Glockenspiel der Sebaldus-Kirche zu neuem klingenden Leben zu erwecken. Das hatte dem damals im kräftigsten Mannesalter stehenden Künstler tausend preußische Reichstaler eingetragen. Und wozu hatte er diese große, diese überschwengliche Summe verwendet?

Wozu?

Kein Mensch konnte darüber etwas Genaues angeben. Man hörte nur aus den wütend hingeworfenen Angaben seines stotternden Gehilfen Leiser Bienchen, eines phantastisch armen Judenjungen, der von den Wohltaten seines Meisters lebte, alle alten Kleidungsstücke des Uhrmachers bis zum Zerbröckeln auftrug und trotzdem, aus künstlerischen Gründen, beständig im heftigsten Streit mit seinem zahnlosen Prinzipal lebte, man vernahm nur in Augenblicken zitternder Wut von jenem menschenscheuen Gehilfen, daß es sich um eine Erfindung handele, die einmal Millionen einbringen müßte. Tief unten in einem triefend feuchten Keller, und immer nur in den Frühstunden, wurde von den beiden Adepten an dieser merkwürdigen Maschinerie gearbeitet. Und der letzte Bursche des Leutnants, der sich einmal bis in den schwarzen Abgrund hinunter verirrte, er hatte entdeckt, daß bei jenen beglückenden Ideen zweifellos auch ein starkes Uhrwerk im Spiel sein müsse:

„Denn in dem Keller, Herr Leutnant, macht es immerfort tick=tack, tick=tack. Es stinkt mordsmäßig dort unten. Nach Schwefel und Säuren und all solchem Zeug. Und wenn mich der verfluchte Judenbengel nicht einen Fußtritt gerade vor den Magen versetzt hätte, Herr Leutnant, ich hätte die Beiden bei der Teufelsbeschwörung überrascht. Denn um so was handelt es sich, um nichts anderes!"

*   *

*

Als Fritz Harder die eine der von ihm gemieteten Stuben in dem Pfefferkuchenhäuschen betrat, stand sein Bursche, ein derber, vierschrötiger Ostpreuße gerade an dem ovalen Tisch, um eine billige weiße Petroleumlampe zu entzünden. Er machte sofort vor seinem Leutnant stramm und nahm ihm die Mütze ab, die ihm Fritz herüberreichte.

„Na, Reddemann," begrüßte ihn der Offizier, während er sich ein wenig ermüdet auf einen Korbsessel dicht an dem schmalen Fenster niederließ, „hast du mir die Sachen besorgt?"

„Zu Befehl, Herr Leutnant, das Frühlingslied von Mendelssohn. Sehr schön."

„Aha, du hast wohl wieder darin herumgenascht?"

„Zu Befehl. Herr Leutnant wissen ja, daß wir zu Haus einen Gesangverein haben."

Der am Fenster Sitzende öffnete sich ein wenig den Uniformrock.

„Na, ob ich das weiß," warf er gutmütig hin, „du heulst ja manchmal, mein Junge, daß ich glaubte, Bienchens räudiger Pudel hätte Leibschmerzen bekommen."

Allein trotz dieser etwas derben Charakterisierung seiner Gesangskunst reckte sich der stämmige Bursche und sah sehr befriedigt aus.

„Herr Leutnant," verteidigte er sich, „dann übe ich bloß. Aber bei uns zu Hause in Pillkallen sagen die Leute, ich hätte die stärkste Stimme."

„Jawohl," lächelte der Leutnant, „das sage ich auch. Und nun, Rebbemann, schwirre mal in das Kasino ab und hole mir meine Menage. Aber die Tischordonnanz soll alles hübsch warm geben, verstanden?"

„Zu Befehl, Herr Leutnant. Sonst noch etwas?"

„Jawohl, bringe mir von nebenan ein paar Zigarren mit, von der billigen Sorte."

„Zu Befehl, Herr Leutnant."

Der Ostpreuße bedeckte sich mit seiner Mütze, fuhr noch einmal ordnend auf dem Tisch herum und stolperte auf die Diele heraus. Gleich darauf sah ihn sein Gebieter die enge Gasse im Trab durcheilen. Mehrfach noch wandte sich das plumpe Antlitz aufmerksam zurück, ob auch sein Herr diese beschleunigte Gangart wahrnehme.

Fritz Harder jedoch verweilte noch längere Zeit am Fenster und stützte nachdenklich den feinen Kopf mit den dunklen Haaren auf die Hand. Und wie schon so oft, überkam ihn, wenn er den Eindruck des ungeheuer niedrigen, fast kahlen Stübchens mit der verblaßten Blumentapete auf sich wirken ließ, jenes überwältigende, niederdrückende Einsamkeitsgefühl. Auch die enge Gasse, durch die kein Wagen fahren durfte, mutete ihn an, als ob eine Riesen-

fauſt ſie zuſammengepreßt hätte, damit jede Spur einer
friſchen reinen Luft aus ihr entwiche. Dumpf und feucht
wie aus einem Kellerloch wehte es zu ihm herein. Herrgott, hier lebte man wirklich wie in den Kaſematten der
Feſtung, durch hohe Mauern abgeſperrt von allem Glanz
des Tages. Und dann das troſtloſe Einerlei ſeiner Tätigkeit. Wie ihn das mit einem ängſtlichen Schauer erfüllte,
wenn er ſich all dieſe gleichgültigen und dennoch, wie er
zugeben mußte, notwendigen Dinge zurückrief. Heute und
morgen und übermorgen das Rekruten-Einexerzieren, die
ewig geübten und wiederholten Inſtruktionsſtunden, die
anſtrengenden Märſche bis weit über das Glacis der ehemaligen Feſtung, wo er jeden Baum, jeden Strauch, jeden
Hügel und jeden Graben kannte und beſchrieben hatte.
Und dazu die Ausſicht, die Ausſicht in weiter Ferne, unwahrſcheinlich und unerreichbar, jemals ſich in dem wiſſen
ſchaftlichen und kunſtgemäßen Untergrund des Dienſtes
betätigen zu dürfen. Denn ach, wie jede praktiſche Be
ſchäftigung auf Erden, ſo war ja auch ſein Beruf auf feſten
Quadern einer hiſtoriſchen, ſowie einer techniſchen Wiſſenskunde aufgebaut. Aber in dieſes ſtrenge, wohlverſchloſſene,
geheimnisvolle Haus fanden faſt ausſchließlich die Mitglieder einer bevorzugten Kaſte Einlaß, und ſelbſt jene
harrten wieder vergeblich vor den innerſten Kammern, in
denen, wie in dem pochenden Herzen des gewaltigen Körpers, alle feinſten Adern und Veräſtelungen zuſammenliefen. Wie ſollte da der Sohn eines auf ſein ſchmales
Gehalt angewieſenen oſtpreußiſchen Oberförſters hoffen
dürfen? Umſonſt blieben die verborgen angeſponnenen
Verſuche, die ſein heiß aufbegehrender Arbeitswille hie
und da unternommen. Sie vergilbten in der Schublade des
wackligen Fichtentiſchchens dort in der Ecke, ja, ihr Vorhandenſein ſogar wurde von den fröhlicheren Kameraden —

mit Recht — verspottet. Oh, wenn nur der Drang und die Sucht nicht gewesen wären, sich aus diesen umklammernden Beängstigungen vor der Zukunft zu befreien. Da gab es nur ein Mittel. Und der Blick des Nachdenklichen schweifte zu dem geborgten Flügel hinüber, der in seinem schwarzen Glanz fast die Hälfte des Zimmers ausfüllte. Leuchtend spiegelten sich die Strahlen des Lämpchens auf der fein polierten Platte. Ja, dort wob sich ein Zaubernetz, in das er sich träumend strecken konnte, und das dann von klingenden Genien emporgehoben wurde weit fort über die kleine handeltreibende Stadt, fort von den zechenden, hasardierenden Kameraden mit ihrer absichtlich zur Schau getragenen Verachtung alles höheren Bildungsstrebens, weit fort von Armut und Beschränkung. Aber nein — —↕

Und der Nachdenkliche am Fenster zuckte zusammen und vergrub jetzt sein Haupt, auf dem es plötzlich wie in Glut und Feuer aufflammte, in beide Hände. Vergessen und Beseligung, sie wurden dem Glücklichen noch von anderer Seite gespendet. Hier wuchs Trost, Erbauung, Andacht, tiefe Demut vor der göttergebildeten Schönheit, und die verzehrende auflösende Sehnsucht, sich in ein anderes prangendes Dasein hinüber zu retten, wie es wohl nur ein Künstler in seinen Träumen fühlen konnte. Das schöne, gnadenspendende Weib stand lächelnd und reizvoll, zu immer neuen Gaben bereit, vor den geschlossenen Augen des Kämpfenden, bis sich sein jugendstarker Körper unter einem fröstelnden Schauer wand. Und doch, wie entsetzlich, auch hier die Unsicherheit, die sein Leben so wehrlos machte. In Stunden aufschießender Erkenntnis, empfand er da nicht unumstößlich gewiß, wie das Beste in ihm, trotz der glückverlangenden, spielerischen, lustdurchzitterten Zeit um ihn herum, nach Dauer, nach Reinheit

44

und nach Sicherem verlangte? Ein Begehren, das ihn
bei seinen forschen Kameraden in den Ruf eines sonder=
baren Heiligen gebracht. Nein, das ließ sich nicht weg=
schwatzen und fortdisputieren. Jene starke Sehnsucht haf=
tete ihm von dem kleinen beschränkten Elternhause an, von
jener Stätte des Friedens, die dem früh Herausgetrete=
nen stets in einem rührenden Lichte der Innigkeit und
des Behagens herüberleuchtete. Und lebte diese beruhigende
Sicherheit etwa in der schönen, strahlenden Marianne, die
wie eine dunkle Verlockung aus einem orientalischen Mär=
chen in sein Leben getreten war?

Mitten in seinen Gedanken griff der Träumende um sich,
hierhin und dorthin, als ob er einen Halt suche. Etwas
Festes, woran sich ein Wankender aufrichten konnte. Allein
die aufgestörten Bilder seiner Phantasie rissen ihm Stab
und Stütze aus den Händen und jagten ihn weiter. Nein,
sein scharfer Verstand, das Erbteil seiner rechnenden Mut=
ter, bewies es ihm klar und deutlich, daß dasjenige, was
ihm als etwas Hohes und Heiliges vorschwebte, immer
und immer wieder zu einem Spiel entwürdigt wurde. Zu
einem lockenden Haschen und Entflattern, das ihm all=
mählich die Kräfte der Seele raubte. Keine Zusicherung
war zu erlangen, nichts Bindendes, nur jenes ewige Reizen
und Versagen, in dem er auch alle seine Kameraden sich
herumtummeln sah. Sicherlich, es war die Gewohnheit
einer kulturell verstiegenen Zeit geworden. Das Tiefste,
was das Menschentum barg, der Born, aus dem sich ver=
gangene Geschlechter immer neue Jugend schöpften, man
hatte ihn parfümiert und mit allerlei Reizmitteln verbun=
den, die die heiligen Wasser um ihre läuternde Wirkung
brachten. Das jetzige schnell dahinrasende Geschlecht wähnte
ohne jene aufpeitschenden Genüsse nicht mehr das Gleich=
maß der Tage überstehen zu können. Aber unten, tief

unten auf dem undurchsichtigen und aufgewühlten Grunde des Borns, da lagerte der Ekel.

Als Fritz Harder bis hierher gelangt war, schreckte er plötzlich auf. War es ein kühlerer Luftzug, der ihn durch das offene Fenster hindurch anwehte, oder hatte ihn das mißtönende Geschlürf von ein Paar merkwürdig kreischenden Stiefeln aus seinen Gespinsten verscheucht? Rasch wandte er das Haupt, knöpfte den Uniformrock zu und zog ihn fester über der jugendlichen Brust zusammen. Wahrhaftig, er hatte sich nicht getäuscht. Draußen auf dem Bürgersteig wurde ein unendlich zerbeulter steifer Filzhut vor ihm gelüftet. Solch ein ehrwürdiges Stück konnte nur dem mißvergnügten Erfinder Leiser Bienchen gehören, der Punkt halb acht, seinem Meister, dem alten Adameit, zum Trotz das Pfefferkuchenhaus verließ, um in einem schockelnden Trabe dreimal die enge Gasse herauf und herunter zu laufen.

„Schönen guten Abend, Herr Leutnant", sagte der knickbeinige Geselle zu dem Einwohner seines Herrn hinauf und verzog die weit vorstehende Karpfenschnauze, die ewig beweglich in einem Meer von Runzeln schwamm, zu einem griesgrämigen Lächeln. „Was hab' ich Ihnen gesagt, was hab' ich Ihnen schon heut morgen gesagt? Er ist wieder vollständig wild. Ein Meschuggener, Herr Leutnant, Sie können es mir glauben. Aber einer von die schlimme Sorte. Besessen. Er wird noch einmal anrichten das größte Malheur. Heute hat er wieder — das heißt, das gehört nicht zur Sache —," unterbrach sich Leiser Bienchen und bewegte seine verkrümmte Gestalt in den Hüften hin und her, so daß sein Rockkragen immer abwechselnd das rechte oder das linke Ohr erreichte; „was ich sagen wollte, seine Ideen sind gut, aber zu hastig, Herr Leutnant, zu hastig. Jeden Tag was anderes. Nu, wie gesagt, ich freue mich bloß auf das große Unglück. Sie werden sehen. Gute Nacht, Herr Leutnant."

Fritz Harder nickte der schlottrigen Gestalt zu und verfolgte den Davontrabenden, bis er ihn in der Einbuchtung des Marktplatzes verschwinden sah. Was er aber nicht wußte, das bestand darin, daß dieser mit Gott und den Menschen unzufriedene Geselle in den kargen Abendstunden, die ihm vergönnt waren, sich fast regelmäßig unter eine äußere Nische der herrlichen Sebalduskirche mitten auf dem Marktplatz drückte, um gespannt abzuwarten, bis das berühmte Glockenspiel seinen silbernen Gesang ertönen ließ. Dann neigte der kleine Jude das Haupt, und während er sein mächtiges Lippenpaar krampfhaft festhielt, damit es sich nicht gegen seinen Willen kritisch hin und her bewege, da murmelte er fast immer in einer seltsamen Rührung:

„Großartig, ganz, ganz großartig. Wie er das wohl herausgebracht hat? Was hab' ich immer gesagt? Dieser Adameit is 'n Meschuggener und 'n ganz gemeiner, gewöhnlicher Filz, der mir abzieht bald 'n Groschen hier und bald 'n Groschen da. Aber was kann ich dafür? Der Mann ist ein Genie, 'n ganz großes, unerklärliches Genie, und es ist mein Pech, daß ich ihm nicht ablernen kann, wie man das wird." Und dann hob er das Haupt und schockelte sich verzückt in den Hüften hin und her. „Gott, wie ein Klang. Man möchte tanzen dazu. Wie schön ist doch diese deutsche Musik!"

Immer grauer kroch die Dämmerung durch die enge Rosenkranzgasse. Schon traten einzelne Geschäftsleute auf das schmale Trottoir, um die Jalousien vor ihren Schaufenstern herabzuziehen. In dem kleinen Leutnantszimmer jedoch merkte man nichts mehr von Dämmerung und Kahlheit. Allgewaltig herrschte in ihm jener klingende, sorgenlösende Gott, den der kleine verkümmerte Jude unter seiner Kirchennische so inbrünstig angerufen hatte. Fritz Harder saß vor seinem Flügel und spielte. Längst hatte er die vorgezeichneten Bahnen des Musiktextes verlassen, und ohne, daß er es selbst ahnte, ebneten sich plötzlich helle, weißschimmernde Pfade vor ihm, die ihn hinaufleiteten auf klare, glashelle Höhen. Je weiter er aufwärts stieg, desto wunderbarere Prozessionen zogen ihm entgegen. Sie trugen goldene Kronen, die er sich auf das Haupt setzte, um unter wuchtigen Klängen den düsteren Schauer der Macht zu spüren. Und hinter seinen geschlossenen Augen spiegelte es sich deutlich, wie sich die zarten Luftgebilde ehrfürchtig vor dem armen kleinen Leutnant neigten. Aber das war noch nicht das Herrlichste, was ihm entgegenquoll. Einsamer und stiller wurden die verschwiegenen Wege, schwanke, braune Haselnußstauden schlossen sich über ihm zu einem schattigen Domgang zusammen, und ganz oben auf der letzten Stufe, da leuchtete wartend und verlangend eine Gestalt von so üppiger Pracht, daß der Betörte mitten durch seine Melodien dicht über dem Haupte das betäubende Donnern einer ungeheuren Glocke zu vernehmen meinte. Aber es waren nur die starken Schläge seines eigenen Herzens, das die Ströme des Blutes nicht mehr zu bändigen vermochte.

„Marianne", flüsterte er ermattet, während seine Hände kraftlos von den Tasten herabsanken.

Da — um Gott, das war doch nicht möglich, — da lachte etwas hinter ihm. Genau mit demselben silbernen, etwas müden Ausdruck, wie er es eben in den verebbenden Phantasien aufgefangen. Undenkbar! Das war noch nie geschehen. Ein wahnsinniger Spuk, der ihm deutlich zeigte, wie weit seine kräftige Natur bereits von allem Wirklichen fortgelockt war. Wozu nachgeben? Weshalb sich erst umwenden?

Und doch — dicht neben ihm rauschte es stärker. Ein feiner Resedaduft schlug auf. Hinter seinem Rücken wähnte der Gebannte etwas Weiches, Köstliches zu spüren, und dann — ein züngelnder Blitz — ein paar warme Lippen schmiegten sich auf seinen Nacken und blieben dort haften.

Er sprang in die Höhe, daß die Tasten einen wimmernden Laut aussendeten. Vor seinen Augen schimmerte es. Er konnte das Unwahrscheinliche nicht fassen.

„Marianne," stammelte er ungläubig, ohne den Klaviersessel, den er umkrampft hielt, frei zu geben, „bist du es wirklich? Bei mir?" Und er schickte einen beschwörenden Blick in die Runde, als ob er die geblümte Tapete, die abgetretenen Dielen, sowie die jämmerlich mürben Möbelstücke anflehen wollte, sich für die elegante Dame in dem weißen Sommerkleid zu einem Fürstensaal zu verwandeln.

Ganz im Gegensatz zu der Befürchtung des jungen Offiziers indessen schien sich seine Besucherin von diesem Junggesellenheim äußerst angemutet zu fühlen. Langsam schlug sie ihren blauseidenen Staubmantel auseinander, beugte das eine Knie auf den einzigen Korblehnstuhl und zeichnete mit ihrem schlanken weißen Sonnenschirm allerlei Figuren auf den verschossenen grünen Teppich.

„Also hier wohnst du, Fritz?"

Inzwischen hatte der Überraschte Sprache und Besinnung wiedergefunden. Ein fernes nagendes Gefühl des Unbehagens zehrte in seiner Brust und ließ ihn einen hastigen Blick auf die niedrige Tür werfen. Die Idee, daß jene Schwelle in wenigen Minuten von seinem menageschleppenden Burschen überschritten werden könnte, sie peinigte seine anerzogene Vornehmheit und zauste in der aufspringenden Freude herum.

„Liebe, süße Marianne," begann er befangen, „daß du

soviel Mut besitzt! Ich weiß gar nicht, wie ich dir dafür danken soll."

„Oh," erwiderte das schöne Geschöpf lächelnd, „ich wüßte es schon. Du könntest zum Beispiel schnell die Vorhänge vor deinem Fenster schließen. Das würde dich sicherlich von vielen Befürchtungen befreien, nicht wahr, Fritzchen?"

Sie sprach es so harmlos und lässig, und ihre schwarzen Augen streiften dabei so schalkhaft sein Antlitz, daß der Offizier im ersten Moment gar nicht begriff, warum ihn ihre praktische Anordnung derartig verletzte. Und nur langsam verstand er sich selbst. Die Sicherheit, mit der sie hier disponierte, das Vertrautsein mit allerlei abscheulichen kleinen Kriegslisten, alles das erkältete ihn und ließ ihn verstummen. Schweigend schritt er zum Fenster und riß den Vorhang zusammen. Dann trat er hinter ihren Stuhl, den sie noch immer in leise schaukelnder Bewegung hielt. Und unvermerkt entzündete sich sein Schönheitssinn an der sanften Schwingung, durch die diese prachtvollen Glieder ihm bald zugebeugt und wieder entfernt wurden. Ganz sacht und unmerklich. Immer von neuem ein betörendes Haschen und Entflattern. Die Macht, die sie über ihn ausübte, ohne daß sie viel sprach oder ihn durch blendende Gedanken zu interessieren vermochte, sie schlug abermals über dem halb Gewonnenen zusammen.

„Du siehst so ernst aus, mein Liebling," sagte sie mit ihrer weichen Stimme, aus der ein geübteres Ohr freilich leicht einen ganz feinen Unterton des Spottes herausgehört hätte, „hat dich der Dienst wieder so mitgenommen? Oder bist du mir vielleicht böse, weil ich dir durch meinen Besuch — meinen ersten — Unannehmlichkeiten bereiten könnte?"

Sie lag jetzt mit beiden Knien auf dem knarrenden Korbgeflecht, eng und warm ihm hingegeben, und er fühlte, wie die feine Seide ihres Handschuhs seine Wange streichelte. Nur die schwanke Lehne des Sessels türmte eine unmerkliche Grenzscheide zwischen ihnen.

„Bist du mir böse?" forschte sie noch einmal in einem nachgiebigen Ton, der ihn durchzitterte.

Fritz Harder strich sich leicht über die Stirn. Noch war das Entgegenstehende, das ihn gefangen hielt, nicht gänzlich überwunden. Und dann — in dieser Minute der Besinnung bestürmte ihn noch einmal der ehrliche und klare Wunsch, etwas Dauerndes zu schaffen, rechtlich und vornehm zu handeln, wie es der kleine vierschrötige Oberförster dort oben in den masurischen Wäldern unbedingt von ihm verlangt und gefordert hätte.

„Ich fürchte nichts für mich," gab er deshalb ernster, als er beabsichtigt, zurück, „mich erschreckt nur der Gedanke, Marianne, daß dich die klatschsüchtigen Leute hier in der Gasse aus meinem Hause heraustreten sehen könnten."

Da versetzte sie ihm einen leichten Schlag auf die Wange und wunderbar — sie lachte belustigt auf.

„Aber du Dummerchen," beruhigte sie ihn, und wieder wiegte sie sich leise, „du glaubst doch nicht, daß ich für einen solchen Fall nicht vorgesorgt hätte? Ja, ich habe meiner Schwester Johanna sogar direkt mitgeteilt, in welches Haus ich gehe."

„Was? Das hast du getan?"

„Ja, denk mal, wie schrecklich. Herr Nikolaus Adameit repariert nämlich meine goldene Armbanduhr, und selbst Johanna hielt es für nützlich, den alten Sonderling zu einiger Eile zu ermuntern. Meine große Schwester fürchtet ja immer, es könnte ihr irgend jemand etwas fortnehmen. Nun?" schmeichelte sie und blickte von unten zu ihm herauf, „sind deine Beklemmungen jetzt verflogen? Wirst du nun tapferer sein?"

Da enträtselte er zum erstenmal den verborgenen Spott in den Worten des Mädchens. Eine ferne Geringschätzung, die an seinem unbekümmerten Mut, an seiner jugendlichen Sorglosigkeit zu zweifeln schien. Das ertrug er nicht. Und auch diese Augen, die so erwartend und leuchtend schim= merten, in jenen großen schwarzen Bränden verknisterten all seine Pläne. Immer kecker lächelte der kleine, sich dar= bietende Frauenmund. Und da wirbelte auch schon wieder der Rausch über ihm empor.

Ein einziges, gewaltsames Ansichreißen, ein gedämpfter Laut der Überraschung, und dann stürzten die Wände mit den geblümten Tapeten, der geborgte Flügel, der Korb= sessel und all das kahle Gerät in der wütenden Lohe zu= sammen.

Er fand sich wieder, aufwachend, verwirrt, in einer Situation, die er sich durchaus nicht zu deuten wußte. Wie in aller Welt hatte Marianne ihm den Degen von der Seite zu entwenden vermocht und weshalb setzte sie ihm die Spitze der Waffe auf einen Schritt Entfernung gegen die Brust, als ob sie sich vor ihm schützen wolle?

„Nun ist es aber wirklich genug, Fritzchen," hörte er eine überraschend vernünftige Stimme durch all die Wirrnis hindurchschlagen, „du benimmst dich immer wieder wie ein kleiner unartiger Junge und hast nicht den geringsten Begriff davon, wie man mit einer Damentoilette um= geht. Was soll sich denn Johanna von mir und meiner Konferenz mit Herrn Adameit denken? Sieh bloß mal an, wie du meinen Staubmantel zerknittert hast!"

Ach ja, der Staubmantel! Ihm gebührte freilich nach dem Wiederkehren aus dem von Blutrosen und Dornen umsponnenen Eiland die erste Rücksicht. Dieser verfluchte, stumpfsinnige, lächerliche Mantel! Im Moment haßte der sich Zurückfindende das elegante Kleidungsstück, dessen knisternde Seide er eben noch mit kosenden Fingern gestreichelt. Immer deutlicher nahmen seine schmerzenden Augen wahr, wie störend sich die Erscheinung des berückenden Geschöpfes darbot, als Marianne jetzt den Degen achtlos auf das Sofa warf, um sich darauf vor dem kleinen goldgerahmten Wandspiegel den dunklen Rosenhut sorgfältig auf ihren Flechten zu befestigen. Erstaunt blickte er auf die ihm abgewandte Gestalt hinüber. Und doch, wie zart sich die krausen feinen Härchen von dem matt getönten Nacken abhoben! Herr des Himmels — ein leiser Seufzer entfuhr ihm — nein, das ertrug er nicht länger. All die widersprechenden Empfindungen, all das Unvereinbare von Anbetung und scheuem furchtsamen Tasten nach der innersten Seele der Geliebten, es umgab ihn mit einem dichten betäubenden Nebel, aus dem er sich unbedingt ins Freie retten mußte. Selbst seine Glieder schmerzten, als würde sein sich bäumender Körper tatsächlich durch feine mutwillige Hände von Bergesspitzen in Abgründe geschleudert. Und alles aus Neckerei. Aus Lust an Aufregung und Spiel. Darunter nahm sein Mannestum Schaden. Eine dumpfe Hörigkeit umschnürte seinen freien Willen, die ihm in den Augenblicken der Selbsterkenntnis unwürdig und unerträglich dünkte. Plötzlich reckte er sich. Er war ganz der klare Soldat, dem von allen seinen Untergebenen ein unbedingtes Vertrauen entgegengebracht wurde.

„Marianne," sagte er unvermittelt klar und bestimmt, „ich habe mit dir zu reden."

Die junge Dame am Spiegel ließ die vollen Arme, die den Schäferhut in eine anmutig schräge Lage zu bringen trachteten, nicht sinken, sie kehrte sich auch nicht zu ihm, sondern, während ihre frischen Lippen die lange Hutnadel in der Schwebe hielten, da suchten ihre Augen verwundert sein Bild in der blanken Spiegelscheibe auf.

„Du mußt mir einen Augenblick Gehör schenken, Marianne", drängte der Offizier weiter und tat einen Schritt gegen sie.

„Schon wieder?" murmelte Marianne hinter der blitzenden Nadel undeutlich hervor. „Fritzchen, daß du ein solches Vergnügen an derartigen Auseinandersetzungen empfindest. Also was willst du denn, Liebling? Aber recht rasch, bitte, nicht wahr? Denn sieh mal, von der Sebalduskirche schlägt es schon halb acht. Johanna hat gewiß bereits wieder ihr strengstes Gesicht aufgesetzt."

Noch hatte sie nicht geendet, als sie betroffen ihre schwarzen Augen bis zu der kleinen Eingangstür irren ließ, um dann plötzlich aufgescheucht ihren blauen Mantel ungestüm über sich zusammenzuziehen. Von der Treppe her drangen schwere, knarrende Tritte herauf. Verstört flüchtete das schöne Mädchen bis dicht an die Seite ihres verstummten Gefährten.

„Um Gott, Fritz, du erhältst doch nicht etwa Besuch? — Dein Bursche? — Aber das ist doch sehr unrecht von dir! — Wo soll ich denn jetzt hin?"

Erregte Worte fuhren zwischen den Beiden hin und her, dann ein hastiges Aufraffen des weißen Sonnenschirms, ein Huschen und Flattern, und der eintretende Rebbemann bemerkte mit Erstaunen, wie sein junger Herr in offenbarer Verwirrung abgewandt vor der Tür des Alkovens verweilte, wo er im Grunde nichts zu suchen hatte. Auch für die leckere Zubereitung der Menagengerichte, die noch in ihren Schüsseln dampften, schien sein Gebieter heute keinen rechten Sinn zu besitzen. Unwirscher als sonst trieb

54

der Offizier, der merkwürdigerweise seinen Platz vor dem Nebenzimmer nicht aufgab, zur Eile.

„Ja, die Serviette muß ich doch wenigstens in den Ring schieben," verteidigte sich der Ostpreuße verständnislos, obwohl auch er anfing aufmerksam nach der niedrigen Verbindungstür zu schielen, „und dann Messer und Gabel, Herr Leutnant."

„Schon gut, schon gut, es ist alles sehr schön, — nur rasch!"

„Zu Befehl, darf ich nun noch das Bett aufschlagen?"

Aber merkwürdig, wie unberechenbar diese Vorgesetzten manchmal werden konnten. Der noble Herr, der ihn fast niemals fühlen ließ, daß er zur persönlichen Dienstleistung des Offiziers kommandiert war, er bekam unvermutet drei schwere Falten über der Nasenwurzel, und während er nervös nach der leeren Degenscheide griff, schrie er den treu Sorgenden zum erstenmal rücksichtslos an.

„Zum Donnerwetter, ich habe genug von dem langweiligen Geplapper. Mach, daß du fortkommst!"

Jedoch Rebbemann blieb begriffsstutzig.

„Was, Herr Leutnant, ohne Bett?" stammelte er.

Und erst als sein Herr die Degenscheide auf den Erdboden stieß, daß alles klirrte und bebte, da schlug der Bursche blutrot die Hacken zusammen und stürzte wie behext die enge Treppe herunter.

„Da stimmt etwas nicht," glitt es dem pfiffigen Patron durch den Schädel, „so fein hat es bei uns noch nie gerochen. Donnerwetter ja, die Vornehmen haben doch alles vom Besten."

In dem Zimmer blieb es noch eine kleine Weile still. Erst als der dumpfe Schlag der Haustür verkündet hatte, daß jede Gefahr der Mitwisserschaft beseitigt, da raffte sich Fritz Harder zusammen, um mit einem raschen Entschluß seinen Besuch aus der seltsamen Einkerkerung zu befreien. Und wie heftig ihm auch das Herz schlug wegen der unwürdigen Rolle, zu der sie beide durch diese Heimlichkeit verurteilt waren, — das Bild, das sich ihm hinter der kleinen Tapetentür darbot, schimmerte in solch bestrickendem Reiz, daß all die Vorwürfe, die er gegen sich und die Geliebte im stillen erhob, vor ihm versanken. Da stand Marianne dicht an der Schwelle, das Haupt mit dem breitrandigen Rosenhut lauschend vorgebeugt, und die Wangen von Neugierde und Unruhe dunkel überflammt. Die Dämmerung des Alkovens umgab die matt beleuchtete, weiße Gestalt gleich einem schweren Ebenholzrahmen. Aufatmend und mit jener Lässigkeit, die den jungen Offizier schon so häufig betört hatte, trat sie in das helle Wohnzimmer und knöpfte sich eifriger als sonst die langen weißen Seidenhandschuhe zu. Offenbar wurde das Mädchen nur von der einen Sucht beherrscht, ihren Aufbruch so schnell und so unbemerkt als möglich zu vollziehen.

„Adieu, Fritzchen," schnitt sie ihm bereits das erste Wort ab, denn sie fühlte mit Unbehagen, wie ihr aus den Augen des Gefährten schon wieder allerlei unbequeme Fragen entgegendrohten, „adieu, mein Liebling. — Nein, nein, um Gottes willen, rühre mich nicht an, solche ungeschickten Männerhände sind ja sofort wahrnehmbar. Und Johanna ist der mißtrauischste Polizist, den du dir denken kannst. Nein, ganz still, ganz artig" — und sie preßte ihm rasch die Rechte auf die Lippen, die sich schon zum Widerspruch oder zu einem Vorwurf geöffnet hatten. „Aber wenn du recht folgsam bist, komme ich vielleicht einmal auf ein Viertelstündchen wieder. Adieu, Fritzchen, adieu!"

Geschickt schmiegte sie sich durch den schmalen Türritz

56

hindurch, allein jenseits der Schwelle wandte sie sich und warf noch einmal einen lachenden Blick zurück. Das Geschirr auf dem Tisch schien ihre Aufmerksamkeit zu fesseln.

„Wie drollig sich deine Wirtschaft ausnimmt", flüsterte sie hinein, hob jedoch sogleich den Finger warnend gegen den Mund, damit er sie nicht durch eine laute Antwort verriete, „wie schade,, daß du mich nicht bewirten konntest! Warum kommt dir eigentlich niemals solch ein hübscher Einfall? Überhaupt, du verdienst die große Bevorzugung und auch die Gefahr nicht, der ich mich deinetwegen aussetze. Sst, — ganz still, Fritzchen, hier hast du noch eine Kußhand, so — und nun schlaf wohl, mein Schatz."

*   *   *

Fritz Harder hatte seine karge Mahlzeit kaum berührt. Ruhelos schritt er in der engen Stube auf und nieder, und seine verzogene Stirn deutete darauf hin, wie sehr er sich bemühte, der widerstrebenden Gedanken Herr zu werden. Zweimal schon hatte er sich an den Flügel gesetzt, allein unter seinen geübten Händen waren nur ein paar mißtönende Dissonanzen aufgeschrillt. Und durch einen heftigen Schlag auf die Tasten wurde das regellose Spiel beendigt.

Nein, das ging nicht. Er mußte sich sammeln und Klarheit gewinnen. Ungeduldig riß er die Schublade des roten Fichtentischchens auf und warf ein blaues Heft auf die Platte. Dies war seine Arbeit, von der er sich einmal Erfolg sprochen. Jetzt blieben seine Augen wirr auf einer sauber gezeichneten Terrainkarte haften, und er versuchte sich zu besinnen, warum er mit roter und grüner Tinte verschiedene sich kreuzende Linien hineingemalt hatte.

Alles vergeblich. Der bohrende Gram, die innere Unzufriedenheit mit sich selbst, sie warfen sein Auffassungs=

vermögen um, sie schlugen den stärkeren Menschen in ihm nieder.

Nein, es war genug. Törichter Hochmut, sich für besser zu halten und würdiger als seine Kameraden sich gaben. Und dann — er lachte bitter auf, bedeckte sich mit der blauen Mütze, und nach ein paar Minuten schon klirrte sein metallener Säbel über das Trottoir der menschenleeren Rosenkranzgasse.

„Ah, Fritz Harder," rief der lange Janick, als sein Freund das Spielzimmer des Kasinos betrat; und damit erhob sich der Oberleutnant, lebhaft winkend, von seinem Sitz, „kommen Sie, Beethoven, hier ist eine große Neuigkeit eingetroffen. Schieberamsch mit Pauken und Trommeln. Das müssen Sie lernen, Fritzchen, setzen Sie sich neben mich, so etwas Anregendes haben wir schon lange nicht erlebt. Prost, Musikante — prost."

*   *   *

Dunkelheit senkte sich bereits über die Stadt. Aus dem Portal des Goldenen Bechers trat, dicht in einen schwarzen Hängemantel gehüllt, der bewegliche Kammerdiener des Konsuls Bark heraus, in der Hand ein ziemlich umfangreiches Briefkuvert, das er im Auftrage seines Herrn dem Leutnant Fritz Harder in sein Quartier überbringen sollte. Der weiße Umschlag leuchtete durch die Nacht, als Pawlowitsch achtlos schlenkernd über den Marktplatz schritt. Noch war der Diener nicht weit gekommen, als seinen auch jetzt rastlos umherspähenden Äuglein die Umrisse eines Jagdwagens auffielen, der, mit drei winzigen Pferdchen bespannt, dicht vor der Einfahrt des zweiten großen Gasthofes der Stadt „Zum russischen Großfürsten" wartete. Interessiert und auf unhörbaren Sohlen tänzelte Pawlowitsch näher. Aus der Dunkelheit tauchten zwei Gestalten auf, die sich augenscheinlich an dem Hinter-rad des Gefährts zu schaffen machten. Ein paar derbe Flüche in russischer Sprache wurden laut, und der Kammer-diener erkannte sofort das dröhnende Organ des Grenz-offiziers, der vor ein paar Stunden seinem Herrn die Ehre seines Besuches geschenkt hatte.

„Dummes Vieh,“ hörte der regungslos Verharrende den Rittmeister Sassin auf seinen Rosselenker einschimpfen, „hab' ich dir nicht zehnmal gesagt, daß das Rad quietscht wie eine kranke Katze? Du Hundesohn hast wieder verschlafen, Fett auf die Achse zu schmieren. Ich schneide dir noch einmal in Wahrheit beide Ohren ab. Gleich holst du dir von diesen Deutschen etwas von dem Zeug heraus. Hast du verstanden?“

Der zusammengekrümmte Kutscher zog seine hohe Schirmmütze. „Jawohl, guter Herr“, murmelte er de-mütig und verschränkte seine Arme über der Brust. „Euer Gnaden, ich gehorche.“

„Zum Teufel, dann mach, daß du fortkommst! Und wenn du fertig bist, dann holst du mich dort drüben aus der Konditorei ab. Hast du begriffen?“

„Ich gehorche, Euer Gnaden.“

Der Kutscher trottete in die Einfahrt zurück, und der Rittmeister schlenderte säbelklirrend über das rauhe Pflaster, bis er plötzlich vor der schweigenden Gestalt des Lauschers zurückschreckte.

„Was ist?“ rief er drohend.

„Oh nichts, Euer Gnaden,“ erwiderte Pawlowitsch sich tief verbeugend, „ich bin es nur, der Diener des Herrn Konsul Bark.“

„Aha — aha — Diener — Diener von ausgezeichnetem Freund Rudolf Bark“, lenkte der Russe ganz widerspruchs-voll ein, und dabei versetzte er dem zierlichen Männchen einen wohlwollenden Faustschlag auf die Schulter, so daß der Überraschte, der eine solche Gunstbezeugung wohl kaum erwartet haben mochte, ein wenig vornüber taumelte.

„Heilige Mutter!" stöhnte der Getroffene leise.

Der Russe jedoch ließ von seiner Zärtlichkeit nicht ab, ja, er beugte seine mächtige Gestalt sogar noch etwas tiefer zu dem Unentschlossenen herab, als sei es für ihn überaus interessant zu konstatieren, was für einen weißen Zettel der Diener des ausgezeichneten Rudolf Bark in den Händen trüge.

„Pawlowitsch, guter Junge," rief er wohlgelaunt, und dabei zupfte er nach russischer Sitte dem weißhaarigen Kerlchen sanft an dem Ohrlappen herum, „bist fleißigstes Geschöpf, das ich kenne in dieser fleißigen Stadt! Toujours en vedette, früh und spät. Weißt du auch, daß ich dich deinem Herrn schon längst ausmieten wollte? Sieh einmal, du trägst Brief, Pawlowitsch!"

„Oh", erwiderte der Hausmeister, der einen Augenblick zögerte, bis er dann doch die Aufschrift des Kuverts nach oben kehrte, „an den Leutnant Fritz Harder".

„Leutnant Fritz Harder," wiederholte der Dragoner in beglücktem Ton, „ach, sieh einmal, wirklich an lieben Fritz Harder. „Und nach einer Weile des Nachdenkens, während deren sich der Russe rasch den blonden Kinnbart strich, setzte er hinzu: „Mir ist, als ob junger Herr bei der Festungskommandantur beschäftigt wäre?"

„Ja," pflichtete Pawlowitsch immer langsamer bei, indem er den Brief vorsichtig unter dem herabwallenden Hängemantel vergrub, „der Herr Leutnant ist seit kurzem dazu kommandiert."

„Nun, will nicht aufhalten," sagte der Russe freundlich, „besorge Auftrag, Pawlowitsch. Aber warte, — sollte

60

ich heute nicht vergessen haben, dir dein gewohntes Trink=
geld zu überreichen?"

Jetzt schüttelte der Diener heftig abwehrend das Haupt,
allein er konnte es doch nicht verhindern, daß seine schwar=
zen Äuglein trotz der Dunkelheit einen höheren Glanz ge=
wannen.

„Nein, nein, Euer Gnaden, ich habe nichts zu bean=
spruchen. Der Herr Rittmeister haben ja nichts bei uns
genossen."

Der Russe jedoch streckte wiederum seine Faust nach
dem Ohrläppchen des nicht mehr Zurückweichenden aus.

„Kleiner Galgenvogel," meinte er gutmütig, „hast du
vergessen, daß ich euch beinahe eine ganze Flasche von
wunderschönen klaren und lieblichen Rheinwein austrank?
Ein schöner Wein, ein seltener Wein! Wir Russen sind
dankbar, wir erinnern uns stets der treuen und braven
Diener. Hier, Pawlowitsch, nimm. Macht mir Freude,
wenn du an Rittmeister Sassin denkst."

War es Ernst oder bestand alles in einem Irrtum? Gott
im hohen Himmel, da hielt der Mann im Radmantel ein
blankes Zwanzigmarkstück in der Hand; der über dem
Markt heraufkommende Mond weckte Funken in dem roten
Metall, und es war ein so einzig schönes Bild, daß
Pawlowitsch seine langen Finger krampfhaft schloß, als
gönne er es anderen nicht, sich an dieser wärmenden Augen=
weide zu ergötzen. Und doch krümmte sich seine Seele und
wand sich ängstlich hin und her, denn die Güte des Ritt=
meisters erschien dem kundigen Mann verdächtig, und ein
quälender Zweifel beschlich ihn, ob jenes Gold nicht viel=
leicht dazu bestimmt wäre, um die besseren Mahnungen
seines Herzens zu übertönen. Man hatte so viel von den
rauhen Grenznachbarn gehört, sie waren so lüstern nach
diesen oder jenen gleichgültigen Dingen, die den Unein=

61

geweihten gänzlich nebensächlich erschienen, und die dann doch plötzlich eine besondere Geltung gewinnen konnten. Und dann — die Versucher von dort drüben sollten sich im Besitz von ungeheuerlichen Schätzen befinden, die sie wahllos und verschwenderisch über die ihnen Ergebenen und Willfährigen ausstreuten. Hatte sich Pawlowitsch, der Listige und Verschlagene, nicht schon oft heimliche Gedanken darüber gemacht, wie hübsch es wäre, wenn man die groben ungeschlachten Kerle von jenseits der Grenze ein wenig necken würde? Natürlich nur ein bißchen aufziehen, um sie hinters Licht zu führen, denn man wußte ja eigentlich gar nichts, was die neugierige Gesellschaft wirklich interessieren könnte. Aber als der Hausmeister jetzt das kalte Goldstück mit seinen langen Spinnenfingern umschloß, da gab es ihm doch einen brennenden Stich durch alle Adern hindurch, und einen Moment schlugen Angst und Feigheit so stark in ihm empor, daß er fast ohne Überlegung die Hand ausstreckte, um das liebe, das schöne, das reiche Geschenk wieder von sich zu schleudern.

„Da — da — Panne Rittmeister —"

„Was willst du, mein lieber Junge?"

„Ich — ich" — das Kerlchen im Radmantel erwachte — „ich wollte Ihnen bloß herzlich danken, Herr Rittmeister," sagte er schmerzlich.

Der Russe jedoch versetzte ihm einen freundschaftlichen Puff vor die Brust, so daß dem ohnehin Bedrückten einen Moment lang die Luft fortblieb.

„Schon gut, Pawlowitsch," hörte er die dröhnende Stimme dicht vor seinem Ohr, „das ist nur Kleinigkeit. Du gefällst mir, du gefällst mir wirklich. Und dann — wir sind ja auch halbe Landsleute. Wer weiß, was ich noch alles für dich tun kann? Und nun geh und richte

62

deinen Auftrag aus, bei lieben Leutnant Fritz Harder. Wo wohnt er doch noch?"

„Er wohnt Rosenkranzgasse 19", schlich dem Diener die Stimme mühsam aus der Kehle. Und sich windschief verbeugend, schlug der Davoneilende ein Kreuz unter dem langen Mantel, indem er noch erstickt hinterher zu flüstern versuchte: „Jesus, Maria und Joseph, legt Fürbitte ein!"

Als Pawlowitsch dies herausstöhnte, schlug es von der Sebalduskirche die zehnte Stunde. Das Glockenspiel des Meisters Adameit begann wieder seine glasklaren Melodien zu spielen: „Wer nur den lieben Gott läßt walten." Da trat Pawlowitsch der Schweiß auf die Stirn. Fester und gieriger preßte er die Goldmünze in seiner Hand zusammen, als müsse er sich durchaus an etwas Irdisches klammern, und doch bröckelte es von seinen Lippen noch einmal wie vorhin, nur schaudernd und abwehrend:

„Jesus, Maria und Joseph, wie leicht kann man das Geld auf dieser Erde verdienen. Wie leicht — legt Fürbitte ein!"

III.

Durch die langen schmalen Eichen vor dem Herrenhause von Maritzken raschelte der Frühwind. So eng beschnitten hatte man die dunkelgrünen saftigen Kronen, daß man die Bäume in der Ferne für hochstrebende Pappeln halten konnte. Nun wiegten sich die Wipfel im weißen Sonnenlicht des Julivormittags und warfen schwankende Schatten auf den grob gepflasterten Hof, der trotz beginnender Ernte und obwohl er von Leiterwagen und Pflügen besetzt war, so sauber aussah, als wäre er für eine besondere Feierlichkeit aus vielen Wasserschläuchen überspült worden. Auch die umgebenden Wirtschaftsgebäude blitzten stets unter einem weißen Anstrich, denn es machte den Stolz der Herrin von Maritzken aus, daß sich das von ihr bewirtschaftete Gut immer in weithin leuchtender Weiße zeige. Unter dem viereckigen Toreingang aber stand Johanna Grothe selbst, und die Sonnenstrahlen hüllten ihr lockeres Haar in eine Goldhaube ein. Vor ihr verharrte in Hembsärmeln die untersetzte Figur ihres Statthalters, der sein kleines zehnjähriges Töchterchen an der Hand führte.

„Nun, Baumgartner," fragte Johanna den Mann mit der vorzeitig durchfurchten Stirn freundlich, „wie weit halten wir heute?"

Da berichtete der treu sorgende Verwalter, der die Angewohnheit aller älteren Landleute besaß, die Gutsangelegenheiten nicht allzu rosig darzustellen, wie man bei der Rapsernte auf ganz verfluchte Flecken gestoßen sei, die mit nichts als Unkraut und Hederich bewachsen wären.

„Da ist wieder ein toller Hund gelaufen", sagte der Landmann nach dem Aberglauben der dortigen Gegend.

„J, lassen Sie nur, Baumgartner," tröstete Johanna lächelnd, „unser Raps selbst steht fett und gut. Es kann einem das Herz im Leibe lachen."

Der Mann kraute sich leicht hinter dem Ohr. „Na ja, Fräuleinchen, aber mit dem Kartoffelumwerfen, da kommen wir nicht richtig vorwärts. Uns fehlen Pferde. Ponnies müßten wir haben, mit schmalem Tritt."

„Da haben Sie recht, Baumgartner," nahm seine Herrin den Einwurf lebhaft auf, „aber wissen Sie das Neueste? Heute nachmittag fahre ich mit meinen Schwestern nach Grabowo."

„Was, über die Grenze?" hob hier der Verwalter sein sonnengebräuntes Haupt und zuckte ein wenig mißtrauisch die Achseln, und als er erfahren, daß seine Gebieterin dort drüben das vermißte Pferdematerial zu kaufen beabfichtigte, da klopfte er mit dem Finger noch einmal warnend gegen die Schärfe seiner Sichel. Es gab einen hellen Ton. „Vorsichtig, gnädiges Fräulein," riet er bringend, „die Gesellschaft da drüben geht nicht immer ehrlich zu Werke."

„Oh, Sie können unbesorgt sein, Baumgartner, Herr Konsul Bark begleitet uns."

Da ging ein beifälliger Zug über das ernste Antlitz des Landmannes.

„Das ist gut", stellte er fest. „Konsul Bark versteht seine Sache. Er hat auch mit dem alten Trakehner Hengst bei uns recht behalten. Das Tier arbeitet drei junge Pferde in Grund und Boden." Und während sich der Beamte schon zum Abgang wandte, fragte er noch einmal ehrerbietig: „Und zu wann befehlen das Fräulein den Wagen?"

Eine schwere Falte grub sich dabei mitten über die Stirn des Mannes. Allein Johanna verstand ihn.

„Nein, nein, Baumgartner", beruhigte sie. „Sie brauchen sich gar nicht stören zu lassen, Herr Konsul Bark holt uns in seiner eigenen Equipage ab, obwohl uns unser Weg ja ohnehin durch die Stadt führen würde. Sie können Ihre Pferde ruhig bei der Arbeit behalten."

„Oh, danke schön, gnädiges Fräulein, das ist gut. Herr Konsul Bark weiß, was sich gehört. Ich freue mich immer, wenn er auf das Gut kommt. Nun vorwärts, Tilli."

Er gab seiner kleinen Tochter einen Wink, das Kind knixte und beide schritten rasch bis zum Hoftor. Jedoch sie sollten nicht hinausgelangen. Von der Chaussee her erhob sich ein scharfes Rollen, Peitschenklang schwirrte durch die Luft, und gleich darauf sah die Gutsherrin, wie ihr Verwalter ein Paar mächtigen Rappenhäuptern beruhigend über die schäumigen Nüstern klopfte.

Bei Gott, dies Gespann kannte Johannas geübter Blick.

Ja sogar ben harten, saufenben Peitschenklang unterschieb sie vor allen anberen. So bröhnenb unb unbekümmert raste nur ber Riese bort brüben von Sorquitten über bie Lanbstraße. Unb richtig, noch hatte sie bie Ziegelschwelle unter ber viereckigen Einfahrt nicht verlassen, ba schob sich auch bereits eine mächtige Männerfigur in einem gelben Sportanzug burch bie Toröffnung, unb ein grünes Tiroler= hütchen mit einer alten verbogenen Hahnenfeber wurbe aus Leibeskräften in ber Luft geschwenkt.

„Morjen, morjen, Johanna, alte Seele", wetterte bas markige Organ bes Vetters Febor von Stötteritz, unb ba= bei stampfte ber ungeheuerliche Einbringling balb rechts, balb links mit ben braunen Schnürstiefeln, aus benen sich ein paar unförmige Waben herausbrängten, schallenb auf ben Steinen bes Hofes herum. „Laß mal eiligst so einen kleinen Tritt herausbringen, liebste Cousine, meine alte Dame will sich nämlich wieber nicht meinen Armen an= vertrauen. Sie behauptet, ich zerbräche ihr immer ein paar Knochen im Leibe. Also fix, Johanna", unb er führte bie beiben Mittelfinger in ben Munb unb ließ einen gellen= ben Pfiff erschallen. „Vorwärts, wo bleiben bie Faul= pelze? Meine Frau Mama kann ja bekanntlich nicht warten."

Jetzt wurbe es auf bem Hofe lebenbig. Eine Magb mit einem Tritt lief hochaufgeschürzt hinzu, unb nachbem auch Johanna bis an ben Wagenschlag geeilt war, ba entschloß sich bie lang aufragenbe, hagere Insassin bes Gefährtes enblich, bie Expebition auf ben sicheren Erbboben zu unter= nehmen. Mit einem Krückstock inbessen tastete sie erst vor= sichtig bie Unebenheiten bes Terrains ab. Kurzatmig stanb sie bann neben ihrem Sohn, um ihrem blauroten unb boch pergamentartig mageren Antlitz ein wenig kühlenbe Luft zuzufächeln.

66

„Es ist nichts mit solchen Ausfahrten", stellte Frau von Stötteritz grämlich fest, wobei sie der Hausherrin steif ihre Rechte zum Handkuß darbot. „Guten Tag, liebes Kind. Ich wollte dich gewiß nicht belästigen — nein, nein, schon gut, wer soll sich denn über eine so alte anspruchsvolle Frau im Ernst freuen? — aber mein dummer Junge läßt mir ja keine Ruhe. Es sollte durchaus ein Besuch bei dir werden. Als ob ich dich in meinem Leben noch nicht gesehen hätte! — Nein, nein, schon gut", unterbrach die hagere Dame entschieden, als das blonde Mädchen ihr irgend etwas Liebenswürdiges entgegnen wollte. „Lüge nicht erst, mein Töchterchen, du schwärmst ja selbst nicht für Komplimente. Die Hauptsache ist, daß ich möglichst bald eine Fußbank unter mein rechtes Bein erhalte. Du kannst dir gar nicht denken, wie mich das Rheuma wieder plagt. Aber paß auf, es gibt Regenwetter. Unsere Rapsernte wird uns natürlich wieder wegschwimmen."

„Du, Hans," schrie der Sohn aufgeräumt dazwischen, der seine Frau Mama mit den flachen Händen so sanft wie möglich vor sich her schob, „mein ganzer Raps an Silberstein da drinnen verkauft. Den verfluchten Juden hab' ich schön hochgenommen. Wenn das in diesem Jahre so weiter geht, dann bau ich auf Sorquitten das neue Herrenhaus, das du neulich vorschlugst. Meine Alte werde ich schon rumkriegen."

„Es wäre gut, wenn du mir nicht so in die Ohren schriest, Fedor", tadelte die Vorauftappende, schmerzlich ihren Mund verziehend. „Was ich dieses Brüllen nicht leiden mag — —"

„Na, laß man sein, Mutterchen, ich säusele schon wieder. So, und nun aufgepaßt, hier kommen die Treppen."

Der Besuch wurde in das große Staatszimmer hinaufgeführt, deſſen drei Fenſter auf den Park hinausgingen. Denn Johanna dachte daran, daß ihre Tante, Frau von Stötteritz, eine unbeſiegliche Abneigung hege gegen den Anblick des Wirtſchaftshofes ſowie gegen die rauhen Geräuſche, die ſich von dort möglicherweiſe erheben konnten. In einem alten gelben Seidenfauteuil lehnte die alte Dame an einem der hohen Fenſterbogen und zupfte nervös an den ſeidenen Halbgardinen herum. Währenddes präſentierte die blonde Hausherrin ihrem kritiſchen Beſuch ein in Wein abgezogenes Ei, denn dies war die einzige Aufwartung, welche die kränkliche Dame gnädig aufnahm. Dafür konnte ſie von jener Leckerei auch große Mengen vertilgen. Einen Augenblick hörte man nichts, als das Klirren des Löffels, den Frau von Stötteritz in dem Glaſe herumführte, und dazwiſchen miſchten ſich die ſchallenden Tritte ihres Sohnes, der, die Hände in den Taſchen, ruhelos das Zimmer durchmaß. Er entbehrte ſeine Zigarre, die in der Gegenwart der Mutter nicht geraucht werden durfte.

Endlich hatte die kränkliche Frau die ihr ſo wohlmundende Leckerei mit Andacht zu ſich genommen; das behagliche Schlürfen ſowie das Kratzen des Löffels erſtarb, und nachdem ſich Fedors Mutter umſtändlich mit ihrem Taſchentuch Mund und Hände gereinigt, da richtete ſich die hagere Geſtalt ſtarr in ihrem Seſſel auf, alles Vorboten, daß jetzt etwas Wichtiges erfolgen ſollte. Zuerſt aber reichte ſie mit ihren zitternden Fingern das Glas zurück, um verurteilend zu klagen:

„Wenn einem nichts mehr ſchmeckt, ſo iſt das ein ſchlimmes Zeichen. Nein, widerſprecht nicht erſt, ich bin mir über meinen Zuſtand ganz im klaren.“

Als aber ihr herkuliſcher Sohn unbekümmert ſeinen dröhnenden Spaziergang durch das weite Gemach fortſetzte, da nestelte Frau von Stötteritz aus ihrer schwarzseidenen Handtasche einen mehrfach gefalteten Brief hervor, strich ihn auf ihrem Schoße glatt und tat einen tiefen, halb seufzenden Atemzug.

„Höre, Johanna," begann sie endlich, indem sie sich den Zeigefinger netzte, wie wenn sie die Seiten des vertrockneten Briefes umzuschlagen gedächte, „bekümmerst du dich eigentlich um politische Vorgänge?"

„Um politische — ?"

Johanna stutzte. Und während sie mit entschlossener Bewegung ihr blondes Haupt in den Nacken warf, da nahm sie plötzlich jene abwehrende Stellung ein, die ihrer ganzen Gestalt das Gepräge verlieh.

Mein Gott, wie unangenehm! Gedachten die beiden herrischen Adelsmenschen, die in der ganzen Gegend wegen ihrer altpreußischen Gesinnung bekannt waren, sie, die emsig Schaffende, nun auch zu ihren Lebensanschauungen zu bekehren? Oh nein, darin täuschten sich die beiden. Sie — das Gutsfräulein von Maritzken bewertete die ihr Nahen und Fernen lediglich nach den Leistungen, durch die Schaffensfreudige und Arbeitskräftige ihr Dasein, ihre Lebenshaltung zu befestigen oder zu steigern vermochten. Ja, das war es, dem praktischen Sinn der großen Blonden war der Erwerb, der anständige und sichere, beinahe etwas moralisch Schönes und Geheiligtes geworden. Und deshalb lehnte sie gewöhnlich mit einer ihrer entschlossenen Gesten alles ab, was sich in ihrem Umkreis in politischen Zänkereien erging. „Wer für sich schafft, schafft auch für das Land", dachte sie. Und mit diesem Bekenntnis glaubte sie sich genügend mit den Streitigkeiten des Tages abgefunden zu haben.

„Bekümmerst du dich eigentlich um politische Dinge?"

hob Frau von Stötteritz noch einmal an, und es klang bereits, wie immer, ein spitzer Vorwurf aus dem Ton ihrer Frage.

Aber gerade diese Art, die so selbstverständlich eine scheue Unterwerfung forderte, das bedingungslose Zustimmen zu einem durch nichts zu erschütternden Programm, das rief den starken Drang nach Widerspruch, nach Verteidigung bei dem eigenwilligen Landfräulein hervor. Und indem Johanna mit dem Finger leicht auf die Tischplatte pochte, als wollte sie für jedes ihrer Worte eine besondere Aufmerksamkeit verlangen, da warf sie mit angenommener Gleichgültigkeit hin:

„Nein, liebe Tante Adelheid, von Politik verstehe ich zu wenig. Und das Geringe, das ich manchmal mit meinem Freunde, dem Konsul Bark, bespreche, das hat irgendwie einen Bezug auf meine Wirtschaft. Aber ein Verdienst oder etwas Ersprießliches," setzte sie mit einem kalten Lächeln hinzu, „ist meines Wissens für mich noch niemals dadurch erzielt worden."

Bei der Erwähnung des Namens ‚Bark‘ öffneten sich die schmalen Lippen der Freifrau wie von selbst, und sie ließen ein Paar der großen gelben Zähne zum Vorschein kommen. Und siehe da, auch ihr mächtiger Sohn gab seine Wanderung auf und wurzelte so unvermittelt auf dem olivgrünen Velourteppich fest, daß die alten Porzellantassen in der nahen Glasservante zu klirren anhoben. Gleich darauf trat auch er an den Tisch heran, ganz dicht neben das blonde Mädchen, und zwirbelte mit einer weitausladenden Bewegung den starr sich emporreckenden rotblonden Schnurrbart zurecht.

„Konsul Bark?", nahm er das verdächtige Wort von neuem auf und in seine tiefe Stimme drang gleichfalls etwas Scharfes und Schnarrendes. „Sag mal, kommst

70

du mit dem Tütendreher noch immer so häufig zusammen, Johanna?"

Da war wieder jene Verachtung der kaufmännischen Berufe, die den praktischen Hans mehr wie alles andere verdroß. Und in ihrem Innern erhob sich eine heftige Abneigung gegen die junkerliche Überhebung des Vetters. Zum Teufel, was hatte der Riese von Sorquitten denn Höheres und Besseres geleistet, als der gewandte Geschäftsmann dort drinnen in der Stadt? Gott ja, Fedor war ein mit beiden Fäusten durchgreifender Landwirt, praktisch in jeder Faser und voll derber Freude an seinem Beruf. Seine Leute buckten sich vor ihm, denn es war nicht ratsam, mit dem Enaksohn im Ernst anzubinden. Aber bestand denn darin etwas so Gewaltiges, das große väterliche Gut, das ihm blühend von Generationen von Vorfahren überliefert war, in einem ertragsreichen Zustand zu erhalten? Wie ganz anders der Chef des Goldenen Bechers dort drinnen am Marktplatz. In ewig neuer Anspannung mußte der Kaufmann seine Kapitalien, ja sogar sein ganzes Geschäft, das durch wechselnde Konjunkturen und Zeitströmungen immer wieder gefährdet werden konnte, verteidigen, schützen und erweitern. Über die schnell sich verändernden Beziehungen des Völkerlebens mußte er sich unterrichtet zeigen, denn jeden Augenblick konnte es nötig werden, irgendeine der sich erhebenden großen Fragen des Weltgeschehens für sich günstig auszubeuten. Dazu gehörte doch eine andere geistige Beweglichkeit, eine männliche Kraft des Entschlusses und daneben auch eine biegsame und geschmeidige Leichtigkeit, die plötzlich anstürmenden Gefahren auszuweichen verstand; ja, es gehörte mehr Mut und Selbstbeherrschung zu einem solchen Tütendrehen, als es das ruhige Abwarten von Saat und Ernte verlangte.

So meinte Johanna wenigstens, denn da ihr selbst die schwere, und an Enttäuschungen reiche Pflicht der Bodenbearbeitung geläufig war, so neigte sie durchaus dazu, das ihr fremde und imponierende Spiel des Handels höher als ihre eigene Leistung einzuschätzen. Aber selbst wenn dieser letzte Grund fortgefallen wäre, so empörte sich die tief in ihr wurzelnde Dankbarkeit für ihren uneigennützigen Freund dagegen, daß Junkerhochmut den tätigen Mann seines Gewerbes wegen über die Achsel anschauen dürfe. Und sehr bestimmt entgegnete sie deshalb auf den etwas spöttischen Einwurf ihres Vetters:

„Allerdings, lieber Fedor, ich komme mit Herrn Konsul Bark sehr häufig zusammen. Ja, unser Freund wird mich und meine Schwestern sogar heute nachmittag in seinem eigenen Wagen zu einem Besuch jenseits der Grenze abholen.“

Noch hatte die Entschlossene nicht völlig geendet, als der Brief auf dem Schoß der Tante Adelheid seltsam zu rascheln begann. Und während der mächtige Landwirt vor Überraschung mit der Faust nur einen kräftigen Luftstoß ausführte, dem sich die empörte Anmerkung beigesellte: „Na, das ist aber doch — —“, da schüttelte seine Mutter sehr bestimmt das pergamentene Haupt, und ihre noch immer schwarzen Augenbrauen schnürten sich so eng zusammen, als ob damit die Willensäußerung ihrer Nichte ein für allemal ausgestrichen und aus der Welt geschafft wäre.

„Mein liebes Kind,“ hüstelte sie in ihrer frostigen Art, die keinen Widerspruch zu kennen schien, „du siehst hier diesen Brief. Mein dummer Junge behielt doch recht, als er mich zu dem Besuch bei dir veranlaßte. Ich merke, wir kommen gerade zur rechten Zeit. Kurz und gut, liebe

Johanna, du wirst klug handeln, wenn du deinen Besuch jenseits der Grenze unterläßt."

„Aber warum, beste Tante? Ich sehe gar nicht ein —"

„Unterbrich mich nicht, Johanna, sonst verliere ich so leicht den Zusammenhang. Dir wird hoffentlich gleich alles klar werden. Und du kannst Gott danken, daß man dich noch in letzter Stunde warnt. Weißt du, was dieser Brief enthält? Er stammt von meinem Bruder, dem Geheimen Regierungsrat von Roeder aus dem Auswärtigen Amt, und mein Verwandter richtet die bringende Bitte an mich, die äußerste Vorsicht gegen alles walten zu lassen, was mit unseren russischen Nachbarn irgendwie in Beziehung steht."

„Aber liebe Tante Adelheid," rief Johanna eifrig, obwohl sie sich eines leichten Fröstelns, das über ihre weiße Haut rieselte, nicht erwehren konnte, „wozu das alles? Wir sind doch auf das große Volk dort drüben angewiesen. Wir tauschen so vieles von ihnen ein, was wir nirgends besser und billiger erhalten. Und die Leute von jenseits der Grenzpfähle nahmen gerade in den letzten Jahren auch von uns nicht allein allerlei praktische Dinge, sondern sogar manche Sitten und wissenschaftliche Errungenschaften an, so daß man sich über den lebhaften Verkehr doch nur freuen sollte."

„Der Teufel soll den albernen und leichtsinnigen Verkehr holen," brummte hier der Riese von Sorquitten dazwischen, dem der Zorn das Antlitz dunkler färbte, „ich wünschte, man hätte schon längst den Brüdern die Zähne gewiesen."

„Um Gottes willen, Ihr stellt ja die Angelegenheit beinahe so dar, als ob wir uns mit denen da drüben im Kriegszustande befänden", lachte Johanna ärgerlich auf, und ihre Rechte schlug dabei quer durch die Luft, wie wenn es notwendig wäre, das gefährliche, das unmögliche Wort von vornherein zu sprengen oder zu zerteilen.

Allein was war das? Weshalb suchten in diesem Moment die hellblauen Augen des Riesen, die sonst so lachend, so sorglos und unbekümmert über Lebendes und Totes fortzugleiten gewohnt waren, weshalb in aller Welt suchten sie so dringend und ernsthaft die ihren? Warum nickte das blonde Haupt ein paarmal so schwer und bedächtig, wie wenn ein ungeheures Schicksal sich mit Wucht auf diesen starren Nacken gebürdet hätte? Und dann? Täuschte sie sich? Ihr war es, als ob sich die unförmige Gestalt des Recken in plumper Bewegung näher und näher an die ihre heranschöbe, und das unsichere Gefühl durchdrang sie, als ob dies alles geschähe, um ihr bei heranziehender Gefahr nahe zu sein, um sie zu bergen und zu schützen. Dazu verharrte die Kranke in ihrem gelben Sessel starr und unbeweglich, kein Wort drang über die fest zusammengepreßten schmalen Lippen, und nur aus dem nervösen Zittern der schwarzen Augenbrauen enträtselte die beklommene Beobachterin, welchen beängstigenden Gedanken die Leidende heimlich preisgegeben sein müsse. Unerträgliche Schweigsamkeit waltete zwischen den drei aufgescheuchten Menschen. Endlich ertrug es die Älteste von Maritzken nicht länger. Mit ein paar unbedachten Schritten näherte sie sich dem Stuhl der Greisin, um ganz gegen ihre Gewohnheit hastig und aufgeregt die lange welke Hand von Fedors Mutter zwischen ihre eigenen pulsierenden Finger zu betten.

„Liebe Tante," stieß sie ohne weitere Rücksicht hervor, „du mußt nicht glauben, daß es nur die Unruhe um meine eigene Sicherheit oder um die ungefährdete Existenz meiner Schwestern ist, die mich jetzt veranlaßt, dich um weitere rückhaltlose Auskunft zu bitten. Aber nicht wahr, Fedor, nicht wahr, Tante Adelheid," fuhr sie dringender fort, „ihr, als Gutsvorstände, könnt mir das nachfühlen. Ich habe ja so vieles hier zu verantworten, anvertraute Kapitalien und nicht zuletzt das Leben und das karge Besitztum meiner Leute. Ich muß also wissen, worum es sich in diesem Briefe handelt. Ihr könnt es mir ganz ohne Schonung anvertrauen, es wird mich nicht umwerfen. Und dann —," sie trat ans Fenster und riß mit einer hastigen Bewegung die seidenen Halbgardinen fort, so daß die alte Dame, von einem Sonnenstrahl getroffen, wehleidig zusammensank — „werft doch nur einen Blick auf alles, was wir Deutschen hier schufen, auf den alten Park mit seinen hundertjährigen Stämmen, auf die prachtvollen Weizenfelder, die wir in rastloser Emsigkeit durch immer neue wissenschaftliche oder rein praktische Methoden zu ihrer heutigen Reife und Blüte brachten! Betrachtet dort hinten, jenseits der Chaussee das reinliche Dörfchen Maritzken mit seinen kleinen Gärten und Lauben und der wunderhübschen Holzkirche. Das alles hat man seit fünfzig Jahren aus einem Sumpf herausgehoben. Und alle diese Mühe, so viel Leben und Daseinsfreude, das sollte man von einem eisernen Hagel zerschmettern lassen? Für immer? Nein, daran glaube ich nicht," schloß sie tief atmend und legte sich wie befreit die flache Hand auf die arbeitende Brust.

Auf diesen Ausbruch hob die alte Dame den sorgsam behüteten Brief rasch gegen das Licht, zog aus ihrer schwarzseidenen Tasche gleichzeitig ein Schildpattlorgnon hervor und hielt sich die Gläser dicht vor die Augen.

„Liebes Kind," schnitt sie alle weiteren Erörterungen ab, „wenn du mehr Umgang in militärischen Kreisen pflegen würdest, was ich für sehr nützlich hielte, so könntest du wissen, daß jene große Auseinandersetzung, die dir so unmöglich scheint, von den maßgebenden Stellen schon seit Jahren befürchtet oder auch erhofft wird. Je nachdem.

Ich halte es deshalb für meine Pflicht, dir ganz reinen Wein einzugießen. Merke genau auf. Mein Bruder, der es auch mit dir gut meint, schreibt folgendes."

Damit lenkte die starr und aufrecht Sitzende das gelbe Blatt Papier noch näher an ihr Antlitz, das sie scheinbar nicht beugen konnte, und griff mitten aus dem Brief folgende Stelle heraus:

„Seit dem frevelhaften Verbrechen, das dem Thronerben der uns verbündeten Monarchie das Leben kostete, haben wir hier im Amt eine aufreibende Arbeitsleistung zu bewältigen. Noch nie war der europäische Himmel so bewölkt wie jetzt. In den militärischen Zentralen wird fieberhaft geschafft, und ich kann dir unter der Hand mitteilen, daß die Sachkundigsten unter uns seit der Überreichung der österreichischen Forderungen an den rebellischen Balkanstaat die fernere Erhaltung eines ehrenhaften Friedens beinahe in das Gebiet der Unmöglichkeit verweisen. Sollte, was Gott verhüten möge, unser großer östlicher Nachbar sich für das Schwert entscheiden, — ein Gedanke, zu dessen Erfassung die Phantasie der meisten unserer in einem verweichlichenden Frieden völlig aufgegangenen Mitbürger durchaus nicht ausreicht — dann würde eine Weltkatastrophe heraufbeschworen, die alles, was jetzt festliegt und besteht, zerschmettern müßte."

Ein widerspruchsvolles Lächeln, das sie sich selbst nicht zu deuten vermochte, glitt bei dem eben Gehörten über die bleichen Züge der Landtochter, denn sie gehörte zu denen, deren Einbildungskraft vor der ungeheuerlichen Prophezeiung machtlos niedersank. Die alte Dame jedoch verkündete mit scharfer Stimme weiter, und es war, als ob ihre Worte sich immer stechender und aufreizender formten, je Erbarmungsloseres über ihre schmalen Lippen floß.

„Ihr könnt euch die Last und die Qualen dieser Spannung gar nicht vorstellen. Von Tag zu Tag fliegen neue Vorschläge, Vermittlungen und geheime Depeschen von Allerhöchster Hand herüber und hinüber. Alles starrt atemlos auf die Zentnerlast, die an einem Haar über unseren Häuptern schaukelt. Und nun der Grund, warum ich so ausführlich an dich berichte, liebe Schwester. Stürzt der Koloß über uns herein, über uns, die wir in unserem gläubigen Vertrauen namentlich an euren Grenzen noch lange nicht so unantastbar gerüstet sind, wie es unsere leitenden Militärs wünschen, dann werden es eure Gegenden sein, die von dem ersten Ritt unkultivierter Horden überrannt werden. Noch vermögen wir nicht zu ahnen, welches Entsetzen sich bei einem solchen Zusammenstoß über eure Gutshöfe, Dörfer und kleinen Städte ausbreiten könnte. Da wir in den letzten Jahrhunderten immer nur mit uns an Gesinnung gleichgearteten Volksstämmen die Waffen kreuzten, so fehlen uns alle Anhaltspunkte dafür, was wir von den Angehörigen einer minderen Kultur zu erwarten haben. Ich rein persönlich jedoch fürchte, daß es — selbst den recht zweifelhaften guten Willen der östlichen Befehlshaber vorausgesetzt — kaum gelingen dürfte, unsere Ansiedlungen vor einer bisher unbekannten Zerstörungsgier zu schützen. Und was den Einwohnern eines freien und geordneten Staatswesens bevorsteht, sobald die entfesselte Zügellosigkeit dumpfer und stumpfer Massenschwärme über sie fortprallt, asiatischer Halbwilder, die an glücklicheren Völkern die Pein ihrer eigenen Sklaverei zu vergelten gedenken, das sind Dinge, liebe Schwester, die mich vorläufig nur wie unvorstellbare schwere Träume ängstigen. Zwar noch ist ja eine Beschwörung der Gefahr nicht gänzlich unmöglich. Doch mein Rat geht für alle Fälle dahin, dich und die Deinen sowie alle, die dir nahestehen, schon jetzt in Sicherheit zu bringen. Mit Freuden öffne ich dir mein Haus in

77

Berlin. Es genügt aber vielleicht auch, wenn du dich einstweilen in eurer Provinzialhauptstadt einmietest. Aber nimm die Zeit wahr, liebe Adelheid, denn binnen kurzem dürften auch dort neue Ankömmlinge wegen der zu befürchtenden Übervölkerung zurückgewiesen werden. Ist es nicht unfaßbar, sich alle diese ungewohnten Schrecken und Grausamkeiten vorstellen zu müssen? Gott gebe, liebe Schwester, daß diese wütende Windsbraut ohne schweren Schaden an dir vorüberbraust."

Als Frau von Stötteritz bis hierher in ihrer Lektüre gelangt war, da faltete sie den Brief emsig und umständlich zusammen, jede Falte in ihre gewohnte Lage, und schob das Schreiben mit ihrer dürren Hand raschelnd in den seidenen Beutel. Dann wandte sie das Haupt, und ohne ein weiteres Wort an diese für sie völlig erschöpfte Angelegenheit zu verschwenden, richtete sie ihre starren, grauen Augen, die sich plötzlich unnatürlich weit geöffnet hatten, regungslos und unerbittlich auf das hochgewachsene blonde Mädchen. Auch Johanna vermochte sich in der abermals herabsinkenden Stille, die bang und trübselig, beinahe hörbar, durch das weite Zimmer schlürfte, keiner Bewegung hinzugeben.

Ungläubig nahm der Riese von Sorquitten, der auch jetzt noch mit hörbar tiefen Atemzügen neben seiner jungen Verwandten weilte, die merkwürdig belebte Blässe des sonst so resoluten und durch nichts zu erschütternden Frauenbildes in sich auf.

„Kriegt endlich doch das Bibbern", fuhr es ihm durch den Sinn, und seine kernige Mannhaftigkeit freute sich darüber, weil das stolze Weib, das ihn stets wie eine beobachtende Erzieherin behandelte, sich wenigstens vor der Gefahr genau wie alle anderen Frauenzimmer demütigen lernte. „Na, da wird sie ja unseren Vorschlag gnädig aufnehmen," dachte er, „womöglich noch dankbar sein, weil man sie hübsch fürsorglich aus unserer Pulverecke fortschafft.

Und ohne weitere Überlegung reckte er sich, um seine breite Taße herablassend, wohlwollend auf die Schulter der Cousine zu betten. Die in Gedanken Versunkene jedoch ließ es ruhig geschehen. Es war das erste Mal, daß sich der Recke ihrer blühenden Körperlichkeit so weit nähern durfte. Und mitten in dem schweren Druck, den die bängliche Zeit verbreitete, da empfand der strotzende Gutsherr in seinem derben, allem Grübeln abgeneigten Sinn etwas von der verschämten Üppigkeit dieser verhüllten, unberührten Mädchenglieder. Freilich nur eine vorüberblitzende Sekunde, denn gleich darauf zuckte das entschwundene Leben durch die völlig entrückte Frauengestalt. Widerwillig schnellte ihre Schulter empor, schüttelte die fremde Hand als etwas Störendes von sich ab, und während sie ihren Blick mit ihrer kühlen Sicherheit gegen seine troß aller Überhebung gutmütigen Knabenaugen richtete, da stieß sie kurz und geschäftsmäßig hervor, wie jemand, der endlich auf den Kern der Dinge dringen will:

„Na also, Fedor, nur um mich auf alles dies vorzubereiten, deswegen allein hast du doch deine Mutter nicht zu der Fahrt veranlaßt? Heraus damit, was führst du noch im Schilde?"

Verwünscht, da war wieder eine jener niederträchtig kurzen Fragen, auf die seine schwerfällige Unterhaltungsgabe nicht sofort eine Antwort zu erteilen wußte. Herrgott ja, man plante ja allerlei Heimliches, sogar seit Jahren, man trieb sich viel öfter auf dem Hofe von Maritzken herum, als es eigentlich durch die Verwandtschaft oder eine treue Nachbarlichkeit bedingt war, weil man eben dachte — weil man doch zum Schluß wünschte, daß — daß — —

Zum Kuckuck, es wurde eben nichts daraus, weil das große blonde Weib, das in der Statur so hübsch zu einem paßte, nichts, aber auch gar nichts Entgegenkommendes oder Aufmunterndes zeigte, was einem die schwere Sprache vielleicht gelöst hätte. Und auch in diesem drängenden Moment hätte der Riese das, was ihn im Grunde bewegte, und was längst die Billigung der Frau Mama gefunden hatte, ohne deren Ja und Amen man ja schließlich nichts unternehmen konnte, ja, er hätte all das Verborgene gerade jetzt viel sachter und zarter einkleiden können. Aber nun, als man ihm wieder mit einer solch brüsken Deutlichkeit auf den Leib rückte, da vermochte sich der Herr von Sorquitten nur auf den alleräußerlichsten Grund zu besinnen, den man im letzten Ende doch nur als guten Vorwand aufgespart hatte.

„Was es gibt — was ich will —", murmelte er aufgescheucht, wobei seine blauen Augen Unterstützung heischend nach dem regungslosen Antlitz seiner Mutter hinüberirrten. „Herrgott, Hans, das ist doch klar, das ist doch furchtbar einfach."

„Na, dann sag es doch!"

„Ja, sieh mal, ich meinte — das heißt, meine alte Dame ist gleichfalls der Ansicht — wenn es losgehen sollte, dann könnt ihr Mädels doch unmöglich in der glatten Feuerzone bleiben. Und da hatten wir so ganz gemütlich unter uns verabredet, daß es am sichersten wäre, wenn du deine Schwestern nach Berlin schicktest. Du selbst aber — —"

„Nun also?"

„Herrgott, sieh mal, es wäre doch so einfach —"

Indessen das Augenpaar der Ältesten von Maritzken ruhte wieder zu scharf, zu kühl und zu forschend auf dem

Männerantlitz, als daß Herr von Stötteritz, der doch die Charge eines Landwehr-Rittmeisters bei den Gößen-Ulanen bekleidete, die Gewandtheit besitzen konnte, die wohlausgedachte Attacke zu vollenden. Diese niederträchtigen, komischen Weibsbilder, was sie einem für Beschwerlichkeiten bereiteten. Es war ein reines Glück, daß sich jetzt aus dem Seidenfauteuil das bekannte scharfe Räuspern vernehmen ließ.

„Liebe Johanna," sagte die Frau Mama in ihrer unveränderlich starren Haltung, „mein Junge stottert ja leider. Wahrhaftig, er benimmt sich, als ob man vor jemandem, dem man zu nützen wünscht, noch einen Fußfall machen müßte. Kurz und gut, liebes Kind, so schwer es mir fällt, ich habe mich entschlossen, Sorquitten zu verlassen, um während der nächsten Zeit in die geschützte Provinzialhauptstadt überzusiedeln. Wir besitzen ja dort sowieso ein bescheidenes Absteigequartier. Und da wollte ich dir vorschlagen —"

„Jawohl, wir wollten dich bitten," fiel hier der Sohn, dem alles viel zu lange währte, ohne besondere Umstände ein, „wir wollten dich bitten, ob du nicht meine Mutter begleiten möchtest."

„Um Gottes willen, ich?"

„Jawohl, was ist da groß zu überlegen und um Gottes willen", beharrte nun der Gutsbesitzer bereits etwas erhitzt, weil die Cousine nicht sofort mit beiden Händen zugriff. „Du bleibst dann für alle Fälle hier in der Nähe. Und du könntest dich ja vielleicht auch, um dich zu beschäftigen, ein wenig um die Pflege meiner Mutter kümmern."

So, damit war so ziemlich für die Zukunft vorgesorgt. Und während sich Tante Adelheid dem Fenster zuwandte, um eine blaue Taube zu beobachten, die auf dem Blech

herumstolzierte, da zog sich ihr Sohn gleichfalls den näch=
sten gelbseidenen Fauteuil heran und ließ sich krachend in
das Polster fallen, als ob nun das schwierige Geschäft in
schönster Ordnung und beendigt wäre. Gemütlich pfiff er
halblaut durch die Zähne, streckte die gewaltigen Beine von
sich und faltete die Hände kreuzweise über der Brust.
Jedenfalls hatte man nun seine verfluchte Pflicht und
Schuldigkeit gegen das störrische, unliebenswürdige Mädel
erfüllt. Jetzt konnte sie tun, was sie Lust hatte.

Eine lange Zeit erhob sich kein Laut in dem weiten
Zimmer, nur ab und zu vernahmen die drei Menschen, die
sich gegenseitig beobachteten, einen eigentümlichen metal=
lischen Ton. Der rührte von der Taube her, die draußen
auf dem Fensterblech herumpickte. Endlich jedoch wandte
sich Frau von Stötteritz dem schweigenden Mädchen zu,
denn sie fand, daß man der Hausherrin nun genug Zeit zur
Überlegung gegönnt hätte. Und ihre Stimme klang sehr
bestimmt und deutlich, als sie sich nun erkundigte, ob ihre
Nichte innerhalb von zwei Tagen die angekündigte Reise
antreten würde. Aber wie erstaunten die beiden Abligen,
ja Fedors Mutter entsetzte sich geradezu, als statt einer Ant=
wort von dem Tisch her ganz plötzlich und gegen jede Er=
wartung ein helles Lachen auftönte, das sich in der scharf
dagegen absetzenden Stille immer mehr verstärkte, als ob
eine innerliche Befreiung damit verbunden wäre.

„Aber liebe Johanna, das finde ich doch in hohem
Maße eigenartig“, suchte sich endlich die alte Dame gegen
diese absonderliche Weise zur Wehr zu setzen. „Was meinst
du, Fedor?“

Jedoch auch der Riese vermochte sich die verletzende
Heiterkeit auf einen so ernsthaften und gut gemeinten Vor=
schlag natürlich noch viel weniger zu erklären. Stumm
und ungläubig streckte er noch immer die Beine weit von

sich, und nur die gefalteten Hände reckten sich aus, so
daß die gespreizten Finger ein kurzes Knacken vernehmen
ließen.

„Ja, Johanna, Menschenskind, was soll denn das
heißen?" vermochte er nur undeutlich über die Lippen zu
bringen.

Aber jetzt hatte sich endlich die Älteste von Maritzken auf
sich selbst besonnen. Rasch entschlossen schritt sie auf die
alte Dame am Fenster zu, und ehe es die Leidende noch
hindern konnte, wurde ihr von dem Landfräulein kräftig
die Rechte gedrückt. Auch eine Art der Verständigung, die
die Edelfrau nicht schätzte.

„Liebe Tante," hörte sie dicht vor sich das dunkle Organ
ihrer Nichte anschwellen, das jede Dämpfung der Un=
ruhe verloren zu haben schien, „wirklich, ich merke sehr
genau, wieviel Wohlwollen sich hinter deiner gütigen Auf=
forderung verbirgt. Und auch du, bester Vetter," wandte
sie sich ein wenig zurück, „bist im Grunde ein guter Kerl.
Aber ihr dürft es mir nicht übel deuten, daß ich mir die
ganze Situation, die so plötzlich über mich hereinbricht,
nach meiner Gewohnheit im stillen und ungestört über=
legen möchte. Nicht wahr, ihr seid nicht böse," fügte sie
freundlich an, „wenn ich zu diesem Zweck ein paar Schritte
auf meinem Hof herumlaufe, um mir den Wind ein wenig
um den Kopf streichen zu lassen. Dort unten befindet sich
ja seit alters her meine große Ratsstube. Und ich muß erst
mehrfach an die Stalltüren geklopft haben, um ganz mit
mir einig zu sein. Inzwischen schicke ich euch natürlich
Marianne oder Isa herein, die ihr ja ohnehin noch nicht
begrüßt habt. Du erlaubst, liebe Tante."

Und ohne eine Bestätigung abzuwarten, nickte die bereits
Aufbrechende ihren beiden betroffenen Verwandten zu und
verließ mit ihrem festen, majestätischen Gang das große

Gemach. Zwischen den Zurückbleibenden jedoch entspann sich eine kurze, inhaltsschwere Unterhaltung.

„Siehst du," bedeutete die Mutter ihrem Sohn, der seinen Blick noch nicht von der hohen weißen Tür fortzulenken vermochte, hinter der Johanna eben verschwunden war, „wie wenig Anhänglichkeit das Mädchen besitzt? Ich glaube, du täuschst dich in ihr. Ihr seid zwar beide im Alter nicht viel voneinander geschieden, aber bei ihr erzeugten die Jahre oder auch die Gewohnheit des Befehlens eine nicht zu brechende Selbstsicherheit, die nicht immer angenehm anmutet. Manchmal kommt sie mir wie ein Stachelzaun vor, der jedem Fremden den Weg sperrt."

„Liebe Mutter, sie ist ein braves, wahres und aufrechtes Geschöpf," verteidigte der Sohn, indem er eine ihm plötzlich über die Stirn huschende Röte mit der flachen Hand fortzuwischen strebte, „gerade weil sie alle die Firlefanzereien und Maskeraden verachtet, die andere Frauenzimmer doch nur anwenden, um anständig unter die Haube zu gelangen, deswegen hege ich eine entschiedene Achtung vor ihr."

„Dagegen habe ich ja auch gar nichts einzuwenden, mein guter Junge, ich fürchte nur, es wird bei der gegenseitigen Achtung bleiben. Wie?" richtete sich die alte Dame unvermutet auf und schlug unwillig auf ihre seidene Tasche, „ein Mann wie du, der Rittmeister von Stötteritz, mein Sohn, kann es nicht fertig bringen, daß solch eine dumme Pute ihren Willen dem seinigen unterordnet?"

Jetzt sprang der Rittmeister plötzlich auf die Füße, daß das ganze Zimmer zitterte.

„Herrgott, wieder solch ein Lärm!" klagte die Kranke.

„Du sollst Johanna nicht immer beschimpfen", rief der Riese ohne Übergang laut und völlig unbekümmert darum, ob er nicht durch drei Zimmer hindurch verstanden werden

84

könnte. „Ich mag das nicht. Und ob Johanna sich dir an=
schließen wird oder nicht, das werde ich gleich erfahren.
Und vielleicht noch Verschiedenes mehr."

„Gut," schloß die alte Dame, schlug abermals böse auf
ihre Tasche und nickte hinter dem schallend Davonstürmen=
den mit einem Zug des Besserwissens in den kalten grauen
Augen her, „dann wird ja dieses Hin= und Herzerren end=
lich aufhören. Solche romantischen Unklarheiten hasse ich
auch bis in den Tod. Sie machen mich direkt krank. Über=
haupt — du bist an meinem ganzen Leiden schuld. Lauf
du nur, mein Jungchen, lauf nur hinter der Marielle
drein."

*   *

*

Johanna stand vor dem geschlossenen Tor des Kuhstalles
und klopfte wirklich, wie sie es vorher angekündigt, bald
leise, bald etwas lauter an das altersgeschwärzte Holz.
So war sie es immer gewohnt, ihre Gedanken, wenn es
etwas Wichtiges galt, zu sammeln. Und ihre Leute sowohl
als ihre Schwestern wichen scheu aus der Nähe des Guts=
fräuleins, sobald das vielbedeutende Pochen auf dem An=
wesen hörbar wurde.

„Jetzt denkt sie sich etwas aus", hieß es dann.

Allein heute gelangte sie nicht zu der doch so nötigen
Sichtung der Wirrnis, die draußen im Lande und auch hier
in ihrem friedvollen Gehöft dicht vor ihren Füßen auf=
geschossen war. Gerade die Unruhe, die sie zu bezwingen
strebte, sie schien bereits auf allen Straßen zu jagen und
sprengte auch bis zu ihr durch das gewölbte Hoftor herein.
Noch ehe sie sich über die neue Störung ganz klar werden
konnte, fing sie ein ungewohntes kurzes Trappeln auf,
Hufschläge wurden laut und zu ihrem äußersten Befremden
sah die Aufgeschreckte, wie ein Offizier in seiner Parade=

uniform, mit blitzendem Helm und gefolgt von einem ebenfalls berittenen Burschen, seinen Braunen dicht vor ihr parierte. Eine schlanke Gestalt beugte sich zur Seite und führte grüßend die Rechte an den Helm. Gleich darauf sprang der Reiter zur Erde, um sich noch einmal respektvoll vor der blonden Gutsbesitzerin zu verneigen. Die Sporen klirrten dabei leise zusammen, und in den dunklen Augen des jungen Offiziers wohnte ein so deutlich lesbarer Wunsch, ein so unverhülltes, ehrliches Anliegen, wie es nur Menschen eigen ist, die durch ein paar kurze Worte über ihr ganzes Schicksal die Entscheidung gefällt zu sehen wünschen.

Seltsam, auch dem trotzigen, selbstbewußten Landmädchen schlug einen Moment das Herz höher und voller. Aber es war ein erlösendes Gefühl der Befriedigung, das sie durchdrang, denn in ihrer Seele blitzte es auf, wie mit diesem jungen Reitersmanne die Ehre und die Redlichkeit wieder in ihrem Hause Einzug hielten, die sie in trüben Stunden bereits entwichen wähnte. Gottlob, ihr war es sofort klar, hier hatte Konsul Bark, der zuverlässige Freund, sein Versprechen eingelöst, und zum erstenmal seit langer Zeit würden in dem weißen Gutshofe, der sich im Grunde doch nur so schwer verwalten und regieren ließ, Glückseligkeit und Jugendwonne aufblühen. Zuversichtlich, das mußte geschehen. Das verlangte das große kräftige Geschöpf, das selbst keine Wünsche mehr hegte, als unbedingtes Entgelt seiner Mühen. Allein, als sie jetzt, ihrer glücklichen Regung folgend, dem jungen Offizier, der ihr so ernst und erwartungsvoll gegenüberstand, mit einer herzlichen Bewegung die Rechte darbot, da — welch merkwürdige Verkettung — da verfing sich ihr Blick an dem Goldgefunkel des Adlers vor seinem Helm. Und ohne jede weitere Überlegung stürzten all die ängstlichen Sorgen, alle unmöglichen, nie gekannten Befürchtungen, vor denen ihre klare Vernunft noch eben ins Knie gebrochen, in die eine fast willenlos hervorgestoßene Frage zusammen:

„Herr Leutnant, ist es wahr? Gibt es Krieg?"

Auf diese ganz unerwartete Anrede straffte sich die schlanke Gestalt des Militärs zusammen, und über sein dunkles, immer von den Schatten des Nachdenkens umsponnenes Antlitz fuhr ein heller Schein. Nein, das war nicht die wilde Freude des Kriegsmannes, der sein größtes Glück, ja Macht, Ehre und eine gesicherte Existenz aus brodelnden Blutdämpfen hervorkochen sieht. In seinen reinen und für einen jungen Mann dieser Zeit so merkwürdig unberührten Zügen malte sich vielmehr die helle, felsenfeste Zuversicht auf das ungetrübte Glück der Menschheit, das sicherlich durch keinen noch so unbeschränkten Machtwillen in die Glut und die Greuel eines vernunftwidrigen Mordens hinabgestoßen werden konnte. Wahrlich, eine innerste Überzeugung strahlte aus seiner warmen, wohltuenden Stimme, als er trotz seiner so leicht erklärlichen Befangenheit voller Zuversicht ausrief:

„Ganz unmöglich, gnädiges Fräulein! Sie brauchen sich nicht im geringsten zu beunruhigen. Meine Kameraden und ich verfolgen natürlich gleichfalls die Zeitungsgerüchte, die wieder einmal allerlei Bedrohliches melden, mit größter Spannung, aber wir sind sämtlich felsenfest davon überzeugt, daß es sich wie gewöhnlich nur um einen papiernen Feldzug handelt. Ganz bestimmt, wer den Krieg — wenigstens durch Studium — kennt, so wie wir, der weiß, welche Ungeheuerlichkeit derjenige begehen würde, der ihn um ganz fernliegender Dinge willen entfesselt."

Da war es Johanna, als wenn ein leichter, erfrischender Wind in eine Wand von Staub und Dampf führe, die ihr bis dahin die Aussicht gesperrt. Plötzlich tauchte wieder

die sonnenbeschienene Gegend vor ihr auf, der von weißen
Scheunen eingefriedete Hof, herübernickend die dunkel=
grünen Kastanien des Parks, und zwischen dem gewölbten
Eingangstor hindurchleuchtend die schmale weiße Land=
straße. Selbst das Reitpferd, das der Bursche des Offiziers
in respektvoller Entfernung an den Hofmauern herum=
führte, erschien der Aufatmenden wie eine Bürgschaft da=
für, daß das gewohnte Dasein unverändert und ungetrübt
an ihr vorüberfließen müsse. Und in lebhaft aufwallender
Dankbarkeit streckte sie dem Boten des Heils noch einmal
ihre Rechte entgegen. Der verbeugte sich stumm über den
dargereichten Fingern. Und da — welch ein Glück — das
derbe Landmädchen griff mitten in die so schwer darzu=
stellenden Pläne hinein, die ihn herleiteten.

„Lieber Herr Leutnant Harder,“ brachte sie rasch und
überstürzt mit einem an ihr seltenen Lächeln hervor, „ich
weiß, was Sie von mir begehren. Wir wollen nicht viel
Worte machen. Ich selbst habe Ihren Besuch, ja sogar Ihr
Anliegen gewünscht, und ich nehme an, daß Ihnen unser
gemeinschaftlicher Freund, Herr Konsul Bark, von den
Erwartungen, die ich an Sie stellen zu dürfen glaubte, Mit=
teilung machte. Verhält sich das nicht so, Herr Leutnant?“
setzte sie leiser, aber nicht weniger vertraulich hinzu.

Fritz Harder war von dem warmen Ton und der aus
einem ehrlichen Gemüt hervorquillenden Offenheit völlig
hingenommen. So, gerade so stellte er sich ja ein auf=
rechtes, unerschrockenes Mädchen vor, das einen glätten=
den und aufrichtenden Einfluß auf ein Männerdasein ge=
winnen müßte. Und zum erstenmal, da er jetzt das Bild
dieser Schwester in sich aufnahm, gewahrte sein suchender,
einfühlender Blick, wie diese hellen blauen Augen auch
wärmer, inniger und treuer strahlen konnten, als er es
von jener gefürchteten und immer mit einiger Scheu be=

88

trachteten Wächterin erwartet hatte. Mein Gott, das war ja eigentlich keineswegs die strenge mütterliche Beraterin, so wie sie ihm immer vorgeschwebt. Hier stand ja in Wahrheit ein hohes, blühendes Weib, das nur zu unnahbar, zu abgeschlossen lebte, als daß sich ein zerstörendes Verlangen bis zu ihr erheben konnte. Und jetzt, gerade jetzt sprach jene edel gemeißelte, wunschlose Statue zu ihm so redlich, so erkennend, daß ihm das Herz überfloß. Welch ein Glück, welch ein teures Pfand für die Zukunft, daß Marianne, diese heiße zuckende Flamme, die an seinem Leben fraß, eine solche Schwester, eine derartige Hüterin ihr eigen nannte. Und jäh errötend begann er sein Anliegen vorzutragen. Um was er eigentlich geworben, in unzusammenhängenden Worten, die sich nur schwer zu zerhackten Sätzen fügen wollten, das wußten die beiden, die einen so ehrlichen Handel miteinander zu schließen gedachten, später kaum mehr anzugeben. Jedem von ihnen blieb nur das erlösende Bewußtsein, daß endlich etwas Irrlichterierendes, das sich gegen alle Ordnung sträubte, eine feste und redliche Form gewinnen sollte. Plötzlich reichten sich beide noch einmal stumm die Hände. In diesem Augenblick wurde die Gutsherrin von Maritzken völlig von der Vorstellung beherrscht, daß sie einem großen treuherzigen Jungen das begehrte Geschenk mit mütterlicher Sorgsamkeit überreiche.

„Wir sind einig, mein lieber Herr Leutnant", schloß sie einfach, indem noch immer das gute Lächeln um ihre Lippen schwebte. „Und nun eilen Sie nur, damit Sie auch derjenigen Ihre Wünsche auseinandersetzen können, mit der Ihnen eine Unterhaltung gewiß viel erfreulicher und amüsanter sein wird, als mit mir. Nein, nein, lieber Fritz Harder," sträubte sie sich beinahe schelmisch, als der junge Offizier ein paar verlegene Komplimente zu stammeln gedachte, „das ist ja alles so natürlich. Ich weiß auch, daß Sie mit meiner Schwester Marianne nicht die erste derartige Besprechung pflegen. Nicht wahr? Aber darüber wollen wir heute nicht mehr rechten. Um es Ihnen zu erleichtern, werde ich Marianne gleich herunterbitten lassen."

Allein nach einiger Zeit kehrte das zu diesem Zweck ausgesandte Mädchen zurück und berichtete, daß die Gesuchte weder in ihrem Zimmer noch bei den Gästen aus Sorquitten zu finden wäre.

„Das ist merkwürdig," meinte Johanna sich besinnend, „mir war es doch so, als wenn ich noch eben hinter den Fenstern des ersten Stockwerks die dunklen Haare meiner Schwester erkannt hätte."

Und als der Offizier, der sich in seiner Hast vergaß, dieselbe Wahrnehmung bestätigte, da hob das Gutsfräulein ein wenig überlegen die Achsel, um ihrem neuen Schützling, immer mit derselben Gutmütigkeit, zu raten:

„Also, lieber Herr Leutnant, dann schlage ich Ihnen vor, sich selbst auf die Suche zu begeben. Ich darf ja annehmen, daß Sie über die geeigneten Schlupfwinkel, Waldhänge und Haselnußhaine auf meinem Gute ausreichend orientiert sind. Nicht wahr?" lachte sie plötzlich ganz offen, wobei sie sich an der Betroffenheit des Überraschten wie an einem äußerst gelungenen Scherz zu weiden begann. „Gehen Sie nur, Fritz Harber, ich bin überzeugt, Sie werden das, was Sie suchen, mit militärischer Sicherheit finden."

*   *   *

Fritz Harber folgte einem grünen Schatten. Er sah ihn bald durch die braunschölligen Einschnitte hochstehender

Weizenfelder dahinhuschen, bald glaubte er den flüchtigen Schein wieder rastend an den dunklen Einbuchtungen eines träumenden Gehölzes hängen zu sehen. Er suchte ihn zu haschen, ja er rief manchmal leise einen Namen, der sein ganzes Gemüt ausfüllte, allein immer, sobald er die Stelle erreichte, wo eben die Ähren wie nach einer entschwundenen Berührung schwankten, dann fand er, daß er von dem trügerischen grünen Schimmer abermals getäuscht sei. Allmählich hatte der einsam Wandelnde jene Wiesengrenze erreicht, an der sich der schmale Haselnußgang dahinschlängelte. Hier an einer halb verfallenen Moosbank, die so oft Zeugin eines heimlichen kosenden Geflüsters gewesen, ließ sich der junge Offizier nieder und schickte seine Blicke noch spähender als bisher durch das dunkle, wild verschlungene Gestrüpp.

Nichts.

Es war wohl nur eine Vorspiegelung seiner nicht mehr nüchternen Sinne, daß es ihm wieder vorkam, als ob der grüne Schatten, dem er nachjagte, noch eben geschmeidig durch ein Astgerank hindurchgeschlüpft sei.

Nein, nein, hier gab er sicherlich einem völlig unhaltbaren Verdacht nach, der ihm eigentlich nie und nimmer aufsteigen durfte. Lächerlich, wie konnte er nur wähnen, daß das Geschöpf, das er für immer an sich zu ketten trachtete, gerade in dem entscheidenden Augenblick ihres beiderseitigen Daseins ihm in einer unbegreiflichen Laune zu entweichen suchte. Ganz sicher, diese ewigen häßlichen Befürchtungen hatten sein harmloses Gemüt bereits aus der Bahn gerissen. Zu viel und zu eindringlich war von ihm über seine Zeit nachgegrübelt worden, von der er zweifellos mit Unrecht argwöhnte, daß sie den oberflächlichen und spielerischen Bedürfnissen ihrer Kinder zu gefällig entgegenkäme. Fort, fort damit, das wäre ja keine deutsche Frau, der man im Ernst etwas Derartiges zutrauen durfte.

Entschlossen, befreit erhob er sich und verlor sich erhitzt in das tiefe Gehölz, durch dessen niedriges, eng verschlungenes Dach die Sonnenstrahlen nur wie winzige goldene Käfer hindurchkrochen.

*   *   *

An der rissigen Tür des Kuhstalles lehnte die Hofbesitzerin, und während über ihr blasses Antlitz noch immer jener still zufriedene Schein glänzte, da pochte sie von neuem selbstvergessen gegen das trockene Holz. Diesmal aber klang es munter und beschwingt, und der lecke Trommelschlag ging allmählich in ein Marschtempo über, so daß jeder erkennen konnte, wie zuversichtlich und bestimmt die Gedanken der Gutsherrin über Vergangenes und Zukünftiges schweiften.

„So, nu laß aber mal das Trommeln", forderte plötzlich eine energische Stimme neben ihr, und als sie, aus ihren Träumen gerissen, das blonde Haupt ein wenig wandte, da mußte sie zu ihrer eigenen Erheiterung wahrnehmen, wie der Riese von Sorquitten in seinem gelben Sportanzug ebenfalls den mächtigen Rücken gegen die Stalltür drängte; und nun stand er mit leicht überschlagenen Beinen da, ohne es jedoch natürlich für nötig zu halten, die gewaltigen Fäuste aus den Taschen zu ziehen. „Du stellst dir wohl vor," fragte er ruhig weiter, „wie das hier sein wird, wenn das Gesindel von dort drüben auf seinen Kalbsfellen Generalmarsch schlägt? Die verfluchten Hunde!" Und während er angelegentlich auf seine gelben Schnürstiefel herunterstarrte, murmelte er in angenommener Gleichgültigkeit: „Sag mal, Johanna, jetzt könntest du doch endlich deine weisen Pläne gefaßt haben. Willst du nun meine alte Dame begleiten?"

Es klang durchaus nicht so, als ob der große Mensch in Herzensangst um ihr Schicksal bebte. Darin bestand ja ohnehin nicht seine Art, sobald es sich um andere handelte. Aber die große Blonde wurde doch von einer vorüberhuschenden Rührung erfaßt, als sie sich vorstellte, daß sich überhaupt ein Mensch um ihr Wohlergehen bekümmere.

„Fedor," begann sie deshalb zutraulich, „entdecke mir mal ganz offen, lieber Junge, weshalb du dich so bemühst, mich von hier fortzulocken? Liegt dir wirklich bloß daran, eine passende Gesellschaft für deine Mutter zu finden? Oder wäre es dir im Ernst peinlich, wenn ich durch eine fremde Einquartierung Unannehmlichkeiten erführe?"

„Na, natürlich wäre es mir peinlich", brummte Herr von Stötteritz, zog den einen Schuh noch etwas weiter in die Höhe und klopfte sich angelegentlich den Staub ab. Und indem er etwas möglichst Gleichgültiges zu erfassen strebte, stieß er noch hervor: „Vor allen Dingen möchte ich selbstverständlich den Lumpen den Spaß versalzen, einer mir nahestehenden Dame hier irgend etwas vorschreiben oder gar befehlen zu wollen.

„So so, daran denkst du", meinte Johanna schon um vieles mehr ernüchtert. „Wenn ich dir nun aber anvertraue, daß ich an dieses ganze Kriegsmärchen keineswegs glaube, was dann?"

Der Riese ließ sich gegen die Stalltür fallen, daß sich ein dumpfes Dröhnen erhob.

„Dann erkläre ich dir," sprudelte er ihr ungehalten entgegen, „daß du eine halsstarrige Person bist, die für derartige Dinge nicht das richtige Verständnis besitzt."

„Ach, sieh einmal, was du liebenswürdig sein kannst!"

„Aber ich will ja gar nicht liebenswürdig sein," schrie

jetzt der Riese außer sich, der völlig vergaß, daß ihn ur=
sprünglich eine viel zartere Absicht hierher geleitet, „ich
will ja bloß, daß hier alles nach Ordnung und Recht zu=
geht, damit du keinen Schaden leidest.“

„Dafür danke ich dir“, versetzte Johanna, indem sie
wieder in ihre kühle und unnahbare Haltung zurückfiel,
denn die derbe Weise des Rittmeisters empörte sie inner=
lich. „Aber da ich mir einmal angemaßt habe, meine
Wirtschaft nach eigenem Gutdünken zu leiten, so mußt du
es mir auch anheimstellen, ob ich es für richtig halte, mein
Anwesen ohne Aufsicht zu lassen.“

„Donnerwetter ja,“ fuhr jetzt der Riese auf und schlug
mit geballter Faust gegen das Holztor, „mein Inspektor
und ich können das doch auch besorgen?“

„Ja gewiß“, wollte die Angegriffene hier abermals
einlenken, jedoch der völlige Mangel an Selbstbeherrschung,
den der Gutsbesitzer so polternd bewies, er löschte ihr das
Verständnis für die verborgene Gutmütigkeit, die seinen
Absichten zugrunde lag, von neuem aus. „Ja gewiß,
Fedor,“ gab sie zu, „ich empfinde dein Anerbieten als
sehr uneigennützig, aber meine Leute sind zu sehr an meine
eigene Behandlung gewöhnt, als daß ich sie gerade in den
Zeiten der Not einer schärferen Methode aussetzen möchte.“

„Aha!“ Herr von Stötteritz stieß einen gellenden
Pfiff aus. „Daher geht der Wind,“ lachte er ingrimmig,
„du hast unausgesetzt an mir etwas herumzutadeln. Die
janze Richtung paßt dir nicht, wie, Cousinchen? Das
Junkertum, wie du es nennst, das Echt=Preußische? So
sage es doch, nicht wahr, das kannst du nicht leiden?“

Über der Stirn des Mädchens zogen ein paar Falten
auf. Sie sah wieder sehr herb und ablehnend aus, als
sie jetzt kurz hervorbrachte:

„Ich weiß zwar nicht, was dir an meiner Ansicht liegt,

aber wenn du darauf beſtehſt — nun ja, ich kann mir manches anziehender vorſtellen, als die von dir bezeichnete Art."

„So, das wollte ich nur wiſſen", knurrte der Herr von Sorquitten, dem es trotz der aufſteigenden Enttäuſchung ſo vorkam, als ob er eine widerwärtige Schulaufgabe endlich erledigt hätte. „Dann brauchen wir ja nicht mehr länger das abgeleierte Thema abzuhaſpeln. Du glaubſt uns nicht und haſt wahrſcheinlich Ratgeber, die die Lage viel gründlicher zu beurteilen vermögen, als ſolch beſchränkte Stoppelhopſer. Schön, Mariellchen, ich wünſche natürlich in unſer aller Intereſſe, daß dieſe ſuperklugen Leute recht behalten. Inzwiſchen wirſt du mir wohl beiſtimmen, wenn ich für meine alte Dame anſpannen laſſe. Ich habe vor Tiſch nämlich dort drüben in Sorquitten noch Verſchiedenes anzuordnen. In meiner wenig anziehenden Art, natürlich. Na, mir bleibt wenigſtens der Troſt, Couſinchen, daß dir über den ſchnellen Abſchied nicht das Herz brechen wird, was?" Damit richtete ſich Herr von Stötteritz auf, ſchüttelte ſich, als wenn er in der trockenen Luft von einem Platzregen durchnäßt wäre, und rief ſchallend über den Hof nach ſeinem Kutſcher.

Mächtig ausholenden Schrittes ſuchte er den Hauseingang zu erreichen, um ſeine Mutter von der bevorſtehenden Abfahrt zu unterrichten, jedoch mitten zwiſchen den Pfoſten ſah er ſich noch einmal zurückgehalten. Dicht neben ihm ſtand Johanna, und ſie griff jetzt raſch nach dem Arm des ſie Überragenden, um ihn ein wenig hin und her zu zauſen, als ob ſie den Unwirſchen zur Beſinnung zu bringen wünſche.

„Fedor, du wirſt doch wegen einer ſolch kleinen Meinungsverſchiedenheit nicht böſe ſein?" mahnte ſie eindringlich.

95

Der Riese sah sie ungewiß von der Seite an, knurrte etwas Unverständliches, aber ihr herzlicher Ton verfehlte nicht den beabsichtigten Eindruck.

„Fällt mir ja gar nicht ein", rang er sich noch immer etwas unwillig ab, obwohl ihm dieses verdammte Schuljungengefühl unter ihren Augen nicht recht weichen wollte. „Wieso böse? Habe für solche Geschichten wie Familienfehde oder dergleichen absolut kein Verständnis. Im übrigen bist du ja auch eine ausgewachsene Person, und meine Mutter sagt immer, ,aufgenötigte Suppe schmeckt schlecht'. Also lassen wir's! — He," rief er laut aus der Tür heraus, „Friedrich, fahr' mal hier vor, ganz dicht ran. Und du, Hans," wandte er sich in seinem gewöhnlichen Befehlshaberton zu seiner Begleiterin, „laß mal auf der Stelle den Tritt hinsetzen. Meine alte Dame behauptet sonst wieder, sie wäre keine Seiltänzerin. Also allons, Kinder, ein bißchen Musik in die Knochen, und dalli, dalli."

IV.

Dicht an der Chaussee, die sich an Maritzken vorüberschlängelte, hart an der Grenze eines hochwogenden, schwer nickenden Weizenfeldes, da gab es einen lauschigen, einen heimlichen Platz. Ein alter, verkrüppelter Kirschbaum senkte hier sein Geäst so niedrig und struppig herab, daß unter seinem Dach kühler, wohltuender Schatten wohnte, selbst wenn um ihn herum das heiße Sonnenlicht in Wogen über die Landstraße fortspülte. Die astumzäunte Rundung war so recht ein Schlupfwinkel, um sich dort verkriechen und zwischen den herniederhängenden Zweigen hindurchblinzeln zu können, auf alles, was sich auf der Landstraße begab. Hier hatte der Rotkopf der Grothe-Mar-

96

jessen, die kleine Isa, als sie noch kurze Kleider trug, oft
wie ein Hund zusammengekauert gelegen, und es war ein
herrliches Vergnügen gewesen, wenn sie den vorüberlaufen=
den Dorfjungen aus ihrem sicheren Versteck heraus kleine
Kieselsteinchen gegen die Mützen werfen durfte. Hei, und
wie gut sie treffen konnte! Ja, das verstand sie wunder=
voll. Und so oft eine der plumpen Kopfbedeckungen in den
weißen Sand rollte und vom Wind noch überdies wie
ein kurbelndes Rad hinweggefegt wurde, dann war unter
den Kirschbaumzweigen in früheren Zeiten häufig ein
verdecktes Lachen aufgequollen, ein unbestimmbares, scha=
denfrohes, kaum vernehmliches Jauchzen, das auf Mit=
leidsempfindungen der versteckten Übeltäterin keine allzu
bestimmten Rückschlüsse freigab. Inzwischen war Fräulein
Isa jedoch eine junge Dame geworden. Und wenn auch ihre
Gewänder noch manchmal wild und zerknittert an der ge=
schmeidigen, gertenhaften Gestalt herabflatterten, und ob=
wohl es dem Rotkopf noch immer keine Sorgen bereitete,
sich gelegentlich unter den alten Kirschbaum mit auf=
gestützten Ellenbogen auf das grüne Wiesengras zu betten,
bis die Feuchtigkeit kalt an ihrer Brust zitterte, — seit ein
paar Wochen war ihr leider selbst diese harmlose Erfrischung
von der ältesten Schwester, die so gar kein Verständnis für
derartige Freuden besaß, verkümmert worden. Eines Mor=
gens lehnte nämlich eine grün angestrichene Bretterbank
an dem alten Kirschenstamm, und seit dieser unwillkom=
menen Entdeckung saß Isa Grothe zur heißen Mittagszeit
lässig vornübergebeugt auf dem neuen Sitz und ließ ihre
braunen Goldaugen gierig auf einem gelben Büchlein in
ihrem Schoße ruhen, das sie ihrer sorglosen Schwester Ma=
rianne heimlich entwendet. Himmel, da standen ganz
absonderlich verirrte Dinge drin, die Fräulein Isa selbst=
verständlich längst ahnte und billigte, von denen sie

jedoch nie geglaubt hätte, daß sie das Blut so angenehm aufpeitschen könnten. Selbst hier draußen auf dem langweiligen Lande.

Langsam röteten sich die Wangen in dem feinen Gesichtchen, und ab und zu riß das junge Geschöpf halb unbewußt heftig an den herniederhängenden Zweigen herum, als ob sie unwillig sei oder irgend etwas nicht mehr länger erwarten könne. Der Kirschbaum rauschte dann über ihr, und hereinfallende Sonnenstrahlen schossen wie weißglühende Pfeile über das gelbe Buch fort, bis Fräulein Isa gestört mit der Hand nach ihnen schlug.

Eben zupfte die wohlgepflegte weiße Hand in den Blättern herum, denn die Leserin konnte vor fieberhafter Neugier nicht erwarten, die nächsten Seiten umzuwenden, da knisterte etwas in den Zweigen, ein Schatten fiel dunkel und verdeckend auf das Buch, und die Emporzuckende erkannte mit einem leisen Ruf der Überraschung, wie eine Frauengestalt sich eilfertig von der Seite durch die herabhängenden Äste hindurchdrängte.

Im nächsten Moment hatte die Kleine zuvörderst das geraubte Buch unter die Bank geworfen.

„Marianne!"

„Jawohl, guten Tag, Isa."

„Guten Tag. Wie kommst du hierher?"

„Ich?"

Die Brust der sonst so unempfindlichen Marianne atmete stark, es schien, als hätte sie einen heftigen Lauf hinter sich. Ja sogar der keck geschnittene enge Lodenrock zeigte Spuren von Gräsern und Kletten, die an ihm hängen geblieben waren. Dazu blitzten die schwarzen Augen, und aus den dunklen Haaren hingen ein paar Löckchen regellos in den Nacken hinab. Hastig stützte sich das schöne Mädchen mit der Rechten auf die Banklehne und beugte sich spähend vor, so daß ihre weiße Leinenbluse beinahe die Wange der Schwester streifte.

„Isa," flüsterte sie hastig, „dort hinten kommt jemand, der mich sucht."

Jetzt warf auch die Jüngere einen schnellen Blick auf den Feldweg, der hinter dem Kirschbaum quer auf die Landstraße zustrebte, und ganz fern, schon in den tanzenden Sonnennebeln, erkannte sie das gleißende Funkeln einer Uniform.

„Ich weiß, wer dich sucht", sagte sie sehr bestimmt, und in den großen Goldaugen schwamm ein Ausdruck, als ob das junge Ding die sonderbare Lage durchaus begriffe.

„Jawohl, Fritz Harder," fiel hier Marianne ungeduldig ein, „wenn er dich etwa anreden sollte, dann bitte erzähle nicht, daß du mich gesehen hättest. Kann ich mich darauf verlassen?"

Auf diese dringende Frage erteilte die Siebzehnjährige keine Antwort. Aber über ihre Wangen ging es wie ein Schauer von Röte und Blässe, und in den weit aufgetanenen Augen schimmerte etwas Ernstes, ja beinahe Ängstliches, was zu dem schnippischen Wesen der frühreifen jungen Dame kaum zu passen schien. Ihre Fäuste ballten sich, und es war ein abschätzender Blick, mit dem sie ihre ältere Schwester, die so völlig ihr Gleichmaß verloren hatte, vom Kopf bis zu den Zehen musterte. Der kleine zuckende Mund jedoch öffnete sich nicht, und so dauerte das unerwartete Schweigen fort.

„Du hast mich wohl nicht verstanden?" drängte Marianne ungehalten weiter, und indem die Eilfertige den straff herabgestreckten Arm der Jüngeren schüttelte, als wollte sie ihre eigene Gegenwart dadurch deutlicher bekunden, schärfte sie der unwillig sich Reckenden mit heißer Stimme noch einmal ein: „Du wirst also nicht sagen, daß ich hier vorüber ging." In jähem Übergang preßte Marianne plötzlich ihre Wange gegen die der Kleinen, umfing sie mit beiden Armen, drückte sie an sich und schmeichelte immer noch mit mühsam erkämpftem Atem: „Nicht wahr, mein Liebling, du tust mir den Gefallen? Es ist alles nur ein Scherz, verstehst du? Du wirst mich nicht verraten, nicht?"

Da wand sich Isa los. „Ich werde gar nichts sagen", erklärte sie kurz, während sie sich mit einer jugendlich eckigen Bewegung wieder auf die Bank niederließ. „Was gehen mich deine Spielereien an?"

Und in einem plötzlichen Rache- und Machtgefühl bückte sich der geschmeidige Körper, holte das versteckte Buch hervor und indem sie es recht sichtbarlich ins Sonnenlicht hielt, vertiefte sie sich scheinbar von neuem eifrig in die unterbrochene Lektüre. Marianne aber zuckte geringschätzig die Achsel, als bedaure sie es jetzt, an diese Halbwüchsige soviel Verführungskünste verschwendet zu haben, dann krümmte auch sie ihre Glieder zusammen, um sich im nächsten Augenblick geschickt und tief gebeugt in dem ausgetrockneten Graben von dannen zu schleichen.

Kaum war sie verschwunden, da riß Isa die Zweige des Kirschbaums auseinander, und während sie ihren Rotkopf hastig durch die Öffnung steckte, warf sie der Enteilenden in weitem Schwung ein Erdklümpchen nach, das sie vorher von der Rasenfläche aufgelesen. Gleich darauf sank sie freilich auf ihrem Sitz zusammen, schlug die Füße übereinander und ließ das leuchtende Haupt langsam auf die harte Banklehne sinken. Angestrengt schien sie über ein nicht lösbares Rätsel nachzusinnen.

Es waren die Disharmonien des Lebens, die sich vor den Ohren der Erwachenden noch nicht einfügen wollten in die bald schauerlichen, bald heiteren Melodien, die heimlich und stark in ihr klangen.

* * *

Minute auf Minute verrann, die Uniform, auf die die Versteckte harrte, sie wollte sich nicht zeigen. Längst hatte sich Isa wieder erhoben, um ihre scharfen Blicke hierhin und dorthin schweifen zu lassen, vergeblich. Feld, Steg und Wiese blieben leer. Und die Halbwüchsige überlegte. Sollte der Offizier etwa noch einmal in das Herrenhaus zurückgekehrt sein? Ei, das wäre geradezu prachtvoll, wenn der ahnungslose junge Mensch dann mit der anspruchsvollen launenhaften Person womöglich in Gegenwart von Johanna zusammenstieße. Denn darin glaubte sich der feine Verstand der Jüngsten von Maritzken nicht zu täuschen, daß ein so in sich versunkener und ernster Mensch, wie es Fritz Harder war, niemals die verstiegenen Ansprüche ihrer eitlen Schwester befriedigen könnte. Ein Geschöpf, das beinahe eine Stunde zu einer Frisur benötigte! Und wie dumm und ungebildet Marianne im Grunde dahinlebte. Blieb es nicht unbegreiflich, daß ein Mann wie Fritz Harder, ein Offizier, der sich den höchsten und entlegensten Dingen so ernst und strebsam hingab, war es faßbar, daß ein solcher wie bezaubert und entrückt mit brennenden Augen und weit vorgebeugt vor einer so lockeren und inhaltslosen Kokette sitzen konnte? Darin bestand also doch wohl die Bestimmung und die höchste Macht der Frau.

Und wieder rieselte es kalt an den Gliedern der Versonnenen hinab, und sie griff so heftig in die Zweige des Kirschbaumes, als wollte sie ihr eigenes sehnsüchtig erwartetes Schicksal auf ihr Kinderhaupt herunterreißen.

„Sagen Sie mal, verehrungswürdige Jugend, für wen

gedenken Sie diese schönen Weichselkirschen zu pflücken?"
schlug plötzlich eine feste Männerstimme in den schweren
Traum des Mädchens hinein.

Und erschreckt in die Höhe fahrend, erkannte Isa in
völliger Verwirrung, wie dicht vor ihr auf der Chaussee
der geräumige Landauer des Konsul Bark hielt. Auf
weichen Gummirädern mußte das Gefährt lautlos bis
hierher gerollt sein, und die beiden Apfelschimmel mit dem
strahlenden Silbergeschirr riefen wie immer das stürmische
Wohlgefallen von Fräulein Isa hervor, die sich heimlich
für alles, was ein sicher fundierter Reichtum bot, begeistern konnte.

„Herr Konsul Bark", rief sie so liebenswürdig als möglich, nicht jedoch bevor sie sich das blaue Leinenkleid halb
unbewußt an den schmalen Hüften zurechtgestrichen hatte.
Immer wieder verfiel sie in den Fehler, dem eleganten
älteren Manne, der auch jetzt in seinem fast weißen Staubmantel und dem grünen Filzhut so überaus gewählt und
vornehm aussah, durchaus ihre Damenhaftigkeit einprägen
zu wollen. „Herr Konsul Bark, kommen Sie uns bereits
abholen?"

„Zu Befehl, wir haben ja noch zwei gute Stunden zu
fahren. Und die Toilettenangelegenheiten" — er beugte
sich vor, legte die Hand quer über die Augen, um die
Sonnenstrahlen abzuwehren, und musterte die Kleine mit
einem ziemlich sorglosen Blick — „na, die scheinen mir
ja auch noch nicht auf dem höchsten Gipfel der Erreichbar-
keit angelangt zu sein. Hören Sie mal, Rotfüchschen,"
meinte er gemütlich weiter, während er an den Grabenbord heranschritt und ihr über die Breite die Hand entgegenstreckte, als ob es ihr behilflich sein wolle, „Sie
schießen übrigens wie Spargel in die Höhe!"

Isa hatte schon zum Sprung angesetzt, jetzt zögerte sie

102

plötzlich. Sie bettete ihre Hände auf den Rücken, und die Lippen, die so merkwürdig rot und blühend aus dem blassen Mädchenantlitz hervorleuchteten, zuckten ungehalten über der Zahnreihe.

„Herr Konsul, ich finde," lachte sie über den trennenden Graben herüber, aber es klang doch deutlich der Unmut heraus, „daß mein Haar Ihre Phantasie direkt in Aufregung versetzt. Wenn Sie es durchaus nicht leiden mögen, so könnte ich ja vor Ihnen immer im Hut erscheinen."

„Aber liebstes Kleinchen," beschwichtigte der Konsul ganz verwundert, der nicht im Traum daran gedacht hatte, die Jüngste von Maritzken verletzen zu wollen, „Ihr Haar ist ja im Gegenteil von erlesener Kostbarkeit. Also, wenn ich jünger wäre, würde ich wahrscheinlich Gedichte darauf verfertigen. So, nun aber hopsen Sie mal hier herüber, Jsa, und setzen Sie sich hübsch artig neben mich in den Wagen, ich bitte es mir nämlich als besondere Ehre und Vergünstigung aus, die frisch gewaschene, übrigens sehr appetitliche blaue Leinenbluse im Trab nach Hause fahren zu dürfen."

Damit beugte er sich noch etwas schräger über den Graben und ergriff ohne weitere Umstände die schmale Jungfrauenhand, die sich ihm plötzlich willig und leicht entgegenstreckte. Mit einem Sprung war das Mädchen im Wagen. Wohlig schmiegte sie sich in die hellgrauen Tuchkissen und lugte abermals verstohlen auf den weißen Staubmantel dicht neben sich, der ihr so kleidsam erschien. Lautlos rollte das Gefährt dahin. Als ob es über einen Teppich von Samt fortglitte. Es war ein zu eigenartiges und köstliches Gefühl, diese weiche Bewegung auf sich wirken zu lassen. Allen Gliedern teilte sie sich angenehm und kosend mit. Träumerisch ließ das Mädchen die feinen Härchen der Weizenähre, die sie kurz vorher vom Grabenbord abgepflückt hatte, in ihrem Handteller kreisen, um sich bei klarem Bewußtsein zu erhalten. Gar zu leicht lief man doch Gefahr, unter dem wohlig spielenden Sonnenlicht den spinnenden Träumen zu erliegen. Sie drehte die Ähre stärker und zuckte ein wenig, als sie den leisen Wirbel der Reibung empfand. Und wie frisch und wohlgepflegt der Mann da neben ihr aussah! Nur schade, daß seine prüfenden Blicke nicht abließen, musternd und schätzend über die gelben Weizenfelder und die eben auf= knospende Kleefrucht zu schweifen, über der es bereits lag wie ein rötlicher oder bläulicher Hauch. Über den Spiegel eines fernen Landsees kreiste im Bogen eine Schar vom Meer hierher verschlagener Möwen, und ganz in der Nähe taumelte eine Wolke gelber Zitronenfalter über die süß duftende Flur.

„Herr Konsul, hören Sie die Spottdrossel?" begann Fräulein Isa empfindsam.

Der Mann im weißen Mantel neigte sich zu ihr, so daß ihm die Kleine ganz verwirrt in das schmale Gesicht starren mußte. Aber gleich darauf empfand sie, wie seine Finger ihr den gelben Weizenhalm entwanden, um geschickt die Ähre ihrer Körner zu berauben.

„Schön," sagte er befriedigt, „voll und gut schüttend."

„Hm —"

Die junge Dame im Wagen schlug rasch die Füße über= einander und wippte ein wenig mit den braunen Halb= schuhen. Es war klar, besonders zarten Empfindungen gab sich ein solch älterer Mann nicht hin. Und wie er jetzt die gelben Körner von seinen festen braunen Fahr= glacés abschüttelte, da fielen seiner Begleiterin all die auf= regenden Gerüchte ein, die man sich schon in der Mädchen= schule dort drinnen in der Stadt unweit der Grenze er= schreckt und erwartungsvoll zugleich über den eleganten

104

Besitzer des Goldenen Bechers zugeraunt hatte. Oh ja, sie konnte sich den Konsul ganz gut so vorstellen. Und ohne daß sie es selbst ahnte, blieben ihre Augen immer größer an den feinen gebräunten Männerzügen haften.

„Na, Kleinchen, ist hier etwas nicht in Ordnung?" erkundigte sich ihr Begleiter endlich gestört, indem er mit der flachen Hand ein wenig über seine glatte Wange streifte.

Da schrak sie zurück. Herrgott, der Geschäftsmann mußte sie tatsächlich für ein absolut albernes Ding halten. Und sehr kühl erteilte sie die Antwort:

„Oh nein, Herr Konsul, ich habe gar nicht an Sie gedacht."

„So, so, Jsachen, das ist mir aber sehr schmerzlich. Übrigens, sagen Sie mal, mein Kind, schwatzen etwa Ihre Leute auch soviel dummes Zeug über einen Kriegsausbruch, der uns nahe bevorstehen soll? Ich hoffe, Ihre Schwester Johanna verbietet solche Redereien?"

Als das gefürchtete Wort laut wurde, jene wenigen Silben, die sich gerade in dieses verwöhnte Mädchen wie ein fressendes Gift hineinbissen, da steigerte sich die in ihr aufgescheuchte Angst bis zu einer Art sausender Wahnvorstellung. Kreidebleich mußte sie das Haupt herumwerfen, der unbestimmten Gegend zu, von woher die langberockten Reiterscharen hervorbrechen konnten. Sie hörte den donnernden Hufschlag, ein kreischendes Brüllen schrillte verworren über die ruhigen Wälder, und ganz hinten auf der Chaussee ballte sich eine schwarze, auf- und niedertauchende Masse zusammen. Verschwunden, fortgewirbelt waren all die mädchenhaften Unklarheiten, die sie eben noch so reizend bedrängt und beschäftigt hatten. Mit einem klagenden Ruf, aus dem nur eine fast irrsinnige Furcht deutlich wurde, umklammerte sie den Arm des Konsuls,

schmiegte sich ganz dicht an ihn, als ob sie nichts weiter
verlange, nichts weiter, als nur Schutz und Deckung für
ihr bedrohtes Leben, und stammelte vollkommen fas=
sungslos:

„Nicht wahr, Herr Konsul, liebster, bester Herr Konsul,
es ist doch nicht wahr? Es ist doch nicht möglich, daß so
etwas geschehen kann? Sagen Sie es doch!"

„Herrgott, liebes Kind — —"

Der aus allen Himmeln gerissene Mann empfand ein
wirkliches Mitleid mit dem verschüchterten schmächtigen
Geschöpf, das im Moment sein Haupt so fest und drängend
gegen seine Brust bettete, daß er beinahe das Zucken und
Pochen der Stirnadern zu spüren wähnte. Und aus voller
Überzeugung begann er laut zu lachen. Nichts hätte so
tröstlich auf die aus ihrer eingebildeten Überlegenheit Ge=
scheuchte wirken können, wie dieses unbekümmerte, kräftige
Männerlachen. Wie durch Zauberschlag verstummte das
unheimliche Dröhnen hinter dem Wagen, und das wirre
Gekreisch, das eben noch jeden vernünftigen Gedanken
niedergeheult, es löste sich auf in das sanfte Rollen der
Räder.

„Herrgott, bestes Kleinchen," tröstete sie der Konsul in=
zwischen in ehrlicher Besorgnis weiter, und er achtete selbst
nicht darauf, wie er bei seinen Bemühungen den Arm um
die Schulter der Zitternden legte und ihr wie einem kleinen
Kinde begütigend die Wangen zu klopfen begann, „hätte
ich doch niemals geglaubt, daß Sie ein solcher Angsthase
sind. Ich versichere Sie, es ist ja alles die reinste Tor=
heit. Lieber Himmel, wie soll ich Ihnen das nur klar
machen? Sehen Sie, Isa, wenn Sie ein Kaufmann wären,
wie ich, dann würden Sie ja selbst wissen, daß unsere Nach=
barn direkt ins Irrenhaus gesperrt werden müßten, wenn
sie ihren Handel und ihre Industrie, die eben erst anfangen

106

sich der allgemeinen Weltwirtschaft zu nähern, durch eine solch wahnsinnig heraufbeschworene Unternehmung im Keim zu zertrümmern gedächten. Nein, nein, liebes Kind," setzte er ärgerlich über seinen eigenen Ernst hinzu, „das Ganze ist das Geschwätz von ein paar gewissenlosen Spekulanten. Also nun Kopf hoch, wie kann sich eine wohlerzogene, weltgewandte junge Dame derartig einschüchtern lassen! Übrigens," lenkte er völlig ab, da sie bereits durch das Tor von Maritzken fuhren, „da kommt Hans. Nun nehmen Sie mal rasch die Ähre aus dem Feuerbrand da oben, ich habe sie Ihnen nämlich aus Versehen hineinpraktiziert, denn mir scheint, daß Ihre vortreffliche Schwester über derartigen Naturschmuck weniger wohlwollend denkt, als ich. Aber wie gesagt, eine ganz merkwürdige Haarfarbe, Isachen! Ganz merkwürdig."

* * *

Zwei Stunden später lenkte der Landauer des Konsul Bark, nachdem er wiederum die Stadt passiert, durch die letzte heimatliche Ansiedlung. Auf einer Bodenwelle gelegen, lugten die wenigen niedrigen Häuschen zwischen allerlei krausem Gestrüpp hindurch, und es war beinahe, als hätte man diesen letzten Posten so hoch und einsam aufgebaut, damit er von hier aus Wache halten solle gegen die sich unter ihm dehnende unbegrenzte Fläche. Drüben, jenseits des schmalen Flusses, der unten an den Ausläufern des Buschwerks einen Silberbogen zog, war das ganze Land von rauhen, dunkelgrünen Kohlhäuptern besät. Weiter dahinter wurde der unbeschreiblich struppige Raum von mächtigen Breiten gelber Weizenfelder umrahmt, zwischen denen weder Fußwege noch Chausseen eine Unterbrechung herbeiführten. Nur einzelne Gräben liefen gradlinig durch das Land, und unter der hellen Sonne blitzte ihre Oberfläche, als wenn klares, weißes Wasser, den durstigen Äckern zum Trank, durch sie hindurchglitte. Allein dem war nicht so. Die Näherkommenden schraken förmlich zurück vor den schwarzen übelriechenden Rußmassen, die mit ihrem undurchdringlichen Schlamm die wohltätigen Rinnen verstopften. Es waren die Kohlengewässer der nahen Fabriken, und ein ungeheurer Qualm, von der Hitze herniedergedrückt, verbarg den Besuchern das winzige Grenzstädtchen, dem sie zustrebten, wie hinter einer brodelnden Wand. Durch die drohende schwarze Wolke aber, die am Himmel den Umkreis des Städtchens bezeichnete, leckten rechts und links, fern und nah lodernde Feuerzungen in den qualmigen, sich schiebenden Rauch hinauf, und ein ätzender Brandgeruch erfüllte ringsum die Luft. Ein rastloses Kreischen und Surren, ein Rasseln und Sausen quoll aus dem unsichtbaren Ort schon aus der Ferne hervor, und nachdem der Wagen der Deutschen die breite Holzbrücke des Flusses erreicht hatte, die nur noch bis zur Mitte zur Heimat gehörte, da vernahmen die Reisenden wie unter lärmendem Poltern knirschende Haufen kleingehackter Kohle in die an den Ufern liegenden Kähne hinabgeschüttet wurden.

„Man halte", schrie etwas mitten von der Brücke.

Genau auf dem Grenzstrich standen zwei Soldaten in langen grüngelben Leinenblusen, und dunkelgrüne, breitgerandete Mützen saßen ihnen schräg und eingebeult auf den haarigen Köpfen. Und während der eine von ihnen mit seinem Gewehr, auf das ein breites Bajonett gepflanzt war, die weitere Einfahrt versperrte, indem er die Waffe quer vor seinen Leib hielt, trat der andere, ein bärtiges Gesicht, dicht an den Schlag heran und schlug zur Einleitung auf die umgeschnallte Revolvertasche. Dem Konsul, der sich in seinem Staubmantel herausbeugte, kam es vor, als

108

ob die Grenzwache mißtrauischer als sonst ihre Revision vorzunehmen gedächte.

„Hat man Waren im Wagen?" fragte der Wachtmeister in einem schlechten Deutsch, obwohl der Konsul sich entsann, daß gerade dieser Beamte ihn schon mehrfach bei seinen Besuchen kontrolliert habe. „Fleisch, Zigarren oder vielleicht Bücher und Zeitungen?"

„Was sind das für Umstände?" rief der Chef des Goldenen Bechers dagegen, der mit Mißbehagen bemerkte, wie in den Zügen seiner Begleiterinnen ein ängstliches Befremden aufstieg. „Sie kennen mich doch, ich bin der Konsul Bark, und ich und diese Damen sind von Herrn Rittmeister Sassin eingeladen." Und indem er sich mit einer Wendung des Hauptes blitzschnell vergewisserte, ob er nicht von den anderen beobachtet würde, da langte er rasch in die Tasche des weißen Mantels, um darauf dem Grenzsoldaten die Hand zu drücken, als ob es sich um eine besonders innige Begrüßung handle.

Der Grenzwächter sah ihm starr ins Gesicht, zuckte die Achsel und wand sich dennoch hin und her, als ob er sich Rat zu holen suche, wie in diesem Falle weiter zu verfahren wäre.

„Es ist gut," lenkte er endlich mit jener den Russen eigentümlichen Demut vor den Mächtigen ein, „ich sehe, es liegt nichts im Wagen. Aber die Herrschaften werden die Gnade haben, mir zu zeigen ihren Paß."

Jetzt wurde ein leiser Ruf der Überraschung bei den jungen Damen laut, und man konnte an den Blicken, die sie sich gegenseitig zuwarfen, sofort erkennen, daß sich etwas Derartiges wie die geforderten Papiere keineswegs in ihrem Besitz befände.

„Ruhig", beschwichtigte der Konsul abermals sehr bestimmt, und sich von neuem an den Grenzsoldaten wendend, überreichte er ihm sein eigenes Ausweisdokument. „Hier, mein Junge,“ meinte er begütigend, „hier hast du, was du verlangst. Und weil du so ein braver Beamter bist, so werde ich dich dem Herrn Rittmeister Saffin — meinem Freunde,“ setzte er sehr nachdrücklich hinzu — „besonders empfehlen. Aber nun halte uns hier gefälligst nicht länger auf, denn es ist kein angenehmer Aufenthalt in diesem Kohlenstaub für meine Damen. Verstehst du?“

Lässig, als wäre alles in Ordnung, gab der Kaufmann seinem Kutscher das Zeichen zum Weiterfahren. Allein ehe die Pferde sich noch in Bewegung setzen konnten, faßte der Mann mit dem Revolver zögernd in die Zügel und schritt noch einmal unter starkem Kopfschütteln an den Wagenschlag.

„Es sind Vorschriften,“ brachte er immer noch mit einer halben Verbeugung heraus, „die Frauen müssen zurück.“

„Wie? Ist das Ihr Ernst?“ rief der Geschäftsmann, indem er in aufsteigendem Zorn mit der flachen Hand auf die Fenstereinfassung schlug.

In dem Wagen fuhren ein paar erregte Frauenstimmen im Wechsel durcheinander, und zitternde Finger schmiegten sich verstohlen um den Arm des Konsuls. Sie gehörten Isa, deren schreckhaft erweiterte Augen in immer stärker sich regender Bangigkeit alles in sich tranken, was sich ihnen auf der halb zersplitterten Holzbrücke darbot, von den dicken viereckig zugeschnittenen Haaren der Soldaten angefangen, bis zu dem breiten in einem fahlen Glanz funkelnden Bajonett des zweiten Grenzwächters, der ihnen noch immer breitbeinig und ohne eine Miene zu verziehen, den Einlaß sperrte. In die Stirn des Mannes im weißen Staubmantel war inzwischen eine Blutwelle gestiegen. Unbewußt zupfte er an dem kurzgeschnittenen braunen Schnurrbart herum, bis er plötzlich aus dem Wagen sprang, so daß er jetzt ganz dicht, fast Brust an Brust gegen den Russen aufragte. Der legte abermals unter einer Verbeugung die Hand an die breite Mütze, zuckte die Achsel und starrte dann den drei schönen Mädchen halb betrübt und halb bedauernd ins Gesicht. Ihren Begleiter jedoch durchschnitt zum erstenmal ein merkwürdig beklommenes Gefühl. Das weite struppige Land vor ihm dehnte sich so sonderbar schweigend und geheimnisvoll, als wäre es eine riesige Bühne, die nur deshalb in solch menschenvereinsamter Leere lauerte, weil über sie hinweg bald ungeheure Züge des Weltgeschehens dahinschreiten sollten. Dazu die unsichtbare Stadt, das schneidende Sausen und Rollen — nein, es ließ sich nicht leugnen, eine kurze Sekunde war der Kaufmann völlig befangen von einer heranschleichenden Ahnung, die sich ihm bleischwer an alle Sinne hing. Spähend blickte er auf die schwarzen Gestalten der Kohlenablader hinunter, und auch in ihren schweißigen und stumpfen Gesichtern glaubte der aus seiner Sicherheit Aufgescheuchte dasselbe unauffindbare Rätsel zu lesen.

Verwünscht!

Wenn ihn die Damen jetzt aufgefordert hätten, den Wagen wenden zu lassen, um sich in den Schutz der Heimat zu begeben, die ihre letzten grünen Büsche so vertraulich nah bis an das Flußufer heranschob, in der Tat, er hätte nicht gezögert. Er wandte sich, und unwillkürlich trafen seine und Isas Blicke zusammen. In den feinen blassen Zügen des Mädchens schien wirklich jene unausgesprochene Bitte zu wohnen, ja die sich wie im Frost bewegenden Lippen wagten vielleicht nur den brennenden Wunsch nicht zu äußern.

Da klirrte etwas auf der Brücke. Ein scharfes Sporengeläut begann zu singen und zu gleicher Zeit schlugen die Grenzwächter auffahrend an ihre Säbel und führten die rechte Hand salutierend und breit gegen ihre Mützen. Der Wachtmeister wurde von einer hohen Männergestalt im dunkelblauen Waffenrock unsanft beiseite geschoben, und vor dem überraschten Handelsherrn stand säbelrasselnd der Rittmeister Saffin, lächelnd über das ganze rote Gesicht und unstreitig gewillt, seinen deutschen Gast in die Arme zu schließen. Schmetternd, aus voller Brust, klang sein Bewillkommnungsgruß:

„Rudolf Bark, mein einziger Freund," schrie der Russe, und dabei klopfte er dem Ankömmling mit seinen feinen weißen Glacéhandschuhen in einer halben Umschlingung schallend auf den Rücken, „die zehntausend Heiligen von Kasan haben mein Gebet erhört. Sie sind da — ohne Zweifel, sind da — à quatre heure, Punkt vier. Man muß sagen, diese Deutschen wohnen in einer Uhr."

Damit trat der Russe strahlend an das Gefährt heran, fing blitzschnell auf, wie die begehrte Brünette in ihrer prachtvollen Haltung auf dem Vordersitz lehnte und verbeugte sich darauf so tief, daß seine breite blaue Mütze beinahe den Fensterschlag streifte.

„Ah, meine Damen, Leo Konstantinowitsch Saffin seien Ihr entzückter Diener. Sie sehen mich au comble du bonheur! Ich habe auf meine kleine maison nicht vergebens aufgezogen die grün-weiße Fahne, denn die ganze Stadt und das gesamte Offizierskorps seien durch einen solchen Besuch geehrt. Ich werde nie vergessen an so viel Freundlichkeit."

Bei den letzten Worten hatte sich der Offizier den mächtigen rotblonden Schnurrbart zurechtgestrichen, jetzt versuchte er, die auf dem Wagenschlag ruhende Hand der Ältesten von Marißken an seine Lippen zu führen. Allerdings erfolglos. Denn ohne im geringsten verletzend zu wirken, entzog ihm Johanna die begehrte Rechte und drohte ihrem Gastgeber leicht mit dem Zeigefinger.

„Herr Rittmeister," äußerte sie in ihrer gewohnten liebenswürdigen Ruhe, „es ist wirklich beinahe ein halbes Wunder, daß Sie uns bei sich sehen. Denn erstens trug ich, die ich für meine Schwestern verantwortlich bin, längere Zeit Bedenken, ob wir überhaupt Ihrer freundlichen Einladung folgen dürften, und zweitens bedeuteten uns soeben Ihre Grenzwächter, daß Rußland keinen besonderen Wert auf unsere Anwesenheit lege, ja, daß wir schleunigst wieder zu verschwinden hätten."

„Wie? Was? verschwinden?" fuhr der Offizier in die Höhe und dabei packte er bereits den betroffenen Wachtmeister an der Brust und schüttelte ihn empfindlich hin und her. „Hast du gehört? bist du nicht die größte Seuche, die unsere große Mutter befallen hat? Du Moschusochse, weißt du, was dir bevorsteht?"

Es mußte eine fürchterliche Zukunft sein, die dem Braven angedroht wurde, denn er begann am ganzen Leibe zu zittern und faltete demütig die Hände über der Brust.

„Väterchen Rittmeister," stammelte er, „der verschärfte Befehl ist gestern abend erst vom Herrn Oberst ausgegeben worden."

„Ich werde dich gleich bei Väterchen Rittmeister", schrie Leo Saffin halb lachend, während er jedoch seinem Soldaten mit geballter Faust einen Stoß vor die Brust versetzte, daß jener bis an das Brückengeländer taumelte, „danke Gott, du Hund, daß ich vor diesen Damen, die du beleidigt, kein Exempel statuieren will." Und sich zu Johanna zurückwendend, vor der er sich noch einmal entschuldigend verneigte, setzte er augenzwinkernd hinzu: „Gnädigste, ich schätze mich glücklich, daß ich noch zu rechter Zeit kam, um meinen Gästen weitere Unannehm=

lichkeiten zu ersparen. Die übrigen Freunde sind bereits in kleine maison versammelt und erwarten ungeduldig das Erscheinen von deutsche Damen, die uns so viel Ehre schenken wollen. — Der Wagen passiert", schrie er mit furchtbarer Stimme dem zweiten Soldaten zu, der teilnahmslos diese ganze Szene beobachtete. „Scher' dich aus dem Wege. Meine Damen, Sie gestatten, daß mit meinem Freunde Rudolf Bark neben Equipage einherschreite. Wir überqueren hier nur Eisenbahn — und gleich sind Sie dann au milieu de mon logis de garçon célibataire."

Befehlend gab er einen Wink, die Soldaten traten zurück, drückten sich beinahe scheu gegen das Geländer, und der Landauer setzte sich, von den beiden Herren zur Rechten geleitet, unter lautlosem Rollen in Bewegung. Und während der Rittmeister sich unaufhörlich glücklich pries, so erlesene Fremde in das elende Städtchen — diesen Schweinekoben, dieses triefende Gefängnis — eskortieren zu dürfen, da ging es über breite Eisenbahnschienen hinweg, die man durch kein Gitter zu schützen versucht hatte, und tief abschüssig stürzte dann der Weg sofort auf einen holprigen Platz hinab, der von niedrigen, rauchgeschwärzten Häusern umstellt war und ebensogut einen großen Hof als einen verunglückten Marktplatz vorstellen konnte.

„Der Platz sieht aus wie ein Mund voller Zahnlücken", flüsterte Isa sehr treffend ihrer Schwester Marianne zu und wies auf die klaffenden Höhlungen zwischen den einzelnen Gebäuden, hinter denen bereits wieder das kohlstruppige Feld sichtbar wurde.

Das Surren und Sausen der Treibriemen schrillte hier stärker, und die betroffenen Gäste bemerkten, wie aus dem ersten Stockwerk einer Fabrik, die sich augenscheinlich mit der Herstellung von Porzellan befaßte, unausgesetzt eine staubige Mehlmasse herabbampfte. Ohne auf diese Überschüttung zu achten, durch die ihre Kleidung mit schmutzigem Puder bestreut wurde, lungerte mitten auf dem Markt eine Schar langberockter Männer und Jünglinge herum in hohen Wichsstiefeln und mit niedrigen schwarzen Tuchmützen auf den Köpfen. Aufgeregt und von allerlei Gesten begleitet fuhr hier das Gespräch hin und her. Die jüdischen Einwohner, die man sofort an ihrer lockigen Haartracht erkannte, warfen merkwürdig befremdete Blicke auf das deutsche Gefährt, als wenn die Ankunft desselben ein besonders aufregendes Ereignis bildete. Und wieder beschlich den Mann im weißen Mantel, der anscheinend so heiter plaudernd neben dem russischen Offizier einherwandelte, jenes unerklärliche nagende Mißtrauen.

Und dem unerträglichen Zwange unterliegend, griff er plötzlich unter den Arm seines Begleiters, und indem er alle Zurückhaltung beiseite setzte, richtete er an den munteren Offizier ohne Übergang die sehr ernste und nachdrückliche Frage:

„Leo Konstantinowitsch, verübeln Sie mir meine Neugierde nicht, aber spricht man hier bei Ihnen gleichfalls von einem Zwist, der zwischen unseren Völkern in der nächsten Zeit schon durch Waffengewalt entschieden werden müßte? Sagen Sie mir bitte die Wahrheit, ich fühle mich verantwortlich für meine Damen."

Wie von einem Schlag getroffen machte der Russe halt, zwinkerte heftig mit den Augen, um gleich darauf kräftig mit dem rechten Arm eine weite kreisrunde Bewegung zu vollführen, als wünsche er die ganze Stadt zum Zeugen seiner Antwort aufzurufen.

„Aber Rudolf Bark, mein einziger Freund," rief er mit einem ihn erschütternden Lachen, „ist ja nur Geschwätz von verdammten Gazettenschreibern, die in der Hölle ihre Strafe finden werden. Blicken Sie sich doch um, wir verbergen Ihnen nichts. Hier wird überall gearbeitet, Porzellan wird gemacht, Kohle gefördert und Zigaretten und Bonbons fabriziert. Wo sehen Truppen= ansammlungen? Im Vertrauen, unsere Kasernen stehen halb leer. Und wenn Sie es wissen wollen, ich selbst nehme in einigen Tagen einen mehrwöchentlichen Urlaub, um in Petersburg meine angegriffene Gesundheit etwas auf= zufrischen. Sieht so Volk aus, das sich auf Krieg vor= bereitet? Und vor allen Dingen, Rudolf Bark, würde ich mir erlaubt haben, Sie und die wunderschönen Damen von Maritzken zur Einweihung von meine kleine maison zu invitieren, wenn Sie sich dabei der geringsten Gefahr aussetzen könnten? Kommen Sie, kommen Sie, wir haben Sprichwort, das lautet: ‚Der Säbel schläft‘. Ich hoffe, Sie haben sich überzeugt, bei uns schläft er so tief, daß er ist gar nicht aufzuwecken. Deshalb, mein einziger Freund, verderben Sie uns nicht Laune durch philosophische Untersuchungen. Und hier, Rudolf Bark,“ unterbrach er sich in strahlendem Besitzerstolz, indem er gleichzeitig dienst= eifrig den Schlag aufriß, „hier stehen wir vor kleine maison, und Sie sehen, auf Dach ist aufgezogen russische und deutsche Flagge zugleich.“

Damit wandte er sich, führte zwei Finger der geballten Faust gegen die Lippen und ließ einen Pfiff erschallen, der einer Lokomotive Ehre gemacht haben würde. Auf dieses Zeichen stürzten auch sofort zwei in grüne Halb= livreen gekleidete Diener aus dem Hause, denen man ohne große Mühe die für den Hausdienst kommandierten Sol= daten anmerkte. Zwischen schlotternden weißen Wollhand= schuhen schleppten die wohlfrisierten Männer einen schma= len, nagelneuen Teppichläufer heraus, und auf eine be=

116

zeichnende Fußbewegung des Rittmeisters hin bückten sie sich auf den Erdboden, um das Gewebe über die schmutzige schwarze Gosse bis dicht an den Tritt der Equipage auszubreiten.

„Gegrüßt die Freunde des Herrn", murmelten beide.

‚Die kleine maison' war eine allerliebste zierliche Villa, unter deren rotem, mehrfach unterbrochenem und abgesetzten Ziegeldach leise Rundungen der Außenwände jenem fast unmerklichen Rokokostil zustrebten, der so anmutig und spielerisch zugleich wirkt. Zwischen zwei schlanken Säulen führten einige Stufen empor, und kaum waren diese überschritten, so befanden sich die deutschen Gäste in einem halbrunden Vestibül, das ganz in matten weißen Farben gehalten war. Nur wunderlich, daß das zarte Schmuckkästchen den Eingang zu einem Junggesellenheim bildete, viel befremdlicher, weil das ganze Haus von der fernen Regierung in Petersburg errichtet sein sollte. Noch waren den Damen von den Dienern ihre seidenen Mäntel kaum abgenommen, und eben standen sie vor einem schmalen, in der Hinterwand einer Nische eingelassenen Spiegel, um ihren Toiletten die letzte Vollendung zu verleihen, als auch schon ihr militärischer Wirt in erneute Bewunderung ausbrach. Wortreich versicherte er, wie die ruhige Eleganz der deutschen Kleider alles überstrahlen müßte, was die Garnisonsdamen dort drinnen in dem Salon an seidenen Fähnchen auf sich vereinigt hätten. Und dann diese unnahbare Würde und Strenge! Zweifellos, man konnte es mit tausend Eiden bekräftigen, jede deutsche Frau eine Fürstin, nein, weit gefehlt, eine Königin, eine Kaiserin. Es sei direkt lächerlich, welch ein tiefer Respekt, ja welch knabenhafte Beschämung selbst den verwegensten Reitersmann in der Nähe solch einer Nemza heimsuche. Als der Rittmeister in diesem Begeisterungstaumel schwelgte, hatte er gerade seinen Platz hinter der abgewandten Marianne gefunden, die ihre wohlgebildete Gestalt selbst mit einem heimlichen Genuß bespiegelte. Und der weiße Nackenausschnitt, der sich aus der stahlblauen Seide ihres Gewandes leuchtend erhob, er zog die Blicke des Hausherrn so stark auf sich, daß alle seine Lobes=erhebungen nur noch in wirre Worte ausklangen.

„Köstlich — exquisit — superb!"

Und Johanna, die mit sich selbst beschäftigt war, sah nicht, wie ihre dunkle Schwester, entzückt über den be=rauschenden Eindruck, den sie hervorrief, dem Spiegel=bild ihres Gastgebers mit einem besonders reizenden Lächeln zunickte. Aber der Konsul und Isa bemerkten es, und sie warfen sich einen Blick zu, den nur aufeinander ab=gestimmte Menschen zusammen austauschen. Es war ganz seltsam, der reife, vielerfahrene Mann, dem die Frauen die gefährlichsten ihrer Künste längst verraten hatten, und das ahnende unreife Mädchen, sie wurden durch ihren scharfen Verstand wie alte Gefährten zusammengeschlossen, die sich auch ohne Worte über die heikelsten Dinge zu verständigen vermögen.

„Sagten Sie etwas, Herr Konsul?" fragte Johanna.

„Nein, lieber Hans." Er warf dem Rotkopf einen war=nenden Blick zu, der sie zum Schweigen verpflichtete. „Kommen wir."

*   *   *

In dem braun getäfelten Herrenzimmer endigte zu dem=selben Zeitpunkt, als der Wagen der Deutschen die Vor=treppe der Villa erreichte, ein lebhaft schwirrendes Ge=spräch. Die französische Konversation erstarb wie durch Zauberschlag, und Herren wie Damen zogen sich möglichst unauffällig an die heruntergelassenen Fenstervorhänge

118

heran, um die Aussteigenden gleich unter dem ersten Eindruck richtig abschätzen zu können.

Das war natürlich von höchster Wichtigkeit.

Als auf dem Tritt der weiße Schuh von Isa sichtbar wurde, warfen sich die jüngeren Offiziere unwillkürlich in die Brust und strichen ihre Waffenröcke glatt. Zu einem unverhohlenen Murmeln des Beifalls jedoch steigerte sich das männliche Interesse erst, wie gleich darauf Marianne, kaum auf die dargereichte Hand des Konsuls gestützt, mit einer ihrer lässigen Bewegungen den Wagen verließ. Dies veranlaßte freilich eine sehr untersetzte rundliche Dame, die Gattin des Zivilgouverneurs Bobscheff, die über ihre hervorquellenden Pausbacken kaum noch mit heftig zwinkernden Äuglein herüber zu blinzeln vermochte, ein Urteil zu fällen, von dem sie infolge ihrer bevorzugten Stellung erwarten durfte, daß es dem gesamten Kreis fernerhin als Maßstab zu dienen hätte.

„Gott,“ flüsterte sie als eine Art Selbstbekenntnis, indem sie ein mächtiges Schildplattlorgnon vor die halbgeschlossenen Augenritzen führte, „sie sieht aus wie die Tänzerin Litwina Dimitrewna aus Moskau.“

„Ah,“ sagte an dem anderen Fenster die junge Frau des Obersten Geschow aus Mariampol, deren feingliedrige Gestalt noch mehr als ihr zigeunerhaft gelber Teint oder die schwimmenden braunen Augen ihre tatarische Abkunft verrieten, „ist das nicht jene Balletteuse, über die ich neulich in der Nowoje Wremja las, daß sie herrliche Brillantbänder um die Fußknöchel zu tragen pflegt?“

„Maria Paulowna,“ entgegnete die Zivilgouverneurin mit einem ganz leisen Verweis, denn der Rang der Obristin war von dem ihren nicht wesentlich unterschieden, „ich nehme an, daß Sie vor den Extravaganzen solcher Weiber den gleichen Abscheu hegen wie ich.“

„Lieber Himmel, man interessiert sich", verteidigte sich die junge Tatarin, wiegte sich in den Hüften und gab über ihre Schulter hinweg einem hinter ihr weilenden jüngeren Offizier ein anmutiges Zeichen, er möge ihr eine Zigarette reichen. „Man genießt in unseren weltverlorenen Garnisonstädten ja keine andere Abwechslung, als die Lektüre."

Die Offiziere stimmten der geschmeidigen, anziehenden Mariampolerin durch ein beifälliges Gemurmel unbedingt zu. Frau Bobscheff jedoch, die ihre lokale Würde gefährdet sah, pustete Luft von sich und lenkte dann etwas sanfter ein:

„Man hört jetzt soviel von dem sittlichen Verfall der Jugend in unserem heiligen Rußland. Über die Ursachen hat eben jeder seine eigene Ansicht. Nicht wahr, Wladimir Petrowitsch?" wandte sie sich an ihren Gatten, der lang wie eine Telegraphenstange hinter ihr stand und nun sein von weißen borstigen Haaren gekröntes Raubvogelantlitz willfährig zu ihr herunterneigte, „nicht wahr, Wladimir Petrowitsch," verlangte sie befehlend, „ich verfechte oft diese Ansichten?"

Auf diese Aufforderung, der sich der demütige Herr in Gegenwart so vieler anderer nicht zu entziehen vermochte, räusperte sich der Gouverneur erst hörbar, dann zog er sein Taschentuch, wischte den Mund und brachte schließlich in seiner merkwürdig schüchternen, kratzbürstigen Heiserkeit hervor:

„Ganz recht, Tatiana. Seitdem du die Kurse in dem Frauenlyzeum besuchst," — hier wischte er sich wieder den Mund — „seitdem ist deine Kenntnis sozialer Zustände sehr beachtenswert." Von neuem krächzte er und suchte mit den dürren Fingern krampfhaft unter dem Frack mit den goldenen Knöpfen nach einem isländischen Bonbon. „Ich komme leider wegen der vielen Arbeiten in unserem Kohlenrevier nicht dazu, mich mit derartigen Dingen zu

120

beschäftigen," schloß er vollkommen heiser, „aber ich hege Ehrfurcht vor ihnen."

„Gut," lobte die Gouverneursfrau und richtete sich ein wenig auf den Zehen empor, „es freut mich, daß du dies äußerst, Wladimir Petrowitsch." Und mehr für den ganzen Kreis berechnet, setzte sie noch hinzu: „Der Mutter Gottes sei Dank, die Harmonie unserer Anschauungen ist beinahe eine vollkommene."

Die anwesenden jüngeren Zivilbeamten, die der Zucht des Herrn Bobscheff, dieser wandelnden Giraffe, unterstellt waren, verbeugten sich hier beifällig, nur Alexander Diamantow, ein schwarzhaariger Bergbaustudent, der hier in den Kohlengruben sein Studium abschließen sollte, und von dem man behauptete, daß er ein übergetretener Jude sei, er verzog in einer Ecke sein melancholisches Antlitz zu einem leisen Lächeln. Er erinnerte sich daran, wie er bei seiner Antrittsvisite bei den Bobscheffs bereits vor den Türen des Dienstgebäudes ein wildes Gekreisch vernommen, und daß ihm auf seine Frage ein herumlungernder Polizeibeamter anvertraute, die Gouverneurin suche im Moment ihren Gatten zu ihren Ansichten zu bekehren. Und Diamantow wußte, daß eine solche Bekehrung nicht immer leicht gewesen sein müsse. Denn Herrn Bobscheffs Schwäche gegen wohlgebaute Bittstellerinnen war im ganzen Gouvernement bekannt. Daher datierten auch die Ermittlungen, welche die umfangreiche Tatiana über den Verfall der Sitten im heutigen Rußland angestellt hatte. Der junge Bergbaustudent stützte an dem verlorenen Tischchen in der Ecke das Haupt in die Hand, so daß ihm die wirren schwarzen Haarsträhne in die Stirn fielen, und in seiner unruhigen Seele klangen die Ansichten und Meinungen wieder, die sich hier noch eben bekämpft hatten, bevor das samtne Rollen des deutschen Gefährts hörbar

121

würde. Denn auch vor ihrer Ankunft hatte das Gespräch bereits den fremden Gästen gegolten.

„Es wird Zeit," hatte der Hausherr geäußert, indem er sich nur mühsam einem Geplänkel mit der hübschen Regimentskommandeuse aus Mariampol entriß, obwohl Sassin nach Diamantows Ansicht nicht ahnte, daß die Tatarin den Dragonerrittmeister wegen seiner nur oberflächlich lackierten, fast dörflichen Unbildung innerlich verachtete, „es wird Zeit, meine Herrschaften, daß ich den Deutschen bis an die Brücke entgegengehe. Die kopflosen Hunde, die man dort postiert hat, könnten uns sonst leicht einen Strich durch die Rechnung ziehen. Außerdem — der Kaufmann, den ich erwarte, besitzt verteufelt helle Augen. Sie alle werden gut daran tun, sich gegen ihn recht vorsichtig zu benehmen."

„Ist er jung?" fragte Maria Geschowa.

„Hm," erwiderte der Dragoner etwas gestört, denn er ärgerte sich über die Funken, die in den Zigeuneraugen der jungen Frau aufblitzen konnten, „er steht so auf der Grenze, wo man selbst nicht weiß, ob man jung oder bejahrt ist. Jedoch er hat früher viele Abenteuer gehabt."

„Von den Deutschen," meinte Frau Bobscheff betrübt, und sah aus ihren verkniffenen Augen wie in Scham an ihrer Tonnengestalt herab, „von diesen verwünschten Heiden sind unsere guten altväterlichen Sitten von Grund aus verdorben. Gönnen sie selbst der ehrbarsten Frau ihren Frieden? Kennen die schamlosen Tiere überhaupt die Heiligkeit der Ehe? Was denkst du darüber, Wladimir Petrowitsch?"

Die Giraffe schnäuzte sich und wandte den langen Hals hin und her, um zu beobachten, wie weit die Lächerlichkeit, in die er geriet, von diesen neugierigen Spionen etwa festgestellt werden könnte. Da sich aber nichts anderes er-

eignete, als daß dieser verwünschte heimliche Jude Diamantow sein verletzendes Räuspern ausstieß, für das der
Beamte ihn schon gelegentlich büßen lassen würde, so
fuhr sich der Gouverneur über die borstigen weißen Haare
und erwiderte dem kleinen dicken Ei, das sich so unangenehm an ihn lehnte, mit ernster Feierlichkeit:

„Es ist ja bald so weit, meine Liebe, daß wir den unsauberen Stall dort drüben reinigen werden. Sei überzeugt, unsere Verwaltungsmethoden, die der heiligen Kirche
einen so breiten Platz einräumen, können auch dort drüben
ihre Wirkung nicht verfehlen."

Der Rittmeister stand bereits in der offenen Tür, wo
ihm von einer der grünen Livreen die blaue Militärmütze
sowie ein paar weißer Handschuhe gereicht wurde. Während
des Aufstreifens der Glacés aber warf er noch einmal
warnend zurück:

„Nicht wahr, meine Herrschaften, Sie denken daran,
nach meiner Rückkehr nicht die geringsten Andeutungen
mehr. Es liegt alles daran, die Remzows total zu über-
raschen. Bitte, Maria Geschowa, wollen Sie diesen meinen
Wink auch untertänigst Seiner Durchlaucht dem Fürsten
Fergussow hinterbringen. Er probiert dort drinnen in
dem kleinen Mahagonizimmer zusammen mit Ihrem Gatten, dem Herrn Oberst, mein neues Billard. Also wie
gesagt: Vorsicht! Und nun, au revoir, mes chers!"

Damit verneigte sich die kräftige Gestalt, und man hört
seine Sporen gleich darauf über die Steinstufen klirren.
Allein der Hausherr hatte das Kommende, Unbestimmte,
das in der Luft schwebte und die Stirnen der Menschen
wie mit Geisterhänden schmerzhaft zusammenpreßte, dieser
verwünschte sternackige Sassin hatte es in seiner bäuer-
lichen Ahnungslosigkeit so sicher und ohne die geringsten
Skrupel als etwas Feststehendes hingemalt, daß der Holzig-

Stein nun mitten in der Stube lag, und jeder sich an ihm die Füße wundstoßen mußte.

Da waren besonders zwei Herren in schwarzen Gehröcken mit sehr deplacierten weißen Krawatten, die bei den letzten Worten des Rittmeisters kreidebleich wurden, um darauf völlig nervös, jeder für sich, durch die Gesellschaft zu irren. Es waren die Gebrüder Miljutin, Millionäre, denen die große Porzellanmanufaktur gehörte, wo sie zahlreiche Deutsche in ihrem Betriebe beschäftigten. Namentlich die Blumenzeichner mußten sie gezwungenermaßen aus dem Nachbarstaat engagieren, weil die Ideen der einheimischen Künstler als zu verworren und phantastisch auf dem Weltmarkt keine Geltung besaßen. Die beiden Gehröcke sprachen bald diesen, bald jenen an. Immer deutlicher perlte ihren Besitzern der Angstschweiß auf der Stirn.

„Ist es denn nun absolut sicher und beschlossen?" fragte der ältere von ihnen, ein beleibter Herr mit einer goldenen Brille, der etwas hinkte, und dabei vergaß er sich in seinem Entsetzen so weit, daß er an einem der metallenen Frackknöpfe des Gouverneurs leichtsinnig zu drehen begann, ein Versehen, das er freilich durch eine überschwenglich tiefe Verbeugung sofort wieder sühnte, „ist es denn nun absolut sicher, Exzellenz, daß unser Reich dieses ungeheure Wagnis unternimmt?"

Hier wurde von den Offizieren laut gelacht, und selbst die Damen zuckten mitleidig die Achseln. Ja, gerade die Frauen schienen das rot umnebelte Abenteuer kaum noch erwarten zu können. Es lag soviel Spannungsvolles darin. Und dann — man wurde doch herausgerissen aus der Stille, die langweilig und drohend zugleich über dem riesigen endlosen Lande herniederdrückte, von dem ein Ende das andere nicht kannte. Auch die bohrenden Grübeleien über dies und jenes hörten mit einem Schlage auf, und vor allen Dingen — man würde endlich, endlich den hochmütigen, vielbeneideten Nachbarn beweisen können, wo der junge, der zukunftsfrohe Gebieter der Welt säße.

„Stellen Sie sich vor," gab Herr Miljutin der Ältere dem Gouverneur Bobscheff ängstlich zu bedenken, indem er beinahe flehend in das Raubvogelangesicht des anderen hinaufstarrte, „meine Fabrik — ich werde sie schließen müssen. Die einheimischen Arbeiter werden eingezogen, und auf die Frauen und Mädchen ist kein Verlaß."

„Oh," krächzte Herr Bobscheff, und es klang, als ob man eine Handvoll Glasscherben gegen eine Fensterscheibe drücke, „es befinden sich unter Ihren jungen Mädchen ein Paar recht kräftige und wohlgebaute."

Frau Bobscheff zuckte zusammen, soweit dies ihre unglückliche Figur zuließ.

„Wladimir Petrowitsch," erinnerte sie in erhobenem Ton, „Herr Miljutin wünscht von dir zu erfahren, ob du die kriegerische Auseinandersetzung mit den Nemzows für unvermeidlich hältst oder nicht?"

„Ja, ich halte sie für unvermeidlich, meine Teure," rang sich die Giraffe aus dem nervös vornüberschwankenden Halse ab, denn er machte sich mit Recht Vorwürfe, weil er die Gegenwart seiner gewichtigen Lebensgefährtin, wenn auch nur für einen Moment, übersehen hatte, „ich halte sie für völlig unvermeidlich, Herr Miljutin. Ich bin hier der erste Beamte, und in meinen Bureaus fließen die Stimmungen des Gouvernements gewissermaßen zusammen. Täglich lese ich zehn bis zwölf Zeitungen. Und wenn diese die Abrechnung auch nicht laut fordern dürfen, so muß man doch verstehen, zwischen den Zeilen zu lesen. Ist Ihnen das nicht aufgefallen?" examinierte er väterlich wohlwollend weiter.

Der Porzellanfabrikant rang heimlich die Hände.

„Ich meinte — ich hoffte — ich glaubte —"

„Tun Sie das nicht, Herr Miljutin", schluckte der Gouverneur krampfhaft. „Die öffentliche Meinung ist für den Krieg, und in der Umgebung des Zaren, den der lebenspendende Christus erhalte —," hier verbeugten sich alle anwesenden Offiziere und Beamten — „gedenkt man nicht länger jede unverschämte Herausforderung hinzunehmen. Seien Sie nicht kleinmütig, Herr Miljutin", fuhr die Giraffe ernst und strafend fort, als sie merkte, welchen Eindruck ihre Rede erzielte und wie selbst die korpulente Tatiana in der Schar der Hinzudrängenden sich auf den Zehen erhob, damit sie besser lauschen könne. „Wir müssen der Welt endlich beweisen, daß der slawische Riese nicht dauernd auf seinem weichen Stroh liegt und schläft."

„Bravo", sagten einige Stimmen. „Haben Sie gehört? Weiches Stroh. Das ist ein ganz vorzügliches Bild. Wladimir Petrowitsch ist der geborene Redner."

„Und dann," schnaubte der Gouverneur aus seiner einsamen Höhe und fuhr gewohnheitsmäßig mit dem Taschentuch über die Hakennase, „Herr Miljutin, ich wundere mich, warum Sie die Hauptsache vergessen. Ist man nicht auf der ganzen Erde gegen uns in Liebe entbrannt? Die glorreiche französische Nation schätzt die Originalität unseres Geistes und sieht in unserer ungebändigten Kraft" — der Gouverneur erinnerte sich hier an eine kürzlich gelesene Floskel, warf sich in die Brust und krächzte schwimmend in Selbstbewunderung und Genuß — „ja, sie sieht in uns eine gigantische Dampfwalze, dazu bestimmt, eine breite Straße zu ebnen, auf der das französische Genie uns entgegeneilt, um uns zu umarmen."

Die ganze Gesellschaft applaudierte. Rufe des Entzückens wurden laut, und die Beamten des Gouverneurs schlürften jene Floskel in sich ein, als müßten sie eine fette Auster kunstgerecht über die Zunge gleiten lassen. Die runde Kugel aber, die dem Gouverneur angetraut war, rollte auf die Gattin des Obersten aus Mariampol zu, umarmte sie, wobei sie ihre fleischigen Arme freilich nur um die Hüften der Tatarin schlingen konnte, und küßte die junge Frau auf die Brust.

„Maria Geschowa," entlud sie sich stürmisch, „hörten Sie, wie Wladimir Petrowitsch sich eben über die Lage äußerte? Oh, es ist nichts Kleines um einen politischen Blick. Wie glücklich müssen Sie sein, Teuerste, weil Sie in Frankreich Ihre Erziehung genossen. Wie beneide ich Sie!"

„Darf ich Ihnen ein Glas Tee bereiten, Exzellenz?" warf die Tatarin ziemlich gleichgültig hin, als ob ihre Gedanken mit etwas ganz anderem beschäftigt wären. Und wirklich, die dunklen Augen der jungen Frau flammten über die gepolsterten Schultern der Gouverneurin hinweg und in eine matt erleuchtete Ecke. Und so gepackt und gefangen beugte sie das schmale Haupt nach jener Richtung, daß ein großer Teil der anwesenden Herren, für die Maria Geschowa mit ihrer lächelnden orientalischen Verführungskunst überhaupt den Mittelpunkt bildete, sich gleichfalls über den dämmrigen Platz vergewissern mußte.

Ganz plötzlich trat in dem lebhaften Gespräch eine Stille ein.

Selbst der Gouverneur Bobscheff stieg aus seinen Weihrauchwolken hinab und entdeckte mit steigendem Mißbehagen, wie dort hinten an dem einsamen runden Tisch der Bergbaustudent Alexander Diamantow saß, das Haupt mit den überquellenden schwarzen Haaren in beide Hände gestützt. Der junge Mann schien, leidenschaftlich in sich versenkt, das Bild der schwatzenden Menge absichtlich von sich fernhalten zu wollen. Unbeweglich und tief gebeugt verharrte er, nur die rasch atmende Brust zeigte, daß ihn etwas quäle.

„Alexander Isidorowitsch", krächzte Bobscheff fast kreischend.

Durch den schmalen Körper des Angerufenen ging ein Zucken. Und merkwürdig, in der gleichen Sekunde wurde auch der dunkelhäutige Nacken der Mariampolerin von einem kurzen Schauer überkräuselt. So völlig vermochte sich die Leidenschaftliche in die Stimmungen der Menschen zu versetzen, die sie interessierten.

Langsam ließ der Student seine Rechte sinken, und um seinen ausdrucksvollen bartlosen Mund spielte ein mattes Lächeln, als er die gereizte Giraffe jetzt mit einer merkwürdig tiefen und für seine Jugend ungewöhnlich markigen Stimme fragte:

„Wünschen Sie etwas, Exzellenz?"

„Ja — ja gewiß, Alexander Isidorowitsch, sind Sie krank?"

„Ich? — Durchaus nicht — oder doch nur so, wie die meisten meiner Altersgenossen."

„Was meint er damit?" flüsterten ein Paar der Offiziere verständnislos, „was meint der verfluchte Jude damit?"

Man war allgemein empört. Nur Herr Miljutin der Ältere schob seinen schwarzen Gehrock zögernd neben den Sitz des Studenten, denn in seinem verängstigten Gemüt dämmerte es, der hagere bartlose Mensch könne womöglich sein einziger Bundesgenosse in diesem Kreise von Wütenden und Blutlechzenden sein. Außerdem war Diamantow ein Jude und liebte deshalb gewiß das Geld und die geschäftliche Sicherheit.

128

„Fahren Sie fort, junger Mann", hauchte der Fabrikant hinter dem Stuhl des Ingenieurs beinahe unhörbar und begann ermunternd die Lehne des Sessels zu streicheln.

Aber auch Maria Geschowa schritt mit ihrem kräftigen wiegenden Gang geschmeidig an das runde Tischchen heran und setzte ohne Überlegung das Teeglas, das sie eigentlich für die Gouverneurin bestimmt hatte, vor Alexander Diamantow nieder. Das dunkle, kräftige Organ des Studenten hatte etwas in ihren Adern entzündet und brannte dort weiter.

Inzwischen hatte sich der Gouverneur gleichfalls an das Tischchen herangedrängt und pochte jetzt mit seinen langen Knochenfingern höhnisch auf die Platte:

„Mir scheint, Alexander Isidorowitsch," überschlug er sich fast vor Heiserkeit, „Sie mißbilligen unsere große heilige Sache? Sie haben kein Herz für sie. Ist es möglich, daß Menschen so denken, die unserem Staate eigentlich zu ewiger Dankbarkeit verpflichtet wären? Herr, Sie sind noch jung, stehen Sie etwa gar in einem militärischen Verhältnis?"

„Wie gründlich Wladimir Petrowitsch vorgeht", verkündete Frau Bobscheff hier mit großer Bewunderung.

„Ja, ich bin Offizier", sagte Diamantow ruhig und erhob sich.

„Er ist Offizier", echote es im Kreise. „Man denke, — wie fürchterlich."

„Herr, und in einer solchen Stellung, da fehlt Ihnen die Begeisterung für die Zukunft unseres Volkes?" schnaubte Herr Bobscheff weiter.

„Sie fehlt mir nicht," entgegnete der Student ruhig, indem er seine Hände in die Seitentaschen seines einfachen Jacketts vergrub, „ich suche sie nur nicht in kriegerischen Eroberungen."

„Und warum nicht?" fragte Maria Geschowa, die ihm

jetzt, nur durch das Tischchen getrennt, dicht gegenüberstand. Ihre heißen Augen tranken dabei schon im voraus
die Antwort von seinen hageren Zügen, und ihre Finger
glitten auf der Tischplatte unmerklich gegen die seinen,
als wünsche sie ihn dadurch zu ermuntern. „Und warum
nicht?"

„Weil ich fürchte — —," sagte der von allen Seiten
Bedrängte, der sehr gegen seinen Willen zum Mittelpunkt
der Unterhaltung geworden war, und zu gleicher Zeit wich
er dem Blick von Maria Geschowa aus und starrte unverwandt auf das Muster des persischen Teppichs, „weil ich
fürchte — — —"

„Was fürchten Sie zum Teufel?" inquirierte die Giraffe unbarmherzig weiter.

„Ich fürchte," äußerte Diamantow mit geschlossenen
Lidern, wie wenn er sich dadurch von den anderen abschließen könnte, „daß die spärlichen Keime einer freien
Entwicklung, die von der Jugend hie und da gesät wurden,
durch die Kriegsmaschine entwurzelt, zerstampft und wieder
auf ganze Epochen unterdrückt werden könnten."

„Ja", sprach Maria Geschowa ganz leise.

Es hörte sie niemand, nur Alexander Diamantow hob
die schweren Augenlider überrascht in die Höhe und sah
die junge schöne Frau sonderbar an. Es lag etwas wie ein
Erkennen in diesem kurzen sprechenden Blick, den die beiden
miteinander tauschten. Dann schob sich der Student durch
die widerwillig sich öffnenden Reihen hindurch und gedachte, vornübergebeugt wie stets, in das Billardzimmer
zu treten, aus dem das harte Aufeinanderprallen der
Elfenbeinbälle deutlich herüberklang. Vor der Schwelle
jedoch wurde er noch einmal am Arm von dem Gouverneur
zurückgehalten, der ihm nun in seiner ganzen Länge und
zitternd vor Erregung den Weg vertrat:

„Alexander Isidorowitsch," hustete Herr Bobscheff in einem krampfhaften Anfall, „verwünschte Heiserkeit — in Momenten der Leidenschaft übermannt sie mich stets — als Haupt der Verwaltung fühle ich mich für die Stimmung innerhalb meines Kreises verantwortlich. Sie würden mich deshalb sehr beruhigen, — nein wirklich, junger Mann, sie könnten außerordentlich viel zu der inneren Fassung der Anwesenden beitragen, wenn Sie mir jetzt einen offenen und ehrlichen Aufschluß über Ihre Meinung erteilten. Es ist doch selbstverständlich, Alexander Isidorowitsch, — verzeihen Sie, wenn ich mich so in Ihr Vertrauen dränge, allein ich bin es meiner Stellung schuldig — ich setze voraus, daß Sie als Offizier Ihre Pflicht tun werden!"

Ein Ausruf des Unwillens folgte. Er kam von der Frau des Obersten, die ihre Hand quer durch die Luft warf, eine Zigarrette an sich riß und rasch an ihren Platz unter dem Fenster zurückkehrte. Der Bergbauingenieur an der Schwelle jedoch richtete sich hoch auf. Eine Sekunde lang verzerrten sich seine Züge, und aus den dunklen Augen schoß ein solcher Strahl von Haß, daß die Offiziere unwillkürlich sich näher um die Giraffe zusammenscharten.

„Um Allerheiligen willen," stammelte Herr Bobscheff und sank in ihrem Kreise zusammen, denn durch sein verschüchtertes Gemüt blitzte plötzlich die Erinnerung, daß dieser aufrührerische Jude unter den Kohlenarbeitern einen zahlreichen Anhang besäße. „Teuerster Freund, Sie werden mich doch recht verstehen?"

Inzwischen hatte der Student seine Hände wieder müde in die Taschen gleiten lassen. Nun neigte sich die gestraffte Gestalt abermals leicht nach vorn, und um den bartlosen Mund glitt ein kühles, resigniertes Lächeln, als er mit seiner dunklen Stimme stark und rückhaltlos erwiderte:

„Wozu wollen wir hier erst Selbstverständliches erörtern? Wir sind es gewohnt, unseren eigenen Willen
unterzuordnen. Ich werde ebenso handeln, Exzellenz, und
gehorchen. Das ist die Stimmung Ihres Kreises."

Er nickte noch einmal bekräftigend mit dem schwarzen
Haupt, drängte seine schlanke Gestalt durch die schweren
Falten des Vorhangs und war verschwunden. Nur von
nebenan hörten die Zurückbleibenden eine ungewöhnlich
wohlklingende und einschmeichelnde Stimme rufen:

„Ah, Sie sind es, Alexander Isiborowitsch! Bei den
strahlenden Jungfrauen von Kasan, wie kommen Sie hierher in den Kohlenstaub? Rasch, unser Spiel ist beendigt,
dem Himmel sei Dank, daß sich eine wirkliche, lebende
Seele zu uns verirrt. Wollen Sie eine Zigarette, Alexander
Isiborowitsch?"

*   *   *

Dies war die Unterhaltung der teuren Freunde, in deren
Kreis der Rittmeister Sassin seine deutschen Gäste, leuchtend vor Unbefangenheit und Frohsinn, einführte. Wirklich, die Fremden mußten den Eindruck empfangen, daß
der ganzen Gesellschaft durch ihr Erscheinen eine offer
kundige, unbestrittene Ehre widerführe, die sich in heitersten Mienen und jener fast übertriebenen slawischen Freundlichkeit äußerte. Noch immer schien das Übergewicht der
Germanen dieser Völkerschaft gegenüber unerschüttert und
von allen willig anerkannt.

„Sehen Sie, sehen Sie," rief Sassin nach der Vorstellung laut durch das Zimmer, „die wunderschönen
Damen von Maritzken. Aber ist es nicht wahr — ist es
nicht wahr," wiederholte er beseligt, „welch ein wundervolles Beispiel die drei Damen und mein bester Freund

132

Rudolf Bark uns allen in dieser Stunde geben? Sie verachten das widerliche und blödsinnige Geschwätz, das nur in den Köpfen von ein paar Narren entstanden ist. Sie leisten damit etwas sehr Wichtiges. Ist es nicht so, Exzellenz?" erkundigte er sich eindringlich bei der Giraffe, die mit weit vorgeneigtem Hals die drei deutschen Mädchen betrachtete.

Und seltsam, es war, als ob in diesen Zimmern, die vor Neuheit und mit ihrer eben erworbenen Einrichtung wie poliert glänzten, niemals Wut und Neid und die Freude am Zerstampfen mit lechzenden Wolfszungen geheult hätten. Äußerst zufrieden blickte sich Herr Bobscheff um. Kaum jemals zuvor war es der Giraffe so stark wie heute in das Bewußtsein gedrungen, wie meisterhaft seine Landsleute die Verstellungskunst zu üben wußten und welchen hohen Grad der allgemeinen Schauspielerei diese Rasse erreicht hatte. Da stand seine dicke Tatiana — zum Henker, sie wurde immer faßähnlicher; wenn man sich vorher an den bestrickenden Linien der brünetten Deutschen erlabt hatte, da verdarb einem diese unwahrscheinliche Anhäufung des Fettes jegliche gehobene Stimmung — da stand die Kugel neben dem zierlichen deutschen Rotkopf, streichelte dem schmiegsamen Mädchen unaufhörlich die Wangen und sprudelte aus den Plusterbacken Lobeserhebungen und Hymnen über die schmalen Füßchen der Kleinen, die in so allerliebsten weißen Halbschuhen steckten. „Unsere Schuhfabrikation ist besser und reeller als der Schund da drüben", dachte der Gouverneur. „Aber das Reizvolle, das Scharmante steht auf jener Seite. Obwohl auch bei uns — ach ja, es gibt schon Frauen — —", seufzte er kopfschüttelnd in sich hinein, und er blickte wie zur Bestätigung auf die schlanke Gestalt von Maria Geschowa, die, verdeckt durch das Fensterstore, eine ihrer angeregten und sprudelnden Unterhaltungen mit dem fremden Kaufmann zu führen schien; „sieh einmal, diese berechnete Intriguantin", dachte die Giraffe trauervoll und drückte den Daumen der Linken schmerzhaft in die rechte Handfläche. „Sie zeigt ihm dort draußen auf der Straße einen vorübergehenden Kosaken. Zum Teufel, die Kerle sollen doch in ihren Kasernen bleiben! Aber wozu muß sie sich dabei so eng an seine Schulter lehnen? Der verwünschte Schmarotzer hält beinahe seinen Arm um ihre Hüfte geschlungen. Die Vorurteilslosigkeit dieser schönen Frau ist jedenfalls nicht zu billigen."

Die Deutschen bildeten bald den Mittelpunkt der Gesellschaft. Es war, als ob alle anderen nur eingeladen wären, um den Gästen das Bild eines harmlos sich vergnügenden Kreises einzuprägen, der weit davon entfernt war, an eine Unterbrechung seiner gewohnten Zerstreuungen zu glauben. Überall flogen leichte Scherzworte auf, die Fähigkeit der Slawen, geschätzte Personen zu ehren und zu bedienen, äußerte sich in jeder Handreichung.

Marianne lag in einem Schaukelstuhl und wiegte sich leise auf und nieder. Um sie herum bewegte sich ein ganzer Troß von Offizieren, die sich den Wünschen des verführerischen Weibes dienstbar zu machen strebten. Der eine hielt ihr ein Aschenschälchen, denn sie sog mit Genuß an einer der ihr angebotenen aromatischen Zigaretten; ein zweiter hütete den silbernen Untersatz des Teeglases, an dem sie nippte; zwei weitere hielten den Stuhl in seiner schaukelnden Bewegung, und vor ihr stand der Rittmeister Saffin, den das Schweben und Gleiten der Brünetten bereits bis zur Tollheit begeistert hatte. Seine blauen Knabenaugen schwammen vor Erregung, und er fand es direkt sündhaft, weil sich auch seine Kameraden an den Huldigungen für das berückende Geschöpf beteiligen durf-

134

ten. Wahrhaftig, dazu hatte er doch nicht die Kosten dieser so ungewohnt vornehmen Teestunde auf sich genommen. Ob man es wagen konnte, der Schwarzen einen erläuternden Gang durch das gesamte Hauswesen anzubieten? Hm, der teure Freund Rudolf Bark, dem er doch eine so überaus ablenkende Gesellschaft zugewiesen, der verfluchte Krämer mit den ernsten Augen, er behielt immer noch Zeit, die Gruppe um den Schaukelstuhl aufmerksam zu verfolgen. Dazu schoß Leo Konstantinowitsch plötzlich eine ganz widerspruchsvolle Eifersucht durch den Kopf. Blitzartig fiel ihm ein, wie er bei seinem letzten Besuche in der deutschen Stadt von allerlei Beziehungen hatte flüstern hören, die Marianne an einen Offizier der dortigen Garnison knüpften. Sie hatte ein Verhältnis. Das machte sie nur noch begehrenswerter. Zum Teufel, wie hieß doch der Dummkopf? Und in diesem Augenblick fiel der Aufgeregte aus der Rolle und beging eine Torheit.

„Gnädigste," sagte er mit seinem lauten Organ, das er um keinen Preis dämpfen konnte, „ich hatte die Freude, Sie neulich auf den Wallgängen der Stadt mit dem ganz ausgezeichneten Fritz Harder promenieren zu sehen. Darf ich mir die Frage erlauben, ob dieser Bevorzugte das Glück besitzt, Ihre Freundschaft zu genießen?"

„Gott," warf Marianne hin, die inmitten so vieler Anbeter die Nähe ihrer Schwestern vergaß, und sie errötete weder, noch gab sie das angenehme Wiegen auf, „ein guter Bekannter von mir, wie viele andere. Was bezwecken Sie übrigens mit der Frage, Herr Rittmeister?" setzte sie gleichgültig hinzu, schlug die Füße leicht übereinander und blies eine feine Dampfwolke von sich.

„Oh," rief Leo Konstantinowitsch strahlend und mit der ihm angeborenen Begabung für schlaue Galanterie, „das schafft mir die einzige Feindschaft vom Halse, die ich einem

135

deutschen Offizier etwa entgegentragen könnte. Merci, mein Fräulein."

„Leo Konstantinowitsch ist ein Schlaukopf," fing Konsul Bark dicht neben sich das geheimnisvolle Raunen zweier Unterleutnants des Dragonerregiments auf, um deren weiche Knabengesichter noch kaum der Flaum zu sprossen begann, „hörst du, Alexei, wie er das schwarze Pferdchen zu einem Gang durch die Villa antreibt? Ich wette, sie wird sich erbitten lassen?"

„Wahrscheinlich", pflichtete der angeredete Fahnenjunker bei und über sein kränklich blasses Antlitz, das er unausgesetzt dem Schaukelstuhl zugewendet hielt, flog ein frühreifer, übersättigter Schein, „du hast recht, da erhebt sie sich." Aber gleichzeitig zuckten die Lippen in dem fahlen Gesicht, und unwillig kehrte sich die zarte Jünglingsfigur ab. „Merkwürdig, wie Leo Konstantinowitsch gerade heute Lust und Neigung für so etwas aufzubringen vermag", stieß er noch ungehalten zwischen den Zähnen hervor.

„Mon dieu, Alexei, was soll man tun?"

„Ich habe heut vormittag mein Testament aufgesetzt", erklärte der kränkliche Fahnenjunker ganz still. „Man kann nie wissen. Ich schrieb darin meinem Vater, dem Polizeioberst in Kiew, vieles, was ich bei uns im Hause, aber auch draußen anders wünschte. Er hätte es sonst nie von mir hingenommen, denn wir mußten immer schweigen. Freilich, für ein solches Schriftstück kann man später nicht mehr zur Verantwortung gezogen werden."

„Ja, du machtest dir immer viele Gedanken, Alexei, anstatt dem Leben, wie wir anderen, ein Paar vergnügte Stunden abzugewinnen. Aber st! — —, lieber Bruder, dort unter dem Fenster spitzt man die Ohren. Komm, laß uns in das Billardzimmer gehen und hören, was

Fürst Fergussow aus Petersburg zu erzählen weiß. Die Entscheidung kann ja nicht mehr lange währen."

Damit strichen die beiden Knaben ihre Waffenröcke zurecht und schlenderten auf den eleganten Lackstiefeln fast unhörbar in den Nebenraum.

Also doch — also doch!

Der Konsul fühlte, wie ihm etwas durch die Stirn schnitt. Es war, wie wenn man einen klirrenden Pfeil durch sein Gehirn geschossen hätte. Eine Sekunde lang konnte er sich durchaus nicht mit der Lage vertraut machen, in der er sich befand. Auch dafür, daß draußen die Welt und alles, was bisher als feststehend galt, binnen kurzem wie ein mürber Teig in einer Riesenschüssel von Gigantenfäusten durcheinander gerührt werden konnte, auch dafür fehlte ihm plötzlich jede Vorstellung. So lähmend war die Mattigkeit, die seine sonst so geschmeidigen Glieder befiel, daß er immer noch mit demselben vieldeutigen Lächeln den Fragen Maria Geschowas lauschen konnte, die zu ihrer Freude in ihm einen Kenner des Theaters entdeckt hatte.

„Also Sie kennen die kleine Schwarz?" sagte die Tatarin und schlug die dunklen Augen, die nie ihren auffordernden Ausdruck verloren, langsam gegen ihn empor. „Ich sah sie neulich in einem Ihrer modernen Stücke spielen. Ich vermag die Zustände bei Ihnen natürlich nicht zu beurteilen, aber in der Darstellung der schönen Person fiel mir die Wichtigkeit auf, die sie ihrer Bedeutung als Frau, ja darüber hinaus der ganzen weiblichen Liebeshuld beizumessen schien. Ich glaube, das alles wird in Ihrem Vaterland sehr überschätzt."

„Oh," entgegnete der Konsul gewohnheitsmäßig, obwohl er sich mit aller Kraft an dem Messingknopf des Fensters festhalten mußte, „es gibt doch einzelne Frauen, denen gegenüber die Schätzung nie hoch genug gegriffen werden kann."

Es sollte einschmeichelnd klingen, aber Maria Geschowa mit ihrem feinen Ohr hörte deutlich heraus, wie weit der Geist des hübschen Mannes von ihr entfernt weilte.

„Lassen wir das," sagte sie hochmütig und wiegte sich ablehnend in den Hüften, „wir Slawen beschäftigen uns in der Kunst mehr mit sozialen Verhältnissen. Diese Dinge erfüllen unsere ganze Phantasie. Aber was haben Sie, lieber Freund?" unterbrach sie sich eifrig, denn sie sah, wie der Kaufmann starr auf die Straße hinausblickte, wo drei Soldaten in Kosakentracht singend und brüllend vorüberliefen.

Jetzt vermochte der Konsul nicht mehr das nervöse Zucken der Mundwinkel noch den kurzen Atem, der ihm durch den Schrecken eingegeben war, zu verbergen. Da draußen die drei langröckigen, halbbarbarischen Gesellen, die unter ihren Pelzmützen dahintaumelten, wie kamen sie hierher? Er wußte doch, daß in der Grenzstadt kein Kosakenregiment lag. Und diese hier — er glaubte es an den sauberen Uniformen und den blitzenden Silberverschnürungen zu erkennen — sie gehörten sicher der Petersburger Garde an. Immer ängstlicher und aufgescheuchter tobten seine Gedanken gegeneinander. Die Selbstbeherrschung und feste Sammlung, die trotz seiner leichten Manieren sein ganzes Wesen ausmachten, stoben in diesem Augenblick, wo er das Rollen eines Völkergewitters schon über seinem Haupte poltern hörte, von ihm ab. Obwohl der Herr des Goldenen Bechers genau wußte, daß es töricht sei, die Maske des Vertrauens und der sicheren Überlegenheit gerade vor der klugen Tatarin, neben der er weilte, zu lüften, die Spannung, die in ihm zerrte, zerriß jedes Bedenken. Nein, er mußte hören, wie eine Vollblutrussin den schweren Ver=

138

dacht, der ihn überwältigte, entkräften würde. Was diese
reizende Person jetzt wohl zusammenlügen wird? dachte
er halb neugierig.

Und da sprach sie bereits. Sie legte ihm die Spitze des
Zeigefingers fest auf die Brust und fragte mit ihrer war=
men, immer leise vibrierenden Stimme:

„Wie heißen Sie, lieber Freund?"

„Ich? — Ich heiße Rudolf Bark."

„Nun, Rudolf Bark," lächelte die Tatarin, indem sie
sich geschmeidig mit dem Rücken gegen das Fenster schob,
so daß er jetzt gezwungen in ihr dunkles Antlitz blicken
mußte, „sind Ihnen die drei Kosaken dort auf der Straße
wirklich interessanter, als ich, die ich mir doch soviel
Mühe gebe, Ihnen zu gefallen?"

Der Angeredete, der so unvorbereitet seine Gedanken er=
raten sah, erschrak. Zum Teufel, wie klug doch diese Russin
war, viel gescheiter und gebildeter als die Männer rings=
umher. Zu jeder anderen Zeit hätte er das Geplänkel fort=
gesetzt, um zu ergründen, wie weit das eigenartige Geschöpf
durch ihre Koketterie geführt werden könnte; allein jetzt
— jetzt — alle diese Nichtigkeiten erschienen ihm im Mo=
ment widerwärtig und abscheulich. Er begriff gar nicht,
daß er ihnen jemals Bedeutung beigelegt.

„Es überrascht mich," entrang es sich ihm ohne jede
Vorsicht, die er doch unter allen Umständen einzuhalten
gewillt war, „wie die drei Kosaken hierher gelangt sind.
Nach meiner Kenntnis gab es bis vor kurzem keine der=
artigen Truppen hier. Es ist ja nur eine Kleinigkeit, Gnä=
digste," setzte er rasch hinzu, als er den langen, weichen,
fast betrübten Blick der jungen Frau empfand, „aber
sehen Sie, wir Deutschen besitzen nun einmal die unan=
genehme Eigenart, alles Militärische besonders stark auf
uns wirken zu lassen."

Wie hübsch der elegante schlanke Mann sprach und wie rot sich seine Wangen vor innerer Aufregung gefärbt hatten. Maria Geschowa schämte sich, daß sie an dem albernen Komplott, das ja bereits von dem erfahrenen Kaufmann durchschaut wurde, mitwirken sollte. Daneben aber glühte in ihr die echt weibliche Begierde auf, einen Mann in den Maschen eines Netzes zu verstricken, dessen Verschnürungen man selbst fest in der Hand hielt. Im Grunde war es doch eigentlich ein wohliges Gefühl, zu wissen, daß man unbeschränkte Macht besäße über das Schicksal so freier und aufrechter Menschen. Darin lag ein eigenartiger Kitzel, ein ganz neuer Genuß. Und fortgerissen und lebhaft fand sie sich in die Rolle und zuckte deshalb ein wenig verächtlich die weichen Schultern:

„Sie brauchen sich nicht zu beunruhigen, Rudolf Bark", versetzte sie mit feiner Ironie, und auch die vollen Lippen bekundeten eine gewisse trotzige Sucht nach Lüge und Intrigue. „Die drei Burschen dort draußen gehören zur Begleitung meines Mannes. Sie werden selbst sehen, die Wichte verstehen es viel besser, mir meinen seidenen Mantel umzulegen, als einen Karabiner loszudrücken."

Da war die Unwahrheit heraus. Und seltsam, als Maria Geschowa ihren Blick jetzt in die kühlen, von Zweifel erfüllten Augen des Mannes richtete, von dem sie beinahe hoffte, daß er sie durchschauen möge, da malte sich auf ihren dunklen Bronzezügen ein freches, wildes Flimmern, wie sie es wohl als Kind den Ihrigen daheim auf dem kaukasischen Gebirgsgut gezeigt, wenn sie entwendete Äpfel zu verleugnen hatte. Und siehe da, ihr Partner blieb ihr gewachsen. Es bereitete ihr selbst eine wollüstige Befriedigung, als er mit seinem gewinnendsten Lächeln entgegnete:

„Aha, die Begleitung Ihres Mannes — und sie legen Ihnen den Mantel um — —, ich bin leider durchaus zivil,

140

gnädige Frau, aber bei einer derartigen militärischen Ver=
wendung würde ich mich sofort auf Avancement mel=
den — —"

„Pfui," atmete Maria Geschowa, bei der der lauernde
und gespannte Zug noch immer nicht entschwunden war,
erleichtert auf, „Sie werden unartig, bester Freund. Darf
ich Ihnen nicht lieber eine Tasse Tee bereiten? Solch
ein Trank aus unserem Samowar schwemmt uns alle
unnötigen Sorgen fort." Und indem sie ihm abermals mit
dem Zeigefinger leicht auf die Brust tippte, forschte sie un=
geduldig: „Weshalb sehen Sie so unausgesetzt nach der
großen, blonden Walküre, die Sie mitgebracht? Sind Sie
ihr Vormund?"

Ja, der Prinzipal des Goldenen Bechers hing sich mit
allen Sinnen an die aufrechte Gestalt der Ältesten von
Marißken, weil ihn nicht eine Sekunde die treibende Furcht
verließ, daß er hier unter diesem fremdsprachigen, auf der
Lauer liegenden Volke ihr einziger Schuß und ihre letzte
Hilfe sei. Wenn er doch nur unauffällig an ihre Seite
gelangen könnte, um ihr seine aufkeimenden Bedenken be=
merklich zu machen. Allein Johanna weilte in zwangloser
Unterhaltung mit dem Fabrikbesitzer Miljutin an demselben
Tischchen, das der Student Diamantow vor kurzem ver=
lassen, und an ihren suchenden, manchmal hilflosen Ge=
bärden erkannte Rudolf Bark, wie sie bei dem russischen
Kaufmann sicherlich in der ihr nicht ganz geläufigen fran=
zösischen Sprache allerlei geschäftliche Erkundigungen ein=
zog. Ihr heut leicht gewelltes Blondhaar leuchtete selbst
in der dämmrigen Ecke so voll Glanz und hellem Schim=
mer, ihre Haltung war so frei und dabei doch so stolz und
straff, daß den Beobachter plötzlich die fast berauschende
Genugtuung durchströmte — eine deutsche Frau!!

Wenn er sie nur erreichen könnte!

Allein Johanna war zu sehr in die praktischen Erläuterungen vertieft, die ihr Herr Miljutin hinter seiner goldenen Brille, ein wenig stockend und schüchtern wie immer, angedeihen ließ, als daß sie auf ihren einzigen wahrhaften Freund in dieser Gesellschaft geachtet hätte. Das Kapitel des Pferdeeinkaufs war bereits zu ihrer Befriedigung abgehandelt worden, jetzt berichtete ihr der Fabrikant voll Stolz von seinen eigenen Erzeugnissen, und daß er auch Decke und Sims des kleinen Billardzimmers mit ganz neuartigen, perlmutterfarbig irisierenden Kacheln ausgelegt hätte:

„Als Borten, mein teures gnädiges Fräulein," lispelte Herr Miljutin, „sind Goldmajoliken verwandt, und an der Breitseite ist aus lauter kleinen Mosaik-Porzellanstückchen das Bild unseres erhabenen Zaren als Ritter Sankt Georg eingelegt. Ja, es ist ein schönes Werk des Friedens", murmelte der Fabrikbesitzer mit kaum hörbarem Kummer, und indem er auf seinem verkürzten Fuß einen Schritt voranhinkte, verneigte er sich an der Schwelle und vollführte eine einladende Bewegung. „Sie würden mich außerordentlich ehren, teures Fräulein, wenn Sie meine bescheidenen Leistungen selbst beaugenscheinigen wollten. Bitte, treten Sie ein."

Demütig hob er den Vorhang, und Johanna nickte zustimmend und schritt über die Schwelle.

Später erinnerte sie sich unausgesetzt jenes Augenblicks. Es war, wie wenn eine Nonne die Zelle des Friedens verläßt, um sich in das ihr unbekannte Getümmel zu verlieren.

V.

Die Portiere schloß sich über den Eintretenden, allein dicht hinter ihr wurzelte Johanna fest. Ihre Hände suchten

nach rückwärts die Falten des bunten Vorhanges zu ge=
winnen, als müsse sie sich um jeden Preis an etwas Ir=
disches, ihr Gewohntes anklammern. Es war nicht das
trauliche und mit wirklich erlesenem Geschmack eingerichtete
Gemach, das das erdgebundene Wesen des Landmädchens
für eine vorüberschnellende Sekunde so sehr verwirrte, bis
es von allem, was sie bisher erlebt, abgelenkt war; es
war auch nicht, wie sich Herr Miljutin vielleicht schmei=
chelte, der merkwürdige Meerglanz der Decke, die unwahr=
scheinliche, feuchtfunkelnde Strahlen auf sie herabschoß,
es war vielmehr die ihrem prosaischen Gemüt vollständig
unerklärliche Vorstellung, ein Götterbild oder ein Heros,
jedenfalls irgend etwas Übermenschliches verkünde sich ihr
unvermutet in ruhiger, selbstverständlicher, beinahe eisiger
Schönheit. Aber das war nicht das richtige Wort. Herr im
Himmel, sie fand kein anderes, als sie in dem ersten
Schrecken, der ihre arbeitsame, unempfindliche Natur an=
faßte, dasjenige zu bezeichnen suchte, was ihr so ungeahnt
jede Beherrschung raubte. Da lehnte vor ihr an der schweren
Mahagonieinfassung des Billards eine wunderbar eben=
mäßige Männergestalt, breitschultrig und dabei schlank und
wohlgefügt, als wenn ein Künstler den Körper aus Mar=
mor geformt hätte. Nur bizarrer Eigensinn schien die
muskulösen und doch jugendlich weichen Glieder mit der
eleganten dunkelblauen Dragoneruniform aus feinstem
Tuch bekleidet zu haben, um deren Achselbiegung sich ein
paar blitzende Silberschnüre herumzogen. Und nun welch
ein Haupt!

Johannas Nüchternheit war weit davon entfernt gleich
nervösen rasch gewonnenen Genossinnen ihres Geschlechts
etwa bei dem ersten Blick in schwärmerischer Anbetung
aufzulodern. Nichts dergleichen empfand ihre herbe deutsche
Fassung dem völlig neuartigen Bild von Männerschön=

143

heit gegenüber, das wie aus dem Himmel gefallen plötz=
lich vor ihr aufragte. Nur ein ungeheures kindliches
Staunen erfüllt sie ganz und gar. Und mit einer namen=
losen Bewunderung betrachtete sie das Meisterwerk in einer
Andacht, die nicht frei war von künstlerischer Erhebung.
Durchaus natürlich fand sie es ferner, daß auch der fremde
Offizier in vollkommener Bewegungslosigkeit vor ihr ver=
harrte, und nicht der leiseste Verdacht beschlich sie, der
junge strahlende Mann könnte nur deshalb seine lässig
angelehnte Stellung so dauernd beibehalten, weil seine
großen braunen Augen sich in dem hellen Ährenschimmer
ihres Haares verfangen hatten.

Eine Erinnerung peinigte das Landmädchen. Wo hatte
sie doch das feine schmale Haupt mit der fast griechischen
Nase und den sanft überbräunten Wangen bereits einmal
gesehen? Und vor allen Dingen, die wirre Fülle kurzer,
brauner Locken, von denen die hohe Stirn trotzig und wider=
willig umrahmt wurde, mußte sie ihr nicht den Eindruck
verstärken, als wenn das alles ihre Phantasie schon oft
beschäftigt hätte?

Und richtig, ein erlösender Blitz riß ihre Befangenheit
auseinander. Jetzt wußte sie es. In ihrem Schlafzimmer
zu Marißken hing ein alter, halb verräucherter Buntstich,
der die anmutigen und doch nachdenklich=melancholischen
Züge des Preußenprinzen Louis Ferdinand wiedergab, des
edlen Opfers von Saalfeld. Oh, wie seltsam die
schöpferische, vielgestaltige Natur sich wiederholte! Hier
saß in jeder Linie derselbe Mensch, bequem und doch
voll anerzogener Eleganz auf der Umrahmung des Bil=
lards, und ohne daß er ein Wort äußerte, sagten die
sanften lächelnden Augen des Offiziers ganz deutlich, daß
ihm das große blonde Mädchen eine erfreuliche Erschei=
nung böte.

144

„Nur reichlich verwöhnt scheint der vornehme Herr mit den silbernen Achselschnüren zu sein", dachte die praktische Johanna, die sich plötzlich ihrer Bewunderung mit einem harten Ruck entriß, weil der Offizier ein Lebenszeichen von sich gab, indem er sich gefällig gegen sie verneigte. „Bei uns pflegen sich Militärs zu erheben, wenn sie eine Dame begrüßen. Wozu schlenkert dieser so anhaltend mit den hohen Reiterstiefeln aus Lackleder? Und Himmel, trägt er nicht goldene Sporen? Das muß ein großes Tier sein!"

„Teures Fräulein," hauchte neben ihr der Fabrikbesitzer Miljutin und rückte viel verschüchterter, als sonst, an seiner goldenen Brille, „bevor ich die Ehre habe, Ihnen das Mosaikbild unseres allergnädigsten Gossudars zu zeigen, erlauben Sie gütigst eine Vorstellung." Er verbeugte sich tief gegen das Billard, als wäre es viel wichtiger, die Zustimmung des Dragoneroffiziers einzuholen, und fuhr zitternd vor der Bedeutung seines hohen Bekannten fort: „Dies ist Fürst Dimitri Sergewitsch Fergussow von den Petersburger Gardedragonern. Er genoß die Ehre, einer der Adjutanten unseres Zaren gewesen zu sein, den der lebenspendende Christus erhalten möge. Und dieser Herr hier," sprach Herr Miljutin weiter, nachdem Johanna ihr Haupt stolz und gemessen geneigt hatte, als wollte sie sich selbst durch doppelte Zurückhaltung für ihre anfängliche kindische Fassungslosigkeit bestrafen, „dieser Herr ist Oberst Geschow aus Mariampol." Und mit einer halb wegwerfenden Handbewegung setzte der Fabrikant noch hinzu: „Ach, richtig —, daß ich es nicht vergesse, dies hier ist Alexander Diamantow, ein Bergbaustudent."

Die Älteste von Maritzken hatte den Fürsten Fergussow mit Unrecht verdächtigt. Denn während die anderen beiden Herren sich verbeugten, wie man sich eben vor einer eintretenden Dame verneigt, gab der Aristokrat mit einer gewissen Haft seine lässige Stellung auf, ganz wie wenn er für die Zwanglosigkeit, in der man ihn überrascht, lebhaft um Nachsicht zu werben hätte. Und die Art, wie er nun der blonden Deutschen seine Ehrfurcht bewies, ließ auf den ersten Blick erkennen, daß der schöne Mensch seine Erziehung auf dem Parkett des Hofes genossen haben müsse. Ohne das Wort an die Fremde zu richten, trat der Dragoneroffizier höflich zur Seite, um den Ankömmlingen den Weg zum Mosaikbilde freizugeben. Kaum hatte ihm Johanna jedoch den Rücken gekehrt, da folgte ihr ein müder, etwas gleichgültiger Blick, der dann zu dem Obersten und dem Bergbaustudenten herüberglitt und von einem Achselzucken begleitet war. Die Gebärde schien auszudrücken: „Wozu die Unterbrechung?" Trotzdem begaben sich die drei Herren gleichfalls an die Breitseite der Wand, als wollten sie den Eindruck beobachten, den das Mosaikbild auf diese kühle, große Frau hervorbringen würde.

„Eine echte Nemza", dachte Dimitri Sergewitsch, der direkt hinter dem Mädchen verweilte und auf diese Weise, ohne daß sie es merkte, ganz aus der Nähe ihre reife Blondheit festzustellen vermochte. „Fade," urteilte der Fürst abschätzend und ohne eine Spur innerer Achtung, „ein grobes, starkknochiges Geschöpf." Und doch bückte er sich katzenhaft, um dem Mädchen das Taschentuch aufzuheben, das ihr eben aus der Rechten entglitten war. Mit einer formvollendeten, artigen Verneigung, die die äußerste Dienstbeflissenheit verriet, reichte er ihr das Gewebe zurück. „Es ist dick wie ein Scheuertuch", gestand er sich dabei selbst. „Wie geschmacklos sich die Deutschen kleiden. Nicht einmal ein Tröpfchen Parfüm hat sie angewendet. Fi donc!"

Fürst Fergussow schwärmte nicht für die Blonden. Er

schwärmte überhaupt für nichts. Er suchte nur immer. Und der verwöhnte Liebling der Petersburger Salons grübelte manchmal ernsthaft darüber nach, ob das Geschenk des Lebens nicht eigentlich eine gemeine und widersinnige Teufelsgabe wäre. Immer frischer Reizmittel bedurfte man, um diese abspannende, diese zermürbende Gleichgültigkeit stets von neuem aufzurütteln. Und in einer jener Stunden der Lethargie oder der nagenden Selbstzerfleischung, wenn das Daseinsflämmchen verendend zuckte, da war der bewunderte Dimitri Sergewitsch, der Held so vieler Romane, zuletzt in einen Kreis junger Studenten und mittelloser, im Avancement übergegangener Offiziere geraten, die ihre fest geschlossene Vereinigung das „Symposion" nannten. Unter den Symposiasten aber herrschte die Überzeugung, daß man das Leid und die Widerwärtigkeiten des Daseins nicht köstlicher betrügen könne, als durch ein gemeinschaftliches, freiwilliges Ende in voller Kraft und Rüstigkeit. Nachdem man vorher eine Orgie gefeiert, die alle Blüten der Kultur, die giftigen sowohl wie die himmlischen, gleich einem Kranz um die Häupter der Teilnehmer geschlungen. Hier hatte er auch Diamantow getroffen, dessen soziale Hoffnungen wieder einmal gescheitert waren. Der Student war allmählich von der verzweifelten Idee befallen worden, im Grunde fügten die Volkserwecker, die die träumenden Massen aus ihrem Schlafe aufzurütteln versuchten, den Hindämmernden ein schweres Unrecht zu. Denn nur Nichtwissen, Traum und Schlummer machten das Dasein erträglich. Voll zehrender Leidenschaft wurden diese auflösenden Ansichten verkündet, und alles war bereits für die große Orgie vorbereitet, als Fürst Fergussow, und mit ihm gerade die Vornehmsten des Symposions, plötzlich ohne jeden erkennbaren Grund fortblieben, und der Rest durch die Polizei auseinander gesprengt wurde. Keiner der armen Mißletteten warf Dimitri Sergewitsch indessen etwa Feigheit vor. Dazu war die Tollkühnheit des Gardedragoners in der Hauptstadt zu sehr bekannt, man wußte überdies, daß er erst im letzten Winter ein paar ertrinkenden Kindern in die Eisschollen treibende Newa nachgesprungen sei. Also Feigheit nicht. Die einen meinten, eine sehr, sehr junge Dame aus der höchsten Aristokratie, kaum dem Kindheitsalter entwachsen, hätte seine launenhafte Neigung für ein paar Monate entfacht, und die Erde reiche ihm wiederum ihre heißen Geschenke. Die anderen erzählten gerade das Gegenteil. Bei Hofe, flüsterten sie sich achselzuckend zu, wäre ein wundertätiger Mönch aus einem fernen Kloster erschienen, der die Macht bewiesen hätte, abgeschiedene Geister aus dem Jenseits zu rufen und die Seelen seiner Vertrauten durch inbrünstige Ekstasen in ein höheres Reich der Wonne zu heben. Aber Dimitri Sergewitsch! Man schüttelte den Kopf. Sollte wirklich dieser eiskalte Rationalist zu jenen heiligen Schwärmern gehören?

Warum nicht?

Sein rastlos hin und her zuckendes Gemüt, das immerfort die Farbe wechselte, je nachdem ihn eine neue Laune quälte, es konnte sich gewiß auch heißhungrig in die Abgründe der Mystik stürzen. Freilich nur, um jene Klüfte bald darauf wieder, verächtlich lächelnd, mit dem Spieltisch oder dem Boudoir einer Zirkusreiterin zu vertauschen.

„Kann die Mosaik Ihren Beifall erringen, teures Fräulein?" fragte Herr Miljutin der Ältere noch demütiger als sonst.

Johanna geriet in einige Verlegenheit. Die steifen, eckigen Linien des eingelegten Ritterbildes sagten ihr keineswegs zu. Auch schien ihr der weiche Dulderkopf des regierenden Zaren durchaus nicht unter die eiserne Sturmhaube zu gehören. Aber durfte die Gutsherrin vor den Offizieren des fremden

Herrschers eine so absprechende Meinung äußern? Regungslos verharrte sie, und in ihre Wangen stieg die Röte der Unsicherheit.

„Wir haben uns hier bemüht, national=russische Kunst zu geben," fuhr Herr Miljutin dringender fort, da sich der sanfte Mann darüber aufzuregen schien, weil die Nemza seiner Schöpfung gegenüber so empfindungslos blieb.

Wie unangenehm!

Schon wollte sich das ehrliche Landmädchen mit ihrem geringen Verständnis entschuldigen, als ihr unerwartet eine Hilfe kam, auf die sie niemals gerechnet hatte. Und wie melodiös und schmeichelnd das Organ ihres unverhofften Retters klang! Unwillkürlich wandte sich die hohe Blonde dankbar ihrem Verteidiger zu, und so unverdorben war sie, daß sie hinter diesen bestrickenden Lauten auch eine reine und aufrichtige Seele vermutete.

„Bester Miljutin," hemmte der Fürst den aufsteigenden Unwillen des Händlers, indem er ihm mit seiner feinen weißen Hand freundschaftlich auf die Achsel klopfte, „muten wir dem gnädigen Fräulein nicht zuviel zu. Unter uns, die Vorliebe für diese Quadrate ist eine Barbarei, die wir unsern byzantinischen Lehrmeistern hätten lassen sollen. Sie können mir glauben, unsere herrschsüchtigen Mönche benutzen die von Totenstarre verkrampften Gelenkpuppen nur, um unseren dummen Bauern Furcht einzuflößen. Kommen Sie, meine Gnädigste," fuhr er mit seinem liebenswürdigen und freimütigen Lächeln fort, als er bemerkte, wie erleichtert die befangene Deutsche aufatmete, „lassen wir uns hier auf Leo Konstantinowitschs neuem Klubsofa nieder, denn jetzt werden Sie wirklich etwas von russischer Kunst empfangen, worin wir unter den Nationen ziemlich einzig dastehen. Vielleicht, weil den anderen Völkern eine Nachahmung nicht lohnt. Hören Sie? Dort drinnen singt Frau Oberst Geschow ein tatarisches Dorflied. Ah, und sie begleitet sich selbst auf der Balalaika. Wollen Sie mir glauben," sprach er in seiner zwanglosen und wahrhaft vornehmen Art weiter, „daß ich selbst jenes Instrument in den Abendstunden ein wenig spiele? Es hat so etwas von den reinen Klängen der Kindheit. Und nicht wahr, wir alle retten uns manchmal gern hinüber?"

Heiß und klagend zugleich begann im Nebenzimmer eine dunkle Frauenstimme unauffällig zu singen. Ein eigentümlicher Saitenvierklang, hüpfend und neckisch, tönte dazwischen, als ob das Leben auf die traurige Weise mit einem unbekümmerten Tanz antworte.

„Handelt es sich hier vielleicht um einen Abschied?" fragte Johanna rasch, die den inneren Sinn des Liedes trotz der fremden Worte zu begreifen meinte.

Dimitri Sergewitsch rückte respektvoll etwas näher an sie heran. Und zum erstenmal richtete er seinen sanften Blick gegen die großen blauen Augen des Landfräuleins und fand zu seiner Verwunderung, daß dort drinnen etwas leuchte, ehrlich und bestimmt, was zu der gleichgültigen Dummheit, von der er die Deutsche erfüllt glaubte, nicht recht stimmen wollte.

„Sie haben ganz recht, Gnädigste," versicherte er in seiner einnehmenden Manier, die ihm so wenig Mühe bereitete, „ich mache Ihnen mein Kompliment, weil Ihnen die Musik scheinbar ihre letzten Geheimnisse entschleiert. Wenn Sie gestatten, möchte ich Ihnen den Text übersetzen. Ein tatarisches Bauernmädchen sitzt im Rahmen eines weinübersponnenen Fensters. Draußen auf der Dorfstraße nimmt ihr Liebster, der mit seiner Schwadron in den Krieg zieht, von ihr Abschied. Und nun fragen sich die beiden jungen Leute im Wechselgesang, was sein wird, wenn wiederum der Wein blüht:

150

„Ich küsse dich, Anuschka."

„Ich küsse dich, Iwan."

„Was wird sein, wenn wieder der Wein blüht?"

„Ja, was wird sein?"

„Hochzeitsgeschenke werden kommen, und du
wirst nicht an mich denken."

„Ja, Hochzeitsgeschenke werden kommen, aber
ich werde an dich denken."

„Denke nicht an mich, denn ein eisernes Vögelchen
flog mir ins Herz."

Drinnen tönten die schwermütigen Strophen fort, immer
von der hüpfenden Begleitung durchschlungen und unter=
brochen. Der Fürst aber beugte sich vor, als ob er ein Urteil
über das heimatliche Lied erwarte. Allein seine Zuhörerin
war über das rein Poetische des Gedichtes längst hinweg=
geeilt. Ihr an das Nächstliegende stets gebundener Sinn
stöberte unruhig in den Gedankenverbindungen herum, die
durch ein einziges Wort des Textes in ihr erregt waren.
— — Krieg! — — Und plötzlich vergaß sie, wer neben
ihr saß. Nichts als die weiche und gütige Stimme des
Mannes, der sie unterhielt, war in ihrem Ohr haften
geblieben. So kam es, daß sie sowohl die fremde, viel=
leicht feindliche Volksangehörigkeit ihres Nachbarn außer
acht ließ, ja, daß ihr sogar sein hoher Rang entglitt. Wie
ein bekümmerter Mensch, der bei einem anderen lebenden
Wesen Trost sucht, bettete sie ihre Hand ohne jede Absicht auf
die Finger des anderen, um rasch und inständigst zu fragen:

„Sie sind mir fremd, aber Sie müssen es wissen, —
nicht wahr, es ist doch unmöglich?"

„Was ist unmöglich?" wiederholte der Dragoner sich
sammelnd, obwohl er den Sinn ihrer plötzlich ausgestoßenen
Bitte recht wohl begriff.

Wie plump die Nemza war! Man bereitete doch einem Unbekannten, den man sicherlich nie wiedersehen würde, nicht derartige Verlegenheiten! Doch während er sich zu ihr wendete, spielte wieder das gewinnende Lächeln des Gesellschaftsmenschen auf seinen klassisch geformten Zügen.

„Was beunruhigt Sie, bestes Fräulein? Kann ich vielleicht Ihre Bedenken zerstreuen? Sie sehen übrigens so aus, als wenn Sie nicht leicht außer Fassung zu bringen wären."

Da zog Johanna, zur Besinnung gelangend, ihre Hand hastig zurück, raffte sich zusammen und saß wieder so aufrecht und unberührt, den Kopf in den Nacken geworfen, daß den Fürsten ihre steife Haltung innerlich belustigte.

„Sie haben ganz recht," äußerte sie kalt, und ihr Ton klang so eisig, wie ihn nur die Herrin von Maritzken, sobald sie sich oder andere auf einem Fehler ertappte, anzuwenden pflegte. „Wie kämen Sie dazu, mir Aufschlüsse über etwas zu erteilen, was Ihnen vielleicht dienstlich verboten ist." Und sich zu Herrn Miljutin kehrend, begann sie mit dem Fabrikbesitzer sich wiederum über geschäftliche Dinge zu unterhalten.

Eingehend erkundigte sie sich bei dem Kaufmann nach dem Preis seiner eigenen Lastpferde.

Ein Pferdegespräch also, auch das noch! Ungläubig lauschte Dimitri Sergewitsch ein paar Sekunden herüber. Dann aber, als sich der schöne junge Mann daran erinnerte, wie unbändig taktlos es wäre, eine Unterhaltung so schneidend und kurz abzubrechen, namentlich ihm, dem stets Höflichen gegenüber, da glitt er fast unhörbar empor und gedachte sich mit einer seiner anmutigen Verneigungen durch den Vorhang in das Nebenzimmer zu begeben, um Maria Geschowa ein paar Lobeserhebungen über ihren Gesang zu Füßen zu legen. —

Da geschah etwas.

Ganz unvermutet und gegen seinen Willen wurzelte er dicht an dem Platz, wo Johanna saß, fest, so daß sich ihre Gewänder beinahe berührten.

Was war das?

An der schmalen Seitenwand des Zimmers öffnete sich eine niedrige Tür, und auf dem Vorplatz, der mit ein paar Steinstufen auf den Hof herunterleitete, nahm man eine russische Ordonnanz wahr, die einen Brief oder eine Depesche in der Hand hielt. Mehrere Offiziere umgaben den Soldaten, ein halblautes Summen und gedämpfte Rufe schlugen von draußen herein.

Johanna griff fest in die Seitenlehne des Klubsofas. Ihr heller Verstand verriet ihr auf der Stelle, dort auf dem Vorhof spiele sich nichts Gleichgültiges ab, nein, daß der Bote vielmehr eine Entscheidung brächte. In das Dunkel, das sie alle umgab, wurde sicherlich in diesem Augenblick eine Fackel geschleudert, in der nächsten Minute konnte bereits ein wütender Brand auflodern, wilde Glut mußte Weg und Zukunft erhellen. Nicht um einen Schlag pochte das Herz der Landtochter schneller. Die Gewißheit war stets ihre treueste Bundesgenossin. Und nur ein einziger Gedanke riß klar und blendend durch ihr Bewußtsein.

Fort!

Gab es für sie und die Schwestern, die in ihrer Hut standen, noch einen Rückweg? Das unerschütterliche Vertrauen auf die Standhaftigkeit des weißen Friedenstempels, unter dessen glattem Marmordach ihr ganzes Leben verflossen, es war eine Torheit gewesen. Ihre Augen starrten unausgesetzt auf den offenen Durchgang. Nicht der kleinste Zug in den aufgeregten Mienen der Männer dort draußen entging ihr. Ihr war es, als verstände sie plötzlich jede Silbe der fremden Worte, die da so rasch und kurz wie Flintenkugeln durcheinanderflogen.

Kein Zweifel, das Fürchterliche war da!

Und alles, was nun geschah, wirrte wie Schattenbilder um sie her. Fast lautlos und unhörbar vorübergleitend.

Stürzte nicht der Bergbaustudent Alexander Diamantow auf den Flur hinaus, um die schmale Tür sofort hinter sich zu schließen? Eine plötzliche Stille trat ein. Auch in das Nebenzimmer mußte bereits die geheimnisvolle Kunde gedrungen sein, denn auch dort war jeder Laut erstorben. Man hörte nur das leise Klirren der Teetasse, die in der Hand der Gouverneurin zitterte. Gleich verwunschenen Traumfiguren, leblos, keiner Bewegung mächtig, verharrten die Männer in Johannas Umgebung.

Und dann — die Tür flog auf, — weiß wie ein Blatt Papier überreichte der Bergbaustudent dem Obersten Geschow ein geschlossenes Formular. Johanna sah, wie sich die breite Brust des untersetzten Obersten gewaltsam hob. Die gutmütigen grauen Augen des Mannes schlossen sich für eine Sekunde, und seine fleischige Rechte strich schwerfällig über die kurz geschorenen weißen Haare. Im nächsten Moment freilich stieß er einen unverständlichen Ruf aus, brach zitternd vor Aufregung das Schreiben auseinander, und während er sich damit vorgebeugten Hauptes gegen das Fenster wandte, wehrte er es den anderen nicht, ihm in atemloser Spannung über die Schultern zu blicken. Ein starkes Atmen ging durch den Raum.

Gleich darauf kehrte sich der Oberst zurück. Mit einer straffen Bewegung steckte er sich das Formular in den Ärmelaufschlag, nickte kurz und warf ein einziges Wort hin. Es pfiff wie ein Säbelhieb. In den Augen des Kommandeurs aber funkelte ein seltsames Leuchten.

Da — vom Hof schallte ein hundertstimmiger Schrei

herein. Taumel, Ekstase, Rachegier oder ein allgemeines begeisterungstrunkenes Gelöbnis mischte sich in dem langen, die Brust befreienden Aufbrüllen. Oberst Geschow jedoch, der fast schon unter dem Vorhang weilte, warf energisch die Rechte zurück, als erteile er den gemessenen Befehl, daß seine Untergebenen derartige Kundgebungen sofort zu unterdrücken hätten, und ohne Verzug eilte die Mehrzahl der Offiziere auf den Hof hinaus. Der Rest folgte seinem Kommandeur in das Gesellschaftszimmer, und bald befand sich die Fremde, die man vergessen hatte, allein.

Nein, nicht allein.

Langsam kehrte das Leben in die Glieder des Fürsten Fergussow zurück. Er war es, der einzig von allen anderen noch immer neben der Fremden weilte, und sie sah nun wie der junge Mann aus seinem tiefen Nachdenken zu erwachen schien. Keine Muskel regte sich in dem reinen kalten Antlitz, als er jetzt ernst seine sanften braunen Augen auf die Deutsche richtete. Dann verneigte er sich vor ihr ganz in der Art eines großen Herrn.

„Meine Gnädigste," sagte er zuvorkommend, „Oberst Geschow hat zweifellos im Drang seiner Geschäfte Ihnen gegenüber eine Pflicht verabsäumt. Es kann ihm nur angenehm sein, wenn ich sie an seiner Statt erfülle."

Noch hatte der Fürst nicht ganz geendet, als hinter dem Vorhang die laute Stimme des Hausherrn, des Rittmeisters Saffin, in ihr gewöhnliches polterndes Lachen ausbrach. Augenscheinlich galten seine Beruhigungen den fremden Gästen, die gewiß durch das zuletzt Erlebte einem hemmungslosen Schrecken verfallen waren.

„Aber meine Damen," hörten die beiden Lauschenden das vollsaftige Organ des Rittmeisters schmettern, „mein bester Freund Rudolf Bark, welch unnötige Aufregung! Eine dienstliche Depesche wie hundert andere. Nicht der ge-

ringſte Grund, um darüber nachzudenken. Wie? Aufzu=
brechen wünſchen Sie? Das dulde ich unter keinen Um=
ſtänden. Das leide ich einfach nicht. Das Ganze war hier
als ein kleiner thé dansant gedacht. Jede Minute müſſen
die Spielleute unſeres Regiments eintreffen. Nein, um
dieſes Vergnügen laſſe ich uns nicht bringen. Sie befinden
ſich unter Freunden, nicht wahr, Oberſt Geſchow?"

In dem Billardzimmer jedoch zog Fürſt Ferguſſow die
Augenbrauen zuſammen.

„Ich weiß nicht, mein Fräulein", äußerte er raſch zu
ſeiner Gefährtin, die ihm nun in ihrer ganzen Größe gegen=
über ragte, „warum Leo Konſtantinowitſch ſo Widerſinniges
redet. Ich hoffe, es geſchieht, um Ihre Furcht nicht noch zu
vermehren. Aber wie geſagt, ich glaube Ihnen die Wahrheit
ſchuldig zu ſein. Hören Sie alſo: Soeben erfuhren wir,
daß Ihre Regierung an die unſrige ein Ultimatum richtete.
Es läuft in zweiundſiebzig Stunden ab."

„Iſt das der Krieg?" fragte Johanna ruhig.

Dimitri Sergewitſch zuckte die Achſeln.

„Wer weiß das?" gab er knapp zurück. „Wir Front=
offiziere vermögen derartiges am wenigſten zu beurteilen.
Aber auf die Gefahr hin, uns Ihrer Gegenwart zu be=
rauben, möchte ich Sie doch bitten, ſich ſofort in Ihre
Heimat zurückzubegeben."

„Hörten Sie nicht," warf Johanna mit ihrer gewohnten
Umſicht ein, „daß Ihr Freund, der Rittmeiſter Saſſin,
uns nicht fortzulaſſen wünſcht?"

„Das kann nur ein Scherz ſein," erwiderte der Ariſtokrat
ſich aufrichtend, und in dieſem Moment ſah man, wie
kräftig die Muskeln in ſeinen ſchlanken Gliedern ſpielten.
Er ſchlug den Vorhang zurück, um ſeine Gefährtin in das
Geſellſchaftszimmer vorantreten zu laſſen, und ſeine ein=
ſchmeichelnde Stimme nahm einen Klang an, der voll=

ständig von der Gewohnheit des Befehlens beherrscht war. „Leo Konstantinowitsch", rief er laut, „wir alle bedauern es lebhaft mit Ihnen, weil die Zeit für unsere deutschen Gäste abgelaufen ist. Die Herrschaften wünschen sich zu Fuß bis zu der Brücke zu begeben, und Sie werden die Güte haben, dafür Sorge zu tragen, Herr Kamerad, daß der den Damen gehörige Wagen ihnen sofort folgt."

„Das leide ich nicht", knurrte Sassin plötzlich händelsüchtig, und eine rote Blutwelle schoß ihm in die Stirn. „Wozu das alles? Auf der Straße treibt sich jetzt ohnehin allerlei Fabrikarbeitervolk herum, die Damen könnten nur Unannehmlichkeiten erfahren."

„Es ist vernünftig, Leo Konstantinowitsch, daß Sie darauf aufmerksam machen", entgegnete Fürst Fergussow, obwohl er ihn keines Blickes würdigte. „Aber ich selbst werde die Ehre haben, die Damen sowie den fremden Herrn bis an die Brücke zu geleiten."

„Ah, Sie selbst, Durchlaucht", murmelte der Hausherr erstickt.

„Sie gestatten, daß ich mich Ihnen anschließe," erbot sich Oberst Geschow. „Ich vermute, daß besondere Brückenbefehle ausgegeben sind, und ich wünsche, daß unsere Gäste ohne Belästigung hinüber gelangen."

Die Gesellschaft sprach laut durcheinander. Jeder suchte sich und die übrigen davon zu überzeugen, daß all die gewünschten Vorsichtsmaßregeln völlig grundlos wären, weil sich bei der bekannten Friedensliebe und Gutmütigkeit des slavischen Volkes niemals etwas Ernstliches ereignen würde.

„Wie können in einem Staate, der sich so langsam emporarbeitet, überhaupt jemals solche das Volksvermögen zerrüttende Gedanken auftauchen", ächzte der Gouverneur Bobscheff, indem er, schlau mit den Augen zwinkernd, seinen Hals weit über die übrigen erhob. „Man wird einen Ausweg finden. Auf Auswegen beruht die ganze Politik."

„Hören Sie es?" machte Tatiana, die Heroldin seines Ruhmes, aufmerksam. „Mein Gatte verwirft aus national=ökonomischen Bedenken jede kriegerische Auseinandersetzung."

„Leben Sie wohl, Rudolf Bark," so schritt unbekümmert um die betroffenen Mienen der anderen die dunkle Tatarin mitten durch den ausweichenden Kreis hindurch und auf den Kaufmann zu, der wie eine Schutzwehr für seine bereits in der Diele befindlichen Damen, noch auf der Schwelle verharrte. Und einer sie durchströmenden Scham nach=gebend, streckte Maria Geschowa dem Konsul warm die Hand entgegen. „Sie wissen jetzt", sagte sie ganz laut, als ob sie wünsche, daß es die anderen auffangen sollten, „Sie wissen jetzt, warum es hier manche Heimlichkeiten gab. Aber das, was ich Ihnen jetzt sage, das können Sie mir ehrlich und ohne Mißtrauen glauben. Ich wünsche von Herzen, daß die uns noch zur Überlegung gegönnten drei Tage eine blutige Entscheidung abwenden möchten. Denn gleich mir, so gibt es hier unter uns viele", setzte sie mit erhobener Stimme hinzu, als sie das eisige Schweigen der Umstehenden bemerkte, „viele gibt es hier, die nichts so widersinnig, ekelerregend und hündisch finden, als das bewußte Zerfleischen von Geschöpfen, die sich Menschen nennen. Pfui, möchte es nie dazu kommen!"

„Du hast recht, Maria", pflichtete nach einer Pause des bedrückten Schweigens der Gatte der Tatarin, Oberst Ge=schow, sehr ernsthaft bei und streichelte der erregten Frau billigend und respektvoll über den Arm. „Hoffen wir, daß das Menschengeschlecht diesen Schritt nach unten nicht zu wagen braucht; denn nach abwärts wird der Weg führen."

In diesem Augenblick öffnete Fürst Fergussow die äußere Tür, und das Licht des funkelnden Sommertages flutete üppig und hell auf all die ängstlich zusammengedrängten Menschenköpfe, die ahnungsvoll nach dem fernen Grollen des Weltenschicksals hinaushorchten.

*   *   *

In wenigen Minuten hatte man den Brückenkopf erreicht. Und doch war es den durch den schwarzen kotigen Kohlenstaub dahineilenden Mädchen gewesen, als ob sie sich durch andrängende Jahre hätten hindurcharbeiten müssen. Das rußige Erdreich besudelte ihre hellen Schuhe, die offenen Mäntel flatterten unordentlich hinter ihnen her: Ganz gleich, nur den Ort erreichen, von wo man die Heimat sehen konnte, die sichere, die schützende.

Da — gottlob — da gewahrte man schon den schmalen Fluß, man sah die langen Kohlenkähne, vor denen die Ablader nun beschäftigungslos herumlungerten. Und jetzt, — war das nicht das Getrappel vieler Pferde, das da hinten von der hölzernen Brücke herüberpolterte? Noch ein paar Schritte, und die dunkelblauen Uniformen einer Reiterabteilung wurden sichtbar, die auf unruhigen Pferden dicht vor dem Brückeneingang hielt. Die gezogenen Säbel blitzten im Licht des Spätnachmittags.

„Großer Gott", fuhr Isa auf, während sie die Hand ihrer ältesten Schwester, die ruhig und aufgerichtet wie immer neben ihr herschritt, in heftiger Bestürzung umklammerte, „was bedeutet das? Hans, ob man uns hier gewaltsam zurückzuhalten gedenkt?"

Über das marmorweiße Antlitz der Großen huschte ein mattes Lächeln. Und doch richtete sie ihre Augen auskunftheischend auf den Fürsten Fergussow, der mit seinem leichten, federnden Gang an ihrer Seite geblieben war.

Sofort nickte der Aristokrat verständnisvoll und trat rasch an den jungen Zugführer heran, der grüßend seinen Degen vor dem Offizier in der blitzenden Uniform senkte. Ein paar schnelle, den anderen unverständliche Worte wurden gewechselt. Gleich darauf parierte der Dragonerleutnant seinen Braunen und rief etwas mit lauter Stimme über die Brücke. Gehorsam traten auf den Anruf die beiden Grenzsoldaten dicht an das Wachthäuschen heran und gaben die Durchfahrt frei.

Da meldete sich ein fernes Rollen. Im Galopp kam der Landauer des Konsuls über den Marktplatz gerasselt, und schon von weitem erkannte man, daß der Rittmeister Saffin selbst das Gespann lenkte. Mit klatschenden Peitschenschlägen trieb er die Pferde die steile Straße hinan. Kaum hatte er die Brücke erreicht, als er auch schon dem deutschen Kutscher die Zügel zuwarf und klirrend herabsprang. Unter beständigem betrübten Kopfschütteln, und während er sich unausgesetzt den starrenden rotblonden Schnurrbart strich, schritt die mächtige Gestalt bis mitten auf den Holzweg, wo sich der Konsul, sowie seine Schutzbefohlenen, soeben von ihren russischen Begleitern verabschiedeten. Laut dröhnte die metallische Stimme des Rittmeisters zwischen die letzten höflichen Worte der Scheidenden.

„Rudolf Bark, mein teurer Freund, meine gnädigsten Damen, welch ein Malheur, welch ein lächerliches Mißverständnis! Nie werde ich wahnsinnigen Zeitungsschreibern, die an allem schuld sind, vergeben, was sie an mir verbrochen haben. Einen der schönsten Tage meines Lebens haben mir die elenden Narren gestohlen. Es ist unbegreiflich, Rudolf Bark, wie auch Ihre bekannte Kaltblütigkeit sich von solchem Geschwätz beirren lassen kann."

Der Konsul hatte die Mädchen erst über die hölzerne Schwelle geführt, welche die Grenze der beiden mächtigen

160

Reiche bildete. So merkwürdige Vorstellungen niften in den Köpfen auch kluger Menschen, daß der Kaufmann seine Begleiterinnen erst völlig geschützt wähnte, als sie hinter dieser eingebildeten Schranke weilten. Er selbst aber trat noch einmal zurück, nicht nur um seinen Wagen herbeizuwinken, sondern auch in der Absicht, das Gebaren seines bisherigen Gastgebers, das er deutlich durchschaute, durch ein paar derbe und offene Worte vor den anderen bloßzustellen. Aber wie erstaunte er, als er merkte, daß diese Aufgabe bereits von dem vornehmen Offizier aus Petersburg übernommen sei. Lässig lehnte Dimitri Sergewitsch an dem Brückengeländer, nur eine heftige Kopfbewegung verriet, wie widerlich und unanständig ihn das unaufrichtige Verhalten des Kameraden anmutete.

„Leo Konstantinowitsch," bemerkte er kurz, „Sie mögen gewiß Gründe haben, die gegenwärtige Lage so optimistisch zu beurteilen. Mich selbst aber, und wie ich glaube auch den Herrn Obersten, befriedigt es ungemein, weil wir die deutschen Herrschaften in dieser gespannten Zeit dort wissen, wohin sie gehören." Und sich noch einmal, ohne die anderen zu beachten, direkt vor Johanna verbeugend, rief er noch hinüber: „Kommen Sie gut nach Hause, mein gnädigstes Fräulein; nein bitte, keinen Dank. Was hier geschehen ist, würde jeder andere genau so verrichtet haben. Übrigens — hier kommt Ihr Wagen. Und nun guten Abend."

Ein kurzes Gedränge entstand, haftig schlüpften die Mädchen durch den Schlag, der Konsul zog noch einmal den Hut vor dem salutierenden Obersten, und fort rollte der deutsche Wagen der Heimat zu.

Ungefährdet.

Im Lichte der Abendsonne aber lehnte Fürst Fergussow, so lange er das Gefährt noch verfolgen konnte, an dem Brückengeländer. Er hatte sich eine Zigarette entzündet, und

die weißen Wolken ringelten sich fröhlich in den matter
werdenden Himmel.

*   *
*

Wie anders sah das Land aus, in das der deutsche Wagen
auf seinen prallen Gummireifen hereinrollte, als dasjenige,
das seine Insassen eben von Grauen geschüttelt, verlassen
hatten. Dort ein wüstes schmutziges Durcheinander, grund=
lose, ungepflasterte Straßen, baufällige Häuser, und eine
Stadt, die von der segensreichen Tochter des Himmels, der
Ordnung, nie durchschritten war. Und hier, kaum daß man
den schwarz=weißen Grenzpfahl passiert, dem man zum
erstenmal im Leben wie einem alten schutzbereiten Wächter
aufatmend zugenickt hatte, hier empfing die Heimkehrenden
eine glatte Chaussee aus blauweißen Steinchen, sauber ge=
kehrt und auf beiden Seiten besetzt von buschigen Kirsch=
bäumen, die bereits der Frucht zustrebten.

Gleich vor dem ersten Bauerngehöft stand neben den in
der Abendsonne blitzenden Glaskugeln des Vorgärtchens eine
hochgewachsene blonde Frau, auf dem Arm ihr Töchterchen
tragend. Sie rief etwas in das Haus hinein, als sie den
herannahenden Wagen gewahrte. Auf den weithallenden
Schrei trat sofort ein Mann in Lederhosen und Hembs=
ärmeln aus der Tür, schnallte sich den Gurt etwas fester,
strich sich die düster=blonden Haare aus der gebräunten
Stirn und schritt dann dem heranrollenden Gefährt ent=
gegen.

Der Konsul beugte sich in seinem weißen Mantel hinaus.
Er erinnerte sich nicht, den jungen Bauern, der offenbar ein
Anliegen hatte, jemals gesehen zu haben. Und doch be=
herrschte ihn die merkwürdige Empfindung, daß es jetzt
notwendig und angebracht sei, jedem Landsmann Rede und
Antwort zu stehen.

„Guten Abend, Herr Konful Bark," begann der Bauer, indem er freimütig grüßend an den Schlag herantrat; und sich gewissermaßen vorstellend, fuhr er fort: „Ich kaufe schon seit langem meinen Kram bei Ihnen dort drinnen. Aber deswegen halte ich Sie nicht fest. Ich bin hier Gemeindevorsteher, und die Nachricht ist eben bei mir eingelaufen. Sie kommen von drüben, Herr Konful, und da wollte ich fragen, ob wir uns wirklich fertig machen müssen."

Als er dies sprach, reckte sich die gedrungene Gestalt des Mannes und kehrte sich halb gegen Osten, als ob er irgend etwas von dort Andrängendem den Weg sperren müsse. Der Konful aber reichte ihm rasch die Hand heraus und bestätigte mit einem leisen Seufzer:

„Ja, ja, ich fürchte es steht schlimm, Herr Gemeindevorsteher."

„Schlimm?" wiederholte der andere erstaunt, und in seine braunen Augen drang ein seltsames Flimmern, „ich stand dort drinnen als Sergeant bei der Artillerie, Herr Konful, und ich denke, wir werden auch ein Wort mitzureden haben. I wo, ich will uns nicht loben, aber wir werden uns nicht lumpen lassen, Herr Konful."

Es lag etwas so Frisches, Selbstverständliches in der Überzeugung dieses gedienten Soldaten, daß seine Zuhörer wie von einem heißen, belebenden Trank durchrieselt wurden.

„So ist es", stimmte Johanna zu, innerlich beglückt, nach all dem französischen Parlieren wieder die derben heimatlichen Laute zu vernehmen, „wenn wir fest zusammenhalten, kann uns nichts geschehen."

Der Landmann aber schüttelte ganz verblüfft das unbedeckte Haupt. Er schien den Sinn der Anrede durchaus nicht zu begreifen.

„Zusammenhalten?" wiederholte er langsam und prü=

fend. „Aber das ist doch selbstverständlich, Fräulein, — Ehrensache. Ne, da kennen Sie uns nicht, die Sache wird gemacht."

„Das meine ich auch," nickte die Älteste von Maritzken, in deren Seele sich die alte trotzige Widerstandskraft erhob.

„Und was wird aus Ihrer Wirtschaft?" warf der Konsul dazwischen, „aus Frau und Kindern?"

„Ja, deswegen ist bereits vom Landratsamt telephoniert worden. Die Wirtschaft muß ich vorläufig sich selbst über- lassen," meinte der Mann stirnrunzelnd, „aber alles, was Beine hat, das bringe ich morgen in die Stadt. Dort spreche ich mal vor, Herr Konsul."

„Ja, tun Sie das," ermunterte der Herr des Goldenen Bechers so freundschaftlich, als ob er den einfachen Menschen schon seit vielen Jahren kennen würde. „Ich werde mich freuen, Sie gesund wiederzusehen. Vorwärts, Johann."

Und als das Gefährt bereits an dem kleinen Gärtchen mit den bunten Glaskugeln vorüberrollte, da sah Isa, die sich zurückwendete, wie der Mann in den Lederhosen noch immer mitten auf der Landstraße weilte, das Haupt gen Osten ge- kehrt und das rechte Bein trotzig gegen die Muttererde vor- gestemmt.

„Die Sache wird gemacht," klang es Johanna durch den befreiten Sinn.

Weiter ging es.

Bald hatten sie den winzigen Marktflecken Schorweiten erreicht, der nur aus einer einzigen langgezogenen Gasse bestand mit einer windschiefen Einbuchtung für das kleine niedrige Holzkirchlein. Grünmoosig hing das Rohrdach fast bis zur Erde herab. Hier hielt ein berittener Gendarm und erteilte, tief von seinem Roß herabgebeugt, den ihn um- ringenden Landbewohnern bereitwilligst jede gewünschte Auskunft. Vor der Kirchenschwelle aber stand eine kleine

164

Schar von Buben und flachsköpfigen Mädchen. Sie trugen Papierhelme auf den Häuptern, und der kleinste von ihnen schwenkte eine deutsche Kinderfahne in den Händen. Lustig flatterte das Schwarz-weiß-rot in dem Abendwind, der von dem nahen Landsee herüberstrich. Und da hörten die im Schritt Vorbeifahrenden zum erstenmal jenes Lied, das seit langer Zeit Bedeutung und Sinn für sie verloren hatte, und das ihnen jetzt mit der brausenden Gewalt eines Orkans ans Herz fuhr. Aus Kindermund schallte es zu ihnen hin, silberrein und doch trotzig und voll werdender Mannheit:

> „Lieb Vaterland magst ruhig sein,
> Fest steht und treu die Wacht am Rhein."

Da konnte sich Johanna nicht länger zurückhalten. Eine Leidenschaft stieg in ihr auf, von der sie selbst nie geahnt hatte, daß sie in der kühlen Geschäftigkeit ihrer Tage noch nicht untergegangen wäre. Aber der Anblick der ruhigen, auf alles gefaßten Landbewohner, der singenden Kinder und der kleinen strohgedeckten Häuschen, über die sich der friedliche Abend herabsenkte, das alles zusammen überwältigte sie. Mit einer starken verbündenden Bewegung streckte sie dem Konsul, dessen Augen gleichfalls ernsthaft, fast liebevoll, auf den fremden Leuten dort draußen ruhten, die Hand entgegen, um gleich darauf die weinende Isa fest an ihre Brust zu raffen, von wo der schluchzende Rotkopf sich nicht mehr erhob. Nur Marianne saß daneben und lächelte. Sie war furchtlos. Ja, die seltsam schmerzhafte Aufregung tat ihr wohl. Aber das Ungeheuerliche, das in diesen Augenblicken aus der ruhigen Heimaterde vor ihr aufstieg, der gerüstete Riese, in den ein ganzes Volk zusammenwuchs, und der nun schwerfällig, treuherzige Lieder singend, zur Landesgrenze wandelte, er blieb den geistigen Blicken der eleganten Dame verborgen. Ihn erkannte sie nicht. Die

165

vergangene Zeit mit ihren fremden Lüsten und Eitelkeiten ließ sie nicht los. Dazu war ihr kleines unbedeutendes Frauenschicksal der Gefallsüchtigkeit und Freudegierigen zu weit überschattend vor alles Geschehen der Umwelt gewachsen.

Dicht hinter dem Dorfteich setzte sich der Wagen in schnellere Bewegung. Fern aus dem graublauen Dämmer des Abends stiegen bereits zerfließend und verschwimmend die Linien der hohen Kirche auf, deren Schatten sie zustrebten. Ein kühlerer Luftzug wehte erfrischend über die Felder.

Da klang über die Chaussee harter Hufschlag. Kurz und regelmäßig, wie von einem gut galoppierenden Pferde. Und ehe die aufgestörten Reisenden, die jetzt auf jedes ihnen sonst gleichgültige Geräusch achteten, noch ihre Meinung über den Herannahenden austauschen konnten, da schwenkte der eilige Reiter schon ganz dicht um die nächste Wegbiegung.

„Ein Soldat", sagte der sich herausbeugende Konsul.

„Fritz Harder", rief Marianne zum erstenmal lebhaft dazwischen, und im gleichen Moment fühlte sie, wie die Augen ihrer ältesten Schwester mahnend und bringend auf ihrem Antlitz ruhten.

Aber sie hielt den ernsten Blick, der immer finsterer wurde, mit ihrer gewohnten überlegenen Lässigkeit aus. Ja, in ihr prickelte das Gefühl des Wichtigen und des Begehrenswerten so angenehm und erregend, daß es ihr vor allen Dingen darauf ankam, den seidenen Mantel kleidsam um sich zu werfen und die weißen Handschuhe etwas höher über den Arm zu streifen. Was galt ihr das in Fieberschauern zitternde Vaterland, wenn sie an die ihr eigene geheimnisvolle Macht dachte?

„Guten Abend, Herr Leutnant," rief der Konsul, der aufgesprungen war, aus dem Wagen, „so spät noch im Dienst?"

166

Der Reiter zog die Zügel an, das Pferd stieg ein wenig, und an der Art, wie es seinen Herrn hin und hin schleuderte, da erkannte Marianne — selbst eine Meisterin im Sattel — daß der Infanterist auf diesem Gebiete seine Lorbeeren nicht zu suchen schien.

„Nicht im Dienst," schöpfte Fritz Harder nach dem harten Ritt Luft, und während er die Hand hastig zum Gruß an die Mütze führte, beugte er sich vor und ergriff in voller Erregung die Rechte Johannas. Aber seine Augen hingen unausgesetzt an dem gleichmäßig lächelnden Antlitz seiner Geliebten. „Ich hörte heute vormittag," keuchte er noch immer atemlos, „von Ihrer Fahrt über die Grenze, und da wollte ich mich unter allen Umständen nach Ihnen um-sehen. Sie wissen doch, was hier inzwischen geschah?"

„Ja," entgegnete Johanna, warm berührt von der Herzensangst des jungen Mannes, indem sie kräftig seinen vertraulichen Handdruck erwiderte. „Wir wissen es und danken Gott dafür, daß wir wieder im Lande sind. Es war eine in dieser Zeit etwas absonderliche Unternehmung," setzte sie mit einem Blick auf Konsul Bark hinzu. „Wie steht es in der Stadt, lieber Harder?"

Der Reiter hatte sein Pferd an die andere Seite des Wagens herangeschwenkt und begrüßte nun Marianne, die den weiß behandschuhten Arm hob, als ob sie einen Hand-kuß erwarte. Allein merkwürdig, auch der junge Offizier schien gänzlich von dem drängenden Ernst der Stunde er-füllt. Er bemerkte ihre auffordernde Bewegung gar nicht, sondern berichtete, dicht neben dem Schlag reitend, in seinem jagenden Tone weiter:

„Meine Damen, ich bin leider für Sie der Überbringer einer unangenehmen Botschaft. Nein, nein, es ist nichts Ernstliches," beruhigte er sofort, als er sah, wie sich Isa erschreckt zu ihm herumwarf, „nur die Chaussee nach

Maritzken ist für heute nacht durch unsere Pioniere gesperrt."

„Ja, aber um Himmels willen, warum denn?" fuhr
Johanna auf.

„Gott, es werden dort allerlei Ehrenpforten für den
Empfang der Herren von dort drüben gebaut, wenn sie
etwa den Besuch der Damen zu erwidern gedenken. Die
Herrschaften werden für heute mit ein paar Hotelzimmern
vorlieb nehmen müssen. Und ich bitte jetzt bereits um Vergebung, weil ich mir erlaubt habe, diese Räume für Sie
im ‚Deutschen Hause' belegen zu lassen, denn der Andrang
war heute nachmittag ein sehr großer."

„Wie zartfühlend und freundschaftlich von Ihnen, lieber
Herr Leutnant," sagte Johanna dankbar. „Wir machen
natürlich von Ihrer gütigen Bestellung Gebrauch." Und
in ihrer Seele legte sie sich wieder prüfend die Frage vor:
„Ob meine Schwester Marianne auch einen solchen Mann
verdient? Und ob sie das Gemüt und das Innenleben
eines solch Nachdenklichen zu würdigen weiß?"

Ehe sie sich jedoch hierüber die bang zurückgehaltene
Antwort erteilen konnte, da wandte sich jetzt der junge
Offizier direkt an sie selbst, und sein dunkles, ernstes
Antlitz nahm den Ausdruck der offenen Sorge an.

„Liebes gnädiges Fräulein", bat er, „Sie müssen mir
auch ein anderes Anliegen nicht übel deuten. Die Verhältnisse haben sich leider so geändert, daß auf eine günstige
Wendung, an die wir ja alle noch heute vormittag glaubten,
kaum gerechnet werden darf. Und da wir waffenfähigen
Männer binnen kurzem nicht mehr hier weilen werden, so
ist es für mich und gewiß für viele andere", setzte er in
Beziehung auf den Konsul hinzu, „ein unerträglicher Gedanke, Sie dort draußen auf Ihrem einsamen Gute ohne
rechten Schutz zu wissen. Nicht wahr, ich darf mich doch

der Hoffnung hingeben, daß die Damen ihren Aufenthalt in der Stadt so lange ausdehnen, bis die nötige Sicherheit von uns geschaffen wurde? Darin verrechne ich mich doch hoffentlich nicht?"

„Ja, Hans," drängte jetzt auch Konsul Bark auf die Älteste von Maritzken ein, und der spöttische Gesellschaftston des Lebemannes war wie weggewischt, „der Bitte unseres Freundes schließe ich mich auf das bringendste an. In einer solchen Zeit, liebes Kind", entfuhr es ihm achtlos, ohne daß er die zärtliche Benennung zu verdecken suchte, „müßten ja eigentlich all die lächerlichen Bedenklichkeiten zum Teufel fahren. Mein ganzes Haus steht leer. Ich besitze so viele Zimmer, daß ich ein Regiment unterbringen könnte. Wäre es nicht das Allernatürlichste — —"

„Nein," schnitt die große Blonde mit aller Bestimmtheit ab, „das verstehen Sie nicht, lieber Konsul." Und leiser fügte sie an: „Sie sind vielleicht allein daran schuld, daß ich Ihr freundliches Angebot für meine Schwestern nicht akzeptieren kann. Ich selbst komme ja gar nicht in Betracht."

„Sie selbst nicht?" fragte der Kaufmann mit einem Schatten von Mißfallen, das der lebhaft aufhorchenden Isa nicht entging.

„Nein," beendete die Gutsherrin das Gespräch in der ihr eigenen entschlossenen Weise, „lieber Freund, Sie wissen ja, wie das gemeint ist, wir wollen keinen unnötigen Streit darauf verwenden. Nein," wiederholte sie völlig entschieden, „ich selbst kehre morgen auf das Gut zurück, um dort alle Anordnungen zu treffen, die jetzt gewiß sehr nötig werden. Aber über den ferneren Verbleib meiner Schwestern werde ich gern mit Ihnen beraten."

„Schön, Hans," erklärte sich der Konsul, der seine Fassung gewaltsam zurückzwang, in einem nicht ganz frei klingenden Gelächter zufrieden. „Und hier," machte er ab=

schweifend seine Schutzbefohlenen aufmerksam, „fahren wir bereits über die ersten holprigen Straßen. Merken Sie die Stöße? Weiß Gott, niemals sind sie mir so vertraut und gemütlich vorgekommen, als heute, seit wir aus dem gottverfluchten Polackennest — na ja, über dies und vieles andere unterhalten wir uns bei dem berühmten Fischgericht im ‚Deutschen Hause' eingehender. Sie werden mich des Vergnügens nicht berauben, lieber Hans, die Mitglieder meiner Expedition noch einmal an dem runden Tisch zu vereinigen. Wer weiß, wann wir wieder so nach altväterlicher Sitte beieinander sitzen werden! — Langsam, Johann, langsam."

Und die Mahnung an den Kutscher war berechtigt. In den schmalen, schon von den Abendschatten verhängten Gassen der ernsthaften Handelsstadt wogte das Volk durcheinander. Überall Gedränge, überall schwarze Massen auf Fahrdamm und Trottoiren. In den matt erleuchteten Läden lauter Disput.

Und dann — ein merkliches Strömen und Schieben nach der Gegend der zweistöckigen grauen Häuser hin, wo die öffentliche Meinung des Platzes gemacht wurde, — nach den Zeitungen. An der schwarzen Tafel des Kreisanzeigers ein riesiges weißes Plakat mit Blaustift beschrieben: „Deutsches Ultimatum an die russische Regierung". Und nun, je näher man dem Markt zustrebte, ein dumpfes Schwellen und Brausen, das manchmal sich zu einem rastlos wirbelnden Trommelschlag verminderte, manchmal aber auch dem Dröhnen und Toben stürzender Wellen verglichen werden konnte.

„Horch, sie singen," sagte Isa erschauernd.

„Lieb Vaterland magst ruhig sein,
Fest steht und treu die Wacht am Rhein."

„Ist das nicht erhaben?" fragte Fritz Harber, dessen Antlitz schneebleich geworden war, von seinem wiehernden Tier herunter, „die deutsche Volksseele betet."

Machtvoll und zwingend umfaßte dabei sein Blick Mariannens dunkle Züge, als müsse er sie gewaltsam zu seinen eigenen Erschütterungen reißen. Und sie? Sie lächelte, lehnte elegant in den Kissen des Wagens und knüpfte die Bänder ihres breithin schattenden Hutes fester an dem schlanken Hals zusammen.

* * *

Eine halbe Stunde später wurde leise an die Tür des Hotelzimmers geklopft.

„Bitte einen Augenblick," rief eine frische Stimme von drinnen.

Dann ein Hin- und Herhuschen, gleich darauf öffnete sich die hohe weiße Pforte, und durch den Spalt lugte Marianne auf den von einer flackernden Gasflamme er= leuchteten Gang hinaus. Draußen auf dem Läufer des Flurs wartete ein junger Offizier, die Mütze in der Linken und die Rechte auf den Degen gestützt.

„Ach du bist es, Fritz," flüsterte Marianne, über die Heimlichkeit der Szene erfreut, und zog ihren Besucher eilig über die Schwelle. „Ist das nicht reizend, daß wir hier bleiben mußten? Denke doch, ein so unverhofftes Stelldichein."

„Marianne!"

„St— nicht so laut, Ihr Männer könnt Euch niemals an Diskretion gewöhnen. Hier nebenan sind Johanna und Isa einquartiert, und wenn sich meine Schwestern auch zum Glück bereits zu Konsul Bark in das Gastzimmer begeben haben, so darf dich doch auch kein anderer hören.

171

Wie denkſt du dir das eigentlich?" Und dabei ſchmiegte ſie ſich an ihn und ſtreichelte ihm ſanft die Wangen.

Draußen aber von dem Marktplatz hob ſich wieder die gewaltige Woge, die dazu beſtimmt war, ein ganzes Volk auf unerkannte Gipfel ſeines Daſeins zu tragen. Tauſend=ſtimmig einten ſich Kampfesmut, Vaterlandsliebe, Seligkeit und Schluchzen immer wieder zu der längſt und heiß und willig beantworteten Schickſalsfrage. Himmelan brauſte der wilde, der beſchwörende Geſang, der das eiſerne Ge=löbnis enthielt.

Und ſiehe da, der junge Offizier machte ſich ſchnell von der hingebenden Umſchlingung frei, ja es lag ein Abſchütteln in der Bewegung, als er jetzt raſch unter das Fenſter trat. Einen vollen Blick ſandte er auf die dunklen wogenden Häupter dort draußen hinaus, dann wandte er ſich entſchloſſen zurück, und ſeine Stimme klang anders als ſonſt, kurz, gepreßt und voll innerer Entſchiedenheit, da er jetzt zu ſeiner Geliebten dicht an den Tiſch zurückkehrte.

„Du irrſt, Marianne," nahm er das Geſpräch raſch wieder auf, „ich beſuche dich hier mit Erlaubnis deiner älteſte.1 Schweſter." Und bewußt ſetzte er noch hinzu: „Ich möchte dir übrigens gleich bemerken, daß Johanna, ſeitdem ich ſie näher kenne, meine volle Verehrung genießt."

„So?" ſpottete die Schwarze und ließ ſich in dem ver=blaßten roten Plüſchſeſſel des Hotelzimmers nieder, ſo daß ihr Beſuch jetzt vor ihr ſtand, „das iſt ja äußerſt ſchmeichel=haft für die ganze Familie. Darf man auch erfahren, Fritzchen, was du mir in ihrem Auftrage überbringſt?"

Dabei dehnte ſie ſich ein wenig und ließ die Spitzen ihrer ſchwarzen Lackſchuhe leiſe gegeneinander klappen. Ihr Be=ſucher indeſſen wurde von den Lockungen des Bildes nicht eingefangen. Bezwungen horchte er vielmehr auf den Ge=ſang, der ungeſchwächt um die dunklen Umriſſe der Häuſer

172

fortbrandete, und ohne sich selbst darüber klar zu sein, so
war es dem Lauschenden doch, als ob das bessere Teil von
ihm, sein Seele, gar nicht hier drinnen in dem Zimmer weile,
wo die höchsten Wünsche des Mannes sich erfüllen sollten,
sondern draußen bei den Namenlosen, Durcheinanderwogen=
den, die dem in Gefahr befindlichen Vaterlande das Trost=
lied sangen.

„Marianne," begann er, sich gewaltsam von diesem Ge=
fühl losreißend, „die Zeit begünstigt keine Neckereien. Hat
dir deine Schwester Johanna nicht mitgeteilt, daß ich
heute vormittag bei ihr um deine Hand anhielt?"

Wie von einem Stoß in den Nacken getroffen flog
Marianne empor. Zitternd vor Schrecken stand sie dicht
neben dem Offizier, ihre Augen gruben sich aus nächster
Entfernung ineinander.

„Nein," brachte sie bestürzt heraus, und es war, als
wenn sie ein leichtes Frösteln überwände, „das liegt nicht
in Johannas Art. Sie hat mir nicht das geringste verraten.
Um Gottes willen, Fritz, wie konntest du das?"

„Wie ich das konnte?"

In dem Manne verwirrte sich jedes Begreifen. Völlig
entglitt ihm die Beherrschung dieser Zwiesprache, die so
vollständig den Charakter einer landläufigen Unterhaltung
anzunehmen drohte. Nein, der junge redliche Mensch ver=
mochte sich durchaus nicht mehr zurechtzufinden. War
es denkbar, die Herrscherin über sein zukünftiges Leben,
dieses heiße, glühende Geschöpf, es jauchzte nicht auf,
als all die unwürdigen Heimlichkeiten, all das böse Ver=
steckspielen von ihnen abgleiten sollten? Sie bekannte sich
nicht sofort bedingungslos zu ihm, sie verstand nicht, daß
eine rechte deutsche Frau in der großen allgemeinen Not
jeden Zweifel, jede Bedenklichkeit von dem Geliebten fort=
scheuchen und für immer entfernen müsse? Nein, das

ertrug er nicht. Langsam umklammerte er ihren Arm, und obwohl er fühlte, wie sie schmerzhaft zuckte, fragte er noch einmal mit aller Zusammenfassung seiner Willensstärke:

„Marianne, du weißt, mein Dasein ist an das deine geknüpft. Gib mir deine Hand und bestätige mir noch einmal, daß du mein Leben, so bescheiden es auch ist, teilen willst."

Hilflos schickte Marianne ihren Blick umher, ein rasches Aufatmen hob ihre Brust, und während sie, wie um ihren Bedränger zu besänftigen, ihm immer noch mit ihrer zarten, weichen Hand die Wange streichelte, da rang sie sich kleinlaut ab:

„Du weißt, Fritz, wie gern ich dich habe."

„Gern? Nun gut, Marianne, auch das genügt mir. Aber dann wollen wir jetzt hinunter gehen, um den Deinen unser Verlöbnis, das sie erwarten, mitzuteilen. Auch meinen Eltern möchte ich die Freudenkunde nicht länger vorenthalten."

„Aber sieh mal, Fritz," versuchte sich das blühende Geschöpf zu entwinden, das die unwillkommene Einzwängung zwischen Beschränkung und Kleinbürgerlichkeit auf sich einrücken sah, wie die beiden Kneif-Enden einer riesigen Zange, „ich habe natürlich nichts dagegen — ich meinte nur — —"

„Was meinst du? — Gibst du deine Einwilligung?" beharrte der Offizier mit einer ihm ganz fremden Unerbitterlichkeit.

Heftig entzog ihm die Gequälte, die sich nicht binden lassen wollte, ihren Arm, da er ihn noch immer umspannt hielt. Nein, wie konnte solch ein armer, unbedeutender Leutnant, der beinahe auf nichts, als auf seine Löhnung angewiesen war, eine derartige Zusage im Ernst von ihr

174

verlangen? Von ihr, der Glänzenden, Vielbegehrten, deren
Zukunft in einem goldigen Nebel schwamm? O, wenn sie
wollte, wenn sie bloß winkte, dann würde — — — Im
Grunde war es eigentlich, — ja, sie konnte es nicht anders
nennen, — es war eigentlich eine Anmaßung, daß der
hartnäckige, in seine Bücher verbohrte junge Mensch, der
das Leben so wenig kannte, sie veranlassen wollte, so
plötzlich, so unüberlegt eine Entscheidung zu treffen, die
sie für immer von allen glänzenderen Hoffnungen entfernen
mußte. Und warum? Es blieb wirklich halb lächerlich.
Weil man einen kleinen ungefährlichen Flirt getrieben hatte,
weil man dem hübschen Menschen mit den ernsten Zügen
ein paar Zärtlichkeiten gestattet, die man eben an irgend
jemanden verschwenden wollte. Warum nicht an ihn, auf
dessen Verschwiegenheit man doch bauen konnte? Und
zum Lohn dafür jetzt dieses beinahe unhöfliche Drängen?
Nein, das war sicherlich Johannas Werk, die es nicht
erwarten konnte, die schöne Schwester, deren Eleganz und
Damenhaftigkeit sie natürlich heimlich beneidete, in ein
ebensolches Arbeitsdasein zu stoßen, wie sie es selbst führte.
Herrgott, Herrgott, wenn man nur einen Ausweg fände,
ein Entschlüpfen! Und plötzlich warf sie sich in den Sessel
zurück und schlug beide Hände vor ihr Antlitz. Heftig und
wild schluchzte sie auf. Ja, der von einem peinlichen
Schrecken durchschlagene Offizier merkte sogar, wie zwischen
den Ritzen ihrer Finger helle Tränen hindurchtröpfelten.
Das hatte er noch nie bei ihr wahrgenommen. Und eine
Sekunde lang war es ihm, als müsse er sich über die
Ringende beugen, um ihr unter tausend guten Worten Trost
zuzusprechen. Es war ja eigentlich alles so natürlich. Dem
Unverdorbenen schien es, als ob diese Tränen, dieses auf=
gelöste Schluchzen nur ein unverstandenes Abschiednehmen
von Mädchentum und Jungfräulichkeit bedeuteten, ein

rührender Kummer, der ihm sein Mädchen in einer ganz neuen, zarten und demütigen Schwäche zeigte.

Wenn nur die Zeit, die machtvoll aufbegehrende Zeit derartige Erwägungen nicht wie Spreu im Sturm auseinander gesprengt hätte. Horch! Begann dort draußen nicht mit einem Mal das Glockenwerk von dem Turm der Sebaldus-Kirche zu läuten? Ein Ton immer eherner und markerschütternder, als der andere? Fritz Harder begriff nicht, warum die Kunstschöpfung des alten Uhrmachers Adameit, seines Hauswirtes, in dem allgemeinen Tumult ihre Stimme erhöbe, aber der seelenumwühlende Donnerton raubte ihm jedes weichliche Mitleid. Fest und zielsicher trat er an den roten Sessel heran, um seine Hand noch einmal auf ihre Schulter zu stützen. Doch merkwürdig, nur ein wenig regte die in sich Versunkene die volle Rundung, aber die Bewegung genügte, damit die Hand abglitt. Empfand der Betroffene auch die leise Gereiztheit, die sich hier äußerte, den beleidigten Mißmut und die schlecht verhehlte Empörung über Zwang und Gehorsam?

„Marianne," forschte der junge Mann noch einmal in äußerster Zurückhaltung, „Marianne, ich begreife deine Tränen nicht. Liegt denn in meiner Bitte, in meinem Verlangen, eine Beleidigung?"

Und mit einem plötzlichen Entschluß entfernte er ihre Hände von ihrem Antlitz. Dann erschrak er. Der braune Samtton war von ihren Wangen entwichen, und auf ihren erschreckten Zügen lauerte etwas, was er sich durchaus nicht erklären konnte. Für einen Erfahreneren freilich, für Konsul Bark, hätte ein Blick genügt, um zu wissen, daß es die Teufel der Lüge waren, die dort ihre geschäftige Arbeit verrichten wollten.

Jetzt hatte sie sich auch gefaßt. Ja, ihr Mund lächelte wieder halb schmollend zu ihm empor.

„Wie kannst du nur so etwas fragen, Fritz?" widerlegte sie, während die Tränen immer noch ihre großen
schwarzen Augen feuchteten, „ich denke doch nur darüber
nach, daß du jetzt, gerade jetzt, vielleicht morgen schon,
von meiner Seite gerissen wirst."

„Ja, das ist wahr", bestätigte ihr Zuhörer betroffen.

„Und sieh einmal — —"

„Ja, was denn — was denn — erkläre dich
deutlicher."

Sie beugte sich herab und ließ die glänzenden Lackhalbschuhe wieder leicht gegeneinander schnellen. Noch hatte
sie den gewünschten Schlupfwinkel nicht völlig gefunden,
in den sie sich verkriechen wollte.

„Sieh einmal, Fritz", suchte sie noch immer unsicher,
„du sagst selbst, es gerät jetzt alles ins Wanken. Kein
Mensch weiß, ob er den anderen am nächsten Tage wieder
sehen wird. Meinst du nicht auch, daß man lieber abwarten sollte, bis sich alles geklärt hat?"

Noch sprach das schöne Geschöpf ungewiß und zögernd,
da fuhr sie plötzlich erschreckt auf. Woher die ungewohnte
atempressende Stille? Draußen hatte unvermittelt der Gesang der Volksmenge wie mit einem Schlag ausgesetzt.
Eine einzelne ferne Stimme wurde hörbar und dann folgte
kurz und knapp, gleich dem Aufschlagen einer brandenden
Welle, ein einziges vieltausendstimmiges Hurra. Das eigentümlich knirschende Geräusch, das stets vernehmbar wird,
wenn Massen sich in Bewegung setzen, drang zu den Einsamen empor. Die improvisierte Versammlung auf dem
Marktplatz schien ihr Ende erreicht zu haben. Jedoch die
ungewohnte Ruhe war es nicht allein, die das aus der
Fassung gebrachte Mädchen so unheimlich in ihren Bann
schlug.

Jetzt wußte sie es — die grauen Augen des Offiziers waren es, die sie festhielten. Lieber Himmel, sie mußten die kleinen betrüglichen Künste durchschaut haben, sonst hätten sie niemals einen solch kalten, einbohrenden und doch zugleich verzweifelten Glanz strahlen können. Schon wollte die Verängstigte aufspringen, um durch eine neue Zärtlichkeit, die ihr ja leicht fiel, die unbehagliche Situation zu unterbrechen, als sie an ihrem Platz vollkommen erstarrte. Keiner Bewegung mächtig, mußte sie mit ansehen, wie ihr Gefährte, ohne sie nur im geringsten zu beachten, an den Tisch herantrat, von wo er langsam seine Mütze an sich nahm. Dann streifte sich der junge Mann, immer mit derselben unnatürlichen Ruhe, die weißen Handschuhe auf und hakte mit einer mechanischen Bewegung den Degen ein. Eine Sekunde verharrte er wie in Nachdenken. Allein je tiefer ihm das kurz geschorene Haupt auf die Brust sank, desto deutlicher erkannte die entsetzte Beobachterin, wie seine dunklen Augenbrauen sich immer finsterer und entschlossener zusammenzogen.

„Fritz!" sprang sie empor.

Er hob das Haupt und sah sie an.

Es war ein Blick aus so unendlicher Entfernung, ein so fremder und stolz gefaßter Blick, daß Marianne vor Zorn, Scham und Zurücksetzung hätte schreien mögen. Im Halse schnürte sich ihr etwas zusammen, sie glaubte ersticken zu müssen. Als sie ihre Umgebung wieder vollständig zu deuten wußte, da schloß sich bereits, unhörbar, die hohe weiße Tür, und eine Scheidewand wuchs empor zwischen ihr und der Vergangenheit voll Spiel und Kurzweil.

Wirklich Vergangenheit?

Pah — sie hatte sich wiedergefunden. Beflügelt eilte sie vor den altertümlichen Goldspiegel des Zimmers, um ihr verwirrtes Haar in Ordnung zu bringen. Und als sie ihre in purpurner Pracht siedenden Wangen gewahrte, als sie die tadellosen Linien ihrer Gestalt abmaß, da zwang sie etwas, spöttisch die Achsel zu zucken. Aufatmend trat sie unter die Gardine und öffnete das Fenster. Von dem großen viereckigen Marktplatz zogen noch immer die dunklen Scharen ab und marschierten in schwarzen Zügen durch die Nebengassen. Hoch über ihren Häuptern folgte ihnen das Donnergeläut des Glockenwerks. Mit tausend Goldaugen beobachtete der Nachthimmel das Aufbegehren und die Erhebung eines ganzen Volkes. Köstlich reine Luft strich zu dem Fenster herein und fächelte dem schönen Mädchen erfrischend die Stirn. Und in diesem Augenblick durchdrang selbst die Gleichgültige, Unbedachtsame ein zitterndes Nachgefühl von dem, was dort unten die davonstrebenden Züge der Stadtbürger erfüllt haben mußte. Ganz sicher, es schwebte etwas Ungeheuerliches, Niegeahntes in der Luft. Es flog von da und dort heran, schwirrende Möglichkeiten, die man ergreifen mußte, um sich auf ihren Flügeln von dannen tragen zu lassen.

In die Höhe.

Und der verschleierte Abenteurersinn des Mädchens, das da an dem Eckpfeiler des Fensters lehnte, reckte sich und verlangte gleichfalls hinaus, fort auf die Wege, die sich weit über die Täler des Alltags emporschlängelten.

Dann neigte sie sich weiter vor. Ihr scharfer Blick hatte aufgefangen, wie das trübe Laternenlicht in einer Degenscheide widerglitzerte. Und sie erkannte die Gestalt, die langsam und etwas vornübergebeugt dort drüben in der Dunkelheit der engen Rosenkranzgasse verschwand.

Ja, dort Finsternis und hier Licht, nichts als Schimmer und goldspinnende Helligkeit.

Wahrlich, eine große, eine tolle Zeit.

Beglückt, heiß, erglühend stützte sich die Fortgerissene

nochmals auf das Marmortischchen des Goldspiegels und starrte sich an, als wenn sie imstande wäre, sich die Zukunft auf hoch erhobenen Armen entgegenzutragen.

Ja, das Vaterland befand sich in Gefahr, aber sie selbst war schön, einfangend schön.

*   *   *

Ruhig schritt Fritz Harber seines Weges. Rechts und links von ihm zogen die Bürger mit ihren Frauen und Kindern dahin, und er mußte manchmal zur Seite treten, um die Drängenden vorüberzulassen. Dabei fing er immer wiederkehrende Worte auf: „Der Kaiser — der Zar — Frankreich." Und er wunderte sich, daß er dies so klar vernahm, daß nichts anderes, nichts Tieferes in seinem Ohr mitsummen wollte. In der schmalen Rosenkranzgasse schimmerte aus allen Fenstern noch Licht, und die Einwohner der Häuser standen vor den Türen und tauschten über die geringe Breite der Straße hinweg ihre Ansichten miteinander aus. Und wieder schüttelte der in sich gekehrte Wandrer erstaunt das Haupt, denn er begriff nicht, warum seine Augen dies alles so scharf, so untrüglich in sich aufnahmen. Einmal blieb er stehen und sah durch den schmalen Spalt der Gasse zu dem mächtigen Nachthimmel empor. Nein, er konnte keinen Unterschied entdecken. Dort oben waltete dieselbe schweigende, ungekünstelte Ruhe, wie hier unten und wie in seiner eigenen Brust. Eine wundersame, schwere, auf alles vorbereitete Fassung, die ihre spähende Aufmerksamkeit nur auf das Nächste richtete und entschlossen war, sich selbst zu vergessen.

Merkwürdig, er wollte sich zwingen, das formvollendete, das schönheitgesättigte Bild der Geliebten vor sich erstehen zu lassen, die ihn aus schneidendem Eigennutz verworfen hatte, aber er vermochte bei aller Anstrengung das lockende Geschöpf sich nicht mehr als Ganzes vorzustellen. Aus der trüb durchbrochenen Nacht tauchten wohl ihre Umrisse vor ihm auf, allein jeder Kopf eines gleichgültigen Bürgers schob sich vor seine arbeitende Einbildungskraft und überschattete sie. Ja, als die Ablösung einer Militärwache an ihm vorüberzog, die ihm mit klappenden Paradetritten die Ehrenbezeugung erwies, da war jedes Gedenken an sein eigenes Erlebnis von ihm entwichen und, wie alle anderen, so mußte auch er den funkelnden Helmen nachschauen, während ihm innerlich das Herz bis in den Hals zu klopfen begann.

„Prima, Herr Leutnant," krächzte plötzlich eine gallige Stimme hinter ihm, und als sich der seinen Träumen Entrissene umwandte, da entdeckte er hinter sich den schlottrigen und knickbeinigen Uhrmachergesellen seines Hauswirts, den ewig mit der Welt habernden Leiser Bienchen, der tief den zerbeulten Filzhut mit der herabhängenden Krempe vor ihm lüftete, um dann krampfhaft in die Tasche seiner Beinkleider zu greifen, weil ihm diese stets herabzufallen versuchten, „prima, Herr Leutnant", krächzte die gallige und stets unzufriedene Scherbenstimme, „unsere Soldaten! Ich mag zwar das verfluchte Pflasterzerreißen nicht leiden, und wenn sie so mit den Kommißstiefeln aufdonnern, möchte man Kopfschmerzen kriegen. Aber was tut das, Herr Leutnant? Jetzt sind sie einem ein Trost, ein ganz großer Trost, der einem die Nachtruhe wiedergibt."

Und sich noch näher an den jungen Offizier drängend, umklammerte er mit der Rechten ängstlich das faltenreiche Kinn, als wolle er verhindern, daß ihm seine bewegliche Karpfenschnauze, die ihm statt eines Mundes verliehen war, aus den wild durcheinander fahrenden Runzeln davonliefe. So fassungslos und erschüttert hatte Fritz Harder den Uhrmacher noch nie gesehen.

181

„Was meinen Sie, was hier geschehen ist, Herr Leutnant?" tuschelte der kleine Jude seinem vornehmen Hausgenossen unter ewigem Kopfschütteln von neuem zu.

„Doch nichts Schlimmes, lieber Bienchen?"

„Was heißt schlimm?" wehrte sich der andere, die Achseln ganz hoch in die Höhe ziehend, als wolle er den Himmel für seine traurigen Schicksale zum Zeugen anrufen. „Unter uns, es kann geben eine fürchterliche Zerstörung. Aber soll man es ihm übelnehmen, wenn er an einem solchen Tag mit dem Kopf ins Dunkel fährt? Ich sag' Ihnen ins dunkelste Dunkel, Herr Leutnant."

Fritz Harder mußte lächeln. Er wußte, daß der Gefolgsmann des alten Adameit mit dem unbestimmten und geheimnisvollen „er" stets seinen Chef zu bezeichnen pflegte. Und so forschte er denn vorsichtig weiter:

„Haben Sie wieder Grund zur Unzufriedenheit mit ihm, lieber Bienchen?"

„Ich habe nicht gesagt unzufrieden," zuckte der Geselle ärgerlich zurück und sein Mundgeschirr klappte unendlich oft gegeneinander, „der unausstehliche Kerl ist ja trotz allem ein Genie. Aber als ich ihm heute in meiner Aufregung unten in dem Keller, wo wir wir immer sitzen, — Sie wissen schon, Herr Leutnant — die Nachricht überbrachte, können Sie sich denken, was er getan hat? Dieser zahnlose Unmensch ist plötzlich aufgestanden, hat die Kapsel an dem Stahlzylinder geschlossen, obwohl die Sicherung noch immer nicht ganz fertig ist, und hat in seiner vermoderten Sprache, die nur ich ordentlich versteh', gesagt: Dann schließe ich mit dem heutigen Tage meine Arbeit ab. Unter der Erde hat sie so lange gelegen und unter der Erde wird sie auch bleiben. Aber sie wird unserer lieben Scholle eine Kraft und eine Wut verleihen, wie — wie — Ich glaube, er hat gesagt, wie einer Jungfrau, die sich gegen die Schande wehrt. Und nachdem er das gesagt hat, hat er mir die Hand gedrückt, was noch nie da war, ist in die Ecke gegangen, hat sich den Schmutz abgewaschen und schließlich seinen Bratenrock angezogen. Herr Leutnant, da hab' ich's nicht mehr länger ausgehalten. Mir ist so feierlich geworden, daß mir die Knie zu zittern anfingen, und ich mußte aus dem Keller raus und an die frische Luft. Und was aus ihm geworden ist, das weiß ich nicht. Ich hab' bloß seine Stimme aus Ihrem Zimmer gehört, Herr Leutnant, wo er bei dem fremden Herrn sitzt."

„Bei einem fremden Herrn?"

„Wie ich Ihnen sage, Herr Leutnant. Wenn Sie wollen, können Sie auch sein Zischen und Pusten und Fauchen hören, denn Ihr Fenster steht offen, und Ihr Bursche hat die Lampe bereits angesteckt."

Da riß sich der junge Offizier hastig los, und zu gleicher Zeit schüttelte er energisch die Traumgespinste ab, die aus dem dämmernden Keller des alten Adameit geheimnisvoll bis zu ihm emporgekrochen waren. Ungeduldig drückte er sich in den engen Schlitz hinein, der in dem blauen und rosigen Pfefferkuchenhäuschen die Haustür vorstellte. Aber der Uhrmacher hinkte ihm nach, so rasch es seine schlecht befestigten Beinkleider erlaubten, und hauchte dem Voranstürmenden in seinem heiseren Krähenton nach:

„Ein großes Tier, Herr Leutnant, Ihr Besuch, mit roten Streifen an den Beinen und ein Verwandter dazu. Er hat es ausdrücklich angegeben. Nu, sehen Sie, habe ich gelogen? Da tritt Herr Nikolaus Adameit gerade aus Ihrem Zimmer. Gewaschen, gekämmt und in dem schwarzen Bratenrock. Hier oben kennt er mich nicht. Er kennt mich bloß unten im Keller. Aber es gibt mir doch ein Gefühl von Hochachtung, weil ich mitgeholfen hab'. Man ist doch nicht bloß wie Öl in der Kanne gewesen oder wie ein totes

Rädchen. Nu, gute Nacht, Herr Leutnant, und wenn Sie Bedienung benötigen, Sie brauchen bloß zu klingeln. Ich paß' auf.“

*　*　*

Heftig riß Fritz Harder die Tür seines Zimmers auf. Und richtig, im Schein der kleinen weißen Porzellanlampe, die vor ihm auf dem ovalen Tisch brannte, saß der Er= wartete, Geahnte auf dem grünen Plüschsofa. Spähend schob sich bei dem Geräusch der Tür das bartlose glatt rasierte Haupt zur Seite, und unter einem Büschel gänzlich unpreußischer grauer Locken nahmen ein paar versonnener blauer Augen plötzlich den Glanz einer warmen Freude an.

„Gottlob, daß ich dich noch treffe, mein lieber Junge,“ sagte eine freundliche Stimme, während die hohe, breit= schultrige und mannbare Figur sich langsam erhob; und dabei streckten sich dem Eintretenden seine weißen Gelehrten= hände entgegen. „Ich fürchtete, du könntest bei dem Trubel schon Gott weiß wohin abkommandiert sein. Deshalb ist es ein rechtes Glück, daß ich dich noch erreiche. Komm, Fritz, laß dich einmal anschauen.“

Die hohe Gestalt mit dem gütigen Gelehrtenhaupt stand jetzt dicht neben dem jungen Mann und begrüßte ihn durch einen leichten Schlag auf die Schulter.

„Onkel Siebel,“ wollte Fritz erregt ausbrechen, denn eine unnennbare Erleichterung überkam ihn, als er unvermutet in dieser Wirrnis ein verwandtes Herz neben sich wußte, „Onkel Siebel, daß du gerade heute kommst! Du ahnst gar nicht, was — —“

„Doch,“ unterbrach der alte Militär, die Augen ein wenig zukneifend, „doch, mein Junge. Du siehst nicht so aus, wie ich dich erwartete. Was ist das für eine kränkliche Blässe?

Und wohin hast du dein frisches Jungenlächeln versteckt? Erinnerst du dich, deine liebe Mutter behauptete ja, du wärest immer anzusehen, als wenn du gerade etwas geschenkt erhalten hättest? Also was gibt's? Beklemmung vor der großen Weltkatastrophe?"

„Nein, Onkel."

„Ärgernis, Zurücksetzung im Dienst?"

„Auch das nicht, obwohl —"

„Na ja, ich weiß schon. So ein junger Leutnant darf dienstlich überhaupt nicht zufrieden sein, — wäre ganz reglementswidrig. Aber nun sage mal, Fritz, bist du krank?"

Eine leichte Pause entstand. Unschlüssig, mit sich kämpfend, sandte der Jüngere seinen Blick gegen das Lämpchen, das seine dämmrigen Friedensstrahlen unverwandt ihm entgegenschickte. Der alte Herr jedoch wurde ungeduldig, und knöpfte an seinem ziemlich salopp herabhängenden Waffenrock herum.

„Na also, offen, offen, mein Kerlchen," drängte er überredend, „ich habe nämlich deinen Eltern so eine kleine Inquisition versprochen, sonst würde ich mich ja nicht so beharrlich in derartige Geheimnisse mischen. Wir haben, weiß Gott, jetzt anderes zu denken, nicht wahr, Fritz? Aber in euren kleinen dumpfen Garnisonen wachsen manchmal wunderliche Geschichten auf. Und da findet solch alter, kalter Bücherwurm wie ich vielleicht doch besser durch, als so ein feuriges Temperament mit dem bewußten Napoleon-Gesicht. Also Junge, ich bitte um Vertrauen."

Da ermannte sich der Gefragte, und in seinen dunklen Augen, die er zu dem gütigen Verwandten erhob, stand seine ganze Leidensgeschichte geschrieben, als er sich stockend abrang:

„Onkel, du hatteſt recht. Ich war krank. Ich glaube, ich habe ein böſes Fieber überwunden.“

Jetzt nahm der Alte den Kopf des Offiziers tröſtend, beſänftigend, beinahe liebkoſend in ſeine beiden Hände. Es war unbeſchreiblich, welch eine wackere, mannhafte Güte von dem gelehrten Krieger ausging.

„Alſo überwunden, Fritz? Wirklich und wahrhaftig?“ fragte er eindringlich.

„Ja, Onkel Siebel,“ bekräftigte der andere feſt, „ich gebe dir mein Wort.“

„So, ſo,“ erwiderte der Generalmajor bedächtig und gab langſam den Eingefangenen frei, „dann iſt dieſe An= gelegenheit ja für mich erledigt. Gottlob. Ich muß dir nämlich geſtehen, Fritz, — da mir Heimlichkeiten auf der Seele brennen — daß deine liebe Mutter durch allerlei Klatſch und Zuſteckereien über deine Affäre unterrichtet war. Die alte Dame fühlte ſich innerlich recht beunruhigt, wenn ſie es auch nach außen hin tapfer verſchwieg. Aber nun, mein lieber Sohn, komm, ſetze dich zu mir an den Tiſch und laß uns jetzt über das reden, wovon die Herzen aller deutſchen Menſchen voll ſind. Ich wurde hierher ge= ſchickt, um den hieſigen Herren Offizieren einen kriegs= wiſſenſchaftlichen Vortrag zu halten. Daraus wird natürlich nichts, denn jetzt werden wir ja in der Praxis zu erproben haben, durch die lebendige Tat, was wir wiſſen und er= lernten. Komm, mein Junge, die beiden Flaſchen Pilſener Trankes genügen für uns. Jetzt wollen wir Kriegsrat halten.“

Bis weit nach Mitternacht ſaßen die Beiden zuſammen. Und während draußen jeder Laut erſtarb, während die Stadt, um die ein ferner Feind bereits ſeine haarigen Rieſenarme klammerte, in ſchweren, traumerfüllten Schlaf verfiel, in den letzten vielleicht, dem ſie ſich ungeſtört und

186

im Besitz geheiligter Ruhe und Ordnung hingeben konnte, da zauberte der alte Mann, dem der Krieg mehr als blutiges Getümmel, tolles Einhersprengen und fröhliches Waffenklirren bedeutete, da zauberte der Kundige wundersame befreiende Gebilde vor den aufhorchenden Schüler hin. In blühender, fortgerissener Sprache schilderte er das Elementarereignis, das nicht zufällig über den geduckten Menschheitsnacken fortraste, sondern natürlichen, längst erwarteten, genau zu berechnenden Gesetzen folgte, die nicht nur Brand und Verderben, sondern auch Sammlung und Auferstehen mit sich führten. Der Krieg war kein sinnlos tobender Vernichter, sondern ein weiser, vorbedachter Haushälter unter den Erdenvölkern. Gleich dem Tod, der den Lebenden auf ihrem engen, arg bedrängten Bezirk immer wieder Luft und Raum schafft, so war auch der Krieg der grübelnde Gärtner, der ganze Völkerpflanzungen, auch wenn sie scheinbar noch blühten, umpflügte und zur Ruhe verdammte. Entweder, weil er in späterer Zeit anders geartete Früchte von ihnen erwartete, oder weil er dem ungestümen Drang jüngerer Schößlinge nach Ausbreitung für eine gewisse Dauer nachgeben mußte. Der Krieg waltete aber auch als der letzte eiserne Schulmeister der Gottheit auf der Erde. Was früher, solange Gemüt und Körper noch schwerer bildsam waren, Sintflut, krachende Weltteilabstürze oder eishauchende Vergletscherungen vollbracht hatten, nämlich die Erziehung ungeheurer, von den Elementargewalten betroffener Stämme nach einer bestimmten Richtung hin, zu einem ganz gewissen Ziel, das erst die Spätgeborenen, schaudernd vor der ewigen Gerechtigkeit, als planvoll und segensreich erkannten, dafür wurde jetzt unter den verfeinerten Lebensformen, sobald sie zur morschen Überreife neigten, der Krieg als allgemein verständlicher, jede Auflehnung erstickender Erzieher über die Erde geschickt. Und

187

er hat jedesmal seine stählerne Rute gut geschwungen. Noch kennt das Menschengeschlecht keinen Examinator, der so klar die Talentvollen und Starken nicht allein über Schwache und Faule, sondern sogar über die fleißige Mittelmäßigkeit zu setzen wüßte. Und dann, — seine Lehrstunde ist nur kurz, denn wenn er gesagt hat, was er weiß, dann schlägt er die Tür der Schulstube donnernd hinter sich zu und schreitet in den dichten Wald der Jahrhunderte. Aber das, was er seinen Schülern vortrug, bleibt eindringlich über Geschlechter hinaus haften und wirkt unvergeßlich fort bis zu späten Enkeln.

VI.

Zwei Tage des Wartens hinkten über das Land. Auf allen fahrbaren Wegen knarrten schwer beladene Wagen dahin, deren Besitzer von der gefährdeten Grenze den Städten zustrebten. Oft stand Johanna aufgerichtet an den Torpfosten ihres Gehöfts zu Maritzken und sah die traurige Völkerwanderung, dieses unvorstellbare Elend an sich vorüberwallen. Denn es war ja nur eilig zusammengeraffter Besitz, zerzaust und gebrechlich, was die Flüchtenden hier stumm und ohne ein Wort der Klage vorbeischafften. Kommoden und Schränke, Bettzeug und Vogelbauer, Säcke voll Lebensmittel, Kleidungsstücke und Kochgeschirr, Kinder und junges Vieh, alles rollte, wirr zusammengepreßt, in endlosem Zuge dahin.

Aber auch Militärkolonnen marschierten an der versonnenen Beobachterin vorüber. Gleichfalls still, in sich gekehrt, ohne Lieder. Denn sie hielten die Stirnen nicht dem Osten zugewandt, wie es ihr junger Mut ersehnte, sondern sie folgten höherem Befehl, der sie zu zusammen-

188

gefaßter Tat aufsparte. Im Staub und Dämmer des Augusttages verschwanden die lockeren Kolonnen.

Einmal löste sich eine Gestalt aus einer der dahinziehenden Kompagnien, trat schnell auf die Gutsherrin zu und streckte ihr rasch die Hand entgegen. Zuerst erkannte Johanna den Grüßenden nicht, denn die neue graue Uniform hatte den gewohnten Eindruck verändert. Aber dann drückte sie die dargebotene Rechte stark und fest, als ob sie den Offizier, der keinen Blick auf den weißen Hof warf, überzeugen wolle, daß hier auch ehrliche und treue Gemüter lebten, Herzen, die den Trommelwirbel der Zeit nachschlugen und nicht im Walzertakt hüpften. Kein Wort wechselten die Beiden miteinander. Aber es war doch ein Abschiednehmen über die Dauer des Seins hinaus. Und in dem Händedruck, mit dem Johanna den Scheidenden entließ, barg sich ein mütterlicher Segenswunsch. Dann ein stummes Zurücktreten in die grauen Haufen, und auch diese Scharen wurden eingesogen von der undurchdringlich sich dahinwälzenden Staubwolke.

Über die schlängelnden Feldwege aber jagte und raste das Gerücht. Schattenhaft grau stäubte es dahin, menschlichen Augen manchmal nur als ein mit gestreckten Läufen flüchtender Hase erkennbar. Doch das lechzende Tier sollte aus einem brennenden Haferfeld hervorgebrochen sein.

Barmherzigkeit, war das möglich? Wer hatte es erzählt, wer zuerst geglaubt?

An den Kreuzwegen der Felder, an den schmalen Brücken der hellen Bäche, die durch die sanft gewellten Talmulden blitzten, überall knirschte und schlürfte es. Greise und alte Weiber, die einzigen Einwohner verlassener Ansiedlungen, schlichen hier zusammen. Wackelnde Köpfe, erstorbene Stimmen erzählten sich Gräßliches:

„Wißt ihr schon? Es ist wahr. Man kann es beschwören.

Das Rittergut Lutheinen ist abgebrannt bis auf den Erd=
boden. Da, wo das Schloß stand, liegt ein Kohlenhaufen."

„Im Frieden, denkt euch, mitten im Frieden!"

„Woher sie kamen und wohin sie entschwunden sind, das
weiß kein Mensch. Aber acht Meilen weit ritten sie ins Land
hinein. Sie trieben vor sich her, was vor ihre Lanzen kam.
Die Mädchen wurden an die Pferde gebunden, die Kinder
gehetzt, bis sie erstickten."

„Oh mein Gott, wie wird es uns ergehen!

„Ich sah es nicht selbst, aber der Landbriefträger hat
es erzählt. Dem Schmied von Löthau haben sie, als er einen
von den Mordbrennern mit dem großen Hammer totschlug,
mit seinem eigenen Viehstempel eine Marke ins Genick ge=
sengt. Der Mann ist wahnsinnig geworden."

„Wehe, wehe, wie wird es uns gehen! Wer wird uns
zu essen geben, wenn wir nicht mehr weiter können?"

„Lauft zu dem Fräulein von Maritzken, sie hat Milch=
eimer aufgestellt und Brote hingelegt."

„Herr Jesus, ist sie noch da?"

„Ja, die Grothe=Marjellen sind noch da. Wir haben ihre
hellen Kleider durch die Büsche gesehen."

„Oh, sie muß uns Brot und Milch geben. Und dann
weiter, weiter, hier bleiben wir nicht!"

*　　*　　*

In dem kleinen gemütlichen Eßzimmer zu ebener Erde
saßen die beiden ältesten Grothe=Schwestern, und es schien,
als ob sie trotz ihrer Verlassenheit ruhig die Hefte der
Journalmappe durchstöberten, die zum Teil aufgeschlagen
die Platte bedeckten. Über ihnen sandte die grün verhangene
Hängelampe ihr sanftes elektrisches Licht aus, und in dem
kleinen Gemach waltete eine Stille, die man in anderen

Zeiten behaglich genannt hätte. Heute aber war es, als ob der Tag an seiner Rüste beklemmt den Atem anhielt, bevor er von neuem seinen Mund zu wilden blutrünstigen Märchen und Erzählungen öffnete. Eben schlug es von dem nahen hölzernen Kirchturm die neunte Stunde. Durch die Wipfel der hochstrebenden Eichen vor dem Hause fuhr ein ziehendes Wehen, ein unheimliches Ächzen, das die innere Unruhe nur vermehren konnte, als die Seitentür knarrte, und Isa in einem grauen Reisekleid, einem schwarzen Lackhut auf den roten Haaren, völlig gerüstet hereintrat. In dem feinen Gesicht der Siebzehnjährigen nistete eine erschreckende Blässe. Ihre großen Goldaugen schienen wie von Nebel verhängt und irrten unruhig von den beiden älteren Schwestern hinweg zu dem einzigen Fenster der Stube hin, vor das die Nacht jede Aussicht sperrend ihr schwarzlockiges Haupt gedrängt hatte. Vergebliches Mühen, denn die Jüngste der Grothe-Marjellen fing dennoch in ihrer aufgereizten Einbildungskraft tolle, sich überstürzende Begebnisse auf, die sich dort draußen unter erstickten schreckhaften Rufen verkündeten. In nervöser Hast fingerte sie auf der Platte des Tisches herum und zupfte an den Ecken der Journalhefte, ohne zu empfinden, wie sehr sie dadurch ihre ruhige Schwester Marianne in ihrer Lektüre beeinträchtigte.

Da trat Johanna auf das furchtgeschüttelte Mädchen zu und klopfte ihr leise die Wange. Von der Berührung zu sich selbst gebracht, drängte sich Isa dicht an die ragende Gestalt ihrer ältesten Schwester heran, und eine kurze Sekunde war es der Kleinen, als ob hier an den festen Gliedern der ruhigen und gefaßten Frau auch für sie ein Schutz, eine Zuflucht geboten werden könnte. Im nächsten Moment freilich flackerten ihre Blicke wieder begehrlich um die nahe Tür, denn der ungestüme quälende Hang nach

Flucht und Rettung überwältigten das zitternde Geschöpf von neuem.

„Du willst also wirklich diese Nacht nicht bei uns ver= bringen?" fragte Johanna in ihrem gewohnten Ernst, wobei sie es jedoch vermied, irgendeinen Tadel oder eine Ab= mahnung mitklingen zu lassen, „du bleibst dabei, zu so später Stunde zu unserer Tante Adelheid nach Sorquitten zu fahren? Aber wie, Kind, wenn Fedor Stötteritz und die meisten seiner Leute schon fort wären? Ich will dich nicht ängstigen, aber es ist doch möglich."

Die Jüngste jedoch ließ sich von dem Einwurf nicht treffen, sie schüttelte das rote Haupt nur bestimmter und sicherer, als ob es für ihre Pläne kein Hindernis geben könnte.

„Das wird ja nicht sein," stammelte sie in der Sucht, sich an einen irgendwo in der Ferne gaukelnden Rettungs= schimmer wie an ein starkes Seil zu hängen, „das ist ja ganz gewiß nicht der Fall. Fedor, und der Inspektor, und alle seine Knechte sind noch da. Dort befindet man sich dann endlich in Sicherheit. Nicht wahr, das meinst du doch auch? Komm mit, Johanna," setzte sie plötzlich dringend hinzu, während sie die Hand der Blonden mit fieberhafter Glut umspannte, „komm mit, ich bitte dich. Begleite du mich wenigstens, Marianne. Ich kann euch nicht schildern, was ich hier leide. Wenn wenigstens ein Mann uns zur Seite stände, wenn Konsul Bark — —"

„Laß den Konsul zufrieden," schnitt Johanna rasch ab. „Er wird jetzt für sich selbst zu sorgen haben. Und du, mein Kind, fahre in Gottes Namen. Baumgartner wartet draußen schon mit dem Wagen auf dich. Und um uns brauchst du dich nicht zu beunruhigen, hörst du? Der Landrat hat mir versprochen, daß wir sofort durch Depesche benachrichtigt werden, wenn irgendeine Gefahr im Anzuge sei. Grüße Tante Adelheid und auch Fedor von mir und

192

sage ihnen, sobald es zum Äußersten kommt, werde ich selbstverständlich auch an mich denken. Nun geh, mein Kind, mache dir den Abschied nicht schwer, denn ich denke, wir sehen uns in den nächsten Tagen wieder. Und Baumgartner soll das Verdeck hochschlagen, verstanden? Denn es sieht aus, als ob es regnen wollte."

Ein paar Minuten später rollte der Wagen mit seiner einsamen Insassin bereits über die Chaussee. Kühl lag die Nacht auf Feld und Steg. Schwarzgezackte Wolken segelten an dem sternenlosen Himmel dahin und schoben sich zu ungeheuren drohenden Gebilden zusammen. Nur ab und zu jagte ein bleicher Mond aus den gähnenden Klüften dort oben heraus und goß einen schnell verschwindenden Lichtsturz auf die reifen Felder herab. Ein paar vereinzelte Regentropfen klatschten hohl auf den Weg.

Ungeduldig rückte Isa unter dem engen Lederverdeck hin und her. Es war so dunkel und stickig unter der schwarzen Kappe. Jede Aussicht wurde versperrt. Und ein unbestimmtes banges Gefühl befahl ihr, noch einmal nach der entschwindenden Heimat zurückzuschauen. Pochenden Herzens erhob sie sich, um ihrem Kutscher einen leichten Schlag auf den Rücken zu versetzen. Überrascht wandte sich der still vor sich hinstarrende Mann zurück.

„Was wollen Sie, Fräulein?"

„Baumgartner," schmeichelte Isa, während ihre Hand immer noch unbewußt über die Schulter des Statthalters glitt, „es ist so beklommen hier drinnen; schlagen Sie das Verdeck zurück."

Der Mann schüttelte bedenklich das Haupt und zog die Zügel etwas an.

„Aber Fräuleinchen," wehrte er sich, „es feuchtet hier draußen. Hören Sie nicht die Regentropfen?"

„Das schadet nichts, lieber Baumgartner, ich bitte Sie,

tun Sie mir den Gefallen. Ich kann hier unter dem Leder nicht ordentlich atmen."

Jetzt murmelte der treue Verwalter etwas vor sich hin, sprang aber sofort herab, und gleich darauf faltete sich der dunkle Plan über dem Haupt der sich Zusammenduckenden, der schwarze Nachthimmel dehnte sich über ihr, und ein feuchter Windzug pfiff an ihren Wangen vorüber.

„So, nun aber weiter," sprach Baumgartner, der inzwischen den Bock wieder eingenommen hatte, zu der noch immer hinter ihm Stehenden, und dann murmelte er abermals etwas, was Isa trotz aller Anstrengung nicht verstand, spähte nach rechts und links über die dunklen Feldwege und ließ endlich seine Peitsche sausend über die trabenden Pferde dahinklatschen. „Vorwärts, vorwärts," trieb er.

Hinter ihnen verglommen die letzten zuckenden Lichtschimmer, die die Gegend von Maritzken andeuteten, und immer näher wanderte ihnen die dunkle Linie eines Tannenschlages. Von fern hörte man bereits das Ächzen und Knarren der Wipfel.

„Vorwärts, vorwärts," drängte Baumgartner abermals und wollte seine Peitsche weit ausholend durch die Luft streifen lassen. Aber mitten im Schwung erschrak er und hielt ein.

„Wir sind doch bald da?" forschte Isa über seine Schulter herüber.

„Ja — jawohl — wir sind bald da. Eine halbe Stunde."

Allmählich ließ sich das Mädchen wieder in die Wagenecke zurücksinken, krampfte die Hände zusammen und saß hochaufgerichtet da. So ausgesetzt, so allein, so der tröstenden Hilfe bedürftig, wie jetzt inmitten der farblosen, gestaltenschwangeren Nacht, meinte sie sich noch nie befunden zu haben. Unwillkürlich hob sie den behandschuhten Finger an ihre bebenden Lippen, wie sie es als Kind in Not und Be-

drängnis getan, und starrte vorausfuchend in die dicke
Finfternis, die nur ab und zu durch vorüberhufchende weiße
Chauffeefteine unterbrochen wurde.

O, jetzt ein Schutz, jetzt ein lachendes gutes Wort!

„Baumgartner, sind wir bald da?"

„Ja, Fräuleinchen, knapp eine Viertelstunde —
aber — —"

Jedoch feine Infaffin vernahm die Einschränkung des
Mannes auf dem Bock nicht mehr, denn während ihre
Augen furchtfam das dunkle Untergeftrüpp des Waldes
durchirrten, deffen schlanke Stämme bis dicht an die
Chauffee herantraten, da lungerte ihre aufgescheuchte Einbildungskraft fehnfüchtig nach den Rettern aus, von denen
fie meinte, daß fie ihr allein Erlöfung und Troft verbürgen
könnten. Die muskulöfe Riefengeftalt des Recken von
Stötteritz tauchte vor ihr auf, dann entfann fie fich der
ernften Entschloffenheit von Fritz Harber. Aber körperlicher
als diese beiden fühlte fie den um vieles älteren Konful
neben fich lehnen, und ihre Glieder erwärmten fich beinahe,
als fie fich vorftellte, wie spöttisch und väterlich die Stimme
des gereiften Mannes jetzt klingen würde: „Na, kleines
Rotfeuer, man wird ja gleich das Kinderbettchen aufschlagen.
Nur Geduld, es dauert nicht mehr lange."

Erschreckt fuhr fie empor, denn in demfelben Augenblick
hatte wirklich etwas zu ihr gesprochen. Der Wagen hielt.
Mitten in der engen Waldftraße, nicht hundert Schritt von
dem Auftritt in das freie Feld entfernt, das im fahlen
Mondenlicht weiß herüberglänzte.

„Baumgartner, fagten Sie etwas?"

„Ja, Fräulein."

Sie sprang empor, ftützte fich auf das eiferne Bock-
geländer und brachte ihr Haupt so nahe an den Verwalter
heran, bis fie feinen feuchten Armel an ihrer Wange spürte.

„Warum halten wir hier?" ging es ihr schwer über die Zunge. Und zugleich merkte sie, wie sie unfähig wäre, auch nur ein Glied zu bewegen, weil ihr ganzer Körper von einer starren Lähmung geschlagen war. „Baumgartner, um Gottes willen, was beobachten Sie dort vorn auf dem Feld?"

Allein der Mann erteilte keine Antwort. Mit einem einzigen Sprung setzte er plötzlich vom Wagen, und die Zurückgelassene erkannte wie hinter einem Flor, daß ihr Schützer in weiten Sprüngen am Waldrand entlang huschte, immer ängstlich bemüht, das hereinfallende Mondlicht zu meiden.

Sie wollte schreien, aber die Stimme versagte ihr.

Seltsam, seltsam! Was waren das für dunkle, bewegliche Schatten dort hinten am Ende des Waldausschlages? In dichten Massen schienen sie dahinzugleiten, fremde, unentzifferbare Laute schlugen deutlich durch das Gehölz. Und jetzt — nein, sie täuschte sich nicht — da und dort blitzten kleine runde Lichter auf. Sie waren dem wandernden Zuge eingefügt und sandten vorüberschwebende, spähende Lichtkegel durch die aufgleißenden grünen Nadelzweige.

Horch und jetzt!?

Ein Kälteschauer schnitt ihr über die Brust, der Atem stockte der Entsetzten, denn ohne daß sie das geringste merkte, war plötzlich eine Gestalt neben dem Wagen aufgewachsen, schwang sich auf den Bock und riß die Zügel an sich.

„Baumgartner, um Gottes Barmherzigkeit willen, sind Sie's?"

Allein der Mann, der die Führung des Wagens übernommen hatte, blieb stumm. Mit Aufbietung aller Kräfte warf er die Pferde zurück, schlug ihnen mit dem Peitschenstiel über die Köpfe und ließ das Gefährt über den Graben hinweg in den Seitenschlag hineinrasen. Von dem Stoß getroffen wurde das Mädchen in die Polster zurückge-

196

schleudert. In wahnsinniger Flucht schossen die Baum=
riesen an ihr vorüber, überhängende Zweige schlugen ihr
ins Gesicht, der Wagen sprang und polterte, daß sie von
einer Ecke in die andere geschleudert wurde, und dazwischen
zischte etwas um sie herum, etwas gänzlich Fremdes, nie
Gekanntes, wie vorübersausende Bienen, die einen bösen
pfeifenden Ton ausstießen. Und bei alledem behielt die
Überwältigte noch genügend Besinnung, um ein schwaches
Erstaunen darüber zu empfinden, warum der Pfad vor
ihnen so schwarz und unbeleuchtet blieb. Der Mann auf
dem Bock mußte die Laternen gelöscht haben. Und weiter
flog der Wagen über Baumwurzeln und Maulwurfsgruben.
Jetzt eine knirschende Schwenkung, und mitten hinein ging
es in ein rauschendes Feld. Surrend, gleich zischenden
Dampfwolken wogten die starken Halme rechts und links
an dem Gefährt vorüber.

Und dann —

Eben meldete sich ein sanfteres Rollen, da schrien mehrere
wilde Stimmen neben ihnen auf. Ein sausender Schlag wie
mit einem eisernen Schaft traf das lederne Verdeck, die
Wagenpferde stiegen und wieherten, ein erneutes tolles
Herumschwenken und abermals rauschte und strich das
Meer der wogenden Ähren um die versinkenden Räder
herum.

Allein das Mädchen fürchtete nichts mehr, denn das klare
Bewußtsein war ihr untergegangen.

Als Isa wieder zu sich kam, da wölbte sich über ihr der
mit Wappenschilden bunt bemalte Torbogen der Stadt.
Trüber Mondschein sickerte noch aus den Wolken. Auf dem
Bock saß Baumgartner, und obwohl dem Treuen über das
übernächtigte Antlitz der Schweiß rann, fragte er doch
freundlich, erlöst:

„Wohin, Fräuleinchen?"

Isa besann sich nicht:

„Zu Konsul Bark,“ sagte sie rasch.

*   *   *

Über den Hof von Maritzken schritt durch die Schwärze
der Nacht die hohe Gestalt eines Weibes. In ein Um-
schlagetuch gehüllt lehnte Johanna eine Weile an der Einfahrt und lauschte auf die Chaussee heraus, ob sich noch
immer nicht das Rollen des zurückkehrenden Wagens an-
melde.

Kein Laut.

Nur das hohle Aufschlagen der vereinzelt dahinstiebenden
schweren Regentropfen fing ihr gespanntes Ohr auf, und
dazwischen strich ein feuchter Wind zischend und raschelnd
um die Pfeiler der Einfahrt. Eine leise Unruhe stieg in der
Besonnenen auf. Sollte der Wagen vielleicht irgendwo eine
Beschädigung erlitten haben? Jedenfalls wollte sie wach
bleiben, um das Eintreffen Baumgartners zu erwarten.
Fröstelnd hüllte sie sich tiefer in das warme Tuch und schritt
langsam über den Hof zurück. Überall waltete schwere
lastende Ruhe. Aus den Kuhställen drang ein vereinzeltes
Brummen hervor, und aus den vergitterten, halb ange-
lehnten Fenstern schlug eine bleiche Wolke tierischer Wärme
heraus. Dicht vor dem Hause lösten sich zwei schlanke
Schatten ab. Es waren die beiden munteren Schäferhunde,
die jetzt wedelnd an ihrer Herrin in die Höhe sprangen.
Eigentümlich grell leuchteten die Augen der Tiere durch die
Finsternis.

Und weiter schritt Johanna durch das Haus. Hier und da
legte die Sorgliche die Hand auf eine der Türklinken, um zu
prüfen, ob auch überall verschlossen wäre. Dann stieg sie
in den ersten Stock hinauf und blieb vor Mariannes kleinem

Gemach stehen. Selbst bei dem trüben Licht des Petroleum=
lämpchens, das den schmalen Gang auch in der Nacht er=
hellte, konnte man erkennen, wie sich die Stirn der Ein=
samen verzog, als sie jetzt die tiefen Atemzüge der dort
drinnen gewiß sorglos Schlummernden auffing. Bedrückt
schüttelte sie das Haupt, und ein kurzer Seufzer entrang
sich ihr, bevor sie sich losriß, um ihr eigenes Schlafzimmer
aufzusuchen. Überaus eng und einfach bot sich der weiß
gedielte Raum dar. Ein festes eichenes Bett, darüber an
der bläulich getünchten Wand ein Holzkreuz des Erlösers,
ein altertümlich geschnitzter Schrank, eine breite Eichen=
kommode, die zugleich als Waschtisch diente, — sonst nichts.
Kein Schmuck, kein Zierat; nur an der Seitenwand hing
der gebräunte Buntstich des Preußenprinzen Louis Ferdi=
nand, und die dunklen, schwermütigen Augen des Bildes
verfolgten das große blonde Weib, als es sich jetzt hart
auf den Rand seines Bettes niederließ, und verhinderten sie
daran, zum erstenmal an dem Arbeitstage ruhig ihre
fleißigen Hände in dem Schoß zu verschränken. Das einzige
Fenster des Zimmerchens stand noch offen, und die Einsame
wandte ihr Haupt und lauschte von neuem. Draußen
schüttelten die schmal geschnittenen Eichen ihre hochragenden
Kronen, und die Blätter wisperten und raunten in scharfer,
spitzer Geschwätzigkeit. Müde erhob sie sich, um das Fenster
zu schließen. Dann begann sie, sich gedankenlos zu ent=
kleiden. Sie löste das reiche blonde Haar, das jetzt, nachdem
es entfesselt war, in lichten Wellen an ihr herniederfiel.
Aber die Besitzerin dieses Schmuckes wandte keinen Blick
auf die weiche Pracht, sondern warf hastig ihre Bluse ab.
Und wieder zuckte sie betroffen zusammen, als sie merkte,
wie fröstelnd es ihr am Abend des heißen Augusttages über
die entblößten Arme schnitt.

Jetzt — aber mein Gott, was war das? Was bedeutete

es, daß die Augen des toten Prinzen dort oben auf dem Bilde einen immer sprechenderen Ausdruck annahmen? Ein matter Zug von Sattheit und doch unterdrückter Lebensgier spielte dabei um die fein geschwungenen Lippen, und es lag etwas Spöttisches, Wegwerfendes in der Art, wie das Bild ihr auf Schulter und Nacken herabschaute.

Minute auf Minute verstrich. Von draußen summte der matte Schlag der Dorfuhr herein, und dazwischen hämmerten schwere Tropfen, jetzt ununterbrochen, gegen die Fenster= scheiben. Ein unablässiges Spritzen und Rinnen. Sie wandte sich und sah, wie der weiße Vorhang des Fensters in der Zugluft, die durch die undichten Fugen schlüpfte, leise hin und her bewegt wurde. Um das Lämpchen auf dem Waschtisch schwirrte und gaukelte ein winziger Nacht= falter. Von Zeit zu Zeit vernahm sie das Anschlagen seiner Flügel.

Jedoch allmählich vermischten und verwirrten sich die Geräusche. Das Frösteln über ihrer Brust zwang sie, sich tiefer zu verhüllen, sie griff in den weißen Bettüberzug, lehnte sich weiter zurück, und noch einmal war es der Versinkenden, als vermöge ihr drohender und abweisender Blick das merkwürdige Lächeln von dem Bilde dort oben zu verscheuchen.

Draußen regnete es heftiger, aber in der kleinen Schlaf= stube wurde es still.

War es das klirrende Summen des Nachtfalters oder wurden in der Tat vor den Ohren der Dahingesunkenen weiche Saitenklänge laut? Aber wie fern und fremdartig! „Es ist ein tatarisches Bauernlied," sagte eine schmeichelnde Stimme, vor der sich Johanna wie in Schmerzen hin und her wand, „gestatten Sie, Gnädigste, daß ich Ihnen den Text übersetze:

200

„Ich küsse dich, Anuschka.

Ich küsse dich, Iwan.

Was wird sein, wenn wieder der Wein blüht?"

Gegen die Fenster flog ein Regenguß, dann zitterten die Scheiben, und die Tür des kleinen Zimmers brach auf.

„Es bereitet mir aufrichtige Betrübnis, meine Gnädigste, Sie um diese Zeit wecken zu müssen," fuhr die wohllautende Stimme fort, und ein Hauch von Kälte und Feuchtigkeit strömte über das Lager.

Entsetzen!

Johanna flog empor. Das Kissen unter ihrem Haupt fiel zu Boden, und ihre Rechte rieb wild über ihre Augenlider, als sei es nur so möglich, dieses wahnsinnige Traumbild zu vertreiben. Allein es blieb. Es stand vor ihr in einem faltenreichen grauen Mantel, von dem der Regen triefte, und sobald es sich bewegte, klirrten Sporen und Säbel. Die Augen des Phantoms jedoch, diese halb traurigen, halb begehrlichen Augen, ruhten ohne Erbarmen auf der von Schrecken und Entsetzen Niedergeworfenen.

Ungläubig, wild, vor den Ohren ein strömendes Rauschen, so lag sie kraftlos in ihren Kissen, unfähig, durch die matteste Bewegung ihre Blöße zu decken, und während ihre gebannte Zunge den Versuch machte, einen verständlichen Laut hervorzustoßen, da saugten sich ihre herumirrenden Augen, die noch immer nicht zu unterscheiden vermochten, an dem matten, schwarzen Lauf eines Revolvers fest, den der Eindringling gestreckt vor sich hielt, obwohl die Waffe von dem herabwallenden Mantel halb verborgen wurde.

Ein paar eilige Sekunden regte sich in dem kleinen Zimmer nichts mehr, in dumpfem Anschlag hörte man den Falter gegen den glühenden Zylinder taumeln, die Menschen jedoch schienen an das unerhörte Begebnis wie festge=

schmiedet. Erst als die Atemzüge der Liegenden immer vernehmlicher röchelten, als ob ein Sterbender von allem Gewohnten Abschied nimmt, da schüttelte der verhüllte Offizier seine eigene Beklemmung ab und legte begütigend die Hand auf das Kissen, ohne darauf zu achten, wie die Waffe sich mit über das weiße Linnen schob.

„Meine Gnädige," begann die reine einfangende Stimme von neuem, die das Deutsche in einem so wunderlich reizvollen Tonfall vortrug, „bitte nehmen Sie die Situation, wie sie in unserem Falle genommen werden muß. Ich habe allerdings den Befehl, Ihr Gehöft zu besetzen, aber schon der Umstand, daß ich den großen Vorzug Ihrer Bekanntschaft genieße, muß Sie von dem Mangel jeder persönlichen Gefahr überzeugen."

Noch redete der Fürst, als die Gutsherrin plötzlich etwas Kaltes, feucht Durchfröstelndes an ihrem Arm spürte, und mit der Berührung schoß ihr ihre Lage, ihre rettungslose Auslieferung an eine fremde Gewalt mit schmerzhafter Klarheit ins Bewußtsein. Zuvorkommend lächelnd sah der durchnäßte Offizier mit an, wie das blonde Haupt sich mit einer gewaltsamen Anstrengung erhob, ja, er fühlte eine Art von Bewunderung für die furchtlose Ruhe, die so unvermutet in den eben noch verstörten Zügen lebendig wurde. Nur ungemein blaß blieben die Wangen des großen Weibes, das so hoheitsvoll und unnahbar vor ihm gelegen hatte, und er konnte nicht umhin, seine zudringlichen Augen niederzuschlagen, als er bemerkte, wie sie mit rastlosen Händen ihren leinenen Mantel um ihre Schultern zusammenzog.

„Ist Krieg ausgebrochen?" war das erste, was sich rauh ihrer Kehle entwand, während sie mit einer raschen Bewegung aus dem Bett glitt. Ganz nah stand sie dem Manne jetzt gegenüber, von dem sie sich blitzartig entsann, daß er

Dimitri heiße, ihre Hände hielt sie unter dem Hals zusammengefaltet, und ihre langen hellen Haare fielen ihr über die Schulter.

Auch der Russe stand ohne sich zu rühren, nur die Nasenflügel bebten ein wenig, und in seinen Blick drang etwas Unsicheres, das zu seiner gewohnten vornehmen Überlegenheit nicht völlig paßte.

„Ist Krieg ausgebrochen?" stieß Johanna noch einmal hervor, und ihre in der matten Beleuchtung fast dunklen Augen umspannten aufmerksam die nahe Tür, als begänne sie bereits jetzt zu berechnen, wie man den Ausgang gewinnen könne. „Uns ist von einer Erklärung nichts bekannt," setzte sie schon etwas anklagender hinzu, denn ihr Gerechtigkeitssinn klammerte sich selbst in diesem Weltuntergang an Ordnung und Herkommen.

Der Offizier jedoch zuckte verbindlich die Achseln und riß sich mit einem entschuldigenden Murmeln die durchnäßte grüngraue Mütze von seinem Lockenhaupt, denn jetzt, da die große blonde Nemza so kühl und frostig, wie er sie im Gedächtnis bewahrte, vor ihm aufragte, da erinnerte sich sein anerzogener Takt daran, daß er immerhin vor einer Dame stände und zwar in ihrem Schlafgemach.

„Gnädigste," sagte er rasch, indem er die kleine Schußwaffe in die Manteltasche gleiten ließ, um sein Gegenüber nicht unnötig zu ängstigen, „ich bedaure es außerordentlich, daß ich für Sie der erste Bote der bereits seit gestern begonnenen Streitigkeiten sein muß. Ob diese Differenzen vorher angekündigt wurden oder nicht, bin ich leider nicht in der Lage zu übersehen. Jedenfalls bringt der rasche Einbruch für uns Vorteile, die ich wahrzunehmen gezwungen bin."

In dem Bestreben, die Gutsherrin zu beruhigen, wollte der Dragoner augenscheinlich noch etwas anfügen, als sich hinter ihm ein Poltern und Schreien erhob. Ein paar völlig mit Kot bespritzte, vom Regen beinahe durchweichte Soldaten waren die Treppe heraufgestürmt. Sie hielten eine brennende Stallaterne vor sich und starrten neugierig in das offene Stübchen, mit einem heimlichen Schmunzeln, das Johanna, obwohl sie jetzt erst den vollen Ernst ihrer Bedrängnis erkannte, innerlich empörte.

„Durchlaucht," wandte sie sich ohne noch eine Spur von Beängstigung zu verraten, an den Offizier, und ihre Stimme klang streng und ernst wie immer, „bitte schicken Sie Ihre Leute fort, denn ich bin nicht so bekleidet, um mich vor Fremden zeigen zu können. Das gilt auch für Sie. Und dann bitte sagen Sie mir, was Sie von mir wünschen und welches Schicksal mich und die Bewohner von Maritzken erwartet."

Der Russe wandte sich erst zur Tür, warf die Hand ge= bieterisch vor und rief ein einziges fremdartiges Wort. Aber seine Weise, Befehle zu erteilen, schien von der Gewöhnung diktiert, Gehorsam zu erzwingen. Sofort krümmten sich die durchnäßten struppigen Gestalten auf dem dunklen Flur zusammen und tappten lautlos die Treppe herunter. Nur ein starker Mann, der wohl die Charge eines Wacht= meisters einnahm, raffte den Säbel militärisch an sich und erstattete eine kurze Meldung. Daraufhin flog ein Schatten über die Züge des Fürsten, er wandte sich ein paarmal unentschlossen hin und her, um dann von neuem auf die Besitzerin des Hauses zuzutreten. Diesmal jedoch klang seine Anrede nicht mehr so devot und rücksichtsvoll, sondern sie war beherrscht von dem Willen eines Machthabers, der für seine Wünsche Beachtung zu finden gesonnen ist.

„Meine Gnädige," begann er, „ich hätte es sicherlich vor= gezogen, Ihnen erst morgen meine Aufwartung zu machen, wenn ein Unfall uns nicht zwänge, Ihre tätige Mitwirkung zu erbitten. Ich brauche ein gut eingerichtetes Zimmer für einen Verwundeten," fuhr er knapp und berechnend fort. „Drinnen in der Stadt ist einem meiner Offiziere von einer bekannten Persönlichkeit ein Empfang bereitet worden, wie wir ihn von einem uns freundschaftlich nahestehenden Herrn nicht erwarten durften."

„Um Gottes willen, von wem reden Sie?" rief Johanna von einer Ahnung durchschlagen.

Der Offizier jedoch schüttelte diesmal abweisend das Haupt. „Ich bedaure, darüber keine Auskunft erteilen zu können," lehnte er mit einer leichten Verbeugung ab. „Dagegen muß ich Sie noch einmal ersuchen, für meinen verwundeten Kameraden die umfassendste Sorge tragen zu wollen. Er glaubte, hier eine unserer Sanitätskolonnen erreichen zu können, aber dieses Vorhaben ist uns leider mißgeglückt. Bitte wollen Sie deshalb, mein Fräulein, sofort ein geräumiges Zimmer aufschließen lassen und uns sodann die etwa vorhandenen Leinen= und Verbandstoffe anvertrauen."

„Darf ich mich erst umkleiden?" drängte die Älteste von Maritzken gepreßt.

Der Offizier bewegte bedauernd die Hand.

„Ich vermag Ihren Unwillen vollkommen zu begreifen," wandte er immer noch mit seiner konzilianten Haltung ein, „allein wie ich schon betonte, unser Fall verlangt die größte Eile. Bitte, wollen Sie vorantreten," forderte er dann noch zielbewußter, „und seien Sie überzeugt, Ihnen wird nicht nur von mir, sondern auch von allen meinen Untergebenen jeder Respekt entgegengebracht werden!"

Damit ergriff der Russe ohne weitere Erlaubnis die kleine Petroleumlampe, trat an die Schwelle der Tür und hob die Leuchte hoch in die Höhe. Johanna aber durchdrang, während sie schweigend an ihm vorüberschritt, zum ersten=

mal das peinigende Gefühl des Unterworfenseins. Es war ja eigentlich eine ganz lächerliche Veranlassung, aber als der fremde Mann, der sie doch mit ausgesuchter Höflichkeit behandelte, den Porzellangriff des Lämpchens umklammerte, mit einer Selbstverständlichkeit, als hätte von nun an alles, was zu diesem Hause gehörte, unbedingt und ohne Widerrede seinen Wünschen zu dienen, da schnitt dem Landfräulein etwas ins Herz. Etwas, das nie wieder heilen sollte und wodurch in ihr Denken ein Verlangen hineingetragen wurde, das sie sich vorläufig noch nicht zu deuten vermochte, vor dessen Gewalt aber ihr ruhiges Gleichmaß schließlich in die Knie brach. Eilfertig, wie ihr geheißen war, stieg sie die Treppe herunter, ihre Hände zogen noch immer instinktiv die. leinene Hülle fest unter ihrem Halse zusammen, aber während sie bereits kühl und folgerichtig überlegte, welche Anordnungen nun zunächst zu treffen wären, und ob nicht etwa Knechten und Mägden bereits ein Unheil widerfahren sein könnte, da spürte sie in den Tiefen ihres Wesens ein unheimliches wildes Klopfen und Drängen, ein Fluten, das wie ein unstillbares Fieber von nun an ihren Leib umhüllte, auch wenn ihr Mund lächelte. Mit leichten Tritten war ihr Fürst Fergussow gefolgt. Sie hörte seine Sporen noch auf den Stufen klirren, als sie bereits zu ebener Erde vor einer breiten Tür stehen blieb, um dann durch einen Schlüssel des mitgebrachten Bundes das Schloß zu öffnen. Allein noch war das Räuspern und Winden des Schlüssels nicht ganz verklungen, als hinter der Abgewandten eine hohle Stimme sich bemerkbar machte, die mit größter Anstrengung Mark und Tiefe in ihr Organ zu zwingen suchte.

„Ah bon soir, schönstes Fräulein," röchelte es in gebrochenen Lauten.

Johanna kehrte sich betroffen um, und bei dem trüben

206

Lampenlicht, das vor der einströmenden Luft zuckte und flimmerte, fing sie mit Schauder auf, wie neben dem Eingang ein bärtiger Mann zusammengesunken auf einem alten zerfetzten Bauernstuhl hockte, den die Russen scheinbar von weit her mitgeschleppt hatten. Über dem grauen Mantel hatte sich ein verkrustetes Blutrinnsal gebildet, und aus dem breiten Gesicht, das einen fahlen Widerschein von sich gab, leuchteten ein paar funkelnde, bösartige Augen.

„Diese Schweine," fuhr die hohle Stimme mit zitternden Schwankungen fort, „Sie haben mich festgebunden, sonst würde ich aufstehen. Ganz gewiß. Leo Konstantinowitsch Sassin weiß, was er schönen Damen schuldet." Und dann versickerten die schwächlichen Laute, und Johanna fühlte beschämt, wie die brennenden Augen des Verwundeten spürend an ihrem weißen Gewand herumtasteten. „Aus dem Bett geholt?", keuchte der Blutende und richtete einen seltsamen Blick auf den Fürsten Fergussow. „Dieser verfluchte Krieg, wir wünschen ihn nicht." Aber gleich darauf warf sich der Rittmeister so gut er konnte, zu den ihn umstehenden Soldaten herum und schrie wütend, so daß es jetzt wirklich durch das Haus gellte: „Schert euch endlich zu einem Arzt, ihr Müßiggänger. Wollt ihr mich hier noch länger anstarren? Und Sie, Durchlaucht, verschaffen mir vielleicht durch Ihre vorzüglichen Verbindungen ein Sofa oder eine Chaiselongue. Ich brauche nur ein paar Stunden Schlaf. Sie sollen sehen, nichts weiter. Oh, dieser verwünschte deutsche Heuchler, wenn ihm doch heimgezahlt würde!"

Wie ein Traum, rasch, schemenhaft, wesenlos, glitt von nun an alles an der Gutsherrin vorüber. Sie sah, wie der Kranke auf seinem Stuhl von zwei Soldaten in das geöffnete Zimmer getragen wurde und spürte die schwere stickige Luft, die aus dem Raum herausschlug, weil es eines jener Staatsgemächer war, die mit verhängten Fenstern fast das ganze Jahr unbenutzt in dunklem Schlafe lagen. Ihr war es so, als ob der Verwundete auf das veilchenblaue Samtsofa gebettet würde, und vorüberfliehend preßte die Erwägung ihr hausmütterliches Herz zusammen, wie sehr das kostbare alte Ebenholzmöbel unter der beschmutzten Kleidung des Mannes sowie vom herabrinnenden Blute leiden müßte. Ihr schien es, als ob die junge Frau des Verwalters Baumgartner, die ihr halbwüchsiges Töchterlein an der Hand führte, von ein paar rohen Männerfäusten zur Bedienung des Kranken über die Schwelle gestoßen wäre, und für einen hinzuckenden Moment erkannte sie die bleichen Züge der beiden halb Bekleideten, in denen ein starres Entsetzen lauerte. Dann fand sie sich selbst vor dem mächtigen Bauernschrank auf dem Flur, aus dem sie Leinenstoffe und allerlei Verbandzeug herausgab.

Aber plötzlich wurde alles still, der Lichtschein entschwand hinter der geschlossenen Tür, und nur ein paar nahe, regelmäßige Atemzüge verrieten ihrem herumtastenden Bewußtsein, daß sie jetzt mit dem Fürsten Fergussow allein in der Finsternis weile. Empfindlich schauerte sie zusammen, denn sie glaubte den fremden Atem ganz dicht an ihrem Nacken zu spüren.

Da lief unvermutet ein neuer Lichtbach die Treppe herunter, und in dem huschenden Schein sah Johanna, wie der Russe sich zusammenraffte, um grüßend die Hand an die Mütze zu führen. Über die obere Galerie beugte sich Marianne herab, und aus ihrem Nachtkleid dämmerten die entblößten Arme voll und wohlgeformt hervor, so daß selbst die widerstrebende älteste Schwester innerlich zugeben mußte, selten ein lockenderes Bild erschaut zu haben. Allein nur eine Sekunde konnte bei der Umsichtigen eine derartige Erwägung dauern, denn kaum hatte sie festgestellt, mit

208

welch bewunderndem Glanz sich die Augen des fremden
Offiziers erfüllten, da klang es bereits hart aus ihrem
herrischen Munde hervor:

„Marianne!"

„Was willst du?"

„Du siehst, wir haben Einquartierung erhalten. Begib
dich auf dein Zimmer zurück und schließe hinter dir zu."

Aber der verbindliche Gruß des fremden Offiziers mußte
auf das schöne Geschöpf in dem losen Nachtkleid dort oben
durchaus die gewünschte Wirkung hervorgebracht haben.
Um ihren Mund huschte ein wohlgefälliger Zug, sie schien
weit davon entfernt, auch nur die winzigste Vorstellung
von dem Jammer zu besitzen, der nicht allein ihre bisherige
Wohnstätte, sondern doch sicherlich auch die ganze Umgegend
betroffen hatte. Mit einer feinen Biegung verneigte sie sich
zum Abschied vor dem fremden Eindringling, und während
sie sich bereits von der Galerie abkehrte, da warf sie über
die Schulter noch einen ihrer samtweichen Blicke zurück.
Es war ganz die Art, wie wenn sich eine Tänzerin nach dem
Ball von ihrem Kavalier zögernd und vielsagend trennt.
Gleich darauf klang langsam und ohne sonderliche Eile die
Tür. Es wurde wieder dunkel.

„Ich werde Licht holen," äußerte die klare, grobe Stimme
Johannas.

Fürst Fergussow griff in seine Manteltasche, zog eine
kleine elektrische Laterne hervor und drückte den Knopf.
Sogleich strahlte ein runder, goldiger Kreis auf, in dessen
Mitte das starre Haupt der Nemza in einer steinernen
Weiße hervorschimmerte.

Und als der elektrische Blitz sich in den Augen der vom
blendenden Licht Umrahmten spiegelte, da fuhr der Beobachter zurück vor der eisernen Grausamkeit, die dort un-
versteckt funkelte und glitzerte.

„Pfui Teufel, zwei beleuchtete Messer," dachte der Fürst widerwillig.

Und seit dieser Erkenntnis hegte er nur den lebhaften Wunsch, die unwillkommene Gesellschafterin rasch von sich abzuschütteln. Ohne weitere Überlegung sagte er deshalb in seinem in Höflichkeit erstarrten Ton:

„Ich würde es mir nie verzeihen, Sie noch länger aufzuhalten. Gute Nacht."

Auch Johanna verbeugte sich und wollte aus der halbangelehnten Eingangstür in die Dunkelheit herausschreiten, der Offizier jedoch vertrat ihr plötzlich den Weg.

„Gestatten Sie, daß ich noch eine Form erfülle. Mein Wachtmeister hier wird Sie auf Ihren Gängen zu Ihrem Schutz begleiten."

„Ich bin also eine Gefangene?" stockte Johanna mit bitterem Lächeln.

„Wie gesagt, es geschieht nur zu Ihrer Sicherheit. Alles Nähere werden wir dann morgen erörtern. Bis dahin, gute Nacht, meine Gnädige, und nochmals verzeihen Sie die Störung Ihrer Ruhe." Und achselzuckend setzte er hinzu: „Der Krieg ist leider ein Handwerk, das sehr gegen meinen Geschmack mit groben Mitteln arbeitet."

Er verbeugte sich leicht, und Johanna bemerkte noch im Zurückblicken, wie die schlanke Gestalt in das bereits erleuchtete Zimmer schritt und achtlos ihren durchnäßten Mantel über einen Schaukelstuhl schleuderte. Dann entzündete der Fürst sich eine Zigarette und begann flüchtig in den auf dem Tisch herumliegenden deutschen Journalen zu blättern. Die weißen Dampfwolken umschwebten ein apollinisch geschnittenes Antlitz.

*　　*　　*

210

Die Älteste von Maritzken saß in ihrer leichten Kleidung
wieder auf dem Bettrand, um mit Aufbietung aller Sinne
jedem Geräusch nachzuspüren, das von Hof und Haus zu
ihr heraufschlug. Und die Nacht verschärfte und verzerrte
alle Töne, die sonst für die Lauschende keinen Sinn auf=
gewiesen hätten und schob ihnen eine schreckhafte Deutung
unter. Bald quoll ein wüstes Ächzen und Fluchen durch die
Dielen des Fußbodens empor, und Johannas aufgeregter
Geist malte sich aus, wie der Rittmeister Saffin, nur durch
ein paar dünne Planken von ihr getrennt, jetzt gewiß schon
mit einem tobenden Wundfieber rang. Herrgott, die Frau
ihres Verwalters Baumgartner war ja gezwungen worden,
dort unten hülfreiche Hand zu leisten. Und hatte die not=
dürftig Bekleidete nicht auch ihr blutjunges Töchterchen
bei sich gehabt? Wenn nun den Beiden von rohen Soldaten=
fäusten etwas Beschämendes widerführe!?

Wild begann ihr das Herz bis in den Hals zu schlagen,
jedoch ehe sie diese aufregende Gedankenreihe noch er=
schöpfen konnte, da wurde sie durch die Erinnerung an
ihren Verwalter schon wieder auf eine neue Bahn gehetzt.
Ob Baumgartner noch immer nicht zurückgekehrt war?
Sie beugte sich über die kleine Uhr auf dem Nachttisch und
fuhr zusammen, als sie bemerkte, daß bereits die zweite
Stunde des Morgens angebrochen sei. Durch die Vorhänge
stahl sich schon ein mattes Grauen und Dämmern herein.
Der Frühwind sauste in den Eichenkronen, und hier und da
erhob sich das vorzeitige Zirpen eines träumenden Vogels.
Aber durch all diese Anzeichen des Erwachens drang etwas
anderes hindurch, etwas so Fernes, Verschwommenes, daß
sich die Einsame aufs äußerste anstrengen mußte, um
überhaupt das in der Weite vollkommen versickernde und
verschwimmende Geknister unterscheiden zu können. Aber=
mals griff sie in die Kissen, jedoch mehr um sich fest=

zuhalten, und starrte unverwandt auf die geschlossene Gardine, als ob das leise sich bewegende Leinen kein Hindernis für sie böte. Wenn sie ihr Gehör bis zur Schmerzhaftigkeit spannte, dann schlug von draußen ein gedämpftes Rasseln bis an ihr Lager, rasch aufeinanderfolgende Laute, die sich wie das Klappern über Treppenstufen herabrollender Erbsen anhörten. Großer Gott, das kämpfende Weib begriff plötzlich, was das gleich bleibende Geknatter zu bedeuten habe. Nun, da sie das weiße Kissen in ihren arbeitsgewohnten Fäusten zerkrampfte, jetzt, wo sie lauschte und lauschte, atemlos, jeder Bewegung beraubt, gleich einem Sünder, dem man die letzte Stunde verkündet, da stürzte es plötzlich zerschmetternd auf sie herab. Die ganze unnennbare Erkenntnis von Zerfleischen, Untergang, Mord, Umpflügen und der entsetzlichen Wertlosigkeit des bisher so ängstlich behüteten Einzeldaseins. Vor Wut und Grauen hätte sie laut aufheulen mögen. Ihr gestraffter Körper warf und spannte sich, als müßte sie ihn zur Verteidigung von etwas Letztem, Kostbarstem, einem anstürmenden Bedränger entgegenschleudern.

Das erste Mal in ihrem Leben barst der Panzer von Vernunft und Sitte schallend über ihrer Brust auseinander. Es war ein anderes Weib, das, ohne eine Ahnung davon, wie es im Moment mit den frei gewordenen, zur Rache erhobenen Armen gleich einer Verkörperung ihres vergewaltigten Landes dasaß, es war ein anderes, wutgeschütteltes Geschöpf, das da, keinen Blutstropfen im Antlitz, mit unheimlich hervorblitzenden Zähnen zu dem schönen Männerkopf hinaufstierte.

Das Bild sah mit seinen heißen, lebenshungrigen Augen auf das frostgeschüttelte Geschöpf herab. Laut aufschreiend strauchelte sie und stürzte so wie sie war, quer über das Bett. Das letzte, was sie hörte, war das immer heftiger

werbende Zischen und Schwärmen der wilden Bienen, die
mit den Köpfen summend gegen die Fensterscheiben taumelten.

* * *

Eine Uhr schlug. Und zur gleichen Minute richtete sich
Johanna auf, um sich die Augen zu reiben. So geregelt
verfloß ihr Dasein, daß sie sich sogar aus Schauer und
Krampf pünktlich um die fünfte Morgenstunde empor-
raffte, denn es war die Zeit, wo sie die Mägde beim
Melken zu beaufsichtigen pflegte. Erstaunt, ungläubig
schüttelte sie das Haupt, als sie ihre sonderbare Lage
bemerkte. Im hellen Licht des Tages fehlte ihr bereits
jedes Verständnis für das schwächliche Nachgeben einer
überwältigten Natur. Derartige Dinge verachtete sie heimlich und hatte sie stets für die Anzeichen einer überfeinerten
und kränkelnden Epoche gehalten. Und jetzt wollten ihre
eigenen Nerven versagen?

Lächerlich!

Dazu war sie nicht geschaffen. Es traten jetzt soviel
neue, eiserne Aufgaben an sie heran. Mußte sie nicht
versuchen, durch das Ansehen ihrer Person die Zerstörung
ihres Besitztums zu verhindern? Bildete sie nicht den letzten
Halt für ihre Untergebenen, die nur im Vertrauen auf
ihren Schutz nicht schon längst ihr Heil in einer eiligen
Flucht gesucht hatten? Während sie sich ankleidete, stieß
sie unhörbar das Fenster auf und beugte sich hinaus. Dort
drüben über den dichten Weizenfeldern wallte ein bläulicher
Qualm. Schwer und massig dampfte er über die Flächen,
wo früher das Gewoge der gelben Frucht das Auge der
Besitzerin erfreut hatte. Und Johannas geschärfter Blick
entdeckte sofort, daß dies bleigraue Brodeln nicht die
silbernen Gespinste des Frühnebels waren. Nein, dort

draußen unter der dichten Decke verbarg sich etwas, das ihr Herz mit Grauen, aber auch mit lichter Hoffnung erfüllte. Vielleicht hatten die Männer ihrer Heimat dort unten auf dem Felde bereits eine furchtbare Ernte gehalten. Vielleicht war das Unkraut, das über Nacht aufgeschossen war, von schwieligen Händen ausgejätet und fortgesichelt, und das Stück Erde, auf dem sie groß geworden, der weiße Hof, dem ihr unermüdliches Wirken gegolten, sie waren womöglich schon wieder erlöst von ihren unheimlichen, nächtlichen Gästen. Noch gab sie sich solchen schimmernden Wünschen hin, als vom Hof ein lautes Gepolter und fremdartiger Lärm zu ihr heraufdrangen.

Welch ein Bild! Wie packte es mit rauhem Griff ihr aufpochendes Herz und stieß es hin und her. Warum hatte sie den tollen Tumult, der dicht unter ihr fessellos durcheinander quirlte, auch nur für eine Sekunde übersehen können? Oh nein, die fremden Einlagerer waren weder versprengt noch abgezogen. In unordentlichen Haufen, die meisten erst halb bekleidet, standen sie gröhlend und lachend umher, und das Heu, das in Strähnen an ihren grüngrauen Uniformstücken herumhing, bewies, wo die Mannschaften diese Nacht eine Ruhestätte gesucht hatten. Schmerzlich verzog die Hausherrin den Mund, als sie mit ansehen mußte, wie die feste Tür des Kuhstalles von ein paar herkulischen Gestalten durch derbe Fußtritte aufgestoßen wurde, und ihre Brust hob sich rascher, als sie sah, wie vier bis fünf Kälber, jung geborenes Vieh, ohne weiteres aus ihrer warmen Behausung herausgetrieben wurden. Jämmerlich blökten die Tiere und dann verschwanden sie unter der dunklen Halle einer Scheune, aus der sich den Widerstrebenden bereits blutgefärbte Fäuste entgegenreckten. Aus der Küche erscholl lautes Zetern. Fluchende Männerstimmen schienen dort etwas zu fordern, was sich in der

Eile gewiß nicht so schnell herbeischaffen ließ, und die Lauscherin zuckte zusammen, als das furchtsame Aufschreien aus Mädchenkehlen an ihr Ohr schlug.

Oh, hier war die Hölle los. Alle Ordnung, jeder Respekt vor dem Hergebrachten, den die Älteste von Maritzken in ihrem Kreise mit soviel Mühe und Selbstaufopferung errichtet, alles das schien unter Hohnlachen von fremden Fäusten umgestürzt und in den Kot geworfen, als hätte es niemals das ganze Sein und Treiben hier beherrscht. Und mit einer Gebärde des Ekels und der Verachtung stürzte Johanna an ihren Schrank, um sich ein Gewand überzu= werfen. Eine flüchtige Minute strichen ihre Finger zögernd und prüfend über das zarte Geriesel eines waschseidenen Stoffes, denn eine ferne Vorstellung befiel sie von einem vornehmen Herrn und der möglichen Pflicht, ihr Haus stattlich zu vertreten. Aber gleich darauf schnürten sich ihre Augenbrauen unwillig zusammen, und mit einem kurzen Entschluß und ohne auch nur einen Blick an den Spiegel verschwendet zu haben, streifte sie ihr gewöhnliches blau und weiß gepunktetes Kattunkleid über, schnallte den schwarzen Ledergürtel fest über den Hüften zusammen und eilte mit einem einzigen Sprung bis zur Treppe. Allein schon auf der ersten Stufe besann sie sich. Gewaltsam zwang sie ihre alte Ruhe und Besonnenheit zurück. Sie strich sich eine Strähne ihres blonden Haares aus der Stirn und stieg mit ihrem gewohnten gebieterischen Gang die Treppe hinunter. Unten auf der Diele, dicht neben der Ausgangspforte, blitzte der Hausherrin im Morgenlicht ein metallischer Schein entgegen. Ein russischer Infanterist, dessen langer, rötlich=blonder Bart fast bis auf die Brust herabhing, hielt dort mit aufgepflanztem Bajonett die Wacht, während er einem struppigen Hund, den er an eiserner Kette hielt, zärtlich das Fell kraute.

„Treten Sie hier zurück, damit ich herunter kann," herrschte Johanna den Mann mit ihrer festen Stimme an.

Der Russe hob das verschwommene gutmütige Haupt, und aus seinen verkniffenen blinzelnden Augen brach ein Strahl von Respekt und bedingungslosem Gehorsam. Einer solch imponierenden Frauengestalt, die so befehlend und deutlich ihre Wünsche durch ein Zeichen der Hand auszudrücken verstand, mußte der Slawe in seinem heimatlichen Garnisonsnest niemals begegnet sein. Demütig hob er die zerbeulte Mütze von seinem wilden Schopf, beugte sich und ließ klirrend das Gewehr auf den Steinen der Diele aufstampfen. Selbst der Hund kroch murrend unter die Stufe der Treppe.

„Ist Fürst Ferguffow zu sprechen?" fragte die Blonde.

Verlegen wandte sich der Wachtposten hin und her. Sein Deutsch war so mangelhaft, daß er sich fast nur durch Zeichen zu verständigen vermochte. Deshalb hielt er das Bajonett auf den Hof hinaus und zeigte damit durch das Tor.

„Weit", sagte er.

Johanna atmete auf, und doch ergriff sie ein leichter Schrecken.

„Ist der Fürst schon abgerückt?" drängte sie weiter.

Jetzt kraute sich der Wachtsoldat hinter den Ohren, und da seine Unfähigkeit, sich verständlich zu machen, immer mehr wuchs, so verlegte er sich völlig auf die den Slawen so geläufige Weise der pantomimischen Darstellung. Schallend warf er sein Gewehr an die Wange, nahm eine drohende Miene an und tat so, als ob er mit einem fernen Gegner Schüsse wechsle. Gleich darauf stach er mit dem Bajonett kräftig in die Luft, warf den Oberkörper vor und stampfte so schrecklich mit den Füßen, daß sein zottiger Hund unter dem Treppenabsatz furchtsam aufzuwinseln begann.

Johanna hatte begriffen. Sie faßte rasch nach dem Geländer der Treppe und warf hastig hin:

„Es findet also hier in der Nähe ein Treffen statt, nicht wahr? Ist Fürst Fergussow dabei?"

Der Russe nickte lebhaft und befriedigt.

„Schon zu Ende," stoppelte er mühsam aneinander. „Nemzows alle hin" — er schlug mit dem Kolben auf die Erde, schloß die Augen und streckte die Zunge heraus — „spitze Mützen viel zu wenig — viel zu wenig."

Die Gutsherrin ließ ihren Halt fahren und richtete sich auf. Nun wußte sie, was die geschäftigen Bienen bei Tagesgrauen vor ihren Fensterscheiben gesummt hatten. Eine kleine Schar deutscher Männer, die es versucht hatte, die widerrechtlich Eingedrungenen zu vertreiben, sie war der Übermacht, der stupiden Masse, erlegen. Und Fürst Dimitri, der elegante Liebling der Petersburger Salons, der Träger der letzten und überfeinertsten Kultur, hatte es sicherlich nicht verschmäht, seinen Degen in das Blut der halb Wehrlosen zu tauchen. Wie selbstgefällig und von eigener Bewunderung geschwellt er jetzt wohl dort draußen über ihr zerstampftes Weizenfeld reiten mochte, unter dessen Halmen die verstummten Landsleute sich zum letzten Schlafe verkrochen hatten.

Ein heftiges Gefühl des Widerwillens durchfuhr die Nachdenkende. Und mit einer entschiedenen Bewegung wandte sie sich zur Tür, als ob sie den Infanteristen, dessen darstellerischem Geschick ihr quälender Wissensdurst soviel verdankte, ohne weiteres beiseite zu schieben gedächte. Indessen der Russe bewegte wiederum bedauernd sein plumpes Haupt, knickte zusammen und streckte in seiner lauernden Stellung sein Gewehr quer vor den Eingang.

„Was heißt das?" widersprach Johanna ungehalten, „sehen Sie nicht, daß ich auf meinen Hof hinaus will?"

Der Posten aber schüttelte seine dichte Mähne noch stärker. „Nix," suchte er zu erklären, „keiner heraus."

Da stieg eine feurige Röte in die sonst so blassen Wangen der Gutsbesitzerin, und sich verächtlich abwendend, schritt sie ohne ein weiteres Wort der Entgegnung an die Tür des kleinen Salons, den sie am verflossenen Abend für den Verwundeten geöffnet, und klopfte laut an das dunkle Holz. Zu ihrer größten Verwunderung rief Mariannes immer gleichmäßige und ruhige Stimme: „Herein."

Was war das?

Unwillkürlich lauschte die große Blonde, als wünschte sie den entschwundenen Laut noch einmal zu erhaschen. Das war doch nicht möglich?! Wie konnte das unbesonnene Geschöpf es wagen, ohne die Erlaubnis der Ältesten den verwundeten Krieger in seinem Zimmer aufzusuchen, und zwar zu einer Zeit, zu der die sonst immer Müde und Phlegmatische noch lange der Ruhe zu pflegen gewohnt war? Allmächtiger Gott, war denn alles, was bis dahin als unverbrüchliches Gesetz galt, mit dem Einrücken der Fremden über den Haufen geworfen? Gab es nichts mehr, was in einer deutschen Wirtschaft unverrückbar feststand, nichts Solides und Sicheres, dem man sich williger beugte und unterwarf, als der dummen zufälligen Macht der Hereingeschneiten?

Festen Schwunges öffnete Johanna die Tür, und so groß war die Gewalt ihres Armes, daß das zurückfallende Holz einen schneidenden Luftzug verursachte, vor dem der Verwundete auf dem Sofa gestört das bärtige Gesicht verzog. Aber wie seltsam hatten sich die Züge des robusten Rittmeisters verwandelt. Die glänzende Rundung seiner Wangen dunkelte hohl und eingefallen, unter der aufgerissenen Uniform hob sich die entblößte Brust schwer und rasselnd, und der schlaff herabhängende Arm zeigte

218

die innere Ermattung deutlicher, als alles andere. Nur die großen blauen Augen blitzten noch ebenso wild und unstet, wie am Abend zuvor.

Dicht vor ihm, tief in einen mattblauen Samtsessel zurückgelehnt, schlug Marianne ihre Füße gefällig übereinander und schien eben aus einer jener leichten Plaudereien aufgestört, die sie so heiter und zugleich so inhaltslos zu führen wußte. Hinter dem Kopfende des Sofas jedoch verharrten, wie in wachem Schlaf und mit halb geschlossenen Augen die Frau des Verwalters Baumgartner sowie ihr halbwüchsiges Töchterchen, obwohl sie sich vor Mühe, Angst und Anstrengung kaum noch auf den Füßen zu halten vermochten. Wahrlich, für die Hereintretende lag ein empörender Unterschied in dem völligen Zerfall dieser beiden arbeitenden und geplagten Geschöpfe und der unbekümmerten Behaglichkeit ihrer eigenen Schwester. Jedoch die Verletzte bezwang sich und hob, nachdem sie „guten Morgen" geboten, nun in ihrer kurzen und sehr verständlichen Weise an:

„Wie kommt es, daß du heut schon so früh zu sehen bist, Marianne?"

Die Schwarze lächelte trotzig. Jetzt, da eine andere, eine fremde Gewalt hier im Hause herrschte, da schien es ihr Vergnügen zu bereiten, sich dem Willen der älteren Schwester immer mehr zu entziehen. Und in ihrer spöttischen und selbstbewußten Art versuchte sie, es der Großen, die ihr so wenig Freiheit ließ, deutlich zu zeigen. Ohne ihre lässige Stellung aufzugeben, warf sie gleichgültig hin:

„Oh, ich sitze schon etwa eine Stunde hier. Ich hörte unseren Gast ein paarmal laut rufen, und da meinte ich — —"

Doch die Ältere ließ sie nicht zu Ende gelangen.

„Unseren Gast?" unterbrach sie scharf und richtete ihre

strengen Augen wenig erfreut auf das blutleere Antlitz des Mannes, der ihr schönes blaues Samtsofa so unbarmherzig zerdrückte.

Von dem harten Ton getroffen schlug auch der Rittmeister erstaunt und weltenfremd seine blauen Augen auf, die er für einen Moment kraftlos geschlossen. Unwillkürlich stützte er sich mit der Rechten krampfhaft auf das Polster der Seitenlehne, während er sich bemühte, selbst in seiner jetzigen traurigen Verfassung eine seiner gewohnten Verneigungen auszuführen. Allein er brachte es nur bis zu einem ruckartigen Vorstrecken des zerzausten Hauptes, um gleich darauf in ein nur schwer verhehltes Stöhnen auszubrechen.

„Bon jour, Gnädigste," rasselte er in dumpfen Tönen, „hoffe, daß nicht gestört worden sind. Ich selbst vortrefflich geruht, ganz vortrefflich," und er schlug sich mit der flachen Hand auf die nackte Brust, so daß es ein merkwürdiges fleischiges Geräusch verursachte. „Pompöses Quartier," fuhr er fort, wobei er müde und ausdruckslos seinen Blick über die Samtmöbel fortgleiten ließ, bis er an der prachtvollen Gestalt von Marianne haften blieb. „Damen bemühen sich um unbedeutende Unpäßlichkeit gar zu aufopfernd. Darf ich fragen," hauchte er und dehnte sich von Schmerzen zerrissen hin und her, „ob Arzt — Arzt schon benachrichtigt wurde? Handelt sich zwar nur um Kleinigkeit — versichere Sie, um absolute Bagatelle — aber man möchte sich doch möglichst bald wieder an lustigem Herumstreifen beteiligen."

Jetzt gab Marianne ihre ruhende Stellung auf, und während sie sich über ihr welliges Haar strich, da äußerte sie recht warm und bedauernd, als ob ihr das Leiden des fremden Reiters besonders nahe ging:

„Herr Rittmeister, vor einer halben Stunde hat Ihr

220

Wachtmeister bereits gemeldet, daß Herr Doktor Küster, unser Landarzt, leider nicht mehr aufzufinden wäre." Und unbekümmert und ohne auf die schreckensstarre Schwester zu achten, setzte sie noch hinzu: „Das Haus des Doktors soll vollständig herabgebrannt sein."

„Herabgebrannt?!" stieß Johanna, die ihren Platz an der Tür noch immer nicht aufgegeben hatte, sich vergessend hervor, und ihre Fäuste ballten sich. „Herr Rittmeister, haben Sie gehört? Wie wollen Sie eine solche Schandtat verantworten?"

Inzwischen hatte sich Leo Konstantinowitsch mühsam in die Höhe gerichtet, und sein Bewußtsein gelangte allmählich zu größerer Klarheit. Bedauernd zuckte er die Achseln.

„Sicherlich nur Zufall, Gnädigste," beschwichtigte er. „Unter meiner Führung wäre gewiß nicht geschehen. Aber Fürst Fergussow, der hier kommandiert," fuhr er berechnend und immer mehr aufwachend fort, und ein heimtückischer Zug verbreitete sich um seine groben Lippen, „Fürst Fergussow von Petersburger Garde steht viel zu hoch und — wie sage ich — denkt viel zu liberal, als daß er gemeinen Soldaten ein so harmloses Pläsier verwehren sollte."

„Aber das ist ja nicht möglich," schnitt Johanna verächtlich ab. „Wie können Sie einem Aristokraten Ihres Landes Freude oder gar Duldung für ganz gewöhnliche Brandstifterei, für Raub und Diebstahl nachreden?"

Der Russe verbeugte sich wieder und schlug mit der Hand abwehrend durch die Luft.

„Pah, unsere Aristokraten," zischte er, und seine unerträglichen Schmerzen rissen das letzte Bedenken nieder, über dasjenige herzufallen, was ihm in besseren Zeiten so oft den Weg versperrt hatte. Auch zwang ihn fressender Neid, jenen schönen Kameraden, von dem er immer argwöhnte, daß er sich ohne Mühe alle Weiber dienstbar zu machen wiffe, gerade vor diefen beiden prangenden Geſchöpfen herunterzureißen und zu beſudeln. „Setzen ſich, ſchöne Damen, — ſetzen ſich Gnädigſte.“ Er ſchob mit dem freien Fuß krachend und ohne Verſtändnis für die Unſchicklichkeit, der Älteſten von Maritzken einen Samtſeſſel hin. „Setzen ſich,“ ſchrie er ungeduldig, als er ſie zögern ſah.

Und erſt, als Johanna, um den Kranken nicht zu heftigerem Toben zu reizen, ſeinen Wunſch befolgt hatte, da ſprach der Leidende in gieriger Verkleinerungsſucht weiter. Aus jedem ſeiner Worte tröpfelte bitterer Haß. Der Bauernſohn, der todgezeichnete, ſchlug mit der Fauſt gegen das goldene Schild des hoch Gefürſteten, von dem er wußte, daß er ſelbſt für ihn immer nur ein freigelaſſener Leibeigener geblieben ſei.

„Oh, Damen kennen nicht,“ fiel es giftig und neidiſch von ſeinen Lippen, und vernehmlich redete ſein brennendes Fieber mit: „wie wenig reiche Hofherren ſich um ihre Untergebenen kümmern. Wir exiſtieren gar nicht für ſie. Wir ſind nur Namen, Namen, die man in Liſten ſchreibt oder wieder wegſtreicht. Und beſonders Dimitri Ferguſſow. Glauben mir, ich ſage Ihnen, um Sie vor dieſer glatten Maske zu warnen. Denn iſt ja möglich, daß mich lächerlicher Ritz dorthin befördert, wohin wir geſtern ſchon eine Anzahl von uns verſteckt haben. Eingeſchaufelt, verſtehen Sie? Ich bitte um Vergebung, iſt ſehr häßlicher Gedanke, aber Teufel hält uns alle am Halskragen. Ja, beſonders dieſer Ferguſſow trägt Stein in der Bruſt. Wie könnte er ſonſt leben, wie könnte er ruhig ſchlafen? Iſt ein Mörder, glauben Sie mir, ein Frauenſchlächter, natürlich nicht mit Meſſer. Aber an ſeinen Händen klebt mehr heißes Blut, als hier an Säbel, den ich geſtern noch munter hin und her tanzen ließ.“

Da reckte ſich Johanna und machte Miene ſich zu erheben.

„Das interessiert mich nicht," lehnte sie frostig ab. „Mich gehen die Schicksale Ihres Vorgesetzten nichts an."

„Doch, doch," widersprach Sassin eifrig, als ob er fürchte, der heimlich gehaßte Kamerad könnte ihm auch jetzt wieder entwischen, „Sie wissen nicht. Aber ist schändlich, schreit zum Himmel. Ganz Petersburg beklagt noch heute kleine Kroniatowska."

„Lassen Sie das," befahl Johanna halblaut, und doch rührte sie sich nicht, ja sie wandte gegen ihren Willen das blonde Haupt dem Liegenden zu, als Marianne neugierig näher rückte.

„Wer ist die kleine Kroniatowska?" warf die Schwarze gespannt dazwischen, und ihr dunkles Antlitz belebte sich. In diesem Augenblick waren die letzten Reste der Erinnerung an die Not und das Grauen, die sich über Nacht auf das Land herabgesenkt hatten, von der Leichtsinnigen vergessen. „Ich erinnere mich, es wurde auch während unseres Besuches bei Ihnen von der Dame gesprochen. Es muß ein sehr junges Mädchen gewesen sein."

„Sehr jung? Sagen Sie Kind?" stieß Leo Konstantinowitsch hervor, und die Sucht, seinen Gefährten in einem möglichst ungünstigen Lichte erscheinen zu lassen, verlieh ihm eine vorüberblitzende Spannkraft. „Vollkommenes Kind, meine Damen," rief er mit kräftigerem Ton als bisher, „fünfzehnjährig. Wie man sagt, zweifelhafter Nachkömmling von großer Katharina."

„Bitte, das wünschen wir nicht zu hören," verwies hier Johanna ernstlich entrüstet und machte Miene aufzustehen.

Allein der Kranke faltete beinahe flehend die Hände und stammelte inbrünstig:

„Bleiben Sie, bleiben Sie, vergesse mich nicht wieder. Wollte Ihnen nur erzählen, wie durch betrügerischen Halunken von Mönch guter Dimitri mit kleiner ahnungslosen

Prinzessin bekannt wurde. Eifer von Herrn Adjutanten soll damals in Glaubenssachen so überwältigend und überzeugend gewesen sein, daß armes Ding in dem demütigen und zerknirschten Bekenner einen Erweckten, — haha — einen Erleuchteten sah. Ist nicht hübsch? Einem solchen Heiligen gegenüber durfte man natürlich keinen eigenen Willen besitzen."

„Hören Sie auf," befahl Johanna von Grauen geschüttelt und starrte ihn an.

„Soll brausende Glut zwischen Beiden gewütet haben. Natürlich nur himmlische. Was weiß ich? Einige Monate später freilich lag Kleine aufgebahrt zwischen Wald von weißen Lilien. — Vergiftet. — Seine Durchlaucht aber weinte und schluchzte, klagte sich des gräßlichsten Verbrechens an, und Kammerdiener soll ihm zweimal Revolver entwunden haben. Ja, ist gutmütige und mitfühlende Seele, und beruht gewiß auf Verleumdung, wenn Klubgenossen einige Wochen darauf behaupteten, Fürst Dimitri hätte jeden Zusammenhang mit der fatalen Affäre schroff abgelehnt, ja achselzuckend geäußert, man könne doch nicht verlangen, daß zu seinen übrigen Hofämtern noch Charge von Kinderbonne übernehme. Witzig, meine Damen, nicht wahr? Treffend! Kavalier, dem alle Herzen zufliegen. Leo Konstantinowitsch Sassin kann sich natürlich nicht messen, ist nur armer Bauernsohn. Aber Teufel hole all diese wahnsinnigen Unterschiede! Man bekommt sie satt, wenn man so da liegt, wie ich."

Der Rittmeister schwieg und sank zurück. Die übermäßige Anstrengung brachte ihn um den Genuß, den Erfolg seiner Boudoir=Geschichte beobachten zu können. Und doch wäre er vielleicht mit der Wirkung, die er bei den beiden Mädchen erzielt hatte, zufrieden gewesen. Denn Marianne unterdrückte kaum ihr vielbedeutendes üppiges Lächeln, und

224

ihr Geist, der nur bei derartigen Intrigen eine Teilnahme verriet, wo es auf den Kampf zwischen Mann und Weib ankam, er schien durch das Geheimnisvolle dieser sündigen Affäre angenehm erregt. Auch Johanna lächelte. Aber es war die kalte Befriedigung eines Menschen, der sich wohl fühlt, weil seine Abneigung und sein Haß endlich einen gesicherten Grund gefunden. Ein müdes, schlaffes Schweigen breitete sich in dem kleinen Gemache aus. Man hörte nur noch das Plätschern des Wassers, so oft das schlaftrunkene Weib des Verwalters dem Verwundeten eine neue Kühlung auf die Brust legte. Und eine ganze Weile saß die Älteste von Maritzken, die sonst für jede Minute des Tages eine besondere Beschäftigung wußte, teilnahmlos und stumm, gemartert von der unbeschreiblichen Leere der Zwecklosigkeit, da ihr Wirken und Schaffen von einer brutalen Gewalt unterbunden war.

Plötzlich fuhr sie auf. Wie lange sie so vor sich hinge= sonnen, wußte sie nicht mehr. Jetzt sah sie, wie Marianne eilfertig das Fenster aufriß, und zu gleicher Zeit klang ein Trompetensignal über den Hof. Das Getrappel vieler Rosse, sowie das laute Gewirr sich verschlingender Stimmen er= füllte die Morgenluft.

„Fürst Fergussow kommt eben durch das Tor," meldete Marianne, als ob es sich um einen längst ersehnten Be= freier handle, „welch einen schönen Schimmel er reitet."

„Arabische Zucht," murmelte von seinem Sofa Leo Kon= stantinowitsch, obwohl er sich seinem Dämmerzustand nicht mehr entwinden konnte. „Zarengeschenk — verwünschte Bande!"

„Komm, Johanna," drängte Marianne noch einmal und winkte lebhaft mit dem Finger, „denke nur, Durchlaucht hat mich schon bemerkt und ist schon vom Pferde herunter. Jetzt wirft er die Zügel einem anderen zu und nähert sich direkt unserem Fenster. Willst du ihn nicht begrüßen?"

Von der Lagerstatt des Kranken drang ein Schnauben herüber. Die Blonde aber regte sich nicht, sie sank nur noch tiefer in ihren Stuhl zurück, als könnte sie sich auf diese Weise vor den Blicken des jungen Mannes verbergen, der sich soeben mit einem höflichen Gruß in die Fensterhöhlung hineinbeugte.

„Guten Morgen," rief die wohlklingende Stimme, indem sich der elegante Reiter über die glatte Mädchenhand neigte, die ihm ohne Zögern überlassen wurde; in demselben Augenblick jedoch erfaßten seine scharfen Augen auch schon die hohe Gestalt in dem Dunkel des Zimmers. „Ah, ich sehe, die Damen betätigen sich bereits in ihrem schönsten Metier, Sie bringen Trost und Hilfe ohne Ansehung der Person. Ich bin Ihnen zu größtem Danke verpflichtet, weil Sie sich um den armen Kameraden so sorgsam bemühen."

„Ja, ausgezeichnet, fabelhaft," rief der Verwundete vom Sofa aus dazwischen, und man wußte nicht, ob seine Wut oder sein Dankbarkeitsgefühl überwog, „fühle mich wie im Himmel."

„Das ist gut, Leo Konstantinowitsch, das ist gut," begrüßte ihn der schlanke Oberst nun mit einem lebhaften Winken der Hand, „Sie sehen schon viel besser aus, lieber Kamerad."

„Ganz sicherlich," schrie der andere, „Wohlbefinden steigert sich mit jeder Minute."

„Das freut mich, Leo Konstantinowitsch, das freut mich wirklich ungemein." Auf seinem schönen Gesicht strahlte es auf, die Besserung in dem Ergehen des Kameraden bedeutete offenbar für ihn eine Erleichterung. „Denken Sie, lieber Freund," fuhr er eifrig fort, indem er sich mit der Hand auf das Fensterbrett stützte, „ich habe auch endlich einen Stabsarzt aufgetrieben, einen vortrefflichen Mann, Korsakow mit Namen, den ich von einem Aufenthalt in der Krim her kenne, wo er sich merkwürdigerweise mit der Züchtung junger Haifische abgab."

„Gut, gut," stöhnte Sassin, „dann ist er gerade für mich der passende Mann."

Der Fürst mußte lachen, und Johanna, die noch immer unbeweglich in ihrem blauen Samtsessel verharrte, entdeckte mit einigem Unbehagen, wie unglaublich frisch und unberührt das Antlitz des Aristokraten leuchtete, sobald er offen seine Freude äußerte. Es wollte zu ihrem Bilde nicht stimmen. Und sie schüttelte sich leicht. Dann lauschte sie gespannt weiter.

„He, Korsakow," rief der Fürst inzwischen laut über den Hof, „hier ist Ihr Patient."

Und als sich aus dem Getümmel der zum Teil abgesattelten, zum Teil vor einer Brunnentränke sich erfrischenden Pferde eine kugelrunde schwarzbärtige Gestalt mit einer ungeheuren zerbeulten Schirmmütze abgelöst hatte, da eilte ihm der Oberst elastisch entgegen, um den Arzt ohne weiteres an der Achselklappe bis dicht vor das Fenster zu ziehen.

„Hier drinnen, lieber Doktor," erklärte er, „finden Sie Ihren Patienten. Machen Sie schnell, daß Sie hereinkommen."

Allein zu Johannas Verwunderung rührte sich die dicke Kugel nicht. Der Mann zupfte vielmehr an seinem verworrenen schwarzen Bartgekräusel, rückte sich die merkwürdig großen Horngläser auf der plumpen Nase zurecht und starrte den Verwundeten auf dem Sofa unverwandt an.

„Was wollen Sie?" schrie Sassin wütend.

„Wundfieber," murmelte der andere und zog sich von dem Fenster ein wenig zurück, als ob er sich vor einer ansteckenden Krankheit zu hüten hätte. „Der Einschuß sitzt zwei Zentimeter rechts von der Lunge, und die Kugel behindert die Atmung."

„Herr," sagte Dimitri, ihn verblüfft musternd, „Ihr Kombinationstalent auf diese Distanz ist erstaunlich. Aber hegen Sie nicht das Verlangen, sich etwas dichter in die Nähe meines verletzten Freundes zu begeben? Ich bitte um Verzeihung, wenn ich mich in fremde Angelegenheiten mische, aber mir scheint, in einem solchen Fall pflegt von Ihren Kollegen die Sonde angewendet zu werden."

„Ganz recht, die Sonde, ganz recht," stotterte der Schwarzbärtige und tastete nach einem Instrumenten-täschchen, das ihm quer über den Bauch herabhing; als es jedoch drinnen klirrte, erschrak er sichtlich. „Sie müssen nämlich wissen, Durchlaucht," offenbarte er sich endlich, während ihm der Schweiß unter der großen Mütze hervorlief, „daß ich bisher nur auf dem Katheder stand. Es ist nicht mein Wunsch, mich so plötzlich in die Praxis versetzt zu sehen. Aber immerhin, immerhin," setzte er sich zusammenraffend hinzu, „es wird gehen, man wird sich Mühe geben. Schließlich" — er zuckte die Achsel — „eine gute Natur muß uns unterstützen, sonst vermögen wir alle nichts. Ich werde den Kranken untersuchen."

*   *   *

Eine halbe Stunde später war Leo Konstantinowitsch Sassin bereits in das verlassene Zimmer Isas geschafft. Und nachdem der umfangreiche Stabsarzt unter Aufbietung des äußersten Mutes zu seinem eigenen Erstaunen die Kugel leicht und ohne große Hindernisse, nur unterbrochen durch ein häufiges Aufbrüllen des Verwundeten, aus dem verletzten Körper entfernt hatte, da lag nun der Rittmeister in dem schneeweiß angestrichenen Bett des jungen Mädchens und erzählte seinem Helfer zu dessen drückendster Verlegenheit wirre und krause Geschichten.

„Verwünschte Bande, am Hofe, lieber Doktor — wir Bauern nichts als Leibeigene für die Herren. — Sagen Sie, Teurer, haben Sie vielleicht üppige schwarze Nemza gesehen, wie sie unter Wald von Lilien lag? — Zum Teufel, halte nicht aus, Durchlaucht.‟

Zu derselben Zeit klopfte Johanna mit harter Hand gegen die Tür des kleinen Eßzimmers, das Fürst Fergussow sich für seinen persönlichen Gebrauch vorbehalten hatte.

„Entrez‟, rief eine helle, klangreiche Stimme.

Und als der im Zimmer erregt auf und nieder Wandelnde seine blonde Gastgeberin in dem einfachen blau und weiß gepunkteten Kattunkleid gewahrte, da knöpfte er gewandt die halb offene Uniform zusammen, und blickte hilfsbedürftig nach dem Tisch, wohin er seine Mütze, Säbel, einen Revolver und mehrere Karten achtlos übereinander geworfen hatte.

„Sie müssen vergeben,‟ begann er rasch und schüttelte sich leicht; „man ist doch ein wenig außer Fassung, wenn man, wie ich, zum erstenmal mit dem Sensenmann Karten spielte. Das peitscht auf die Nerven zuerst mächtig ein,‟ atmete er, trat an den Tisch und ließ die Säbelscheide verloren durch seine Hand gleiten. Aber gleich darauf hielt er inne, bezwang die eigene Unrast, und während er energisch sein verwirrtes braunes Gelock zurückwarf, blieben seine dunklen Augen an der aufrechten Gestalt der Deutschen haften, und er fragte sich, warum sie wohl so bestimmt und fordernd vor ihm auftrage. „Darf ich fragen, ob ich Ihnen mit irgend etwas dienen kann, Gnädigste?‟ begann er in seinem verbindlichen Ton, obwohl die Floskel im Moment etwas müde klang.

„Ja, Fürst Fergussow," entgegnete Johanna, „Sie müssen mir jetzt einige Fragen beantworten."

„Muß ich? Mit Vergnügen! Bitte sprechen Sie offen."

„Nun gut, dann entdecken Sie mir, ob Sie wirklich an Ihre Wachtposten den Befehl erteilten, mich nicht mehr aus meinem Hause zu lassen."

Der Fürst verzog die Augenbrauen und sah in die Luft. Er schien sich auf seine eigene Anordnung nicht mehr ganz sicher zu besinnen. Dann glitt ein gewinnendes Lächeln um seinen fein geschnittenen Mund.

„Ich errate, mein Fräulein," sagte er liebenswürdig. „Ihre Wirtschaft, der Sie sich zu meiner Bewunderung so umsichtig widmen, leidet offenbar Schaden, wenn Sie die Baulichkeiten auf Ihrem sauberen weißen Hof nicht mehr inspizieren können, nicht wahr?"

„Jawohl", nickte Johanna.

Der Fürst stieß achtlos unter die Generalstabskarten auf den Tisch: „Das möchte ich selbstverständlich vermeiden. Mir liegt Ihnen gegenüber jede Härte vollkommen fern. Nein, bitte halten Sie dies nicht für ein Kompliment, ich tue dies schon aus Respekt vor meiner eigenen Rasse. Ihnen steht also von heut an der Aufenthalt auf Ihrem Hof frei, vorausgesetzt, daß Sie auch mir eine kleine Bedingung erfüllen."

„Worin besteht die?" forschte Johanna kühl. „Sie haben ja die Macht, Durchlaucht," setzte sie bitter hinzu, „alles zu erzwingen."

Dimitri Fergussow wurde ungeduldig. Die ernsthafte Unterhaltung schien seinen vibrierenden Nerven lästig zu fallen.

„Sie werden mir also das ehrenwörtliche Versprechen geben," erklärte er leichthin, „die Grenzen Ihres Hofes auf keinen Fall zu überschreiten. Auch für Ihre Familienangehörigen sowie für Ihre Angestellten bin ich gezwungen, von Ihnen diese Bürgschaft zu verlangen."

„Ich soll mich verpflichten . . .?" rief Johanna zurücktretend.

Jetzt leuchtete es in den schönen Männerzügen abermals auf. Es war ganz das sonnige Strahlen, das das arbeitsgewohnte Mädchen so schwer begreifen konnte. Aber in dem halbdunklen Zimmer wurde es förmlich hell davon.

„Sie müssen mich nicht mißverstehen," sagte der Offizier, leicht auf sie zuschreitend, „ich habe nämlich den Eindruck, als wenn Ihr fester Wille hier von allen geehrt und gefürchtet würde. Auch von dem Fräulein Schwester; übrigens ein sehr erfreulich lebhaftes Temperament," setzte er hinzu. „Empfangen Sie mein Kompliment zu dieser graziösen, ganz undeutschen Erscheinung."

Da runzelte die Blonde schwer die Stirn, ihre Figur straffte sich, so daß die kräftigen Glieder hervortraten, und ihre Wangen flößten durch ihre Marmorblässe dem Beschauer ein erneutes Befremden ein.

„Das ist mir unlieb zu hören," warf sie frostig hin. „Aber darüber schulde ich Ihnen keine Rechenschaft."

„Gewiß nicht," lenkte der Russe betreten ab und schüttelte den Kopf.

„Im übrigen gebe ich Ihnen, wenn auch ungern, das verlangte Ehrenwort. Ich werde also den Verkehr mit der Außenwelt vermeiden," hob sie deutlich hervor, um ihrem Gegenüber zu zeigen, daß sie seine Absicht verstanden hätte. Dann aber wurde sie unruhig, und die Finger ihrer Rechten irrten tastend auf ihrem Gewand herum. „Verzeihen Sie noch eine Frage, Herr Oberst," rang sie sich endlich ab, „das Gefährt, das meine Schwester Isa gestern abend auf das benachbarte Gut Sorquitten bringen sollte, ist nicht zurückgekehrt. Wäre es Ihnen vielleicht möglich, eine Erkundigung nach dem Verbleib unserer Jüngsten einzuziehen?"

Der Fürst blinzelte ein wenig und maß die Gutsherrin, die ihm in ihrer Sorge weiblicher als bisher erschien, von den Blondhaaren bis zu den Füßen.

„Sie sehen mich so an," stotterte Johanna immer verwirrter, und eine Ahnung stieg ihr auf, in ihrer Frage könnte für den Russen etwas Verdächtiges enthalten sein. „Sehen Sie," suchte sie sich zu entlasten, „es handelt sich um ein ganz junges, unerfahrenes Ding. Ich vertrete Mutterstelle bei ihr."

Der Fürst wiegte noch immer bedenklich das Haupt, und seine Augen gruben sich unausgesetzt und prüfend in die des großen Mädchens. Endlich sagte er vorsichtig:

„Ich bin in der Tat in der Lage, Ihnen, auch ohne Erkundigung, eine Angabe über den Verbleib des Fräuleins zu machen, denn ich habe die junge Dame selbst gesehen."

„Sie? Um Gottes willen, Durchlaucht, wo? Ist sie gesund? Ihr ist doch nichts Schlimmes widerfahren?"

Jetzt schien der schlanke Offizier mit sich einig zu sein. Er bettete die Hände leicht auf den Rücken und schritt hinter dem Tisch auf und ab. Leise klirrend begleiteten die Sporen seinen federnden Gang.

„Verehrtes Fräulein," meinte er, — aber Johanna war es doch, als ob er jedes seiner Worte besonders prüfe und wäge — „Sie brauchen sich über die Lage Ihrer Jüngsten, soweit ich es beurteilen kann, keinen Befürchtungen hinzugeben. Die junge Dame befindet sich in der Stadt, im Hause eines befreundeten Herrn — —"

„Konsul Bark," fiel hier Johanna atemlos ein.

Der Russe nickte und warf ihr einen verständnisinnigen Blick zu. „Ganz recht, und ich hoffe, daß der Ausfall der kriegsgerichtlichen Untersuchung es dem Fräulein ermög-

232

lichen wird, recht bald in Ihre schützenden Arme zurückzu=
kehren."

„Untersuchung ?"

In Johannas Wesen verwandelte sich etwas. Wo blieb
die gemessene frostige Zurückhaltung, die den eleganten
Offizier bisher stets in der Meinung befestigt, es hier mit
etwas ganz Unpersönlichem, Abgestorbenem zu tun zu
haben? Alle Wetter! Dimitri Fergussow wurzelte fest
und vergaß im Moment seine eigene Ermüdung und das
zuckende Tanzen seiner Nerven, die das Fest des Blutes
noch immer nicht überwunden hatten. Alle Wetter, wie
die Glieder der Nemza sich dehnten, wie die Fäuste sich
ballten und die Arme schwollen, als wollten sie die enge,
blau und weiß gepunktete Hülle sprengen. Dazu das dunkle
Blitzen der Augen, das feine Rosenrot, das über die weiße
Haut jagte, — der Fürst stand still, atmete tief und ver=
wandte keinen Blick mehr von der aufgeregten Germanen=
tochter. Ein seltsames Geschöpf, schoß es ihm durch den
Sinn."

„Fürst Fergussow," fiel es endlich von den herrischen
Lippen Johannas, und es erregte die Bewunderung des
fremden Offiziers, wie die doch von Leidenschaft durchbebte
ihr Organ in der Gewalt hatte; es klang sicher, bestimmt
und ein wenig befehlshaberisch, wie immer; „Sie werden
einsehen, daß Sie mir jetzt eine weitere Aufklärung nicht
mehr verweigern dürfen."

Fürst Dimitri regte fast unmerklich die Hand. Es war
eine jener formvollendeten Bewegungen, die bei diesem
äußerlich so gefälligen Menschen eine deutlich vernehm=
bare Sprache redeten. Und Johanna begriff sie sofort.

„Sie schlagen mir diese natürliche Bitte ab?" fuhr sie
auf.

Der Ruffe fah ihr ftarr in das reine Antlih, deffen Züge ihm immer mehr wie die einer belebten Marmorftatue erfchienen.

„Es fällt mir fehr fchwer," fuchte er fich ihr beinahe fchmerzlich zu entziehen, „Ihnen gegenüber bei meiner Pflicht zu bleiben, indeffen — — —" und wieder folgte die Drehung der fein geformten Hand.

„Wenn ich Sie nun aber bitte," ftieß Johanna hervor, und fich vergeffend verließ fie zum erftenmal ihren Plah, fchritt an den Oberften heran und ftreckte den Arm gegen ihn aus, fo daß Dimitri Ferguffow gar nicht anders konnte, als diefe weißen Finger zu ergreifen; fie waren kalt wie Stein. „Wenn ich Sie nun aber inftändigft bitte?" fagte die große Blonde weiter. „Nicht wahr, dann werden Sie einfehen, daß ich nichts Unrechtes verlange? Hier handelt es fich ja gar nicht um die Feindfchaft unferer Länder, um Ruffen und Deutfche, hier geht es ja lediglich um eine arme verfprengte Familie. Um meine Ruhe, begreifen Sie das?"

Der Fürft hielt die weißen Finger in feiner Hand, beugte fich und wollte, einem rafchen Trieb nachgebend, feine Lippen auf die feften Gelenke drücken. Allein mitten in der Bewegung befiel ihn ein Zaudern und Schwanken. Zu ernft und flammend fprühten die dunklen Augen auf ihn herab, die fein Vorhaben verftändnislos begleiteten. Er wollte fcherzen, er gedachte allerlei flatterhafte Bedingungen zu ftellen, doch vor diefem großen und wahrhaften Gefchöpf fiel ihm durchaus nichts Leichtes und Gewandtes ein. Sehr fatal — faft fchmerzlich verzog er den Mund, als er fich fo von einem fremden Wefen, von einer anderen ihm rätfelhaften Kultur gefangen und verpflichtet fah. Und nur mühfam preßte er zwifchen den Zähnen hervor:

„Sie dürfen es wirklich als ein Zeichen meiner Achtung

nehmen, wenn ich mich von Ihnen so leicht zu Konfidenzen verleiten lasse, die der Dienst sonst streng verwehrt. Also kurz: Ihr Fräulein Schwester ist leider Zeuge gewesen, wie sich Herr Konsul Bark in einem Moment des Zornes oder des Leichtsinns zu einer unüberlegten Handlung gegen einen unserer Offiziere hinreißen ließ."

„Gegen Rittmeister Sassin," warf Johanna schwer atmend dazwischen.

Jetzt zuckte der Oberst ablehnend die Achsel. „Sie müssen sich mit meinen Andeutungen begnügen. Aber ich füge noch hinzu, da das kleine Fräulein nach meiner Meinung wahrscheinlich nur die Ursache des Streites war, so dürfte man sie nach dem Verhör ungekränkt entlassen."

„Herr Oberst," forderte Johanna klar und rasch, die aus ihrem geschäftlichen Wirken gewöhnt war, alle Vorteile sofort wahrzunehmen, „würden Sie sich in dieser Richtung selbst für Isa verwenden?"

„Ich? Nun bei der heiligen Mutter von Kasan —"

Der schlanke Mann, der sich unmittelbar nach seinem ersten Waffengang selbst in einem so sprühenden Rausch befand, er stand dicht vor der Bittenden, und in seinem sprechenden Antlitz, das er im Moment nicht beherrschte, zuckten die widerstrebendsten Neigungen durcheinander. Die Sucht, sich nicht zu einer so auffälligen Bevorzugung mißbrauchen zu lassen, das Mißfallen an der so plump und klar vorgetragenen Bitte, und daneben doch die heimliche Begierde, diese Vertraulichkeit gegen die majestätische Göttin auszunützen. Allein plötzlich brach er in ein helles jugendliches Lachen aus. Gesund klang es, frisch und überzeugt, hervorgerufen durch den seltsamen Gegensatz, er, der hohe Aristokrat, der gewesene Adjutant des Zaren, solle für den pikanten Rotkopf an hoher Stelle ein erlösendes Wort ein=

235

legen! Wie man das dort wohl auffassen würde? Sehr eindeutig. Fraglos. Und er gab sich von neuem seiner liebenswürdigen Heiterkeit hin, ließ sich in den Stuhl hinter dem Tisch fallen, und indem er Papier und Feder ergriff, rief er zu der über den plötzlichen Wechsel Fassungslosen herüber:

„Ja, was vermag ich gegen die gestrenge Quartiermacht auszurichten? Rien du tout! Es geschieht also auf Ihre Gefahr, mein verehrtes Fräulein! Ich werde mein eigenes Zeugnis für die Unschuld der jungen Dame anbieten, und wir wollen hoffen, daß ich für einen unverfänglichen Beobachter gehalten werde."

Seine Feder flog hurtig über das Papier, und von Zeit zu Zeit warf er von der Seite einen schalkhaften Blick der blonden Nemza zu. Wie warm und ehrlich sie sprechen konnte, als sie jetzt mit mühsam erkämpfter Fassung hervorbrachte:

„Das kann ich Ihnen niemals vergelten, Durchlaucht!"

„Oh doch, doch, Sie müssen es nur versuchen. Ich wäre zum Beispiel für einen kleinen Imbiß jetzt ganz besonders dankbar. Und wenn ich hoffen dürfte, daß die beiden Damen später beim Diner meine etwas" — er zeigte auf seine toll übereinander geworfenen Monturstücke — „meine etwas wirre Tafel zieren möchten, so würde ich darüber ein ungemessenes Vergnügen empfinden. Natürlich," setzte er hinzu und verbeugte sich höflich, „soll dies nur geschehen, sobald es sich ohne Überwindung bewerkstelligen läßt. So, meine Gnädigste, jetzt bitte ich noch um etwas Siegellack. Das von Ihnen mit soviel liebenswürdiger Energie verlangte Dokument ist fertig. Voilà!"

* * *

236

Das Dokument aber lautete:

„Mein lieber Oberst Geschow!

Ich beglückwünsche Sie zu dem kecken Handstreich, der die erste Stadt unserer Gegner — zu dem Worte ‚Feinde‘ vermag ich mich aus Geschmacksrücksichten immer noch nicht aufzuschwingen — so überraschend in Ihre Hand spielte. Alle Kriegsgötter schützen Sie ferner! Auch wir haben hier ein kleineres Detachement Preußen eiligst still gemacht. Tapfere Leute, von einer wunderbar ausgebildeten Disziplin, die für mich, offen gesagt, etwas Unheimliches und Störendes besitzt. Eine fleischgewordene Idee, ein wild gewordener Schulmeister kämpft gegen uns. Das Einmaleins schlägt gegen den Analphabeten. Für mich eine sehr lästige Vorstellung. Aber Sie wissen ja, ich bin auch als Soldat nur Dilettant und schließe mich gern dem allgemeinen Glauben an, daß die Heuschreckenschwärme auch das bestbestellteste Feld zu fressen vermögen.

Und nun, bester Fedor Juliewitsch, lächeln Sie über mich, tadeln Sie mich, aber bedenken Sie, es ist mein gutes Herz, das mich antreibt, mitten im männermordenden Streite eine Bitte für eine Dame auszusprechen. Es handelt sich um das rothaarige Fräulein, das man, wie auch Ihnen wohl bekannt ist, im Hause des Herrn Konsul Bark festnahm. Ich kann mir nicht denken, daß die rote Hexe etwas Ernsthaftes gegen die Sicherheit und das Glück des Zaren ersann. Und da ich im Hause ihrer Schwester, einer überlebensgroßen blonden Walküre, hier draußen im Quartier liege, so würde es für mein Wohlbefinden und meine Verpflegung, die Ihnen als einem Organisator des Sieges sicherlich auch nicht unwichtig erscheinen, von großem Werte sein, wenn man das schmale Frauenzimmerchen recht bald wieder laufen ließe. Könnten Sie zu diesem Zwecke irgend etwas beitragen, so würde dies meine freundschaftliche Bewunderung für Sie, wenn es möglich ist, noch erhöhen. Wenn nicht, — mon dieu, dann werde ich der verminderten Beköstigung seitens der marmornen Landsmännin Richard Wagners unsere durch alle Welt so berühmte slawische Genügsamkeit entgegensetzen.

Herr Oberst, ich bin Ihr Ihnen in unauslöschlicher Freundschaft verbundener

Dimitri Sergewitsch Fergussow."

*   *   *

Es gab Johanna einen Stich ins Herz, als sie zuerst den prachtvoll gedeckten Tisch wahrnahm, für dessen Ausschmückung Marianne zu sorgen übernommen hatte. Da funkelte das alte schwere Familiensilber, das von der Ältesten nach dem Zusammenbruch Stück für Stück zurückgekauft war, um nun von ihr wie ein Heiligtum gehütet zu werden. In schneeiger Weiße leuchtete das glänzende feine Leinen auf der Tafel. Und als die Blonde gar noch die schlanken Flaschen des seit Jahren abgelagerten Rheinweins ins Auge faßte, als sie das Klingen der dünnwandig-geschliffenen Gläser auffing, da tat es ihr in ihrem grübelnden Sinnen weh, weil sie selbst an jenem Tisch Platz genommen, der für heute sicherlich nicht ihr eigener war. Reue und Beschämung befielen sie, weil sie geduldet, daß ihre sorglose Schwester ein festliches weißes Gewand angelegt, als ob es sich um eine strahlende Siegesfeier handele.

Und wahrlich, wurde nicht eine Siegesfeier begangen?

Horch, von dem halbzerschossenen Holzkirchlein trug der Wind unaufhörlich zerrissene und unregelmäßige Glockentöne herüber, als ob von ungeschickten Händen und zum Spiel an den Strängen gezerrt würde. Und die Gutsbe-

238

sitzerin erriet mit einem kurzen Zusammenschauern, wie die fremden Reiter, die in dem Gotteshause ohne Scheu und Achtung ihre kotbespritzten Rosse untergebracht haben sollten, nun auf diese kindliche Weise ihrer wilden Freude über das erste blutige Treffen Ausdruck zu verleihen suchten.

Ungern hob sie den niedergeschlagenen Blick, um ihren fröhlichen Gast zu mustern, der so sprudelnd und blendend heiter mit der sichtlich von seiner vornehmen Art entzückten Marianne plauderte. Nein, die Beobachterin täuschte sich nicht. Die Melancholie aus seinen Augen war verschwunden. Ein sprühendes Leuchten und Blitzen lebte in ihnen, ein gesteigertes Wohlbefinden, ein lachender Übermut, sie bekundeten sich in jeder Bewegung. Ganz sicher, auch er beging in diesem Augenblick seinen ersten Sieg, berauscht, hingerissen, und von seinem Erfolg betäubt, wenn er auch zu viel Erziehung besaß, um seinen Triumph vor den deutschen Damen nicht soweit als möglich zu verbergen. Allein schon daß er den Wunsch geäußert, gegen den es ja kein Widerstreben gab, die Angehörigen der im Moment vor ihm unterlegenen Rasse an seiner heimlichen Siegesfeier teilnehmen zu lassen, dieser kaltblütige und grausame Sinn empörte die große Blonde innerlich und ließ es ihr geraten erscheinen, die erzwungenen Pflichten der Wirtin kühl, abgemessen und beinahe wortlos zu erfüllen. Sie erteilte dem aufwartenden Mädchen wohl hier und da einen Wink, dem fremden Offizier diese oder jene Schüssel zu reichen, aber nie hätte sie es über sich gewonnen, dem strahlenden Mann das Glas mit dem klaren Wein zu füllen, denn dies hielt sie für ein Zeichen rückhaltsloser deutscher Bewillkommmung. Und doch mußte sie manchmal an sich halten, um der hinreißend frischen Unterhaltungskunst des Fremden nicht doch endlich mit wärmerem Gefühl zu erliegen. Eines war ganz klar, und die kühle Beobachterin konnte es keineswegs übersehen: an ihrem Tisch saß ein Hochgeadelter, der Liebling eines Hofes, ein Fürst, der gewiß über fabelhafte Reichtümer gebot, die mächtige Vorfahren aus dem Fleiß zahlloser Leibeigener aufgespeichert. Und dieser Verwöhnte versagte es sich dennoch, den beiden einfachen Mädchen den weiten Abstand seiner Geburt fühlbar zu machen. Ja noch mehr, ja noch viel erstaunlicher, aus seinen Urteilen, aus seinen witzigen Bemerkungen konnte man deutlich die überlegene Kritik eines hohen Herrn heraushören, der die Schwächen und Schäden weder seiner Umgebung, noch seines Landes zu schonen gewillt war. Mit welch lässigem Spott der glänzende Offizier gelegentlich die ihm so wohlbekannten Personen seines Hofes streifte. Mit welchem achselzuckenden Fatalismus er sich über die Unzuverlässigkeit der Beamtenschaft aussprach! Das alles zeigte einen Geist, der sich zu hoch dünkte, um an kleinlichen Unwahrheiten teilzunehmen. Und diese Offenheit, diese Wahrheitsliebe interessierten die Gutsherrin von Maritzken, denn ihre eigene Natur wurzelte ja in ähnlichen Neigungen, und ihr schuldloses Gemüt ahnte nicht, daß der vornehme Herr, der ihr gegenüber saß, mit demselben gleichgültigen Achselzucken auch seine eigenen Laster und Verfehlungen entschuldigt haben würde, als Schikkungen, gegen die es sich nicht lohne anzukämpfen.

Während sie so nachsann, entging es ihr, wie die Unterhaltung der beiden anderen jungen Menschen immer ungezwungener und entfernter von beengenden Rücksichten dahinfloß. Die Feuer des Weines hatten die Wangen Mariannes mit einem dunklen Hauch überglüht, und unter ihren langen Wimpern spritzten kleine züngelnde Flammen hervor.

Johanna erschrak. Was mußte sich der Russe von dem sinnlosen, dem unpassenden Benehmen einer solch Ungebändigten benken!? Und mit Grauen stürzte plötzlich eine Erinnerung auf sie herab: der Fürst war ja ein ‚Frauenschlächter', wie der verwundete Rittmeister sich ausgedrückt hatte. Gewöhnt, mit allen Mitteln seine Opfer zu umstricken. Nein, hier mußte sie Halt gebieten.

Während sie sich entschlossen aufrichtete, vernahm sie, wie ihre beiden Gefährten sich eifrig über deutsche Musik unterhielten. Aber es kam ihr vor, als ob dies alles nur einen Vorwand bildete, als ob hier ohne laute Worte über etwas ganz anderes geredet würde. Und mit einer herben Bewegung erhob sie sich und stand nun in ihrer vollen Höhe da. Das Mittagsmahl war aufgehoben, und der Fürst, der die Plötzlichkeit dieser Zeremonie wohl nicht ganz begriff, war liebenswürdig genug, um der Blonden sein gefülltes Glas entgegenzuhalten, und sich dann in seiner gefälligen Art vor ihr zu verneigen.

„Mein Fräulein," sagte er, „Sie gestatten mir, Ihnen auf diese Weise meine Dankbarkeit zu bezeigen. Ich würde glücklich sein, wenn ich an Ihrer Tafel als ein wirklich geladener Gast hätte sitzen dürfen. Wir wollen hoffen, daß die Begebnisse der Zeit eine solche Möglichkeit nicht ausschließen."

Noch einmal hob er das Glas und trank dann die spiegelnde Flüssigkeit in langsamen Zügen aus. Noch waltete Schweigen in der so unvorhergesehen gestörten Runde, als plötzlich hart an die Tür gepocht wurde. Der herkulische Wachtmeister trat ein, salutierte und überbrachte dem Oberst ein gestempeltes Schreiben. Dieser erbrach es hastig, las und ließ das Papier allmählich aus seiner Rechten herabgleiten. Dann atmete er tief, bis er mit seinem gewohnten Achselzucken eine Last oder zum mindesten etwas Unwillkommenes von sich abzustreifen schien.

„Meine Damen," sagte er ruhig, und doch zitterte seine Stimme leicht, „ich habe die Ehre Ihnen mitzuteilen, daß mit dem heutigen Morgen die Kriegserklärung zwischen unseren Regierungen offiziell gewechselt wurde." Und mit einem erzwungenen Lächeln setzte er hinzu: „Sie können jedoch überzeugt sein, daß, soweit es in meiner Macht liegt, diese reine Förmlichkeit keinerlei Veränderungen in Ihrem jetzigen Dasein hervorrufen wird. Erlauben Sie gütigst, daß ich mich mit der Meldung zu meinen Offizieren begebe. Ich danke Ihnen."

Zweites Buch.

I.

Konsul Bark raffte sich von dem niedrigen Holzschemel empor, auf dem er die lange finstere Nacht verhockt hatte. Ungläubig ließ er seinen Blick über die vielen Menschen dahinschweifen, die gleich ihm in der engen Kammer des Stadtgefängnisses eingepfercht waren, und sein verwöhnter Geruchssinn empfand mit Schaudern die vergiftete, bleischwere Luft, die bereits in Fäulnis übergegangen zu sein schien. An allen Gliedern zerschlagen, richtete sich der Großkaufmann auf, strich sich mit den Händen sein braunes Haar zurecht, das zum erstenmal seit langer Zeit am frühen Morgen nicht von seinem Kammerdiener Pawlowitsch mit wohlriechenden Bürsten geglättet wurde, und gewöhnt, auch den widrigsten Umständen eine besonnene und überlegte Arbeit entgegenzusetzen, schüttelte er seine Müdigkeit gewaltsam ab und drängte sich durch die auf dem blanken Erdboden herumliegenden Leidensgefährten bis an die dunkle, eisenbeschlagene Tür, gegen die er mit beiden Fäusten zu donnern begann.

„Um Gottes willen, Herr Konsul Bark," zischte der fette Tischler Majunke durch die klaffende Zahnlücke, die ihm der gestrige Nachmittag eingetragen, und zugleich hob der Handwerker ein paar fleckige Hemdsärmel in die Höhe, um sich von seinem breiten kahlen Schädel einen Strom perlenden Schweißes herabzuwischen, „um Gottes willen

Herr Konsul Bark, — Sie entschuldigen wohl, wenn ich als einfacher Mann — aber die dort draußen, die verfluchten Breitmützen, sie könnten uns einen solchen Spektakel übelnehmen."

Und aus einer Ecke richtete sich der Pferdehändler Kowalt mit seiner rot und schwarz karierten Weste auf und schwenkte über den Häuptern der anderen wütend einen langen Peitschenstock, den man ihm bei seiner Verhaftung merkwürdigerweise gelassen.

„Unsinn," schimpfte er drohend und riß die blutunterlaufenen Augen auf, „alles mit Ordnung — Unsinn — bei dieser Hitze haben wir doch wenigstens Kaffee oder Wasser oder so was Ähnliches zu verlangen. Habe ich nicht recht, Herr Konsul Bark, ist es nicht Unsinn?"

Doch der Kaufmann kümmerte sich um die Meinung seiner Gefährten nicht im geringsten, er hörte sie wohl gar nicht, sondern hämmerte mit rücksichtsloser Wut weiter.

Die Tür rasselte auf. Ein allgemeines Ah und ein Atmen der Erleichterung folgte. Draußen auf dem halbfinsteren Korridor stand ein untersetzter Kosak, eine schmutzige Lammfellmütze auf dem plumpen Haupt, und in der schwieligen Rechten, unachtsam herabhängend, ein Gewehr mit aufgepflanztem Bajonett. Der Kerl schien sich gleichfalls eben erst seiner Nachtruhe auf den Steinfliesen entrissen zu haben, denn auf seinen faltigen Röcken zeichneten sich deutlich die roten Streifen der Ziegel ab. Auch gönnte sich sein schwülstiger Mund ein umfangreiches Gähnen.

Der Konsul aber fuhr ihn an, als ob es ganz selbstverständlich wäre, daß der Kriegsknecht ihm unbedingten Gehorsam schulde.

„Heda, Sie Mensch, ich verlange sofort Ihrem Höchstkommandierenden vorgeführt zu werden. Zeigen Sie ihm diese Karte und bringen Sie mir ohne Aufenthalt Nach-

244

richt." Zu gleicher Zeit griff der so sicher und furchtlos Sprechende in seine Tasche und warf ein Talerstück klirrend vor den Wächter auf die roten Ziegel.

Die anderen horchten hoch auf. Ein Raunen des Beifalls und der Bewunderung ging durch ihre gedrückten Reihen. Ja, das war die richtige Art, mit diesen Halbwilden Geschäfte abzuwickeln. Der Konsul verstand's! Ja, wenn man bloß so in die Tasche zu langen brauchte — fein, fein! Ein großer Herr!

Auch der Kosak billigte diese Form der Verständigung. Umständlich kniete er in seinen faltigen Gewändern nieder, lehnte das Gewehr an die Wand, und nachdem er das Talerstück in seine schlappe Hosentasche versenkt, blieb er liegen und grinste in die offene Tür hinein.

„Haben Sie nicht gehört, Ihren Höchstkommandierenden wünsche ich zu sprechen," rief der Konsul, indem er sich mühsam der russischen Sprache bediente.

Der Kniende jedoch schüttelte lebhaft die wirren Haare, dann aber, als er ernstlicher über das Verlangen seines vornehmen Gefangenen nachgedacht hatte, streckte er den Zeigefinger vor die Stirn, sprang auf und schmetterte mit einem Fußtritt die Tür wieder ins Schloß.

„Solch eine Bande," keuchte der Pferdehändler Kowalt und führte einen schallenden Schlag mit dem Peitschenstiel gegen das eisenbeschlagene Holz. „Unsinn — wer wird uns hier zu unserem Recht verhelfen? Glauben Sie etwa, wir werden verhört? I wo, morgen nehmen sie uns zwischen die Pferde und dann — hui nach Sibirien. Unsinn!"

Und der Produktenhändler Manasse, ein Mann, dem noch nach alttestamentarischer Weise graue Ringellocken über die Ohren fielen, streichelte unaufhörlich seinen Filzhut, ließ ungeniert dicke Tränen auf seinen schwarzseidenen Rock herabrinnen und seufzte schwer in sich hinein:

„Sibirien ganz gut, aber Hände und Füße abschlagen — Gott, Gott, meine arme Frau hat — — —"

„Sst, sst, die Hauptsache ist, daß wir uns ruhig verhalten," begütigte der ängstliche Tischlermeister Majunke und stellte sich quer vor die Tür, als wolle er jedes verdächtige Wort abwehren und auffangen.

Ein allgemeines gedämpftes Gemurmel erhob sich. Nur der Konsul äußerte nichts mehr. Er verzog die blasse Stirn, dachte nach und schritt mit seinem elastischen Gang an den verlassenen Holzschemel zurück. Hier schlug er die Arme untereinander, und während er zum erstenmal seine Gefährten eingehender musterte, fiel es kühl und geschäftlich wie immer von seinen Lippen:

„Bitte wollen Sie mir jetzt der Reihe nach mitteilen, wie Sie hierher gekommen sind. Da ich alles daran setzen werde, um mir Gehör zu verschaffen, kann es für Sie nur nützlich sein, wenn ich auch Ihre Angelegenheiten vor die geeigneten Stellen bringe. Also Herr Kowalt, wie war's?"

In dem engen Raum, in dem schon am frühen Morgen eine feuchte brütende Hitze um die vielen Menschenköpfe herumwogte, zog nun vor aufhorchenden Ohren Schicksal um Schicksal vorbei. Eintönig und gleichlautend.

Konsul Bark aber saß und zeichnete über die Anfänge all dieses Trübsals kurze schlagkräftige Bemerkungen in seinen winzigen goldenen Notizblock. Immer heißer und stickiger wurde es, Hunger und Durst begannen die eng Zusammengedrängten empfindlich und quälend zu plagen, und die Unruhe, ob sie Gehör und Gerechtigkeit bei den fremden Gewalthabern finden würden, zehrte an ihnen, wie ein gefräßiges Tier.

Ob sich nun nicht bald die schwere Tür öffnete? Ver-

216

gebliche Hoffnung. Stunde auf Stunde verging, und aus den Schlägen der Kirchturmuhr von St. Sebaldus, die als einzige Stimmen ihrer früheren Welt zu den Eingekerkerten sich hineinschwangen, erkannten die aus dem lebendigen Getriebe Herausgerissenen die enteilende Zeit.

Herrgott, Herrgott, es mußte schon der Nachmittag angebrochen sein.

„Ruhe, Ruhe, nur nicht laut werden, man darf sie nicht reizen!"

„Unsinn, — wenn sie nicht bald was zu trinken bringen, dann stoß ich die Tür ein. Alles andere ist ja barer Unsinn."

„Weh, weh, Herr Nachbar, wie können Sie nur so schreien? Ich sag' Ihnen, mich haben sie gestern schon mit ihren Knuten geprügelt, und meine arme Frau hat — —"

Unaufhörlich fuhren die Laute aus den vertrockneten Kehlen durcheinander, als wollten sie sich selbst den schwachen Trost gönnen, daß sie noch nicht erstorben seien. Dem Konsul jedoch war die klare Erkenntnis für all diese kleinmütigen Äußerungen längst versunken. Ein Bein lässig über das andere geschlagen, saß er auf dem einzigen Holzschemel, den ihm die anderen aus altgewohnter Ehrfurcht willig überlassen, starrte über die schweißnassen Häupter der kleinen Handwerker hinweg in eine Ecke hinein, und manchmal kam es ihm vor, als ob er dort hinten an der schmutzigen, spinnwebigen Wand einen hellen Schein gewahre und auf dieser belichteten Stelle sich selbst und das rote Mädchen und die verdämmerten Mosaikgestalten der Evangelisten in dem beleuchteten Refektorium, das eigentlich sein elegantes Privatkontor war. Und hinter seinem Schreibtisch sah er, wie die gewaltige bunte Holzstatue des Apostelfürsten Petrus den halbzerbrochenen goldenen Hirtenstab hob, um ihn, kupferrot vor Zorn, gegen eine hereinstampfende Russenhorde zu schwingen, die Rittmeister

Saffin befehligte. Er legte sich die Hand vor die Stirn, und ein heftiges Mißtrauen wurde geweckt. Wie waren die Eindringlinge in das fest verschlossene Haus hineingelangt? Wer hatte ihnen geöffnet? Und erlaubte sich sein teurer Freund Leo Konstantinowitsch nicht, in seinem offenbar trunkenen Zustande den Arm um die Taille des zitternden Mädchens zu schlingen? Bei Gott, er hob die Zappelnde hoch empor. In den Gedanken und Bildern des Konsuls überschlug sich etwas. Wirr, trunken tastete er umher, als ob er nach der kleinen Schießwaffe suche. Dann ein Knall, und ein grauer Flor umschleierte wieder die sengend-klaren Gestalten. Wollten sie in ihren Nebel zurückkehren? — Wie war denn das alles?

*   *   *

Unbegreiflich schnell war die slawische Woge in die erste deutsche Grenzstadt geschlagen. Eben stritt man sich darüber, ob überhaupt eine ernsthafte Gefahr vorläge. Emsig suchte man nach beruhigenden Gründen, warum die preußische Garnison an einem Morgen bis auf den letzten Mann verschwunden war. Noch hielt man in unerschütterlichem Ordnungssinn daran fest, daß an eine kriegerische Austragung vorläufig gar nicht zu denken wäre, weil ja über die Grenze keine rechtsmäßige, von dem weißen Zaren gesendete Absage geschickt sei, noch gab man sich tausenderlei widersprechenden Vermutungen hin, ob man die großen Speicher, die Fabriken, die Kontore, Läden und Handwerksstuben räumen und ohne Aufsicht lassen sollte, da tauchte eines Tages in der Stunde zwischen Nacht und Dämmerung der Hausmeister Pawlowitsch in seinem blauen Frack mit den goldenen Knöpfen in dem englischen Schlafgemach seines Gebieters auf und zupfte hastig an den weißen Kopfkissen.

„Herr Konsuhl, — verzeihen Sie — wachen Sie auf — auf den Chausseen vor der Stadt streift russische Kavallerie herum."

Der Großkaufmann, dessen Stolz es nicht gelitten hatte, das von den Vätern ererbte Geschäft zu verlassen, fuhr auf und rückte an dem eleganten Nachtanzug.

„Du bist verrückt, Pawlowitsch."

Der Frack verbeugte sich. „Vorzüglich, Herr Konsuhl."

Selbst in dieser Minute der sichtlichsten Angst, — denn das schneeweiße Männchen zitterte auffällig am ganzen Leib — mußte das Halbblut sein Entzücken über jede Äußerung des Chefs dartun. Der Kaufmann jedoch gelangte immer mehr zu klarer Erkenntnis seiner Lage. Er stützte sich auf den Ellbogen, und seine kühlen Augen hefteten durch die Schatten der Nacht einen spähenden Blick auf seinen Diener. Dann versuchte er, die elektrische Flamme über seinem Lager anzudrehen, allein das Licht blieb aus.

„Was ist das, Pawlowitsch?"

„Ich weiß es nicht, Herr Konsuhl," stotterte das Faktotum, und es war, als ob seine Zähne leise gegeneinander klapperten, „ich glaube, sie haben die Drähte bereits zerschnitten."

„So, so, — aber eines ist doch seltsam, wie hast du mitten in der Nacht die russischen Patrouillen auf der Chaussee feststellen können?"

Dabei streckte der Liegende seinen Arm aus und faßte kräftig in die Brustfalte des Alten. Der Herangezogene wandte sich und setzte mehrfach zum Sprechen an, bevor er auf diese klare Frage eine Antwort erteilen konnte.

„Verzeihen Sie, Herr Konsuhl — ich konnte nicht schlafen — die Hitze — ich mußte in den letzten Nächten immer spazieren gehen — die Angst — —"

„Donnerwetter, höre endlich mit dem dummen Zeug auf. Bringe mir sofort meine Kleider. Wir sind deutsche Kaufleute und haben nach unserem Eigentum zu sehen."

„Ja gewiß, Herr Konsuhl."

„Sind dir die Adressen unserer jungen Leute bekannt?"

„Alle."

„Dann begibst du dich jetzt unverzüglich, da dir ja soviel an nächtlicher Bewegung liegt, zu jedem Einzelnen und bestellst, daß heute früh, wie an jedem anderen Tage hier gearbeitet wird. Sie sollen sich durch die Hintergasse in dem Lokal einfinden, denn vorn wirst du sofort das Tor verschließen und die eisernen Stangen vorlegen. Hast du mich verstanden, Pawlowitsch?"

„Vorzüglich, Herr Konsuhl. Hier ist auch schon der Anzug von gestern abend."

Der Kaufmann sprang aus dem Bett. „Gut, gut, du brauchst mir nicht zu helfen. Aber Licht muß ich haben. Hier hast du die Schlüssel, lauf rasch in das Detailgeschäft und hole ein paar Pfund Kerzen herauf. Davon stellst du auch einige in mein Arbeitszimmer. Dalli, dalli!"

„Herr Konsuhl," jammerte plötzlich der Hausmeister, der, anstatt sich zu entfernen, unschlüffig an der mit Fries gepolsterten Tür stehen geblieben war, um nun krampfhaft die Hände umeinander zu reiben, „Herr Konsuhl," rief er in wirklich ausbrechendem Schmerz, „darf ich nicht wenigstens noch das Service mit heißem Kaffee in das Arbeitszimmer bringen?"

„Jawohl, du Dummkopf," gab sein Herr, der so schnell wie noch nie in seine Kleider gefahren war, etwas versöhnter zurück. „Aber nun, Mensch, wirf endlich die Beine um die Ohren. Heute ist keine Zeit zu Rasiergesprächen."

„Ja, ja, gewiß, vorzüglich, Herr Konsuhl — guten Morgen — die Jungfrau Maria behüte Sie."

Mit wirrem Haupthaar, kaum ein wenig von dem abgestandenen Wasser befeuchtet und erfrischt, stieg der Prinzipal in sein altertümliches Büro herab. Merkwürdig, die Kerzen brannten schon überall auf Tischen und allen erdenkbaren Vorsprüngen und erleuchteten den weiten Raum mit seltsam schwebenden Schatten. Ein Weben und Gleiten ging unter den weißen gotischen Bogen dahin, und die starren blassen Gesichter der Evangelisten in den Mauernischen, sie schienen sich zu neigen und zu drehen, als wenn auch sie furchtgeschüttelt von dannen schweben wollten. Auf dem Sockel der großen Petrusstatue stand eine alte Blechlaterne aus dem Geschäft, und die in ihr brennende Kerze sandte einen flackernden Qualm zu dem hölzernen Riesen empor. Weihrauch der Angst.

Als sich der Herr all dieser Schätze umblickte, befiel ihn etwas wie ein Schütteln und Schneiden, ein nicht abzuwehrender Frost. Es war doch gut, daß der alte Mann an einen Trunk heißen Kaffee gedacht hatte. Aber wo blieb Pawlowitsch? Ungeduldig eilte der Konsul an seinen Schreibtisch und drückte auf den elektrischen Knopf. Die Klingel ließ ihr feines Rasseln ertönen. Doppelt schrill klang es in dem verlassenen Haus. Allein der Geforderte ließ sich nicht herbeirufen. Wie war denn das zu verstehen? Sollte der Hausmeister, der doch ein verschlagener und zäher Patron war, diesmal wirklich so aus der Fassung gebracht worden sein, daß er sogar den Wunsch seines Herrn nach einem Morgenimbiß vergessen haben konnte? Von einer unerklärlichen Ahnung durchschlagen, ergriff der Herr des Goldenen Bechers die kleine Blechlaterne, um sich über das merkwürdige Fernbleiben seines Verwalters auf alle Fälle Gewißheit zu verschaffen. Durch die altertümlichen Gänge des schlafenden Hauses glitt er dahin, geschmeidig, mit unhörbaren Schritten, über Treppen und schmale Altane, und nichts Lebendiges fand er, als seinen eigenen Schatten, der ihm überlebensgroß voraufeilte. So gelangte der Suchende in das Erdgeschoß, wo sich noch von Klosterszeiten her die geräumige, weiß getünchte Küche befand. Die Tür stand offen, drinnen alles leer. Ungläubig streckte der Konsul die Laterne in den verlassenen Raum, bis ihm ein kalter Luftzug das qualmende Lichtlein zu verlöschen drohte. Dabei nahmen seine leidenschaftslosen Züge einen immer herberen und kühleren Ausdruck an. Deutlich offenbarte ihm sein geschäftlicher, von allen Äußerlichkeiten unbeeinflußbarer Sinn, mit dem Verhalten seines Faktotums müsse es eine ganz eigene Bewandtnis besitzen. Aber welche? Ein heftig um sich greifendes Mißtrauen erfüllte ihn ganz und gar. Ob der Alte wenigstens für die Sicherheit des Hauses gesorgt hatte? In ein paar kurzen Sprüngen fuhr der Chef die breite knarrende Holztreppe in die Höhe, erreichte sein Arbeitszimmer und lief über die drei grünen Porphyrstufen auf die pflastersteinbelegte Einfahrt hinaus, um sich von dem Verschluß der mächtigen Eisentür zu überzeugen. Im ungewissen Schein der Laterne sah er, wie die beiden mächtigen Eisenquerbäume ordnungsgemäß vorgelegt waren, auch den ungeheuren eisernen Schlüssel mit dem wunderlich verschnörkelten Kopf aus einer frühen Zeit der Technik fand seine fühlende Hand fest im Schloß. Beruhigt atmete er auf. Durch die oberen eisenvergitterten Butzenscheiben, die sich wie herausgeschlagene Boden grüner Weinflaschen ausnahmen, stahl sich bereits ein schwächliches Dämmern des neuen Tages. Schwalben schossen dort draußen zirpend durch die Luft, und ganz von fern meldete sich ein eigentümliches Poltern und Rasseln, wie wenn ungefüge Karren eine Ladung von Eisen über unebene Straßen zu schaffen hätten. Der Kaufmann zog seine goldene Uhr und hielt sie vor das rauchende Licht: ein Viertel auf drei. Wer konnte zu dieser frühen Stunde eiserne Gerätschaften in die Stadt transportieren? Oder sollte sich die Meldung von Pawlowitsch im Ernst bestätigen? Und der elegante Mann tat etwas, was er sich vor einer Stunde gewiß noch nicht hätte träumen lassen. Er legte das Ohr an die kalte Platte der Tür und lauschte angestrengt auf das nervenerregende Geräusch, das sich dort draußen in der Weite immer mehr verstärkte.

Da — was war das? Ein leichtes Rollen fuhr über den Markt, das gleichmäßige Getrappel von Wagenpferden verkündete sich und brach wie auf einen Schlag ab. Unmittelbar vor seiner Tür schien ein Wagen zu halten. Gleich darauf wurde an dem Schloß der Einfahrt gerüttelt, aber es klang mehr wie ein hastiges Kratzen und stammte von einer schwächlichen Hand. Der Konsul räusperte sich. Dann nahm er sich zusammen und rief mit seinem gemütskalten Ton:

„Heda, wer ist dort draußen?"

Wer aber konnte das Erstaunen des Mannes beschreiben, als die wohlbekannte Stimme des Rotkopfes von Maritzken durch das Schlüsselloch hindurchflüsterte:

„Herr Konsul — ich bin es — Isa — schnell machen Sie auf, ich bin in großer Gefahr."

In der nächsten Minute poltern die Querbäume herab, ächzend schiebt sich ein Spalt des mächtigen Tores auseinander, und im Dämmergrauen des Morgens wirft sich ein junges Geschöpf, um das ein zerzauster Regenmantel flattert, völlig haltlos in die Arme des Mannes.

Draußen wirft der Wagen herum und stäubt wie ein Unwetter davon.

„Isa, um alles in der Welt, was bedeutet das? Wie kommst du hierher?"

Der von Schrecken Gepeinigte vergißt im Moment alle Erziehung und Höflichkeit und sieht in dem bebenden Wesen nur das schutzbedürftige Kind, dessen fröhliches Heranwachsen er wie ein Vater beobachten durfte. Jetzt klammert sie sich wortlos an seine Brust, mit einer irren, befremdlichen Kraft, und ihre feine Hand deutet schwankend auf die nahe Pforte des Arbeitszimmers. Da besinnt sich der Kaufmann nicht länger. Mit der Rechten wirft er auf einen Schlag die Querbäume vor das Tor, und ohne weitere Frage trägt er das Mädchen, das sich nicht mehr rührt, in das Refektorium.

Wieder gleiten die Schatten hin und her, die Evangelisten bewegen sich und schütteln die Häupter, und die blauen Holzaugen des Himmelspförtners wetterleuchten im Glanz, als sie gewahren, wie unbeholfen der Kaufmann seine Last in den geräumigsten der Kirchenstühle niedersetzt. Ganz sacht und behutsam. Er bettet sogar, ohne sich dabei etwas zu denken, den Regenmantel über die Knie der Kleinen zusammen. Dann zieht der Herr des Goldenen Bechers für sich selbst einen Klubsessel heran und setzt sich so, daß er dem Mädchen in das feine blasse Antlitz schauen kann. Geduldig wartet er, bis sich in dem verstörten Gesicht die dichten Wimpern heben. Kaum aber trifft ihn der erste Blick aus diesen klugen frühreifen Augen, da besinnt sich Rudolf Bark auf das eigentümlich väterliche Verhältnis, das zwischen ihm und dem zusammengekauerten Ding waltet, er entreißt sich seinen eigenen Sorgen, beugt sich vor und klopft ihr wohlwollend, herablassend die weiche Wange.

„Um Gottes willen, Mariellchen, Ihr Besuch ist zwar ehrenvoll, aber doch leiblich früh. Wenn ich nicht zufällig wie mein eigenes Gespenst durch das Haus schlürfte, ja, dann hätten Sie mich höchstens aus kummervollen Träu-

254

men wecken müssen. Aber nun im Ernst, liebes Kind, was treibt Sie her? Wie steht es in Maritzken? Was macht Johanna?"

Und dann kommt der Moment, wo die Heimatlose seine Hand ergreift und sich auf die Lehne seines Fauteuils niederläßt, als müsse sie aus Furcht vor der großen, leeren, fremdartig beleuchteten Stube dem Freunde ihres Hauses all die Schrecknisse der Nacht ins Ohr raunen. Dicht aneinandergeschmiegt sitzen sie, und in überstürzter Schilderung entwirft der feine Mund dem immer gespannter Aufhorchenden die düstern Schattenbilder, die diese furchtbarste Nacht ihres Daseins durchrast. Knappe Fragen wirft der Mann zwischen die ängstliche Rede, ihm liegt namentlich daran, die einzelnen Gegenden zu wissen, an die sich für Isa so schreckhafte Erinnerungen knüpfen, er wirft ein, daß das Mädchen wohl nur einem Patrouillentrupp begegnet sein könne, der die Stadt in weitem Bogen umgangen, er fragt nach Zahl, Bewaffnung und Sprache der Uniformierten, und allmählich quillt der Verschüchterten aus der gleichgültigen Ruhe des Kaufmannes eine neue Sicherheit zu. Ganz gewiß, es kann nicht so schlimm stehen, das Ganze bildet vielleicht nur ein abenteuerliches Mißverständnis, denn Rudolf Bark lehnt ja vor ihr in seinem modischen Anzug, der nichts von seiner tadellosen Glätte eingebüßt, und im Vollbesitz seiner sachlichen Nüchternheit, deren kühles Gleichmaß für den Rotkopf stets das Ziel einer sie erregenden Bewunderung gewesen.

„Herr Konsul, glauben Sie, daß nun die Stadt und die Umgegend von diesen schrecklichen Menschen überschwemmt wird?"

„Ja, Isachen, damit wird man leider rechnen müssen." Ein schnelles Atmen.

„Und wird das für Sie und für Johanna und auch

für mich mit Gefahr verknüpft sein? Sie können es mir ruhig sagen. Nach dem, was ich heut nacht erlebt, bin ich auf alles vorbereitet. Kann es uns ans Leben gehen oder werden wir verschleppt werden?"

„Liebes Kind" — der Kaufmann sah seiner Gewohnheit gemäß auf die Kappen seiner Lackschuhe, die ihm der Hausmeister, dem langjährigen Brauch folgend, hingestellt, und blickte dann in das blasse Gesicht seiner Gefährtin empor; in der gleichen Minute aber war er mit seinen blitzschnellen Erwägungen auch schon am Ende angelangt — „liebes Kind, ich denke, daß die fremden Gewalthaber voraussichtlich alles mögliche aufbieten werden, um bei der kommenden Besetzung die Ordnung und die Sicherheit aufrecht zu erhalten. Da man bei unserer Bevölkerung doch einen guten und harmlosen Eindruck zu erwecken wünschen muß, so werden sie nach meiner Meinung hier mehr als die guten Naturburschen auftreten, mit denen es sich leicht und gemütlich verkehren läßt. Ich hoffe also, eine persönliche Gefahr wird uns nicht drohen. Nur geschäftlich werden ungeheure Summen verloren gehen."

„Auch Ihnen, Herr Konsul?"

„Auch mir. Da wir für die nächste Zeit abgeschnitten sind, so werden alle geschäftlichen Beziehungen zerreißen, auf denen der Handel beruht, und es wird bald eine traurige Lähmung eintreten, eine sehr traurige."

Er sieht wieder auf seinen schmalen Fuß herunter und doch verzieht sich in dem gefaßten Antlitz nicht eine Miene.

Da fühlt der Rotkopf, es müsse doch noch höhere Interessen geben, als die unverhüllte Sorge um Leben und Wohlergehen, und urplötzlich fliegt ein helles, huschendes Rot über ihr verstörtes Gesicht.

Rasch springt sie auf und zaust geräuschvoll an ihrem steifen Regenmantel:

„Herr Konsul Bark."

Der Ruf klingt in der trüben Gegenwart und mitten in der langsam vorüberkriechenden Nacht so frisch und lebenshell, daß der Geschäftsmann unvermutet den ihn umblitzenden Zahlen entrissen wird, um sich ganz verwundert an seine jetzige Lage zu erinnern. An das befremdliche Fortbleiben seines Verwalters, an das leere verschlossene Haus voller Vorräte, und an sein Zusammentreffen mit dem jungen Mädchen, das er irgendwie behüten muß, wenn ihm auch augenblicklich jedes Machtmittel dazu fehlt. Draußen klirren die unheimlichen Wagen mit ihrer rasselnden Eisenladung immer näher. Und als er jetzt seinen Blick umherschweifen läßt, als er innen hinter den vergitterten Fenstern die fest geschlossenen Holzläden prüft, und indem er erwägt, wie lange die halb herabgebrannten Kerzen noch ihr Licht spenden können, da erfaßt ihn die merkwürdig zerstreuende Erkenntnis, daß mitten in all dieser schlimmen, eisengeschüttelten Erwartung ein junges hübsches Mädchen steht, mit dem er sich allein in einem festungsähnlich verbarrikadierten Hause befindet. Es ist zwar lächerlich, jetzt über derartiges nachzudenken, aber in dem bangen Harren tanzen die Gedankenreihen so wild und glitzernd durcheinander, wie sonnenbeschienene Telegraphendrähte, wenn der Zug donnernd vorüberbraust. Nein, er muß sich auf etwas Wirkliches, auf etwas Vorhandenes beschränken. Rasch erhebt er sich, und während er fühlt, wie ihm die Mädchenaugen auf seinem Weg folgen, da unterdrückt er gewaltsam eine ihn umspinnende Schlaffheit, die wohl von der Aufregung und der unterbrochenen Nachtruhe herrührt. Und wieder schwingt und glitzert und sticht eine ganz unvorhergesehene Idee durch das nüchterne Hirn. Donnerwetter ja, er ist zweiundvierzig Jahre alt. In dem biegsamen Körper, der wie eine Stahlklinge jedem

Druck nachzugeben weiß, ist bisher nie die Überlegung auf-
getaucht von Einhalten und Schonung und herannahendem
Alter. Aber wie er jetzt an dem Schreibtisch steht, um noch
einmal entschlossen auf den elektrischen Knopf zu drücken,
in der Hoffnung, sein Hausmeister könnte sich vielleicht
doch wieder eingefunden haben, da muß er, obwohl ihm
ein Ärger dabei aufsteigt, das junge blühende Geschöpf
mit den rotleuchtenden Haaren messen und mitten in der Be-
drohung und Not findet er es dumm und verächtlich,
solch albernen Erwägungen nachzuhängen. Er ist eben
ein älterer Mann und hat sich vor allen Dingen darum
zu kümmern, das mit Waren bis unter das Dach voll-
gestopfte Geschäftshaus, an dem seine ganze Existenz hängt,
zu hüten bis zum Äußersten. Teufel, unten lagern zum
Unglück lauter Waren, die das rohe Volk, das hier bald
herrschen soll, von jeher mit gierigen Augen angestarrt hat.
Tee und Wein, Kaffee und Zucker, Reis, Tabak, Schoko-
lade und ungeheure Mengen lockender Konserven. Wenn
seine Leute nur zur Zeit kämen! Es gibt hier unten in dem
ehemaligen Kloster einige Löcher und Winkel, die man schon
nicht mehr Keller, sondern unterirdische Gänge nennen kann.
Dort muß ein großer Teil der Vorräte verborgen werden.

Durch das Haus schmettert die Klingel, gellt und schrillt
und der Prinzipal merkt erst jetzt, wie es schon minutenlang
vergeblich läutet. Pawlowitsch bleibt verschwunden, aber
der Durst nach etwas Warmem, Stärkendem meldet sich
immer ungestümer.

Da plötzlich ein befreiender Einfall. Ganz ernsthaft
wendet er sich an seinen Gast und fragt so dringend und
kurz, wie er seine Angestellten anzureden gewohnt ist:

„Verzeihen Sie eine sonderbare Frage, Isa, können Sie
Kaffee kochen?"

258

„Ich?" das Mädchen starrt ihn verblüfft an. „Ja ge=
wiß, Herr Konsul Bark. Wünschen Sie denn zu trinken?"

Hastig wird die Abwesenheit des alten Dieners zu er=
klären versucht, und unmittelbar darauf huscht die Kleine
schon, die Laterne in der Hand, über Treppen und wurm=
stichige Holzgänge in die Küche hinab. Wie die Furcht
ihre Glieder dabei mit eisiger Hand anfaßt, wie hohl ihre
Tritte auf den alten Dielen schallen, wie kühl die Zugluft
um die vorspringenden Mauerecken herumstreicht, und
vor allen Dingen, wie unheimlich ihr eigener Schatten an
den Wänden hin und her hüpft! Und doch — das ängstliche
Geschöpf hat die Begleitung des Hausherrn weit von sich
gewiesen. Was würde er denken, wenn sie sich jetzt kindisch
benähme. Nein, weiter, weiter, trotz Grauen und häufigem
bangen Zurückschauen.

„Sieh da," ruft Konsul Bark nach einer Weile, als er
den Rotkopf auf einem gewaltigen Tablett eine ganz un=
wahrscheinlich irdene Kanne, umgeben von ein paar eilig
zusammengerafften Tassen, daherschleppen sieht, „wo haben
Sie denn diese Kostbarkeiten aufgelesen, Isachen? Aber das
tut nichts, die Hauptsache ist, daß es aus dem braunen Ding
hier sehr vertrauenerweckend dampft." Er beugt sich ein
wenig herab und schnuppert herum. „Also wirklich ein groß=
artiges Aroma! — Tischzeug? Nein, mein Kind, das ver=
mag ich jetzt nicht aufzutreiben. Sehen Sie, ich decke ein
nagelneues Taschentuch hier über dieses Tischchen, und passen
Sie auf, der Trank wird uns auch so munden. Es ist eben
Belagerungskaffee."

Und nun sitzen die beiden vor dem groben Gesindegeschirr,
schlürfen von dem brennend heißen Getränk und beginnen
an ihrer trostlosen Vereinsamung beinahe ein romantisches
Gefallen zu finden.

Wieder wähnen sich beide auf eine winzige Insel ver=

schlagen, und hingegeben an den wohligen Schauer der immer näher rückenden Gefahr, horchen sie auf die wilden Geräusche, von denen draußen die Straße widerhallt. Es klirrt und rasselt, galloppiert, schreit und tobt, gröhlende Lieder, in einer fremden Sprache gebrüllt, schlagen zu ihnen herein, und plötzlich schmettert etwas durch die Eisengitter der Fenster hindurch, und klirrende Glasscherben spritzen innen gegen die geschlossenen Holzläden.

„Ruhig, ruhig", beschwichtigt der Kaufmann und fährt wieder mechanisch über die bebende Mädchenhand.

Doch Isa rührt sich nicht. Still, wie bisher, sitzt sie auf der Lehne des Stuhles, hält den Atem an, und die Nähe ihres Gefährten wirkt so stark auf sie, daß sie sogar versucht, das rasche Jagen ihrer Brust zu bezwingen.

Ein Augenblick der Stille tritt ein. Scharf und schreckhaft hebt sich die lähmende Ruhe des großes Gemaches ab von dem dröhnenden Toben der Straße. Und so schmerzend sicher schlürft das bis aufs Äußerste angestrengte Gehör der beiden Einsamen jeden Ton in sich hinein, daß nicht allein die schneidenden Schwingungen der fremdartigen Hornsignale, die dort draußen den Lärm übergellen, ihr Innerstes durchstoßen, sondern auch das Knistern und Zucken der vielen Lichter bis an ihre zum Zerreißen aufmerksamen Sinne dringt.

Da —

„Herr Konsul," fährt Isa auf.

Auf den Pflastersteinen der Einfahrt hallt es von unzähligen Fußtritten.

Ist es möglich? Der Konsul erhebt sich langsam. Ein törichter Kindertraum däucht ihm das Ganze, denn das schwere Eingangstor ist ja bis jetzt nicht dem geringsten Angriff ausgesetzt gewesen. Oder sollte etwa — —

Allein alle diese Zweifel und Bedenken gelangen nicht mehr an ihr Ende.

Sieh — sieh, es ist wirklich, als ob durch brennende Fiebergesichte alle möglichen bekannten Gestalten taumeln. Jetzt wird die Tür über den drei grünen Porphyrstufen aufgerissen, draußen in der gewölbten Einfahrt drängt sich Kopf an Kopf. Lauter breitrandige Mützen schieben sich durcheinander, Säbelgehänge, die über den Schultern befestigt sind, gleiten über grün-graue Uniformen herab, rauhe, unbearbeitete Reiterstiefel scharren auf den Fliesen.

Doch wie kann es geschehen, daß sich aus dem dunklen Schwarm eine so überaus vertraute Figur ablöst? Ja, er ist es, er ist es wirklich!

Breitspurigen Trittes, mit etwas nachgebenden Knien, drängt sich Rudolf Barks ‚bester Freund‘ Leo Konstantinowitsch Sassin in das Gemach. Ein kotbespritzter grauer Radmantel hängt schief eingehakt um seine breiten Schultern, die Mütze sitzt ihm schräg auf dem linken Ohr, und auf dem brutalen Antlitz glüht eine sonderbare Hitze. Zwischen zwei Brustknöpfen seines Waffenrockes lugt der schwarze Kolben eines Revolvers hervor. Als der Russe des Paares ansichtig wird, das fast regungslos unter dem zersplitterten Fenster weilt, da reißt der Offizier seine hervorquellenden Kinderaugen auf, und um seine blondumbarteten Lippen fliegt ein sonderbar befriedigter Schein. Was hier Ausdruck gewinnt, ist nicht die Freude des Wiedersehens. Es bedeutet vielmehr eine dumm-dreiste Überlegenheit, wie sie Ungebildeten eignet, wenn sie plötzlich über Höherstehende Macht erlangen.

„Ah, guten Abend, Rudolf Bark, mein Kompliment für das junge Fräulein von Maritzken,“ poltert der Dragoner in einem rohen Lachen hervor. „Nicht fürchten — keine Ursache — gut Freund. So lange hier keine

Dummheiten macht, werden Euch vorzüglich behandeln. Was stieren mich so an, Rudolf Bark? Mein bester Freund?! Wundern sich, wie zu Ihnen hereingekommen? Hehe, zweiunddreißigsten Dragoner verstehen durchs Schlüsselloch zu reiten. Haben unsre kleinen Geheimnisse."

Damit tritt der Redende nicht ganz sicher an den Tisch, hebt die braune Kanne in die Höhe und läßt sie aus Ungeschicklichkeit oder mit Absicht auf den Teppich niederstürzen. In einer breiten Lache ergießt sich die braune Flüssigkeit aus den zersprungenen Scherben über das dunkle orientalische Gewebe.

„Wie, was — Kaffee? Seit wann, Rudolf Bark, sind Sie ein altes Weib? Es muß hier doch Wein im Hause sein. Bei der Mutter von Kasan! Tausende von Flaschen, ganze Fässer. Ich kenne Ihre Gastfreundschaft, bester Freund. Natürlich, wer sollte sie besser kennen?! Weiß, brennen darauf, arme, müde Soldaten des Zaren — wie sagt man — à régaler."

Und sich zur Tür und zu den Haufen seiner Reiter wendend, schreit er in russischer Sprache, die der Prinzipal des „Goldenen Becher" sehr wohl versteht, hinaus:

„Lauft, ihr durstigen Kinderchen, sucht, meine braven Söhne! Habt ihr verstanden, ihr pfiffigen Spitzbuben? Hier unten in den Kellern gibt es Wein. Alkohol ist euch verboten, aber Wein hat der große Zar erlaubt. Und mein Freund Rudolf Bark ist kein Knauser. Er ist glücklich, uns bewirten zu dürfen. Macht, daß ihr fortkommt! Aber nicht betrinken. Hört ihr? Der Rausch ist für einen russischen Soldaten unanständig."

Nach dieser mit wildem Triumph gehaltenen Rede läßt Leo Konstantinowitsch die Flügeltüren zurückfallen und schwankt ziemlich unsicher an den Tisch, wo er krachend in den nächsten Stuhl fällt. Seine glitzernden Augen aber, die bebenden Nasenflügel und der kurze Atem bekunden deutlich, wie er selbst das Alkoholverbot seines Gossudars durchaus nicht für verbindlich erachtet hat. Eine müde Handbewegung ladet die beiden anderen zum Platznehmen ein.

„Setzen Sie sich, Rudolf Bark," sprudelt er herablassend, „und hier neben mich das schöne Fräulein. Ohne Angst. Leo Konstantinowitsch ist Ihnen freundlich gesinnt. Sie glauben gar nicht, wie gut Sie es bei uns haben werden. Und nun schaffen Sie ein paar Flaschen Champagner an, Rudolf Bark, ich schlafe heute bei Ihnen."

Und dann rast alles, wie von irrsinnigen Geistern gehetzt vorüber. Von unten aus den Kellergewölben dringen dumpfe Schläge herauf, ein wildes Geheul der Freude kreischt dazwischen und ehe noch der Kaufmann Zeit finden kann, seinem Bedränger auseinanderzusetzen, wie mitten in der Nacht natürlich keine Dienerschaft vorhanden sei und daß die Schlüssel der Vorratskammern jetzt ebensowenig aufzutreiben wären, da drängen sich bereits ohne weitere Förmlichkeiten ein paar russische Dragoner an den Tisch. Unter den Armen allerhand Weinflaschen und in den Händen eiligst zusammengerafftes groteskes Trinkgeschirr. Bierseidel, Weingläser, Kaffeetassen und Milchtöpfe, alles toll und wüst durcheinander.

„Gut, gut," schreit Sassin, und dabei schleudert er Mantel und Mütze mitten in die Stube, „sehen Sie, Rudolf Bark, wie treulos Sie sich benehmen? Sie verwickeln sich in Widersprüche, bester Freund. Wozu Dienerschaft? Wozu Schlüssel? Ich habe alles bei mir. Das weite Rußland braucht nichts Fremdes, es besorgt sich alles selbst. Vorwärts, meine guten Jungen. Jeder drei Flaschen! Rudolf Bark gibt es euch gern. Seht, wie er sich freut. Fehlt euch noch etwas, meine guten Söhne?"

„Nein, es lebe Väterchen Rittmeister!"

„Ich danke euch, ich weiß, daß ihr mich liebt. Und nun packt euch hinaus, seht ihr nicht, daß ich hier mit vornehmen Nemzows sitze?"

Wieder befinden sich die drei allein, immer wiehernder schallt das Gelächter des Trunkenen durch den großen Raum, immer ungebändigter werden seine Scherze. Empört erhebt sich der Konsul. Er ist kaum noch imstande, seinen Zorn und seine Verachtung gegen den halb der Besinnung Beraubten zu unterdrücken. Nur ein Blick auf das Mädchen, das mit weit aufgerissenen Augen die widerwärtige Trinkorgie verfolgt, flößt dem Kaufmann noch Beherrschung und Zurückhaltung ein.

„Herr Rittmeister," ruft er, indem er mit zusammengekrümmtem Zeigefinger nervös auf die Tischplatte pocht, „wünschen Sie dies Gelage noch lange fortzusetzen? Ich finde, Ihr Zustand erfordert es, daß Sie sich eiligst zur Ruhe begeben."

„Ich?" Der Russe spreizt die Beine von sich und lehnt sich weit zurück. Die stieren blauen Augen quillen ihm dabei immer mehr aus dem Kopf. „Zustand? Wieso, Rudolf Bark? Pah, ich kenne keinen Zustand. Wenn Sie wüßten, wie frisch ich mich fühle! Acht Stunden im Sattel gesessen. Keine Ader schlägt mir danach." Hier brüllt er laut auf und stößt mit der Faust vor die Brust. „Solch einen Ritt wünsche ich Ihnen, Rudolf Bark. Herrlich, herrlich! Grenzwache haben wir überritten, ehe sie sich besann. Unter meinem Pferd lag etwas Zappelndes. Können Sie sich diese weichliche Nachgiebigkeit vorstellen, wenn man zum erstenmal über einen Menschen reitet? Man hört das Aufschmettern des Hufes, man fühlt das Einsinken — es ist aufregend!"

264

„Hören Sie auf," ruft der Konsul sich vergessend, „Sie wissen nicht mehr, was Sie reden."

„Wie? Was?" Der Russe versucht sich aufzurichten, allein er vermag es nicht mehr. Die Geister des verschwenderisch genossenen Weines reißen ihn auf seinen Sitz zurück. „Wie sprechen mit mir, teurer Freund? Sollten vielleicht vergessen, daß wir hier als Herren einzogen? Hat ein Ende mit der Unverschämtheit der Germanen. Wer sind Sie, wenn ich meine Hand jetzt von Ihnen abziehe? Kein Hahn kräht nach Ihnen. Aber lassen wir diese Dummheiten."

Schwerfällig wendet er sich zu Isa, bemüht, eine Verneigung auszuführen, allein der Versuch wirft ihn nach vorn, so daß sein flammendes Haupt haltlos gegen die Schulter des Mädchens sinkt.

Hei, welche Wärme, welch eine zuckende Haut, welch eine atmende Rundung! Das betäubte Hirn des ungebildeten Bauern verliert darüber die letzte Spur angelernter Lebensart.

„Kommen Sie, ma chère," flüstert er, wobei er der Zurückschaudernden immer näher rückt und beide Arme um sie schlingt, „wir trinken noch ein Gläschen. Wissen Sie auch, daß Sie scharmant sind? Der Teufel hole Ihre Schwestern. Sie sollen leben, ich habe immer für schlanke Glieder geschwärmt. Nicht wahr, Rudolf Bark, Sie können es bezeugen?"

Roh, zudringlich, in einer gemeinen Vertraulichkeit schließen sich die Fäuste des von Gier und Rausch Bezwungenen hinter dem Hals des Mädchens zusammen. Von Starrheit geschlagen, rührt sich Isa kaum. Keine Bewegung wagt sie auszuführen aus Scham oder aus Angst, und nur einen einzigen hilflosen, beschwörenden Blick sendet sie zu dem vor Wut verzerrten Antlitz des

265

Hausherrn empor. Sie sieht noch, wie sich die Zähne des Konsuls in seine Unterlippe graben, schauernd fühlt sie, daß das kleine Tischchen, einem Fußtritt des durch ihn genierten Russen nachgebend, polternd und klirrend zu Boden stürzt, und gleich darauf zischt etwas vor ihren Ohren. Ein blendender Strahl zwingt sie, ihre Lider zu schließen, so daß sie kaum noch merkt, von wessen Hand sie jetzt emporgerissen wird.

Entsetzen!

Für eine Sekunde fassen die drei Ernüchterten dasselbe Bild in schonungsloser, peinigender Klarheit auf. Elegant, geschmeidig, tadellos angezogen wie immer, lehnt Rudolf Bark hinter dem hohen Kirchenstuhl. In dem hübschen glatten Gesicht verrät keine Blässe, kein nervöses Zucken auch nur eine Spur von Abscheu vor seiner eigenen Tat. Nein, neugierig fast beobachtet der Kaufmann, dessen Finger noch immer die Waffe umspannen, die er seinem Gastfreunde aus dem Waffenrock gerissen, wie Leo Konstantinowitsch Sassin mitten in der Stube über seinem eigenen Mantel auf dem Rücken liegt, um mit der Rechten unter Lachen und einem schmerzlichen Brüllen an den Uniformknöpfen oberhalb der Brust herumzureißen. Draußen unter der Einfahrt drängt es sich schon wieder Kopf an Kopf, obwohl keiner, von der Furchtbarkeit des Geschauten gelähmt, es wagt, die tolle Stätte dieses blutigen Gerichts zu betreten. Stumm recken sie die Hälse vor, um auf das zu horchen, was sich niemand erklären kann.

„Oh du verfluchter deutscher Hund, du Vieh, du hinterlistiges Schwein, so behandelst du deinen Freund? Pfui, man möchte weinen! Warte nur, du widerlicher Affe, wie sauber dir unser Profoß die Schlinge um den Hals legen wird. Was steht ihr hier und haltet Maulaffen feil? Hat man nicht euer Väterchen ermordet? Schnell, nehmt ihn fest, die Rothaarige auch. Und mir gebt zu trinken. Einen Topf Champagner. Mir ist ein wenig schlecht. Oh, Rudolf Bark, mein bester Freund, ich wollte, ich könnte dich selbst zappeln lassen. Ich gäbe den ganzen Feldzug darum. Pfui, du treulose, deutsche Spinne, ich trete dir den Kopf ein."

* * *

In der Gefängnistür rasselte ein Schlüssel. Und das Geräusch unterbrach den auf dem Schemel hockenden Kaufmann in seinen rückwärts gerichteten Gedanken. Er fuhr auf und sah nach der Uhr: es war hoch am Spätnachmittag. Aus der Schar der vor Müdigkeit Eingeschlafenen erhob sich der kahle Schädel des Tischlermeisters Majunke, und seine befleckten Hemdsärmel sägten aufgeregt durch die Luft.

„Um Gottes willen, sie kommen," zischte er durch die Zahnlücke, „schnarcht nicht, Kinderchen, sie könnten es uns übelnehmen. Herr Kowalt, verstecken Sie Ihre Peitsche, man kann nicht wissen, was sie dazu denken."

Langsam drehte sich das schwere Holz, und auf dem rot gepflasterten Ziegelflur stand neben dem ehrfurchtsvoll gebückten Kosaken eine schmächtige Jünglingsgestalt in grauer Uniform, dessen blasses kränkliches Antlitz der Konsul sich besann, schon einmal gesehen zu haben. Richtig, das war einer der beiden Fahnenjunker, der im Hause Saffins erzählt hatte, welch ein freimütiges Testament er für seinen Vater, den Polizeioberst in Kiew aufgesetzt hätte. Der glatt rasierte Knabe hielt einen Bogen Papier in der Hand und sah kurzsichtig und mit blinzelnden Augen in den dumpfen Raum, aus dem eine Wolke schwüler Hitze herausschlug. Dann trat er auf die Schwelle, zog sich den grauen Waffenrock zurecht, und indem er ein wenig mit der

Degenscheide klirrte, gab er sich den Anschein einer amtlichen Würde.

„Rudolf Bark," rief er mit seiner gebrochenen Knabenstimme, in die er vergeblich einen militärischen Kommandoton zu legen suchte, „ist hier der Konsul Rudolf Bark anwesend?"

Der Prinzipal des „Goldenen Becher" erhob sich.

„Was steht zu Diensten?" fragte er kurz.

„Sie sind es? Ach ja," erinnerte sich das uniformierte Kind und errötete leicht; dann aber besann es sich und verbeugte sich förmlich. „Unterleutnant von Karström," stellte er sich vor.

Und Rudolf Bark erriet nicht allein aus dem Namen, sondern vor allem an der flüssigen Aussprache des Deutschen, daß er einen Balten vor sich habe.

Der Unterleutnant blinzelte flüchtig in sein Papier und fuhr fort:

„Sie werden mir folgen. Ich habe den Befehl, Sie auf das Rathaus zu unserem Kommandanten zu bringen." Und einen Blick auf den eleganten hellen Sommeranzug seines Gefangenen heftend, setzte er mit einer Rücksicht, die er durchaus nicht verleugnen konnte, höflich hinzu: „Bitte bedecken Sie sich mit Ihrem Hut."

Hier zuckte der Konsul die Achsel. Und nachdem er erklärt, daß man ihn barhäuptig hierher transportiert, da errötete der junge baltische Adlige von neuem und schüttelte ratlos das schmale, kränkliche Haupt. Selbst den Konsul rührte diese kindliche Unbeholfenheit.

„Ich werde mir mit Ihrer Erlaubnis, Herr Unterleutnant," half er deshalb rasch ein, „einen Hut von einem meiner Mitgefangenen ausborgen. Nicht wahr, Herr Kowalt, Sie sind so freundlich?"

„Ja allerdings, bitte tun Sie das," atmete der Balte

268

ganz erleichtert auf. Dabei verbeugte er sich unwillkürlich, als der Kaufmann nun mit dem abgetragenen fettigen Hut des Pferdehändlers in der Hand an ihm vorüberschritt.

Auf der Diele hatte der Kosak inzwischen von einem Stuhl einen handfesten Strick genommen, mit dem er sich nun dem Konsul geschäftig näherte.

„Was soll das?" fragte der Leutnant, wobei er sichtlich zusammenschrak.

Grinsend deutete der Kosak auf die Hände des Ge= fangenen. Da warf der junge Offizier wie beschwörend die Rechte vor.

„Keineswegs," stammelte er, „davon steht kein Wort in meiner Instruktion. Der Herr ist nicht fluchtverdächtig. Auf der Stelle wirfst du den Strick fort." Und sich zu dem gelassen dastehenden Rudolf Bark wendend, versuchte der junge Mensch eine Entschuldigung anzubringen. „Bitte vergeben Sie, mein Herr," sagte er trotz seiner Kindlichkeit mit einer Haltung, die ganz zweifelsfrei die gute Erziehung eines halbdeutschen Adelshauses verriet, „das war keines= wegs beabsichtigt." Und indem er mit dem Haupte auf den wieder zusammengesunkenen Kosaken deutete, warf er noch eifrig hin: „Der Mann stammt aus den Donschen Steppen. Die Leute haben dort eine ganz eigene Gerichts= barkeit, die von der unsrigen erheblich abweicht. Sie sollten daraus keine allgemeinen Schlüsse ziehen, mein Herr."

„Gewiß nicht," beruhigte ihn Rudolf Bark mit einem kaum merklichen Lächeln.

Dann schritten sie gemeinsam die Steinstufen herunter und befanden sich bald in einer der nüchternen Gassen der Vorstadt. Aber wie hatte sich das Gepräge dieses sonst so regen Handelsplatzes verändert! Es versetzte dem Kaufmann, in dem doch selbst die Sorge vor der Zukunft brütete, einen Stich ins Herz, als er die auffallende Ver=

wandlung feststellte. Obwohl noch lange nicht die Stunde des allgemeinen Ladenschlusses angebrochen war, hatten die kleinen Gewerbetreibenden überall Jalousien und Lattenverschläge vor ihre Auslagen gezogen, und die Straßen selbst schienen von den Eingeborenen wie ausgestorben. Kein bekanntes Gesicht wollte sich zeigen. Dafür wimmelte jedoch die fremde Soldateska gleich einem schwarzen Ameisenhaufen durcheinander, immer neue Truppen zogen singend von den Landstraßen aus herein, und man sah es den befriedigten Gesichtern an, daß ihnen die Besetzung dieser ehemaligen Festung, die längst ihre Bedeutung verloren hatte, als ein nicht zu unterschätzender Erfolg galt. Lange Züge von Infanterie wechselten mit Munitions= und Artilleriekolonnen, und von dem Klirren der schweren Geschütze auf dem schlechten Pflaster bebten die kleinen leichtgebauten Häuschen. Aber auch andere Fuhrwerke kamen ihnen aus der Stadt entgegen, deren Ladung, obwohl die Wagen von Soldaten gelenkt wurden, durchaus nicht dem kriegerischen Bedürfnis entsprach und deshalb die regste Verblüffung von Rudolf Bark hervorrief. Ohne um Erlaubnis zu bitten, hielt der Kaufmann plötzlich in seinem Weg inne und wies mit der Hand auf einen mächtigen Leiterwagen, auf dem die tollsten Dinge widerspruchsvoll übereinander gepackt waren. Seidene Möbel, eiserne Geldschränke, ein umfangreicher Benzinmotor, ungeheure Berge bescheiden angefertigter Konfektionsanzüge, Mehlsäcke, ja sogar ein Klavier hatte man zwischen die Leiterbäume gepreßt, und die drei kutschierenden Soldaten beschäftigten sich eben damit, vorn auf dem Bock die Keule eines rohen Schinkens gemeinschaftlich mit ihren starken Zähnen zu benagen und zu zerreißen.

„Was ist das?" stieß der Prinzipal des „Goldenen Bechers" beinahe der Sprache beraubt, hervor.

270

Doch der junge Russe antwortete nicht. Flammend rot waren seine blassen Wangen übergossen, und in seiner Scham und Bestürzung vermochte er nur fast bittend hervorzubringen:

„Mir sind die Gewohnheiten der Intendantur unbekannt, ich weiß nicht, was das bedeutet. Aber bitte, mein Herr, wollen Sie mir rasch folgen, denn ich habe Sie bis um sieben Uhr auf dem Rathause abzuliefern."

Eiligst schritt der gedemütigte Knabe voran, und so wild entfernte er sich durch ein Seitengäßchen von der großen Fahrstraße, daß dem Konsul bereits der Gedanke an Flucht durch den Kopf schoß. Freilich, ein Blick auf das viele Militär, das da und dort unbeschäftigt vor den Häusern herumlungerte, ließ ihn einen solchen Plan als gänzlich aussichtslos sofort wieder verwerfen. So gelangten sie vor das Gebäude des Magistrats, das mit seinen mittelalterlichen, im Artus-Stil gehaltenen Lauben und Bogengängen fast gänzlich die eine Schmalseite des Platzes einnahm. Vor dem Haupteingang schilderten zwei russische Infanteristen. Sie hatten ihre Uniformen der noch immer herrschenden Hitze wegen über der Brust aufgerissen und unterhielten sich laut und ungeniert miteinander. Aber das war es nicht, was dem Konsul das ungeheure Erlebnis, das seit gestern über die Stadt dahingebraust war, so schmerzhaft zur Erkenntnis brachte. Es war etwas anderes. Unwillkürlich zuckte er zurück und griff sich an die Stirn. Nein, er träumte nicht; — oben von der Krönung des Torbogens war das Wappenschild des preußischen Adlers herabgerissen und lag jetzt auf dem Fahrdamm in der Gosse, wo das schwarzgelbe Spülwasser schwammig über das Symbol der Staatshoheit hinweggurgelte. Hunderte von Malen war Rudolf Bark achtlos an dem schwarzen Wappentier vorübergeeilt. Ja, wenn man ihn genau befragt

271

hätte, so hätte er nicht mit absoluter Sicherheit angeben können, ob dort oben über den gotisch gerillten Bogen überhaupt eine derartige Verkörperung des Staates gethront habe. Jetzt aber, wo absichtliche Geringschätzung, wo eine gemeine Freude an der Erniedrigung anderer das alte Ideal in den Kot geschleudert, da krampfte es sich in seiner Brust zusammen, und etwas von jenem ihm bisher ganz fremden Haß wuchs atemraubend empor, von jenem wilden, unerbittlichen Völkerhaß, der fortan über den Gemeinschaften der Erde wie ein riesenhafter, alles Licht überschattender, Geier schweben sollte. Mit geschlossenen Augen schritt er unter der grün=weißen Fahne hindurch, die jetzt die Stelle des alten Wappens einnahm, und während er mit seinem jungen Führer die breiten, ausgetretenen Steinstufen heraufstieg, da errechnete sich sein zählender Verstand, daß er jetzt selbst an der Pforte der Vernichtung angelangt sei. Was war da noch lange zu überlegen? Wozu nach Auswegen suchen? In der ersten Stunde dieses niederträchtigen Überfalls hatte er auf einen bei ihm einquartierten Offizier der Besatzungstruppen gefeuert. Möglicherweise war der Verwundete sogar schon seinen Verletzungen erlegen. Da wurde er eben vor ein Kriegsgericht geschleppt, und wie das in dem Machtbereich des weißen Zaren seines Amtes zu walten pflegte, darüber gab sich der Kaufmann keinem Zweifel hin. Vielleicht erwartete ihn schon hier der fertige Spruch. Nun gut, da nahm er wenigstens die Genugtuung in das Unbetretene mit hinüber, auch ohne eine militärische Charge seiner Mannespflicht gegen ein schutzloses deutsches Mädchen genügt zu haben. Ein wärmendes Gefühl der Befriedigung überkam ihn, als er jetzt vor der bunten Glastür des Beratungssaales an Isa dachte. Wahrhaftig, er hatte recht wie ein Vater gehandelt. Wie ein zurückhaltender reifer

Mann einem kleinen zierlichen Mädchen gegenüber. Und er genoß ein seltsam prickelndes Wohlbehagen, als er sich vorstellte, wie der Rotkopf mit den leuchtenden Goldaugen später, viel später, wenn er längst unter einem Galgen vermodert war, Kindern und Kindeskindern dankerfüllt von ihrem Retter erzählen würde.

„Herr Konsul Bark, wir sind an der Reihe," riß Unterleutnant von Karström den Achtlosen aus seinen Gespinsten.

Ob man Isa auch hierher transportiert hat? blißte es Rudolf Bark noch durch den Sinn.

Dann reckte er sich, strich, seiner Gewohnheit gemäß, über den gut sitzenden hellen Anzug und trat an der Seite des jungen Balten in den Saal. Gemessen verbeugte er sich, dann blickte er sich um.

In dem mit bunten Holzmalereien geschmückten Raum zogen sich an beiden Längsseiten, hintereinander ansteigend, die Schranken der Stadtverordneten hin. Das Kopfende der Halle wurde von den Sitzen des Magistrats eingenommen, zu dessen Wirkungsstätte drei mit grünem Tuch überspannte Stufen hinaufführten. Im Moment aber saßen auf den Bänken der Stadtverordneten, von einem Pikett russischer Feldgendarmen bewacht, der weißbärtige erste Bürgermeister der Stadt und neben ihm fünf der angesehensten Senatoren, denen die Niedergeschlagenheit über eine mit dem Kommandanten soeben geführte Unterhaltung aus den müden, übernächtigten Gesichtern abzulesen war. Der russische Befehlshaber selbst, dem jetzt an Stelle der Stadtväter jede Machtbefugnis zustand, wanderte indes in seiner grau-grünen Uniform mit auf dem Rücken verschränkten Händen sporenklirrend auf der grünen Plattform des Magistrats auf und ab, hatte die Stirn gerunzelt und zuckte mehrmals im Selbstgespräch die Achsel, als wenn es ihm unmöglich wäre, eine soeben getroffene Verfügung wieder zurückzunehmen. Es war eine untersetzte männliche Gestalt mit schlichtem, graugescheiteltem Haar. Und trotz der ihm von seinem Amte auferlegten Kürze, ließen die klugen, hellen Augen doch ahnen, daß er die unglückliche Lage dieser Stadtbürger nachzuempfinden wisse. Jetzt wandte sich der Kommandant rasch herum, und in demselben Moment durchzuckte den Konsul ein kurzer, beinahe freudiger Schreck. Es war Oberst Geschow, derselbe Offizier, dessen noble Ritterlichkeit Rudolf Bark schon bei seinem Ausflug über die Grenze schätzen gelernt hatte. Auch der Oberst erkannte den Kaufmann auf der Stelle. Er spreizte die Beine, setzte die Fäuste in die Hüften und rief mit kräftiger Stimme herunter:

„Herr Konsul Bark, welcher Teufel hat Sie geritten? Mille tonnères, sehen Sie denn nicht, Herr, daß Sie sich nicht allein selbst, sondern die ganze Bürgerschaft durch Ihr wahnsinniges Benehmen ins Unglück gestürzt haben? —"

„Herr Oberst — —"

„Ruhe, jetzt spreche ich. Ich möchte Ihnen von vornherein bemerken, daß es für Ihre Handlungsweise keinerlei Entschuldigungen gibt. Muß ich Ihnen erst sagen, was es auf sich hat, wenn in Kriegszeiten ein Offizier von einem Zivilisten angefallen wird?"

„Herr Oberst, bitte mir gütigst eine Frage zu gestatten: Ist für die junge Dame, die sich gestern abend in meinem Hause befand, gesorgt worden? Und darf ich hoffen, daß sie als Augenzeugin vernommen wird?"

Der Oberst gab seine breitbeinige Stellung nicht auf, sondern beugte sich vielmehr noch etwas weiter nach vorn. Aber die erste Erkundigung seines Gefangenen schien ihn nicht unangenehm zu berühren.

„Darüber kann ich Sie beruhigen," herrschte er den

Kaufmann an. „Ihre Landsleute werden sich schon daran gewöhnen müssen, uns nicht als Halbwilde zu betrachten. Gleich nachdem mir gestern der Vorfall gemeldet war, habe ich mich selbst in Ihr Haus zu einer Visitation begeben. Die junge Dame, die mir persönlich bekannt ist, hat mir an Ort und Stelle ihre Angaben gemacht, und sie befindet sich noch jetzt in Ihrer Wohnung, und zwar unter guter Obhut. Sie sehen also, meine Herren," rief der untersetzte Befehlshaber auch zu den Stadtvätern auf den Holzbänken herüber, „daß uns der gute Wille, Sitte und Anstand zu erhalten, keineswegs fehlt."

Bei den Senatoren erhob sich ein gedrücktes Gemurmel. Rudolf Bark jedoch verbeugte sich leicht. Er atmete auf. Also Isa in verhältnismäßiger Sicherheit!

Inzwischen hatte sich Oberst Geschow abgekehrt und begann wieder klirrend auf der Plattform auf und nieder zu schreiten. Dabei warf er von Zeit zu Zeit unter seinen grau überbuschten Augenbrauen einen ungehaltenen Blick auf den Störer jenes bürgerlichen Einvernehmens, an dem dem Kommandanten augenscheinlich so viel gelegen war. Plötzlich trat er an einen Tisch voll Akten, Listen und Papieren und riß einen Brief hervor, um das Schreiben, sobald er es überflogen, heftig in kleine Stücke zu zer=reißen.

„Sie kennen den Fürsten Dimitri Fergussow also per=sönlich?" warf er gereizt hin.

„Ich habe den Vorzug," entgegnete der Konsul auf=horchend.

Jetzt klirrte der Oberst die Stufen herunter und pflanzte sich ganz dicht neben Rudolf Bark auf. Hastig riß er an seinem starren grauen Schnurrbart.

„Zu unangenehm," schimpfte er halblaut, und man sah es ihm an, wie sehr er diese Amtshandlung ver=

wünschte. „Ich mache kein Hehl daraus, verehrter Herr,
mir liegt nichts an dem Wirtschaften mit Pulver und Blei
oder mit Strick und Galgen hinter der Front. Aber ist
es nicht schändlich," fuhr er grimmig auf und stampfte
mit dem Fuß, „daß Sie die kaum warm gewordene Behörde zu solchen Maßnahmen zwingen? Glauben Sie
vielleicht, Ihre Leute würden anders handeln? Es mag
ja möglich sein, daß für Sie gewisse Milderungsgründe
in Betracht kommen — ich gebe es zu," schrie er empört
und schlug mit der Faust durch die Luft — „aber
sacré nom de dieu, das alles erspart Ihnen keineswegs das Kriegsgericht. Es tut mir leid, Herr Konsul,
Ihnen das ankündigen zu müssen, und Sie sind sich wohl
auch über die Folgen klar."

„Ja", sagte der Konsul ruhig und sah zu Boden.

Der Oberst maß ihn eine kurze Weile und riß von neuem
an seinem Bart, bis er endlich, knurrend und fluchend,
die drei grünen Stufen abermals hinaufstieg. Kaum aber
war er an dem Aktentischchen angelangt, so schlug er mit
der Faust unter die Papiere und wandte sich ruckartig
zurück. Im nächsten Moment ließ er sich in einen der
Magistratssessel sinken, schlug die Arme untereinander und
sah starr nach oben auf die bunt bemalte Decke.

„Ein weiteres Eingreifen von mir ist ausgeschlossen,"
preßte er sich zum Schluß ab. „Das einzige, was ich in
diesem besonderen Falle tun konnte, das ist bereits erledigt. Ich habe bei unserem Auditoriat veranlaßt, daß
Ihre Angelegenheit hinter der Front, in unserer nächsten
Gouvernements-Stadt verhandelt wird." Und als er eine
stumme Frage in den Augen des Konsuls wahrzunehmen
glaubte, fuhr er in seiner kurzen Weise fort: „Sie haben
dort den Vorteil der gründlicheren Untersuchung, was
bei der Schwere Ihres Vergehens hier nicht möglich ist."

Damit hob er den Arm und revidierte die kleine Armbanduhr auf seinem Handgelenk. „Es ist jetzt ein Viertel nach sieben," stellte er fest. „Ist der Wagen für die Herrschaften bereits vorgefahren?" wandte er sich an den jungen Unterleutnant.

Dieser öffnete die bunte Glastür, rief etwas heraus und meldete darauf, daß das Gefährt schon vor dem Tor des Rathauses hielte.

„Nun gut, ich danke Ihnen." Der Oberst erhob sich, und ohne seinen gesenkten Blick von den herumliegenden Akten abzulenken, sprach er mit mehr innerer Bewegung als bisher: „Dann fahren Sie alle mit Gott, meine Herren. Ich hoffe, daß Sie die Berechtigung meiner Maßnahmen einsehen, und ich wünsche, wir könnten uns alle als zufriedene Untertanen des Zaren und als Bürger eines beruhigten Staatswesens wiederfinden. Für Ihre Verproviantierung ist gesorgt. Sie sind entlassen."

*   *   *

Ein Leiterwagen, dessen beide Innenseiten man mit zwei langen Sitzbrettern versehen, das war die würdige Equipage, die man für die als Geiseln bestimmten Magistratsherren ausgesucht hatte. Der Fußboden war kräftig mit Stroh beschüttet und sowohl vorn neben dem uniformierten Kutscher, als auch auf dem letzten quergestellten Sitzbrett hockten ein paar Infanteristen mit aufgepflanztem Bajonett.

„Bitte, nehmen Sie Ihre Plätze ein, meine Herren," forderte der junge Balte auf, der als Führer des Transportes zu dienen schien; und mit einem gefälligen Lächeln wandte er sich an Rudolf Bark: „Herr Konsul, Sie wünschen vielleicht neben der Ihnen bekannten jungen Dame zu sitzen? Ich habe nichts dagegen."

Dem Angeredeten schlug das Herz. Herr im Himmel, dort am Ende des Wagens, direkt vor der Wachmannschaft, da lehnte Isa in ihrem grauen Regenmantel, und der schwarze Lackhut krönte so kleidsam ihr feines, schmales Haupt, als ob es Gott weiß zu welcher Lustfahrt ginge. Als sie ihres Freundes ansichtig wurde, da warf sie sich herum, musterte ihn von Kopf bis zu den Füßen und winkte dann lebhaft mit der Hand. In dem blassen Antlitz zeigte sich nicht mehr eine Spur von Furcht oder Bedrückung, ja, sie lächelte sogar, da der Kaufmann nun auf die Deichsel sprang, um dann über das raschelnde Stroh bis an ihren Sitz zu gelangen. Und das erste, was der Rotkopf äußerte, das war in der Tat eine Bemerkung, die darauf schließen ließ, wie das gestern noch so zitternde Ding sich bereits an Gefangenschaft, Druck und Gefahr gewöhnt habe.

Ach, diese ahnungslose Jugend, dachte Rudolf Bark unwillkürlich, als er sich mit einem herzlichen Händedruck neben dem Mädchen niederließ und nun gewahrte, wie sie den Zeigefinger ihrer Rechten voller Abscheu gegen seine Kopfbedeckung ausstreckte.

„Aber um Gottes willen, Herr Konsul, wie kommen Sie zu diesem fürchterlich fettigen Schmalztopf?"

Und wirklich, sie lachte hell auf, was von den drei russischen Infanteristen hinter ihr mit gutmütigem Kopfnicken begleitet wurde. Allein der Konsul ging auf den Scherz nicht ein.

„Isa," flüsterte er hastig und sah ihr voll in das Gesicht, „sind Sie heil und gesund? Und hat man Sie ordentlich verpflegt, mein Kind?"

„Vollkommen, Herr Konsul." Und ohne die geringste Befangenheit setzte sie hinzu: „Denken Sie sich, man hat

278

mich sogar in Ihr Bett stecken wollen, ich habe es aber höflich dankend abgelehnt."

Rudolf Bark maß das frische, unbekümmerte Gesicht von neuem. Er wollte eigentlich so etwas erwidern, wie: „es wäre auch für mich zuviel der Ehre gewesen," aber die bange Erwägung, daß er an dem Ungemach der Kleinen die Hauptschuld trüge, schlug die aufspringende Lebenslust sofort wieder zu Boden. Zu weiteren Eröffnungen blieb keine Zeit, denn inzwischen hatten die Geiseln unter der Führung ihres weißbärtigen Bürgermeisters auf den gegenüberliegenden Bänken Platz genommen, ein Korb mit Eßvorräten und eine Laterne wurden noch in den Wagen verladen, und nachdem als letzter Unterleutnant von Karström das Gefährt bestiegen, da drohte der Soldat, der die beiden kräftigen Pferde lenkte, unter Schreien und wildem Rufen gegen die Volksmenge, die den traurigen Transport von Anfang an umlagert hatte.

„Sehen Sie, Herr Konsul," zeigte Isa, „da haben sich auch die Frauen und Verwandten der Senatoren eingefunden. Pfui, sie weinen und schreien. Ich möchte mir die Ohren zuhalten." Und sie wandte sich ab und sah starr und hochmütig auf die Zacken und Giebel der Sebaldus-Kirche, um die das Abendrot seinen glühenden Mantel schlang.

Wiehernd zogen die Pferde an, rasselnd und in heftigen Stößen ging es über den Marktplatz. Aber gerade, als sie in die Hauptverkehrsader der Stadt einlenkten, wo der Konsul sich noch einmal zurückwandte, um mit einem ernsten, abschiednehmenden Blick nicht nur sein Geschäftshaus, sondern auch das herrliche ehrwürdige Bauwerk der Kirche mit ihren grün-schwarzen Dächern zu umfangen, da bemerkte Isa befremdet, wie der Gefährte neben ihr plötzlich zusammenschreckte. Unvermittelt beugte er sich nach rückwärts, legte die Hand über die Augen und spähte aus, wie jemand, vor dem eine ganz unerwartete, schreckhafte Gestalt emporsteigt. Nur eine Sekunde. Dann schwenkte der Leiterwagen völlig in die Seitengasse herum, und Platz und Kirche versanken hinter gleichgültigen Mauern.

„Lieber Freund," fragte das Mädchen, das sich nicht länger zurückhalten konnte, warm, und ihre Stimme klang teilnehmend und eindringlich, „sahen Sie dort etwas Unangenehmes?"

Der Kaufmann saß schon wieder ganz ruhig, nur die verzogene Stirn und das Nagen an der Unterlippe verrieten noch eine nicht überwundene innere Bedrängnis. Dennoch lächelte er wegwerfend, wie es seine Art war.

„Nicht das geringste, mein Kind," versicherte er mit angenommener Gleichgültigkeit, „ein ganz bedeutungsloser Bekannter fiel mir auf, nichts weiter."

Nach dieser Ausflucht, deren hohle Fadenscheinigkeit das Mädchen sofort durchschaute, schwiegen beide, und der Konsul beugte sich herab und sah angelegentlich auf die Strohhaufen zu seinen Füßen nieder. Aber auch auf den gelben Halmen kehrte die Erscheinung, die den Kaltblütigen so außer Fassung versetzt hatte, in winzigem Ausmaß und doch grell und farbig zurück. Eine rote Ziegelnische der Sebaldus-Kirche buchtete sich dort aus, und hinter einer schwarz verräucherten Ecke tauchte vorsichtig, behutsam ein weißgescheiteltes Haupt hervor. Trotz der großen Entfernung erkannte der Herr des „Goldenen Becher" ganz deutlich dieses stechende, schwarze Augenpaar, das sich sofort betroffen senkte, als es sein Ziel erreicht zu haben glaubte. Unmutig scharrte der Kaufmann mit dem Fuß über das raschelnde Stroh, als könnte er seine eigene Beängstigung damit fortwischen. Allein seine ausschwärmenden

Gedanken ließen sich weder binden noch fesseln. War der Mann hinter der Kirchenmauer wirklich der Kammerdiener Pawlowitsch gewesen? Gar kein Zweifel. Aber aus welchem Grund hatte sich der Mensch gerade beim Hereinbrechen der Gefahr aus dem Hause entfernt, um es nicht wieder zu betreten? Und weshalb suchte er sich auch jetzt zu verbergen? Nur aus Feigheit? War es denkbar, daß diese Slawen ihren Rasseverwandten an goldenen Banden zu sich herüberge= zogen hatten? Hastig hob Rudolf Bark das Haupt und ließ seinen forschenden Blick eine kurze Weile auf den plumpen unintelligenten Gesichtern der drei Wächter auf dem Rück= sitz ruhen.

Die Gesellschaft arbeitete ja mit solchen Mitteln. Aber welche Gegenleistung konnte ihnen eine so untergeordnete Persönlichkeit wie Pawlowitsch bieten? Oder sollte die Bestechung und Unterwühlung der unteren Volksschichten hier bereits ganz gewöhnlich und allgemein geworden sein?

Er schauerte ein wenig zusammen, denn ein Luftzug von den nahen Landseen strich mit plötzlicher Kälte über die Fahrenden dahin. Zu gleicher Zeit glitt Isas Hand an seinen Arm entlang.

„Frieren Sie, Herr Konsul?" fragte sie besorgt.

„Ich?" Der Kaufmann raffte sich zusammen. „Keine Spur, liebes Fräulein, obwohl eine größere Reichhaltigkeit unserer Toiletten ja nicht ganz von der Hand zu weisen wäre."

Von der langen Seitenbank wurde eine schüchterne Stimme laut:

„Ich werde an unserem Bestimmungsort für den Bedarf der Herrschaften an Kleidungsstücken, soweit es mir mög= lich ist, zu sorgen versuchen," warf der russische Unter= leutnant, der dem Paar gegenüber saß und das letzte wohl aufgefangen hatte, höflich dazwischen.

Und dann hörte man eine lange Zeit nichts als das Rollen der Räder und das Knallen der Peitsche. Auf den Feldern rechts und links von der Fahrstraße schwamm noch der Abglanz eines glühenden Sonnenunterganges. Die hohen reifen Halme senkten ihre schweren Häupter der Erde entgegen, und ein leichter Nebel tanzte um die Ufer der fernen Landseen. An dem noch mattblauen Himmel stand die volle goldene Scheibe des Mondes, und aus den Feldern drang stark und unablässig das tausendfältige Singen und Schwingen der Heimchen.

Es war der Friede eines deutschen Sommerabends, wie man ihn oft achtlos durchwandert und genossen. Aber den Vorüberfahrenden bedrückte all diese süße Heimlichkeit ahnungsvoll das Herz. Noch eine kurze Weile des Schweigens und dann durchrasselten sie den kleinen Marktflecken Schorweiten. Gottlob, all die winzigen schindelgedeckten Häuschen zeigten sich noch unversehrt, das struppige Strohdach des uralten Kirchleins senkte sich noch immer fast bis auf den Boden herab, nur statt der spielenden Kinder liefen auf dem Kirchplatz viele kleine, herrenlose Hunde kläffend durcheinander. Scheuchend schlug der russische Kutscher mit der Peitsche nach ihnen. Aber wo waren die Bürger, die bisher hier geweilt hatten? Nicht ein einziger war mehr zu entdecken. Statt ihrer, die die Windsbraut des Krieges längst in das Innere der Heimat geschmettert hatte, sah man überall die russischen Besatzungsmannschaften vor den offenen Türen auf Bänken und Stühlen sitzen, und die Vorüberfahrenden gewahrten, wie die Fremden das zurückgebliebene Gerät der Abwesenden rücksichtslos benutzten.

Vorbei.

Dunkler und dunkler wurde es. Aus den Pappeln und den Kirschbäumen des Weges rief nur noch die Schwarzdrossel ihren vollen kräftigen Schlag, und im Lichte des

Mondes warfen das Gefährt und seine Insassen bereits huschende Schatten. Seltsam, einer der Ratsherren sprach halblaut ein paar Strophen aus dem Lenauschen Gedicht „Der Postillon":

> „Wald und Flur im schnellen Zug
> Kaum gegrüßt — gemieden;
> Und vorbei, wie Traumesflug,
> Schwand der Dörfer Frieden."

Der glattrasierte alte Mann wollte keinerlei Rührseligkeit erzeugen, aber um so stärker und inniger griffen diese deutschen Laute an das Gemüt der Gefangenen.

Ganz eigenartig, dachte Konsul Bark. Anstatt sich in unnütze Vermutungen über das sie erwartende Los zu ergehen, geben sich diese harten Geschäftsmenschen der Erinnerung an die halbvergessenen Poesien eines Dichters hin. Das entspricht wohl am tiefsten unserem Wesen.

Und davon mitteilsamer gemacht, ergriff die Hand des Kaufmanns unbemerkt die Finger seiner Gefährtin, und während er sie tröstend drückte, fragte er sorgsam:

„Liebes Kind, Sie sehnen sich gewiß nach Haus und Schwestern zurück, nicht wahr?"

Aber die Antwort, die ihm wurde, ließ ihn vollkommen verstummen.

„Oh nein, Herr Konsul, was würde denn aus Ihnen werden, wenn ich jetzt nicht für Sie reden und eintreten könnte? Ganz gewiß, ich freue mich furchtbar, daß auch ich einmal eine solche Wichtigkeit habe."

Fort ging es über die letzte Bodenwelle der Heimat, tief unter den von dannen Geführten blinzelten bereits aus dem großen dunklen verschlafenen Land einzelne Lichter der Fremde herauf.

„Weiter ging's durch Feld und Hag
Mit verhängtem Zügel;
Lang' mir noch im Ohre lag
Jener Klang vom Hügel."

II.

Gewitterbange Wolken grollten über Maritzken dahin.
Die russische Invasion, die zuerst nur in stoßweisen Über=
fällen sich einzelner Grenzstädte und des dazu gehörigen
schmalen Hinterlandes bemächtigt hatte, schlug nun plan=
mäßig in breiter Woge über das Land und grub ein weites
fruchtbares Gebiet, das von arbeitsamen, ernsthaften und
lernbegierigen Menschen erfüllt war, von seinem natür=
lichen Zusammenhang ab. Nicht nur wenige kecke Truppen=
körper, sondern eine ganze Armee, deren Glieder eng mit=
einander verbunden waren, hatte jetzt ihren Vormarsch an=
getreten, und die Bewohner von Maritzken sahen in bunter
Folge fast alle Waffengattungen ihrer Bedränger auf dem
Durchzug bei sich einquartiert. In dem Herrenhause kam=
pierte dann häufig die Generalität mit ihren Stäben. Ele=
gante Herren, die in blitzenden Equipagen vorfuhren und
deren anspruchsvolle Gewohnheiten noch nicht auf den
Krieg eingestellt waren. Sie tauchten in der Nacht auf,
entfesselten ein tolles Gewimmel, Feldtelegraphen spielten
und Flieger senkten sich herab, um am nächsten Morgen
fast spurlos wieder zu verschwinden. Von den deutschen
Heerscharen aber hörte man vorläufig nur, daß sie sich da=
mit begnügten, an den Grenzen des aufgegebenen Landes
eine dünne Kette gezogen zu haben, die elastisch zurück=
prallte, sobald der Gegner mit eisernem Stoß gegen sie
ausholte. Aber merkwürdig, nach dem Aufeinandertreffen
fanden sich die metallenen Glieder wieder stets zusammen,

und die dünne Kette hing noch immer störend und drohend vor dem weiteren Wege der Eroberer. Die vermaledeite eiserne Schnur sperrte auf eine geradezu lächerliche Art die Straße nach Berlin.

Daher kam es, daß einzelne Etappen nicht weiter nach vorn geschoben werden konnten, sondern gezwungen waren, sich an ihren zuerst eingenommenen Standorten gewissermaßen anzusiedeln. Auch Fürst Fergussow war von diesem Los betroffen. Und obwohl das Stilliegen auf dem einsamen ostpreußischen Gutshofe dem verwöhnten Kavalier manchmal langweilig und unerträglich deuchte, so gab es doch auch Stunden, wo dem Sohne der halbasiatischen Großstadt das Verweilen in der frischen Landluft und in dieser gut geordneten Wirtschaft, deren Betrieb er hier und da sogar zu fördern versuchte, als eine Gesundung und ein Erwachen erschien. Außerdem — selbst in diesem weltvergessenen Winkel fanden sich ja für ihn gewisse heimliche Reizungen, die ihn nun einmal in lieblicher und lockender Gestalt verfolgten, wo er auch immer sich befand, mochte er sie verschmähen oder herbeiwünschen.

Es war an einem Vormittag des Spät-August. Über dem herbstlich reifen Lande leuchtete einer jener glashellen Tage, wie sie in solch stiller, lautloser Melancholie und Herbheit nur das östliche Grenzgebiet kennt. Alles Kriegerische war von dem weißen Gutshofe heute verweht und abgestreift. Nur ein einzelner Dragoner hatte sein Pferd dicht an die Tränke gebunden, und während er ein heiteres Liedchen pfiff, striegelte er dem Tier achtsam das glänzend braune Fell. In der Luft klang ein Summen vorüberschwärmender Bienen, die blütenträchtig ihren Stöcken zustrebten, und dazwischen schlug manchmal das seltsame Gurgeln und die tiefen Kehllaute von ein paar unsichtbaren Lachtauben, die sich irgendwo unter den vollen Kronen des anstoßenden

Gartens verborgen hielten. Hinter dem allen aber tönte unablässig das silberne Klirren der Sensen, die, von den fremden Eindringlingen geführt, ihre scharfe Schnittarbeit besorgten.

Aber es war nicht dieser stille Gesang eines vorgetäuschten Friedens, der den Fürsten Fergussow so hartnäckig von dem Studium eines Bandes Hebbelscher Dramen ablenkte, dem er sich bis jetzt mit sichtlichem Genuß an dem offenen Parterrefenster seines Zimmers hingegeben. Nein, es war ein Bild, eine Darbietung, eine Szene, von der er mit lächelnder Ironie und ohne große Überhebung ahnte, daß sie allein für ihn, den einzigen Beschauer, gestellt würde. Mitten auf dem Hofe, gerade seinem Fenster gegenüber, war nämlich ein mächtiger blau und weiß gestrichener Balken eingerammt, und auf ihm erhob sich, fast in der Höhe des ersten Stockwerks, ein achteckiges Taubenhaus, auf dessen unterer Plattform sich im Moment die schneeweißen Bewohner drängten und wieder vertrieben. Wahrlich, die geflügelte Schar besaß einigen Grund dazu, denn unter ihnen, leicht an den Pfahl gelehnt, streute Marianne aus einem Körbchen dem beschwingten Volk einen goldgelben Regen von Weizenkörnern und Erbsen hin. Ein ewiges Flattern und Flügeln rauschte um die ebenmäßige Gestalt herum, und es bot einen heiteren und lockenden Anblick, wenn sich aus dem weißen Schneetreiben ein besonders teckes Tierchen auf der Schulter der blühenden Spenderin niederließ und es sogar duldete, daß sich das dunkle Haupt des Mädchens für eine Sekunde kosend an das weiche Gefieder schmiegte. Die goldenen Ströme flossen herab, und immer öfter wagten sich zwei bis drei zahme Tauben auf den gefällig gebogenen Arm.

„Der Teufel selbst fürchtet sich vor dem Weibe," dachte Dimitri Sergewitsch, indem er sich an ein russisches Sprichwort erinnerte. Er lehnte sich in seinen Fauteuil zurück und gab sich den Anschein, seine Lektüre eifrig weiter zu verfolgen. Allein die schwarzen Augen, die durch das Schneegewimmel hindurchleuchteten, zogen ihn stets von neuem von den gedruckten Blättern ab und zu sich herüber. „Ein verwünschtes Spiel," fuhr es dem Gardeoffizier, der es doch gewohnt war, den ihm gereichten Becher auf den ersten Zug zu leeren, durch den Sinn. „Wie lange soll diese Neckerei noch dauern? Ist es wirklich möglich, daß ich die dumme Ehrfurcht vor der blonden Riesin, die jeden meiner Schritte mit ihren stahlharten blauen Augen belauert, nicht überwinden kann? Wie oft soll diese gefällige Hexe da drüben noch rufen? Es ist wahr, die deutsche Philosophie und die germanische Gründlichkeit machen mich allmählich bescheiden und mutlos."

Und er stützte den Arm auf das Fensterbrett und nickte dem schönen Geschöpf beifallspendend zu. Mariänne grüßte wieder, verzog die Lippen zu einem Lächeln und wandte das Haupt ein wenig verlegen ab. Vor Männern, die ihre Einbildungskraft beschäftigten, zeigte sie fast stets ein solch verschämtes Lächeln, ,als ob sie sich jeden Augenblick zu entschuldigen hätte', dachte Fürst Fergussow, ,weil sie nackt und bloß dastehe'. Und von diesem Gedanken entzündet, wurden die Augen des Obersten beredter und sprechender. Eine jener gefährlichen Unterhaltungen begann, die ohne Wort noch Zeichen die Urgründe der Natur aufwühlen und eine unverschämte Vertraulichkeit herbeiführen, die ein späteres Zurückweichen kaum mehr duldet. Langsam stieg eine feine Röte über die dunklen Wangen der Abgewandten, und ihre Hand, die das Futter streute, strich manchmal verstohlen über das durchbrochene weiße Gewand. Jetzt trafen die Blicke der Beiden für eine Sekunde tief und leuchtend aufeinander.

„Warte," dachte der Oberst am Fenster, während er äußerlich wieder seinen liebenswürdigen Gruß entbot, „diesmal schützt dich deine Walküre nicht mehr. Es wird ja nicht hinterher gleich ein Weltuntergang folgen. Nun, und wenn —" er zuckte leichtsinnig die Achseln — „wer hat uns hier etwas zu gebieten? Im übrigen, die Schwarze sieht so aus, als ob sie kleine Geheimnisse zu bewahren verstünde. Nicht wahr, du heißes, trunkenes Geschöpf?" sprach es deutlich aus seinen Mienen.

Und Marianne schlug die Augen nieder.

Da trat etwas aus einem der weißen Wirtschaftsgebäude. Und kaum hatte der Russe die hohe Gestalt in dem blau und weiß gepunkteten Kleid erkannt, da versenkte er sich auffallend schnell in das von der Walküre entliehene Buch und schien von der tiefgründigen dichterischen Kraft, die sich hier entfesselte, derartig gepackt, daß er kein Wort von dem Disput auffing, der sich ganz in seiner Nähe zwischen den so verschiedenen Schwestern erhob. Mit ihrem festen gebieterischen Schritt hatte sich Johanna genähert. Ihre Rechte umklammerte weit ausgestreckt den hell angestrichenen Pfahl, und es sah prachtvoll aus, wie sie jetzt ihre Glieder reckte, um einen Moment finster ihr blondbezopftes Haupt zur Erde zu neigen.

„Was soll diese Verschwendung von Futter?" fragte sie nach einer Weile ungehalten. „Geh, liebes Kind, auf dich wartet eine Arbeit, die du besser verstehst. Ich habe dir in deinem Zimmer einen Brief an unsere Schwester Isa niedergelegt, für dessen Besorgung ich Seine Durchlaucht, den Fürsten Fergussow, zu interessieren hoffe. Es wird dich gewiß drängen, einen Gruß anzufügen. Mach schnell."

„Die ewigen Tinten-Kleckereien," widersprach Marianne gereizt, „es wird noch Zeit haben."

„Es hat keine Zeit," damit hob Johanna das Haupt,

und während ihr angespannter Arm noch immer das Holz nicht freigab, sprühte aus den harten blauen Augen ein Strahl der Verachtung. „Es ist wichtiger, wenn das arme Kind ein paar Tage früher eine Nachricht von uns erhält, als" — sie warf den Kopf geringschätzig zur Seite.

„Nun, als —?" nahm Marianne in unterdrücktem Zorn auf.

„Als diese dummen Spielereien hier," vollendete die Ältere, unbekümmert darum, ob der fremde Offizier etwa ihre Meinung und ihre Absicht verstehen könne.

Da schleuderte die Schwarze das Körbchen mit einer sie entstellenden Gebärde des Abscheus mitten unter die auseinanderstäubenden Tauben, raffte ihr Kleid zusammen und lief stürmisch über den Hof. Aber selbst in diesen Bewegungen einer ungewollten Wildheit verleugnete sich der ihr eigene Reiz so wenig, daß durch dieses Dahinstürmen sogar ein zweiter Beobachter, von dem die Enteilende in der Tat gar nichts ahnte, in eine dumpfe Verzweiflung versetzt wurde.

Hinter den Gardinen, an einem der Fenster des oberen Stockwerkes, hatte sich nämlich während dieser ganzen Zeit ein bärtiges Männergesicht abgezeichnet. Zuweilen war auch an dem durchbrochenen Tüll von einer Faust heftig gezerrt worden. Jetzt aber wurde der Stoff rücksichtslos zurückgeworfen, und das krankhaft eingefallene Antlitz des Rittmeisters Saffin preßte sich hartnäckig gegen das Glas. Dann bog der Kranke seine Arme nach rückwärts, um in aufspringender Wut auf dem schmerzenden Rücken herum zu hämmern.

„Daß man das mit ansehen muß," hüstelte er und wankte matt durch die kleine Stube. „Unser großer Suworow hatte recht, die Kugel ist eine Närrin. Sie trifft immer den Falschen. Nein, nein, mein Anstand sträubt sich gegen einen solchen Skandal. Man muß ihn abwenden. Man muß ihn durchaus ans Licht ziehen." Und er warf sich auf das kleine Sofa, schleuderte Kissen und Decken mitten auf den Estrich, und aus seinen großen verzweifelten Kinderaugen perlten wirkliche Tränen.

Inzwischen klopfte es an die Tür des Fürsten Dimitri. Dieses harte und energische Pochen kannte Seine Durchlaucht allmählich. Es verursachte ihm stets einen leichten Schrecken. Beim Zeus, es war zum mindesten seltsam, wie sehr es dieses blonde Germanenweib verstanden hatte, beständig eine Art ehrfürchtigen Respekts bei ihm wach zu erhalten. Wenigstens so lange sie mit ihm in ihrer geschäftlichen, nüchternen Weise sprach. Sie hatte dann eine solche selbstverständliche abgegrenzte Ruhe, und sie bewegte sich stets in so sachlichen und dem Tage angehörenden Erörterungen, daß es dem gewandten Weltmanne schändlich dünkte, diese hausbackene Gradheit irgendwie zu anderen Gedanken zu drängen. Und doch, manchmal wunderte sich der Fürst und gestand sich zu, daß jene langweiligen und grundgescheiten Deutschen doch wohl imstande seien, selbst einem erfahrenen Menschenkenner einige Rätsel aufzugeben. Wie kam es zum Beispiel, daß ein derartig an das Praktische und Gewöhnliche gebundenes Geschöpf in den wenigen Stunden seiner Muße eine Lektüre bevorzugte, die selbst ihm, dem überall herumschwärmenden Kunstliebhaber, wegen ihrer Tiefe und grausamen Unerbittlichkeit ein leichtes Frösteln einjagte?

Zu närrisch. Jedenfalls eines war sicher: zum erstenmal in seinem Leben ertappte sich der leichtfertige Held der Petersburger Boudoirs darauf, wie er ängstlich bemüht war, jeden unstatthaften Gedanken gegenüber diesem Weibe, das ihm doch so nahe weilte, sofort wenn er auftauchte, zu unterdrücken. Und doch konnte er es nicht hindern, daß in ihrer Abwesenheit die stolze kraftgebändigte Fülle ihrer Erscheinung ihn ängstigte und beunruhigte. Ja, in den Träumen dieser heißen Augustnächte war es dem bedrückt Atmenden schon öfter vorgekommen, als habe ein entsetzliches Ringen zwischen ihm und den schweren Gliedern der Germanin angehoben.

An der weißen Tür wiederholte sich das Pochen, und Fürst Dimitri sprang auf und legte sorgsam sein Buch auf die aufgeschlagene Seite. Dann rief seine klangvolle Stimme: „Entrez".

„Ah, mein gnädiges Fräulein," fuhr er fort, als er die hohe Gestalt seiner Gastgeberin gewahrte, und sofort sammelte sich auf seinen Zügen jener sonnige Glanz, der dem ernsthaften Mädchen von Anfang an so unverständlich geblieben war, „welcher wirtschaftlichen Berechnung verdanke ich heute das Glück Ihres Besuches? Ich hoffe, es ist nichts geschehen, was gegen mein Versprechen des strengen Ordnunghaltens verstößt?"

„Doch, Durchlaucht," entgegnete unbeirrt Johanna, die einen kleinen Zettel hervorzog und dabei die auf einen Sessel deutende Handbewegung des Offiziers übersah. „Und in diesem Falle wird mir der Weg nicht leicht."

„Das bedaure ich außerordentlich, verehrtes Fräulein. Ich denke, ich habe in meiner schwierigen Position nichts versäumt, was mir Ihr Vertrauen hätte erwerben können. Bitte, wollen Sie nicht Platz nehmen?"

„Oh danke, Herr Oberst."

Dimitri verzog ein wenig den sprechenden Mund.

„Nun dann offenbaren Sie mir wenigstens Ihre Beschwerden," sprach er rascher, denn es verletzte ihn, daß sich diese Nemza eine Verhandlung mit ihm nie ohne Anklagen denken zu können schien. „Welche Schandtaten haben wir wieder begangen?"

Der seltsam betrübte Ton des hübschen Menschen wollte ein Lächeln auf die Lippen Johannas zaubern — und der Fürst sah diesen strengen Mund sehr gern sanfter werden — aber die Erinnerung daran, wie das Treiben und Wirken der Fremden in all seiner Verachtung und Verständnislosigkeit wirklich ein unfaßbares Unglück für ihr Land bedeute, all das verjagte die aufspringende Heiterkeit vollkommen. Aber ihre Stirn legte sich eine leichte Falte. Und sie sah jetzt älter aus, wie bisher.

„Es sind durchaus keine Schandtaten, Durchlaucht,“ begann sie gefaßt, „sondern wohl mehr Versäumnisse. Aber da es sich um eine Geldangelegenheit handelt, — —“

„Eine Geldangelegenheit?“ rief der Fürst, sie anstarrend, dazwischen. „Und die wollen Sie mit mir besprechen? Fi donc!“

Aber Johanna ließ sich nicht aus ihrer Ruhe schrecken.

„Ich habe erwartet,“ fuhr sie einfach fort, „daß Sie mein Begehren wahrscheinlich sehr absonderlich finden würden. Ich bin auch vollkommen auf eine Abweisung vorbereitet.“ —

„Oh bitte!“

„Aber ich bin es der Verwaltung, die ich hier führe, und meinen Schwestern schuldig, wenn ich mich bis zum Äußersten einer Benachteiligung widersetze.“ Hier hob das blonde Mädchen den Zettel ein wenig und schien ein paar Zahlenreihen zu durchfliegen. „Durchlaucht werden sich erinnern,“ sprach sie rasch weiter, „daß mir hier gleich zu Anfang zugesichert wurde, es würde jede Entnahme bar bezahlt werden.“

Fürst Fergussow ließ sich langsam in seinen Sessel gleiten. Es war nicht zu leugnen, er fand alles, was die Nemza jetzt vorbrachte, ja ihre ganze Art, abscheulich. Wie taktlos sich die deutschen Frauen gebärden konnten. Eine solche

292

Schacherei hätte eine vornehme Russin sich niemals zugemutet. Und die hölzerne Walküre schien ihr Beginnen zu alledem noch für ein lobenswertes Werk zu halten. Fi donc — fi donc!

„Soweit mir erinnerlich," sammelte er sich endlich, wobei er sein Mißfallen mühsam zu verbergen suchte, „soweit mir erinnerlich, hat mein Regimentszahlmeister hier wöchentlich eine Abrechnung gehalten. Sollte dabei vielleicht etwas übersehen worden sein?"

„Allerdings, Durchlaucht." Johanna schritt dicht bis an das Fenster und legte ihren Zettel gerade auf das Buch. „Es betrifft nicht, wie Sie vielleicht zu meinen scheinen, Speise und Trank, sondern etwas, was in einer Landwirtschaft das Wichtigste bedeutet."

„Und was ist das?"

„Getreide. Man hat mir hier fast den größten Teil meiner Hafer- und Roggenbestände gemäht und fortgefahren, — ja, noch heute können Sie Ihre Leute hinter dem Garten sensen hören — ohne daß man mir auch nur das Quantum oder die Zentner-Anzahl gemeldet hätte. Dagegen möchte ich jetzt bei Ihnen Einspruch erheben."

„Bei mir! Ah, was Sie sagen!" Der Fürst schlug das Bein leicht über das andere, sah auf seine glänzenden Lackstiefel herunter und bemühte sich, seine totale Ahnungslosigkeit nicht allzu sichtbar werden zu lassen.

„Ich berechne mir meinen Schaden auf etwa 8—10 000 Mark."

„So, so," sagte der Fürst gleichgültig, „das bedeutet ja nicht viel."

Hier entstand eine Pause. Die blauen Augen der Deutschen vergrößerten sich immer mehr, und dem ungemütlich hin und her rückenden Offizier war es so, als hätte er noch nie in seinem Leben eine so derbe Lektion empfangen, als sie sich in dem hartnäckigen Schweigen der Nemza aussprach. Endlich rang sich die Blonde eine Erwiderung ab.

„Durchlaucht," sagte sie bitter, „ich kann vollkommen begreifen, daß einem Manne, der vielleicht an einem Abend diese Summe auf eine einzige Karte setzt, — — —"

Fürst Dimitri vollführte eine lebhafte Bewegung. „Oh pardon, Sie täuschen sich, mein Fräulein," entgegnete er hastig, „ich huldige dem Spiel nicht mehr. Längst darüber hinaus. Im Grunde eine geistlose und alberne Unterhaltung."

„Darüber habe ich nicht zu urteilen," lehnte Johanna frostig ab, „ich wollte Ihnen nur bemerken, daß in meinem Einkommen dieser Posten eine bedeutende Rolle spielt."

Der Fürst stand auf, blickte ungewiß nach dem Schreibtisch und begann dort mit dem Schlüssel eines Faches zu spielen.

„Ich verstehe wirklich nicht," meinte er endlich unsicher, „warum sich die Regimentskasse nicht schon längst mit Ihnen abfand. Sie können überzeugt sein, dieses Hinauszögern entspricht durchaus nicht meinen Wünschen. Nur müssen Sie entschuldigen," fuhr er stockend fort, und die aufrichtige Verlegenheit kleidete den hohen Herrn wirklich allerliebst, — „da ich niemals gewohnt war, meine Schatulle selbst zu führen, so weiß ich eigentlich nicht — — — obwohl ich im Grunde nicht einsehe, was es Peinliches für Sie besitzen könnte, wenn ich mir erlaubte, diese Bagatelle selbst zu regeln. Das heißt, Sie müssen recht verstehen," setzte er eifrig hinzu, als er die großen blauen Augen auf sich gerichtet fühlte, „ich verauslage die paar Rubel natürlich nur. Es ist in der Tat nicht der Rede wert, und Sie bereiten mir wirklich eine große Freude damit, den Fehler unserer Verwaltung etwas zu verkleinern. Nicht wahr, ich darf auf Ihre Zustimmung rechnen?"

Die geschmeidige Gestalt des jungen Mannes stand jetzt hinter dem Schreibtisch, wo er langsam und geräuschlos eine der Laden aufzog. Das helle Sonnenlicht, das in breiter Bahn schräg durch die Seitenfenster hereinbrach, spielte auf seinen edlen klassischen Zügen und streute grelle Goldringe auf sein welliges braunes Haar. Betroffen starrte Johanna zu ihm herüber.

Da — da war es wieder! Die einfangende Erscheinung tauchte abermals auf. Das Bild aus ihrer Schlafkammer hatte Leben gewonnen, und das merkwürdig werbende, bittende Lächeln dieses feinen Mundes erregte in dem besonnenen Landfräulein ein solch schreckhaftes Entsetzen, daß ihr alles andre für eine Weile entglitt. Erst als die schmale Hand des Aristokraten eine Reihe fremdartiger Kassenscheine aus einem weichen juchtenledernen Portefeuille zu ziehen begann, da strömte ihr Leben und Überlegung zurück, und ein Widerstand, den sie sich in ihrer Verwirrung nicht zu deuten vermochte, lehnte sich gegen die Hilfsbereitschaft des vornehmen Herrn auf. Was wünschte sie eigentlich? Es war doch so selbstverständlich, daß sie das Entgelt für ihr entwendetes Eigentum annahm? Und doch, die Abneigung, die sie widerspruchsvoll erfüllte, litt es nicht. Eine tiefe Röte stieg in ihre Wangen, als sie mit sich kämpfend hervorstieß:

„Verzeihen Sie, Fürst Fergussow — ich möchte mir Ihren Vorschlag erst noch überlegen. Er verpflichtet mich Ihnen gegenüber so eigenartig, ich kann mich in die neu geschaffene Lage vorläufig durchaus nicht finden. Sie werden das begreifen."

Damit verneigte sie sich und wandte sich ohne weitere Förmlichkeit zur Tür. Es war beinahe ein Flüchten. Aber ein helles Lachen, das hinter ihr aufklang, hielt sie noch einmal zurück. Der Fürst hatte das Portefeuille achtlos auf den Schreibtisch geworfen, und in seinen dunklen Augen glitzerte es vor Spott und Ironie, als er jetzt leichtfüßig hinter der Abgewandten hereilte. Ja, in dem Bestreben, sie nicht völlig entweichen zu lassen, griff er nach ihrem Arm. Es war das erste Mal, daß er sie berührte. Und Johanna war es wieder, als dürfe sie eine solche Beleidigung nicht dulden. Heimlich zitterte sie vor Scham, weil sie vor diesem eleganten Laffen ihre Sicherheit nicht finden konnte.

„Aber mein verehrtes Fräulein," spottete Fürst Dimitri, „was sind das für spitzfindige Grübeleien? Ganz Ihr Landsmann Hebbel." Er wies lachend nach dem Buch auf dem Fensterbrett. „Wer weiß, gegen welches System ich nun wieder verstoße. Wenn es Sie aber beruhigt, dann werde ich natürlich den unsichtbaren Zahlmeister herkommandieren, und Sie können sich mit ihm in die geheimnisvollsten Rechnungen vertiefen."

„Ja, es ist mir lieber so," stimmte Johanna zu.

„Vortrefflich. Und nun, meine Gnädigste, um nicht ebenfalls in den Verdacht zu geraten, mit fremdem Eigentum zu liebäugeln, so gestatten Sie mir wohl, Ihnen Ihren tiefgründigen Poeten wieder auszuhändigen." Er griff nach dem Buche auf dem Fensterbrett und reichte den Band mit einer leichten Verneigung seiner Besitzerin. „Eine eigenartige Affäre übrigens, diese Judith-Angelegenheit," sprach er angeregt weiter, und im Moment überfiel ihn der seltsame Einfall, als ob diese große Nemza mit einem blinkenden Schwert vor ihm aufrage. „Es ist schauderhaft, mit welcher philosophischen Gründlichkeit diesem armen Barbaren die Gurgel abgeschnitten wird. Der verschlafene Tropf kam ja gleichfalls etwa aus unseren Gegenden. Wenn man sich das so recht überlegt, sollte man sich vielleicht doch ein wenig mehr vor Ihnen in acht nehmen."

Johanna fuhr auf. Und in grenzenlosem Erstaunen kam es aus ihr heraus: „Vor mir? Welchen Grund hätten Sie dazu? Wir beide haben doch nichts miteinander abzumachen."

„Gott," — Dimitri Sergewitsch sah die Unmöglichkeit ein, mit dem starren Geschöpf zu einer Plauderei gelangen zu können. Die großen blauen Augen blieben einmal hart und empfindungslos. Offenbar vergaß sie nie, daß sie einem fremden, im Augenblick überfallenen und zurückgedrängten Volksstamm angehöre. Man tat zweifellos gut daran, sie auf ihrer dumpfen, kleinbürgerlichen Bahn zu lassen — „Gott," zuckte der junge Mann bereits etwas abgekühlter die Achseln, „ich bin doch nun einmal, was man mit einem sehr unvollkommenen Ausdruck ‚Landesfeind' nennt. Ich liege hier mitten in Ihrem Machtbereich, wo ich mich übrigens sehr wohl befinde, und wenn man Sie so sieht, mein Fräulein, so groß, entschieden und voll nachdenklicher Energie —"

„Was dann?"

„Dann könnte man vielleicht zu dem Entschluß gelangen, eine Leibwache zu halten oder des Nachts das Zimmer fester zu verschließen."

Johanna starrte den Sprechenden an. Dann versetzte sie hart und kurz, während sie bereits die Tür öffnete:

„Sie scherzen natürlich. Etwas Derartiges haben Sie vorläufig nicht von mir zu befürchten."

„Ah, vorläufig," wiederholte Dimitri verblüfft und strich spielend über sein braunes Haar. „Ihre Enthüllung interessiert mich ungeheuer, gnädiges Fräulein. Sind Sie denn so ganz ohne Haß gegen mich?"

Die Blonde blieb ernsthaft.

„Das nicht," entgegnete sie wahrheitsgemäß und blickte zu Boden, „aber Sie müssen als Ausländer die Frauengestalt des deutschen Dichters mißverstanden haben. Mein Urteil ist natürlich gar nicht maßgebend, aber ich meine doch, die Judith handelte aus anderen Beweggründen."

„Und darf man die nicht erfahren?" fragte Fürst Fergussow gespannt.

„Das hat keinen Zweck," schnitt das Mädchen entschlossen ab, „ich könnte auch gar nicht ausdrücken, was ich meine." Und in ihren gewohnten und frostigen Ton zurückfallend, forschte sie: „Haben Sie sonst noch Wünsche oder Befehle für mich, Durchlaucht?"

Der Russe verschränkte seine Hände und führte mit ihnen eine verzweifelte Bewegung gen Himmel aus.

„Ja, liebstes Fräulein," rief er lebhaft, „Himmel und alle Heiligen, ich wünschte von Herzen, Sie einmal lächeln zu sehen."

Johanna stand schon auf der Schwelle.

„Dazu habe ich leider keine Ursache," entgegnete sie unbeirrt. „Guten Morgen, Durchlaucht."

„Bon jour, bon jour," rief der Fürst wie befreit hinter ihr her.

Und sich in den Schreibtischsessel werfend, riß er eine Karte hervor und studierte alle Straßen, die von diesem Gut fortführten. Der Aufenthalt auf Marißken gehörte nicht immer zu den Annehmlichkeiten des Daseins. Kurze Zeit darauf rief er nach seinem Pferd, und Johanna, die eben die Gartentür öffnete, sah, wie er auf dem weißen Tier die sonnenüberglänzte Chaussee dahinsprengte. Der Säbel mit dem goldenen Griff, der ihm von der Schulter hing, prallte an die Weichen des Rosses, und der leicht vorgebeugte Reiter klopfte dem strahlenden Schimmel kosend den Hals.

Er hatte immer etwas Schmeichlerisches.

* * *
*

Die Hitze lag jetzt wie ein heißer, silberglänzender Schild auf den trockenen Steinen des Hofes. Man mußte die Augen schließen, um den herumschwirrenden spitzen Lichtpfeilen zu entgehen.

Bedrückt atmend schritt das Gutsfräulein tiefer in den Schatten des Gartens. Sie konnte sich ja jetzt öfter eine Erholung gönnen, seitdem diese Asiaten ihr geregeltes Tagewerk auseinandergeschlagen hatten. Mit einer geheimnisvollen Kraft zog es sie bis zu dem dicht umbuschten Grenzgraben, von wo sie dem Klirren der Sensen lauschen wollte. Es war doch ein gewohntes Geräusch, wenn es auch nicht mehr auf ihr Geheiß und zu ihrem Nutzen laut wurde. Dicht an der ausgetrockneten Wasserscheide, zwischen den braunen schlangenhaften Stämmen eines wild verschlungenen Haselnußgestrüpps, stand eine Bank. Vom herabbringenden Regen war sie halb vermorscht, grüne Moosfleckchen hatten sich an der Rücklehne fest angesiedelt, und Johanna erinnerte sich kaum, daß sie jemals jene Sitzgelegenheit benutzt. Jetzt aber trat sie unter das schattenspendende Blätterdach und ließ sich auf dem breiten Brett nieder. Eine Weile schloß sie die Augen. Sie war müde von all dem Widersprechenden, an das sie zu denken hatte. Jedoch kaum senkte sie ihre Lider herab, so tauchten auch schon wie hinter einem grünschwarzen Vorhang jene Gestalten auf, hinter denen ihre Einbildungskraft beständig herjagte. Sie sah ihre Schwester Isa und Konsul Bark in der russischen Grenzstadt, in deren verräucherten Mauern sie selbst noch vor kurzem geweilt, und ihr Herz schlug laut, wenn sie sich vorstellte, welch ein Schicksal den beiden dort bereitet werden könnte. Oh, diese Ungewißheit! Ob man jemals wieder von den Fortgeschleppten etwas hören würde? Vielleicht gelang es doch dem Fürsten, bei dem Nachdruck, den ihm sein Name verlieh, eine Erkundigung einzuziehen. Und er,

der sich stets so glatt und willfährig zeigte, der feine Welt-
mann, der für die Wünsche einer Dame fast niemals eine
Weigerung hatte, obwohl er sich gewiß nicht das geringste
dabei dachte, er würde sicherlich auch ihrem Verlangen mit
seiner geschmeidigen Bereitwilligkeit dienen. Es lag eigentlich etwas Verletzendes in seiner überhöflichen Art. Etwas
bewußt Überhebungsvolles, als lohne es sich gar nicht, auf
die Eigenart fremder Naturen näher einzugehen. Dem
großen Herrn bedeutete es genug, wenn er mit seinem
strahlenden Lächeln und namentlich ohne langen Disput
den ihm nahenden Bittstellern eine Gefälligkeit erweisen
konnte, die ihn im Grunde genommen nichts kostete.

Die Blonde fuhr empor, ihre Augen öffneten sich weit.
Sie sagte sich nicht, daß sie selbst jede Unterscheidung für
andere Art und fremdes Volkstum verloren, sie empfand
nur einen brennenden Haß, der immer stärker über ihr
zusammenschlug. Wie geringschätzig der schöne Mann gelächelt hatte, als er den unpassenden Vergleich zwischen
ihr und der bluttriefenden Jüdin gezogen, die mitten in
der schmerzhaftesten Wollust ihrem Bezwinger, nach dem
sie sich doch sehnte, das Haupt nahm. Zu ihrer eigenen
Strafe, um sich selbst und ihre Raserei und ihr ganzes
früheres Leben damit zu töten, dachte die Einsame.

Der Sitzenden sanken die Arme herunter, mit einem
harten Entschluß reckte sie sich auf, und um ihren Mund
lagerte sich ein verächtliches Lächeln. Also bis zu solchem
Widersinn, bis zu solch häßlichen Torheiten konnte man
durch das Gefühl der Bedrückung und des Unterworfenseins
getrieben werden. Es war einfach schmählich, auf den gleichgültigen und fremden Mann so viel schwächliches Nachdenken
zu verschwenden. Was hatte sie überhaupt hier zu suchen?
Ach ja, nach den sensenden Soldaten hatte sie ausspähen

wollen. Langsam bewegte sie sich auf das Erlengestrüpp der Wasserscheide zu und zog ein paar Zweige auseinander.

Da fuhr sie heftig zurück.

Auf dem jenseitigen Ufer, schon auf den abgemähten Stoppeln, lagen fünf bis sechs Männer auf dem Rücken, kehrten ihre rotflammenden Gesichter der Sonne zu und schliefen. An ihren zerfetzten, schmutzigen Hemden, die die verbrannte Brust offen ließen, und den zerlumpten und zerschlissenen Beinkleidern erkannte der geübte Blick des Landfräuleins sofort eine zusammengetriebene Horde von Landstreichern oder Knechten, die von den Russen irgendwie zu ihrer Arbeit ohne großes Entgelt gezwungen wurden. Aber das, was die Aufmerksamkeit der Gutsbesitzerin so besonders fesselte, daß sie sich immer weiter vorbeugte, damit ihr nichts mehr entgehen konnte, das gipfelte in einem Umstand, der auch in harmlosen Friedenszeiten ihr Befremden erregt hätte. Einer dieser Landstreicher nämlich hatte gerade in dem Moment, wo Johanna ihre Hand zwischen die Blätterwand streckte, seinen blank geschorenen Schädel, in dessen Schweiß sich die Sonne spiegelte, über die Schar seiner schnarchenden Genossen erhoben, und es dünkte die Beobachterin auffällig, mit welch spähendem Interesse der Mensch den Schlummer der anderen zu prüfen schien. Was bedeutete das?

Manchmal pfiff der Bursche ziemlich laut vor sich hin, um gleich darauf sein Haupt wieder in die Stoppeln einzuwühlen, als wollte er abwarten, ob seine Gefährten das Geräusch vernommen hätten. Allein nichts regte sich um ihn, und nach einiger Zeit sah Johanna, wie der Zerlumpte, schlangenhaft auf dem Boden kriechend, seinen Körper gegen die Wasserscheide zuwälzte. Einen Augenblick lang wollte sie Furcht beschleichen, aber durch ein ganzes Leben daran gewöhnt, hier auf ihrem Grund wie ein Mann zu walten, zwang sie sich ihre alte Fassung ab, um mit immer lauter werdendem Herzklopfen das weitere Gebaren des Fremden zu verfolgen. Jetzt war der Landstreicher an dem Graben angelangt. Hier blieb er eine Weile starr und regungslos liegen, und nur Johanna merkte, wie seine Beine ganz allmählich eine Schleife ausführten, bis die Gestalt des Burschen sich wagerecht dem Grabenlauf anschmiegte. Die hohen Halme des Unkrauts, das hier wuchs, bedeckten ihn fast.

Plötzlich rollte der Körper in den Schlamm des Grabens herab.

Johanna schrie leise auf und wartete. Jedoch sei es, daß der Fremde durch ihren Ruf erschreckt war, oder ob er sich dem weichen Morast nicht leicht entwinden konnte, jedenfalls dauerte es bange Minuten, bevor die Blonde den kahlen Schädel, der jetzt vollkommen mit grünen Linsen übersät war, in scheuer Zurückhaltung in dem Gebüsch zu ihren Füßen auftauchen sah. Der Landstreicher jedoch schien sie sofort zu erkennen, anders wenigstens vermochte sich die Sprachlose die warnende Bewegung nicht zu erklären, mit der der schwarze, triefende Bursche seinen Finger an den Mund hob.

„Fräulein Grothe," keuchte eine Stimme, die Johanna sich bestimmt erinnerte, schon gehört zu haben.

„Um Gott, wer sind Sie?"

Inzwischen hatte der Unbekannte seinen Leib völlig durch das Gebüsch geschoben, so daß er nun auf den Knien vor dem Mädchen lag. Jetzt sprang er trotz der überstandenen Anstrengung elastisch auf die Füße. Sein Antlitz war durch den Schmutz des Feldes und den Morast des Grabens gleichsam mit einer schwarzen Larve bedeckt, und doch schoß Johanna bei dem Anblick dieser schlanken Glieder eine blitzartige Erinnerung auf.

„Fritz Harder, sind Sie es?" stammelte sie unentschieden.

Der Fremde reichte ihr die Hand, zog sie aber im nächsten Moment mit einem matten Lächeln wieder zurück, als er die Verunreinigung seiner Finger bemerkte. Dann ließ er sich auf die Bank nieder, und indem er sich angelegentlich das rechte Knie rieb, das wohl durch das Kriechen einige Risse und Schürfungen empfangen hatte, fragte er plötzlich, indem er sich leicht nach der Richtung des Herrenhauses umwandte:

„Steht alles gut bei Ihnen, Johanna? Sind Sie alle wohlauf? Ist niemand in dieser schlimmen Zeit etwas Böses zugestoßen?"

Niemals zuvor war die Gutsbesitzerin von dem nachdenklichen jungen Offizier mit ihrem Vornamen angeredet worden. Aber als sie jetzt, umgeben von der nahen Gefahr, in der dunklen verschlungenen Haselnußlaube weilten, fand die Blonde das Benehmen des jungen Mannes ganz natürlich. Und einer mütterlichen Wallung unterliegend, und ohne Rücksicht auf ihre saubere Kleidung, strich sie ihrem atemschöpfenden Gefährten aufmunternd über die schmutzige Wange. Dann flog die Rede zwischen ihnen hin und her.

„Nein, Fritz, es ist niemand von uns etwas zugestoßen. Niemand," setzte sie mit besonderer Betonung hinzu, da sie die dunklen Augen des Offiziers so beharrlich ihr Wohnhaus suchen sah, „nur meine Schwester Isa ist bis jetzt nicht zu uns zurückgekehrt, und wir leben daher in schwerer Besorgnis."

„Das weiß ich, Fräulein Grothe, das weiß ich. Sie müssen nicht glauben, daß wir uns so ganz ohne Kenntnis über die hiesigen Zustände befinden. Oh nein, wir wissen weit mehr, als sich diese Eisbären träumen lassen. Sie sehen ja, wir spazieren hier sogar ganz ungeniert in ihren Linien herum."

„Ja, um alles in der Welt, Fritz, — verzeihen Sie, wenn ich danach frage — aber was haben Sie denn hier vor? Was bedeutet Ihr abscheulicher Aufzug? Sie sind doch nicht etwas als Spion hierher geschickt?"

Jetzt zuckte der triefende junge Mensch unwillkürlich zusammen. Das schonungslose Wort schien ihn für eine Weile zu verdüstern. Schwermütig verzog er die Augenbrauen und starrte eine Zeitlang auf den braunen Lehmboden zu seinen Füßen.

„So müssen Sie meine Tätigkeit nicht bezeichnen, liebes Fräulein," sagte er endlich ruhig. „Ich habe es mir gründlich überlegt, ehe ich mich zur Ausführung dieses Befehls meldete. Denn es gehört einer dazu, der — —" Hier stockte der Redende, als hätte er schon zu viel geäußert.

„Was Fritz, erklären Sie sich deutlicher!"

Der junge Mann aber warf die Rechte abschneidend durch die Luft.

„Nichts," entgegnete er besonnen und lächelte zuversichtlicher. „Ich darf selbst Ihnen wirklich nicht mehr verraten, liebe Johanna. Es geht ganz gegen die Ordre. Aber wenn Sie vielleicht eine alte Uhr zum Reparieren für meinen Quartierwirt Adameit mitzugeben haben," fuhr er mit gutmütiger Neckerei fort, „dann will ich sie dem alten Tausendkünstler pünktlich in die Hände liefern."

Johanna traute ihren Ohren nicht.

„Um Himmels willen," brachte sie mühsam hervor, und eine jäh aufspringende Angst veranlaßte sie durch die Lücken des Geästes nach alles Seiten hinauszuspähen, „Sie glauben doch nicht, daß Sie durch die vielen Tausende hier ungefährdet bis in die Stadt gelangen werden?"

„Das hoffe ich allerdings bestimmt," gab der Sitzende unerschüttert zurück; „und auf Grund eines von dem hiesigen Etappenkommandanten ausgestellten Arbeitscheines werde ich sogar mit den größten Ehren empfangen werden." Er fuhr in seine Brusttasche und zog einen Fetzen bestempeltes Papier hervor. „Sehen Sie, Fürst Dimitri Sergewitsch Fergussow — hier steht es — bestätigt dem Arbeiter Paul Bramschek usw. Wenn es nichts Wichtigeres zu verrichten gäbe, könnte ich sogar hier bleiben und heute nacht unter Ihrer Obhut diesen russischen Prinzen — —" er spreizte beide Hände und machte die Gebärde des Erwürgens.

Johanna wurde dunkelrot.

„Großer Gott," flüsterte sie, ohne ihre Besinnung wieder erlangt zu haben, „Sie müssen hier fort. Denken Sie nur, welch ein Unglück Sie auf uns alle herabbeschwören könnten."

Kaum hatte das Mädchen eine Spur von Besorgnis geäußert, als der junge Mann sofort seinen Platz auf der Bank aufgab und sich zum Gehen anschickte.

„Sie haben ganz recht, Johanna," pflichtete er ernsthaft bei, „in der Freude Sie zu sehen und zu hören, hatte ich ganz vergessen, daß es üble Folgen haben kann, mit mir in einer Unterhaltung getroffen zu werden. Leben Sie wohl, Fräulein Grothe, und Sie brauchen keinem zu sagen, daß ich hier war. Sie verstehen mich, keinem, ohne Ausnahme."

Da stieg es heiß in dem großen Mädchen auf. Beide Hände legte sie dem von Unrat Übergossenen fest auf die Schultern. Und während ihre ehrlichen Augen die seinen suchten, preßte sie sich ab:

„Nein, bleiben Sie noch, Fritz; eines müssen und dürfen Sie mir anvertrauen: wie steht es bei uns dort draußen? Müssen wir jede Hoffnung aufgeben, in die gewohnten und lieben Zustände zurückzukehren? Wann wird das Unheil, das sich hier breit macht, fortgefegt? Denn es ist ein Unheil, Fritz, es ist ein großes Unheil."

Der in Lumpen und Fetzen gehüllte junge Mensch wandte sich auf ihren verzweifelten Ruf plötzlich voll zu ihr, und ein sonderbares Leuchten und Strahlen überglänzte seine eingefallenen, verhärmten Züge.

„Fräulein Grothe," begann er endlich, und er preßte beide Fäuste zusammen, als könne er die Fülle, die er in sich barg, nicht anders bändigen, „unsere dünnen Reihen wurden jammervoll zugerichtet, und wir sind von weiten Landstrichen verdrängt worden. Aber was sich jetzt bei uns vorbereitet, glauben Sie mir, das wird und kann nicht fehlschlagen. Sie werden nicht mehr lange mit Ihrem Prinzen an einer Tafel sitzen, verlassen Sie sich darauf," stieß er heftig hervor, und aus dem verunreinigten Gesicht blitzten die weißen Zahnreihen so wild und begierig, daß sich Johanna, um eine unerklärliche Angst niederzukämpfen, die Hand fest um den Hals spannte.

„Fritz, wird es bald sein?" fragte sie verwirrt und wandte ihr Haupt ungewiß nach dem Herrenhaus.

Der andere zuckte die Achseln, und seine Stimme wurde immer dunkler und drohender. „Sie werden von uns hören, Fräulein Grothe, und von mir auch," setzte er frohlockend hinzu. „Nein, nein, lassen Sie," wehrte er ab, als er merkte, wie das Mädchen noch einmal ihr Drängen nach seinen Plänen zu wiederholen suchte, „lassen Sie mich hier in dem Graben entlang waten, so komme ich am besten um das Gut herum."

Damit kauerte er sich wieder an der Erde nieder, bis seine Füße über die Böschung herabhingen, und während Johanna gleich darauf den Morast aufspritzen hörte, wurde unten das Erlengestrüpp noch einmal zur Seite geschoben, und der kahl geschorene Schädel tauchte abermals auf.

„Ich soll noch einen Gruß an Sie bestellen," klang es aus dem Wasserlauf empor. „Ich habe Ihren Vetter von Sorquitten vor wenigen Tagen gesprochen."

Da mußte Johanna lächeln. „Ach, Fedor Stötteritz,"
meinte sie gutmütig, „wie geht es dem großen Jungen?"

„Als ich ihn zuletzt sah, stand er in der Abenddämmerung
unter einem zerschossenen Schuppen neben seinem riesigen
Pferde und rief mir nach, diesmal würden Sie es ihm
wohl nicht übelnehmen, wenn er recht bald mit seinem
lauten Wesen in Maritzken nach dem Rechten sähe. Ich
bitte um Verzeihung, Fräulein Grothe, wenn ich den
Auftrag wörtlich ausrichte, doch ich hoffe, daß er Ihnen
verständlich sein wird."

„Ich danke", entgegnete Johanna beklommen und sah
ernst zu Boden. „Ich verstehe seine Meinung recht gut."

Abermals schlug ihr das Herz, und sie begann unwillkürlich zu lauschen, ob sich auf den Steinen des weißen
Hofes nicht ein silberner Sporenklang melde. Als sie wieder
aufblickte, hatten sich die Zweige zu ihren Füßen geschlossen,
und nichts deutete mehr darauf hin, daß hier vor kurzem
jemand geweilt, der zwischen ihr und der Außenwelt ganz
unerwartet ein paar dünne Fäden geknüpft hatte.

*   *
*

Aber die Außenwelt brauste noch auf einem anderen
Wege, gleich Gewitter und Hagelschlag, in den erzwungenen
Frieden von Maritzken und schmetterte die künstlich schlaffe
Ruhe, die hier wie eine kranke Blume aufgeschossen war,
für immer zu Boden.

Ein Geheul und Gekreisch, das sich unmöglich aus
Menschenlauten zusammensetzte, nein, das vielmehr von bös-
artigen, losgelassenen Geistern der Tiefe ausgestoßen schien,
schrillte, pfiff, heulte und wieherte über die Landstraße
und riß das vergrübelte Weib wie mit krallenden Nägeln
aus der kühlen Haselnußlaube heraus. Entsetzt, unfähig,
einen Gedanken zu fassen, stürzte die Herrin von Maritzken

auf ihren Hof. Von allen Seiten flogen die Fenster auf, scheue, angstvolle Gesichter beugten sich heraus, und alles starrte auf die Chaussee, wo windschnell ein wüster schwarzer Haufe vorüberwirbelte. Tier und Mensch ununterscheidbar durcheinander. Dazwischen Flintenschüsse. Markdurchzitternde, gellende Hetzrufe. Und alles eingehüllt in eine dicke und doch blinkende Staubwolke. Gleich darauf schlug hinter den Bäumen des Parkes eine Feuerlohe in die Höhe. Von dem leichten Wind getrieben, stoben die Funken über die Dächer des Anwesens. Durch das Tor aber quollen junge Weiber herein, hoch aufgeschürzt, die meisten mit entblößten sonnengebräunten Armen; Mägde des Gutes und zurückgebliebene Tagelöhnerfrauen, die sich wie verzweifelt an die hohe Gestalt Johannas drängten als ob sie hier ihren letzten Rückhalt witterten.

„Fräulein — Kosaken!"

„Sie sagen, es sei hier geschossen worden."

„Den Laden von Kurra haben sie ausgeräumt und angesteckt."

„Ja, und Tilly — Tilly Baumgartner —"

„Was ist's mit Tilly?" stammelte Johanna betäubt und griff nach der Schulter einer der Mägde, um sich zu stützen.

Da drängte sich die Frau des Verwalters, der seit jener Ausfahrt nicht mehr wiedergekehrt, aus dem Haufen, und das Weib raffte sich ihre blaue Schürze vor das Gesicht und heulte unter dem Leinen hervor:

„Weggenommen haben sie sie mir, Fräulein, von meiner Hand gerissen, und mir selbst einen Schlag über die Augen, daß ich nicht sehen kann."

Dann ein Wimmern der Mägde, von draußen herannahendes Galoppieren, Hetzen und Verwünschungen, und

308

dicker qualmiger Staub, der über die Mauern des Hofes rauchte.

Da — da — durch die Einfahrt schoß es herein — kleine Pferde, struppig wie nasse Hunde, vornübergebeugte Reiter, in ihren faltigen Röcken gleich bärtigen Frauen auf den Tieren hängend, Lammfellmützen tief auf die stieren Augen gedrückt, schwingende Fäuste, und von den weißen Mauern zurückgeworfen das wetternde Knallen unzähliger Peitschen. Jetzt schoß, sprang, wälzte und purzelte es aus den Sätteln; schon drängte sich das fremde Gesindel durch alle offenen Türen hinein. Wer ihm in den Weg geriet, wurde zurückgestoßen, bis er blutend auf das Pflaster taumelte. Tiefe gurgelnde Laute schienen entsetzliche Drohungen zu verkünden, und nichts, nichts hemmte die Horde, nichts wirkte dem sie beherrschenden Trieb entgegen nach Raub und Plünderung, nach Schandtat und Gewalt. Vergebens, daß sich im ersten Stock ein Fenster öffnete, und der abgezehrte Rittmeister Sassin mit wütenden Gebärden etwas Unverständliches herunterbrüllte, ganz umsonst, daß sich Johanna toll vor Wut und Scham auf einen schwarzhaarigen Riesen stürzte, in dessen Armen die kleine Tilly zappelte, unwürdigen, schmachvollen Liebkosungen ausgesetzt, umsonst, vergeblich, die Streitenden wurden voneinander getrennt, alles ging unter in dem brausenden Strudel, der ungebändigt mit einer irren elementaren Kraft zwischen den Mauern des eben noch so stillen Anwesens kochte.

„Scho—i, scho—i," schrien die Kosaken, traten Zäune und Türen ein und hieben mit ihren Peitschen lechzend vor Irrsinn und Brunst durch die Luft.

„Der Fürst", kreischten mitten in dem Graus ein paar heiser geschriene Frauenstimmen.

Unter dem Tor hielt eine einzelne Reitergestalt. Die

Rechte hatte sie zum Schutz gegen die Sonne quer über den Schirm der zerbeulten Mütze gelegt, die Linke, die den Zügel hielt, spielte gleichzeitig achtlos mit einer reich vergoldeten Reitpeitsche. Aber die vorgeneigte Haltung und sein ungläubiges Hinstarren in das quirlende Menschengeschäume bewiesen, wie auch dem Besitzer des scharrenden Schimmels alles, was sich da vor ihm abspielte, gleich der tollen Ausgeburt einer dampfenden Phantasie erschien. Ganz gebannt schüttelte er das Haupt und zuckte die Achseln. Sein Anblick jedoch verschaffte Johanna, die, umrast von dieser nie geahnten Wildheit, ihre klare Vernunft völlig eingebüßt hatte, die nebelhafte Überzeugung, der Mann unter dem Tor müsse und würde sie gegen diese blutdürstigen und fauchenden Tiere schützen oder verteidigen. Mit übernatürlicher Kraft streifte sie die jammernden Mägde von sich ab, und es war wirklich die blonde, furchtlose Walküre, wie sie Dimitri Sergewitsch in den schwülen Augustnächten immer geahnt, als sie sich mit bebenden Gliedern von neuem gegen den riesenhaften Bedränger der kleinen Tilly warf.

„Fürst Fergussow", schrie sie dabei mit einer vor Wut und Scham erstickten Stimme.

„Hund, ich schieße dir dein Spatzengehirn gegen die Mauer," heulte der kranke Rittmeister, von Hustenanfällen unterbrochen, aus dem oberen Fenster, und seine zitternden Hände zogen bereits die Sicherung von einer Pistole ab.

Doch er brauchte sich nicht mehr zu bemühen. Mit einem kräftigen Sprung setzte der Schimmel des Fürsten in den auseinanderstürzenden Schwarm hinein, eine zielsichere Faust riß dem überraschten Riesen die Lammfellmütze vom Kopfe, und zu gleicher Zeit sauste ein Reitgertenhieb dem Aufjammernden quer über das Gesicht. Brüllend vor Schmerz ließ der struppige Kerl sein Opfer fahren, und es war für alle Zuschauer ein gräßlicher Anblick, wie der Oberst nun sein Pferd noch einmal gegen den Gebändigten antrieb, so daß dieser in dumpfem Fall vor die Füße des Tieres rollte.

„Du treibst natürlich nur einen kleinen Scherz," sagte Dimitri böse und schneidend, und die erwachende Johanna sah mit Entsetzen, welche grausamen Lichter in den dunkel gewordenen Augen des Reiters zucken konnten, „nicht wahr, mein Söhnchen, so war es doch?"

„Ja, einen Scherz, Väterchen," jammerte der Gefallene und streckte in sklavischer Demut beide Hände gegen die erhobene Peitsche aus, „nichts weiter, als einen Scherz."

„Dacht ich's mir doch," meinte Dimitri höhnisch durch die ängstliche Stille, welche plötzlich auf dem Hof nach all dem Lärm entstanden war. Und sich im Sattel umwendend, sagte er hell und durchdringend, so daß den Kosaken, die sich scheu an den Wänden herumdrückten, keines seiner Worte verloren gehen konnte: „Wehe, ihr Kanaillen, wenn ihr nicht alles, was ihr gestohlen habt, sofort wieder zurückgebt. Auf den Bäumen dort hat es Platz für viele von euch. Habt ihr mich verstanden?"

„Ja, Väterchen, verstanden."

„Seid ihr hier einquartiert?"

„Bis morgen früh," gurgelte unvermutet eine vor Ingrimm oder Trunk heisere Stimme in der Nähe des Fürsten.

Sie gehörte einem Kosakenrittmeister an, der bis jetzt einen Besuch in der Schenke abgestattet und nun sein klepperartiges Pferd am Zügel hinter sich herzog. Das erste, was der Mann tat, nachdem er sich durch einige Stöße in den Kreis hineingeschoben, bestand darin, daß er dem noch immer auf den Knien verharrenden Kosaken einen heftigen Fußtritt in die Seite versetzte.

„Was ist hier geschehen?" forschte er und stampfte grob auf den Steinen herum. „Ich frage, was hier geschehen ist? Ich war dienstlich verhindert, Herr Kamerad."

Der Fürst jedoch schien keinen Wert auf die Zusammengehörigkeit mit dem Sohn der Donschen Steppe zu legen. Er ließ einen hochmütigen Blick über das brandrote Habichtsgesicht des Reiters hinweggleiten und sagte sehr ruhig:

„Oh, nichts, was bei Ihren Formationen zu dem Auffallenden gehört. Aber ich möchte Ihnen doch empfehlen, Herr Rittmeister, Ihre Leute, so lange sie uns das Vergnügen schenken, in den Stall zu komplimentieren."

„In den Stall?" brummte der andere, die Fäuste ballend; da er aber nicht wagte, gegen den vorgesetzten Gardeoffizier ausfällig zu werden, so versetzte er wenigstens dem liegenden Mann einen neuen Stoß, um ihn dann an den Ohren empor zu reißen. „Pack dich, Wassily, du Schuft! Was liegst du hier wie ein krankes Schwein herum? Was soll man von dem Beispiel denken, das ich Euch gegeben? Was soll man denken, frage ich? Warte, mein Guter, wir sprechen uns noch."

III.

Die Menge hatte sich verlaufen, das Gutsgesinde war zu seiner gewohnten Beschäftigung zurückgekehrt, nur Johanna und der Oberst weilten noch auf dem Hofe.

„Sie sehen auffallend blaß aus, mein Fräulein," hörte die Gutsherrin ihren Gefährten im Ton aufrichtigen Mitgefühls beginnen; und als sie in ihrer gelähmter Haltung verharrte, fügte er ehrerbietig hinzu: „Sie können mir glauben, daß mich nur die Besorgnis zu dieser Bemerkung veranlaßt. Vielleicht würde Ihnen ein Spaziergang hier im nahen Walde wohltun. Für diesen Fall hebe ich selbst-

verständlich mit Vergnügen das Verbot Ihrer Bewegungs-
freiheit auf, und um Sie vor weiteren Belästigungen zu
bewahren, biete ich Ihnen gern meine eigene Begleitung
an. Sie sollten es wirklich nicht abschlagen," vollendete
er ganz treuherzig.

Zum erstenmal hatte dieser in der glatten Rede des
Salons verstrickte Mann wie ein wohlwollender Mensch
gesprochen, dem die Not eines Mitgeschöpfes die Seele
erschreckte. Und Johanna atmete auf, und über ihre ver-
steinten Züge huschte es wie von Befreiung und Erlösung.
Gottlob, endlich nach den langen Tagen der erzwungenen
Beschränkung sollte jetzt eine Stunde folgen, die es ihr
ermöglichte, die so schmerzlich entbehrte Wanderung über
den heimatlichen Boden genießen zu können. Oh, welchen
Dank sie demjenigen schuldete, der ihr jenes unerwartete
Geschenk darbot. Jedem anderen hätte sie in leidenschaftlicher
Wallung und mit ihrem klaren, unversteckten Lachen beide
Hände geschüttelt. Hier aber wagte sie nur zustimmend das
Haupt zu neigen, und doch berührte es sie eigenartig wohl-
tuend, als sie bemerkte, mit welcher Freude der fremde
Offizier dieses leise Zeichen ihrer Bereitwilligkeit auffing.

„Wahrhaftig?" rief der Fürst ganz erstaunt, „Sie hegen
keine Bedenken? Ah, meine Gnädigste, Sie vergeben mir
gewiß, wenn ich heimlich denke, daß Sie sich dann wirklich
durch das abscheuliche Gebaren dieser Steppenreiter im
hohen Grade angegriffen fühlen müssen."

„Sie dürfen darüber nicht spotten", entgegnete Johanna
befangen, weil es das erste Mal war, daß sie mit dem
schönen jungen Mann andere Dinge als die des täglichen
Unterhalts verhandelte. „Ich war auf die Schrecken des
Krieges gefaßt und bin auch imstande, sie zu ertragen,
aber eine derartige Raserei —"

„Leider kann ich Ihnen keineswegs widersprechen," unterbrach Dimitri Sergewitsch haftig, denn ihm lag alles daran, die Blonde von dem eben erduldeten Überfall abzulenken. „Sie werden verstehen, was es mich kostet, wenn ich Ihnen versichere, wie sehr ich und viele andere Kameraden, die wir den Europäer=Standpunkt nicht aufzugeben gewillt sind, von dem Treiben jener Stämme innerlich angewidert werden. Aber fort damit," suchte er von dem bedenklichen Gegenstand loszukommen, „ich bin heute früh schon durch Ihre herrlichen Buchenwälder geritten, und es bereitet mir eine wahrhafte Genugtuung, Ihr Wiedersehen mit diesen frischen und geheimnisvollen Gründen vermitteln zu dürfen. Sehen Sie, ich kann sogar schon jetzt die schönsten Grüße von dort an Sie bestellen."

Lebhaft riß er aus seinem Wams ein kleines Skizzenbuch hervor, und Johanna, die einen raschen Blick über seine Schulter warf, stieß unwillkürlich einen Laut des Erkennens aus. In einer ganz feinen, schattenhaften Manier, worin Licht und Luft mehr festgehalten waren, als der darzustellende Gegenstand, erhob sich auf dem Blatt mitten auf einer dunklen Waldwiese ein ungeheurer geborstener Buchenstamm, an dessen Ästen unzählige Heiligenbilder, Glasherzen und Kränze als Weihegeschenke aufgehängt waren.

„Ah, der Sankt=Annen=Baum," stellte Johanna überrascht fest. „Wie zart und fein Sie das getroffen haben."

Der Oberst zuckte die Achseln, verbeugte sich jedoch leicht.

„Was wollen Sie!?" meinte er gleichgültig, „die Frucht und der Überrest der vielen Lieblingsbeschäftigungen, die eine Petersburger Wintersaison so mit sich bringt. Man darf gar nicht daran denken, wieviel Zeit und Jugend man so tatenlos verschleuderte. Aber, mein gnädiges Fräulein," entraffte er sich elastisch derartigen Vorstellungen, und seine edlen Züge strahlten wieder jenen das Gutsfräulein so verwirrenden Glanz, „wozu Reue und Selbstzerfleischung

314

an einem herrlichen Ferientag? So fasse ich nämlich unseren Ausflug auf. Benötigen Sie vielleicht noch einen Sonnenschirm, den man herbeischaffen müßte?"

Johanna schüttelte das Haupt, doch konnte sie es nicht hindern, daß ein Lächeln ihre Lippen öffnete. Die Nonne, die ihre Tage der Arbeit verschrieben, entäußerte sich plötzlich der ihr anhaftenden Herbheit und sah frisch und gesund und genußfähig aus. Ganz versonnen starrte sie der Fürst an.

„Wo denken Sie hin, Durchlaucht," meinte sie gutmütig, während sie sich bereits zum Gehen anschickte, „ein Landmädchen, wie ich, das hie und da selbst mit anfaßt, das fürchtet keinen verbrannten Teint. Übrigens tut mir die Sonne auch nichts," setzte sie hinzu und zeigte ihm ein Antlitz, dessen lichte Reinheit weder durch ein Mal noch durch ein Sonnenpünktchen verunziert war. „Wollen wir durch das Tor?" fuhr sie innehaltend fort.

„Nein, bitte nicht dort hinaus", weigerte sich der Fürst mit auffallender Lebhaftigkeit. „Sie könnten dort manches sehen, was Sie zu unangenehm an meine und meiner Landsleute Anwesenheit erinnert. Ich möchte Ihnen heute gar zu gern ein paar Potemkinsche Dörfer vorspiegeln. Kommen Sie, wir schreiten lieber hier an dem Graben entlang und wenden uns dann über die kleine Brücke."

Bald darauf war das Paar von den dunklen Schatten des Haselnußgehölzes umhüllt, und Johanna mußte unwillkürlich den Blick zu Boden senken, als sie die Bank gewahrte, auf der noch eben der junge verdüsterte Preuße ihr seine Pläne enthüllt. Ihr fiel wieder die spreizende Bewegung seiner Hände ein, da er davon gesprochen, wie leicht ein Kühner unter der Obhut der Hausherrin den hier befehlenden Etappenkommandanten in den ewigen Schlummer senden könnte. Und unbewußt trieb sie den ahnungslos neben ihr Schreitenden zu größerer Eile an.

Wirklich, es war ein erquickendes Wandeln unter dem niedrigen Laubbach zur Seite des abgemähten Feldes, über dem die Sonnenstrahlen tanzten und funkelten. Anmutig jeder vorspringenden Baumwurzel ausweichend, schritt ihr Dimitri Sergewitsch voran, und in einer so selbstvergessenen Lust befand sich Johanna, daß sie rückhaltlos die elegante Geschmeidigkeit seiner Glieder bewunderte. Wie sorgsam und mit wieviel Aufwand von Zeit und Bedienung der vornehme Herr gewiß seinen Körper gepflegt hatte. Wie blendend weiß und geschont sich auch jetzt mitten im Waffen= handwerk seine schmalen Hände darboten. Und Johanna empfand fast eine Art von naiver Hochachtung vor jenen Bevorzugten, die ihrer Gesundheit so unablässig zu dienen suchten. Und dieser kräftige, unermüdliche Mensch, der wie ein lebendes Kunstwerk ohne sichtbare Unebenheiten und Fehler durch die Schöpfung schritt, er sollte nach den häß= lichen Geständnissen des Rittmeisters Sassin ein Früh= verdorbener, ein Angefressener und Vergifteter sein?

Schaudernd strich sich das Mädchen eine blonde Haar= strähne, die im Winde flatterte, aus der Stirn, und sie beschloß — für heute wenigstens — all diese unsauberen Gedanken zu verbannen. Ihre alte Willensstärke kam ihr wieder, als sie sich eingestand, daß es sie ja im Grunde gar nicht berührte, aus welchen Erfahrungen der Charakter des Fremden zusammengeschossen sei. Nein, für den Augen= blick brauchte sie sich nur dem frohen Gefühl hinzugeben, aus dem unsichtbaren Kerker, der ihr so unerwartet ge= öffnet wurde, mit dankbarem Gemüt herauszuschreiten und sich der kurzen Stunde der Freiheit mit aufnahmefähigen Sinnen zu freuen.

Und das tat sie.

Heute bewunderte sie jedes wilde Brombeergestrüpp, das sich im Vorbeistreifen an ihr Gewand nistete, und hie

316

und da bückte sie sich, um eine rötliche Hagebutte neugierig zu mustern. In dem Haselnußdach über ihr schwirrten junge, grünweiße Meisen herum, sie hingen sich an die Äste und übten lautlos ihre schwierigen Kletterkünste. Und das Landfräulein staunte die Tierchen an, als ob sie die wilde Schar heute das erste Mal sähe. Helle Lichtpunkte tröpfelten durch das Blätterwerk hindurch und tanzten, glitten und zitterten ihr fröhlich über das Haar und den unbedeckten Hals. Als sich der Fürst einmal umwandte, erschrak er fast. Das Weib, das hinter ihm herschritt, leuchtete und funkelte so eigentümlich, daß ihm das Wort auf der Lippe erstarb. In dem grünen Dämmer wandelte die hohe Gestalt, umflossen von der ihr anhaftenden Frische und Reinheit, und wieder schien es dem Beobachter, als ob er dieses unberührte Menschenkind durchaus nicht in den ihm gewohnten wilden Reigen einzuordnen vermöchte. Fast beschämt kehrte er sich ab, um ihr von neuem durch den schmalen Gang voran zu eilen. In weiter Biegung schlängelte sich der Weg um das Feld herum, um endlich breiter und breiter zu werden, bis sich das Gebüsch all= mählich in den herantretenden Buchenwald verlor. Hier spürte man nichts mehr von der Hitze des Tages. Zwischen den matten, grauen Stämmen hing ein unsichtbarer Flor herab, hinter dem alles Gegenständliche verdämmerte und verschwamm. Geräuschlos flirrte das feine Spiel der Blätter, rechts und links über die Waldwege zogen sich die glitzernden Fäden der Spinne, grüne Fliegen hingen in der Luft und zuckten plötzlich wieder davon, und der ganze ungeheure Wald war erfüllt von Schläfrigkeit und einem ewig auf= und absteigenden Summen. Von Zeit zu Zeit aber wichen die Riesenbäume weit auseinander, und hohe, un= geheure Hallen empfingen die Wanderer unter grünen, leise schwankenden Kuppeln.

Mitten auf einer der Waldwiesen träumte die Sankt-Annen-Buche, unter deren weit ausladenden Äſten unzählige Betrübte ſchon in frommer Einfalt gekniet hatten. Johanna lehnte ſich leicht an den grauen, vielnarbigen Stamm und blickte zu einem Perlenſtern empor, auf deſſen grünem Untergrund eine zitternde Hand nichts als die Worte gezeichnet hatte: „St. Anna hilf uns!" Nie zuvor war von der Gutsherrin dieſe Spende geſehen worden. Sie bedeutete wohl einen Notſchrei aus ſchlimmer Zeit. Wer konnte wiſſen, zu welch entwürdigender Arbeit die emſigen Hände von fremden Einlagerern ſchon verurteilt waren.

Johanna atmete ſchwer und rührte ſich nicht.

· So vermochte ſie nicht wahrzunehmen, wie Fürſt Dimitri, nachdem er eine geraume Weile die Unbewegliche unter dem grünen Buchenmantel in künſtleriſchem Genießen gemuſtert, verſtohlen ſein Skizzenbuch hervorzog und mit fliegenden Strichen das ſtrenge Bild feſtzuhalten ſtrebte. Erſt eine raſche Bewegung verriet ihn. Sofort trat das Mädchen zurück, jedoch nur, um ſich auf einen abgehauenen Baumſtumpf niederzulaſſen, wo ſie den Blicken des Beobachters nicht mehr ausgeſetzt war. Doch mit keinem Wort tadelte ſie die Freiheit, die ſich ihr Gefährte genommen. Dazu wurde ſie zu ſehr, — trotz eigener Entfernung von der Kunſt, — durch die Ehrfurcht vor allem Können beherrſcht.

„Schade", bedauerte Dimitri Sergewitſch leiſe.

Allein auch er kam durch keine Andeutung auf ſeinen vereitelten Wunſch zurück.

Mit ein paar reſpektvollen Worten bat er, ſich auf einer Mooserhöhung lagern zu dürfen, und als ihm dies freundlich gewährt war, da ließ ſich der Oberſt auf dem Erdbuckel nieder, ohne ſich jedoch auszuſtrecken oder irgendwie eine

lässige Haltung anzunehmen. Die Vornehmheit seiner Gewohnheiten oder Erziehung äußerte sich eben ganz un-
gezwungen in jeder Lage. Und doch — trotz dieser Rücksicht — empfand es Johanna schmerzlich, als sich die
fremde Uniform mitten zwischen den Farrenkräutern und
Gräsern abzeichnete. Die umfriedete Ruhe des deutschen
Waldes schien ihr dadurch gestört. Und ihr Blick heftete
sich gezwungen auf ein kleines blaues Ordenskreuz, das
der Offizier dicht unter dem Halskragen befestigt trug.

„Das ist wohl eine hohe Auszeichnung?" fragte sie
endlich trotz inneren Zögerns.

Der Fürst nahm seine Mütze von den braunen Locken,
zuckte die Achseln, und seine Hand begann mit der blauen
Dekoration ohne große Wertschätzung zu spielen.

„Ich empfing das Ding," äußerte er, „zum Fest der
heiligen Wasserweihe. Irgendein Verdienst wurde meines
Wissens damit nicht belohnt." Und wieder ließ er das
blaue Kreuz durch seine Finger schnellen.

Heilige Wasserweihe?! Wie unbegreiflich fern und einem
anderen Volke angehörig doch die Bezeichnung jenes Festes
hier unter den grünen Buchen klang. Und dadurch hervorgerufen stieg dem blonden Mädchen die Erinnerung auf,
wie ihr Gefährte ja seinem Glauben nach einem bunten
geheimnisvollen Ritus huldige, der seine Bekenner durch
düsteren Pomp viel mehr an Orient und Osten knüpfte,
als an das wunderlose, begriffsscharfe Europäertum. Ein
zu seltsamer Gedanke, wenn man sich den distinguierten
Mann betrachtete, der sich in nichts anderem von den ihr
bekannten Herren unterschied, als durch die edle Regelmäßigkeit seiner Gesichtszüge und die schwermütige Schönheit, die über ihnen ausgebreitet lag.

Merkwürdig, auch der Fürst schien sich ähnlichen Vorstellungen über das, was Völker trennen und verbinden

konnte, hinzugeben. Er hielt das schmale Haupt erhoben und verfolgte die Sprünge eines schwarzbraunen Eichkätzchens, das ohne einen Begriff von der Heiligkeit der Stätte in den oberen Ästen der Sankt=Annen=Buche herumturnte. Manchmal auch setzte es sich, so daß die Ruthe feinfaserig herabhing, um nach den beiden Menschen zu äugen, die in dieser grauen Ruhe der Baumriesen zu atmen und zu sprechen wagten.

„Welch unbegreifliche Grenzscheiden die Menschen sich doch errichten“, begann der russische Offizier endlich seinen Gedanken Ausdruck zu verleihen. „Das Trennende liegt mehr in unserem Gehirn und richtet dort Unheil an. Sehen Sie, verehrtes Fräulein, auf meinen Gütern, die gar nicht weit von Petersburg liegen, da gibt es Wälder von ganz gleicher Stille und Unberührtheit wie dieser hier. Ich bin Tage und Nächte lang durch sie hindurch geritten, und manchmal nach einer töricht durchschwärmten Zeit konnte ich jubeln gleich unseren kleinen uniformierten Ferienschülern, denn mich empfing in den stillen Gründen stets das Gefühl, als ob ich in die reinigenden Arme einer Mutter zurückkehrte. Und hier — ?“ Er schüttelte das Haupt und sah sich mit einem langen verwunderten Blick um.

„Nun, und hier?“ fragte Johanna von ihrem Baumstumpf aus beklommen.

Er zuckte die Achseln und riß ein paar Halme von seinem Lager aus.

„Hier ist die Fremde. Ich weiß nicht, wie es kommt — obwohl ich, wie Sie vielleicht schon bemerkten, gar keinen so recht innerlichen Anteil nehme an dieser Völkerabrechnung, weil ich zu jenen gehaßten Kosmopoliten gehöre, wurzellosen Weltbürgern, von denen die Oberschicht Rußlands voll ist — es verschlägt alles nichts, in dem Gehirn sitzt einmal der harte Begriff: hier ist die Fremde, hier wohnt der Feind, die erklärungslose Antipathie."

Er wartete einen Augenblick, und da Johanna nichts erwiderte, fuhr er ruhig fort:

„Ich könnte mir ganz gut vorstellen, daß alle diese bewegungslosen Stämme um uns herum Ihre Gestalt angenommen hätten, mein Fräulein, und daß sie einen Arm starr nach mir ausstreckten, um mir zuzurufen: ‚Du gehörst nicht hierher. Wir sind deutsche Bäume und wollen einen Slaven lieber unter uns begraben sehen, als ihm Schatten und Erquickung spenden'. Habe ich das Gefühl Ihres Waldes richtig getroffen?"

Ein Schrecken durchrann Johannas Glieder, als ihr Gefährte so sicher ihre heimlichsten Wünsche zerfaserte.

„Ich dachte nicht immer so", sagte sie an sich haltend, während ihre blauen Augen den Hingestreckten mit ihrem glasklaren und doch nicht warmen Leuchten umspannten.

Jetzt lächelte der Fürst. Es war ein feines, verständnisvolles Lächeln, das den Welt- und Menschenkenner verriet.

„Selbstverständlich," entgegnete er, „ich zweifle nicht im geringsten daran, daß Ihre Abneigung gegen uns erst entstand, nachdem Sie die dunkelsten Seiten unseres Volkstums gegen sich selbst gerichtet spürten. Unser plumpes Kraftbewußtsein, eine täppische, kindliche Zerstörungswut und die finstere Nacht unserer erschreckenden Unbildung. Ich weiß, Germanien betrachtet sich uns gegenüber häufig als eine Herrin und das umliegende slawische Land als ihren Knecht. Auch Sie sind solch eine Herrin," setzte er bedeutungsvoll hinzu.

Johanna starrte ihn an. Sie begriff durchaus nicht die Gelassenheit, mit der der fremde Aristokrat mitten in dem großen Streit von seinem eigenen Volke sprach. War das Falschheit? Oder wollte er ihr einen Fallstrick legen, weil

er ihre leidenschaftliche Hingabe an ein furchtloses Bekenner=
tum kannte? Wie war solch gleichgültige Kritik überhaupt
möglich? Es klang, wie wenn ein gänzlich Unbeteiligter
über einen Tausende von Meilen entfernten Stamm zu ur=
teilen hätte. Immer unbegreiflicher wurde ihr der fremde
Mann, und sie glaubte, daß jetzt die letzten von den Banden
rissen, die zwei Angehörige derselben Artung sonst ver=
knüpfen.

„Fremd — fremd", mahnte es in ihr.

Und dann — wie furchterregend! Der Fürst schien schon
wieder den versteckten Spuren ihrer Überlegungsreihen ge=
folgt zu sein. Ohne Zorn, nur mit einer Bewegung des
Besserunterrichteten, erteilte er ihr auf ihre stillen Ein=
wände die Antwort:

„Ich merke, Sie finden es verächtlich, mein gnädiges
Fräulein, weil ich Ihnen so schonungslos über meine
Volksgenossen berichte. Aber glauben Sie mir, darin liegt
gerade die tiefe Tragik unseres Riesenreiches. Nirgends in der
Welt leben der wirkliche Adel und die Oberschicht derartig
von der dunklen Masse getrennt, ja durch unüberbrückbare
Ströme geschieden, wie bei uns. Wir, die wir das Volk
leiten und befehligen, sind im Grunde wurzellose Menschen;
ich möchte beinahe sagen ohne festen Wohnsitz. Unsere
Kleidung ist die englische, unsere Sprache die französische,
und unser Bildungsdrang, wenigstens bei den Besten von
uns, geht nach dem Deutschen. Wir wohnen gewisser=
maßen nur auf Besuch unter den Unsrigen, denn unsere
größte Anregung und die tiefste Befriedigung unserer Ner=
ven finden wir in den großen Städten des Westens. Wenn
Sie vielleicht einwenden, daß gerade wir es sind, die eine
allumfassende nationale Strömung erweckten, so muß ich
Ihnen hier unter uns und einigermaßen beschämt be=
kennen, daß dies im Grunde nur eines der geistigen Mittel

ist, durch die wir die unruhige, an religiösen Qualen lei=
bende Menge am Zügel halten. Uns selbst aber wäre ein
weiteres Überwiegen slawischen Einflusses direkt unbequem.
Denn es würde uns allmählich an dem Auskosten aller
feineren Genüsse hindern. Sie sehen also, mein Fräu=
lein," schloß der Fürst immer mit derselben schonungslosen
Offenheit, „von welchem Zwiespalt die leitenden Männer
bei uns ergriffen sind und zu welchen peinigenden Lügen
sie ihre Zuflucht nehmen müssen, wenn sie nach außen hin
das Gegenteil verkünden. Glauben Sie mir, mit diesen
widersprechenden Gefühlen sind wir auch in den Krieg
gezogen, für den uns das große Schlagwort, die berau=
schende Phrase absolut mangelt. Ganz abgesehen davon,
daß wir uns aus einer Reihe unvermischter, meistens
unterworfener Stämme zusammensetzen, deren Wünsche
und Ziele weit auseinander streben. Und doch lieben wir
diese unglückselige Heimat und beweinen sie."

Johanna schlug das Herz. Ihr war es, als hätte hier
ein sehr Unglücklicher gesprochen. Ein Mensch, der sich im
heftigsten Streit von einer armen, ungebildeten Familie
gelöst und der doch die Zusammengehörigkeit, unter der
er litt, nicht vergessen konnte. Und als ihr norddeutsch
kühles Auge jetzt auffing, wie gelassen ihr Gefährte auf
seinem Mooshügel saß, mit der schmalen Hand spielerisch
über die Gräser streichend, als wenn er eben das Aller=
gewöhnlichste und Selbstverständlichste offenbart, da ergriff
sie plötzlich eine stechende Sorge um den schlanken Mann,
mütterlich fast, wie sie immer gewohnt war, sich mit=
zuteilen. Daneben aber rang in ihr die Angst, ob es ihrer
auch würdig sei, dem Gegner, der doch bedenkenlos das
Schwert geschwungen, ein Zeichen des Trostes zu gönnen.

„Gottlob," sagte sie endlich, „wir können uns in eine
solche Zerrissenheit gar nicht hineindenken."

2*

Es sollte eine Teilnahme bedeuten, und sie ahnte nicht, wie preußisch kühl und überhebungsvoll ihre Rede ausgelegt werden konnte. Über die Lippen des Russen wehte auch sofort ein leicht mokanter Zug, um jedoch bald einem trüberen Ausdruck zu weichen. Und jetzt — das Mädchen griff fest nach dem Baumstumpf, auf dem es saß — jetzt schimmerte in den Augen des Mannes wieder jene Schwermut, die Johanna so oft an dem Bilde in ihrer Schlafkammer beobachtet. Wenn sie sich an diese Ähnlichkeit erinnerte, dann schwand jedesmal alle Beherrschung von ihr, und fröstelnd empfand sie, daß etwas Altes, längst Bekanntes zwischen ihnen beiden walte. Sie wollte sich dagegen wehren, aber der bindende Zauber spann ungehindert herüber und hinüber. Dazu strich ein Rauschen durch die Wipfel der Buchen, rötliche Blätter wirbelten durch die graue Dämmerung, und ganz hinten in dem jungen Gehölz neigten sich die dünnen, armstarken Stämme kosend gegeneinander.

„Wie scharf Sie beobachten können," kehrte Dimitri fast gewaltsam zu dem verlassenen Gespräch zurück, und dabei bettete er sich den von der Schulter herabhängenden Säbel quer über die Knie, „Sie gebrauchen gerade das richtige Wort, liebes Fräulein: Zerrissenheit. Sie ist unser schlimmster Feind. Ich meine nicht die politische, sondern die innere, die leider ein durchgehender Zug unseres Charakters ist und durch Bildung oder Gelehrsamkeit nur noch verstärkt wird. Ich fürchte fast, daß ich Ihnen selbst die Grundlage für Ihre Behauptung lieferte."

Da erblaßte Johanna.

„Durchlaucht," sträubte sie sich, „Sie scherzen wohl nur. Wie hätte ich mich mit irgend etwas, was Ihre Lebensgewohnheiten oder Ihren Charakter betrifft, beschäftigen können?"

Der Russe ließ die goldene Troddel seines Wehrgehenkes achtlos durch seine Finger gleiten.

„Ach ja, gewiß. Verzeihen Sie, wenn ich mich einer Täuschung hingab. Wir betrügen uns alle gern. Aber Sie hätten vollkommen recht. Der innere Widerspruch verzehrt uns. Und ein Grauen überfällt die meisten, die ihn zu sehen vermögen. Nehmen Sie an, ich spräche von guten Freunden von mir. Es sind Leute, die sich beharrlich weigern, auf der Jagd ein Reh oder einen Hasen zu töten, weil sie in dem Pulsschlag des Wildes den ihrigen zu vernehmen glauben. Mitleidende in der großen Trauer des Lebens. Und dieselben Leute fühlen rieselnde Schauer der Wollust, jetzt, da der Krieg sie zwingt, ihre Säbel durch weiche Gehirne sausen zu lassen."

„Nicht doch", stammelte Johanna, vor deren Augen es dunkelte, und griff nach dem Stamm der Buche.

„Doch, doch", hörte sie ihren Gefährten durch den grauen Dämmer hindurch beharren. „Es sind dieselben Leute, die sich am Morgen, von einer jagenden Angst getrieben, in die Untiefen der Religion stürzen. Mittags hängen sie mit geschlossenen Augen am Seil einer philosophischen Moral- lehre, damit sie die unter ihnen schäumenden Wogen des Lebens nicht zu sehen brauchen, und abends werden jene Menschen von irren Krämpfen nach Sinnenlust und Aus- schweifungen geschüttelt! Können Sie diesen echt russischen Gegensatz auch nur fassen, mein Fräulein?"

Der Sprechende stieß die Säbelscheide in den Waldboden, warf kleine Moosbrocken in die Höhe und wandte sich ab, um die Rufe des Kuckucks zu zählen. Alles Gebärden eines Menschen, der nichts getan, als daß er über einen bekann- ten und keineswegs beunruhigenden Gegenstand geplaudert. Seine Zuhörerin jedoch wurde von einer auffallenden Blässe bedeckt. Mehrfach setzte sie an, um sich von ihrem Platze zu entfernen. Unerträgliche Dinge hatte sie unter dem heiligen Baum gehört, verworfene Bekenntnisse, die den Redner gewiß näher angingen, als er zugeben wollte. Der Fürst aber — als wenn er es geahnt hätte — riß die Überlegende sofort wieder in seinen Wirbel zurück.

„Machen wir es kurz," meinte er in seinem anmutigen Akzent: „die Intelligenz Rußlands ist ein ungeheurer Kessel. Schwarz und weiß, Heiligkeit und Verbrechen, Schlaffheit und Wut, Güte und Bestientum, Keuschheit und Raserei, alles kocht in ihm durcheinander. Und eines Tages werden die zischenden Blasen überbrodeln, und der Kessel wird voll Blut sein. Im ganzen ein widerliches Gericht. Widerlich," wiederholte er und machte eine Bewegung mit der Hand, als wenn er von seinem Waffenrock eine häßliche Spinne abschleudern müßte; „grauenhaft, wenn man ernstlich daran denkt. Denn es gibt dafür keine Erlösung. Mon dieu", lachte er plötzlich und breitete beide Arme aus, „bestes Fräulein, können Sie vergeben, daß ich Sie mit diesen urslawischen Tollheiten so sehr langweilte?"

Leichtfüßig schritt er auf sie zu, kreuzte die Arme auf den Rücken und lehnte sich dann dicht bei ihr an den Stamm der heiligen Buche. Seine Mütze hatte er auf dem Mooshügel liegen lassen, und so fielen ihm die braunen Locken wellig über die Stirn. Mit offenem Wohlgefallen glitten seine Blicke an der kräftigen Gestalt des Mädchens herab.

„Es ist sonderbar," sagte er endlich mehr zu sich selbst, „ein so starkes, unbeirrtes Weib in seiner Nähe zu wissen. Man glaubt förmlich die Gesetzmäßigkeit eines solchen Lebens zu hören."

Er tat noch einen weiteren Schritt gegen sie. Zögernd streckte er die Hand nach dem Mädchen aus, als ob er bittend ihre Rechte berühren wollte. Johanna aber, obwohl sie flammend rot wurde, regte sich nicht. Da ließ der fremde Offizier seinen Arm sinken.

„Würden Sie mir nicht entdecken," fuhr er ermunternd fort, ohne die Abweisung weiter zu berücksichtigen, „wie Sie zu dieser Festigkeit gelangten? Ihre innere Ruhe wirkt unbeschreiblich wohltuend. Sie sind jung — ich will Ihnen weiter keine Komplimente machen — aber wie konnten Sie so viel drückende Pflichten auf sich nehmen? Die Bewirtschaftung Ihres Gutes, den Schutz für Ihre Schwestern und jetzt sogar den Widerstand gegen uns? Soviel Sammlung bei einer Frau ist wohl auch in Ihrer Heimat selten. Ich wäre außerordentlich dankbar, wenn Sie mir einen Einblick gestatteten."

Aber Johanna verzog die Stirn.

„Empfinden Sie wirklich ein Interesse für meine Familiengeschichte?" wies sie ihn ab. „Man wird eben das, wozu die Verhältnisse uns stempeln." Und etwas freundlicher setzte sie hinzu: „Ich glaube, Sie haben dies auch an sich selbst erfahren."

Jetzt verschränkte der Fürst die Hände über der Brust und nickte leicht.

„Ja," gab er nachdenklich zurück, „mein Schicksal war Reichtum, Verwöhnung und Nichtstun."

„Und meines," erwiderte das Mädchen herb, „Not, Widerspruch und Arbeit — viel Arbeit."

„Leben Ihre Eltern noch?" fragte der Russe nach einer langen Pause.

„Unsere Mutter ist tot. Sie liegt hier auf dem Friedhof, auf dem neulich Ihre Pferde angebunden standen."

„Hm, ich ersehe daraus wenigstens zu meiner Freude, daß Ihr Herr Vater — —"

Johanna ballte die Faust. Wieder riß sie etwas von dannen. Sie war empört, weil der Fremde keine Ruhe gab.

„Es ist kein Anlaß zur Freude," stieß sie im Zorn hervor, „mein Vater verbringt seine Tage in der Landes-Irrenanstalt, nachdem er vorher entmündigt wurde."

„Ah, mille pardons", versetzte der Russe betreten.

Mit vorgestreckter Hand zog er sich mehrere Schritte zurück, denn ihn leitete der Instinkt, er hätte sich schon zu nahe an den Kreis ihrer Erinnerungen herangedrängt. Geräuschlos raffte er seine Mütze auf, und als er sich umwandte, hatte sich auch die Blonde erhoben. Ihre Blicke ruhten noch grübelnd auf dem Moos und den Farrenkräutern des Waldbodens, als könnte sie sich von dem zuletzt Heraufbeschworenen nicht trennen.

„Jetzt können Sie sich zusammenreimen, wie alles gekommen ist", sagte sie bitter, und dabei schüttelte sie sich unwillig, wie jemand, der nur gezwungen zu einem Geständnis hingerissen wurde. „Kommen Sie, ich will nach Hause."

Langsam, nebeneinander, verließen sie den grünen Hain.

Aber es war nicht mehr dieselbe Gegend, die sie vor Stunden, aufatmend vor der lastenden Hitze, betreten. Und jetzt erkannten sie auch den Unterschied. Das heitere, tanzende Licht war von ihren Pfaden gewichen. Ganz allmählich, unmerklich für die noch von Flimmer und Bläue erfüllten Augen war zuerst ein dunstiger Rauch über den Horizont geflogen. Tiefer und tiefer hatten sich die grauen Gespinste gesenkt, bis die Häupter der Bäume in ihre Maschen eingetaucht waren. Die letzten spielenden Strahlen hafteten nur noch als schwefelgelbe Flecke an den schweigenden, schwermütigen Stämmen. Allein bald erloschen auch diese grellen Feuer, und nun lag der Wald in unheimlicher Stille. Reglos starrten die Blätter einander — wie verzaubert — an. Schwarze Streifen von Ameisenzügen strebten in betäubendem Gewimmel ihren Haufen zu. In scharfem Flug strichen unerkennbare Vögel durch die grauen Schatten, und der ganze Wald hauchte plötzlich nichts als Leere und Verlassenheit.

Die beiden Wanderer aber hielten inne und blickten einander an. Schwer atmend fühlten sie, wie eine bängliche Beklommenheit ihre Stirnen einpreßte. Zeit und Pulse schienen hier still zu stehen, und nur das wiegende Summen der Fliegen und Bienen reizte ihre gespannten Nerven.

Plötzlich bogen sich in der Ferne die jungen Stämme gegeneinander, schnellten wieder empor, und durch das verdunkelte Gehölz zischte ein Windstoß. Ein langes dumpfes Poltern rollte hoch oben über die starren Baumwipfel dahin. Aber dort!? — Über der winzigen Waldwiese zuckte es. Eine feurige Zickzacklinie züngelte durch die dunklen Stämme, hastig brachen und raschelten einige Äste, und ganz von fern erhoben sich ein paar dünne, ängstliche Vogelstimmen. Krachend schmetterte der erste Schlag. Und ohne jeden Übergang prasselten, von einer wütenden Windsbraut getragen, Regen und Hagelschauer schräg gegen die beiden Wanderer.

„Treten Sie unter den Baum zurück", rief der Fürst, auf dessen Mütze und Schultern die weißen Körner tanzten, und dabei griff er ohne Besinnen nach dem Arm seiner Begleiterin.

Jedoch Johanna riß sich los und lief, so schnell sie vermochte, am Waldesrand entlang.

„Es ist nicht gut hier unter den Bäumen," widersprach sie, „schnell, wir müssen die Lichtungen benutzen."

In hastigen Sprüngen setzte das Mädchen vor dem Manne dahin. Graue Regenströme hüllten sie in einen rauschenden Mantel, rote Wolken welker Blätter stäubten ihr entgegen; sie ließ sich nicht aufhalten, sondern stürmte mit vorgeneigtem Leib gegen sie an. Manchmal kam es dem Nachfolgenden sogar vor, als finge er ein mutiges Lachen auf. Und trotz seiner halb geblendeten Augen stutzte der Russe. Die germanischen Sagen fielen ihm ein. Von den Schlachtenmädchen und den Eisriesen. Und im Moment fand er dieses befremdliche Lachen ganz natürlich.

Weiter ging es. Besinnungslos rannten sie dahin, nur auf Sekunden in den Wald lauschend, so oft das Knattern und Knallen sich unmittelbar über ihren Häuptern entlud. Ein bleierner Rauch begann aus den Büschen zu quellen. Es war, als ob auch der feste Boden zu brennen und zu fiebern anfinge. Die Kleider klebten ihnen an den Gliedern. Längst war das Rascheln von Johannas dünnen Gewändern erstorben, und immer vernehmlicher klang das kurze Keuchen und Röcheln der Fliehenden.

Da plötzlich — Dimitri griff sich an die Stirn, schwankte und umklammerte einen Ast, an dem er gerade vorüberjagte. Der ganze Wald tanzte und sprang empor. Ein Zischen, ein bläuliches Schwefeln war um ihn, daß er bis in die Zunge hinein ein stechendes Rieseln spürte. Dazu flimmerte und glitzerte es vor seinen Augen, und doch vermochte er nichts zu sehen, nur Schwärze, blaue Finsternis schwang gestaltlos vor ihm. Schmerzlich stöhnte er und griff mit den Händen in die Luft, wo er seine Begleiterin vermutete. Nachempfindend hörte er von neuem den Regen auf ihre Glieder plätschern und vernahm in seiner Vorstellung das klatschende Geräusch ihrer nassen Kleider.

„Fräulein Grothe," fuhr es ungelenk aus ihm heraus, da er jeden Laut erst einzeln und neu zu finden suchte, „Fräulein Grothe!"

Dicht vor ihm, mitten auf dem überschwemmten Moos, lag das Weib, nach dem er eben gerufen, bewegungslos und

330

starr, und in ihr emporgewandtes Antlitz stäubten die feuchten Güsse. Keine Wunde verunzierte ihre Haut, und doch war die ganze Gestalt umfangen von Todesruhe.

Ein schneidender Schrecken packte den Herabstarrenden. Zaghaft warf er sich in die Nässe nieder und rüttelte an dem hingestreckten Körper. Allein die gespannte Brust regte sich nicht, und so angestrengt er lauschte, durch die leicht geöffneten Lippen wollte sich kein Hauch drängen. Dazu ächzte das Mark der Bäume, und ganz dicht über den triefenden Boden schoß es dahin wie der Abglanz einer feurigen Schlange. Da konnte der allen äußeren Eindrücken nachgebende Nervenmensch nicht länger dem in ihm wühlenden Grauen widerstehen. Ohne recht zu wissen, was er tat, umschlang er die Liegende, raffte sie empor und schritt wankend mit ihr durch das tobende Unwetter. Seine Arme zitterten unter der ungeahnten Last. Schon manches Mädchen hatte er getragen, aber diese hier schien nicht geschaffen zu frohem und lockendem Spiel. Nein, starr und wuchtig hingen die schweren Glieder herab und suchten ihn zu Boden zu drücken. Seine Brust keuchte, vor den Augen begann es ihm wieder zu blitzen, und immer fester mußte er das Weib an sich pressen, wenn er nicht einer vollkommenen Erschöpfung erliegen wollte. In halbem Traum taumelte er dahin. Aber gottlob, jetzt lichtete sich der Wald. Schon ging es durch den Haselnußgang, auf dessen Dach es trommelte und rauschte, an der verlassenen Bank vorbei, und jetzt hatte er den Hof erreicht. Menschenleer lag er unter dem durchweichenden Regen. Kein Auge erspähte ihn, als er durch die offene Tür hindurch die schmale Treppe erreichte. Noch ein letztes Zusammenraffen — und siehe da, wie zum Lohn regte es sich in seinen Armen. Eine Hand hob sich und klammerte sich an die Schulter des Heraufsteigenden. Oh, er kannte ihr Schlafgemach. Oft hatte er im Vorübergehen heimlich über die Armut des Raumes gespöttelt und die Schmucklosigkeit des Kämmerchens mit dem herrischen, abweisenden Charakter der Besitzerin in Verbindung gebracht. Jetzt stieß sein Fuß die halb angelehnte Tür auf, und gleich darauf ließ der Fürst seine Bürde tiefatmend auf das eingedeckte Bett gleiten. Dann griff er sich erleichtert an den Hals und unwillkürlich mußte er seine Umgebung prüfen. Eintönig und fahl wirkte der karge Hausrat, namentlich jetzt, wo gegen die Fensterscheiben der Regen einschlug. Einzig das Bild da oben an der Wand lohnte sich der Betrachtung! In der blaugetünchten Stube war es zu dunkel, um die Unterschrift zu lesen. Aber diesen Kopf mußte er schon oft gesehen haben. Sehr oft, ein merkwürdig bekanntes Gesicht, irgend jemandem schreckhaft ähnlich. Doch weshalb in aller Welt das plötzliche Begegnen dem Beschauer eine so ungeahnte Verwirrung einflößte? Oder war es nur die Erschöpfung, die sich jetzt äußerte? Daher kam es wohl auch, daß man sich nicht gegen das Lager umzukehren wagte, auf dem die Hausherrin in ihren straffen durchnäßten Kleidern lag! Freilich, man befand sich allein hier und hatte es nur der Betäubung der Deutschen zu danken, daß man überhaupt in ihrer Gegenwart einen Blick in diese lächerliche Kammer werfen durfte, die so gar nicht für die Ruhestätte einer wirklichen Dame paßte. Zum Henker, sie war doch geradezu unbegreiflich, diese Scheu vor einer Willenlosen, aller Kraft Beraubten, die noch immer mit geschlossenen Augen lag!

Mit einem sprunghaften, schmerzlichen Entschluß wandte sich der Fürst und trat an die Bettstelle. Ja, da war er hingestreckt, der marmorne Körper, den der Unbefugt, der Eindringling jetzt erblickte, mit Augen, wie nur der Künstler die Verkörperung eines Traumes in sich eintrinkt.

Groß und majestätisch wölbten sich die Glieder, die sich gewiß zum erstenmal einem Manne in verdeckten Umrissen verkündeten. Und in welch edler Meißelung die Brust unter dem nassen Leinen schlief.

Bei Gott, das alles wirkte rein und erhaben!

In Dimitris Seele flogen die Lanzen hin und her, wie von brennenden Fäusten wurde er angetrieben und wieder zurückgestoßen, alles Gute und Schlichte, das ihm das schutzlose Mädchen eingeflößt, widersetzte sich gegen die Zerstörungswut, die sein Blut vergiftete, und zwischen Zwang und Raserei schloß er die Augen und strich schützend und liebkosend zugleich an den vollen leblosen Armen der ihm Preisgegebenen hinab.

*   *   *

Frühzeitig brach die Dämmerung herein, trübes, dunstiges Dunkeln ging in raschem Umschlag in einen naßkalten Abend über. Nur einzelne Tropfen schlugen noch auf das Land, und der Wind zerrte heftig in den Bäumen.

Herbstnacht!

Längst hatte sich Johanna umgekleidet, aber sie mußte wohl zu lange in ihren durchnäßten Gewändern verbracht haben, denn, wenn sie auch am Fenster ihres Schlafzimmers lehnte, um müde in das Unerkennbare hinauszustarren, durch ihre Glieder schnitt ein Frösteln, immer von neuem stürzten ihre schleppenden Gedanken wie irgend etwas Tönernes zusammen, und eine Weile mußte sie sich dann durchs Leere tasten.

Dazu diese wühlenden, brennenden Kopfschmerzen! Nein, sie war noch nie krank gewesen und wollte auch diesmal nicht nachgeben. Aber der irre Drang, der sie umtanzte, der sich aufrichtete und sich an sie hing, er zog ihr den Boden unter den Füßen fort und ließ ihre Knie zittern.

Trotzig, mit hocherhobenen Armen, warf sich das Weib, das nicht unterliegen wollte, auf sein Lager zurück und wühlte die Stirn in die kühlen Kissen ein.

Ruhig, ruhig, endlich mußte sich doch das zerstückte Bewußtsein zurückfinden, man mußte nur den Willen zu Hilfe rufen, den eisernen Willen, der bis dahin Maritzken jedes Gesetz gegeben, und dann, — ja ganz sicher — dann würden sich all die flatternden Fetzen zu einem sichtbaren Gewebe verknüpfen; man würde es durch die Hände laufen lassen, man würde es prüfen, und dann, dann würden Angst und Bedrückung und Verworrenheit weichen. Alles, was jetzt schemenhaft, als wahnsinnige Traumgestalten durch ihr Hirn gaukelte, das lebte ja nicht, das hatte sein flammendes Dasein aus den Feuern des Blitzstrahls gesogen, und mußte verrauchen und zu Asche sinken, sobald kühle Vernunft dem Spuk in die funkelnden Augen sah!

Stöhnend mußte die vor Scham Fiebernde sich eingestehen, daß alle ihre Gedanken, ihr ganzes Vorstellungsvermögen wie in einer engen, brennenden Grube eingefangen waren, aus der es für sie keine Möglichkeit gab, zu entrinnen. Und auch der Umstand, daß der erste müde Blick in die Umwelt ihr eine fremde Uniform gezeigt hatte, die schattenhaft durch die Tür entschwand, was bewies er schließlich anderes, als daß ihre Phantasie bei dem Menschen stehen geblieben war, mit dem sie sich zuletzt bei vollem Bewußtsein beschäftigt?

Mit einer wegwerfenden Gebärde erhob sie sich und siehe da, sie stand fest auf ihren Füßen. Das erste, was sich in ihr regte, war die Absicht, irgendwo ihre Arbeit wieder aufzunehmen. Ein rascher Blick auf die Uhr an ihrem Handgelenk belehrte sie darüber, daß die Abendstunde angebrochen sei, in der sie sich nach dem Befinden und den Wünschen Saffins zu erkundigen pflegte. Ruhig strich sich

Johanna das Haar aus der Stirn, ordnete ihre Kleider und entzündete ein Licht, um sich durch den schmalen Gang voranzuleuchten. Als sie nach kurzem Klopfen bei dem Rittmeister eintrat, saß der Kranke auf dem einfachen braunen Ripssofa, hielt die Arme auf den Tisch gestützt, und sein plumpes Gesicht starrte schwermütig auf die weiße Glocke der vor ihm brennenden Lampe. Kaum erkannte Leo Konstantinowitsch die Hausherrin, so machte er einen Versuch, sich zu verneigen, woran er jedoch von der Nähertretenden gehindert wurde. Aufrecht wie immer blieb das Gutsfräulein an dem Tisch stehen, ohne der Einladung des Russen, Platz zu nehmen, irgendeine Beachtung zu schenken. Bald waren die üblichen Fragen erledigt, und nachdem Johanna noch einen prüfenden Blick in die Runde geschickt, gedachte sie sich eben wieder zurückzuziehen, da wurde sie durch einen Ausruf des Kranken an ihrer Absicht gehindert.

„Bleiben, verehrtes Fräulein, bitte, bitte, bleiben", rief der Russe so dringend hinter ihr her, daß sich die Enteilende seinem Verlangen nicht entziehen mochte. Dazu hüstelte Leo Konstantinowitsch wieder so mitleiderregend und preßte sich beide Fäuste mit aller Gewalt gegen die Brust. Er schien seine Schmerzen auf diese Weise dämpfen zu wollen.

„Ist hier noch etwas versäumt?" erkundigte sich das Mädchen, an den Tisch zurückkehrend.

„Nichts versäumt," bemühte sich der Rittmeister in seiner gewohnten lebhaften Art hervorzusprudeln, „nicht das Allergeringste." Und dabei riß er die Augen auf, um den Grad seiner Bewunderung anzuzeigen. „Vous tenez bon ordre, es geht alles — wie sage ich: nach dem règlement. Das ist es gerade, Madame, ich wollte Ihnen schon längst für vorzügliche Behandlung danken, die gar nicht verdiene."

„Oh, laſſen Sie das", entgegnete Johanna von einem flüchtigen Mitleiden ergriffen.

Der Ruſſe ſtützte wieder den blonden Kopf in die Hand und ſtreichelte grübelnd über die weiße Lampenglocke. Durch ſeine abgezehrten Finger ſah man das Blut ſchimmern.

„Oh doch," ſprach er in ſich gekehrt weiter, „manche von uns verdienen Rückſicht nicht. Es ließe ſich viel darüber ſagen, ſehr viel."

Während der letzten Worte glitt der unruhige Blick des Kranken nach der gegenüberliegenden Wand, und es ſchien, als wenn er zu etwas ganz Beſonderem auszuholen beabſichtige. Indeſſen auch ſeine Entſchlußkraft mußte wohl durch ſeine Leiden gebrochen ſein, denn er ſank unverrichteter Sache wieder zuſammen und murmelte etwas zur Entſchuldigung. Und dennoch hatte die Andeutung in ſeiner Hörerin das Gefühl erweckt, als ob ſich ſeine verſteckte Warnung auf den Fürſten Ferguſſow beziehe.

Eine Weile blieb es ſtill zwiſchen den beiden, die ſich ſcheuten, einander weitere Eröffnungen zu machen. Dann wünſchte Johanna dem Rittmeiſter eine gute Nacht. Saſſin jedoch, als ob er fürchte, jetzt ſchon allein gelaſſen zu werden, ſtreckte die Hand gegen ſie aus und klammerte ſich an ihr letztes Wort.

„Bonne nuit", nickte er ſchwermütig. „Ja, habe hier gut geſchlafen. Das Bett weiß, das Haus ruhig. Wer kann wiſſen, wie ſpäter einmal finden werde?"

„Werden Sie denn von hier fortgehen?" fragte Johanna gepackt.

Der Ruſſe kratzte wieder an der Glocke herum. Nur ſchwer rang er ſich das Folgende von der Seele:

„Im Krieg kommt ſo etwas ſchnell", verſetzte er. „Man erzählt ſich jetzt hier allerlei. Und dicker Doktor hinterbrachte mir heute, daß wieder vorwärts geht."

„Dann werden Sie vielleicht alle bald Ihr Quartier verlassen müssen?" atmete Johanna hörbar.

Der Russe stöhnte. „Ich nicht — andere — ich nicht."

„Weiß der Fürst schon von dieser Möglichkeit?"

Es mußte etwas im Klang ihrer Stimme liegen, was Leo Konstantinowitsch veranlaßte, inne zu halten. Lauernd schob er seinen Kopf hinter der Lampenglocke hervor, und seine blauen Knabenaugen flackerten unruhig über die hohe Gestalt hinweg.

„Was weiß ich von den ordres, die Fürst empfängt?" knurrte er übel gelaunt. „Hat nicht die Gnade, sie mir mitzuteilen. Zufällig wurde mir nur durch unseren Wachtmeister bekannt, daß er im Moment bei den anderen Kameraden in Schenke sitzt. Eine große Herablassung, zu der sich Seine Durchlaucht sonst nicht hergibt. Muß etwas ganz Besonderes in Luft liegen."

„Das ist nicht meine Sache", schloß die Hausherrin gleichgültig. „Wohl zu ruhen."

Und sie ging mit einem kurzen Neigen heraus.

*   *   *

Je weiter die Nacht vorrückte, desto öfter fand sich Johanna in ihrem unruhigen Schlummer gestört. Bald rasselte es über die Landstraße, als ob schwere eisenklirrende Gespanne unter Flüchen vorwärts getrieben würden, bald drang das eigentümliche Knirschen zu ihr herauf, das entsteht, wenn unzählige nägelbeschlagene Stiefel die Chaussee treten. Gleich darauf versank wieder alles in Stille, bis das Fauchen von Automobilen und das Getrappel größerer Reiterscharen sie von neuem aus den Gründen der Vergessenheit aufjagten. Die Einsame schlug die Augen auf und lauschte. In dem kleinen niedrigen Zimmer hing noch tiefe Finsternis, und gerade jetzt, wo die Hausherrin das wilde Getriebe dort unten deutlicher zu unterscheiden suchte, da war alles wieder in seine frühere Lautlosigkeit zurückgesunken. Nichts verkündete sich der Liegenden, als das hohle Aufspritzen einzelner Tropfen, die mit der Regelmäßigkeit des Pendelschlags aus der Dachrinne herunterrollten.

Aber nein — auf dem schmalen Gang des Stockwerks bewegte sich ein Türklopfer.

Johanna wußte nicht, von welcher Gewalt sie emporgerissen wurde. Furcht, scheue Ahnung eines überwältigenden Unheils und das Nachwirken all der kranken Grübeleien, die seit ihrem Zusammenbruch ihr nüchternes Urteil zerrüttet hatten, dieses seltsame Gemisch erhielt eine nicht mehr zu bannende Gewalt über sie.

Ein Sprung — und sie hatte lautlos ihre Tür um eine Linie geöffnet.

Sie hatte geöffnet und sah draußen in dem ungewissen Dämmer, der durch das kaum fußhohe Fensterchen am Ende des Ganges fiel, — sie sah, zusammengeduckt und atemlos, wie das Bild dort oben an ihrer Wand das Gemach ihrer Schwester Marianne verließ. Es schlich an ihr vorüber, die Treppe knarrte, und dann tickte wieder der Pendelschlag aus der Dachrinne.

Eins — zwei — drei.

Die große Blonde aber, die gewalttätige Walküre, sie stand in ihrem weißen Hemd und regte sich nicht. Weder schrie sie auf, noch führte sie mit der geballten Faust einen Schlag gegen den Kupferstich, so daß das deckende Glas in tausend Scherben zersprang. Langsam, zitternd vielmehr, führte sie die Finger an den Mund und tat dasjenige, was sie ihr ganzes Leben hindurch aus dem Zwang der Verhältnisse heraus geübt hatte — sie rechnete. Das Exempel war wieder an seinem Ende angelangt. Zuerst den

Leichtsinn des Vaters gebüßt durch ungezählte Jahre, jetzt, nachdem das Haus mühsam aufgebaut war, da brach die Welt zusammen, und die Schande kroch heimlich in ihre Nähe.

Was nun? Mußte jetzt wieder ein unerbittlicher Strich gezogen werden? Wie fing man das nur an, wenn man so allein war?

Über ihrem Haupte rollten die Tropfen, und der Pendelschlag tickte weiter.

* * *

Am nächsten Morgen hatte Fürst Fergussow das Haus ohne Abschied verlassen. Man brachte Johanna ein Schreiben von ihm. In dem Kuvert lag ein Schutzbrief des Obersten sowie ein paar Tausendrubelnoten zum Ausgleich des der Gutsbesitzerin erwachsenen Schadens. Johanna nahm beides, ihre Brust schien einen Moment still zu stehen, dann senkte sie das Haupt, strich sich die Haare aus der Stirn und schloß die Sendung umsichtig in ihre Kommode.

III.

Tiefe Finsternis ruhte über der weiten, russischen Erde, als der Leiterwagen mit den deutschen Geiseln in der Gouvernementsstadt anlangte. Ein heftiger Wind sauste über den zahnlückigen Marktplatz und flackerte ängstlich um die Flammen der wenigen Gaslaternen, die sich aus dem vermorschten Holzbelag der Bürgersteige erhoben. Und doch schlief die dunkle Stadt nicht, nein, im Gegensatz zu dem preußischen Gemeinwesen, das sie vor kurzem verlassen, merkten die Fortgeschleppten voller Befremden, wie hier die Nacht widerhallte von verstecktem Leben, von Daseinsfreude und Genuß, als ob diese Regierungsstätte des Zaren sich schon nicht mehr um den nahen Völkerstreit zu kümmern hätte. Durch die erleuchteten Fensterscheiben der elenden kleinen Gasthäuser und Kaffees sahen die Vorüberfahrenden, wie sich an jenen Orten zweifelhafter Geselligkeit eine dichte Menge drängte. Zahlreiche Offiziere aller Waffengattungen zechten hier, die Mützen schief auf den Köpfen, neben eleganten Frauen, man hörte Wiener Walzer aufklingen und dazwischen das Tremolieren vortragender Chantantkünstlerinnen. Gelächter und Bravorufe belohnten die Darbietungen der kurzgeschürzten Damen.

Gefesselt hüllte sich Isa fester in ihren grauen Regenmantel, und sie versuchte in dem flüchtigen Lichtschimmer, der ab und zu über die Straße huschte, in den Zügen des neben ihr sitzenden, gänzlich in sich versunkenen Konsuls Bark zu lesen, welchen Eindruck das unerwartete Treiben auf ihren Gefährten hervorbrächte. Als sich jedoch, soviel sie erkennen konnte, der Ausdruck verbissener Entschlossenheit auf dem Antlitz des Kaufmannes nicht veränderte, da spähte sie wieder neugierig umher, denn in ihrem jungen, unerfahrenen Gemüt überwog bei jener traurigen Fahrt noch das Interesse an dem Ungewohnten und Abenteuerlichen. Und der Konsul ließ sie gewähren, denn er ahnte, wie bald sie den grimmigen Ernst ihrer Lage begreifen würde.

Jetzt verlangsamte sich der Trab der Pferde. Sie fuhren an den dunklen Massen der russischen Militärkirche vorbei, und in dem trüben Flackern von ein paar Gaslichtern sahen die Deutschen, wie der Metallüberzug der byzantinischen Kuppeln einen glitzernden Widerschein warf.

„Man halte", rief der baltische Unterleutnant, der das Kommando über die Begleitmannschaft führte, und erhob sich.

Ganz dicht aus einer der Seitenstraßen vernahm man

das Geräusch einer sich nahenden Volksmenge. Feierlich, dumpf, inbrünstig und wehklagend erschallte nach dem Takt der Schritte vielhundertstimmiger Gesang, auch die Soldaten des Transportes entblößten demütig ihre Häupter, und ehe Geiseln und Gefangene noch recht die Erklärung ihres jungen Abligen begriffen hatten, daß jenes packende geheimnisvolle Lied die russische Nationalhymne wäre, da schwenkte der Zug schon auf den Kirchplatz ein. Voran ein Fackelträger, dicht hinter ihm, zwischen zwei bekränzten Stangen hängend und unheimlich von der rauchenden Flamme überflutet, das Bild des gekrönten Zaren, und in seiner Gefolgschaft die unübersehbare, singende Menge. Fabrikarbeiter, alle Häupter entblößt, alle Hände gefaltet, und alle, alle von dem einen starren Gedanken beseelt, Sieg, Sieg für die russischen Waffen zu erflehen.

So zogen sie dahin, dumpf, taktmäßig, eine inbrünstige Beterschar, und ihr Weg führte sie an den erleuchteten Fenstern vorüber, hinter denen die Champagnerkelche klirrten und das Gekreisch der sich wiegenden Soubretten das Locken der Geigen überschrillte.

Mitleidig schlug die Nacht ihren Mantel um den grauenhaften Widerstreit, in dem die russische Seele sich selbst anfiel und zerfleischte.

Auch Unterleutnant Karström hatte die Mütze vom Haupt gezogen, jetzt schickte er noch einen trüben Blick hinter dem entschwindenden Fackellicht her, um dann erwachend seinem Kutscher den Befehl zu erteilen, auf die entgegengesetzte Seite des Platzes hinüberzulenken.

Aus der Dunkelheit tauchten die Umrisse eines stattlicheren Gebäudes auf. Es war das Hôtel de Moscou, der vornehmste Gasthof der Stadt.

„Für die Herren Senatoren ist hier bereits Quartier bestellt", erklärte der junge Offizier, als erster von dem

Leiterwagen herunterspringend. „Es steht den Herren selbst=
verständlich frei, hier zu soupieren. Allerdings muß ich
verlangen, daß keiner der Herrschaften ohne Aufsicht das
Hotel verläßt. Und Sie?" setzte der uniformierte Knabe
zögernd hinzu, als nun in der dunklen Schar der Magi=
stratsmitglieder Konsul Bark sowie das schlanke Mädchen
vor ihm standen, und es war, als ob er sich der ungewissen
Frage ihrer Augen nicht gewachsen fühlte, „Sie? Um
offen zu sein," flüsterte er beiseite, „ich empfing den Auf=
trag, Sie beide heute noch der Polizeimeisterei einzu=
liefern."

„Der Polizeimeisterei?" wiederholte Rudolf Bark finster,
und Isa erschrak, weil der Großkaufmann sich die Lippe
nagte, wie wenn er sich kein weiteres Wort entschlüpfen
lassen wollte.

„Ist denn die Polizeimeisterei ein solch schlimmer Ort?"
forschte sie erblassend.

Die beiden Männer warfen sich einen bedeutsamen Blick
zu, dann aber schüttelte sich der schmächtige Offizier, und
während er die deutschen Bürger, die sich schon unter dem
Hauseingang drängten, durch eine Handbewegung zum
Warten aufforderte, da schien der vornehme junge Mensch
seinen Entschluß gefaßt zu haben:

„Ich glaube es verantworten zu können," rang es sich
willenskräftig von seinen zuckenden Lippen, „wenn Sie
und die Dame" — hier verbeugte er sich leicht — „die
heutige Nacht gleichfalls im Hotel Moscau verbringen.
Ich hoffe, Sie werden mir Ihre Bewachung weder schwer
machen," lächelte er, „noch verübeln! Morgen freilich
—" er zuckte die Achseln — —

„Oh, ich verstehe", rief Konsul Bark, ganz glücklich,
wenigstens noch für ein paar Stunden der drohenden Ein=
kerkerung entgangen zu sein, von deren Schrecken er sowohl

342

durch Lektüre, als durch allerlei mündliche Schilderungen genügend unterrichtet war. Und schon, während er mit den anderen das kleine Vestibül betrat, da wälzte sein lebhafter und unternehmender Geist bereits allerlei Pläne, wie er sich und das hübsche, ahnungslose Mädel allen weiteren Anfechtungen durch ein unbeobachtetes Entweichen entziehen könnte. Denn eine Flucht mußte er bewerkstelligen, ganz gleich, ob er dem jungen Balten für die bewiesene Rücksicht verpflichtet war oder nicht; diesen Versuch schuldete er nicht nur der eigenen Freude am Dasein, sondern auch hundertfach seiner lieben, frischen Begleiterin, deren unaufdringliche Heiterkeit ihm zu einem gar nicht mehr entbehrlichen Trost geworden. Einen bewundernden Blick warf er auf den Rotkopf, der sich hier in dem unordentlichen Vorraum und umgeben von den sorgenbeschwerten älteren Herren doppelt anziehend unter seinem anspruchslosen Lackhut und in seiner schlanken Gertenhaftigkeit ausnahm.

Dann griff der Kaufmann instinktiv an seine Brust. Gottlob, die Brieftasche mit ihren knisternden Geldscheinen befand sich noch am rechten Ort. Und Rudolf Bark wußte, welch ein mächtiger Verbündeter diese bunten Blätter im Reiche des weißen Zaren zu sein pflegten.

Sie traten in die Gaststube.

In dem mit Stuck und Portieren überladenen Raum befanden sich ein paar lange, weißgedeckte Tafeln, und an ihnen hatten sich eine Anzahl höherer Offiziere, sowie die Spitzen der Behörden mit ihren Damen gelagert. Eine Reihe von Zeitungen wanderten von Hand zu Hand, man las sich einzelne besonders wichtige Nachrichten vor, man stieß auf die Gesundheit des Großfürsten an, man lachte und strahlte, denn aus all jenen Neuigkeiten verkündete sich immer wieder die eine felsenfeste Gewißheit — die Feinde Mütterchen Rußlands und seiner Verbündeten, sie lagen am

Boden, sie zappelten und verröchelten unter dem Schwert ihrer Bedränger, man schlug sie einfach „mit Mützen tot". Dieses Scherzwort hatte besonders ein untersetzter, stiernackiger Generalleutnant geprägt, der am Kopfende der größten Tafel präsidierte und dessen von vielen Ringen geschmückte, fleischige Rechte unaufhörlich verschiedenartig gefärbte Liköre zu dem von Hitzblattern entstellten Antlitz hob. Seine verkniffenen Augen schwammen förmlich in Gutmütigkeit und Wohlbehagen, als er die Reihe der ihn feiernden Damen musternd, in prasselndem Kehlbratenton herunterrief:

„Sie können es mir glauben, meine Damen, mit den Mützen. Beachten Sie bitte den tieferen Sinn in diesem Wort. Ich bin stolz darauf, in einem Rapport an Se. Kaiserliche Hoheit, den Großfürsten, es zuerst angewendet zu haben."

Als der Name des kaiserlichen Verwandten fiel, trat eine feierliche Pause ein. Die Offiziere streckten ihre Gläser starr vor sich hin, und die Damen warfen Kußhände. Geschmeichelt verneigte sich die dicke Exzellenz nach allen Seiten. Dann beugte er seinen kahlen Schädel, auf dem sich der Glanz der elektrischen Lichter widerspiegelte, tief zu seiner besonders eleganten Nachbarin hinüber, und seine verkniffenen Augen wiesen deutlich auf die eintretende Schar der Geiseln, die sich wortlos und gedrückt an einem kleinen runden Tisch unter der Fensternische niederließ.

„Ah, Sie, Herr Unterleutnant", winkte der Fette den jungen Balten darauf gnädig zu sich heran, nachdem seine unförmliche Rechte nachlässig für den strammen Gruß des Untergebenen gedankt hatte. Und in einem Rest von Rücksicht und Lebensart dämpfte die Exzellenz ihre knirschende Bratenstimme zu einem merkwürdigen Gezische, als sie sich jetzt, für alle vernehmbar, nach dem Transport des Offiziers erkundigte.

„Ah so — Geiseln!? Bürgermeister und Magistratspersonen? Hm, unbedeutende Physiognomien. Nicht wahr? Finden Sie nicht gleichfalls, Gnädige? Die Deutschen sind sämtlich Maschinen. Keine Individualitäten. Wir dagegen sind Künstler, eigenwillige Künstler.“ Und die zwinkernden Äuglein auf Isas anmutige Erscheinung richtend, schien die Exzellenz nunmehr Bericht über die auffallende Anwesenheit der jungen Nemza einzufordern.

Neugierig steckte die ganze Tischgesellschaft die Köpfe zusammen, Ausrufe des Erstaunens, aber auch des Mißvergnügens, ja der Drohung flogen hin und her, als der Kreis der Tafelnden den näheren Zusammenhang erfuhr.

„Wie? Ist es möglich? — Sassin? — Ein Attentat auf Leo Konstantinowitsch? — Gibt es noch ein gutmütigeres Kind auf der Erde? — Ein Mensch, der keiner Fliege etwas zuleide tun konnte? Hat er nicht sein Geld in Scheffeln zum Fenster hinausgeworfen? — Hier wird man hoffentlich die ganze Strenge walten lassen!“

„Es ist bedauerlich,“ schnaufte der General und wischte sich die wulstigen Lippen, „daß das nächste Kriegsgericht erst in Matiampol tagt. Nicht wahr, meine Herren, in Mariampol? Wir haben es seiner großen Überlastung wegen und — ganz gewiß — auch, um seine Unparteilichkeit sicher zu stellen, zurückverlegen müssen. Aber,“ fügte er pompös hinzu und lehnte sich hintenüber, „vielleicht kann hier auch ein kürzerer Modus Platz greifen.“

„Habt Ihr es gehört? Dies ist eine vortreffliche Ansicht“, raunte es bei den Offizieren, aber es trat sofort eine aufmerksame Stille ein, als sich jetzt eine frische, besonders wohllautende Frauenstimme ganz dicht neben dem General in die Unterhaltung mischte: „Wollen Sie uns Ihre Idee nicht erläutern, Exzellenz?"

„Erläutern? Warum, meine Teuerste?" sträubte sich der Dicke und bekam einen noch röteren Kopf. Jedoch nachdem er mit seiner fleischigen Hand ein Paar Zahnstocher geknickt hatte, rückte er ganz nahe an seine blühende Nachbarin heran, um ihr salbungsvoll und verliebt ins Ohr zu flüstern: „Wer kann solchen Taubenaugen widerstehen? Aber meine Meinung ist, wir haben Krieg, meine Liebste, Krieg, verstehen Sie? Da läßt sich ein solches Verfahren auch sehr vereinfachen. — Aber nun lassen wir uns von etwas Hübscherem sprechen! Sie fühlen sich gewiß vereinsamt, Maria Geschowa? Ist es so?"

Maria Geschowa?

Noch ehe der Name der Tatarin gefallen war, ja, im gleichen Moment, da der Konsul den warmen sinnlichen Klang der wohllautenden Stimme aus dem Gewirr der anderen sich ablösen hörte, da hatte der Herr des „Goldenen Becher" seinen Stuhl ein wenig beiseite geschoben, um zu versuchen, ob er die Aufmerksamkeit der jungen Frau auf sich zu lenken vermöchte, die auch heute wieder so fremd und vorteilhaft von den übrigen Provinzdamen abstach. Flüsterte ihm doch eine innere Stimme zu, dieses dunkle, samtwangige Weib, das sich schon einmal so viel Mühe gegeben hatte, ihm zu gefallen, es sei das einzige Wesen in der fremden Stadt, das weder Vergnügen noch Genugtuung bei seinem Untergang empfinden könnte.

Und bei Gott, sie sah ihm jetzt gerade ins Gesicht! Aber welche Enttäuschung! Maria Geschowa verzog keine Miene, fremd und leer betrachtete sie ihn, wie ein Ausstellungsobjekt, wie einen Verbrecher, bei dem man unter Schauder und Nervenkitzel berechnet, welche Striemen der Strick um seinen Hals hinterlassen würde, und jetzt hob die schmale

Hand sogar eine Lorgnette vor die Augen, um sie gleich darauf wieder gleichgültig zusammenzufalten.

Damit schien ihr Interesse völlig erloschen zu sein, sie streifte noch einmal abschätzend das rote Geflimmer um Isas Haupt und wandte sich dann mit ihren schwellenden Bewegungen zu dem alten General zurück, der sich soeben ein ganz besonderes Glanzstück seiner Rednergabe leistete. Die Rechte flach von sich gestreckt, so daß er das Funkeln der vielen Ringe bewundernd einsaugen konnte, ließ er seine fette Stimme braten und prasseln, als ob hier irgendwo eine Pfanne ans Feuer gerückt wäre.

„Herr Unterleutnant — wie war der Name? — Karström, oh, ich weiß recht gut — Sie sind noch ein junger Mann, aber ich billige Ihr Verhalten. Im Ernst, ich schätze Ihre Noblesse. Ihre Rücksicht gegen die beiden — hm, gegen die beiden — Verdächtigen kann mich nur befriedigen. Sie ist echt russisch. Warum sollen wir nicht immer und immer wieder ein Beispiel geben von dem edlen Herzen, das in unserem riesigen Körper schlägt? Ich bin zufrieden mit Ihnen. Sie sind ein hoffnungsvoller Offizier. Setzen Sie sich, Karström, und beaufsichtigen Sie die Nemzows."

Mehr hörte der Konsul nicht. Er saß neben Isa, hatte den Kopf in die Hand gestützt und — schämte sich. Und während seine Nachbarin den inzwischen aufgetragenen Speisen mit dem ganzen Appetit der Jugend zusprach, während sie ihm wider alles Herkommen hausmütterlich den Wein einschenkte, während sie ihre hellen Augen spähend herumschweifen ließ, ob sie für ihren Freund nicht etwas recht Schmackhaftes erobern könnte, da zehrte Rudolf Bark an der Demütigung, die ihm eben zuteil geworden, und schalt sich selbst einen Phantasten, weil er von einem ge= fallsüchtigen, herzlosen Weibe Förderung und Hilfe er=

wartet hatte. Wie tief mußte sich bereits der Völkerhaß in die verborgenste Wurzel der Nationen herabgefressen haben, wenn sogar schon die Frauen des Nachbarreiches von der blinden Wut, von heimlicher Schadenfreude an fremden Schmerzen ergriffen waren. Und diese Maria Geschowa, diese Weltdame, diese Meisterin der Unterhaltungskunst, hatte sie nicht noch vor kurzem mit ihrem Verständnis für deutsche Kunst und westliche Art geprahlt? Der Konsul verzog ein wenig geringschätzig den Mund, und das, was er soeben über die Treue und Redlichkeit slawischer Frauen dachte, das klang nicht gerade in einen Lobgesang aus. Dabei wurden seine Augen wieder hart und berechnend. Nun gut, die Frau des Obersten Geschow war ausgeschaltet, aber wen, wen konnte er an ihrer Statt für sich und seine Pläne gewinnen? Denn das stand fest, nur die heutige Nacht, so lange er noch in dem Hotel weilte, durfte zu dem so ängstlich überdachten Entweichen benutzt werden. Sobald er erst der russischen Beamtenschaft verfallen war, dann umwanden ihn tausend Fesseln, sichtbare und unsichtbare, die Gefängnisse des Landes öffneten sich nicht wieder. Er griff nach seiner Brusttasche. Ob er mit dem Wirt des Hotels beim Schlafengehen eine vorsichtige Unterhaltung begann? Oder mit dem Portier des Hauses? Freilich, diese Dworniks waren sämtlich bezahlte Späher der Polizeimeisterei. Und doch — der höher Bietende behielt hier häufig recht. Wofür sich also entscheiden? Denn die Zeit drängte, der Zeiger der breiten Standuhr in der Ecke stand hart vor der elften Stunde der Nacht.

Rudolf Bark versank niemals so völlig in Gedanken und Überlegung, daß seine Augen von seiner Umgebung abgelenkt werden konnten. So hielt er auch jetzt plötzlich inne, und eine geheime Unruhe veranlaßte ihn, seine ganze Aufmerksamkeit auf eine Erscheinung zu richten, die so-

348

eben unter die Portiere des Eingangs trat. Fast im Fluge bemerkte der Konsul, wie der späte Gast noch unter den Falten des Vorhangs mit dem betreßten Portier ein paar rasche Worte wechselte, um sich sodann nach Art eines Platzsuchenden umzuschauen. Es war ein ganz unauffälliger Herr, sehr schlank, sehr glattgescheitelt, in einem grauen Jakettanzug, in dessen Seitentaschen ein Paar braune Glacélederhände Eingang suchten, und das schmale pockennarbige Gesicht würde keinen anderen Grund zum Mißtrauen geboten haben, wenn der glattrasierte Mund nicht so höflich=verlegen gelächelt und wenn in den verdeckten Augen nicht im Gegensatz hierzu eine solche Gewohnheit des Zählens und Feststellens gelauert hätte.

Sollte das vielleicht — —? Der Konsul ließ das Messer sinken und verfolgte den Fremden Schritt für Schritt. Aalglatt, unhörbar wand sich der schmale Herr mit den braunen Handschuhen weiter in den Saal hinein. Seine Aufmerksamkeit schien einzig den noch leergebliebenen Stühlen an den anderen Tischen zu gelten, bis er plötzlich mit einer überraschenden Wendung vor der Tafel der Deutschen haltmachte, der er bis jetzt nicht die geringste Beachtung geschenkt.

Hier verbeugte er sich übermäßig tief und hauchte in einem Flüsterton, der sich kaum über einen Meter weit Gehör verschaffen konnte, jedoch voller Rücksicht und Ergebenheit:

„Ich habe die Ehre, Herrn Konsul Bark zu sehen?"

„Allerdings", erwiderte der Kaufmann erblassend.

„Und dies ist, wie ich vermute, die Dame Ihrer Begleitung?"

„Ja", stotterte Isa, die entsetzt auf das pockennarbige Antlitz starrte.

„Die Herrschaften brauchen sich durchaus nicht zu be-

349

unruhigen", fuhr der verlegene Herr fort und winkte beschwichtigend mit der braunen Lederhand, als müßte er von vornherein die Bedeutungslosigkeit seiner Person sowie seines Auftrags in das gehörige Licht setzen. „Es liegt wahrhaftig nicht der mindeste Grund zu einer Befürchtung vor. Ich versichere es bei meiner Ehre. Es handelt sich lediglich um eine reine Formsache."

Jetzt erstarb an dem Tische der Verschleppten auch das leiseste Geräusch, all diese deutschen Männer vergaßen im Moment ihr eigenes Mißgeschick, und ein heißes Mitgefühl wallte jedem auf, da sie ahnten, wie bald eine Lücke in ihren kleinen Kreis gerissen sein würde. Nur der knabenhafte Offizier verlor nicht eine Sekunde sein inneres Gleichgewicht. Unwillig verzog er die Stirn, und auf den abgezehrten Wangen glühten zwei helle Punkte auf.

„Was haben Sie mit den Herrschaften zu schaffen?" fragte er streng. „Sie sehen ja, daß sie sich unter militärischer Aufsicht befinden. Wer sind Sie überhaupt?"

Der Herr im grauen Jackett verbeugte sich wieder. Sei es nun, daß die drohende Sprache des jungen Balten so stark auf ihn wirkte, oder ob ihn wirklich die Erkenntnis von der Mißachtung niederschlug, die allgemein seinem Stande entgegengebracht wurde, jedenfalls klappte er zusammen, bis die grauen Arme steif herabhingen und den Deutschen für einen Augenblick nur sein schnurgerader Scheitel sichtbar blieb.

„Herr Unterleutnant," hauchte er tonlos, „mein Name ist zu unwichtig und unbedeutend, als daß ich es wagen dürfte, Ihr Gedächtnis damit zu beschweren. Und was meine Stellung betrifft," — er tauchte vorsichtig in die Höhe und zuckte schmerzlich mit den Mundwinkeln, — „ich hatte auch einmal meine Studienzeit, aber jetzt bin ich seit sechzehn Jahren der Sekretär Sr. Hochgeboren des Herrn Polizeimeister-Stellvertreters Tolmin."

In dem ganzen Saal war es totenstill geworden. An der Tafel der Offiziere hatten sich alle Häupter der Gruppe der Fremden zugekehrt, und selbst der fette General streckte die Beine von sich und ließ die Unterlippe herabhängen, als sei die Unterhaltung dort drüben eine gut genährte Auster, die er auf einen Zug in sich hineinschlürfen müsse.

„Sehen Sie, Maria Geschowa," knasterte er behaglich, „zweifeln Sie noch länger an der Zuverlässigkeit unserer Polizei?"

Inzwischen hatte sich auch die schlanke Jünglingsgestalt des Unterleutnants Karström von ihrem Sitz erhoben. Niemals während der ganzen Zeit hatte er so krank und hinfällig ausgesehen, wie jetzt, und doch klang seine Stimme fest und sicher, als er nun voller Verachtung hervorstieß:

„Dann schleichen Sie gefälligst nicht wie die Katze um den Brei! Was haben Sie an den Konsul Bark und seine Begleiterin für einen Auftrag?"

„Oh, eine Kleinigkeit", lächelte der verlegene Herr mit den braunen Handschuhen und bemühte sich, durch das Entblößen seiner weißen Zähne alle Anwesenden von seiner vollkommenen Harmlosigkeit zu überzeugen. „Es ist absolut nichts. Der Dwornik des Hotels de Moscou erstattete nur seiner Pflicht gemäß Anzeige über die zuletzt eingetroffenen Fremden an den Pristav des hiesigen Reviers, Se. Hochwohlgeboren der Pristav telephonierte es ordnungsgemäß an den Herrn Polizeimeister-Stellvertreter weiter, und Se. Hochwohlgeboren wünscht nun — —"

„Zum Teufel, was wünscht er?" schrie der Balte sich vergessend und stieß mit der Scheide seines Säbels ungeduldig auf den Estrich.

„Er ist noch sehr jung", begleitete der fette General bedenklich diesen Vorgang.

Der graue Herr aber bebte vor dem Zornesausbruch des Offiziers zurück, zeigte krampfhaft seine weißen Zähne und streichelte mit der braunen Glacérechten unaufhörlich in der Luft herum, als gelte es, einen bissigen Hund zu besänftigen:

„Oh, Ew. Hochwohlgeboren," flötete er gleich einem erschreckten Vogel, „Sie verkennen meine gute Absicht, der Herr Polizeimeister-Stellvertreter wünscht nur die Personalien der Herrschaften festzustellen. In der wohlwollendsten Meinung natürlich. Zwar wird jedes Kind begreifen, daß die Herrschaften gewissermaßen das Eigentum einer hochmögenden Militärbehörde sind, — wer dürfte sich dagegen auflehnen? — aber der Herr Polizeimeister-Stellvertreter sind leider in der peinlichen Lage, auf eine persönliche Kontrolle nicht verzichten zu können."

Hilflos wandte sich der Unterleutnant an seine Schutzbefohlenen, die sich langsam und wie von einem drückenden Traum umfangen, erhoben hatten, dann verfing sich sein Auskunft heischender Blick zwischen den Hitzblattern der stiernackigen Exzellenz, als räume er dem Vorgesetzten völlig diese schwere Entscheidung ein.

„Ja," schmorte der Fette und scharrte mit den Stulpstiefeln, „Kompetenzstreitigkeiten — aber Militär und Zivil müssen sich gegenseitig ergänzen, wir sind alle Räder eines Uhrwerks, nicht wahr, teuerste Frau? Man wird sich später nach dem Verbleib der Herrschaften erkundigen."

Einige Minuten nachher bewegte sich eine kleine Schar über den dunklen Kirchplatz. Voran ein Gendarm der Geheimpolizei, dicht hinter ihm der Konsul, umschlottert von einem dicken braunen Flausch, den ihm beim Abschied einer der Senatoren fast mit Gewalt umgehängt, und zum

Schluß der graue Herr mit den braunen Glacéhandschuhen, der trotz aller Weigerungen darauf bestanden hatte, der jungen Dame den Arm zu reichen.

„Euer Hochwohlgeboren," flüsterte er Isa zu, der vor dem heranstreichenden kalten Wind, sowie vor innerer Unruhe und Angst jedes Wort hinter den zitternden Lippen erstarb, „ich bin sehr unglücklich darüber, weil Euer Hochwohlgeboren so beben — ich fühle es ganz deutlich — jedoch es ist völlig grundlos! Sie werden sich selbst davon überzeugen. Bitte um Entschuldigung, das Pflaster ist hier miserabel, für zarte Füße eine verwünschte Plage. Ich versichere Sie, im vorigen Sommer sollten hier schon Holzplatten gelegt werden, aber was werden Sie denken, es wird immer wieder verschoben. Die Geldfrage läßt sich nicht regeln! Und dort in der schmalen Seitengasse befindet sich bereits die Polizeidirektion! Wie Sie sehen, alle Fenster erleuchtet, wir arbeiten hier die ganze Nacht durch."

Vor einem zweistöckigen, grünlich angelaufenen Gebäude hemmte der Gendarm seine Schritte, stieg drei brüchige Stufen in die Höhe und riß an einem Klingelzug. Ein rostiges Klirren erhob sich drinnen, das scheinbar von einer nackten Mauer zurückgeworfen wurde. Aber sonst ereignete sich nichts. Auch die Tür blieb ruhig in ihren Angeln.

„Der verwünschte Hund schläft wieder", knurrte der Gendarm ingrimmig, dann schlug er mit der Faust mächtig gegen das Holz, bis im Innern des Gebäudes ein langgezogener Schnarchton abriß und ein Schlüsselbund zu rasseln anfing.

„Beim Leib Christi," schimpfte hinter dem Eingang eine heisere Stimme, „vierzehn Stunden Dienst und nichts zu essen. Man wird doch wohl den passenden Schlüssel suchen dürfen. Der Krebs kommt auch an sein Ziel, und Ungeduld gehört nicht in die Backstube."

Bei den letzten Worten bewegte sich schwerfällig die Tür, und ein von einer flackernden Gasflamme erleuchteter roter Ziegelgang lag vor den zögernd eintretenden Deutschen.

„Ist der Herr Polizeimeister noch im Hause?" fragte der Herr im grauen Rock in die Ecke hinein, denn hinter dem zurückgeschlagenen Torflügel war im Moment kein menschliches Wesen zu entdecken.

„Er ist schlafen gegangen", antwortete die unsichtbare mürrische Person.

„Sehr schön! Und der Herr Polizeimeister-Stellvertreter?"

„Zimmer Nr. 2. Se. Hochwohlgeboren ließ sich soeben Essen holen. Ein Huhn mit weißer Sauce. Es dampfte noch. Einen Teller voll sauren Salats und eine Flasche roten Wein. Einen Hungrigen und einen Toten sollte man auch zusammen in einen Sarg legen."

„Es ist gut, Vater Wassili, ich danke dir", entgegnete der höfliche Herr und entblößte wohlwollend seine Zähne. Und eine seiner aalgeschmeidigen Verbeugungen ausführend, wies er auf eine enge, eiserne Treppe, die sich im Zickzack nach oben zog: „Wollen Sie diesen Weg benutzen. Die Treppe gebührt unseren besseren Gästen, die anderen, die mit den nägelbeschlagenen Stiefeln werden über den Hof geführt. Und warum? Nun, nichts zerreißt, wie Sie wissen, die Nerven mehr, als das Kratzen des Sandes auf den Stufen."

Nach dieser ausführlichen Beschreibung der Treppe, die, wie der Konsul sehr wohl begriff, nur deshalb so umständlich gegeben wurde, um durch das bedeutungslose Geschwätz die Besorgnis vor dem Kommenden zu zerstreuen, wurden die beiden Verhafteten in den ersten Stock und in ein kahles Vorzimmer geleitet, wo zwei Gendarmen an einem Tisch saßen und die Häupter aufstützten. Hier verabschiedete sich ihr bisheriger Führer von seinen Schutzbefohlenen, indem er so glücklich lächelte, als habe er zwei Verirrte endlich auf den sehnsüchtig begehrten Weg gebracht.

„Hier sind wir", bestätigte er aufatmend. „Sie befinden sich auf der Geheimpolizei, was natürlich gar nichts zu bedeuten hat. Der Herr Pristav, der die Messungsarbeiten versieht, wird Sie sogleich vernehmen."

„Die Messungsarbeiten?" fuhr Konsul Bark zurück, wie wenn sein Gehör ihm etwas Irrsinniges vorgespiegelt hätte, — „Sie werden doch unmöglich — —" Ein verzweifelter Blick glitt zu seiner Gefährtin hinüber.

„Aber ich bitte Sie," widersprach der Herr im grauen Rock und streichelte in der Luft herum; „wer kann an solchen Kleinigkeiten Anstoß nehmen? Es ist eine eingeführte Sitte, tut nicht im geringsten weh und beschleunigt Ihre Angelegenheit ungemein. — Warten Sie, ich melde Sie sofort an und hole Sie gleich wieder ab."

Devot zusammengekrümmt klopfte er an eine niedrige Seitentür, steckte auf eine Sekunde den Kopf herein und schob nach ein Paar mit äußerster Untertänigkeit hingehauchten Worten die beiden Deutschen in das anstoßende Gemach.

Es war ein ziemlich großes Zimmer mit einem grünen Teppich belegt, und ein Paar lederne Klubsessel, sowie ein deckenhoher Spiegel legten Zeugnis davon ab, daß der Pristav, der die Messungsarbeiten leitete, die Bequemlichkeiten des Lebens, sowie äußere Eleganz keineswegs außer acht lasse. Über diese Auffassung wurden die beiden sich stumm Verneigenden auch sofort eindringlich belehrt, als sich auf ihren Gruß hinter dem gelben Fichtentisch ein junger, schwarzhaariger Mann erhob, der ganz offenbar noch immer damit beschäftigt war, seine Toilette für irgendeine Abendgesellschaft zu vervollständigen. Unter seinem sehr kurzen Smoking prangte ein blitzendes Oberhemd, ein überhoher Stehkragen hatte ihm bereits einen roten Rand unter das Kinn geschnitten, und im Augenblick putzte er gerade mit einem Lederinstrument auf seinen Fingernägeln herum, obwohl sie bereits einen wundervollen Glanz ausstrahlten.

„Schon gut," erwiderte der Pristav auf den Gruß der Eintretenden flüchtig, „Sie müssen warten. Ich werde alles vorbereiten lassen."

Wiegend schritt er an einem kleinen offenen Seitenkabinett vorüber, und es milderte das schreckhafte Unbehagen der Verschleppten durchaus nicht, als sie jetzt gleichfalls einen Blick in diese Kammer werfen durften. Unter einer Art Galgen saß dort ein hagerer Gendarm. Mit bösen, schielenden Augen glotzte er die Fremden an. Vor ihm auf einem Tisch lagen mehrere riesenhafte Messingzirkel, eiserne Meßgeräte, und als Hauptstück des Ganzen zeigte sich auf dem Estrich ein Kupferkessel voll flüssigen Gipses, in dessen Breimasse der Gendarm ab und zu eine Holzkelle kreisen ließ.

Das waren sicherlich die nötigen Vorbereitungen für den Empfang der Verdächtigen, und Rudolf Bark stieg das Blut in den Kopf, als er sich ihre Anwendung vorstellte. Wie? Man ging in dem entwürdigenden Verfahren gegen Wehrlose so weit, sie mit ganz gemeinen Verbrechern auf eine Stufe zu stellen? Man würde es wagen, jene scheußlichen Apparate, die an die Folterinstrumente des Mittelalters erinnerten, auch um Isas feines Haupt zu legen? Ein Rauschen klang vor den Ohren des Mannes, ohnmächtige Wut rüttelte an ihm, er fühlte, wie er jetzt zum zweitenmal für dieses zerbrechliche Geschöpfchen in einen Akt verzweifelter Selbsthilfe verfallen würde. Unwillkürlich schlang er seinen Arm unter denjenigen des Mädchens, und es befestigte ihn nur in seinem Entschluß, als er merkte, wie eng sich der Rotkopf an ihn drängte. Aber auch der schwarzhaarige Pristav, der von seiner Abendgesellschaft so ärgerlich ferngehalten wurde, hatte dieses gegenseitige Suchen wahrgenommen.

Interessiert klemmte er sich ein Monokel ins Auge, lächelte verschmitzt zu der jungen Dame herüber, um gleich darauf durch ein wütendes Amtsgesicht seine Entgleisung zu sühnen! Es war ganz klar, daß er seinen Fehler durch eine besondere Kälte wieder ausgleichen mußte. In seinem affektierten Wiegeschritt begab er sich deshalb vor den Spiegel und begann umständlich an dem schwarzen Schnurrbärtchen zu ordnen. Dann prüfte er die Weiße seiner Zähne und fing schließlich, auf und ab wandernd, von neuem an, seine Nägel zu polieren. Alles, ohne sich um die Fremden im geringsten zu kümmern. Plötzlich jedoch riß er eine silberne Uhr an einer Talmikette aus der Tasche.

„Der Teufel weiß, es ist ein Viertel auf elf‟, stieß er nervös hervor. „Weshalb erscheinen Sie so spät?‟

„Diese Frage möchte ich an Sie richten‟, antwortete der Konsul aus seiner Erstarrung erwachend.

„Wie? — was? — Sie richten eine Frage?‟ Der Pristav unterbrach sein Poliergeschäft, warf einen verwirrten Blick in den Spiegel, als müsse er sich erst von dem Fortbestand seiner eigenen Person überzeugen, und trommelte dann erregt auf seinem steifen Oberhemd herum. Er war über die Möglichkeit, daß auch er einem Verhör unterworfen werden könnte, derartig außer Fassung gebracht, daß sich auf seinem Antlitz Freundlichkeit und Wut wie Sonnenschein und Regen jagten.

„Mann,‟ sog er endlich einen tiefen Atemzug und warf sich in den Stuhl hinter dem Tisch, „ich glaube gar, Sie wissen nicht, wo Sie sich eigentlich befinden.‟

„Oh doch, man hat es mir eben mitgeteilt, ich möchte jedoch erfahren, was ich hier zu suchen habe?"

„Stoy" (Halt!), schrie der Russe wütend. „Geben Sie mir Ihre Papiere."

„Ich besitze keine Papiere."

„Keine Papiere?" erstarrte der Pristav immer mehr über die Seltsamkeit dieses Falles. „Wie ist das möglich? Ilija Petrowitsch muß irrsinnig sein, weil er einen Menschen ohne Papiere zu mir hereinführt. Um elf Uhr in der Nacht!" ereiferte er sich von neuem, während er die silberne Uhr abermals herauszerrte. „Was ist hier zu tun?" — Verärgert fegte er einige Aktenstöße auf dem Tisch beiseite, bis ihm ein erlösender Einfall aufzublitzen schien: „Legen Sie Ihre Wertsachen ab", forderte er, sich befriedigt zurücklehnend, „Geld, Uhr, Kleinodien, Ringe." Und als er gewahrte, wie sein Gegenüber von einem eisigen Schrecken angeflogen wurde, triumphierte er entzückt über den Verfall des großmäuligen Deutschen weiter: „Mir steht das Recht zu, Sie und das Mädchen sofort entkleiden zu lassen, also ich rate Ihnen, nichts zu verheimlichen."

Der Konsul griff sich an die Brust, er war unfähig, sich von dem einzigen Mittel, das vielleicht noch Rettung verhieß, zu trennen. Und der rauschende Zorn und daneben doch die klare Erkenntnis, wie jeder Widerstand ihre Lage nur verschlimmern würde, sie versetzten ihn in einen Zustand der Lähmung und der zähneknirschenden Entschlußlosigkeit. Um so unfaßbarer mutete es ihn daher an, als er seine Gefährtin ohne Zögern noch Bedenken an den Tisch herantreten sah, wo sie mit einer hastigen Bewegung nicht nur ihre Ringe und das Armband abstreifte, sondern auch ihr kleines seidengestricktes Geldbeutelchen vor den Pristav niederlegte.

Dieser griff einen zierlichen Kettenreif heraus, versuchte, wie weit er sich über seinen eigenen kleinen Finger

ziehen ließ, und blinzelte dann in einem abermaligen An=
fall von Vergessenheit die hübsche Nemza verschmitzt an.
Als sich jedoch in dem blassen Jungfrauengesicht nicht eine
Muskel regte, besann sich der Pristav überraschend schnell
wieder auf seine Machtfülle und schien entschlossen, sie in
ihrem ganzen Umfang auszukosten.

„Beeilen Sie sich", herrschte er den Kaufmann an, der
noch immer an seinem Platz wurzelte. „Weshalb gehorchen
Sie nicht? Sie scheinen mir ein anmaßender Mensch zu
sein. Oder haben Sie vielleicht Grund, sich gegen eine
Leibesuntersuchung zu sträuben? — He, Gendarm, ich
meine, hier ist ein Widerspenstiger."

Auf den schrillen Pfiff fuhr der Gendarm drinnen in
dem Kabinett aus seiner gebückten Stellung empor und
trat auf die Schwelle. Einen Augenblick schwebte dunkle,
zuckende Gefahr um den Konsul. Doch auch Rudolf Bark
fühlte, wie es gleich einer unsichtbaren Gerte über ihm
schnellte. Und, in einem langen Geschäftsleben daran ge=
wöhnt, noch in der letzten Sekunde auf die rettende Planke
zu springen, verbarg er die in ihm arbeitende Erregung
und trat mit einem so gleichmütigen, geschmeidigen Wesen
an den Tisch, daß nicht allein von Isa der schnürende Bann
wich, sondern auch der Herr in dem kurzen Smoking diese
rasche Wandlung augenscheinlich nicht gleich begriff. Und
nun wickelte sich alles wie ein einfaches, glattes Geschäft
ab. Der Konsul legte eine Brieftasche vor dem Pristav
nieder, erklärte, es seien ungefähr 4—5000 Mark in dem
Portefeuille vorhanden — ungefähr — und eine Emp=
fangsbescheinigung wäre bei der Sicherheit einer so hohen
Behörde gewiß nicht vonnöten."

Begierig griff der Pristav nach der Tasche, zuckte jedoch
gleich darauf wie vor einem fressenden Feuer zurück,

lächelte und begann geschmeichelt mit dem roten Leder von neuem zu spielen.

„Auf Ehre," versicherte er zuvorkommend und war wieder ganz der wiegende Gesellschaftsmensch von vorhin, „Sie haben recht. Wozu unnötige Schreibereien bei der späten Stunde? — Vier bis fünftausend Mark. — Nun gut, man wird aufs peinlichste darüber wachen, ich verspreche es Ihnen. Übrigens — ich begreife gar nicht, warum man Ihnen und der Dame mitten in der Nacht so viel Unbequemlichkeiten verursachte. Es ist lächerlich. Als ob dies nicht bis morgen früh Zeit gehabt hätte! Freilich die unteren Beamten! Wozu lungerst du hier herum?" schrie er plötzlich den schielenden Gendarmen an und wies mit ausgestrecktem Arm befehlend auf das nahe Kabinett. „Hörtest du nicht, daß die Herrschaften absolut unverdächtig sind?"

In diesem Augenblick begann das Tischtelephon heftig zu läuten.

Aufgeschreckt sprang der Pristav in die Höhe, verzog ingrimmig die Stirn und während er schon die Hand nach dem Hörer ausstreckte, riß er mit der Linken noch einmal seine Taschenuhr hervor und gebärdete sich wie ein Verzweifelter.

„Oh, du niederträchtiger Leuteschinder," murmelte er bissig, „du herzlose Schlafmütze — ah, Sie selbst, Ew. Hochgeboren, keineswegs — macht durchaus nichts, Ihre Befehle gehen allem anderen voraus. — Jawohl, die Deutschen befinden sich bei mir — gewiß — sofort — ich gehorche."

Kaum eine Minute nach diesem Gespräch durchmaßen die beiden Verdächtigen, über die sich bereits bleischwere Müdigkeit herabgesenkt hatte, abermals einen der langen Korridore, bis ihr Führer, der Pristav, der sich inzwischen mit einem Zylinder bedeckt hatte, seinen glänzenden Hut ehrfürchtig vor der friesgefütterten Tür des Zimmers Nr. 2 lüftete. Noch in dem dunklen Zwischenraum der beiden Eingänge krümmte der Herr im Smoking seine Gestalt vor Devotion und Anbetung zusammen, behielt aber doch noch Zeit, den Eintretenden ironisch zuzuflüstern:

„Sie brauchen nichts zu sprechen. Ich werde alles besorgen. Der Herr Polizeimeister-Stellvertreter liebt es nämlich nicht, auf Einwendungen zu stoßen."

„Guten Abend, lieber Freund", laute in dem saalartigen, hellerleuchteten Raum eine schmatzende Stimme, und während an dem großen, mit grünen Tuch ausgeschlagenen Tisch direkt unter dem Kronleuchter zwei Schreiber hingen, die vor Müdigkeit abwechselnd gähnten, da hockte die Kugelgestalt des Polizeimeister-Stellvertreters Tolmin selbst in einer Ecke auf einem Ledersofa, und seine fleischigen Hände fuhren unermüdlich zwischen den Bestandteilen seines Mahles herum, von dem Huhn zur Weinflasche und von dem Brot zu der Schüssel voll grünen Salates. Dies alles aber geschah ganz mechanisch, als ob die dicken Finger des Schmausenden ein eigenes Sehvermögen besäßen, denn Herr Tolmin hatte vor die Wasserflasche ein Zeitungsblatt aufgestellt, dessen Inhalt seine kleinen glitzernden Augen ebenso gierig verschlangen, wie sein Mund die umfangreichen Bissen herunterwürgte.

„Ah, guten Abend, Nicolai Feodorowitsch," stöhnte er wohlbehaglich und schlug, um sich Luft zu schaffen, die offene grüne Uniform noch etwas weiter zurück, „da bringst du die beiden Verbrecher. Wir wissen schon alles. Der Mann hat einen Offizier erschossen. Und das Weib hat ihm Beihilfe geleistet. Es ist schändlich. Es ist barbarisch."

Herr Tolmin vertrieb sein Grauen über die geschilderte Untat durch ein paar mächtige Züge Rotwein und goß sich einige Tropfen auf die ehemals weiße Weste. Dann ließ er vor Behagen und Befriedigung die kurzen Beine in den Stulpstiefeln kräftig gegen die Ledereinfassung des Sofas prallen.

„Aber alle Umtriebe unserer Feinde," röchelte er weiter, „erweisen sich, der heiligen Mutter sei Dank, als vergeblich. Höre, Nicolai Feodorowitsch, was ich da lese. Es bewegt mein Herz, und es wird auch dich begeistern. Die Belgier haben die Preußen auseinandergesprengt, haben die Nemzows über den Rhein geworfen und sind gestern in Köln eingezogen. 200 000 Gefangene. Der deutsche Kronprinz ist gefallen. Was sagst du, lieber Freund? Köstlich — köstlich, der grüne Salat. Er wird für mich mit Zitronensäure angerichtet, seitdem der Militärarzt Isaac — so heißt der Jude — den Essigzusatz für mich verboten. — Aber, wie gesagt, 200 000 Gefangene. Ja, es ist ein köstlicher Genuß."

Damit hob Herr Tolmin nach der Art der Kurzsichtigen das Zeitungsblatt wieder ganz dicht vor sein grauwelliges, unförmiges Haupt, und indem er sich vollkommen in seine erfreuliche Lektüre versenkte, schlug er sich wiederholt schallend auf den Leib, und dem Hingerissenen schien jede Erinnerung an die übrige Mitwelt entschwunden zu sein.

Schüchtern wagte es der Pristav, der auch für sich selbst die Zeit immer unwiederbringlicher enteilen sah, mit dem Fuß auf eine freie Stelle des Estrichs zu scharren. Gestört schüttelte sich der Polizeimeister:

„Ach ja, was gibt es noch, Nicolai Feodorowitsch?"

„Ich meinte," sagte der Pristav sich verbindlich verneigend, „Euer Hochgeboren hätten den Wunsch geäußert, das Protokoll über diese beiden Deutschen —"

„Ach ja, das Protokoll", warf Herr Tolmin ungnädig dazwischen und wanderte nun, die fleischigen Hände auf

den Rücken gelegt, mehrere Male keuchend über den Tep=
pich. „Du hast ganz recht, mich daran zu erinnern. Aber
solltest du nicht auch meinen, Nicolai Feodorowitsch," fuhr
er schließlich fort, wobei er, da er wieder in die Nähe des
Tisches gelangt war, den Resten des Huhnes einen kosen=
den Blick zuwarf, „solltest du nicht auch meinen, daß sich
diese ganze Prozedur besser auf morgen verschieben ließe?"

„Gott — ich glaubte eigentlich —"

„Was glaubtest du? Wir sind alle etwas abgearbeitet.
Du siehst selbst, welche Plage es mir macht, diese Murmel=
tiere von Schreibern wach zu erhalten. Wie? Sagtest du
etwas? Nun gut, wer weiß, wie lange man die beiden
Nemzows noch beaufsichtigen muß? Ich habe sie jetzt ge=
sehen, das genügt mir. Du kannst sie vorläufig abführen
lassen, Nicolai Feodorowitsch."

Der Polizeimeister warf sich wieder auf das Sofa und
kehrte hinter seinem Zeitungsblatt zu dem bedenklich er=
kalteten Huhn zurück. Bald hörte man von dem Gewaltigen
nur noch ein Klirren und Schnaufen.

Der Pristav aber wandte sich unentschlossen hin und her.

„Euer Hochwohlgeboren, wo befehlen Sie, daß die
Deutschen untergebracht werden?" wagte er endlich den
Vorgesetzten hinter seiner papiernen Wand hervorzulocken.
„Wäre etwas dagegen einzuwenden, wenn die Gefangenen
in ihr Hotel zurückkehrten?"

„Ist es möglich? Du bist noch da?" schalt Herr Tolmin
und ballte gereizt das Zeitungsblatt zusammen. „Du siehst,
ich denke bereits über etwas anderes nach. Was zum
Henker sprachst du von einem Hotel?"

Der Pristav setzte die Füße zierlich gegeneinander und
schwenkte untertänig seinen Zylinder. Dann erlaubte er sich,
seine Ideen noch einmal zu erläutern. Allein der Polizei=
meister=Stellvertreter, der schon wieder Messer und Gabel

in den Händen hielt und nun endlich wünschen mochte, seinem Imbiß dauernd den Garaus zu bereiten, er schnitt seinem Untergebenen ärgerlich das Wort vom Munde ab.

„Du bist zu rücksichtsvoll, Nicolai Feodorowitsch," laute er, „wie oft soll ich dich noch darauf hinweisen? Das Verbrechen der Deutschen ist zu niederträchtig, als daß ich geneigt wäre, ihnen irgendwelche Vergünstigungen zu gönnen. Du mußt wirklich dein gutes Herz bezähmen. Setze mir den Mann vorläufig in den Turm, und das Weib —," er klirrte etwas lauter mit dem Geschirr — „wir wollen nicht vergessen, was wir ihrem Geschlechte schulden, — das Weib kann den Morgen in einem der Büros erwarten. Und nun gute Nacht, Nicolai Feodorowitsch, ich denke, du wirst es selbst eilig haben."

*   *   *

Es schlug gerade Mitternacht, als Rudolf Bark in dem Teil des Gebäudes anlangte, den man sehr mit Unrecht als den Turm bezeichnete. Von Isa hatte er sich mit einem kurzen, fast gleichgültigen Händedruck getrennt, denn nur der eine Wunsch beherrschte beide gleichmäßig — Schlaf und Ruhe. Auch glaubte der Konsul, daß es sich bei seinem Gewahrsam wahrscheinlich um ein Zimmer handele, wie es nach deutschen Begriffen den Voruntersuchungs=Gefangenen gewährt wird. Deshalb taumelte er beinahe betäubt zurück, als der begleitende Gendarm endlich eine Mauer=höhlung aufschloß, die der Kaufmann im Vorüberschreiten für einen Vorratskeller oder eine unterirdische Waschküche gehalten hatte.

„Du kannst dir diese Laterne mitnehmen", gähnte der schielende Gendarm in einem Anfall von Mitleid. „Aber sobald du liegst, bitte ich mir aus, daß sie ausgelöscht wird. Es ist strenge Verordnung, hier kein Licht zu brennen, verstehst du?"

Damit drückte er dem Konsul die Leuchte in die Hand, schob ihn mit kräftigem Nachdruck in den finsteren Raum hinein und schloß gemächlich hinter dem Eingekerkerten wieder ab. Dem Konsul aber trat der kalte Schweiß auf die Stirn. Mit zitternder Hand streckte er die Laterne von sich und erkannte ein enges, kreisrundes Loch, das über und über mit Stroh beschüttet war. Ein fauliger, verwesender Geruch stieg aus den Halmen empor, und der scharfe Dunst eng aneinander gepreßter, verwahrloster Menschen mischte sich drein. Da lagen sie dicht nebeneinander, zerlumpte, bettelhafte Gestalten mit grüngrauen, eingefallenen Gesichtern, und keine Decke, kein Kissen wehrte von den fröstelnden Leibern den feuchten Dunst ab, der aus den schimmligen Ziegelsteinmauern herausschlug. Und dennoch füllte lautes Schnarchen dieses trostlose Gemäuer, und selbst das hereinstrahlende Licht und der neueintretende Leidensgefährte, sie veranlaßten keinen jener Ausgestoßenen auch nur das Haupt zu erheben, um sich über die späte Störung zu vergewissern.

Unfähig, noch weitere Eindrücke in sich aufzunehmen, ließ Rudolf Bark die Laterne sachte zu Boden gleiten und kauerte selbst in einer seltsam verkrümmten Stellung nieder. Die Füße, die er mit den Armen umschlang, dicht gegen das Kinn gepreßt, so hockte er auf der fauligen Schüttung, um seine weit geöffneten, ungläubigen Augen um ein entsetzlich besudeltes Faß kreisen zu lassen, das genau die Mitte des Raumes ausfüllte. Ein atemlähmender Geruch entströmte diesem Gefäß, und es war dem Gefangenen, wie wenn ihm eine Faust gegen die Stirn krache, als er endlich entdeckte, welchem Zweck das runde Gerät in der Mitte diene.

Ein Flimmern tanzte vor den Blicken des unbeweglich Zusammengekrümmten, und ein heiseres Stöhnen entrang sich seinen Lippen. Die ungeheure Demütigung, der prasselnde Sturz von den Höhen des Lebens bis in diese Höhle voll Aussatz und Verworfenheit, sie wendeten die Seele des sonst so sicheren und gefaßten Mannes um und schmetterten sie in eine fiebernde Verzweiflung. In seinem Hirn begann es zu bohren und zu nagen, als wenn sich Würmer dort Eingang verschafft hätten, die nun langsam ihres Weges krochen. Er fing an zu überlegen. Seiner Mittel war er beraubt. Von der Gefährtin hatte man ihn getrennt. Und wer konnte sagen, wie lange er hier in der finsteren Pesthöhle ausharren müsse? Bei dem stumpfen Geschehenlassen und der Unordnung, durch die sich russische Gerichte auszeichneten, konnte es sich — namentlich in wild bewegten Kriegszeiten — ereignen, daß Monate, daß Jahre vergingen, bevor man sich seiner erinnerte. Vielleicht war er längst lebendig verfault, ehe dem gefräßigen Polizeimeister zwischen Suppe und Braten das Gedächtnis an das unterlassene Protokoll aufstieg. Beschwerden? Wer würde die aus dem stinkenden Loch heraustragen und weitergeben, seitdem der Ausgestoßene nicht mehr imstande war, einen solchen Dienst gebührend zu belohnen?

Immer emsiger irrten die Würmer durcheinander, einer stets auf der Spur des Voraufkriechenden, und sie schienen ein Gift auszuspritzen, das den Grübelnden bis zum Wahnsinn reizte. Wie würde sich das Los von Isa gestalten? Zum erstenmal in ihrem kurzen Dasein verbrachte das junge, unerfahrene Geschöpf eine Nacht in einem fremden Hause. Wie, wenn sich nun der Pristav, um sich für die entgangene Lustbarkeit der Abendgesellschaft schadlos zu halten, des wehrlosen Mädchens besonders annähme? Ein furchtbarer Einfall! Grinsend saß das Grauen auf

der übelduftenden Tonne und schüttelte seine Schlangen=
haare.

Da wälzte sich etwas neben dem Konsul, und eine ge=
schwollene Hand näherte sich der Schraube der Laterne,
um das Licht auf einen Zug auszudrehen. Aus der un=
durchdringlichen Finsternis aber, die jetzt das unwirtliche
Bild verschlang, knurrte die wüste Heiserkeit eines Trunken=
boldes:

„Sollen wir deinetwegen, du Lump, wieder Prügel
kriegen? Wenn du die Lederriemen das erstemal gespürt
hast, wirst du keine solche Unvorsichtigkeit mehr begehen.
Je weniger wir hier sehen, desto besser. Strecke dich aus
und schlafe.“ Oder dünkst du dich in deinen gestohlenen
Kleidern etwa zu gut dazu? Warte nur, Brüderchen, so=
bald du erst mit uns allen aus einer Schüssel gegessen
hast, werden dir deine hochmütigen Grillen schon vergehen.
Und nun schnarche.“

*   *   *

Es mochte hoch am Tage sein, als der durch die wider=
natürlichen Dünste betäubte Schläfer aus der Lähmung
seiner Sinne aufgerüttelt wurde. Zuerst glaubte der empor=
taumelnde Rudolf Bark, ein holdes Traumbild entschwirre
langsam vor seinen müden Augen, um ihn die Schrecken
der Gegenwart nur noch bitterer spüren zu lassen. Aber
nein, nein, was bedeutete das? War ein solcher Um=
schwung wirklich zu fassen? Die Tür stand offen, und
ein kalter Lichtschimmer, der ferne Abglanz des ausgesperr=
ten Tages, kroch durch den breiten Spalt. Aber mitten
in dieser für ihn jetzt überirdischen Beleuchtung stand der
pockenmarbige Sekretär in seinem grauen Jakettanzug, ein
grünes Jägerhütchen flott auf den dunklen Haaren, und

neben ihm, — es war wohl doch eine Täuschung, nur die Ausgeburt brennender Wünsche — neben ihm hielt sich Isa Grothe mit ausgestrecktem Arm an der gegenüberliegenden Wand fest, um vorgebeugt mitten in der schwimmenden Finsternis ihren Freund, den sie suchte, erkennen zu können.

„Isa!"

„Herr Konsul."

„Ist Ihnen nichts geschehen? Fühlen Sie sich munter?"

„Vollständig. Großer Gott, wie sieht es hier aus, wie fürchterlich ist es hier! Aber denken Sie sich, wir kehren in das Hotel zurück."

Und Ilija Petrowitsch, der Sekretär, der sich für den Gang über die Straße bereits wieder die braunen Glacéhandschuhe aufstreifte, er erlaubte sich mit seinem verbindlichsten Lächeln den vornehm gekleideten Gefangenen aus der Pesthöhle herauszuziehen, die gleich darauf, trotz der Wut und des aufgeregten Gemurmels der Übrigen, von einem mitgebrachten Gendarm durch einen Fußtritt geschlossen wurde.

„Kommen Sie, Herr Konsul," hauchte der höfliche Schreiber, der sich inzwischen bereits den braunen Flauschüberzieher des Kaufmanns diensteifrig über den Arm gebettet hatte, „kommen Sie schnell, es wird Sie drängen, ein Frühstück im Hotel de Moscou einzunehmen." Und im heiteren Bewußtsein seiner Weltkenntnis fügte er, während die drei bereits die Treppe herunterstiegen, siegessicher hinzu: „Sagte ich Ihnen nicht gleich, daß alles nur eine reine Formsache wäre? He, habe ich mich darin etwa getäuscht?"

„Gewiß nicht." Der Konsul drückte dem Pockennarbigen dankbar die Hand, was von diesem mit einem unglaublichen Zusammenknicken erwidert wurde. „Aber erklären Sie

nur," drängte Rudolf Bark weiter, indem er tief auf=
atmend die frische Luft der Straße einsog, die sie schon
erreicht hatten, „wie konnten sich die Absichten des Polizei=
meisters so schnell verändern?"

„Wer weiß?" Der Herr im grauen Rock zuckte viel=
deutig die Achsel, und seine Hand rückte leichthin an dem
flotten grünen Hütchen. „Es sprechen bei uns viele Mei=
nungen mit. Ich darf mir natürlich nicht erlauben, eine
bestimmte Ansicht zu äußern, aber vielleicht blieb der Um=
stand nicht ohne Einfluß, daß heute in der Frühe der
Geheimkanzlist Sr. Exzellenz des Gouverneurs Bobscheff
einen eigenhändigen Brief an den Herrn Polizeimeister=
Stellvertreter überbrachte."

„Bobscheff?" rief Isa in ihrem silbernsten Ton, und
ihr fiel die ewig heisere Giraffe ein, deren Grundsätze
trotz aller ethischen Erziehungsversuche der dicken Gattin
in einer gewissen Beziehung leichte und flatterhafte ge=
blieben waren.

Der Tag leuchtete so hell, und die Freude, neben dem
wiedergefundenen Freund schreiten zu dürfen, durchströmte
sie so übermächtig, daß der Rotkopf hier in der feind=
lichen Stadt und dicht neben ihrem Aufseher ausgelassen
in die Hände klatschte. Aber auch der Konsul vermochte sich
die überraschende Teilnahme des Gouverneurs, von dem
er alles andere eher vermutet, keineswegs zu deuten, und
so gelangte der kleine Zug in der Erwartung irgendeiner
Aufklärung in das Vestibül des Hotels, von wo ihr Führer
die beiden Deutschen sofort bis an ein Zimmer des ersten
Stockwerks geleitete. Hier schritt ein Soldat mit geschul=
tertem Gewehr vor der Tür des Gemaches auf und ab,
und Konsul Bark begriff, daß sie sich von jetzt an wieder
in militärischem Gewahrsam befänden. Ehe sich jedoch der
Sekretär entfernte, unter zahlreichen Verneigungen und

dem festen Versprechen, sich so oft wie möglich nach den Wünschen der beiden Fremden zu erkundigen, da zog ihn Rudolf Bark noch einmal beiseite, denn den nüchternen Geschäftsmann drängte es, nach dem Verbleib seiner Geldtasche Nachfrage zu halten. Hier aber veränderte sich das Wesen des Herrn im grauen Rock. Der Mund mit den weißen Zähnen lächelte zwar noch immer verlegen, aber in seine sanfte Stimme drang eine hörbare Abneigung, als er vorsichtig und sich windend den Rat erteilte:

„Darüber weiß ich nichts. Gar nichts. Mein Chef, Se. Hochwohlgeboren der Pristav, genießt das höchste Vertrauen. Mit Recht, es würde ihn beleidigen, wenn man sich in seine Angelegenheiten mischte. Beileibe nicht, wer dürfte das wagen? Guten Morgen, Herr Konsul. Sie können unbesorgt sein, ganz unbesorgt."

Damit schlängelte sich der graue Herr die Treppe herunter, und der Soldat öffnete für die beiden Eintretenden das Zimmer. Noch hatten sie jedoch die Schwelle nicht übertreten, als sie in grenzenloser Überraschung ihren Schritt hemmten. Aus einem Schaukelstuhl, dicht vor einem altmodisch vergoldeten Spiegel, erhob sich bei ihrem Eintritt eine sehr elegante, tief verschleierte Dame, die sich leichtfüßig auf den Tisch zu bewegte, wo sie erwartend und ein wenig unschlüssig stehen blieb.

Aber diese wiegenden Bewegungen, der feine Parfümduft, der von ihr ausströmte, und das energische Blitzen der dunklen Augen, ein Feuer, das auch von der verhüllenden Gaze nicht gedämpft werden konnte, alles das bestärkte den Konsul in einer aufspringenden Hoffnung. In dieser Stadt gab es nur eine einzige so formsichere und von einer geheimnisvollen Anziehung umflossene Frau. Langsam lüftete sie den Schleier, ein roter, lächelnder Mund kam zum

370

Vorschein, eine kecke, ein wenig aufgestülpte Nase und dunkle Zigeunerwangen.

„Ja, ich bin's", bestätigte Maria Geschowa den beiden Fassungslosen, obwohl sie einzig und allein den schlanken, biegsamen Mann ins Auge faßte. „Ich hoffe, Sie werden verstehen", setzte sie rasch und hastig hinzu, indem sie ohne Rücksicht auf die Zuschauerin dem Konsul ihre Hand zum Kuß entgegenstreckte, „ich hoffe, Sie werden verstehen, warum ich Sie hier in der Einsamkeit Ihres Zimmers aufsuchen muß, obwohl ich doch gestern abend bereits Gelegenheit gehabt hätte, Sie zu begrüßen."

In ihrer Stimme schwang wieder der vibrierende Ton, der den gefährlichsten Reiz der Tatarin ausmachte. Aber zu seinem eigenen Erstaunen blieb Rudolf Bark ganz unberührt davon, denn der Kaufmann dachte im Moment an nichts anderes, als wie er die mutige Frau, die sich seinetwegen doch einer gewissen Gefahr aussetzte, zu seiner Rettung benutzen könnte. Er verbeugte sich tief.

„Die gnädige Frau mußten gestern vor die Freude des Wiedersehens gleichfalls einen undurchdringlichen Schleier zu ziehen."

„Rudolf Bark", sagte die Tatarin plötzlich hochfahrend, „Sie sind zu klug, um solche kleine Weiberlist nicht zu durchschauen. Oder glauben Sie etwa, daß man um Ihrer grauen, kalten Augen willen Ihren Aufenthalt in dem Turm so liebevoll verkürzte?"

Bei der Erinnerung an den Ort, dessen Schrecken noch nicht lange hinter ihm versunken waren, da verging dem Konsul die Neigung zu einem leichten Geplänkel. Auch verharrte Maria Geschowa so stolz aufgerichtet vor ihm, ihre blitzenden Augen schienen die seltsame Lage, in die sich die Gattin des Obersten Geschow begeben, so klar und

unverrückt zu durchdringen, daß Rudolf Bark einen raschen
Ausruf nicht unterdrücken konnte.

„Sie wissen, gnädige Frau? Dann habe ich sicher Ihnen
die Intervention bei dem Gouverneur Bobscheff zu danken."

„Ja," rief Isa fortgerissen dazwischen, „Sie, liebe,
gnädige Frau, Sie allein haben sich ganz gewiß für uns
verwendet."

Die Russin bewegte sich kaum, und nur ein flüchtiges
Achselzucken zeigte an, daß sie die dankbare Stimme des
jungen Mädchens vernommen. Dann aber trat die eigenartig interessante Erscheinung in ihrem dunkelblauen Herbst-
kostüm ganz nahe auf Rudolf Bark zu und, immer als ob
sie sich völlig allein mit ihm befände, versetzte sie ihm mit
dem Zeigefinger einen leichten Schlag gegen die Brust.

„Nehmen wir an, lieber Freund," entgegnete sie rasch,
und dabei begannen in dem dunklen Antlitz die Nasenflügel
ein wenig nervös zu beben, „es wäre alles so, wie Sie
denken. Stellen Sie sich in Ihrer gewohnten Scharfsichtig-
keit vor, ich wäre durch einen Brief meines Gatten bereits
auf Ihre Ankunft vorbereitet gewesen. Denken Sie darüber, wie Sie wollen."

„Meine Gedanken richten sich im Moment ganz nach
Ihren Befehlen."

Maria Geschowa maß den Sprecher eine kleine Weile
vorüberstreifend von der Seite. Dann machte sie eine un-
geduldige Handbewegung.

„Gut, gut, Sie bleiben ein Schmeichler, ganz anders,
wie sonst die Deutschen. Zur Belohnung dürfen Sie sich auch
ausmalen, wie meine Audienz beim Gouverneur zu der
unwahrscheinlich frühen Morgenstunde verlief. Ich habe
mich zu diesem Zweck so schön wie möglich gemacht, und
meine, ich dürfte seiner Tatiana eine bekümmerte Stunde
bereitet haben. Das ist natürlich alles lächerlich. Aber

372

Sie sollen ja ein großer Frauenkenner sein und bilden sich nun natürlich ein, dies alles geschah, weil eine gefallsüchtige Frau Ihr Interesse erregen wollte, nicht wahr? Gott, wir Russinnen besitzen ja keinen Charakter."

Sie wartete seinen höflichen Widerspruch nicht erst ab, sondern streifte mit dem Finger wieder sehr eindringlich seine Brust.

„Rudolf Bark," sprach sie rasch weiter, „vielleicht trifft Ihre Ansicht zu. Vielleicht aber leitete mich auch nur der Wunsch, der Opposition, dem Mißfallen an dem meisten, was jetzt um uns herum geschieht, Ausdruck zu geben. Sie müssen wissen, es gibt noch immer Leute bei uns, denen dieses widerliche Blutparfüm, das jetzt allem anhaftet, die Nerven verwirrt. Menschen, die lieber auf den Galgen klettern, als daß sie sich noch tiefer in eine blutige Nacht hereintreiben lassen. Vielleicht gehöre ich dazu, vielleicht auch nicht. Wissen Sie übrigens," sprang sie plötzlich ab, und um ihren Mund spielte ein flackernd überreizter Zug, „wissen Sie übrigens, daß der kleine Bergbaustudent Diamantow gleich zu Anfang der Feindseligkeiten kriegsgerichtlich und ohne viel Federlesens erschossen wurde? Hochverräterische Umtriebe warf man ihm vor. Seine Seele haßte den Krieg glühend und hielt ihn für die höllische Lüge, die immer wieder die Völker betrügt. Er war ein Jude," setzte die Tatarin in ihrer sprunghaften Stimmung hinzu und blickte gedankenverloren zu Boden, „ein schöner Schwärmer und hatte deshalb etwas von dem Erlöser an sich. Unsere Erde ist voll von solchen Herzen, die noch dort unten im Grabe in brüderlicher Liebe schlagen."

Eine Pause trat ein. Maria Geschowa begab sich mit träumerisch gesenktem Haupt zu ihrem Schaukelstuhl zurück, wo sie sich leise zu wiegen begann. Die Sonnenstrahlen, die durch die Gardinen des Fensters fielen, huschten, der Bewegung angeschmiegt, bald über ihre Stirn sowie über die halb geschlossenen Augen, um gleich darauf wieder dem nachspülenden Schatten zu weichen. Die beiden Deutschen aber warteten in beklommener Spannung ab, was die schöne Frau ihnen noch weiter zu verkünden haben würde. Denn bei der klaren und tatkräftigen Art der Russin blieb es ausgeschlossen, daß sie nur gekommen sein sollte, um sich an einem absonderlichen Gespräch zu ergötzen. Und richtig, plötzlich erwachte die Tatarin, dehnte ihre Glieder, und während sie einen schnellen Blick auf ihre goldene Armbanduhr gleiten ließ, da brach sie in ein fast unhörbares Lachen aus. Rudolf Bark meinte, er hätte noch nie eine so nach innen klingende Heiterkeit vernommen. Sein Gehör wiegte sich in der Vorstellung, als würden hier winzige goldene Kugeln in einen Glasbecher geworfen.

„Wahrhaftig," winkte nun die junge Frau den Konsul auf einen Stuhl an ihrer Seite nieder, „die paar Minuten, die man mir für meinen Besuch bei Ihnen gestattete, sind bald vorüber, und wir philosophieren. Was werden Sie denken, lieber Freund? Bitte, setzen Sie sich zu mir. Unbesorgt, ich tue Ihnen nichts. Sie sind also der Ritter dieser jungen Dame geworden, Rudolf Bark? Wie alt ist sie?"

Ein wenig verletzt verzog der Angeredete, der inzwischen ihren Befehl befolgt hatte, die Stirn. Der Ton der Russin gefiel ihm nicht, und er dachte an seine gereiften Jahre. Statt seiner jedoch übernahm Isa, die unauffällig am Tisch stehen geblieben war, die Beantwortung. Nichts schien darauf hinzudeuten, als ob die Kleine das lebhafte Interesse der fremden Dame für den Konsul begriff oder gar einer Beurteilung zu unterziehen wagte. Nur Ehrerbietung und Zurückhaltung atmete ihr Ton, als sie liebenswürdig erwiderte:

374

„Ich bin achtzehn Jahre, gnädige Frau."

„So, so", verſetzte die Ruſſin gleichgültig. „Es iſt gut, mein Kind. Ich hätte Sie für älter gehalten." Und ohne jede Befangenheit die Hand des Mannes ſtreichelnd, ſprach ſie angeregt weiter: „Rudolf Bark, Sie denken doch jetzt über nichts anderes nach, als wie Sie den Folgen Ihres Ritterdienſtes, die Sie in Mariampol oder wo anders erwarten, entgehen können? Nicht wahr? Nein, leugnen Sie nicht, es kleidet Sie nicht, würde Ihnen auch nichts nützen."

Da meldete es ſich wieder, dieſes ſpitze Einbohren in die Gedanken eines anderen, das zu den eigentümlichſten Gaben von Maria Geſchowa gehörte. Und obwohl der Konſul erſchrak, weil er nicht wußte, ob hier auch ſeinerſeits eine rückhaltloſe Offenheit am Platz wäre, ſo hielt er es doch für geboten, ſeinen raffinierten Beſuch nicht völlig zu täuſchen.

„Maria Geſchowa," ſagte er deshalb nach einiger Zeit vorſichtig taſtend, „ſollte die Gattin des Oberſten Geſchow derartige Pläne — immer vorausgeſetzt, daß ſie wirklich exiſtieren —"

Die Ruſſin wiegte ſich läſſig und ſchlug mit der Hand nach ihm: „Sie exiſtieren", lächelte ſie eindringlich und verſtohlen.

„Sollte die Gattin des Oberſten Geſchow wirklich ganz gefahrlos und ohne ſich etwas zu vergeben, die Mitwiſſerin ſolcher Geheimniſſe werden können?"

„Ah ſo!" Unvermittelt hielt der Stuhl in ſeiner Schaukelbewegung inne, und ein paar große Augen, die ſich langſam mit Zorn füllten, hefteten ſich eine Sekunde gereizt auf den um ſein Schickſal beſorgten Kaufmann. Gleich darauf jedoch ſtieß Maria Geſchowa ihren Sitz zurück und ſtrich ſich wie in tiefem Beſinnen mit der behandſchuhten

Rechten über die Stirn. „Verzeihen Sie, verzeihen Sie", sprach sie sich mühsam wiederfindend. „Wie wunderbar klug und besorgt Sie sind, Rudolf Bark. Wirklich, es ist staunenswert. Sie hegen eine große Sympathie für mich. So etwas ist ja immer gegenseitig. Aber natürlich, mein kluger Freund, Sie sind völlig im Recht."

Sie kehrte ihm den Rücken, stellte sich ans Fenster und blickte lange über den struppigen Hintergarten des Hotels zu dem schmalen, kohlenüberschütteten Fluß herüber, der seine schwarzen Gewässer im Sonnenschein träge vorüberschleppte. Nach einer Weile trommelte die elegante Dame leicht gegen die Fensterscheiben und warf sehr kalt und interesselos, gleichsam nur, um irgend etwas zu äußern, über ihre Schulter hinweg:

„Wie gesagt, Sie beurteilen die Lage richtiger als ich. Der Weg aus dem Hotel wurde Ihnen, wie Sie sich wohl überzeugten, durch militärische Bewachung gesperrt, und zur Nachtzeit durch den Hintergarten zu entkommen, das dürfte auch eine verzweifelt phantastische Idee sein."

„Durch den Hintergarten?" horchte Rudolf Bark hoch auf, indem er sich an die Seite der jungen Frau stellte.

Maria Geschowa jedoch rückte fort und sah an ihrem Arm herunter, als ob ihr die zufällige Berührung nicht angenehm wäre.

„Gott," sprach sie gleichgültig weiter, „Verzweifelte könnten vielleicht solch einen Versuch erwägen. Aber ich rate Ihnen davon ab, Rudolf Bark. Dazu müßte der Besitzer des Kohlenkahns, dessen schmutziges Schiff dort an dem Steg angeschlossen liegt, vorher von befreundeter Seite nachdrücklich gewonnen sein. Wir wollen ein häßlicheres Wort vermeiden. Und Sie werden wohl selbst nicht glauben, bester Freund, daß Ihr kühles und berechnetes Wesen Ihnen hier in der fremden Stadt so viel Teilnahme erwerben könnte."

Als sie das letzte fast feindselig hervorgebracht hatte, kehrte sie sich zu ihm. Und dann geschah etwas völlig Unerwartetes. Mit ihrer unnachahmlichen Grazie hob das junge Weib beide Arme, um dann ihre Finger ohne Hast noch Aufregung hinter dem Hals des betroffenen Mannes zu verschränken. Trotz der vertraulichen Nähe, die jetzt zwischen beiden hergestellt war, und obwohl der glühend rote Frauenmund fast dieselbe Luft wie Rudolf Bark zu atmen schien, so mutete das Ganze doch keineswegs wie eine peinliche Aufdringlichkeit an, sondern hier schien sich vielmehr ein Abschied, eine von Wehmut durchzitterte Trennung vorzubereiten.

„Rudolf Bark," sagte die Russin klar und deutlich, als ob sie es verschmähe, ein Geheimnis aus ihren Empfindungen zu machen, „ich reise noch heute nach Mariampol zurück, und ich würde Tränen vergießen, wenn ich Sie dort wiedersähe. Sie gehören zu den Menschen, die leichtfüßig an einem vorübergehen und von denen man den Schall ihrer Tritte dauernd im Ohr behält. Ich werde noch oft an Sie denken. Es ist bei dem widerlichen Haß, der zwischen den beiden Völkern entstand, unwahrscheinlich, daß wir uns jemals wieder begegnen. Aber wenn Sie, wie ich dies von Ihnen vermute, später einmal die Bilanz über das Wesen unseres Volkes aufstellen, dann bitte ich, sich meiner nicht als einer Ausnahme zu erinnern. So, wie ich, leben hier Millionen, die, wie die Motten um das Licht, um das Europäertum schwärmen. Ich glaube, Sie mißverstehen mich nicht, lieber Freund. Und nun leben Sie wohl."

Sie ließ ihre Arme langsam herabsinken, zog den Schleier vor das dunkle Antlitz und nickte Isa, die sich während

dieſer ganzen Zeit einer fröſtelnden Erſtarrung nicht ent=
reißen konnte, flüchtig zu. Dicht vor der Tür entglitt der
ſchnell ſchreitenden Geſtalt ein blaues Handtäſchchen. Aber
ehe der Konful es noch aufheben konnte, und ſo oft er
auch hinter der bereits über die Treppe Eilenden herrief,
Maria Geſchowa achtete ſeiner Bemühungen nicht, und
das blaue Lederetui, das ſie wohl abſichtlich zurückgelaſſen,
blieb in dem Beſitz des ſofort und dankbar begreifenden
Mannes.

IV.

Wochen waren vergangen. Über Maritzken heulte der
Wind. Seit Tagen krümmte er die hohen Eichenbäume
zuſammen, ſchlug rote Wolken dürrer Blätter raſchelnd
über das Anweſen und brauſte mit ſchneidendem Wehlaut
über die menſchenleere, verlaſſene Gegend. Wenn ſolch
ein ungeheurer Stoß über die Stoppelfelder fuhr, dann
glaubte Johanna Grothe ſtets eine ſchmetternde Poſaune
zu vernehmen, die zu Weltuntergang und Vernichtung rief.

Weißer und verſchloſſener als je vorher ſchritt die
Gutsherrin durch ihr verödetes Heim, denn ſeit den
letzten Stunden war ihr Beſitztum von jeder Einlagerung
befreit, und nach all dem Lärm und der ewig aufpeitſchen=
den Unruhe niſtete nun eine leere, quälende Einſamkeit
zwiſchen den weißen Gemäuern. Die fremde Menſchen=
woge, die ſo lange alles überſchwemmt hatte, war wie
unter einem ungeheuren Druck weiter in das Land hinein=
getrieben worden, einer großen Schlacht, einer Entſchei=
dung, einem weltbewegenden Schickſal entgegen, und die
preisgegebenen Fluren atmeten nun in einer dumpfen zer=
mürbenden Spannung.

Mehrfach hatte das Landmädchen, dem ſonſt ein Tag
ohne genau geregelte Arbeit als ein unmöglicher Zuſtand
gegolten, ſich aufgerafft, um mitten unter Trümmern und

Verwüstung das gewohnte Tagewerk wieder aufzurichten. Aber nach kurzem Überlegen brachen alle diese Pläne abermals zusammen. Draußen aus der gesegneten Erde war alle Frucht durch gierige Hände aufgewühlt und fortgeschleppt, und durch die leeren Furchen peitschte der Wind. Die Stalltüren standen offen, und drinnen gähnten die abgeteilten Stände, aus denen das letzte Pferd und die letzte Kuh von dannen getrieben waren. Auf den Äckern rosteten die Pflüge, weil sie von keiner Männerhand mehr geleitet werden konnten, und auf den Vorratsböden verzehrten die Mäuse die traurigen Reste der Wintersaat. Alles öde und verkommen, das Land wie das Haus, um das Beste betrogen und bestohlen, und nichts zurückgeblieben, als jenes schwere, spannungsvolle Atmen, das nach Vergeltung verlangte.

Auch in Johanna zuckte manchmal während der erzwungenen Beschäftigungslosigkeit ganz plötzlich und sprunghaft solch eine wilde Gier nach ausgleichender Gerechtigkeit auf; oder noch besser die Sehnsucht nach einem Blitzstrahl, der züngelnd und krachend alles in den Boden schmettern sollte, was höhnisch und unrein, jede harmlose Regung überwuchernd, vor ihr aufgeschossen war. Manchmal auch schlug die Scham in ihr zur Höhe. Und dann segnete sie Gott dafür, daß sie hier wie ein ausgesetztes Tier verborgen und unerkannt durch das verlorene Anwesen streifen konnte. In solchen Augenblicken lief ein Zittern über ihren Körper, und zugleich bangte sie davor, der Neugier der wenigen Mägde zu begegnen, die noch zurückgeblieben waren. Wie leicht konnte sie solch unberufenen Spähern das schüttelnde Grauen verraten, das sie vor sich selbst hegte, seitdem sie von der Furcht verfolgt wurde, auch ihre kühle Reinheit sei von befleckten Händen entweiht. Die eigene Schwester, derjenige Mensch, der ihr nach natürlichem Recht der Nächste auf Erden sein sollte, er hatte ihr das Haus zu einer brennenden Hölle gemacht. Unmöglich, ganz unfaßbar dünkte es ihr, mit Marianne noch fürderhin unter einem Dache zu weilen, ihr heiteres Geplauder zu vernehmen oder die Sorgen der Gefallsüchtigen um die Erhaltung ihrer Schönheit aus der Nähe mit ansehen zu müssen, seitdem sie die Mitwisserin ihres widerlich haltlosen Leichtsinns geworden war. Aber warum schrie sie der Schwester in zornigem Aufflammen nicht ihre Anklagen ins Gesicht? Weshalb jagte sie die Gesunkene nicht von Heim und Herd, unbekümmert darum, ob der strudelnde Schwall der Geschehnisse sie verschlinge oder nicht? Großer Gott, aus welchem Grund erfüllte sie nicht ihre heiße Sehnsucht, zu vereinsamen und zu verdorren, sobald sie durch ein solches Opfer allen Schmutz und jeden Unrat von ihrer Schwelle fegen konnte? — Warum? — Nein, um alles Elendes willen, das vermochte sie nicht, das überstieg ihre Kräfte. In der großen herrschgewohnten Walküre war etwas gebrochen. So sehr die Verworfenheit ihrer nächsten Angehörigen an ihr zehrte, das schöne schwarze blühende Geschöpf war doch ein Wesen, auf das sie einmal alle mütterliche Sorgfalt geworfen und dessen sündhaften Fehltritt sie trotz rastlosen Nachsinnens noch immer nicht begriff. Vor allen Dingen aber wurde die Älteste von Maritzken von einer fressenden Scham verzehrt. So oft sie auch dazu anhob, unter keinen Umständen konnte sie es sich abgewinnen, mit der harmlos lächelnden Marianne eine kühle und gemessene Abrechnung über so viel Abscheulichkeit aufzustellen. Nein, — nein, — nein, nur das nicht! Lieber sich noch ärger foltern lassen und dann weiter fliehen wie ein aufgescheuchtes Gespenst durch die zerstörten Stätten ihrer Pflichten und Sorgen.

* * *

Inzwischen erfüllte sich draußen das Verhängnis.

Nicht als ob irgend eine besondere Kunde in das einsame Gehöft von Maritzken gedrungen wäre, nicht als ob die Gutsherrin die in einer fremden Sprache geführten Unterhaltungen hätte belauschen können, die einzelne zurückbeorderte Offiziere aufgeregt, scheu und in seltsamen Zischlauten mit dem kranken Rittmeister Sassin pflogen, den man in diesen Tagen höchster Ungewißheit ohne jede Pflege und ärztliche Aufsicht gelassen hatte; aber über die menschenleeren Straßen wehte etwas heran. Etwas Unklärliches, etwas Schicksalflüsterndes, das die Herzen stocken und die Sinne kochen ließ. Je leerer Wege und Stege wurden, desto deutlicher jagte das Unsichtbare vorüber, und hinter jeder aufsteigenden Staubwolke suchten gierige Blicke das Blitzen von Stahl und Eisen.

Es war an einem trüben Nachmittage.

Mit unverminderter Gewalt wütete der Sturm um das Haus. Die Türen der Ställe knallten in kurzen Schlägen auf und zu. Wie eine Nachäffung von Kampf und Schlacht rollte ein ewiger Donner durch die weißen Gebäude. Aber mitten durch das Toben des Elementes drang ein schmerzliches Stöhnen, ein Winseln und Wimmern, das Johanna, die gerade über einen der Gänge des zweiten Stockwerks schritt, nicht überhören konnte. Ganz sicher, das markdurchwühlende Ächzen, es stahl sich aus dem Zimmer des verwundeten Rittmeisters, dessen Verfall in den letzten Tagen auch den unkundigsten Blicken nicht verborgen geblieben war. Von einem heimlichen Schrecken durchdrungen und ohne lange abzuwägen, ob ihre Teilnahme einem Angehörigen der jetzt von ihr so bitter gehaßten Rasse galt, trat Johanna nach einem kurzen Anklopfen ein.

Was war das?

Seit Tagen schon hatte Leo Konstantinowitsch Sassin

dauernd seinen zum Skelett abgemagerten Körper im Bett halten müssen. Jetzt aber saß der Rittmeister in dem grauen Feldmantel, aus dem sowohl das Einschußloch als die Blutspuren noch immer nicht getilgt waren, hinter einem mit Karten bedeckten Tisch, und die tief über die zerwühlten Haare gezogene Mütze sowie die stark nach Juchten riechenden Reiterstiefel an seinen Füßen bewiesen, wie der Hinfällige den wahnsinnigen Entschluß gefaßt haben müsse, der Stätte seines langen Krankenlagers endgültig zu entfliehen. Als die Tür knarrte, schrak der Kranke zusammen und fuhr mit den dürren Händen aufgeregt und haltlos über die bunten Blätter.

„Schönes Fräulein — schönes Fräulein", hauchte er kaum noch vernehmlich, obwohl die sich bäumende Brust eine letzte Anstrengung hergab, „ich muß fort. Es geht mir überraschend gut, und deshalb muß ich es riskieren. Wo steckt mein Bursche? Ich habe ihn schon seit drei Tagen nicht mehr gesehen! Der Hund ist klug, er hat sich auf die Strümpfe gemacht. Ich will auch nicht länger in dieser Mausefalle sitzen bleiben, verstehen Sie? Unsere Idioten, diese verschlafenen Strohköpfe haben uns in nichts als Teiche und Sümpfe geführt. Sind wir Katzen, die man ersäufen will? Kommen Sie, kommen Sie, ein Blick auf meine Karten genügt. Jedes Schulmädchen wird das einsehen. Hier — und hier — und hier . . . Eine gotteslästerliche Wirtschaft!" Wütend ballte er die Papiere zusammen und schleuderte sie, zu einer Kugel geformt, in die Ecke. „Jede Nacht habe ich davon geträumt, ich steckte immer bis zum Hals im Wasser. Aber jetzt ist es zu spät! Glauben Sie mir, man wird hier etwas Gräßliches erleben."

Gewaltsam richtete sich der Russe auf, und es schien, als ob er durch die Tür von dannen stürzen wollte. Allein in der nächsten Sekunde mußte er sich mit beiden Händen an den Tisch klammern. Er schwankte, die stark duftenden Juchtenstiefel suchten vergeblich einen Halt.

Johanna jedoch, obwohl ihr Herz zu jagen anhob, vergaß, was sie dem Hilflosen schuldete, und regte sich nicht. In ihrem weißen Antlitz brannten die sonst so kühlen blauen Augen in einem bösen Feuer. Ein gieriges Lächeln, ganz widerspruchsvoll und unheimlich, schlängelte sich um ihre Lippen. Wie sie so aufragte, da hätte sie auch einem minder Verzweifelten Furcht einflößen können. Und der Kranke, der sich nicht aufrecht zu erhalten vermochte, beugte den Hals vor und starrte in plötzlich aufspringendem Entsetzen auf seine unbewegliche Gastgeberin.

„Was wollen Sie?" keuchte er, „halten Sie mich nicht auf!"

Aber Johanna sperrte ihm ungerührt den Weg.

„Herr Rittmeister" brach es mit einem Mal hell und voll versteckter Wollust aus ihr heraus, „meinen Sie, daß Ihrem Heer irgendeine Katastrophe bevorsteht?"

„Das weiß ich nicht, — das habe ich nicht gesagt — nicht die leiseste Andeutung gemacht. Ich bin krank. Meine Gedanken gehorchen mir nicht mehr. Sie wissen, sie springen herum, wie auf einem Tanzboden. Was lachen Sie mich so an? Oh, ich weiß, was Sie uns wünschen! Sie sollten sich hüten!"

Jedoch die Älteste von Maritzken hütete sich nicht. In ihren Mienen verkündete sich immer deutlicher eine wilde Wonne.

„Herr Rittmeister" sog sie förmlich aus dem ihr Unterlegenen heraus, „nicht wahr, Fürst Fergussow befindet sich gleichfalls auf den Linien, die Sie vorhin auf der Karte bezeichneten?"

„Ja, was geht er mich an? Der Teufel soll ihn holen!"

Die Blonde drängte erbarmungslos weiter.

„Und Sie vermuten, es werden nur wenige aus den Wasserläufen entwischen?"

Jetzt brach dem Rittmeister der Schweiß aus. Er wurde erdfahl und vermochte seine herunterfallende, wie im Krampf bebende Kinnlade nicht mehr zu bändigen.

„Verwünscht", röchelte er, schlug mit den Armen in die Luft und wankte haltlos bis zur Tür, „Sie foltern mich! Was habe ich Ihnen getan? Hören Sie nicht? Hören Sie es nicht? Da ist es wieder, das ungeheure Gurgeln, Schnaufen und Schmatzen, das mich wahnsinnig macht."

Er fiel auf der Treppe nieder und rollte wie ein schweres Bündel die Stufen herab. Johanna hörte noch einen schrillen Angstschrei, und als sie ans Fenster eilte, gewahrte sie, wie der Kranke in einer letzten Anspannung und mit vorgestreckten Händen über den Hof taumelte. Unsichtbare Geißeln schienen auf seinen Rücken zu klatschen. Der Sturm schmiß ihn hierhin und dorthin, und wie ein grauer Schemen verschwamm das unselige Menschenbild in den wirbelnden Staubwolken der Landstraße.

*   *

*

Das weiße Haus aber sollte noch einen anderen seiner Bewohner hergeben.

Draußen auf den Wegen und Stegen fing es an, lebendig zu werden. Zuerst waren es nur kleine Kosakentrupps, die in einem rasenden Galopp über die Straße fegten. Die Nachmittagssonne brannte ihnen auf den Rücken, und es schien, als ob die toll gewordenen Tiere ihren eigenen Schatten fressen wollten. Mit tief herabhängendem Halse stäubten sie ihrem vorausfliehenden schwarzen Abbild nach.

Doch es blieb nicht bei den wenigen. Bald erbebte der

Boden unter dem Gedröhn zusammengeballter Reitermassen. In einer finsteren Gier, fluchend und tobend, heulten sie vorüber, und nur der Wille, gewaltige Strecken zwischen sich und irgend etwas Folgendem zu legen, hielt diese Horden noch zusammen. Voll frohlockenden Entsetzens erkannte Johanna, die jene fessellose Jagd, weit aus einer der Bodenluken gelehnt, verfolgte, wie diese zusammengeduckten Reiter Lanzen und Karabiner von sich schleuderten, so oft sie meinten, einen Vorsprung vor ihren sich stauenden Vordermännern erreichen zu können. Menschen und Tierleiber waren von einer dicken schlammigen Kruste bedeckt, und manche der Verfolgten umklammerten noch immer in vollkommener Bewußtlosigkeit dicke Büschel ausgerissenen Seegrases, als gelte es, vor allen Dingen diesen letzten Schutz nicht aus den Fingern zu lassen. Bleich, blutend, gespensterhaft raste alles vorüber. Die Beobachterin jedoch preßte ihre Hände gegen die kreisrunde Einfassung ihres Ausguckloches, als müsse sie die Mauern auseinanderbrechen, um das Bild noch weiter, gesättigter in sich aufnehmen zu können.

„So peitscht Fürst Fergussow seinen müden, zusammenbrechenden Schimmel vielleicht auch über eine unserer Thausseen," schoß es ihr dann durch die vom Schauen aufgewühlten Sinne, „blutend, zerfetzt, jeder Männerwürde beraubt, genau so wie die Geschlagenen, Gedemütigten, die dort in den dampfenden Staubwolken, umheult und zerzaust vom Winde, ihr nacktes Leben zu retten trachten."

Und ihre Seele erlabte sich an der Vorstellung, wie der glatte glänzende Kavalier, der ihr die Schande ins Haus getragen, sein Ende vielleicht in einem Kothaufen gefunden, nachdem der peinlich Saubere vorher alle Qualen des Ekels vor dem Schmutz seines Grabes durchkostet. Aber nein, nein, wenn sie ganz wahrhaft gegen sich selbst verfuhr, dann drängte sich noch ein anderes Bild, ein heißerer Wunsch vor den lodernden Brand ihrer Rache. Er durfte ja noch gar nicht verkommen und verdorben sein, solche geschmeidigen Naturen wie dieser im Innern verpestete Aristokrat, sie fanden gewiß tausend Mittel, um dem auf sie lauernden schimpflichen Verlöschen zu entweichen. Welch ein Glück, welch eine rasende Wonne, wenn der zu Boden Geschlagene und alles Hochmutes Entkleidete noch einmal gleich einem schuldbewußten Dieb oder Bettler vor sie hintreten müßte! Ja, darauf lauerte sie. Diese Erwartung trug Möglichkeit auf Möglichkeit in ihre Gedanken, bis die Landtochter nicht einen Moment mehr daran zweifelte, ihr würde diese erlösende Vergeltung von dem Schicksal, das jetzt über Staaten und Völker rollte, beschieden sein.

So stand sie und starrte in die Umgegend hinaus, auf den fernen Feuerschein, auf die Felder, die von schwarzen Gestalten zu wimmeln begannen, auf die blauen Gehölze, die zerschossene, verwirrte Gespanne und rasselnde Züge schwarzer Kanonenrohre von sich ausspien.

Vorbei, vorbei. Das Klirren, das Sohlenknirschen unzähliger sich fortwälzender Fußgänger, der Wogenschlag und die Brandung heiserer vernichteter Menschenstimmen lärmten ununterbrochen an dem weißen Anwesen vorüber.

Der Erwartete aber kam nicht. Er kam nicht, wie sehnsüchtig und gierig auch zügellose Wünsche nach ihm ausschweiften. Und der Gutsherrin bemächtigte sich die Furcht, Fürst Dimirti Fergussow, der Adjutant des Zaren, der Inbegriff und das Sinnbild einer zerfressenen Kultur, er könnte von den schwarzen Wellen dort unter ihr bereits unerkannt vorübergetragen sein.

Wenn das möglich wäre, wenn er sich so gleichgültig gebärdete, so rücksichtslos, so bitter feige! Und zum erstenmal in ihrer bangen Erwartung preßte sich Johanna die

Fauſt auf die Bruſt, und ein Fröſteln flog über ihre Glieder, weil ſie den tiefſten Grund ihres irren Verlangens nicht mehr unterſcheiden konnte.

Auch ein paar andere Augen wühlten ſich beutehungrig hinter einem der nach der Straße gelegenen Fenſter in den vorüberſchießenden Menſchenſtrom ein. Schwarze, leuchtende Augen, die merkwürdigerweiſe in einem ſehnſüchtigen Glanz ſchwammen, obwohl ſie doch in Wahrheit nur von einem heißen, eigenſinnigen Begehren erfüllt waren. Gleich Angelhaken ſchwankten Mariannes Blicke mit der ſturmgedrängten, brüllenden und ſchreienden Maſſe dahin. Immer nur bereit, ſich an ein einziges erſehntes Idol anzuklammern. Nicht eine Spur des Triumphes war in ihr, daß die eiſengepanzerte Fauſt ihres Heimatlandes mit wuchtigem Schlag die fremden Bedränger vor ſich her ſtieß, nicht die geringſte Erhebung weitete ihre Bruſt über die dumpfe Wut und das ohnmächtige Entſetzen, welches die vorüberſtürmenden Slaven empfanden, nachdem ſie zum erſtenmal in das gerunzelte deutſche Antlitz geblickt hatten. Nein, ihr abenteuernder und irrlichterlierender Geiſt errechnete nur ſchwindelhafte Möglichkeiten, wie ſie für ſich ſelbſt mitten aus dem Zuſammenbruch den blaſſen Schemen irdiſchen Glanzes erraffen könnte. Eine goldene Fürſtenkrone auf ihr ſchwarzes duftendes Haar. Die gebührte ihr, die hatte man ihr zugeſichert unter tauſend zärtlichen Eiden. Und die alles Urteils Beraubte und von ihrer eigenen Schönheit völlig Betörte glaubte unverbrüchlich an dieſe ihr zäh im Gedächtnis haftenden, lächerlichen Schwüre. Bald ſtreckte ſich Marianne in dem kleinen Zimmer auf ein Ruhebett aus, um ihre widerſpenſtig zuckenden Nerven durch die Lektüre eines Romans zu beruhigen, bald ſchleuderte ſie das Buch, aufgeſchreckt durch das brauſende Toben, das durch die Mauern quoll, verſtört und verſtändnislos wieder von ſich. Eben buschte sie vor den geräumten Mahagonispiegel, denn in all dem Graus und Lärm mußte sie sich doch davon überzeugen, ob sich der schwarze Ledergürtel nicht störend verschoben hätte, da wurde rasch die Tür geöffnet, und mit hastigen Schritten trat Johanna zu ihr ein. Über der großen Blonden flammte noch das sonderbare Leuchten, der Abglanz des unerhörten Begebnisses, und das weiße Antlitz strahlte wieder stolz und kraftbewußt wie sonst.

„Marianne", rief sie mit unterdrückter Stimme, die nur schwer das geheime Frohlocken bändigte, „siehst du dort draußen, wie diese schlimmen Tiere von dannen ziehen?"

„Ja, ich sehe", versetzte die Schwarze an sich haltend, denn es verdroß sie, sich ihrer rasenden Hoffnung nicht länger hingeben zu können.

„Das haben die Unsrigen vollbracht. Oh, jetzt wird hier alles wieder aufwachen, alles besser werden. In wenigen Stunden müssen unsere Truppen hier sein. Mir ist es immerfort, wie wenn ich sie schon singen hörte."

Da zuckte Marianne widerwillig die Achseln.

„Was sollen jetzt diese Übertreibungen?" widersprach sie mit der ihr eigenen aufreizenden Lässigkeit, und die Absicht, den Jubel ihrer älteren Schwester zu stören, trat feindlich zutage. „Vorläufig hört man doch nur das Gestampfe und Getrappel der anderen. Was verstehen wir überhaupt von solchen Dingen?"

Entsetzt schlug Johanna die Hände zusammen. Länger vermochte sie die schweigende Spannung, die zwischen ihnen beiden herrschte, nicht zu ertragen. Es wurde alles klar um sie herum, jetzt mußte unbedingt auch die Säuberung des verunreinigten Hauses folgen. Jetzt, bevor die Befreier ihren Einzug hielten.

„Mir scheint", begann sie mit erhobener Stimme, indem sie näher auf die noch immer vor dem Spiegel Weilende zutrat, „daß du mit der Horde, die unser Dorf plünderte und ansteckte, die unsere Freunde und Verwandten niederschlug, nachdem sie unsere ganze Provinz bis zur Erschöpfung ausgesogen, ein überflüssiges Mitleid empfindest." Voll und ohne abzuirren ruhten jetzt ihre großen blauen Augen auf den dunklen Zügen der Schwester, mit der sie ihre Rechnung zu Ende führen wollte. „Marianne" fuhr sie klar und unerschrocken fort, „ich habe nicht gelernt, Versteck zu spielen. Nimm an, ich wüßte genau, woher deine Sympathie stammt."

„Ich hege keine Sympathie für die da unten" schrie Marianne ausbrechend und stampfte besinnungslos mit dem Fuß auf, denn die drohende Auseinandersetzung verstärkte ihren Widerwillen gegen die große, empfindungslose Blonde, die nicht wußte, in welchen Zwiespalt lobernde und glückfordernde Seelen geraten können.

Doch die Älteste von Maritzken blieb unerschütterlich. Ruhig hob sie das fortgeschleuderte Buch auf, um es sauber geglättet auf den Tisch zu legen, dann aber richtete sie sich zur Höhe und beharrte mit immer härterem Ton auf ihrer Meinung.

„Für die Masse vermagst du dich vielleicht nicht zu ereifern, um so mehr aber leider für einen Einzelnen."

„Wie?"

Die Angegriffene fuhr empor, stützte sich auf die Tischplatte, und im Augenblick hatte sie den lange Jahre bewahrten Respekt vor der Großen völlig vergessen. Spurlos entschwirrte ihr die Erinnerung, wie die Arbeit dieses nüchternen blonden Weibes Tag auf Tag, Monate auf Monate Not und Schmach von der gemeinsamen Schwelle ferngehalten, ohne dafür etwas anderes zu verlangen, als daß auch die anderen Insassen des Hauses sich ihre eigene spröde Sauberkeit zum Muster nähmen. Nein, das alles entfiel der Erregten. Einzig und allein wurde sie von der fressenden Vorstellung geschüttelt, hier stände jemand, aus dem nichts als Haß und Neid emporschlage über das unerhörte Glück, das schon so nahe, zum Greifen nahe, über der Jüngeren, Schöneren geschwebt hatte. Und jetzt, gerade jetzt konnte jene goldene Hoffnung vielleicht dort unten vorübertraben, während sie gezwungen wurde, die kostbare Zeit durch ein dummes Familiengeschwätz zu vergeuden! Nie und nimmer!

„Was sollen deine heimlichen Andeutungen?" rief sie zitternd in der Scham einer Ertappten und doch voll Erbitterung darüber, daß sie noch immer wie ein kleines Kind gegängelt werden sollte, „ich bin selbständig und erwachsen und kann über mein Leben verfügen, wie ich Lust habe."

„Ich weiß nicht, ob du das kannst," entgegnete Johanna, sich noch einmal mit aller Gewalt bezwingend, „aber eines weiß ich sicher, ich würde in deinem Fall vor den Männern, die in wenigen Stunden hier sein werden, nicht die Augen aufzuschlagen wagen."

„Soll das etwas heißen, daß ich hier überflüssig sei? Ich bin genau so erbberechtigt wie du. Aber sei überzeugt, wenn es möglich wäre, hier fortzukommen, der Abschied würde mir nicht schwer fallen."

Jetzt vermochte auch die Ältere den inneren Brand nicht mehr länger zu zügeln. Vor dieser bodenlosen Undankbarkeit barst ihre Verwandtenliebe und das erworbene Muttergefühl in Scherben auseinander. Eine Derbheit bemächtigte sich ihrer, die etwas Bäuerliches an sich hatte. Mit beiden Fäusten griff sie in die weichen Schultern der anderen und schüttelte sie hin und her, als wollte sie sich die Ungeratene vor die Füße schleudern.

„Genug", kam es dabei ganz klar überlegt aus ihr heraus,

„du sollst mir die Freude an der herrlichen Erhebung nicht vermindern. Du hast auch ganz recht, es wird Zeit, daß du dich auf eigene Füße stellst und die Verantwortung für dein Tun allein übernimmst. Ich wenigstens will und mag sie nicht länger tragen. Ich bin zu dumm und zu zurückgeblieben dazu."

„Das bist du, das bist du", schrie Marianne außer sich hinter der Schwester her, die bereits die Tür erreicht hatte; und in dem Bestreben, die Enteilende an einer besonders empfindlichen Stelle zu treffen, setzte sie die Hände in die Seiten und sprudelte, sich wiegend und in ihrem scharfen, rücksichtslosen Ton: „Auf eigene Füße soll ich mich stellen? Was steht mir nicht alles offen? Aber ich weiß schon was ich tue. Wenn sich mein Wunsch nicht erfüllt, dann — ja dann werde ich Schauspielerin. Dazu passe ich. Das haben mir schon viele versichert."

Und in befriedigtem Triumph warf sie sich wieder auf das Ruhebett und langte mit angenommener Gleichgültigkeit nach dem Buch, ganz als ob sie imstande wäre, das Rollen und Toben, das Galoppieren und Schnaufen, all die wahnsinnig drohenden Laute der sich hemmungslos vorwärts schiebenden Massen zu überhören.

Doch kaum hatte Johanna die Tür mit einem harten Schall zugeworfen, da sprang Marianne von ihrem Lager, raffte ein Tuch über die Schultern und stürzte ohne Furcht noch Zagen über den Hof bis an die Einfahrt. Fest umklammerte ihre schmale Hand hier den viereckigen Pfeiler des Tores. Dann beugte sie sich hinaus und bohrte ihre Blicke mit einer zähen, verbissenen, ihr sonst ganz fremden Beharrlichkeit in den aufgescheuchten, durcheinander quirlenden Zug hinein.

Da — und da — und dort! — Überall einzelne Reitertrupps, unzusammenhängend, die verschiedensten Uniformen durcheinander gemischt, Kosaken, Dragoner, Artilleristen, dazwischen Teile versprengter Linienregimenter, triefend, kotig, die meisten ohne Waffen. Dahinter wild in die Voranrückenden hineingeschoben Proviantkolonnen mit flatternden und zerzausten Plantüchern, die der heulende Sturm hochtrieb und in Fetzen zerriß.

Eben noch dämmerte durch das schwerfällige Auffassungsvermögen des suchenden Mädchens eine dumpfe Ahnung, daß alles, was hier vorüber floh, ritt und rasselte, sich wie zerbrochene Scherben eines zerschlagenen Geräts ausnähme, verwüstet und niemals wieder zu einem bestimmten Dienst zusammenfügbar, — da geschah das, was den hellen Stern, der so lange über ihrem Haupte gefunkelt, herunterriß, um ihn in Kot und Schmutz zu begraben.

„Hilfe!" schrie Marianne gellend.

Einer der mit vier Pferden bespannten Bagagewagen war plötzlich durch eine Verwirrung der Stränge aus der Bahn der übrigen geschleudert. Wild zur Seite setzend, preschten die Tiere in das offene Tor hinein, krachend zerschellte das schwere Gefährt an den Mauern der Einfahrt. Und einem irren Triebe gehorchend, sprang die Hinausstarrende mitten in die vorüberhetzenden Trümmer der geschlagenen Haufen hinein.

Ein Stoß — und noch einer — ein lauter Schmerzensschrei, — dann ein Straucheln und Wiederemporgerissenwerden, — haarige Fäuste, die sich roh in die Kleider des Mädchens einkrallten, — zuletzt ein Schieben und Hinaufzerren der Bewußtlosen in einen der krachenden und kreischenden Planwagen. Was sich dort drinnen begab, das schlug zum Glück nur noch wie der letzte Schein eines Erblindenden gegen ihr Bewußtsein. Auf nassem Stroh lag sie ausgestreckt, inmitten blutender, stöhnender und fluchender Menschen, und doch fühlte sie noch im Versinken, wie

eine verpestete, tierische Zudringlichkeit in ihrer ermatteten
Schönheit wühlte.

Das Begehren nach der Huldigung Ungezählter und
Namenloser, es hatte sich erfüllt. Jetzt riß es der Beraubten
die goldene Fürstenkrone vom Haupt.

       *   *

        *

Wer sollte der Ältesten von Maritzken eine Aufklärung
darüber erteilen, wann und wohin Marianne verschwunden
oder entwichen war?

Keiner wußte es.

Die schwarze Faust des Krieges hatte eben nur höhnisch,
spielerisch in den Hof hineingelangt, und es war nichts
geschehen, als daß sich die eisengepanzerten Finger wie in
grimmigem Scherz um ein junges, blühendes Geschöpf geschlossen hatten. Man sah nichts mehr von ihm, es war
zerquetscht.

Verstört, verständnislos lief Johanna mit den wenigen
Mägden in der Wirtschaft herum, laut hallend rief man
den Namen Mariannes in das herbstliche Gehölz hinein, —
nirgends eine Spur von der Verlorenen.

„Vorwärts in den Keller", trieb Johanna an, von der der
Glaube nicht wich, es handle sich bei der Jüngeren nur um
eine erklügelte Bosheit, die sie ersonnen hatte, um sich für
die harte Zurechtweisung zu entschädigen.

Draußen auf der Landstraße kroch die gewaltige, schuppen-
häutige Schlange langsamer, träger dahin. Sie schien
ermüdet zu sein, und das Quirlen und Fauchen, das Heulen
und Kreischen, das sie bisher ausgestoßen, wurde seltener.

Es war um die fünfte Nachmittagsstunde, als Johanna
von ihrem vergeblichen Abstieg in die unteren Räume des
Hauses kopfschüttelnd zurückkehrte. Schon von dem Flur

aus bemerkte sie zurückzuckend, wie auf dem Hof ein Trupp
ruffischer Kavalleriepferde rings um den blauweißen Pfahl
des Taubenhauses zusammengekoppelt stand. Hochauf
rauchte den Tieren das struppige Fell. Einzelne von den
todmüden Kleppern waren vorn in die Knie gebrochen,
andere hingen mit der Halfung bis auf das Pflaster herab,
wo sie gierig die wenigen Haferkörner aufschnupperten,
die von den Tauben übriggelassen waren. Ihre Reiter
jedoch drängten sich in wilder Haft aus den offenen Stalltüren. Dort drinnen wurde zusammengeschlagen und auseinander gebrochen, was irgendwie einem Futterbehälter
ähnlich sah. Es blieb klar, hier galt es keiner bequemen
Einlagerung mehr, hier wurde nur noch in besinnungsloser
Gier geplündert und fortgerissen, was man zur Erhaltung
einer letzten verebbenden Widerstandskraft benötigte.

Von einer Ahnung durchschlagen, warf die Gutsherrin in
hartem Schwung die Tür des kleinen Wohnzimmers zurück,
in dem sie vor kurzem noch mit ihrer jüngeren Schwester
gehadert und gestritten.

Und dann —

Ihre Hand erstarrte auf der Klinke.

Entsetzen — nein, dem Himmel sei Dank — nein, Entsetzen — wer hatte sich dort auf das Ruhebett geworfen,
um das noch der leichte Duft von Mariannes Parfüm
schwebte? Unmöglich, es war nicht denkbar, daß diese zer-
rüttete, halb offene Uniform, daß die herabhängenden
Arme, die von Kot überkrusteten Stiefel, die rücksichtslos
über das untere Polster gebettet lagen, — nein, ausgeschlossen, dies alles konnte nimmermehr zu der vollendeten,
ebenmäßigen Gestalt gehören, die hier einst wie ein fremder,
aber doch herrlicher und lächelnder Gott einhergeschritten.

Und doch — alle Zweifel erwiesen sich als hinfällig,
wo die Wirklichkeit in ihrer grausen Majestät waltete.

Wozu noch nach Gründen forschen, weshalb Verknüpfungen zu verstehen suchen, jetzt, wo der prasselnde Hagelschlag dort draußen die ganze Giftpflanzung gottlob zu zerschmettern anhob! Hier lag nur eine einzige verkommene Blüte, ein gefährlicher Kelch, dessen süße Dünste Gift und Verwesung um sich gestreut hatten. Und solch ein zerknicktes Unkraut sollte man nicht vollends brechen und vernichten können?

Johanna wußte nicht, was sie dachte. Ohne klare Besinnung, wie ein großer wachsamer Hund, der einen gefährlichen Eindringling umlechzt, schlich sie näher. Auf Zehen.

Der zerbrochene, übermüdete und zerschlagene Körper da vor ihr regte sich nicht. In sich zusammengekrochen, mit schlaff herabhängenden Armen lag er über die Polster gekrümmt, und als sich Johanna vorsichtig über ihn beugte, entdeckte sie, wie bleierner Schlaf die sonst so gelenkigen Glieder des Offiziers wie in einen Schraubstock einpreßte. Zerbeult hing die Mütze ihm noch auf den wirren, schweißnassen Haaren. Grau und zerfurcht spannte sich die Haut über die plötzlich hervorstehenden Backenknochen, und sie drückten dem bekannten Antlitz unvermittelt ein nicht zu verkennendes slavisches Gepräge auf. Auch der offenstehende Mund entbehrte jener weichen Anmut, die ihn früher so verlockend umspielt.

Aber eine unvorsichtige Bewegung ließ das Landmädchen die Schulter des Hingestreckten streifen. Im gleichen Moment stieß der Schläfer einen lauten Schrei aus und sprang in so haltlosem Entsetzen auf die Füße, das rings umher alle leichteren Möbelstücke zitterten und bebten. Lodernd waren die großen dunklen Augen des Russen aufgerissen, und seine Rechte zuckte schwankend, betäubt nach einer umgeschnallten Pistolentasche, die er trotzdem nicht fand.

Sprachlos starrten die beiden Menschen sich an. Und es

dauerte eine geraume Weile, bis sich Fürst Ferguſſow auf seine Umgebung und auf seine Gastgeberin zu besinnen schien, auf das blonde Weib, deren hohe festgefügte Wucht ihm in dem dunklen Zimmer alle Fassung geraubt hatte.

Wo waren die Lebensart, die nie versagenden Formen des Hofmannes geblieben? Er begrüßte die Dame des Hauses nicht, er gab ihr über den Zweck seines Wiedererscheinens keine Auskunft, er versuchte nicht, sein Hemd über der nackten Brust zusammenzuziehen. Müde, leer, unwillig, wie jemand, der sich über einen unwillkommenen Zuschauer ärgert, streifte er das schweigende Landmädchen mit einem mißtrauischen Blick, bis er sich schließlich stöhnend und scharrend auf einen Stuhl am Tisch niederließ. Mitten durch die Dunkelheit verfolgte Johanna, wie Dimitri Sergewitsch dort seinen Kopf in beide Hände nahm, wobei es ihm endlich auffiel, daß die Feldmütze noch immer sein Haupt bedeckte. Mit einem Fluch schleuderte er sie auf die Erde. Und erst durch jene Anstrengung völlig zu sich gebracht, schien er über sich und seinen Zustand nachzubrüten.

„Geben Sie mir etwas zu essen", war das erste, was er forderte. Er verlangte es in einem Ton, der keinerlei Bekanntschaft mit der Angeredeten ahnen ließ und der nichts als stummen Gehorsam erwartete.

„Unsere Vorräte sind ausgeraubt", erwiderte Johanna trotzig, denn ihr Triumph über die ungeheure Zerschmetterung der bisherigen Bedränger verleitete sie zu der Unklugheit, die noch immer vorhandene Macht der Fremden geringzuschätzen. Auch durchströmte sie ein seltsames Wohlbehagen dabei, als sie sich jetzt zum erstenmal den Geboten dieses glatten Machthabers zu widersetzen wagte.

Doch der Mann am Tisch sprach weiter, als wäre ihr Einspruch spurlos an ihm vorübergeweht.

„Machen Sie Licht", verlangte er, unbehaglich und nervös

mit den Stiefeln scharrend, „und dann bringen Sie mir eine Tasse Tee und Fleisch, viel Fleisch. Ich bin hungrig.“

Allein Johanna rührte sich noch immer nicht von der Stelle.

„Ich sagte Ihnen schon . . .“

„Gehorchen Sie“, schrie der Russe plötzlich in einer Wut, vor der Johanna wie vor einem Faustschlag zurückfuhr. „Ihre Landsleute haben uns gelehrt, wie Krieg geführt werden muß. Verstehen Sie? Glauben Sie vielleicht, daß ich Lust und Zeit habe, Tanzstundenredensarten zu verschwenden? Danken Sie Gott dafür, daß ich noch immer an Rohheiten keinen Geschmack gewinnen kann. Sonst müßte ich Ihrem Volke gegenüber meine Wünsche mit anderem Nachdruck vertreten. Und nun, bitte, bringen Sie, worum ich Sie ersuchte. Auch eine Flasche Wein wünsche ich auf den Tisch“.

Er streckte die Hand gegen die Tür wie ein Herr, der seine Untergebene zur Eile mahnt. Johanna aber warf das blonde Haupt in den Nacken und verließ aufgerichtet und selbstbewußt das Zimmer. Nicht durch das Zucken einer Wimper verriet sie dabei, wie schmerzhaft der Schreck über das veränderte Wesen des früher so zartfühlenden, weichen Menschen in ihr wühlte. Allein auch jetzt, da die verwüstete Erscheinung hinter ihr versunken war, sollte die Gutsherrin zu keiner Klarheit über das gelangen, was doch die nächsten Stunden bringen mußten. Nur eines schwang vor ihren starren Augen in roten Kreisen herum, er sollte nicht fort von hier, bevor — ja bevor — —

Hier jedoch verwirrte sich bereits ihr Verlangen, denn sie schrak vor ihren eigenen durcheinander rasenden Plänen zurück, weil ihre Absichten körperlich wie mit schwarzen Flügeln um ihr Haupt taumelten. Auch sollte sie scheinbar nicht die letzten Grenzen ihrer Wünsche durchmessen, denn als sie in der Dunkelheit noch eine kurze Weile auf der rot gepflasterten Diele verweilte, da vernahm sie zusammenfahrend, wie eine vertraute, lang vermißte Stimme flüsternd ihren Namen nannte.

Gegen den Pfosten des Eingangs drückte sich eine untersetzte Gestalt.

„Fräulein!"

„Ja, wer sind Sie? — Herr im Himmel, Baumgartner!"

„Ich bin's", kam es von der anderen Seite kaum vernehmlich zurück. „Treten Sie einen Augenblick zu mir auf den Hof, gnädiges Fräulein, denn ich habe Ihnen etwas auszurichten".

Mit einem Sprung, atemlos, fuhr Johanna an die Seite des Verwalters. In der Aufregung, den Verlorengeglaubten unverletzt wiederzusehen, streckte sie dem treuen Mann beide Hände entgegen. Der Wirtschafter aber machte ihr mit der Schulter warnende Zeichen gegen die dunklen Gestalten hin, die den Hof bevölkerten, und flüsterte in seltsam verhaltener Erregung dasjenige hervor, was sein erschüttertes Gemüt nicht länger verschließen zu können meinte.

„Wie sind Sie hierher gekommen, Baumgartner? Waren Sie gefangen?"

„Später Fräulein, alles später. Um Gottes willen vorsichtig. Ich habe ihn gesehen".

„Wen?"

„Unseren Nachbar, Ihren Vetter, Herrn von Stötteritz. Sie streifen dort hinten schon in den Wäldern herum. Er trug mir auf, Ihnen zu sagen, in längstens drei Stunden sei er mit den Ulanen hier".

„Baumgartner, besinnen Sie sich, ist das wahr?"

„Es ist so wahr, wie ich meine Frau und meine kleine Mariella gesund wieder zu treffen hoffe. Ach, Fräulein," zischte es haßerfüllt und lauter, als es die Vorsicht gebot, aus dem sonst so stillen Menschen heraus, „wenn man die Mordbrenner nur so lange hier festhalten könnte! Dann würde ihnen heimgezahlt werden für alles, was sie uns angetan. Aber diese Bande hat Lunte gerochen und wird sich verkriechen."

Durch Johanna rieselte eine schneidende Kälte.

„Das werden wir sehen", sprach sie sich aufrichtend.

* * *
*

Die letzten verborgenen Vorräte prangten auf der Tafel des kleinen Eßzimmers. Leuchtend bedeckte das beste weiße Damastleinen den Tisch. Statt der elektrischen Birnen, die schon seit langem unterbunden waren, verbreitete eine hohe altertümliche Porzellanlampe unter einer matten Milchglocke hervor ihren dämmernden Schein, und sogar das ehrwürdige Familiensilber hatte unvermutet wieder den Weg aus den Kellern an seine alte Stätte gefunden. Auch die Hausherrin ließ es sich nicht nehmen, ihren hochgeborenen Gast selbst zu bedienen. Ohne zu zögern hatte sie sich ihm gegenüber niedergelassen, und sie wurde es nicht müde, dem halb Verschmachteten, der so gierige und verlangende Blicke auf Speise und Trank heftete, das oft geleerte und hastig heruntergestürzte Glas immer von neuem mit dem schweren dunklen Rotwein zu füllen.

Kein überflüssiges Wort wurde zwischen ihnen gewechselt, keine Unterhaltung wollte aufkommen, nur als die Älteste von Maritzken beiläufig von dem Verschwinden Mariannes berichtete, da fing sie feindselig auf, mit welch völliger Gleichgültigkeit, ja wie erleichtert der russische Oberst von der unerklärlichen und beängstigenden Tatsache Kenntnis nahm.

„Ah", murmelte er, sich den Mund wischend, „die junge

Dame ist sehr gewandt. Ich wette, sie wird irgendwie in die Stadt geraten sein". Und sich zurücklehnend und langsam seine Uniform zurecht streichend, setzte er wie in der Rückerinnerung an seine ehemalige hilfreiche Art hinzu: „Ich werde mir ein Vergnügen daraus machen, dort drinnen in Ihrem Namen eine Erkundigung einzuziehen."

Da glitt ein Schatten über das Antlitz der Wirtin. Und mit Anstrengung und einem so unsicheren Ton, daß es ihrem verdüsterten Gast auffiel, rang sie sich ab:

„Wollen Sie denn heute noch weiter, Durchlaucht?"

„Ja, ich muß, ich muß," stieß Fürst Fergussow hervor, der sich inzwischen erhoben hatte und ans Fenster getreten war. „Dieser Abschnitt wird von anderen unserer Truppen besetzt werden. Aber seien Sie unbesorgt", kehrte er sich langsam zu ihr, und allmählich drang wieder etwas von seiner einfangenden Höflichkeit in sein Wesen, „ich lasse Ihnen auch diesmal einen Schutzbrief zurück und hoffe, daß man ihn trotz unserer mißlichen Umstände beachtet."

„Sie sind sehr mild," sprach Johanna zögernd, und wenn der andere genauer hingehorcht hätte, dann müßte er unfehlbar die schleppende Anstrengung aus ihrem Vorschlag herausgefunden haben, „Sie sehen eingefallen und kränklich aus", drängte es unwillkürlich aus ihr weiter, und ohne daß sie es wußte, gewannen für einen Augenblick Angst und Besorgnis für dieses zerbrochene Menschenbild in ihr die Oberhand. Eine Verwirrung, eine Umwälzung gärten in ihr, der selbst die kräftige Walküre nicht gewachsen blieb. „Sie sollten sich hier noch eine Nacht lang Ruhe gönnen. Ich glaube bestimmt, das wird Sie aufrichten."

„Nein, nein, ich danke Ihnen, — ich danke Ihnen aufrichtig," wehrte sich Dimitri Sergewitsch, während er unruhig im Zimmer auf und niederschritt.

Wechselnde Schatten huschten dabei über seine verstörten Züge, die das frühere glatte Lächeln völlig verlernt zu haben schienen. Nervös griff er mit den Händen hierhin und dorthin. Es war ein Jammer, die fliegende Unrast dieses gehetzten Mannes beobachten zu müssen. Plötzlich warf er sich wieder an dem Tisch nieder, strich sich die braunen Locken zurecht und stützte das Haupt schwermütig auf seine Rechte.

Johanna bebte.

Denn die dunklen Augen, die sie jetzt so verzweifelt, so anklagend umfaßten, es waren dieselben, die Jahre um Jahre wie eine Verkündung ihres Loses auf sie herabgeschaut hatten.

„Liebes Fräulein," begann der Sitzende zu flüstern, und in seinen Augen sprühte das Entsetzen höher und höher, „wenn Sie wüßten, was wir verurteilt waren, zu sehen! Nein, ich kann und darf Sie nicht damit ängstigen. Die menschliche Natur ist in ihren Urzustand zurückgesunken. Die Bestien heulen sich an, reißen sich mit den Hauern das Fleisch von den Knochen und saufen ihr Blut. Das Grauen und der Ekel wird zu einer wollüstigen Unterhaltung. Und doch — oh, es ist fürchterlich — während wir den widerlichen Geschmack auf der Zunge spüren, während alle Maßstäbe des Menschlichen zwischen unseren Händen zerbrechen, da summt etwas Irrsinniges, etwas Aufreizendes in unseren Adern. Eine ungezügelte, wahnsinnige Lust, alle Schrecken von neuem durchzukosten, damit wir unsere tanzenden Nerven mit noch unvorstellbareren Scheußlichkeiten sättigen."

„Wünschen Sie sich gleichfalls etwas Ähnliches?" fragte Johanna hart, denn bei seinem Ausbruch fiel ihr plötzlich ein, wen sie vor sich hatte.

„Ich?" Der Fürst sprang auf, preßte die Hände zusammen und schlug sie verzweifelt gegen seine Stirn. „Wie kann ich Ihnen das beschreiben?" stieß er unglücklich und zerbrochen hervor, und ein schriller Wehlaut entrang sich ihm. „Ich weiß nicht, ob ich Ihnen das alles mitteilen soll, denn was gehen Sie mich im Grunde an? Vielleicht habe ich auch um Sie nicht viel Gutes verdient, und es ist sehr möglich, daß Sie mich hassen."

Jetzt erhob sich auch das große blonde Mädchen. Schwerfällig griff sie hinter sich an die Decke einer altertümlichen Kommode, um sich zu stützen. Ihre stählernen blauen Augen folgten unausgesetzt den wilden Gängen ihres Gastes, ihre Lippen bewegten sich, aber irgendeine Einwendung, die der aufgescheuchte Offizier zu vernehmen wünschte, sie vertrocknete ihr auf der Zunge. Und in seiner jagenden Hast hatte der erregte Mann auch längst wieder vergessen, was er eben noch zu erkunden begehrte. Oder es schien ihm nebensächlich, gleichgültig. Mit fliegender Hand zauste er an den Gardinen, die weiß und traulich vor der hereinbrechenden Nacht hingen, und ohne Rücksicht, ja ohne zu ahnen, wie grauenhaft es wirkte, preßte er das dünne Gewebe vor seine Stirn, um sich den perlenden Schweiß zu entfernen.

„Ich bin vielleicht feige" stöhnte er dabei in einer schneidenden Entladung, „ich mag auch aus diesem grauen Wams und dem krummen Säbel kein Gewerbe machen. Aber wenn man mit ansehen muß, wie diejenigen Leute, die kurz vorher mit einem aßen und tranken, die sich auf dasselbe Stroh streckten, warm wie ich, hilflos, ja hilflos wie wir alle, wenn man mit ansehen muß, wie diese Erbarmungswürdigen ihren Verstand verloren, wie sie mit wütenden Sprüngen in Sumpf und Morast setzten und zu Hunderten, zu Tausenden, umheult, umzischt von feuerspeienden Geschossen, in dem weichen, grünen, schwammigen Morast einsanken, Zoll für Zoll, Strich für Strich, dann — dann — —"

„Was?" kam es von Johanna scharf.

„Dann", keuchte der Offizier, und seine Finger kratzten auf den Brustklappen der Uniform herum, als wolle er sie von neuem aufreißen, „dann schreit man auf zu der Vernunft oder zu irgend etwas, was besser ist als wir, und zetert und brüllt um Antwort, warum es zur Verschiebung von ein paar Kilometer Sprach- oder Kulturgrenzen so vieler aufgeputzter Mörder bedürfe."

Er stand wieder vor den Fensterscheiben, und abermals fuhr der Gehetzte mit dem Tüll der Gardine über sein gelbes, erdfahles Gesicht. Johanna lehnte noch immer an der Kommode. Und obwohl irgendein unwiderstehlicher Zwang sie dazu antrieb, über die Schulter ihres abgekehrten Gefährten in die Dunkelheit hinauszuspähen, so regte sich gleichzeitig eine unnennbare widernatürliche Freude in ihr, aus dem angstgeschüttelten Menschen noch mehr Todesgrauen herauszuziehen. Ihre Hände wurden eiskalt, die Zähne bebten ihr leise gegeneinander, und ihre Augen maßen unaufhörlich die wohlgebildete, wenn auch jetzt zusammengesunkene Gestalt des Fürsten, während ihre Gedanken fortwährend von der Vorstellung durchschnitten wurden: „Du ruhst auch bald — du auch — du auch."

„Haben Sie viele von den Ihrigen verloren?" fragte sie unwillkürlich weiter, und sie konnte nichts dafür, daß es trotz ihres eigenen Bangens überlegt und berechnet klang.

Ein tiefes Atmen stöhnte zu ihr herüber.

„Viele?" stammelte der andere sich schüttelnd, „hören Sie auf. Merken Sie denn nicht, daß da oben bei mir die Stränge und Fäden reißen? Daß ich ein jemand bin, der vergessen hat, wie er heißt und wo er hingehört?"

Er wandte sich plötzlich zurück, und seine Blicke fuhren aufgescheucht in den Ecken umher, bis er auf dem Ruhebett seinen abgeschnallten Säbel entdeckte, auf dem Boden die

Feldmütze und auf einem Stuhl die abgelegten, von Schmutz umkrusteten Handschuhe.

„In eine Schlächterkammer war ich eingesperrt,“ schrie er plötzlich, „die draußen mit Nägeln zugehämmert war, während drinnen — —“

Ohne zu vollenden stürzte er völlig haltlos auf das weiche Polster zu, warf sich seinen Degen um die Schulter und streifte sich erschöpft und zitternd die Handschuhe über. Dann riß er das Fenster auf und rief einen kurzen Befehl zu dem dort draußen haltenden Soldatenpiquet hinaus. Es klang wie ein Angstschrei.

„Gute Nacht, gute Nacht, liebes Fräulein,“ stotterte er und prüfte mechanisch die Füllung seiner Pistolentasche, „ich habe mich schon zu lange aufgehalten. Wer kann wissen, was hinter einem ist? Nichts gehört einem mehr, selbst der Wille ist uns genommen. Leben Sie wohl. Und wenn Sie sich zuweilen meiner erinnern, dann, ja dann denken Sie nicht an das, was aus mir gemacht wurde. Nein, nicht an das“, wiederholte er bitter und drückte sich die Mütze achtlos auf den Kopf.

In diesem Augenblick vollführte der Oberst eine Bewegung, die das Schicksal der Bewohner des weißen Hauses zu Maritzken entschied. Hinter Johanna, auf der Platte der Kommode, stand ein Bild, das Marianne vorstellte. Fürst Fergussow ergriff es, warf einen leeren Blick darauf und stellte es rasch wieder an seinen Platz, eilfertig und voll Scheu, als wäre das Bild ein Dorn, an dem er sich die Finger blutig gerissen.

„Gute Nacht,“ wiederholte er ohne besondere Bewegung, „gute Nacht“.

Da regte sich Johanna zum erstenmal. Jedes Bewußtsein war von ihr gewichen, sie hörte nur immerfort dasselbe wilde Summen, das, solange sie hier weilte, beständig durch ihr

Denken trommelte. Abwehrend griff auch sie nach dem Rahmen, und die Hände der beiden Menschen schlossen sich umeinander.

„Sie sollten diese eine Nacht noch bleiben", murmelte sie mit einem irren Lachen.

Was dann folgte, wußte sie nicht mehr.

Der Fürst starrte sie eine lange Zeit verständnislos an, dann nahm er langsam seine Mütze vom Haupt, zuckte die Achseln und ließ sich müde, geistesabwesend von neuem an dem Tisch nieder.

Er wartete.

*   *

*

An dem Fenster ihres verschlossenen Schlafzimmers lauschte Johanna in die Dunkelheit. Hinter ihr in dem schmucklosen Raum herrschte vollkommene Finsternis, denn in ihrer angstgeschüttelten Verwirrung hatte die Gutsherrin nicht gewagt, ein Licht zu entzünden. Nun fing das harrende Weib jeden Laut auf, der von dort hinten herüberdrang, wo sich vor ihrem geistigen Auge die dichte Wand der Wälder dehnte.

Von dorther mußten sie kommen.

Die Befreier, die reinen und hellen, die sich selbst zur Bürgschaft einsetzten für das Gelübde, das sie der Heimat verpfändet. Todesschreie würden gellen, ein roter Sprühregen zischen, und doch — ihr Handel war gut und recht, und das tiefste Empfinden, die heißeste Sehnsucht eines Volkes sprach ihn heilig.

Aber sie, die hier am Fenster lauerte, was verübte sie inzwischen? Durfte sie den Plan, das trügerische Gespinst auch für rein und hell ausgeben, in dessen Maschen sie einen seiner Kraft und wohl auch halb des Verstandes Beraubten einzuschnüren suchte?

Doch, doch, nur jetzt nicht grübeln und zerfasern, um alles in der Welt nicht. Man würde sie loben, ganz sicher, es handelte sich ja um einen Fürsten, um einen höheren Offizier, um einen verächtlichen Wicht, der sich nicht gescheut hatte, das Gewand schuldloser Frauen in Fetzen zu reißen.

Schuldlos?

Draußen strich der Wind über die Strohdächer der Scheunen, und die Aufgeregte hätte darauf schwören mögen, daß sie soeben ein geisterhaftes Lachen vernommen. Vorsichtig schloß sie das Fenster und verschränkte beide Hände gegen die Stirn. Ihre Finger schauerten so kalt gegen die Schläfen, daß in das Denken der Einsamen eine unerbittliche Klarheit drang.

Schuldlos?

Nein, das war eine bequeme Lüge. Das eine der Mädchen von Maritzken hatte sich dem Eindringling gewiß jubelnd preisgegeben, denn er war herrlich von Ansehen, und irdischer Glanz strahlte blendend von ihm aus. Und die andere?

Ahnte irgend jemand etwas von dem Aufstand und dem Brand geweckter Sinne? Von dem wahnsinnigen Gewitter einer erträumten Hingebung, das hier in dem engen Raum einstmals in widerspruchsvoller Einsamkeit gewütet?

Und wenn nichts als dieses Letzte wahr blieb! Johanna biß sich auf die Lippen, riß ungestüm ein Zündholz an und beleuchtete das Zifferblatt der kleinen Standuhr. Die Zahl zuckte auf, es war drei Viertel auf sieben. Höchstens noch eine Stunde, dann mußte alles vorüber sein.

Allein, aus dem verendeten Lichtschein sprang plötzlich weiß, schattenhaft und doch voll zitternden Lebens das Haupt des toten Preußenprinzen empor. Und Johanna hielt inne und horchte auf die Schläge ihres sich krampfenden Herzens.

So fahl und leblos mußte bald ein anderes Antlitz dämmern.

Und dann dieser letzte Blick, in dem noch die Erkenntnis verendete, daß hier eine häßliche Spinne gesessen, die beutehungrig Fäden auf Fäden um einen arglos Vertrauenden gesponnen. Pfui, das war jammervoll. Das ertrug die aller List Abgewandte nie und nimmer. Dagegen verknisterte die Trauer um ihre verlorenen und versprengten Angehörigen zu Asche. Und in einer besinnungslosen Aufwallung rüttelte Johanna an dem Griff der Tür.

Doch das Holz blieb verschlossen. Ah richtig, sie hatte sich ja selbst in kühler Berechnung eine Mauer gegen jedes weichliche Mitleid errichtet. Und mit einem schmerzlichen Stöhnen sank die Hausherrin auf den nächsten Stuhl, faltete matt die Hände in ihrem Schoß, und zwischen Fieber und Erschlaffung hörte sie, wie die Zeit mit verhängtem Zügel weiter raste.

*   *

*

Zu derselben Frist, da die Älteste von Maritzken ihre unstete Sehnsucht nach den ihrem Schutz anvertrauten Mädchen ausschickte, da kletterte die eine von ihnen, Marianne, mitten auf dem Marktplatz der Stadt, verstohlen und wie im Traum, aus dem Planwagen der Verwundeten herab. Niemand hinderte sie, keiner hätte sie eine Minute später in dem wütenden Lärm, in dem Schreien und Toben, das ringsherum wirbelte, zu unterscheiden vermocht. Eine dicke Finsternis lagerte über dem früher so ordnungerfüllten Gemeinwesen. Keine Gasflamme warf ihren Schimmer auf die Bürgersteige. Seit einer Stunde versagten aus einem geheimnisvollen Grunde die Zuflußrohre der Leitungen. Statt dessen hörte man in kurzen Abständen aus der fernen Anstalt dumpfe, knatternde Explosionen in die Höhe knallen. Und doch gab es hie und da eine Art trauriger Beleuchtung. Einzelne Häuser der Vorstädte oder der weniger betretenen Seitengassen hatten Feuer gefangen, überall in der Luft wehte ein beizender Dunst von Petroleum und Benzin, und der Verdacht lag nicht fern, plünderungssüchtige Banden, die in dieser allgemeinen Auflösung weniger denn je den Namen von Soldaten verdienten, hätten die gefährlichen Flüssigkeiten selbst über die kleinen ehrbaren, schiefwinkligen Häuserchen gegossen.

Aus dem unentwirrbaren Knäuel der Bagagewagen schlüpfte sich Marianne zur Seite. Hindurch durch Geschützbespannungen, durch schreiende und brüllende Haufen, die sich aus versprengten Trümmern wieder in ordnungsmäßige Kompagnien und Regimenter zu schichten suchten. Zwischen den wilden Schreien der Verwundeten wand sie sich dahin, die unbekümmert und in Hast mitten auf die Pflastersteine des Marktes ausgeladen wurden. Vorbei an scheuenden Pferden und hilflos am Boden kauernden Trupps, die sich niedergeworfen hatten und den Gehorsam zu verweigern schienen. Durch die Zertrümmerung und das Auseinanderbrechen einer zurückflutenden Armee, die noch einmal dazu zusammengerafft werden sollte, eine letzte Stellung zu verteidigen. Durch das Grauenvolle der in allen Rädern zerschmetterten Maschine, die nur noch sinnlos kreischte, rasselte und surrte. Und wie schwarz und ameisenhaft es sich um die Davonwankende herumdrängte, welche lasterhaften Flüche, welche rohen Beschimpfungen in einer fremden Sprache gegen sie brandeten, das Mädchen in den zerfetzten und blutbesudelten Kleidern besaß nicht mehr das geringste Verständnis für ihre Umgebung. Schlürfend tastete sie sich vorwärts, mit der Rechten kraftlos an den Mauern der dunklen Seitenstraße entlang gleitend. Was sie dort suchte, wußte sie nicht mehr. Sie wollte nur gehen und gehen und wandern, nachdem sie vorher schmachvolle Stunden, jeder Bewegung beraubt, auf dem faulenden Stroh des Planwagens verbracht. Das war gar kein Mensch mehr, sondern ein Wesen, das sich gedankenlos fortbewegte und nur noch eine stumpfe Freude darüber empfand, weil ihre verschnürten und gefesselten Glieder sich trozalledem dehnten und regten. Zu anderen Zeiten hätte ein Vorübergehender stehen bleiben können, um der Bettlerin ein Almosen in die Hand zu drücken. So rasch, so von Grund aus, so irrsinnig hatte der Krieg, der der Umsturz alles Bestehenden ist, ein blitzendes Leben ausgelöscht und in den Kot geschleudert. Und gleich ihr Tausende, Abertausende, die noch atmeten und gar nicht begriffen, daß sie schon begraben waren.

Aber jetzt in der pechfinsteren und menschenverlassenen Gasse, da schlugen Stimmen an das Ohr der Gleichgültigen, von denen getroffen sie ihr müdes Weitertasten unterbrach, um in fernem Besinnen durch Dunst und Nacht zu horchen.

„Sehen Sie sich noch einmal nach ihm um, lieber Bienchen", klang es wohllautend und doch zugleich von einer anheimelnden Güte durchbrungen, „ich werde hier auf Sie warten. Aber dann — dann muß es sein. Länger dürfen wir es nicht mehr aufschieben, sonst könnten unsere ganzen Sorgen und Bemühungen vergeblich gewesen sein. Und das wollen Sie doch nicht?"

„Nu nein, ich will es nicht", ertönte bekümmert und kleinmütig eine krahzbürstige Reibeisenstimme dagegen. „Wie darf ich Sie allein lassen bei dem Schauderhaften? Ich leb' sowieso nicht mehr. Wahrhaftig, ich stell' mir immer vor, daß ich mich nur noch auf Kredit, auf Borg hier unten befind'. Nun also, ich werd' durch den Keller gehen und

409

mich nach ihm umsehen. Sie werden sich ganz ruhig verhalten und hier warten. Aber bei meinem Leben, 's ist schrecklich solch ein Geschäft."

Während der letzten Worte wurde an einer unsichtbaren Tür geschlossen, und dann verloren sich hinunterschlürfende Tritte in einem Erdgeschoß.

Gleich darauf war alles still wie zuvor. Doch nein, hinter dem Häuservorsprung, den man kaum noch unterscheiden konnte, stahl sich eine Melodie hervor. Der Zurückgebliebene vertrieb sich die Zeit durch ein klangreiches Summen, und die feinen Schwingungen wie das zarte Taktgefühl bekundeten deutlich den geübten Musiker.

Um Gottes willen, das konnte doch nicht — — ?

Und so abgerissen die Noten sich auch dem verschleppten Mädchen einprägten, sie erweckten ihr doch das Bewußtsein, daß sie nicht immer als eine Entwürdigte und Verstoßene durch die Gassen geirrt sei. Langsam wachte sie auf, und eine matte Gier nach Ruhe und Schlaf und Vergessenheit überfiel sie. Mit einem unsicheren Schritt trat sie näher, streckte den Arm aus und fuhr zurück, als sie in der Dunkelheit ihre Finger auf dem Stoff einer groben Arbeitsjacke spürte.

„Ich weiß nicht, — Fritz — Fritz Harder, bist du es?" wollte es sich ihr in einer heiseren, ihr selbst schreckhaften Sprache entringen, da wurde mit einem festen Griff nach ihrem Arm gefaßt und dadurch jede weitere Anrede im Keim erstickt.

„Keinen Namen", forderte eine Stimme, die allen Widerspruch ausschloß und die dennoch das vor Erschöpfung strauchelnde Weib mit ihrer bekannten ehrlichen Wärme ins Leben zurückrief. „Aber du, Marianne, — Sie — wie kommen Sie hierher?"

410

Der Angeredeten gebrach es an Atem, sie schwankte und lehnte sich fest gegen den angebotenen Arm.

„Sie haben mich verschleppt", stöhnte sie, und zum erstenmal in ihrem anspruchsvollen und verwöhnten Dasein stürzten der Zerschmetterten Tränen der Verzweiflung über die Wangen.

„Ist Ihnen etwas geschehen?" forschte durch die Dunkelheit hindurch dieselbe gütige Stimme.

Keine Antwort.

„Ist Ihnen etwas geschehen?"

Da schüttelte die Schluchzende langsam das Haupt. Ein erster Anfang regte sich in ihr, ein Haschen, ein Besinnen, wie man aus den zerbrochenen Scherben vielleicht doch wieder die alte leuchtende Pracht aufrichten könne. Man brauchte ja nur die Kraft zu besitzen, das taumelnde Erlebnis fest in sich zu verschließen, ihm keine Ausgänge zu gewähren und dem Tag und der Nacht mit unverändert stolzen Augen ins Antlitz zu schauen. Und war es nicht ein beredter Zufall, daß sich ihr sofort eine dienende Hand entgegenstreckte, die gewiß keinen höheren Ehrgeiz kannte als sie zu stützen? Noch blitzten solche Erwägungen unbestimmt und verwirrend durch das zerhämmerte Hirn, und doch sprach sie schon etwas gefaßter:

„Ich muß mich setzen können, Fritz. Du mußt mich in dein Zimmer führen und — und bei mir bleiben".

Auf der anderen Seite blieb es eine Weile still. Deutlich merkte Marianne, wie neben ihr in der Finsternis ein heftiges Ringen um Ruhe und Gelassenheit anhob. Dann aber entgegnete ihr unsichtbarer Gefährte mit derselben Entschiedenheit, durch die das Mädchen schon zu Anfang in Erstaunen gesetzt war:

„Marianne, ich kann Sie nicht begleiten. Das Haus ist von russischen Offizieren belegt, und nur den Keller haben

sie dem Uhrmacher Adameit, meinem ehemaligen Haus=
wirt, übrig gelassen. Dort unten liegt er nun gelähmt, vom
Schlage getroffen, zwischen Leben und Sterben. Sie tun
gewiß ein gutes Werk, wenn Sie zu dem Hilflosen hinab=
steigen. Auch wird in den dumpfen Raum kein Mensch
eine Dame, wie Sie, vermuten."

„Eine Dame?"

Die Zurückgewiesene erschrak, als sie die jetzt so wenig
zutreffende Bezeichnung auffing. Auch schwindelte ihr vor
der Erkenntnis, wie ihr in ihrem Unglück selbst der letzte
so sicher errechnete Beistand entglitt. Und dann — ein
feuchter Keller sollte das Prunkgemach bilden, das ihr
Schutz bot? Und ein gelähmter Handwerker ihr zur Ge=
sellschaft dienen? Oh, es schwirrte durch die zerrissenen
Sinne. Jedes Gefühl für Würde und Stolz entwich der
Gedemütigten, und ohne zu ahnen, welche Wirkung sie
hervorbrachte, verlegte sie sich aufs Schmeicheln.

„Fritz, so kannst du mich nicht behandeln — denk doch
nur, du darfst mich nicht verlassen. Hast du mich wirklich
ganz vergessen?"

Sanft versuchte sie seine Wange zu streicheln, allein
mitten auf dem Wege wurde ihre feuchte kalte Hand von
neuem festgehalten.

„Ja, Marianne," beharrte der junge Offizier, der plötz=
lich so markig und schwungvoll sprach, wie sie es noch nie
von ihm gehört, „es ist eine Aufgabe auf mich gelegt worden,
vor deren Ernst und Wichtigkeit alles andere zurücktritt.
Dem Himmel sei Dank, daß es einen solchen Ruf gibt.
Tausende hören ihn jetzt und begreifen gar nicht mehr,
daß sie noch vor kurzem eigene Wünsche hegten. So geht
es auch mir. Ich grolle dir nicht und zürne dir nicht, ja
ich danke dir dafür, weil du mich so frei und ungebunden

für meine einzige Liebe und meine große Sehnsucht werden ließest."

„Wer ist das?", flüsterte Marianne verletzt und beleidigt.

Da lachte der Offizier im Arbeiterwams.

„Das ist der Boden, auf dem du stehst, die Sprache, die du redest und das Volk, das dich geboren. Du wirst erst wahrhaft leben, wenn du dich zu dem allen zählen kannst. Und du stirbst, sobald dies Höchste an dir vorübergeht." Er brach ab, trat hinter den Mauervorsprung zurück und sagte ganz ruhig und überlegt: „Hier kommt Herr Leiser Bienchen herauf, er wird die Kellertür für dich offen lassen. Leb wohl, Marianne, an mich ergeht der Ruf. Wir ziehen geradeswegs in Glück und Verklärung hinein, nicht wahr, Herr Bienchen?"

✸   ✸
✸

Schaudernd sitzt die in den Keller Hinabgeirrte, ihrer selbst ungewiß, wie ein fremdes seelenloses Wesen, neben der hölzernen Pritsche, auf die man den alten Handwerker gelagert hat. Voll stummen Grauens trinkt sie die ihr unverständlichen Reden ein, die der von einer irren Spannung gefolterte Greis von Zeit zu Zeit ausstößt. Bald ringt er die Hände, bald hebt er lauschend das Ohr, als müsse und könne er sich nicht von dieser Erde trennen, bevor er den ersehnten Laut von oben erhascht.

„Dreißig Jahre daran gearbeitet," hört sie es aus dem zahnlosen Munde hervorzischen, „und nun nicht wissen — nun nicht wissen, ob es von Unheil oder von Segen sein wird. Und in fremden Händen, die nichts davon verstehen, die nicht fühlen, wie man jede Schraube aus seiner Seele hervorgeholt hat. Und die den Zweck nicht ahnen, den letzten

Zweck. Hören Sie nicht etwas, Kind? Hören Sie noch immer nichts?"

Aber dann geschieht etwas.

Der Nachthimmel stürzt ein, die Häuser beginnen zu beben und zu tanzen, ein Donnerschlag wühlt und kracht und rollt, jedem Lebenden ein erschütterndes Wunder, die Zeit hält an, die Luft preßt sich zusammen, eine zerschmetterte Menschheit stößt ihren letzten Schrei aus, — und dann schleicht Stille heran, gähnende Lautlosigkeit, die die Schläfen der zitternden Kreaturen in beide Hände nimmt und jedes Begreifen erdrückt.

Ein paar schreckensstarre Augen richten sich in dem Keller, der nur durch ein tröpfelndes Talglicht erhellt wird, auf den abgezehrten, zahnlosen Mann. Der zieht langsam die Lider über die glitzernden Sterne, lächelt und sinkt von seinem Tagewerk zurück.

Seine Uhr hat ihre große Stunde geschlagen.

V.

Silberne Lichter sprangen über die feuchten Schollen des schlafenden Landes. Kein Geräusch störte die weiche, dunkle Versunkenheit, und nur die bleichen Schilfwände zu beiden Seiten des Flusses neigten sich manchmal wispernd gegeneinander, wenn der lange, geisterhaft gleitende Kahn ein paar stärkere Wellen gegen das Binsengestrüpp drängte.

Ruhig, gleichmäßig schritt der russische Schiffer die beiden Laufbretter seines Fahrzeugs ab. Die mächtige Stange, deren Widerhaken im Bett des Stromes festhaftete, hatte er gegen die Schulter gestemmt, und nun bewegte er sein Schiff mit unverminderter Kraft durch die Windungen der leuchtenden Fahrstraße. Einförmig klappten seine Tritte auf dem trockenen Holz, und nur ein regsames

Plätschern antwortete jeder vermehrten Anstrengung. Ein kleiner weißer Spitz begleitete auf dem gegenüberliegenden Brett treulich den Weg seines Herrn. Dieweil wurde am Achterende des Kahnes von einem kurz geschürzten und dick in bunte Tücher vermummten Weiblein das ungefüge Steuer hin- und hergeschoben. Dies war die Frau des Schiffers. Aber aus den Lappen, hinter denen sich ihr Gesicht verkrochen hatte, konnte man bei dem unsicheren Mondenlicht nur eine breite Knollennase entdecken, und man hörte nichts von ihr als kurze abgerissene Gesangsstrophen und dazwischen ein unaufhörliches kicherndes Geplapper. Nur schade, daß der Schifferknecht, der auf ihre Weisung mit ihr zusammen das schwere Holz drehte, sicher nicht das Geringste von dieser sprudelnden Unterhaltung verstand. Auch schien der Mann in der zerdrückten blauen Flauschjacke sein Gewerbe durchaus nicht mit Meisterschaft auszuüben. Denn die Frau in den vielen Tüchern lachte jedesmal belustigt, so oft sich ihr Genosse mit aller Kraft gegen das knarrende Holz stemmte. Es blieb auch seltsam, daß sich ihr dabei niemals ein Tadel entrang, ja, sie fand es offenbar ganz in der Ordnung, sobald der schlanke Gehilfe sich abwandte, um angestrengt auf die hinter dem Ufer sich hinziehende Landstraße zu spähen.

Wahrlich, dort drüben auf dem grauen dampfenden Wege gab es seit ein paar Stunden aufregende und schreckhafte Dinge zu sehen. Zuerst war von dort nur der Hufschlag vereinzelter Reiter aufgeklungen. Gleich schwarzen Schattenbildern sausten sie dahin, weiße Staubwolken sprühten um sie her. Ein höllisches Bild. Dann rollte und rasselte es, Geschützzüge flogen unter den finster starrenden Chausseepappeln, aufgewühlte Menschenhaufen brodelten hinterher, und schließlich wurde ein einziger schwarzer Wurm daraus, der knurrend und klirrend seines Weges kroch.

Aber der Kahn glitt weiter.

Nur das Weib lehnte sich über den Querbaum und wies mit der Hand auf die sich krümmende Schlange. Auch jetzt noch stieß sie ihr kurzes, fettes Lachen aus. In ihrem harmlosen, in tiefer Unbildung versunkenen Gemüt regte sich nicht die leiseste Ahnung, wie durch den schwarzen Wurm dort drüben Glück, Ruhe und Wohlstand auf Jahre hinaus niedergewälzt wurden.

Und doch — unangefochten schwamm der Kahn zwischen den hohen Binsen stromabwärts.

In der engen Kajüte, die durch einen roten Fetzen in Schlaf- und Küchenraum geteilt war, stand inzwischen ein junges Mädchen vor dem windschiefen eisernen Herd. Über ihrem Haupt schaukelte sich an einem Draht ein winziges rauchendes Öllämpchen, und bei seinem dunstigen Schein beschäftigte sich das junge Geschöpf eifrig damit, aus einem Topf voll stark duftenden Tees die goldgelbe Flüssigkeit in eine bunt bemalte Tasse zu gießen. Dann zog sie sich aufatmend eine weiße, mit blauen und roten Sternen bestickte Flanelljacke zurecht, strich glättend über ihren kurzen roten Wollrock und klapperte endlich auf schweren Holzschuhen die steile Treppe in die Höhe. Sorgsam hielt sie dabei die Hand über die Tasse, damit die kühle Nachtluft nichts von der Wärme des Getränkes raube.

„Hier," sagte sie über ihr eigenes Werk befriedigt, indem sie an den Schifferknecht in der blauen Jacke herantrat, „hier bringe ich Ihnen etwas Feines, lieber Freund. Denken Sie, ich habe sogar Rum gefunden. Natürlich so gut wie im „Goldenen Becher" wird er nicht schmecken. Aber nun trinken Sie. Nicht wahr, bei dieser scharfen Luft werden Sie meine Kochkunst nicht verachten?"

Durch die helle Stimme wurde der Konsul unvermutet seinen Beobachtungen entrissen. Überrascht wandte er sich herum und, wie stets, so glitt auch jetzt wieder ein erstauntes Lächeln um seine Lippen, als er die weiße Flanelljacke und das kurze rote Röckchen gewahrte. Wie eigenartig blieb das doch, drüben hinter den weißen Staubwolken, in denen das Mondlicht dampfte, da wallte Weltgeschehen vorüber, das sicherlich auch sein Schicksal einschloß. Und doch war es möglich, daß die schweren Sorgen des Flüchtenden hier durch ein anmutiges Bild auf Augenblicke zerstreut werden konnten. Die weiße Flanelljacke, der bunte Rock, das schwarze Tuch über den roten Haaren und die derben Holzpantoffeln auf den kleinen Füßen, sie redeten keck und lebensvoll mitten in das Stöhnen einer verzweifelten Völkerklage hinein.

Rudolf Bark schüttelte sich, aber bevor er die Tasse aus den Händen der Kleinen empfing, da drängte er erst das Geschirr fast gewaltsam an Isas eigenen Mund.

„Nur ein paar Schlucke, mein Kind," meinte er gutmütig, „so ist das zwischen uns ausgemacht, und Sie müssen mich auch nicht so sehr verwöhnen."

„Ja, aber Herr Konsul — —"

„Schon gut. Nun kommen Sie, Isa, wir wollen uns auf das Brett hinter der Kajüte niederlassen, denn hier hinten weht es doch zu scharf für Sie. Auch sehe ich, Sie haben sich den koketten Halsausschnitt von Madame Krupenski wieder nicht zugesteckt".

Da senkte Isa verlegen das Haupt. Sie wußte auch nicht wie es kam, aber jeder Tadel aus dem Munde des erfahrenen Mannes erschreckte sie und entwirkte daneben stets die heftige Begierde, seinen Wünschen, noch ehe sie ausgesprochen, zuvorzukommen. Hastig faltete sie an der gerügten Stelle herum.

Dann saßen sie beide auf dem Brett hinter der Kajüte, tranken aus derselben Tasse und sahen schweigend mit an, wie die Morgendämmerung die rauchenden Wiesen mit rosigen Fingern zu streicheln begann. Ein blutroter Bach floß am äußersten Rande des Erreichbaren. Nach einer Weile sprach Isa nachdenklich:

„Ob man unsere alten Kleider schon aufgefischt hat, Herr Konsul?"

Der Kaufmann nickte. „Das ist sehr wahrscheinlich, mein Kind. Herr Krupenski hat sie so sachgemäß versenkt, daß sie sicherlich schon lange an dem Wehr angeschwemmt sind. Ich hoffe, unser fetter Freund, der Herr Polizeimeister-Stellvertreter Tolmin wird längst mit Befriedigung unser trauriges Ende festgestellt haben."

„Wie seltsam," flüsterte Isa gepackt, und ein bezwingender Gedanke ergriff unwiderstehlich von ihr Besitz, „da haben wir eigentlich alles Alte von uns abgestreift und fahren hier wie zwei ganz neue Menschen durch die Welt. Wissen Sie auch, daß ich das wunderhübsch finde?" fuhr sie sinnend fort.

„Warum?" fragte der Konsul und verfolgte den rosigen Dämmer, der sich auf dem feinen Gesicht seiner Gefährtin zu verbreiten begann.

„Warum?" wiederholte die Kleine ernsthaft und schauerte im Frühfrost zusammen, „das kann ich Ihnen nicht sagen. Nein, das kann ich wirklich nicht, es ist ein sehr dummer Einfall".

Noch hatte sich Rudolf Bark nicht von dem Glanz trennen mögen, von dem die unter dem schwarzen Tuch sich hervorstehlenden Haare des Mädchens allmählich durchleuchtet wurden, da war es, als ob in der Ferne Erde und Strom einen Sprung machten. Ein dumpfes Krachen erschütterte die Luft, der Nachhall eines ungeheuerlichen Donnerschlages fuhr über den bleiernen Morgenhimmel.

Betroffen schnellte Isa von ihrem Sitz.

418

„Herr Konsul," vermochte sie nur hervorzustoßen, „bedeutet das ein Unglück für uns?"

In ihrem schmalen Gesicht arbeitete es. Trostsuchend lugte sie zu ihrem Freunde empor. In diesem Augenblick empfand sie nur das eine, wie die lange Fahrt auf dem schmutzigen Kohlenkahn von allen Schimmern der Poesie strengen Bürgertums entbehrende Dabinzleiten einen Höhepunkt ihres Daseins bildete. Sie zitterte vor Hoffnung und vor Spannung.

„Bedeutet das für uns ein Unglück?" drängte sie noch einmal und ergriff schutzbedürftig die Hand des Kaufmannes.

Beschwichtigend zog Rudolf Bark das aufgeregte Mädchen wieder an seinen Platz hinter der Kajüte zurück. Und als er fühlte, wie die Verängstigte sich an ihn schmiegte, da streichelte er ermunternd über ihre Wangen.

„Jsachen, es will mir scheinen, es kommt im Moment gar nicht so sehr auf uns beide an."

Allein die Kleine schüttelte unter Tränen lachend das Haupt.

„Doch, Herr Konsul", entgegnete sie kleinlaut, — „Sie müssen entschuldigen, ich bin natürlich lange nicht so klug wie Sie, — aber das Leben kann doch auch etwas sehr Seltenes und Kostbares sein. Es wäre zu schade, wenn dies alles untergehen sollte."

„Oh, der Kahn ist fest," entgegnete der ältere Mann verständnislos.

Und dann saßen die beiden wieder und sahen zu, wie der blasse Morgen über die Felder eilte. Die grauen Dunstwolken zerfaserten sich, über den Chausseepappeln begannen schwarze Scharen von Krähen zu kreisen, und unter ihnen wurde die Landstraße einsamer und stiller. Hinter den wallenden Staubmassen war die brandende Flucht erstorben. Langsam und allmählich schwirrte von dort ein schüchterner Vogelgesang auf, und auch die Heimchen der Wiese besannen sich auf ihr Morgenlied.

Stunde auf Stunde verging. Es wurde immer heller.

*   *
*

Der Kahn wurde verankert, denn der russische Schiffer weigerte sich, mitten durch den leuchtenden Sonnenschein und zumal wo die Grenze so nahe rückte, noch weiter zu fahren. Auch machte der Herr des Kahnes sehr deutliche Anspielungen, es wäre an der Zeit, daß seine Gäste nunmehr das Gefährt verließen. Noch verhandelte Rudolf Bark mit dem Eigentümer, da brach der Kaufmann mitten in der Rede das Gespräch ab, um ohne ein Wort der Erklärung in das Boot hinabzuspringen, das neben dem Steuer einhertrieb. Verstummt, in grenzenloser Überraschung starrte Isa dem Davonrudernden über die hohe Bordschwelle nach.

Doch nein, jetzt erkannte sie, was ihren Freund zu so rascher Tat veranlaßt hatte. Drüben an dem immer flacher werdenden Ufer des Stromes duckte sich zwischen den Binsen ein dürrer Mensch bis tief auf den Spiegel des Wassers herab. Der Fremde schien sich zu waschen. Aber als das Mädchen das Bild schärfer musterte, da wurde es ihr klar, daß sich der zusammengekauerte Geselle eine frische Stirnwunde spüle. Unaufhörlich rieselten die roten Tropfen in den Strom. Jetzt hatte ihn Rudolf Bark erreicht. Ein paar laute Ausrufe fuhren hin und her, das Boot knirschte in den Sand, und noch immer konnte die Zurückgebliebene nicht fassen, warum der Konsul jenen so wüst zerschlagenen Verwundeten schließlich mit rücksichtsloser Gewalt in den Kahn zerrte. Dann wieder einige Ruderschläge, und über die

von dem schweigsamen Herrn Krupenski über die Schiffs=
wand geworfene Strickleiter kroch scheu und zitternd eine
groteske Gestalt auf das Deck. Nun schlotterte sie vor ihnen,
ohne Rock noch Weste, nur von einem zerzausten Halstuch
umflattert und wischte sich beschämt über das von tausend
Runzeln zerrissene Gesicht. Ein unförmiger Mund bewegte
sich, als hätte man einen Fisch soeben aufs Trockene ge=
zogen.

„Herr Bienchen,“ rief Isa verständnislos, denn sie
hatte endlich den verkrümmten kleinen Juden, der ihr so
manche Uhr gerichtet, in diesem blutenden und vor Er=
schöpfung röchelnden Menschenkind entdeckt.

„Jetzt sagen Sie, wie kommen Sie hierher?“ rüttelte
ihn auch der Konsul.

Allein Leiser Bienchen, der Gehilfe des alten Erfinders
Adamek, der letzte Gefährte von Fritz Harder, schüttelte
völlig betäubt sein nasses Haupt.

„Ich weiß nicht, Herr Konsul, ich weiß wirklich nicht“,
gurgelte er tonlos, während er sich unaufhörlich in einem
ölgetränkten Taschentuch die Hände wischte.

„Man hat Sie geschlagen?“

„Ja, ich glaube, — ich glaube, man wird mich geschlagen
haben“.

„Wer?“

„Ja, wer?“ stöhnte der Uhrmacher, sank auf einem
Kohlenhaufen zusammen und starrte gleichgültig zurück auf
die Landstraße, die er soeben verlassen.

Es war nichts weiteres aus dem in seine Erinnerungen
Zurückkriechenden herauszubringen. Und erst, als man
den wimmernden Gesellen, der dabei wie ein schweres
Bündel zwischen den Armen seiner vornehmen Kundschaft
hing, in die Kajüte heruntergeführt hatte, erst nachdem er
dort auf einem Kasten hockte und unter seltsamen Schmatz=

lauten ein paar Taſſen des glühend heißen Tees in ſich hinabgeſchüttet hatte, da fingen ſeine ſchwarzen Augen ſich an zu beleben, und er ſtarrte ſeine Bekannten mit dem jammervollen Blick eines geſchlagenen Hundes an. Dann wickelte er das zuſammengerollte Oktuch auf, ſchneuzte ſich und unternahm es, ſich umſtändlich die dick herabrollenden Tränen zu trocknen. Der Konſul jedoch, der ungeduldig vor ihm ſtand, ließ dem Bekümmerten keine Zeit mehr, ſondern rüttelte ihn abermals ins Leben zurück.

„Lieber Bienchen, wo kommen Sie her?"

Der kleine Jude fuhr zuſammen.

„Ich, Herr Konſul? Nun, Sie werden es doch leider nicht glauben, ich komm' direkt aus der Luft."

„Scherzen Sie nicht", verwies ihn der Kaufmann nachdrücklich.

Jetzt ſeufzte der Uhrmacher ſchwer in ſich hinein. Und erſt Iſas teilnahmvolles Geſicht ſchien ſeine Neigung zu einer größeren Mitteilſamkeit zu vermehren.

„Sehe ich aus, wie wenn ich ſcherze?" klagte er dumpf vor ſich hin und rieb ſich wieder die wunde Stirn. „Ich ſag' Ihnen, ich komm' aus der Luft oder auch unter einem Heuwagen hervor, ganz wie Sie wollen. Aber ich will Ihnen der Reihe nach erzählen", erholte er ſich endlich etwas mehr gefaßt. „Sie müſſen mir entſchuldigen, wenn ich nicht alles aus meinem zerhämmerten Kopf richtig und ſauber hervorziehen kann. Er lehnte ſich zurück an die Schiffswand und holte tief Atem. „Sehen Sie, da hatten wir die Maſchine von dem alten Abameit — vielleicht hat ihn Gott ſchon zu ſich genommen — unter das Dach der Sebalduskirche eingeſchmuggelt".

„Welch eine Maſchine? Beſinnen Sie ſich, Herr Bienchen", forderte Rudolf Bark von neuem.

„Nun die Uhr. Es war ein grauſiges Ding, ich hab'

sie nie ansehen mögen. Aber mein Meister hat damit ein Lebelang verbracht. In der Kirche sah es die ganze Zeit über fürchterlich aus. Diese Hunde, diese Wilden zeigten nicht den geringsten Respekt. Weder vor dem herrlichen Bau noch vor dem wundervollen Glockenspiel, noch vor der gewaltigen Orgel. Ich sag' Ihnen, sie lachten auch über die vielen Bildwerke und hieben ihnen Nasen und Ohren ab. Wenn mich auch die Heiligen in den bunten Röcken nichts angehen, die schöne Frau mit dem Fuß auf der Schlange und der weiße Mann mit dem goldenen Schlüssel, Sie können mir glauben, es gab mir jedesmal einen Stich, so oft ich die heillose Schändung mit ansah. Denn es waren doch kunstvolle Hände, die so prächtige Sachen vor mehr als fünfhundert Jahren geschnitzt hatten. Aber das war noch nicht alles. Die Breitmützen hatten einen vollständigen Stall aus den steinernen Gängen gemacht. Die Kirchen= bänke konnte man jeden Abend in die Wachtfeuer wandern sehen, und statt ihrer lagen nun hunderte von schmutzigen Kerls auf Strohbündeln in den Gängen und fraßen und schnarchten. In den letzten Tagen wurden es so viele, daß man sagen konnte, es war kein Winkel mehr von dem Unge= ziefer frei. Nun kam die Nachricht, daß die Fremden da hinten an den Seen ihren Lohn erhalten hätten. Und wir hörten auch, sie wollten sich in unserer Stadt, in unserer schönen, sauberen Stadt zur letzten Wehr setzen. Da sagte der Herr Leutnant Harber, nun wäre es Zeit. Er hatte es so einzurichten gewußt, daß wir eine Anstellung in dem Dom gefunden hatten. Werden Sie es für möglich halten, wir fegten nämlich den Schmutz und den Mist alle Abend aus der Kirche heraus. Für ein paar Pfennige natürlich. Und gewöhnlich erhielten wir noch einige Lanzenstöße als Trink= geld dazu. Nun, es war kein Herrenleben. Aber gestern abend, da sagte der Herr Leutnant, jetzt dürfe man keine

Minute mehr verlieren. Es sollte nämlich der Horde ein
Schreck eingejagt werden, damit sie sich in der Stadt nicht
länger für sicher hielte. Herr Konsul und Fräulein Grothe,
was soll ich Ihnen lange erzählen? Der junge hübsche
Mensch, der so verändert in dem Arbeitsanzug aussah, er
stieg auf den Orgelsitz hinauf, und ich mußte die elektrischen
Blasebälge andrehen. Auf diese Weise, nämlich durch sein
Spiel, da wollte er die Halunken von mir und meinem
Geschäft ablenken. Ehe wir uns trennten, reichte er mir noch
die Hand und sagte mit einem Gesicht ganz voller Sonnenschein — in meinem Leben werd' ich's nicht vergessen —
„Herr Bienchen, Sie sind jetzt auch ein Soldat. Denken
Sie daran, was Ihnen das Vaterland alles geschenkt hat
und zahlen Sie es pünktlich zurück". Dann stieg ich auf
den kleinen Hinterturm hinauf, wo wir den Knopf angebracht hatten. Ich versichere Sie, alles wie im Traum, Herr
Konsul. Mit einemmal fing die Orgel an zu spielen. So
was Schönes, Herrliches und Erhabenes hab' ich noch nie
vernommen. Es hörte sich an, als wenn der Herr unser
Gott leibhaftig in die Kirche getreten wär' und sänge nun
selbst mit seiner ewigen Donnerstimme. Wie schön sind doch
diese deutschen Lieder, es liegt alles darin, was wir an dem
Land und seinen Menschen lieb haben. Ich hatte mich auf
einen Fensterbogen gesetzt, Fräulein Grothe, und konnte
das Ohr von der Musik nicht abwenden. Auch die Russen
waren aufgestanden, hielten ihren Atem an und starrten
herauf. Keiner rührte sich. Sie fühlten wohl, wie der Herr
schon seine eiserne Hand auf sie gelegt hatte. Ich hätte
noch bis zum nächsten Morgen so sitzen mögen, aber plötzlich
da hob der Herr Leutnant, den ich nur vom Rücken aus
sehen konnte, die Finger seiner Rechten hoch in die Höhe.
Und diese Finger, sie drohten mir und griffen mir gerade-
wegs ins Herz. Was dann geschah, Herr Konsul, das ist mir

alles nur so bewußt, als hätt' ich es aus einem dunklen Grab heraus belauscht. Das Dach der schönen Kirche flog in die Höhe, so daß alle Sterne des Nachthimmels für eine Sekunde zu uns herunterblitzten. Und dann — es war grauenvoll das Gewinsel und Gewimmer. Die große Orgel stürzte zusammen, die ungeheuren Zinkpfeifen spießten sich gegeneinander, und dann brach das ganze Werk in die Tiefe. Mit mir aber, Herr Konsul, geschah ein Wunder. Ja, ja, als sollte mir gezeigt werden, wie ich armer kleiner Jud' eigentlich gar nicht in die Kirche gehörte. Ich sauste nämlich in großem Bogen aus dem Fenster herunter und mitten in einen Heuwagen hinein. Gleich darauf jagte das Gespann wie wahnsinnig aus der Stadt heraus. Und erst dicht hier an der Grenze, da haben mich die Unmenschen heruntergeprügelt. Ein Rad ist noch dazu über meinen Fuß gefahren, und ich meine, mein Gang wird dadurch nicht schöner geworden sein. Aber Herr Konsul und Fräulein Grothe" — und der Uhrmacher hob die Hände in die Höhe und begann bitterlich zu weinen, — „was will das alles heißen? Unser Land hat sich erhoben, unser herrliches Land, und hat die Heuschrecken von sich abgeschüttelt. Der Herr, der in der Kirche so schön sang, er hat unsere Feinde geschlagen. Hören Sie, Herr Konsul, dort draußen blasen schon die preußischen Trompeten? Das Herz geht einem auf, wenn man es hört! Der Herr singt weiter!"

*　　　*

*

In der dunklen Schlafkammer von Maritzken herrschte noch immer bleierne Stille. So schwer drückte die Lautlosigkeit herab, daß die an ihren Stuhl gebannte Gutsherrin das flüchtige Ticken der Uhr wie das unerträgliche Stampfen einer Maschine empfand. Ängstlich streiften ihre Blicke über die Fensterscheiben, die unter dem Leuchten des heraufsteigenden Mondes einen stählernen Glanz annahmen. Manchmal war es auch, als ob ein flackernder Feuerschein vorüberhusche. Dann vermeinte die Einsame eilende Hufschläge aufzufangen. Doch wenn sie, zum Sprung bereit, eifriger hinhorchte, so schlug nichts an ihr Ohr als das Sausen des Nachtwindes. Und immer wieder sank sie zurück und kämpfte gegen den Sturm und den wilden Tanz ihrer Nerven. Aber noch mehr gegen das widerstandslose Herabsinken in völlige Erschöpfung. Zuweilen riß die Nacht vor ihr auseinander. Dann glaubte sie etwas zu sehen, dann murmelte sie etwas, dann betete sie wirr und verständnislos darum, daß das, was sie mit vorbereitet, in nichts zerschellen möge. Um gleich darauf alle Fibern anzustrengen, ob sie aus dem unteren Zimmer nicht etwa einen Laut des Entweichens auffinge.

Was mochte ihr Gast, der auf sie wartete, jetzt treiben? Ob er noch immer zermürbt und zerschlagen am Tisch hockte, ein vor sich hin stierender, seiner früheren Wesenheit beraubter Mensch? Johanna stöhnte auf, wehrte und wand sich und rüttelte an ihrem Stuhl, um sich zur Besinnung zu bringen.

Stunde auf Stunde verträpfelte, das Mondlicht schwamm schon in breiter Bahn zu ihren Füßen, und die Hausherrin hing noch immer regungslos auf ihrem harten Sitz, hing zwischen Wachen und Traum. Und alles, was um sie herum geschah, es drang zu ihr wie der Nachhall von etwas Unwirklichem. Abermals hörte die Schwankende ein dumpfes Klopfen. Doch es klang, wie wenn man die Hufe eilender Pferde mit Werg und Lappen umwickelt hätte. Und sie sann darüber nach, ob es die Schläge ihres eigenen Herzens wären? Dann zischte und knatterte es, und die Blonde konnte es sich in ihrer Benommenheit nicht anders erklären, als ob blaue puffende Funken aus einem Holzfeuer in die Höhe knisterten. Und jetzt — mischten sich jetzt nicht heiße, trunkene Stimmen zu einem einzigen brausenden Ruf? Nun wieder Leere, durchwinselt von den aufreizenden Klagen des Windes. Und dann — aus den Dielen zu ihren Füßen schien ein dumpfes, trockenes Stöhnen aufzusteigen.

Herr im Himmel was geschah hier? Bedeutete das doch mehr als gestaltlos jagende Traumgesichte?

Vielleicht war die Jagd, die hinter dem Menschenwild hetzte, schon hereingebrochen? Wie, wenn das Opfer, das in einem Gehege von List und Schlauheit zurückgehalten war, bereits verröchelnd am Boden lag, und sein brechender Blick nach der Hinterlistigen suchte, die den Köder geworfen? Oh, der Fang war durch dieselben unwürdigen Künste geglückt, welche die auf ihre Reinheit Stolze bei der jüngeren Schwester so verachtet hatte. Mischte sich nicht auch bei ihr, wenn sie vor Gott ihr Innerstes auftat, ein schauererfülltes Wohlgefühl darein, ein nie gekanntes, so oft sie, sei es auch nur von fern und mit Abscheu sich das Rasende ausmalte, das der Getäuschte da unten erwartete? Seltsam, zu unerklärlich — und das blonde Weib schlug sich die Hände schallend vor die Stirn — und deswegen setzte sich der unglückliche Mensch dort unten dem sicheren Tode aus?! So hoch bewertete er seine Hoffnungen, oder so wenig lag ihm am Dasein?

Johanna horchte auf. Von unten tönte es wie das Knarren einer Tür. Ihre Vorstellungen kreuzten durcheinander. Sie wußte nicht mehr, ob sie aus Scham vor dem Betrug den vertrauensseligen Mann warnen, oder ob sie das Entweichen des Übeltäters verhindern wollte.

Und dann — und dann — die Uhr tickte so laut — es war keine Zeit mehr zu verlieren.

Ohne Überlegung — mit wildem Entschluß drehte sie an

dem Schlüssel, stürzte aus der Dunkelheit heraus und fegte die Treppe hinab, wie sie die Stufen noch nie übersprungen. In ihrem Ungestüm vergaß sie das Anklopfen. Ohne ein Zeichen trat sie ein. Ihr Atem flog so stoßend über ihre Lippen, daß sie sich an dem Pfosten des Eingangs eine Stütze suchen mußte. Dann erst vermochte ihr scheuer Blick sich einige Klarheit zu verschaffen.

In dem kleinen Zimmer wiegte sich bange Stille. Unordentlich und achtlos war der Mantel des Fürsten über einen Stuhl geworfen, seinen Säbel hatte der Besitzer auf das Ruhebett geschleudert, und Dimitri selbst saß an dem Tisch, auf dem noch die Reste des Mahles standen. Tief herabgebeugt ruhte das Haupt des Übermüdeten auf seinen ausgebreiteten Armen, und die Lauscherin pries den schweren Schlaf, der ihm das Schicksal seines Volkes sowie sein eigenes für eine Weile wohltätig verhüllte. Allein sie täuschte sich, denn der Fürst richtete sich langsam auf, und sofort erfaßte das Landmädchen, wie seine Augen nichts von der Blendung des Schlummers zeigten. Ihr Gast schien vielmehr angestrengt nachgedacht zu haben. Kaum erkannte er sie, als auch schon sein zuvorkommendes Lächeln in seinen gespannten und angestrengten Zügen aufleuchtete. Nur wollte es Johanna dünken, als wenn eine bittre, entsagungsvolle Schwermut sich über das auch jetzt noch edle Antlitz verbreitet hätte. Und im Moment zitterte sie davor, wie sich der Oberst ihr unvermutetes Hereindringen deuten würde. Aber gottlob, die Haltung des fremden Aristokraten blieb tadellos und beherrscht. Langsam erhob er sich, und während er ein paar Schritte gegen sie tat, verbeugte er sich leicht. Wieder verursachte es der Beobachterin einen stechenden Schmerz, als sie vernahm, wie schwer sich ihr Gast über den Estrich schleppte.

„Es ist sehr gütig von Ihnen, mich nicht zu lange meiner

eigenen Gesellschaft zu überlassen," begann Dmitri Sergewitsch in seinem schmeichelnden Tonfall. „Ich versichere
Sie, sie ist nicht die beste. In diesen Stunden habe ich so
manches an mir vorüberziehen lassen. Und wenn es noch
einen Zweck hätte, dann könnte ich darüber trauern, weil
ich so wenig bleibende und lohnende Erinnerungen besitze.
Aber wozu? Es hat keinen Zweck."

Er stand jetzt vor ihr und ließ seinen Blick flüchtig über
sie fortgleiten. Das schimmernde Blondhaar der Preußin
schien ihn besonders einzufangen. Allein auch jetzt noch
eignete ihm Erziehung genug, um nicht eine einzige verletzende
Gebärde der Vertraulichkeit zu wagen. Und Johanna dankte
Gott dafür, daß dieser immerhin vornehme Herr die Formen
bis zum letzten zu wahren verstand. Dafür wollte sie sich
erkenntlich zeigen, dafür alles andere vergessen.

„Fürst Fergussow", stieß sie plötzlich hervor, nachdem
sie einen Blick der Angst durch das dunkle Fenster geschickt
hatte, „ich fühle mich verpflichtet, es Ihnen zu entdecken,
obwohl — obwohl — nein, das tut nichts zur Sache — es
lauert hier Gefahr auf Sie. Hören Sie? Sie sind hier
nicht mehr eine Stunde sicher. Rufen Sie Ihre Leute zusammen und verlassen Sie schleunigst den Hof. In höchster
Eile, Herr Oberst, in allerhöchster. Sonst ist es zu spät."

Als sie dies hervorstieß, taten sich die harten blauen
Augen der Gutsherrin erschreckend weit auf, ihre Hände
verschlossen sich über der Brust, und in ihrer Stimme
bebte etwas so Schmerzliches, als ob sie selbst mit einem
Messer gegen sich gestoßen hätte. Sie fühlte, daß sie dies
alles nicht sagen durfte, und daneben verging sie beinahe
in dem Rausch, daß ihre Überwindung doch etwas Schönes,
Zärtliches und Menschliches berge. Auch der Fürst stand eine
Weile regungslos. Er schien mehr dem heiß erregten, uner-
warteten Tonfall zu lauschen als dem Sinn jener Warnung.

Dann zuckte er leicht die Achseln, wandte sich ein wenig und zeigte durch das Fenster.

„Meine Leute soll ich rufen, liebes Fräulein?" entgegnete er müde. „Überzeugen Sie sich selbst. Die dort draußen waren klüger, als ich. Oder auch dümmer, denn sie glauben noch nicht an die Wertlosigkeit, an den absoluten Zufall des menschlichen Auf und Ab, und haben mich längst im Stich gelassen. Ich bin allein hier."

„Ihre Leute sind fort?" stammelte Johanna erblassend und griff wieder nach dem Pfosten der Tür.

Er tat ihr nicht gut, unausgesetzt die ebenmäßige Reitergestalt zu umspannen. Unvermerkt, stärker und stärker bildete sich eine Zusammengehörigkeit heraus, die mächtiger war als der Widerwille der Völker, als Familienehre und alle Gesetze von Gut und Böse. Ihr schwindelte, und nur das Sträuben gegen ihre Schwachheit hielt sie noch aufrecht.

„Dann gehen Sie allein", forderte sie trotzdem herrisch.

Der Fürst stand wieder vor ihr, hatte die Hände auf den Rücken gelegt, und auch er sann wohl in dumpfer Verwunderung über die Weichherzigkeit der straffen Nemza nach.

„Sie lehren mich wenigstens etwas kennen", gestand er endlich, obwohl er keine Miene machte, dem dringenden Befehl zu gehorchen, „das mir bisher recht fremd blieb. Sie sorgen sich um mich". Er schlug ein leichtes Gelächter auf. „Ist es nicht eigenartig, daß ich etwas Ähnliches erst bei dieser Gelegenheit erfahre? Und von der Angehörigen einer von uns so entfernten Rasse? Mon dieu", setzte er mit einem verächtlichen Zucken der Mundwinkel hinzu, „man hat sich viel um mich gekümmert. Ich leugne es nicht, auch Frauen taten dies. Doch ich müßte lügen, wenn sich mir gegenüber jemals eine mütterliche Teilnahme äußerte. Ich glaube, gerade die kennt Ihr

430

Deutschen. Und die tut wohl, sehr wohl." Und wieder verbeugte er sich, wie es die Slaven stets befolgen, wenn sie etwas Liebes, Schmeichelndes verkünden wollen.

Da schrie Johanna auf. Halb vor Zorn und halb weil sie fühlte, wie sie dem reuigen Schmerz dieses zerbrochenen Lebens unterlag.

„Warum gehen Sie dann nicht?" stieß sie noch einmal rauh hervor, und ihre Hand zeigte auf die Tür, „warum bringen Sie sich nicht in Sicherheit, wie ich Ihnen vorschlug?"

Jetzt regte sich der Fürst, zögerte einen Moment, und seine sprechenden Augen suchten den Boden, als er tastend und verlegen hervorbrachte:

„Ich glaubte Ihre Meinung vorhin so deuten zu dürfen, daß Sie mir noch eine Nacht eine sichere Zufluchtsstätte anboten".

Die wenigen Worte waren mit größter Mühe zusammengesucht und verrieten die deutliche Absicht, weder anzustoßen noch zu verletzen. Johannas Antlitz jedoch flammte auf.

„Ich verlange aber jetzt von Ihnen, daß Sie gehen", rief sie erbittert und konnte es doch nicht hindern, daß sich ihre Hände flehend zusammenpreßten. „Ich will nicht — —"

„Was wollen Sie nicht?"

„Ich will nicht," stammelte das Mädchen wild, „daß Ihnen gerade in meinem Hause ein Unheil widerfährt. Mir graut davor."

Der Oberst trat ihr noch etwas näher. Dabei vollführte er eine Bewegung, als wolle er ihre Hand ergreifen.

„Das fürchte ich keineswegs", gab er nachdenklich zurück, „soweit werden sich unsere Verfolger schwerlich vorwagen. Und dann, mein Fräulein, woher wissen Sie, daß das Dasein für mich noch einen besonderen Reiz enthält?"

Er hob seinen Blick zu ihr empor und siehe da, es waren wieder die schwermütigen Sterne des alten Kupferstichs, die ein Leben lang auf ihr gleichgültiges Wirken herabgeschaut. Jetzt starrte sie entgeistert in sie hinein.

„Spielen Sie nicht mit so etwas", verwies sie herb, obwohl sie nicht mehr den richtigen Begriff von all dem spürte, was hier geschah. „Es stirbt kein Mensch gern."

„Wer weiß?!" flüsterte der Russe mehr für sich, „wir Slaven lieben die Selbstvernichtung. Können Sie sich nicht denken, wie jemand, der an dem ungeheuren Grab seines Volkes, an der Gruft alles Menschlichen und an dem Abgrund jeder erträumten Entwicklung stand, sich voller Widerwillen in Schwärze und Vergessenheit hinabstürzt? Nur müßte auch darin Schönheit liegen. Die Alten kannten das. Heiter riefen sie den Tod zu Gast und feierten ihn unter Kränzen und mit huldreichen Frauen."

Vor den Ohren des Landmädchens summte es. Sie hatte ihre Lider fest zusammengepreßt, und so geschah es, daß sie erst jetzt merkte, wie ihr Gefährte sacht über ihr blondes Haar streichelte.

Hölle und Entsetzen! Dieser eine Augenblick genügte, um alle Besinnung, alle Klarheit auf sie herabzuzerren. Die erste Berührung der fremden Hand riß jede heimliche Zuneigung wie ein üppiges Gewand von ihrem Körper, nichts blieb übrig als der Schauder vor dem Fremden und seinem Wesen. Ein Schlag hätte die Gutsherrin nicht mehr reizen können, als jenes verborgene Langen nach ihrer Würde. Voller Verachtung straffte sie ihre Arme, und dann — — die beiden Menschen hielten inne und starrten sich an.

Ganz in der Nähe schmetterte ein Trompetensignal. Die Hofmauern warfen es zurück, ein helles Wiehern prallte gegen die Fensterscheiben, und wie in einem rasenden, dahintaumelnden Wahn begannen Traum und Irrsinn in dem kleinen Zimmer umherzuhüpfen.

Keiner Bewegung mächtig lehnte Johanna noch immer an der Tür. Sie sah, wie der Fürst ohne Aufregung eine Pistole aus der umgürteten Tasche lüftete, sie fing auf, wie er von ihr abließ, blitzschnell das Fenster öffnete und sich rittlings auf das weiße Brett schwang.

Draußen auf dem Flur knirschten viele Tritte.

Laternenschein durchbrach auf dem Hof die Finsternis und spiegelte sich in den todbleichen Zügen des Obersten.

„Zurück", schrie Johanna besinnungslos und wollte die Arme in die Luft werfen. Aber sie fielen ihr unkörperlich, gleich leblosem Eisen gegen den Leib.

Der auf dem Fensterbrett Reitende schien den weiteren Sprung aufgegeben zu haben. Mit einer Gebärde des Widerwillens hob er die Pistole, und zweimal begleiteten draußen grelle Schreie das Aufzucken der beiden roten Feuerfunken.

Johanna reckte sich. Sie taumelte nicht, sie brach nicht zusammen, eine steinerne Figur hätte nicht starrer ragen können wie sie. Ein dicker roter Qualm wallte vor ihren Augen, und durch seine Nebel hindurch sah sie, wie Fürst Dimitri sich zu ihr zurückwandte, um ihr mit seinem alten gewinnenden Lächeln zuzunicken.

Der Gruß rüttelte an ihr wie eine Faust. Gleich darauf schrie Johanna auf. Ihr schnellte es vor den Blicken, als ob der Oberst die Waffe gegen seine eigene Schläfe gerichtet hätte. Noch einmal zischte es, und das letzte, was in die steinerne Bildsäule hineinschlug, war der Nachhall eines dumpfen Falles.

Dann war alles leer, sie stand allein in der Stube.

* *
*

Dicht vor der weißen Mauer wartete eine Schar deutscher Ulanenoffiziere in respektvollem Schweigen, bis sich die Gutsherrin von der hingestreckten Gestalt abwendete, deren Umrisse man kaum noch unterschied. Dann schüttete einer von ihnen ein Bündel Stroh über den Gefällten. Ernst und schweigsam suchten die Herren die erleuchtete Stube auf, und nur ihr riesenhafter Rittmeister blieb draußen in der Dunkelheit bei seiner Verwandten zurück. Auch zwischen ihnen wollte sich kein Wort einstellen. Unbeweglich, gesenkten Hauptes verweilte Johanna. Übermächtig wühlte in ihr die Vorstellung, ein gräßliches Wahnbild wäre eben für immer zersprungen, und erwachend überfiel sie die Qual, ob sie wirklich in dieses grause Ende verstrickt sei.

Da streckte ihr der Riese von Sorquitten die Hand entgegen. Es war eine Bewegung so voll Treue und Ehrlichkeit, daß das Mädchen aus ihrem Hinbrüten emporfuhr. Zögernd verbarg sie ihre Finger unter ihrer dunklen Schürze.

„Es klebt Blut daran", sagte sie tonlos.

Aber Herr von Stötteritz ließ sich nicht abschrecken. Seine Rechte suchte und fand die kalten Finger, die sich vor ihm versteckten, und überzeugt und markig, ungekünstelt und mit wuchtiger Gewißheit tönte die kräftige, allen Spuk vertreibende Männerstimme:

„Schadet nicht, Hans. Was von dir kommt, kann nur brav und richtig sein. Mach' dir keine unnötigen Gedanken, Kind."

Und er nahm ihren Arm und führte die Widerstrebende voller Stolz zu seinen Kameraden in das erleuchtete Zimmer. Die Befriedigung, der nächste Verwandte einer deutschen Frau zu sein, die willensstark und kräftig mitten in dem tödlichen Gebrause standgehalten, strahlte von seinem wettergebräunten Gesicht. Auf dem Tisch standen noch ein paar Flaschen Rotwein. Ohne zu fragen hatten die Offiziere sich eingegossen und harrten nun, die Gläser in der Hand, wie auf Verabredung auf die Dame des Hauses. Aber diese sprach nichts. Ihr Geist verkehrte noch mit dem Schatten, der unsichtbar, lächelnd und schwermütig durch den Raum schwebte. Statt ihrer ergriff der Riese von Sorquitten einen Kelch, schwenkte ihn und sagte kurz und bestimmt:

„Meine Herren, dies war nur der Anfang. Wir haben keine Zeit uns auszuruhen, sondern müssen für das Ende sorgen. Das Feiern kommt später".

Ein paar Minuten nachher hörte man bereits das Scharren und Trappeln der Ulanenpferde. Nur Herr von Stötteritz zögerte noch bei seiner Verwandten und ließ seine Hand noch immer wuchtig auf ihrer Schulter ruhen.

„Hans", kam es ein wenig beschämt aus ihm heraus, „ich bin die dummen Gedanken nicht los geworden. Man soll natürlich keine Pläne machen, denn man weiß nicht, wie alles kommen kann. Und uns bleibt noch ein tüchtiges Stück zu tun. Aber weißt Du, Marielle, es wäre mir doch lieb, wenn ich zu dir zurück käme. Man muß eben vertrauen und warten."

Dabei rüttelte er sie kräftig, drückte ihr klammerfest die Hand und schritt klirrend und ohne sich noch einmal umzuschauen hinaus.

Und die Älteste von Maritzken wartete.

Das ganze Land glaubte und harrte, spann Hoffnungen und richtete sich auf. Was in den Familien und bei den Zurückgebliebenen geschah, das glitt nur wie unwirkliche Schatten unter der glutroten Sonne des Völkerherbstes dahin. Man hörte es, man schüttelte den Kopf und lauschte auf das Sausen des großen Sturmes.

So durfte die Gutsherrin von Maritzken die kleine Isa umarmen und von ihr das Wunder erfahren, daß der Rotkopf in den „Goldenen Becher" drinnen in der befreiten Stadt einziehen würde. Und Johanna lächelte und schüttelte das Haupt. Sie hörte auch von den Bühnenstudien flüstern und raunen, die ihre Schwester Marianne mitten in Not und Gewühl in der fernen Hauptstadt betreiben sollte. Und wieder lächelte sie matt, und um ihren Mund spielte der alte herbe und verurteilende Zug.

Knechte und Mägde wurden angeworben, das Anwesen erstand unter ihrer Führung aus Schutt und Vernachlässigung, die Wintersaat wurde versenkt, und ein neuer Frühling sproßte empor.

Längst sind die Mauern des Gehöftes geweißt und gestrichen, und nur der Blutfleck unter dem Fenster leuchtet noch mahnend und klagend über den Hof. Und wenn die Gutsherrin im Abendschein auf der Bank vor der grünen Wiese rastet, dann streift ihr Auge manchmal über den kaum merklichen Erdbuckel, der schmucklos und ohne Kennzeichen ein Grab überwölbt. Aber in ihren weißen Zügen regt sich nichts mehr. Sie fühlt gleich all den Tausenden und Millionen ihrer Landsleute, daß jeder Deutsche allein und auf sich gestellt in der Welt steht. Kein schwächliches und bewunderndes Über-die-Grenze-Spähen gibt es mehr. Der Deutsche wird den Nachbarn von rechts und links wohl ohne Haß und Groll die Hand hinstrecken, wird mit ihnen aufwärts wandern und handeln und tauschen, aber das Tiefste, das Herz an Herzen bindet, das höchste Gefühl der Glückseligkeit, daß er nicht gänzlich vereinsamt im Wirbel des Geschehens treibe, das findet er nur bei dem deutschen Bruder.

Und wie die Älteste von Marißken, so sinnt nun das ganze weite Land, beseelt von dieser starken Gewißheit, und harrt und wartet.

Ende.